O MÁGICO

COLM TÓIBÍN

O mágico

Tradução
Christian Schwartz
Liliana Negrello

Copyright © 2021 by Colm Tóibín
Proibida a venda em Portugal.

Grafia atualizada segundo o Acordo Ortográfico da Língua Portuguesa de 1990, que entrou em vigor no Brasil em 2009.

Título original
The Magician

Capa
Victor Burton

Fotos
Capa: Fritz Krauskopf/ ETH-Bibliothek Zürich, Thomas-Mann-Archiv
Lombada: Eric Schaal/ ETH-Bibliothek Zürich, Thomas-Mann-Archiv
Quarta capa: Marc Venema/ Shutterstock

Preparação
Carla Bettelli

Revisão
Renata Lopes Del Nero
Marise Leal

Dados Internacionais de Catalogação na Publicação (CIP)
(Câmara Brasileira do Livro, SP, Brasil)

Tóibín, Colm
    O mágico / Colm Tóibín ; tradução Christian Schwartz e Liliana Negrello. — 1ª ed. — São Paulo : Companhia das Letras, 2023.

    Título original : The Magician.
    ISBN 978-85-359-3516-5

    1. Ficção irlandesa I. Título.

23-165561   CDD-Ir823

Índice para catálogo sistemático:
1. Ficção : Literatura irlandesa Ir823

Cibele Maria Dias – Bibliotecária – CRB-8/9427

Todos os direitos desta edição reservados à
EDITORA SCHWARCZ S.A.
Rua Bandeira Paulista, 702, cj. 32
04532-002 — São Paulo — SP
Telefone: (11) 3707-3500
www.companhiadasletras.com.br
www.blogdacompanhia.com.br
facebook.com/companhiadasletras
instagram.com/companhiadasletras
twitter.com/cialetras

Para Nan Graham

1. Lübeck, 1891

A mãe aguardava, no andar de cima, que os criados recolhessem casacos, cachecóis e chapéus dos convidados. Até que todos fossem conduzidos à sala de estar, Julia Mann permanecia em seu quarto. Thomas e o irmão mais velho, Heinrich, mais as irmãs, Lula e Carla, assistiam a tudo do patamar no primeiro lance de escadas. Não demoraria muito, eles sabiam, para a mãe aparecer. Heinrich precisava chamar a atenção de Carla para que ficasse quieta, caso contrário seriam mandados para a cama e perderiam o momento. O caçula, Viktor, dormia em outro quarto do andar de cima.

Com o cabelo firmemente puxado e amarrado com um laço colorido, Julia saiu do quarto. O vestido era branco, e os sapatos, pretos, encomendados especialmente em Maiorca, simples como os de uma bailarina.

Ela ia ao encontro dos convidados com um ar de relutância, dando a impressão de que acabava de deixar para trás um lugar mais interessante que a festiva Lübeck.

Ao entrar na sala de visitas, depois de olhar ao redor, Julia encontrava entre os convidados uma pessoa, em geral um homem, alguém improvável como Herr Kellinghusen, que não era nem jovem nem velho, ou Franz Cadovius, com seu estrabismo herdado da mãe, ou o juiz August Leverkühn, de lábios finos e bigode aparado, e esse homem se tornava o foco de sua atenção. O fascínio de Julia derivava da atmosfera de estrangeirismo e fragilidade que, com tamanho charme, ela emanava.

E havia, no entanto, bondade em seus olhos brilhantes quando perguntava ao convidado sobre trabalho e família e os planos para o verão, e, por falar em verão, queria saber sobre a diferença em conforto de vários hotéis em Travemünde, e então seguia perguntando sobre grandes hotéis em lugares distantes como Trouville ou Collioure, ou sobre algum resort no Adriático.

E logo ela faria uma pergunta desconcertante. Perguntaria o que seu interlocutor achava de certa mulher normal e respeitável do mesmo círculo social. A pergunta sugeria que a vida privada de tal mulher era motivo de alguma controvérsia e especulação entre os burgueses da cidade. A jovem Frau Stavenhitter, ou Frau Mackenthun, ou a velha Fräulein Distelmann. Ou alguém ainda mais obscuro e retraído. E, quando seu perplexo convidado observava que tinha só boas coisas a dizer sobre a tal mulher, que, até onde sabia, na verdade, nada constava sobre ela que não fosse ordinário ou comum, a mãe de Thomas expressava a opinião de que o objeto da discussão ali era, conforme sua própria e ponderada opinião, uma pessoa maravilhosa, simplesmente encantadora, e que Lübeck tinha a sorte de ter uma mulher assim entre seus cidadãos. Dizia isso como se fosse uma revelação, algo que por ora deveria permanecer totalmente confidencial, algo, aliás, de que nem mesmo seu marido, o senador, havia ainda sido informado.

No dia seguinte, corria a notícia sobre aquele comportamento da mãe, e sobre quem ela havia escolhido para comentar daquela vez, até que Heinrich e Thomas viessem a saber da história pelos amigos da escola, como se falassem de uma peça muito moderna que estreara, recém-chegada de Hamburgo.

À noite, caso o senador estivesse em reunião, ou na hora em que Thomas e Heinrich, depois da prática de violino e do jantar, tivessem vestido seus pijamas, a mãe contava a eles sobre o país onde nascera, o Brasil, um lugar tão vasto, dizia ela, que ninguém sabia quantas pessoas havia lá, ou como elas eram, ou que línguas falavam, um país que somava muitas e muitas vezes o tamanho da Alemanha, onde não tinha inverno nem geada ou muito frio, e onde um só rio, o Amazonas, era mais de dez vezes mais longo que o Reno e dez vezes mais largo, com muitos rios menores desaguando nele através da floresta de árvores mais altas do que em qualquer outro lugar do mundo, com pessoas que nunca ninguém tinha visto ou veria, pois conheciam a floresta como ninguém e podiam se esconder caso aparecesse um intruso ou forasteiro.

"Conta das estrelas", pedia Heinrich.

"Nossa casa em Paraty ficava à beira d'água", respondia Julia. "Quase dentro da água, como um barco. E, quando a noite chegava e a gente conseguia ver as estrelas, elas eram muito brilhantes e baixas no céu. Aqui no norte as estrelas ficam lá no alto e distantes. No Brasil, são visíveis como o sol durante o dia. São, elas mesmas, como pequenos sóis, brilhantes e próximas da gente, especialmente de quem vive perto da água. Minha mãe dizia que às vezes dava pra ler um livro nos quartos do andar de cima à noite só com a luz das estrelas batendo na água, de tão claro que ficava. E não se conseguia dormir sem fechar as persianas pra claridade do lado de fora não entrar. Quando eu era menina, da mesma idade das irmãs de vocês, acreditava de verdade que o mundo inteiro era assim. O que mais me espantou na minha primeira noite em Lübeck foi não conseguir ver as estrelas. Estavam encobertas de nuvens."

"Conta do navio."

"Vocês precisam dormir."

"Conta a história daquele açúcar todo."

"Tommy, você conhece a história do açúcar."

"Mas só uma partezinha de novo?"

"Bom, todo o marzipã que é feito em Lübeck usa açúcar que vem do Brasil. Assim como Lübeck é famosa pelo marzipã, o Brasil é famoso pelo açúcar. Então, quando a boa gente de Lübeck e suas crianças comem seu marzipã na véspera de Natal, mal sabem eles que estão comendo uma parte do Brasil. Estão comendo açúcar que viajou pelo mar só pra eles."

"E por que a gente não fabrica o próprio açúcar?"

"Isso você tem que perguntar pro seu pai."

Anos depois, Thomas se perguntava se a decisão de seu pai de se casar com Julia da Silva-Bruhns, cuja mãe supostamente trazia nas veias o sangue de índios sul-americanos, em vez de com uma fleumática filha de algum dos magnatas locais da navegação, ou descendente de alguma família antiga de comerciantes e banqueiros, não havia sido o começo do declínio dos Mann, evidência de que um anseio pela riqueza das coisas estranhas entrara no espírito da família, a qual, até então, mostrava apetite apenas pelo que era correto e de retorno seguro e estável.

Em Lübeck, as pessoas ainda lembravam de Julia como a mocinha que chegara com a irmã e os três irmãos após a morte da mãe. Ficaram aos cuidados de um tio e, quando de início desembarcaram na cidade, não sabiam uma palavra de alemão. Eram observados com desconfiança por figuras da cidade como a velha Frau Overbeck, conhecida por sua firme submissão às práticas da Igreja Protestante.

"Vi aquelas crianças se benzendo um dia ao passarem em frente à Marienkirche", contava ela. "Talvez seja a necessidade de manter o comércio com o Brasil, mas isso de um burguês de

Lübeck se casar com uma brasileira não tem precedentes, nenhum mesmo." Com apenas dezessete anos na época do casamento, Julia deu à luz cinco crianças que se comportavam com toda a dignidade exigida dos filhos do senador, mas com orgulho e autoconsciência adicionais, quase como se estivessem em exibição, algo que Lübeck nunca tinha visto, e que a Frau Overbeck e seu círculo esperavam que não virasse moda.

Por essa decisão de se casar de maneira inusual, o senador, onze anos mais velho que a esposa, era visto com certo espanto, como se tivesse investido em pinturas italianas ou maiólicas raras, adquiridas para satisfazer um gosto que, até ali, o senador e seus antepassados haviam conseguido manter sob controle.

Antes de sair para a igreja no domingo, as crianças dos Mann precisavam passar pela inspeção cuidadosa do pai, enquanto a mãe, ainda em seu quarto no andar de cima, experimentando chapéus ou trocando de sapatos, atrasava a todos. Heinrich e Thomas tinham de dar o bom exemplo mantendo uma expressão de gravidade, enquanto Lula e Carla tentavam permanecer quietas e paradas.

Na época em que Viktor nasceu, Julia já não observava tanto as restrições impostas pelo marido. Gostava que as meninas usassem laços e meias coloridas e não se opunha a que os meninos deixassem os cabelos mais compridos e se comportassem com maior liberdade.

Julia se vestia de forma elegante para ir à igreja, muitas vezes numa cor só — um cinza, por exemplo, ou um azul-escuro, com meias e sapatos combinando, uma faixa vermelha ou amarela no chapéu como único elemento mais saliente. O marido era conhecido pela precisão dos cortes feitos por seu alfaiate em Hamburgo e pela aparência impecável. O senador trocava de camisa diariamente, às vezes duas vezes ao dia, e mantinha um extenso guarda-roupa. Seu bigode era aparado à moda francesa. Em sua meticulosidade, representava a empresa familiar em toda a sua solidez, um século de excelência cívica; no luxo de seu guarda-roupa, porém, oferecia a visão particular de que ser um Mann em Lübeck significava mais do que dinheiro ou comércio, sugeria não apenas sobriedade mas um apurado senso de estilo.

Para horror do marido, no curto trajeto entre a casa dos Mann em Beckergrube até Marienkirche, Julia muitas vezes cumprimentava as pessoas, chamando-as de modo alegre e espontâneo pelos nomes, algo nunca antes ouvido num domingo na história de Lübeck, o que contribuía para convencer Frau Overbeck e sua filha solteirona de que Frau Mann, ao menos no coração, continuava sendo católica.

"Ela é exibida e boba, e essa é a marca de uma católica", dizia Frau Overbeck. "E aquela faixa no chapéu dela é pura frivolidade."

Já dentro da igreja, com a família estendida presente, as pessoas reparavam em como Julia estava pálida e no quanto sua palidez era estranhamente sedutora em contraste com seus pesados cabelos castanhos e misteriosos olhos pousados no pastor com uma expressão de zombaria meio velada, uma zombaria estranha à seriedade com que a família e os amigos do marido tomavam a observância religiosa.

Thomas percebeu que seu pai não gostava de ouvir sobre a infância da esposa no Brasil, sobretudo se as meninas estivessem presentes. O pai, no entanto, adorava quando Thomas pedia que ele falasse sobre os velhos tempos em Lübeck e explicasse como a empresa familiar tinha crescido a partir de um começo modesto em Rostock. Seu pai pareceu ter ficado satisfeito quando Thomas passou para uma visita ao escritório no caminho da escola para casa, sentou-se e ouviu sobre navios, armazéns, parceiros bancários e esquemas de seguros, e por mais tarde ter se lembrado do que lhe haviam dito.

Até mesmo primos distantes passaram a acreditar que, enquanto Heinrich era sonhador e rebelde como a mãe e estava sempre lendo livros, o jovem Thomas, de comportamento alerta e circunspecto, era aquele que conduziria a empresa da família ao século seguinte.

À medida que as meninas cresciam, os filhos todos se reuniam nos aposentos da mãe, caso o pai tivesse saído para o clube ou para alguma reunião, e Julia retomava suas histórias do Brasil, contando sobre a brancura das roupas que as pessoas usavam por lá, do tanto que eram lavadas e lavadas para que todo mundo ficasse com aquela aparência especial e bonita, tanto homens quanto mulheres, tanto negros quanto brancos.

"Lá não era como aqui em Lübeck", ela dizia. "Ninguém achava necessário ter qualquer solenidade. Não havia nenhuma Frau Overbeck de lábios franzidos. Nenhuma família como a dos Esskuchens em luto perpétuo. Em Paraty, se a gente visse três pessoas, uma estaria falando e as outras duas, rindo. E todas de branco."

"Rindo de alguma piada?", perguntava Heinrich.

"Rindo, simplesmente. Era isso que faziam."

"Mas rindo do quê?"

"Querido, eu não sei. Mas era assim. Às vezes, à noite, ainda consigo ouvir aquelas risadas. Vêm com o vento."

"A gente pode ir pro Brasil?", quis saber Lula.

"Não acho que o pai de vocês vá querer ir pra lá", respondeu Julia.

"Mas e quando a gente for mais velho?", perguntou Heinrich.

"Nunca dá pra dizer o que vai acontecer enquanto a gente envelhece", falou a mãe. "Talvez até lá vocês consigam ir pra qualquer lugar. Qualquer lugar!" "Eu queria ficar em Lübeck", disse Thomas. "Seu pai vai ficar feliz em saber disso", respondeu Julia.

Thomas, mais do que seu irmão Heinrich, sua mãe ou suas irmãs, vivia num mundo próprio de sonhos. Mesmo as discussões com o pai sobre armazéns eram mais um aspecto de um mundo de fantasia no qual muitas vezes ele mesmo figurava como um deus grego, ou como uma figura na historinha de uma canção de ninar, ou como a mulher na pintura a óleo com a qual seu pai adornara o alto da escadaria, a expressão em seu rosto ardente, ansiosa, expectante. Às vezes não conseguia ter certeza se não era, na verdade, mais velho e mais forte que Heinrich, ou se não saía todos os dias com o pai como um igual, a caminho do escritório, ou ainda se sua identidade não era, na verdade, a de Matilde, a camareira da mãe, que cuidava para que os sapatos dela fossem guardados aos pares e seus frascos de perfume nunca estivessem vazios, para que as coisas secretas da patroa permanecessem nas gavetas corretas, longe dos olhares indiscretos do próprio Thomas.

Quando ouvia as pessoas dizerem que era ele quem brilharia no mundo dos negócios, quando impressionava as visitas por saber das remessas que deviam chegar, dos nomes de navios e de portos distantes, quase estremecia ao pensar que, se soubesse quem ele realmente era, aquela gente teria uma opinião bem diferente dele. Se aquelas pessoas pudessem ver o que de fato se passava em sua mente, e saber quantas vezes à noite, e mesmo durante o dia, ele se permitia ser a mulher do quadro adornando as escadas, com todos os seus desejos ardentes, ou ainda outro personagem cruzando a paisagem com uma espada ou uma canção, então balançariam a cabeça, maravilhadas com a astúcia com que ele as havia enganado, com a esperteza com que ele conquistara a aprovação do pai, com o impostor e o vigarista, o sujeito tão pouco confiável que ele era.

Heinrich, claro, sabia quem ele era e tinha suficiente conhecimento da vida de sonhos do irmão mais novo para perceber não apenas que superava a dele próprio em escopo e escala como também, conforme advertia ao próprio Thomas, quanto mais ampliasse sua capacidade de dissimulação, maior o perigo de ser descoberto. Heinrich, ao contrário do irmão, se revelava à família. Seu fascínio, na adolescência, por Heine e Goethe, por Bourget e Maupassant, era tão transparente quanto a indiferença por navios e armazéns, que via como coisas enfadonhas, e nenhuma repreensão era capaz de fazê-lo recuar do modo enfático com que dizia ao pai que não queria ter nada a ver com os negócios da família.

"Vi sua imitação de um pequeno homem de negócios no almoço", disse ele a Thomas. "Enganou todo mundo, menos eu. Quando você vai contar pra eles que está só fingindo?"

"Não estou fingindo."

"Você não está falando sério."

Heinrich tinha desenvolvido um jeito de se dissociar tão completamente das principais preocupações da família que seu pai aprendera a deixá-lo em paz, concentrando-se na correção de pequenas falhas nas maneiras ou no comportamento de seu segundo filho e das duas filhas. Julia tentou fazer Heinrich se interessar por música, mas ele não quis continuar tocando piano ou violino.

Heinrich teria se apartado por completo da família, pensava Thomas, não fosse sua intensa devoção à irmã Carla. A diferença entre os dois era de dez anos, de modo que a postura de

15

Heinrich em relação à irmã era mais paternal do que fraternal. Desde que ela era bebê, Heinrich carregava Carla pela casa. E depois, à medida que crescia, era ele quem lhe ensinava jogos de cartas e brincava com ela de esconde-esconde, numa versão café com leite da qual só os dois podiam participar.

Seu carinho por Carla permitia aos outros admirar a suavidade e a consideração nele. Mesmo envolvido com amigos e atividades masculinas, Heinrich respondia aos pedidos de Carla com ternura. Se Lula ficasse com ciúmes da atenção dada à irmã, Heinrich a incluía também, mas era frequente que ficasse entediada pelo modo como Carla e o irmão mais velho pareciam ter uma maneira particular de se comunicar e de se divertir.

"O Heinrich é muito gentil", observava um primo. "Se fosse também pragmático, o futuro da família estaria assegurado."

"Temos o Tommy", respondia tia Elisabeth, virando-se para Thomas. "O Tommy vai conduzir a empresa ao século xx. Não é esse o seu plano?"

Thomas exibia o melhor sorriso de que fosse capaz, não sem ter notado a leve ironia no tom de Elisabeth.

Embora se acreditasse que o comportamento recalcitrante de Heinrich provinha do lado materno da família, ele, à medida que ficava mais velho, começou a se entediar com as histórias da mãe, e tampouco parecia ter herdado dela a fragilidade de espírito, a atração pelo que fosse raro, requintado. Estranhamente, apesar de toda a conversa sobre poemas, arte e viagens, Heinrich, com seu ar de franqueza e determinação, e a contragosto, ia se tornando um Mann legítimo e puro-sangue. De fato, quando era visto caminhando por Lübeck, sua tia Elisabeth adorava comentar o quanto se parecia com o avô Johann Siegmund Mann, o andar circunspecto que ela associava à velha Lübeck, além do tom grave da linhagem paterna. Era uma pena que lhe faltasse qualquer entusiasmo pelo comércio.

Ficava claro para Thomas que, a seu tempo, o negócio seria deixado para ele administrar, em vez de para o irmão mais velho, que a casa que havia sido de seus avós acabaria por se tornar seu domínio. Ele poderia enchê-la de livros, pensava. Imaginava como reconfigurar as salas do andar de cima e mudar os escritórios para algum outro prédio. Encomendaria livros de Hamburgo como seu pai encomendava roupas, e de outros lugares, talvez até da França, se pudesse aprender a ler francês, ou de Londres, quando seu inglês fosse mais fluente. Seria um morador de Lübeck como nenhum outro antes, com um negócio suficientemente consolidado para ser apenas uma forma de financiar seus outros interesses. Gostaria de uma esposa francesa, pensava ainda. Ela somaria lustro às suas vidas.

Imaginava a mãe em visita à casa da Mengstrasse, redecorada por ele e a mulher, admirando o que haviam feito, o piano novo que teriam comprado, os quadros vindos de Paris, a mobília francesa.

Heinrich, cada vez um rapaz mais alto, passou a ser mais enfático para Thomas ao lhe dizer que seus esforços para se comportar como um Mann continuavam sendo só pose, uma pose cuja falsidade ficara mais aparente quando Thomas começou a ler mais poesia, no momento em que não conseguiu mais manter em segredo seu entusiasmo pela cultura, e quando passou a permitir que a mãe o acompanhasse ao piano Bechstein enquanto tocava violino na sala de estar.

O tempo passou, e os esforços de Thomas para fingir que estava interessado em navios e comércio aos poucos desmoronaram. Enquanto Heinrich se tornara desafiadoramente assertivo quanto a suas ambições, Thomas se mostrava nervoso e evasivo, mas sem conseguir, ainda assim, disfarçar o quanto havia mudado.

"Por que você não vai mais ao escritório do seu pai?", perguntava a mãe. "Ele tem comentado várias vezes isso."

"Vou lá amanhã", respondia Thomas.

A caminho da escola, porém, pensava em como era em casa que se sentia confortável, num canto longe de todos, lendo seu livro ou apenas sonhando. Decidiu que deixaria para aparecer no escritório do pai mais para o final da semana.

Thomas se lembrava de um dia, naquela casa em Lübeck, a mãe ao piano e ele ao violino, quando Heinrich chegou à porta sem aviso e ali ficou, observando os dois. Enquanto seguia tocando, Thomas se mantinha alerta à presença de Heinrich. Eles tinham dividido um quarto por alguns anos, mas não mais. Heinrich, quatro anos mais velho que ele, de pele mais clara, tornara-se um homem bonito. Era nisso que Thomas havia reparado.

Heinrich, então com dezoito anos, viu claramente que estava sendo escrutinado pelo irmão mais novo. Por um ou dois segundos, também deve ter notado que aquele olhar incluía um desejo inquieto. A música, Thomas recordava, era lenta, não muito difícil de acompanhar, uma das primeiras peças de Schubert para piano e violino, ou talvez até mesmo a transcrição de alguma canção. A atenção de sua mãe estava voltada para a partitura, de modo que não poderia ter reparado em como os dois filhos se olhavam. Thomas não tinha certeza se ela se dera conta de que Heinrich estava ali. Aos poucos, enquanto corava de vergonha pelo que seu irmão enxergara nele, Thomas desviou o olhar.

Quando Heinrich já havia saído, Thomas tentou desesperadamente manter a parte do violino no compasso do que a mãe tocava, como se nada tivesse acontecido. No fim, porém, tiveram de parar; ele estava cometendo erros demais para que continuassem.

Nada assim jamais voltou a acontecer. Heinrich precisava lhe dizer o que via em seu espírito. Só isso. Mas a memória permanecia: o quarto, a luz entrando pela janela alta, sua mãe ao piano, a própria solidão enquanto, perto dela, tentava tocar, e a música, os sons delicados que os dois produziam. E então o súbito contato visual. E o retorno à normalidade, ou a algo que poderia se assemelhar à normalidade se um estranho tivesse entrado na sala.

Heinrich ficou satisfeito de poder abandonar a escola para trabalhar numa livraria em Dresden. Na ausência do irmão, Thomas ficou ainda mais sonhador. Simplesmente não conseguia se dedicar aos estudos ou sequer ouvir muito do que diziam os professores. Ao fundo, como um barulho de trovão, soava a ideia sinistra de que, quando chegasse a hora de se comportar como um adulto, ele acabaria por não ser útil a ninguém.

Em vez disso, encarnaria a decadência. A decadência estaria no próprio som das notas que tocava quando praticava violino, nas próprias palavras quando lia um livro.

Ele sabia que estava sendo observado, não apenas no círculo familiar, mas na escola, na igreja. Adorava ouvir a mãe tocando piano e segui-la quando ela ia para seu boudoir. Mas também gostava de ser apontado na rua, respeitado como filho íntegro do senador. Tinha absorvido a presunção do pai, bem como os elementos da natureza artística da mãe, sua extravagância.

Alguns em Lübeck consideravam que os irmãos eram, de fato, não apenas exemplos da decadência de sua própria casa, mas o prenúncio de uma nova fraqueza do próprio mundo, especialmente de um norte da Alemanha que outrora se orgulhava de sua masculinidade.

Muito então passou a depender do irmão caçula, Viktor, nascido quando Heinrich tinha dezenove anos e Thomas, quase quinze.

"Uma vez que os dois rapazes mais velhos saíram tão apegados à poesia", dizia tia Elisabeth, "só podemos esperar que esse mais novo prefira os livros-caixa e de contabilidade."

19

* * *

No verão, quando a família chegava a Travemünde para suas quatro semanas de férias à beira-mar, todos os pensamentos sobre escola e professores, gramática e médias e a temida ginástica eram banidos.

No hotel na praia, um chalé em estilo suíço, Thomas, com quinze anos agora, acordava num quartinho arrumado com móveis antiquados ao som do jardineiro raspando o cascalho sob o céu claro e resplandecente de uma manhã de verão no Báltico. Com a mãe e Ida Buchwald, sua acompanhante, tomava o café da manhã na varanda da sala de jantar ou sob a alta castanheira do lado de fora. Diante deles, a grama aparada se estendia até dar lugar à vegetação costeira mais alta e, depois, à praia arenosa.

O pai parecia se comprazer das pequenas deficiências do hotel. Achava que as toalhas de mesa estavam sempre mal lavadas, e que os guardanapos de papel eram ordinários; o pão esquisito e os aparadores de metal para os ovos lhe pareciam intoleráveis. E então, depois de ouvi-lo reclamar, Julia dava de ombros calmamente.

"Tudo estará perfeito assim que voltarmos pra casa."

Quando Lula perguntou à mãe por que o pai raramente ia à praia com eles, ela sorriu.

"Ele gosta de ficar no hotel e não quer ir à praia. Por que deveríamos obrigá-lo?"

Thomas e os irmãos iam com a mãe e Ida à praia e se instalavam confortavelmente nas cadeiras dispostas pelos funcionários do hotel. O burburinho da conversa entre as duas mulheres só parava quando alguém novo aparecia e ambas se sentavam para ver quem era. Em seguida, satisfeita a curiosidade, recomeçavam numa espécie de sussurro lânguido. E não demorava para que, por insistência delas, Thomas, em seu traje de banho, se aproximasse das ondas, esgueirando-se de início, com medo do frio, pulando a cada onda fraca que quebrava, depois deixando a água envolvê-lo.

Nos fins de tarde intermináveis, passavam horas no coreto, ou havia aquelas ocasiões em que Ida lia para ele sob as árvores atrás do hotel antes de irem sentar-se à beira d'água ao crepúsculo e acenar com um lenço para os navios que passavam. E então chegava a hora do jantar, e mais tarde ele costumava ir ao quarto da mãe para vê-la se preparar para descer à sala de jantar na varanda envidraçada do hotel e cear com o marido, o casal ali rodeado de famílias não apenas de Hamburgo mas da Inglaterra e até da Rússia, enquanto ele próprio se preparava para ir dormir.

Nos dias em que chovia, quando o vento que soprava do oeste fazia o mar recuar, Thomas passava o tempo ao piano vertical no saguão. Tinha sido avariado por todas as valsas tocadas nele, e Thomas não conseguia extrair ali os mesmos ricos tons e subtons que o piano de cauda de casa produzia, mas tinha um som engraçado, abafado e gorgolejante, que ele sabia que não conseguiria deixar de sentir falta quando as férias terminassem.

Seu pai, naquele último verão, voltou a Lübeck depois de alguns dias, sob o pretexto de uma urgência de trabalho. Mas, quando voltou a aparecer, não tomava o café da manhã com eles e, por mais agradável que estivesse o dia, ficava lendo na sala enrolado numa manta, feito um inválido. Como não costumava mesmo acompanhá-los em nenhum dos passeios, seguiram como se ele ainda estivesse ausente.

Foi só quando Thomas saiu à procura da mãe, uma noite, para enfim encontrá-la no quarto do pai, que o garoto se viu obrigado a reparar no senador, deitado na cama olhando para o teto com a boca aberta.

"Pobrezinho", disse sua mãe, "o trabalho o deixou tão cansado. Essas férias vão lhe fazer bem."

No dia seguinte, a mãe e Ida seguiram com sua rotina normal, sem nenhuma menção de que haviam deixado o senador no quarto, ainda de cama. Quando Thomas perguntou à mãe se o pai estava doente, ela o lembrou de que ele havia feito uma pequena cirurgia na bexiga alguns meses antes. "Ele ainda está se recuperando", falou a mãe. "Logo vai estar correndo pra água."

O que era estranho, pensava Thomas, era o pouco que conseguia lembrar de ver o pai nadando ou deitado na praia em férias de verão anteriores àquela. Em vez disso, a lembrança era dele lendo o jornal numa espreguiçadeira na varanda, seu estoque de cigarros russos na mesa ao lado, ou esperando do lado de fora do quarto de Julia, para o qual ela, com ar sonhador, voltava antes do jantar.

Certo dia, enquanto voltavam da praia, sua mãe lhe pediu que visitasse o pai em seu quarto, talvez até lesse para ele, caso o senador pedisse. Quando Thomas se mostrou contrariado, argumentando com ela que queria ouvir a banda tocar, Julia insistiu, dizendo que o pai o esperava.

No quarto, sentado na cama e com um lençol branco engomado em volta do pescoço, o senador era barbeado pelo barbeiro do hotel. Ele acenou com a cabeça para Thomas e indicou que o filho deveria se sentar na cadeira mais próxima da janela. Thomas encontrou um livro aberto com as páginas viradas para baixo e começou a folheá-lo. Era o tipo de livro que Heinrich talvez lesse, pensou. Torcia para que o pai não o fizesse ler aquilo para ele.

Ficou absorto pela maneira lenta e intrincada com que o barbeiro barbeava o pai, alternando um amplo deslizar da navalha aberta e pequenos movimentos. Quando tinha feito metade do rosto, o barbeiro tomou distância para examinar o trabalho e passou, em seguida, a aparar os pelos minúsculos perto do nariz e no lábio superior com uma pequena tesoura. O pai de Thomas olhava fixo à frente.

Então o barbeiro retomou a tarefa, tirando o resto da espuma. Quando terminou, pegou um frasco de colônia e, com o senador um pouco reticente, aplicou o produto generosamente e depois bateu palmas de satisfação.

"Os barbeiros de Lübeck vão se sentir envergonhados", disse ele, retirando o lençol branco e dobrando-o. "E todo mundo vai correr pra Travemünde em busca do melhor barbeado."

O pai de Thomas estava deitado na cama. Seu pijama listrado, passado a ferro com perfeição. Thomas viu que as unhas dos pés tinham sido cortadas com cuidado, exceto a do dedinho do pé esquerdo, que parecia ter se enrolado em volta do dedo. Thomas desejou ter uma tesoura para tentar cortá-la de forma correta. E aí se deu conta do absurdo daquela ideia. Seu pai dificilmente permitiria que ele lhe aparasse as unhas dos pés.

Continuava segurando o livro. Se ele não o colocasse de lado depressa, seu pai era capaz de reparar e convocá-lo a ler, ou talvez perguntar alguma coisa sobre ele.

O senador logo fechou os olhos e pareceu dormir, mas não demorou a voltar a abri-los e se fixar inexpressivamente na parede oposta. Thomas se perguntava se aquele seria um momento oportuno para puxar assunto com o pai sobre os navios, sobre quais havia previsão que chegassem ao porto ou partissem de lá. E talvez, se o senador se animasse a falar, perguntar sobre as flutuações no preço dos grãos. Ou mencionar a Prússia, para que o pai pudesse reclamar das maneiras desagradáveis e dos hábitos alimentares grosseiros dos funcionários prussianos, mesmo de homens que alegavam ser de boa família.

Olhou para o pai mais uma vez e viu que ele dormia profundamente. Pouco tempo depois, roncava. Thomas pensou que agora podia devolver o livro à mesa de cabeceira. Ficou em pé e se aproximou da cama. O barbeado recente dera ao rosto do senador um aspecto pálido e suave.

Ele não tinha certeza sobre quanto tempo deveria ficar. Desejou que alguém do hotel viesse com água fresca ou toalhas limpas, mas achou que tudo isso já estava no devido lugar. Não esperava que sua mãe viesse. Sabia que ela o havia mandado ao quarto para que ela pudesse relaxar nos jardins do hotel ou voltar à praia com Ida e suas irmãs, ou com Viktor e a empregada. Se pusesse os pés pra fora daquele cômodo, ele acreditava, a mãe com certeza ficaria sabendo.

Deu uma volta pelo quarto, tocando os lençóis recém-lavados, mas, com medo de incomodar o pai, retirou-se.

Quando o senador soltou um grito, o som foi tão estranho que Thomas acreditou por um instante que havia mais alguém no quarto. Mas então o pai começou, ainda gritando, a dizer algumas palavras, e foi uma voz familiar a que o rapaz ouviu, embora as palavras não fizessem sentido. Seu pai estava sentado na cama, com a mão sobre o estômago. Com algum esforço conseguiu pôr os pés no chão para, em seguida, desabar de fraqueza na cama.

A primeira reação de Thomas foi se afastar, assustado, porém, como o pai estava deitado gemendo, de olhos fechados e com as mãos ainda sobre o estômago, Thomas se aproximou dele e perguntou se deveria ir atrás da mãe.

"Não é nada", disse o pai.

"Como? Não devo chamar minha mãe?"

"Não é nada", repetiu o pai. Abriu os olhos e mirou Thomas, a expressão transformada numa espécie de careta.

"Você não sabe de nada", falou o pai.

Thomas saiu correndo dali. Na escada, percebendo que havia descido um andar a mais, correu até o saguão e encontrou o porteiro, que chamou o gerente. Enquanto explicava a ambos o que tinha acontecido, sua mãe e Ida apareceram.

Ele seguiu a todos até o quarto, onde se deparou com o pai dormindo tranquilamente na cama.

A mãe suspirou e se desculpou baixinho pela confusão. Thomas sabia que seria inútil tentar explicar a ela o que havia testemunhado.

O pai continuou a enfraquecer quando voltaram para Lübeck, mas viveu até outubro.

Thomas ouviu a tia Elisabeth reclamar que o senador, em seu leito de morte, interrompera as palavras sagradas do clérigo com um rápido "Amém".

"Ele nunca foi bom em ouvir", disse ela, "mas pensei que o clérigo ele poderia escutar."

Nos últimos dias de vida do pai, Heinrich parecia saber como ficar junto da mãe, mas Thomas não conseguia pensar no que dizer a ela. Quando o abraçou, ela o puxou para perto demais; ele acreditava tê-la ofendido com seus esforços extenuantes para se soltar.

Quando ouviu tia Elisabeth sussurrando para uma prima sobre o testamento do pai, ele se afastou com indiferença para, em seguida, esgueirar-se de novo para perto, a uma distância suficiente para escutá-la dizer que não se poderia deixar muita responsabilidade com Julia.

"E os meninos!", falou. "Aqueles dois meninos! A família está acabada. Acho que as pessoas vão rir de mim na rua, as mesmas pessoas que normalmente fariam mesuras."

Enquanto a tia continuava, a prima percebeu que Thomas estava ouvindo e a cutucou.

"Thomas, vá garantir que suas irmãs estejam vestidas apropriadamente", disse tia Elisabeth. "Vi a Carla usando sapatos bem inadequados."

No funeral, Julia Mann exibiu um sorriso débil àqueles que lhe ofereciam sua solidariedade, mas sem encorajá-los a dizer mais nada. Recolheu-se ao seu mundo, mantendo as filhas por perto e deixando que os filhos representassem a família, se necessário, falando com quem viesse consolá-los.

"Será que vocês podem manter essas pessoas longe de mim?", ela pediu. "Se perguntarem sobre algo que possam fazer, peço que implorem para não me olharem desse jeito triste."

Thomas nunca a tinha visto tão elaboradamente estrangeira e misteriosa.

Um dia depois do enterro, com os cinco filhos na sala de visitas, Julia observou a cunhada Elisabeth, com a ajuda de Heinrich, mover do lugar o sofá e uma das poltronas.

"Elisabeth, não toque nos móveis", falou. "Heinrich, ponha o sofá de volta onde estava."

"Julia, acho que o sofá precisa ficar encostado na parede. Tem mesas demais ao redor dele aqui onde está. Você sempre tem móveis demais. Minha mãe sempre dizia..."

"Não toque nos móveis!", interrompeu Julia.

Elisabeth se dirigiu altiva até a lareira, e ali ficou dramaticamente, como uma personagem teatral que tivesse sido magoada.

Quando Thomas viu Heinrich se preparando para acompanhar a mãe ao tribunal onde o testamento seria lido, perguntou-se por que não havia sido convidado para a ocasião. Julia andava tão preocupada, porém, que ele decidiu não reclamar.

"Sempre odiei essa exposição. Que coisa bárbara lerem o testamento em público! Toda Lübeck saberá dos nossos negócios. E, Heinrich, se você puder evitar que sua tia Elisabeth tente me dar o braço na saída do tribunal, seria muito gentil da sua parte. E, caso queiram me queimar em praça pública após a leitura, mande dizer que estou livre às três horas."

Thomas se perguntava quem administraria os negócios agora. Imaginou que seu pai teria nomeado alguns homens importantes para supervisionar um ou dois dos funcionários que cuidariam das coisas até que a família decidisse o que fazer. No funeral, sentiu que estava sendo observado e apontado como o segundo filho sobre cujos ombros agora recairia o peso da responsabilidade. Foi até o quarto da mãe e se olhou no espelho de corpo inteiro. Se fosse capaz de manter aquela postura firme, era fácil se ver chegando ao escritório pela manhã para dar instruções a seus subordinados. Mas, ao ouvir a voz de uma das irmãs chamá-lo lá de baixo, afastou-se do espelho sentindo-se instantaneamente diminuído.

Ouviu do patamar da escada que Heinrich e a mãe chegavam da rua.

"Ele refez aquele testamento para que o mundo soubesse o que pensava de nós", disse Julia. "E lá estavam todos eles, o bom povo de Lübeck. Como não podem mais queimar bruxas, tiram as viúvas de casa e as humilham."

Thomas desceu para o corredor; viu que Heinrich estava pálido. Quando conseguiu chamar a atenção do irmão, percebeu que algo ruim e inesperado havia acontecido.

"Leve Tommy para a sala de estar", disse Julia, "feche a porta e conte a ele o que nos aconteceu. Eu tocaria piano agora, só não faço isso porque nossos vizinhos fofocariam sobre mim. Vou para o meu quarto. Não quero mais que os detalhes disso sejam mencionados na minha presença. Se sua tia Elisabeth tiver coragem de ligar, diga a ela que o luto se abateu sobre mim de repente."

A portas fechadas, Heinrich e Thomas começaram a ler a cópia do testamento que Heinrich trouxera do tribunal.

Estava datado, reparou Thomas, de três meses antes. Começava designando um tutor que conduziria as decisões sobre o futuro das crianças da família. Em seguida, o senador deixava clara sua opinião negativa sobre todos na casa.

"Tanto quanto possível", ele havia escrito, "deve-se fazer oposição às inclinações literárias de meu filho mais velho. Na minha opinião, faltam-lhe a educação e o conhecimento necessários. Essa sua inclinação baseia-se em fantasia, indisciplina e desatenção para com as outras pessoas, possivelmente resultado de falta de consideração."

Heinrich leu e releu o trecho em voz alta, rindo com estardalhaço.

"E ouça só isto", continuou. "É sobre você: 'Meu segundo filho tem boa disposição e se adaptará a uma ocupação prática. Posso esperar que seja ele o apoio para sua mãe'. Então serão você e a mamãe. E você vai se adaptar! E quem alguma vez pensou que você tinha boa disposição? Mais um dos seus disfarces."

Heinrich leu para Thomas o alerta do pai sobre o temperamento passional de Lula, e a sugestão de que Carla seria, ao lado de Thomas, um elemento apaziguador da família. Sobre o bebê Viktor, o senador escreveu: "Muitas vezes, as crianças que nascem mais tarde se desenvolvem particularmente bem. O menino tem bons olhos".

"Fica pior. Escuta esta!"

Heinrich seguiu em voz alta, imitando uma voz pomposa.

"Em relação a todos os filhos, minha esposa deve ser firme e mantê-los dependentes dela. Se tiver dúvidas, deve ler o *Rei Lear*."

"Sabia que meu pai era mesquinho", comentou Heinrich, "mas não que ele era vingativo."

Num tom severo e oficial, Heinrich então contou ao irmão sobre o que dispunha o testamento do pai. O senador havia deixado instruções para que a firma da família fosse vendida de imediato, assim como as casas. Julia herdaria tudo, mas dois dos homens mais importunos da vida pública de Lübeck, homens que ela sempre considerou indignos de sua atenção mais dedicada, tinham sido designados para tomar decisões financeiras pela viúva. Também eram nomeados dois tutores para supervisionar a educação das crianças. E o testamento estipulava que, quatro vezes por ano, Julia deveria informar o juiz de lábios finos August Leverkühn sobre o progresso delas.

Na visita seguinte de Elisabeth, ela não foi convidada a se sentar.
"Você sabia sobre o testamento do meu marido?", perguntou-lhe Julia.
"Não fui consultada", respondeu Elisabeth.
"Não foi essa a pergunta. Você sabia disso?"
"Julia, não na frente das crianças!"
"Tem uma coisa que sempre quis dizer", falou Julia, "e agora posso porque estou livre. E vou dizer na frente das crianças. Nunca gostei de você. E é uma pena que sua mãe não esteja mais viva, porque eu diria o mesmo para ela."
Heinrich tentou detê-la, mas Julia o afastou.
"O senador fez esse testamento para me humilhar."
"Você dificilmente teria como administrar os negócios sozinha", disse Elisabeth.
"Poderia ter eu mesma decidido isso. Meus filhos e eu poderíamos ter decidido."

Para os cidadãos de Lübeck, aqueles de quem Julia falava de forma leviana ou a quem provocava em festas na casa do marido, homens como Herr Kellinghusen ou Herr Cadovius, mulheres como a jovem Frau Stavenhitter ou Frau Mackenthun, ou ainda para aquelas que a vigiavam meticulosamente e lamentavam o que viam, como Frau Overbeck e sua filha, a decisão de Julia, tornada pública logo após a leitura do testamento, de se mudar para Munique com o três filhos mais novos e fixar residência lá, deixando Thomas em Lübeck, hospedado na casa do dr. Timpe até completar o último ano de colégio, e encorajando Heinrich a viajar para aumentar suas chances no mundo literário, não poderia ter sido mais perversa.

Se a viúva do senador Mann tivesse decidido se mudar para Lüneburg ou Hamburgo, o bom povo de Lübeck poderia ter visto aí um mero aspecto de sua falta de estabilidade, mas, naqueles anos, Thomas sabia, Munique representava o sul para aqueles burgueses hanseáticos, e eles não gostavam do sul, desconfiavam do sul. A cidade era católica; era boêmia. Não tinha virtudes sólidas. Nenhum deles nunca se demorara por lá mais tempo do que o necessário.

A atenção de Lübeck estava voltada para Julia, especialmente quando tia Elisabeth contou às pessoas como ela havia sido grosseira e ofendido a memória de sua mãe.

Por algum tempo, naquele mundo, não se falou de outra coisa senão da falta de placidez da viúva do senador e de seus planos imprudentes. Ninguém, nem mesmo Heinrich, notou o quanto Thomas ficara magoado pelo fato de a empresa da família não ter sido deixada para ele, mesmo que tivesse de ser supervisionada por outros até que atingisse a maioridade.

Thomas passou a viver com o choque de saber que estava destinado a ver tirado de si aquilo que, em alguns de seus sonhos, acreditava que poderia ser seu. Ele sabia que administrar os negócios da família era apenas um dos muitos futuros que imaginara para si, mas sentiu raiva pela presunção daquela decisão tomada pelo pai. Não gostava da ideia de que o senador o tivesse tomado por alguém iludido, sem perceber o quanto aquelas ilusões com frequência pareciam bem reais para ele. Gostaria de ter tido a oportunidade de se provar suficientemente ao pai para que seu testamento fosse mais generoso.

Ao contrário, o senador deixara a família à deriva. Como não era capaz de viver, optou por arruinar a vida de outras pessoas. Thomas sentia uma tristeza persistente e torturante porque, agora, todo o esforço dos Mann em Lübeck daria em nada. O tempo de sua família tinha passado.

Não importa para onde fossem no mundo, os Mann de Lübeck nunca mais seriam conhecidos como eram quando o senador estava vivo. Isso não parecia incomodar Heinrich ou as irmãs de Thomas, ou mesmo sua mãe; tinham outras preocupações mais práticas. Ele sabia que sua tia Elisabeth sentia que o status da família havia sido atingido fatalmente, mas era improvável que isso pudesse ser conversado com ela. Thomas, em vez disso, ficara sozinho com esses pensamentos. A família agora seria arrancada de Lübeck. Não importava para onde fosse, ele jamais seria importante de novo.

2. Lübeck, 1892

A orquestra tocava o prelúdio de *Lohengrin*. Thomas ouvia o naipe de cordas, que parecia se conter, oferecendo dicas do que a melodia poderia, adiante, se tornar. Então o som começou a subir e a descer naturalmente até que uma única nota melancólica do violino se elevou, sustentada; a execução ganhou mais volume e voluptuosidade, mais intensidade.

O som quase o confortou, contudo, à medida que o volume aumentava, tornava-se mais penetrante, e o tom sombrio dos violoncelos fez sua entrada, forçando os violinos e as violas a se elevarem mais, e a essa atura o que a orquestra estava fazendo era apenas lhe dar a sensação de sua própria pequenez.

E então todos os instrumentos, o maestro de braços abertos a encorajá-los, começaram a tocar; uma vez que os tambores percutiram e os címbalos se chocaram, Thomas notou a desaceleração gradual, o movimento em direção ao desfecho.

Quando o público aplaudiu, ele não acompanhou. Ficou ali no seu lugar, observando o palco, as luzes e os músicos, que se preparavam para a sinfonia de Beethoven que encerraria a noite. Terminado o concerto, preferiu não estender a saída noturna. Queria permanecer envolvido pela música. Perguntava-se se outras pessoas, naquela multidão, compartilhavam do que estava sentindo, mas achava que não.

Afinal, ali era Lübeck, onde as pessoas não eram dadas a tais emoções. Aqueles que o rodeavam, pensou, facilmente seriam capazes de esquecer, ou apagar, a memória da música que ouviram.

Enquanto permanecia em seu assento, ocorreu-lhe que talvez o pai, nos últimos dias de vida, quando sabia que a morte se aproximava, tivesse dado importância àquela ideia de um som crescente e inconstante, avassalador, sugestivo de um poder além do terreno, que abriria uma porta para algum outro reino onde o espírito sobreviveria e prevaleceria, onde pudesse haver descanso uma vez suportada a própria morte em sua absoluta indignidade.

Pensou no cadáver do pai, estendido para efeito de espetáculo, vestido com suas roupas formais como a paródia de um homem público adormecido, disposto para inspeção. O senador ficou ali, frio, contido, a boca encurvada para baixo e bem fechada, o rosto mudando conforme mudava a luz, as mãos sem cor. Thomas lembrava das pessoas observando sua mãe dando as costas ao caixão com a mão no rosto, sob olhares de desaprovação.

Thomas caminhou até a casa que sua mãe, que desejava que ele se concentrasse mais formalmente nos estudos, arranjara para hospedá-lo com o dr. Timpe, um de seus professores. No dia seguinte enfrentaria, mais uma vez, a labuta no Katharineum; anotaria equações e estudaria as regras da gramática e aprenderia poemas de cor. Ao longo do dia fingia, como os outros, que tudo aquilo era de alguma forma natural, predeterminado.

Era mais fácil distrair a mente acerca do quanto abominava a sala de aula do que pensar no próprio quarto, aquele no qual dormia antes que sua mãe, Lula, Carla e Viktor se mudassem para Munique, e que agora nunca mais voltaria a ser seu. Tinha consciência de que, se pensasse em como era quente e confortável ali, ficaria muito triste. Obrigava-se a tentar que, à força, sua mente se demorasse em alguma outra coisa.

Pensava em garotas. Sabia que os esforços de seus colegas para parecerem diligentes muitas vezes eram uma forma de esconder que constantemente estavam pensando nelas. Quando faziam piadas e comentários à toa, no entanto, em geral vinham impregnados de timidez, constrangimento ou bravata autoconsciente. Às vezes, porém, ao vê-los se empurrando na rua, ou andando em duplas ou trios e rindo vulgarmente, percebia as energias ocultas.

Apesar do tédio das aulas, uma sensação de expectativa inebriante enchia o ar à medida que a tarde avançava e a oportunidade de que todos juntos se lançassem ao ar livre se aproximava. E, mesmo que seus colegas não encontrassem ninguém especial no caminho para casa, seguiam entusiasmados, Thomas entendia, pela possibilidade de cruzar com uma moça na rua ou de que alguma jovem pudesse ser vista por uma janela.

Quando, depois do concerto, ele ia chegando a seu destino, pensou nos quartos do andar de cima daquelas casas onde, agora mesmo, enquanto caminhava, uma garota talvez estivesse se aprontando para ir dormir, despindo umas de suas peças de roupa, os braços levantados bem no alto para tirar uma blusa, ou curvando-se para remover o que vestia por baixo.

Olhou para cima e viu uma luz bruxuleante numa janela sem cortinas; ele se perguntou que cena poderia estar acontecendo naquele quarto. Tentou imaginar um casal adentrando aquele espaço, o homem fechando a porta; ponderou sobre a imagem da moça se despindo, suas roupas íntimas, brancas, e sua carne macia. Mas, chegado o momento de contemplar como seria se ele próprio fosse o homem, Thomas se conteve, seus pensamentos recuaram. Ele se viu indisposto a seguir adiante com aquilo que, apenas um momento antes, imaginara de forma tão explícita.

Supunha que seus colegas de escola, ao imaginarem uma cena como aquela, também deviam ficar inseguros acerca de algo que, de todo modo, viveriam apenas em seus sonhos mais íntimos.

Esperava até estar em seu pequeno quarto dos fundos, no último andar da casa do dr. Timpe, para dar corda aos próprios devaneios. Às vezes, antes de apagar a luminária, iniciava um poema ou acrescentava uma estrofe a outro que estava escrevendo. Ao buscar metáforas adequadas para o complexo funcionamento do amor, não pensava em moças na penumbra de quartos; não evocava a intimidade de casais.

Havia um menino em sua classe com quem Thomas tinha um tipo diferente de intimidade. O nome desse menino era Armin Martens. Tinha, como Thomas, dezesseis anos, embora parecesse mais jovem. Seu pai, dono de uma fábrica, conhecera o pai de Thomas, ainda que a família Martens fosse menos proeminente do que os Mann.

Quando Armin percebeu o interesse que despertara, não pareceu surpreso. Passou a sair em caminhadas com Thomas, certificando-se de que nenhum dos colegas deles participasse dos passeios. Thomas ficou perturbado e impressionado com a capacidade de Armin de lhe falar sobre a alma, sobre a verdadeira natureza do amor, sobre a importância duradoura da poesia e da música, e com a mesma facilidade discutir garotas ou ginástica com outros colegas de classe.

Armin, de sorriso caloroso e aberto, de uma aura cheia de doçura e inocência, era capaz de ficar completamente à vontade com qualquer um, Thomas percebeu.

Quando Thomas escreveu um poema no qual falava da vontade de repousar a cabeça no peito de seu amante, ou de caminhar com ele ao crepúsculo profundo para um lugar de beleza onde estariam completamente a sós, quando versou sobre o desejo que sentia de se entrelaçar à alma de seu amado, a figura que tinha em mente, o objeto de seu desejo, era Armin Martens.

Ele se perguntava se Armin lhe daria algum sinal, ou se, numa daquelas caminhadas, permitiria que a conversa deixasse um pouco de lado os poemas e a música para se concentrar nos sentimentos de um pelo outro.

Com o tempo, percebeu que dava mais importância às caminhadas do que Armin. Ao despertar para isso, entendeu que deveria moderar seu comportamento na mesma medida, permitindo que Armin se distanciasse dele caso fosse esse o desejo do amigo. Enquanto ele ruminava com tristeza sobre o pouco que de fato poderia esperar de Armin, a possibilidade da rejeição fez-lhe subir o sangue, uma sensação extremamente dolorosa e quase satisfatória.

Tais pensamentos vinham de modo tão fugaz quanto uma mudança de luz ou um frio súbito no ar. Thomas não era capaz de manejá-los ou de acolhê-los com facilidade. E, à medida que o dia prosseguia em toda a sua monotonia e normalidade, eles desvaneciam de sua mente. Na escrivaninha de casa, guardava os poemas de próprio punho e alguns outros de amor dos grandes mestres alemães que havia copiado em páginas avulsas. Durante as aulas, enquanto o professor preenchia o quadro-negro, pegava uma dessas folhas e lia um poema disfarçadamente, quase sempre olhando para Armin Martens, que se sentava uma fileira à frente no corredor estreito.

Perguntava-se como Armin reagiria se mostrasse a ele aqueles poemas como uma forma de explicar o que sentia.

Às vezes caminhavam juntos em silêncio, Thomas saboreando a proximidade do outro. Se encontravam algum conhecido, Armin sabia como, de maneira firme mas amigável, deixar claro que não queriam companhia no passeio.

Na maioria dos dias, especialmente no início da caminhada, Thomas permitia que Armin conduzisse a conversa. Observou que seu companheiro nunca falava mal dos colegas ou dos professores. Sua visão de mundo era tolerante e relaxada. Uma menção ao nome do professor de matemática, Herr Immerthal, por exemplo, um homem por quem Thomas sentia profunda aversão, fazia Armin sorrir, nada mais que isso.

Enquanto Thomas queria discutir poesia e música, seu amigo geralmente tinha preocupações mais mundanas, como as aulas de equitação que fazia ou algum jogo do qual participara. Uma vez que Thomas conseguisse mudar de assunto para temas mais elevados, no entanto, o modo como Armin os abordava não mudava, mantinha a mesma leveza e falta de intensidade.

Esse comportamento no outro, a naturalidade, a serenidade, a aceitação do mundo, a ausência de nervosismo, de constrangimento ou de fingimento, era o que fizera Thomas querer tê-lo como seu amigo especial.

Percebeu, com o decorrer do ano, que Armin começava a mudar, estava ficando mais alto, com os ombros mais largos, passara a se barbear. Seu amigo, ele pensou, era meio menino, meio homem. O que levou Thomas a sentir mais ternura por ele. Tarde da noite, certo de que chegara a hora de declarar seus sentimentos, foi tomado da determinação de mostrar-lhe seu novo poema de amor, um poema que não disfarçava o fato de a pessoa amada ser o próprio Armin.

Na primeira estrofe, Thomas escrevia sobre como seu amado falava de música com eloquência. E, na estrofe seguinte, descrevia-o falando de poesia. Na estrofe final, anotava que o objeto de sua afeição combinava a beleza da música e da poesia em sua voz e em seus olhos.

* * *

    Certo dia de inverno, caminhavam segurando os gorros, as cabeças baixas contra o vento forte e úmido que sacudia e fazia gemer as árvores sem folhas. Embora Thomas tivesse o novo poema no bolso do paletó, sabia que, apesar de sua determinação anterior, seria impossível compartilhá-lo com o amigo. Armin vinha falando do prazer que seria, uma vez em casa, escorregar pelo corrimão da escada. Parecia uma criança. Thomas achou que seria melhor queimar o poema.

    Em outros dias, especialmente após um concerto em Lübeck, ou se Thomas lhe dava a dica de um dos poemas de amor de Goethe, a resposta de Armin poderia ser mais séria e pensativa. Quando Thomas tentou expressar como se sentira durante a execução do prelúdio de *Lohengrin*, Armin o observou com curiosidade, aquiescendo com a cabeça para fazê-lo saber que estava em total sintonia com as emoções que Thomas estava descrevendo. Enquanto caminhavam, Thomas ficou satisfeito por contemplarem, juntos, o poder da música. Tinha ali o companheiro com quem sonhara.

    Escreveu um poema sobre o amante e a pessoa amada caminhando em silêncio, cada um pensando os mesmos pensamentos do outro, apenas o ruído do vento a mantê-los separados, apenas a nudez das árvores a lembrá-los de que nada permanece, nada exceto seu amor. Na última estrofe, o poeta convocava o amado a viver com ele para sempre, resistindo assim ao tempo, o que lhes permitiria caminhar juntos para a eternidade.

    Thomas sabia que era frequente Armin ser insultado pelos colegas de classe por conta da amizade entre os dois. Thomas era visto como alguém destituído das melhores qualidades masculinas, por demais vaidoso e interessado em poesia, muito orgulhoso da antiga importância de sua família em Lübeck. Sabia que Armin apenas ria disso e não via razão para não manter Thomas como um companheiro próximo. Era óbvio que Armin sentia verdadeira afeição por ele. Certamente não o surpreenderia, portanto, que Thomas lhe mostrasse os poemas ou que lhe revelasse seus sentimentos de alguma outra maneira?

Um dia, na escola, quando o professor estava de costas, Armin olhou em torno e sorriu para ele. Seu cabelo, recém-lavado, sua pele, clara e luminosa; os olhos brilhavam. Thomas percebeu como Armin estava ficando bonito. Ocorreu-lhe que Armin possivelmente prestava tanta atenção a ele agora quanto ele a Armin. O outro não sorria para ninguém daquele jeito.

Tinham planejado uma caminhada no dia seguinte. O vento estava ameno, e o sol aparecia intermitente enquanto iam em direção às docas. Armin estava de bom humor, falando animado sobre uma viagem a Hamburgo que faria com o pai.

Seguiram em frente, desviando de cavalos, carroças e homens transportando madeira, até que pararam para ver várias toras que, tendo caído de uma pequena carroça, obrigaram o condutor a parar e pedir aos que estavam por perto para ajudá-lo a recolocá-las. Quanto mais apelava a seus colegas de trabalho, mais brincalhões eram os insultos que dirigiam a ele, usando um dialeto que divertia tanto Thomas quanto Armin.

"Queria saber falar como eles", comentou Armin.

Um homem foi ajudar o condutor e mais toras rolaram da carroça. Armin estava cada vez mais entretido com a cena. Ria, enlaçando Thomas com o braço, primeiro nos ombros, depois pela cintura. Quando os homens tentaram rearranjar as toras na carroça, mas tudo que conseguiram foi desmoroná-las um pouco mais, causando vaias de escárnio, Armin abraçou Thomas.

"É isso que eu amo em Lübeck", disse ele. "Em Hamburgo tudo é mais organizado e moderno, cheio de regras. Gostaria de nunca mais sair daqui."

Ocorreu a Thomas, enquanto observavam os dois homens agora empilhando as toras com mais segurança, que deveria responder de alguma forma aos abraços de Armin. Perguntava-se se poderia se virar e abraçá-lo, mas não achou que conseguisse fazer isso parecer natural.

Caminharam em direção a um conjunto de velhos armazéns, virando para uma rua lateral onde não havia tráfego nem nenhum sinal de vida. Armin comentou que dava para alcançarem a orla por aquela rota para conferir quais navios tinham chegado ao porto.

"Tenho uma coisa pra te mostrar", disse Thomas.

Ele tirou os dois poemas do bolso do paletó e os entregou a Armin, que começou a lê-los em silêncio, concentrando-se muito, como se algumas palavras ou versos lhe causassem dificuldade.

"Quem escreveu isto?", perguntou, ao terminar de ler o poema que comparava o amado à música e à poesia.

"Eu escrevi", respondeu Thomas. Armin ocupou-se do segundo poema; sem erguer a vista, perguntou:

"Você escreveu este também?"

Thomas assentiu.

"Alguém mais sabe?"

"Não. Escrevi apenas pra você ver."

Armin não respondeu.

"Eu os escrevi *pra você*", disse Thomas, quase sussurrando. Pensou em estender a mão e tocar Armin no braço ou no ombro, mas se conteve.

O rosto de Armin ficou vermelho. Ele olhou para o chão. Thomas se preocupou por um momento que o amigo pudesse acreditar que suas intenções eram comprometedoras, que não demoraria a sugerir, por exemplo, que os dois entrassem juntos num daqueles armazéns vazios. Precisava esclarecer que não tinha mais nada em mente. Que o que buscava em Armin não deveria vir com algum tipo de consumação rápida, mas com palavras suaves, ou um olhar, ou um gesto. Não desejava nada além disso.

Percebeu, enquanto mantinha os olhos em Armin, que estava a ponto de chorar. Armin verificou o verso de ambas as folhas para ver se havia algo escrito ali. Examinou os dois poemas novamente.

"Não acho que eu seja como a música ou a poesia", disse. "Sou como eu mesmo. E algumas pessoas dizem que sou como o meu pai. E, quanto a viver para sempre com um poeta, não sei. Acho que vou morar na casa do meu pai até chegar a hora de comprar a minha própria. Vamos descer e ver os navios."

Ao devolver os poemas a Thomas, ele o socou de leve e zombeteiramente no peito.

"Certifique-se de que ninguém encontre esses poemas. Meus amigos já sabem o que pensar de você, mas isso arruinaria minha reputação."

"Os poemas não significam nada pra você?"

"Prefiro navios a poemas, e garotas a navios, e você também deveria."

Armin seguiu na frente. Quando olhou para trás e viu que Thomas ainda tinha as folhas na mão, ele riu.

"Guarde esse negócio antes que alguém descubra e atire a gente na água."

Em seu último ano no Katharineum, Armin Martens mudou tanto quanto o próprio Thomas. Perdeu toda a sua simpatia e infantilidade. Ficou sério. Logo começaria a trabalhar na fábrica do pai. Teria seu próprio escritório. Já carregava consigo um senso da própria importância futura. Sem ideia de como seria monótono seu destino, Thomas percebeu, ele se integraria naturalmente à vida comercial de Lübeck.

No último andar da casa do dr. Timpe, o filho do médico, Willri, um ano mais velho que Thomas, ocupava o quarto da frente. Embora eles se conhecessem da escola, Willri deixou claro para Thomas, assim que ele se mudou para os novos aposentos, que não lhe interessava que fossem amigos. Surpreendeu Thomas que o dr. Timpe quase se orgulhasse da falta de interesse de Willri por livros e por aprender.

"Willri gosta de ar livre e de máquinas", contou o médico, "e talvez o mundo fosse um lugar melhor se todos compartilhássemos das preferências dele. Talvez o tempo dos livros tenha passado."

Ninguém protestava quando Willri se levantava da mesa antes do fim da refeição e deixava o recinto. Ele estava mais alto que o próprio pai, e também mais pesado. Isso parecia divertir o dr. Timpe.

"Logo vai começar a me dar ordens. Pois qual é o sentido de eu dar ordens a ele? Ele tem opinião sobre tudo. É um adulto completo."

Olhou para Thomas, sugerindo que talvez aquele hóspede que se demorava nas refeições pudesse aprender algo com seu filho.

À noite, como a parede que os separava era fina, ele sentia a presença de Willri no quarto ao lado. Imaginava-o se aprontando para ir dormir e deitado, quentinho, sob os cobertores. Sorriu ao pensar que não escreveria poemas sobre Willri; ninguém jamais escreveria. Mas talvez já tivesse escrito poemas suficientes por ora. No entanto, a imagem de Willri no cômodo vizinho permaneceu em seus pensamentos e muitas vezes o excitava.

Certa noite, Willri bateu na porta e pediu a Thomas que fosse ao quarto dele para ajudá-lo com uma tradução para o latim. Enquanto Thomas examinava o texto, sentado à beira da cama, ficou surpreso ao ver que Willri tinha começado a se despir.

Constrangido, já quase ia propondo que deixassem o latim para a manhã seguinte quando viu que Willri, de costas para ele, estava prestes a ficar nu. Demorou um pouco para perceber que o interesse de Willri ali nada tinha a ver com latim. Ele o havia convidado para seu quarto por outros motivos.

Logo os encontros naquele quarto da frente se tornaram parte de um ritual dos dois. Pisando na ponta dos pés as tábuas rangentes do assoalho, Thomas abria a porta do quarto de Willri sem bater. A lâmpada ainda estaria acesa e Willri, deitado completamente vestido na cama de solteiro.

Uma noite, voltando para casa de uma visita a sua tia Elisabeth, Thomas, como sempre, subiu as escadas sem fazer barulho, galgando os degraus suavemente, um por um. No andar de cima, viu que a lâmpada de Willri ainda estava acesa. Já no próprio quarto, tirou o sobretudo e se sentou à beira da cama. Achava mais excitante, às vezes, esperar que Willri viesse procurá-lo.

Ficou escutando. No silêncio que reinava, sabia que o menor ruído ali em cima seria ouvido nos andares de baixo onde dormia o restante da família Timpe.

Willri tentou posar de espontâneo quando entrou no quarto de Thomas e caminhou até a janela para abrir uma fresta nas cortinas. Fazia parecer que olhar para o vazio da noite era sua única razão para estar ali. E, ao se virar, a expressão em seu rosto mostrava uma calma e um contentamento lentos. Ele estendeu a mão para Thomas e, por um segundo, tocou seu rosto. Então sorriu e ficou olhando para Thomas, que retribuiu o olhar.

A um sinal de Willri, Thomas, tendo tirado os sapatos, seguiu seu companheiro até o quarto da frente. Willri fechou a porta e apontou para a cama, um dedo sobre os lábios. Thomas atravessou o quarto e se deitou na cama, as mãos atrás da cabeça. De costas para ele, Willri começou a se despir.

Era este o ritual que realizavam naquelas noites em que os

outros dormiam. Willri começava tirando o casaco para pendurá-lo no encosto da única cadeira do quarto. Agia como alguém que estivesse sozinho. Desabotoava a calça e a despia, pondo-a também na cadeira. Da cama, Thomas observava suas pernas fortes e sem pelos. Ele sabia que, assim que Willri tirasse a cueca, iria se curvar para sacar as meias. Esse seria o momento que tentaria lembrar mais tarde, quando voltasse para o seu quarto. Apoiava-se nos cotovelos para poder ver com mais clareza. Willri, depois de enfiar as meias nos sapatos, endireitava novamente o tronco e abria os botões da camisa.

Não demorava e estava completamente nu. Levantava os braços e colocava as mãos atrás da cabeça, espelhando a pose de Thomas na cama. Por um tempo, não se movia nem emitia nenhum som. Thomas examinava aquele corpo com cuidado, mas sabia que não deveria se mover da cama ou tentar abraçar Willri.

Certa vez, quando Willri o encarava exibindo uma ereção, Thomas afrouxou as próprias roupas e chegou mais perto. Pela primeira vez tocou Willri, que o encorajava a se aproximar mais. Thomas ficou tão chocado quanto o próprio Willri ao ver que, sem aviso, ele próprio havia chegado ao orgasmo e começado a soltar gemidos curtos e urgentes. No mesmo instante, Willri sussurrou que Thomas deveria sair imediatamente, ir para o seu quarto e apagar a luminária, enfiando-se na cama sem demora.

Pé ante pé no corredor, ouviu uma porta se abrindo no andar de baixo e o pai de Willri gritando: "Vocês dois não estão na cama? O que está acontecendo aí em cima?". Em seguida escutou passos na escada.

Thomas sabia que, se o dr. Timpe entrasse no quarto e tocasse a luminária, saberia pelo calor que acabara de ser apagada. E, se lhe puxasse os cobertores, veria que estava inteiramente vestido. E também que, se chegasse perto o bastante, seria capaz de adivinhar pelo cheiro o que Thomas e seu filho estavam fazendo.

Ouviu-o abrir a porta de Willri e perguntar ao filho o motivo do barulho. Não escutou a resposta de Willri. O dr. Timpe, ele sabia, viria em seguida verificar seu quarto. Virou o rosto para a parede e permaneceu imóvel, tentando simular a respiração de alguém que dormia profundamente.

Ao perceber o dr. Timpe abrindo a porta, respirou regular e suavemente, presumindo que era escrutinado por qualquer sinal de que estivesse, na verdade, acordado. O médico devia saber que tinha sido a voz de Thomas que o acordou, que tinha sido Thomas quem fizera aqueles sons fora de controle.

Mesmo depois de ouvir a porta se fechando, ele não se mexeu, com medo de que o dr. Timpe a tivesse encostado apenas para levá-lo a isso. Podia ainda estar no quarto.

Thomas esperou um pouco, atento ao menor ruído, antes de sair da cama e, com movimentos lentos e no escuro, tirar a roupa e vestir o pijama.

Pela manhã, ele se perguntou o que o pai de Willri teria a dizer sobre os gemidos que escutara na noite anterior. Durante o café, porém, o dr. Timpe parecia distraído e calado, preocupado com alguma coisa que lia no jornal. Mal ergueu a vista quando Thomas foi se juntar à família à mesa.

Na escola, agora que o pai morrera e a firma já não existia, agora que vivia numa espécie de pensão, ninguém parecia reparar nele.

O poder e o prestígio que Thomas tomara como herança natural haviam desaparecido. Até a morte do pai, ele tinha sido uma espécie de príncipe, desfrutando do conforto sólido da casa da família e se deliciando com a presença colorida de sua mãe.

Enquanto o senador era vivo, a indolência de Thomas na escola e sua falta de atenção eram assunto de conversas discretas entre os professores, tornando-se tema escandaloso ao final de cada período, quando recebia os boletins. Alguns professores faziam o possível para tirá-lo de sua ociosidade; outros o separavam dos demais para um tipo particular de repreensão. Todos eles faziam crescer, e muito, a tensão de cada dia.

Agora a tensão era diferente. Passara a ser considerado uma causa perdida, alguém com quem não valia a pena se preocupar. Os professores deixaram de se importar se ele entendia uma fórmula ou se limitava a espiar furtivamente o caderno do vizinho. Ninguém lhe pedia para que recitasse um poema de cor, embora em privado ele tivesse começado a se deleitar com as obras de Eichendorff, Goethe e Herder.

O que acontecia entre ele e Willri Timpe nada tinha a ver com alguma conexão emocional. No futuro, ele sabia, o que faziam naquele quarto pouco importaria para Willri. A intimidade intermitente entre os dois era não apenas furtiva e inominável, mas recoberta por uma atitude de indiferença de um com o outro durante o dia. Após as refeições em casa, ou aos domingos, e mesmo quando tinham tempo livre, Willri e ele não se faziam companhia.

Era quase impossível não zombar abertamente dos professores, mesmo daqueles que antes ele tolerava. Com Herr Immerthal, o professor de matemática, Thomas se orgulhava de ser insolente e zombeteiro. A turma se divertia com seus comentários inteligentes e gostava de ver o professor sendo humilhado. Quando Herr Immerthal fez uma queixa sobre Thomas, o diretor escreveu para a mãe do rapaz, que, por sua vez, escreveu ao filho dizendo que, se estivesse vivo, seu pai veria de forma muito negativa aquela recusa a tomar juízo e a se dedicar aos estudos. Uma vez que o senador havia nomeado dois tutores — Herr Krafft Tesdorpf e o cônsul Hermann Wilhelm Fehling — para que monitorassem o desenvolvimento de Thomas, ela seria obrigada a contatá-los caso recebesse mais reclamações.

Thomas descobriu que havia alunos na classe que estavam começando a se interessar por poesia. A maioria deles era tão quieta e tímida nos primeiros anos que ele mal os notara. Nenhum vinha de famílias importantes em Lübeck.

Agora, perto do fim de sua formação escolar, aqueles meninos estavam cheios de entusiasmo por ensaios, narrativas e poemas. O fato de amarem Schubert e Brahms mais do que Wagner não o decepcionava; significava que ele poderia guardar Wagner só para si. Todos queriam contribuir para uma revista literária que pudessem publicar, ver seus poemas impressos. Naturalmente, Thomas, como editor, tornou-se quase um mentor para eles. Ainda que a maioria fosse da idade dele, os outros meninos o admiravam. Seu conhecimento sobre a obra dos poetas alemães era mais importante para eles do que o péssimo desempenho de Thomas em sala de aula. E, apesar de achar alguns deles bonitos, sabia que não deveria lhes dedicar poemas.

Embora muitos de seus colegas de escola não tivessem ambição de ir além de Lübeck, era óbvio para Thomas que, tão logo terminasse a escola, ele iria embora. Com a firma vendida, não havia lugar para ele ali. Frequentemente passeava pela cidade e descia até as docas, ou parava no Café Niederegger e comprava marzipã feito de açúcar brasileiro, sabendo que inevitavelmente deixaria para trás aquelas ruas e cafés, que passariam a viver apenas em sua memória. Ao sentir o vento áspero do Báltico, sabia que aquilo era algo que em breve pertenceria ao passado.

Ainda que sua mãe e suas irmãs lhe escrevessem, sentia que o que omitiam nas cartas era mais significativo do que aquilo que contavam. O tom era muito formal. E isso permitia a Thomas responder a cada um dos familiares no mesmo tom, sem dizer nada de importante, especialmente nada sobre como ia mal na escola. Sua mãe, ele sabia, recebia os boletins; notou, porém, que ela havia desistido de mencioná-los.

A primeira indicação do que sua mãe e seus tutores tinham em mente para ele veio da tia Elisabeth. Em suas visitas, ela falava demais sobre a antiga grandeza da família para, em seguida, enumerar todas as desfeitas que lhe haviam direcionado no passado recente por lojistas, chapeleiros, vendedores de tecidos e esposas de homens que, socialmente, sempre lhe haviam sido subalternas.

"E agora isso", disse tia Elisabeth, balançando a cabeça tristemente. "Agora isso."

"Isso o quê?", ele perguntou.

"Estão tentando te arrumar um emprego como escriturário. Um empregado! Um dos filhos do meu irmão!"

"Não acho que isso seja verdade."

"Ora, você é um inútil na escola. Desistiram de você. As pessoas adoram me parar para dizer isso. Não adianta você ficar muito mais tempo nos bancos escolares. Pois escriturário será. Tem alguma ideia melhor?"

"Ninguém me falou nada sobre isso."

"Acho que estão esperando até que tudo esteja arranjado."

Quando Thomas enviou poemas a Heinrich, o irmão respondeu expressando sua admiração por alguns deles. Thomas gostaria que tivesse comentado mais especificamente sobre versos ou imagens. Mas foi uma passagem no final da carta que o fez se sentar: "Ouvi dizer que em breve você deixará Lübeck para trocar a carteira escolar por uma escrivaninha. Enquanto houver terra, água e ar, haverá fogo. E isso só pode ser uma boa notícia para você".

Thomas escreveu de volta, perguntando a Heinrich o que queria dizer com aquilo, mas o irmão não respondeu.

Um dia, ao voltar da escola, encontrou um de seus tutores,

o cônsul Fehling, esperando por ele com ar severo numa pequena sala de estar na casa do dr. Timpe. Como o cônsul não o cumprimentou nem apertou sua mão, Thomas se perguntou horrorizado se ele havia descoberto, de alguma forma, sobre as atividades noturnas no andar de cima.

"Sua mãe entrou em contato e está tudo arranjado. Acho que seu pai ficaria satisfeito. Ouvi dizer que alguns de seus professores não sentirão sua falta."

"O que está arranjado?"

"Dentro de algumas semanas, você começará a trabalhar na Seguros contra Incêndio Spinell, em Munique. É um emprego que muitos jovens invejariam."

"Por que ninguém me contou?"

"Estou te contando agora. E não há necessidade de voltar para a escola. Em vez disso, podia se certificar de que o dr. Timpe não tenha do que reclamar ao desocupar seu quarto. Você também deve visitar sua tia antes de partir para Munique."

O cônsul organizou a viagem para Munique. Como não soubera de nada pela mãe sobre o emprego como escriturário de uma seguradora, tinha certeza de que poderia convencê-la de que tal trabalho não combinava com ele. Entre as cartas que recebera da família, havia uma de Lula que o interessara. Em meio ao que, no geral, eram comentários anódinos, ela contava casualmente que Heinrich estava recebendo uma mesada decente da mãe.

Thomas sabia que a venda da empresa após a morte do pai rendera muito dinheiro, mas achava que o capital estava empatado em investimentos e que a mãe só tinha acesso ao que rendia de juros. Em nenhum momento se dera conta de que parte do dinheiro era por direito de Heinrich, dele ou das irmãs.

Mas Heinrich agora estava morando entre Munique e várias cidades italianas. Saíra seu primeiro livro, cuja publicação, informava Lula, tinha sido financiada pela mãe; também estava publicando contos em revistas. Como a mãe havia concordado em sustentá-lo, segundo Lula, Heinrich se dedicava integralmente à carreira literária, e desde a passagem pela Itália, escreveu ela, assumira um ar lânguido.

Thomas gostaria de ter escrito mais sobre a revista da escola e os poemas que publicou em sua correspondência com a mãe. Deveria ter enfatizado o quanto era dedicado à carreira literária, e seu trabalho, levado a sério pelos amigos. De modo que, assim, abriria caminho para pedir a ela um estipêndio mensal que lhe permitisse viver como Heinrich.

Colocou tudo o que havia escrito e os poucos textos que publicara numa pilha organizada. Assim que chegasse a Munique, ele os entregaria à mãe. Enquanto Heinrich só escrevia prosa, ele mostraria a ela que era um verdadeiro poeta, na tradição de Goethe e Heine. Esperava impressioná-la.

Chegando a Munique, ficou à espera de que a mãe, depois que os outros fossem para a cama, lhe explicasse o que era o trabalho na seguradora e por que ele havia sido tirado da escola. Na primeira noite, porém, ela falou de tudo, menos do motivo da vinda dele.

Thomas ficou surpreso com a aparência dela. Continuava a usar preto, mas suas roupas se alinhavam a uma moda que caberia a uma mulher muito mais nova. Seu penteado, com franja na frente e um intrincado sistema de pentes e presilhas, também era de uma jovem. Julia se maquiara, e usava um batom que, com orgulho, disse ter sido importado de Paris. Quando ele entrou no quarto dela, viu que havia um aparador repleto de cosméticos. Ela e Lula, que se tornara uma bela moça, discutiam moda como iguais, e, para espanto de Thomas, falavam sobre homens que, à noite, poderiam aparecer em visita como pretendentes em potencial para uma ou outra.

Na segunda noite, quando Thomas esperava ter uma discussão séria com a mãe, ela e Lula conversavam sobre alguma festa à qual não tinham ido e onde estivera em exibição alguma nova moda no comprimento dos vestidos.

"Não acho que isso vai pegar", disse a mãe.

"Mas já pegou", respondeu Lula. "Nós é que ficamos pra trás."

"Vamos corrigir isso."

"Como?"

"Seguindo a tendência. Nunca fiz isso antes, mas agora vou fazer, se você achar que devo. Em Lübeck, era eu quem definia o que era moda."

Thomas resolveu sair para um passeio. As noites de primavera em Munique eram quentes. Ele estava feliz por Heinrich ainda estar na Itália, deixando-o livre para explorar a cidade por conta própria. As ruas estavam cheias de gente circulando; havia até pessoas sentadas do lado de fora dos cafés. Encontrou um lugar onde pudesse se sentar e se distrair olhando para quem desfilava por ali.

Com o passar dos dias, descobriu que não sentia falta de Lübeck. Mesmo no auge do verão, sempre se sentia um toque frio no vento de lá. As pessoas desviavam o olhar quando se olhava para elas. Era costume voltar para casa às seis da tarde e ali permanecer, fechado, não importava a estação do ano. As pessoas viviam como se o inverno estivesse sempre chegando. Pareciam mais felizes a caminho de um longo e triste culto religioso, tornado ainda mais tedioso pelo som pesado e interminável das obras de Buxtehude para órgão. Thomas também via com desdém o frio protestantismo do norte e o interesse cego pelo comércio em Lübeck. Em Munique, os padres eram tão comuns nas ruas quanto os policiais, e podiam ser vistos passeando como se não estivessem indo a nenhum lugar em particular. Era uma cidade descontraída e divertida, ele pensou, e fez planos de ali se estabelecer em seus próprios termos assim que falasse com a mãe.

Mesmo já tendo se hospedado antes no apartamento da família, ainda se surpreendia ao ver os móveis de Lübeck, até peças da casa da avó, naquele novo e mais confinado espaço. O piano de cauda da mãe ocupava quase metade da sala. Achava a presença de mesas e cadeiras, pinturas e candelabros, que lhe eram familiares de Lübeck, tão perturbadora quanto levemente cômica, já que nenhuma daquelas peças parecia se encaixar no resto da decoração.

Apesar de a mãe continuar a enfatizar a própria estrangeirice e originalidade, tratando o apartamento como se fosse o refúgio de alguma herdeira arruinada, tinha o ar derrotado. Acreditava, como sempre dizia aos filhos, que o sucesso social que desejava ter em Munique lhe escapava. Todas as noites havia festas e jantares para os quais não era convidada.

O brilho de antes a abandonara, pensou Thomas, para ser substituído por melancolia e uma facilidade para se ofender. Enquanto nos velhos tempos em Lübeck ela achava a sociedade ao seu redor ligeiramente divertida e cativante, agora se entregava fácil a ressentimentos. Ficava indignada quando o carteiro não chegava a tempo, ou quando um mensageiro entregava um pacote à tarde e não pela manhã, ou quando um de seus amigos não achava conveniente incluí-la no grupo que ia à ópera, ou ainda, o que era ameaçador para Thomas, quando um dos filhos não se comportava segundo seu desejo.

Caminhando por Schwabing, onde ficava o apartamento da família, Thomas descobriu um mundo que não conhecia. Rapazes que pareciam artistas ou escritores que caminhavam confiantes pelas ruas, falando alto. Ele se perguntava se aquilo era novo, ou o porquê de não tê-los notado em visitas anteriores. Nos cafés recém-inaugurados, os grupos seguiam absortos em suas conversas. Embora fossem rapazes apenas alguns anos mais velhos do que ele, sugeriam um mundo diferente. Reparou nas estranhas combinações: se as roupas fossem displicentes, ainda assim os cortes de cabelo podiam ser antiquados. Irradiavam a polidez de um mundo antigo quando se cumprimentavam ou quando um deles se despedia. Mas também tinham um jeito de rir com desenvoltura, exibindo os dentes descaradamente manchados de tabaco. Pareciam divertidos e, de repente, sérios. Muitas vezes se recostavam com preguiça para, em seguida, se lançarem à frente, o dedo espetado no ar enfumaçado sublinhando um argumento.

Thomas tentava ouvir as conversas. Alguns deles, descobriu, eram jornalistas, outros, críticos, ou trabalhavam na universidade. Na rua, via grupos de dois ou três carregando pastas. Devem ser artistas a caminho de uma aula, de um estúdio ou galeria, pensava. Eles se moviam e falavam como se não apenas a cidade, mas o próprio futuro, em breve lhes fosse pertencer totalmente.

Depois do jantar, naquela primeira semana, ele caminhou até cansar, voltando em silêncio para o apartamento, esperando não acordar os outros. Todas as noites, uma vez que tomava a decisão de voltar para casa, sentia uma grande desolação. Sentado sozinho em cafés, ficava excluído do mundo que lhe era tão atraente. Perguntava-se se Heinrich conhecia alguma daquelas pessoas. Se vissem seus poemas, pensava ele, não iriam querer sua companhia. Aparentavam ser e soavam tão irônicos e cosmopolitas que ele tinha certeza de que achariam poemas simples de amor dignos de zombaria, nada mais. Ele não teria nada a acrescentar à conversa. Pareceria muito imaturo, muito inocente, não mais do que um colegial. Mas isso não o impedia de querer desesperadamente fazer parte daqueles encontros.

Nas refeições no apartamento da mãe, falava-se de roupas e cavalheiros. Se o pai estivesse vivo, tinha certeza de que as conversas à mesa seriam mais edificantes, e as intervenções das irmãs, cuidadosamente monitoradas e controladas.

Uma noite, quando a discussão sobre um novo grupo de visitantes pareceu subir a um tom bastante intenso, ele não aguentou mais.

"Espero não ser obrigado a encontrar nenhum desses cavalheiros. Parecem todos bancários."

Suas irmãs não acharam a observação divertida. A mãe manteve o olhar fixo à frente.

Certa noite, ao subir para o quarto, encontrou sobre a cama uma carta com papel timbrado da seguradora Spinell, pela qual era informado de que o esperavam no escritório de Munique na manhã de segunda-feira, quando seria apresentado a suas funções. A mãe devia ter deixado a correspondência ali. Como faltavam apenas cinco dias para a data em questão, decidiu que teria de falar com ela, não podia deixar passar mais tempo.

Na tarde seguinte, enquanto as irmãs foram fazer compras e uma das empregadas levou Viktor ao parque, ouviu a mãe tocando Chopin. Trazendo a pilha de papéis que continha todos os poemas que havia escrito e algumas peças em prosa, ele entrou na sala onde ela estava e se sentou em silêncio para escutar.

Quando terminou a peça, ela se levantou, cansada.

"Gostaria que a gente tivesse um apartamento maior ou uma bela casa", disse. "É tudo tão apertado aqui."

"Gosto de Munique", respondeu Thomas.

Ela se voltou para o piano como se não o tivesse ouvido. Enquanto folheava as partituras, ele se dirigiu a ela com seus poemas.

"Fui eu que escrevi", disse, "e alguns foram publicados. Quero dedicar minha vida a ser escritor."

A mãe folheou os papéis.

"Já vi a maioria", falou.

"Acho que não."

"O Heinrich os enviou para mim."

"O Heinrich? Ele nunca me contou."

"Talvez seja melhor assim."

"O que você quer dizer?"

"Não o impressionaram muito."

"Ele me escreveu elogiando alguns."

"Muito gentil da parte dele. Mas, pra mim, escreveu uma carta dizendo coisa muito diferente. Eu a tenho em algum lugar."

"Meu irmão me encorajou bastante."

"Ele fez isso?"

"Posso ver o que ele escreveu?"

"Não acho que seria aconselhável, mas agora você tem um emprego. E começa na segunda-feira."

"Sou escritor e não quero trabalhar numa seguradora."

"Posso ler pra você uma amostra das opiniões do Heinrich, se isso for te ajudar a colocar os pés no chão."

Ela deixou o piano e saiu da sala. Quando voltou, tinha um maço de cartas na mão. Sentou-se no sofá enquanto tentava encontrar as que procurava.

"Achei! Tenho as duas cartas aqui. Nesta, ele descreve você como 'um adolescente, alma amorosa, desencaminhada por sentimentos à toa'. E nesta segunda se refere aos seus versos como 'poetização efeminada, sentimental'. Mas eu mesma gostei de alguns dos poemas, então talvez isso seja muito rigoroso. E ele pode ter gostado de alguns também. Quando li o que o Heinrich escreveu, de fato vi que alguma decisão teria de ser tomada sobre o seu futuro."

"Não tenho interesse nas opiniões do Heinrich", retrucou Thomas. "Ele não é crítico de poesia."

"Sim, mas as opiniões dele nos mostram qual é o caminho."

Thomas baixou os olhos para o tapete.

"E aí entramos em contato com o sr. Spinell", continuou ela, "que era um velho amigo do seu pai quando dirigia uma companhia de seguros contra incêndio muito bem-sucedida em Lübeck. Agora ele está à frente de um escritório similar que é muito respeitado em Munique. É um grande negócio, e há todas as chances de alguém dedicado subir na hierarquia lá. Não contamos ao sr. Spinell sobre seu histórico escolar. Ele te vê como alguém confiável, como filho do seu pai."

"O Heinrich ganha uma mesada", respondeu Thomas. "Você pagou pela publicação do primeiro livro dele."

"O Heinrich se dedicou à escrita. Conquistou grande admiração."

"Vou me dedicar à escrita também."

"Meu desejo é te desencorajar dessa urgência de escrever. Sei pelos boletins escolares que você não tem talento para se dedicar a nada. Talvez não devesse ter compartilhado com você a opinião do seu irmão sobre sua poesia, mas preciso te trazer de volta à realidade. Esse trabalho na seguradora vai te dar estabilidade. Agora que me dei conta: precisamos ir ao alfaiate e tirar suas medidas para algumas roupas adequadas, roupas que impressionem o sr. Spinell. Devíamos ter feito isso assim que você chegou."

"Não quero trabalhar numa seguradora."

"Acho que seus tutores, que ainda estão no controle, já tomaram uma decisão firme. É tudo minha culpa. Sabe, fui muito negligente. Não sabia o que fazer quando via os boletins escolares, então não fiz nada. Mas aí a informação chegou aos tutores, que me tiraram tudo das mãos. Eu teria resistido a eles se não fosse pelos poemas."

A mãe atravessou a pequena sala e voltou a se sentar ao piano. Ele olhou para o pescoço elegante dela, para seus ombros estreitos, sua cintura fina. Ela tinha apenas quarenta e três anos. Antes disso, ela sempre fora gentil com Thomas, distraída demais com outras coisas para notá-lo ou se irritar com ele. Ali, há pouco, soara importuna, usando um tom que ela mesma frequentemente deplorava nos outros. Tentava imitar seus tutores ou seu pai. Não seria necessário muito esforço para devolvê-la a quem ela era, mas Thomas não sabia, naquele momento, como fazer isso. E ele não podia acreditar que Heinrich, a quem havia confiado suas ambições de poeta, o tivesse traído, tivesse escrito de forma tão violenta e cínica sobre seus poemas.

Quando a mãe voltou para seu Chopin, colocando cada vez mais energia na execução da peça, ele ficou feliz por não poder ver seu rosto. E ainda mais feliz por ela não poder vê-lo no momento em que ele começava a se blindar contra ela e contra o irmão.

3. Munique, 1893

Na seguradora Spinell, quando começou, ele abominava cada dia. O trabalho que lhe deram era mortífero. Queriam que todas as contas de um dos livros-caixa fossem transferidas para outro, de modo que tivessem uma segunda cópia a ser guardada na sede da empresa.

Ele era deixado sozinho, confiando a ele a informação sobre onde podia encontrar tinta, mata-borrão e pontas novas para sua caneta. Enquanto trabalhava na mesa alta, alguns dos homens mais velhos do escritório o cumprimentavam ao passar por ali. Ver um jovem de boa família aprendendo seu ofício no ramo dos seguros contra incêndio parecia lhes dar satisfação. Um deles, Herr Huhnemann, era o mais simpático.

"Em breve você será promovido", disse ele, "já posso ver. Você parece um jovem muito competente. Temos sorte que esteja conosco."

Ninguém nunca verificava o quanto ele avançava em seu trabalho. Mantinha os dois livros de contabilidade abertos, certificando-se de que parecia estar concentrado no trabalho. Fazia algumas transcrições, mas cada vez menos a cada dia. Se ele escrevesse poemas, talvez tivesse chamado a atenção para si franzindo demais as sobrancelhas ou contando baixinho a métrica, então se dedicou a uma narrativa. Trabalhava com calma, a vida de sonho que tentava evocar o agradava, e logo estava de bom humor, um estado que perdurava noite afora, de modo que sua mãe começou a acreditar que ele vinha se beneficiando da disciplina do trabalho no escritório e que talvez tivesse futuro no ramo de seguros contra incêndio.

Quebrar as regras, desafiar seus empregadores e seus tutores, dava-lhe satisfação. Ele não abominava mais os dias de trabalho. Mas havia noites em que não se aguentava à mesa, nas quais o apartamento ficava abafado e as horas seguintes eram duras de encarar.

Ele sabia que sua mãe desaprovava que andasse pelas ruas de Munique e, sozinho, explorasse os cafés. Se estivesse bebendo demais ou passando tempo com pessoas inadequadas, poderia fazer mais sentido.

"Mas quem você vê nessas caminhadas?", ela perguntava.

"Ninguém. Todo mundo."

"O Heinrich sempre fica com a gente quando está aqui."

"Ele é o filho perfeito."

"Mas por que ficar fora por horas?"

Ele sorria.

"Sem nenhuma razão."

Thomas se sentia tímido e retraído, incapaz de aparecer diante da mãe com a confiança e o brio de Heinrich. À noite, ocorreu-lhe que logo seria descoberto na seguradora, a menos que se dedicasse a trabalhar com rapidez na transcrição do livro--caixa. Mas continuou escrevendo, deliciado com a ideia de ter bastante papel e outros materiais, e, se necessário, o dia todo para reescrever uma cena. Quando o conto foi aceito por uma revista, ele gostou de não contar a ninguém. Esperava que, quando fosse publicado, ninguém notasse.

Herr Huhnemann tinha um jeito de fitá-lo atentamente para, em seguida, desviar o olhar como se tivesse sido flagrado quebrando uma regra. Seu cabelo grisalho e reluzente assentava-se na cabeça como pequenos espinhos. O rosto era comprido e magro, e os olhos, de um azul profundo. Thomas o achava perturbador, mas percebeu que sustentar o olhar do homem e depois forçar Herr Huhnemann a baixar a vista também lhe dava uma estranha sensação de poder. Com o passar do tempo, percebeu que aqueles pequenos encontros, a mera convergência de olhares, eram uma parte importante do dia de Herr Huhnemann.

Certa manhã, logo após o início do expediente, o homem se aproximou da mesa de Thomas.

"Todo mundo deve estar se perguntando como vai seu grande trabalho", disse ele em voz baixa, confidente. "Estou sabendo que a matriz vai fazer conferências em breve, então eu mesmo dei uma olhada. E você, seu pequeno patife, está de preguiça. Não apenas em marcha lenta, mas pior. Encontrei muitas páginas do que você anda escrevendo debaixo do livro principal. Seja lá o que for, não é o que a empresa pediu para você fazer. Se tivesse sido só lentidão, entenderíamos."

Ele esfregou as mãos e chegou mais perto de Thomas.

"Talvez tenha sido um engano", continuou, "talvez o trabalho tenha sido copiado em algum outro livro que não está em cima da mesa. Seria este o caso? O que o jovem Herr Mann tem a dizer em sua defesa?"

"O que pretende fazer?", Thomas lhe perguntou.

Herr Huhnemann sorriu.

Por um momento, Thomas pensou que o homem estava bolando alguma forma de ajudá-lo, de transformar sua indolência em uma conspiração da qual ambos poderiam desfrutar juntos. Então viu o rosto do colega ensombrecer e sua mandíbula se contrair.

"Pretendo denunciá-lo, meu rapaz", sussurrou Herr Huhnemann. "O que você tem a dizer sobre isso?"

Thomas colocou as mãos atrás da cabeça e sorriu.

"Por que não faz isso agora mesmo?"

Ao chegar em casa, encontrou a mala de Heinrich no corredor e o próprio Heinrich na sala com a mãe.

"Fui mandado embora", disse Thomas quando ela perguntou por que não estava na seguradora.

"Você está doente?"

"Não, fui descoberto. Em vez de fazer meu trabalho, tenho escrito contos. Recebi esta carta de Albert Langen, editor da revista *Simplicissimus*, aceitando minha história mais recente. A opinião dele me interessa mais do que todo o futuro do ramo de seguros contra incêndio."

Heinrich indicou que desejava ver a carta.

"Albert Langen é uma figura muito respeitada", falou, ao lê-la. "A maioria dos escritores jovens, e muitos dos mais velhos, dariam o que fosse para receber uma carta dessas. Mas isso não significa que você tenha permissão de sair do emprego."

"Você é meu tutor agora?", perguntou Thomas.

"Claramente você precisa de um", interveio a mãe. "Quem o autorizou a deixar o escritório?"

"Não volto para lá", respondeu Thomas. "Estou determinado a escrever mais contos e um romance. Se o Heinrich vai para a Itália, quero ir com ele."

"O que seus tutores vão pensar disso?"

"O período de tutela termina em breve."

"E o que você vai fazer para ganhar dinheiro?"

Thomas pôs as mãos atrás da cabeça, como fizera com Herr Huhnemann, e sorriu para a mãe.

"Vou apelar à senhora."

* * *

Foi necessária uma semana de mau humor, adulação e insistência para que Heinrich passasse para o seu lado.

"Como vou explicar isso aos tutores?", perguntou a mãe. "Alguém da seguradora já deve ter contado a eles."

"Diga que tenho tuberculose", sugeriu Thomas.

"Não responda aos tutores", acrescentou Heinrich.

"Nenhum de vocês parece entender que, se eu não me reportar a eles, posso ter minha mesada cortada."

"Doença, então", disse Heinrich. "Doença. Ele precisa dos ares da Itália."

Ela balançou a cabeça.

"Não brinco assim com doença", retrucou. "Acho que você deveria voltar, pedir desculpas e aprender o seu ofício."

"Eu não vou voltar", insistiu Thomas.

Ele sabia que sua mãe já concluíra, na verdade, que ele não voltaria ao escritório. Com Heinrich, tentou descobrir a melhor forma de incentivá-la a lhe dar uma mesada. No fim, não tendo sucesso em seu apelo à mãe, recorreu às duas irmãs.

"É ruim pra família que eu faça um trabalho tão servil."

"E o que você vai fazer em vez disso?", quis saber Lula.

"Vou escrever livros, como o Heinrich."

"Ninguém que eu conheço lê livros", disse Lula.

"Se me ajudarem, ajudo vocês quando tiverem algum problema com a mamãe."

"Você vai me ajudar também?", perguntou Carla.

"Vou ajudar vocês duas."

Disseram à mãe que ter dois irmãos escritores as beneficiaria socialmente em Munique. Seriam convidadas para mais lugares e mais gente as notaria.

Julia finalmente falou a Thomas que achava melhor que

ele fosse para a Itália. Ela havia escrito uma carta formal aos tutores para informá-los de que isso estava sendo feito por motivos de saúde e sob o melhor dos aconselhamentos. Soava severa e no controle da situação.

"Minha única preocupação é que a Itália seja um lugar onde as pessoas, segundo me contaram, andam pelas ruas à noite. Já tivemos o bastante disso. Até hoje não consigo imaginar o que você faz perambulando por aí. O Heinrich tem que me prometer que você vai cedo para a cama."

Enquanto faziam planos para a partida em direção ao sul, Heinrich contou a Thomas o quanto havia defendido sua causa junto à mãe. Falou que havia dito a ela que admirava a poesia de Thomas, que apenas agradeceu.

Gostava da ideia de viajar com alguém em quem não podia confiar completamente. Isso o encorajaria, ainda mais do que o normal, a não compartilhar segredos. Eles podiam discutir literatura e até política, talvez música também, mas, ainda alerta para o tamanho do poder que Heinrich e a mãe tinham sobre ele, Thomas permanceria cauteloso, de modo a não deixar que seu irmão descobrisse qualquer coisa que pudesse ser usada contra ele no futuro. Não queria voltar a trabalhar com seguros contra incêndio.

Foram primeiro para Nápoles, evitando contato com qualquer alemão que encontrassem, e então, usando o transporte dos correios, seguiram para Palestrina, nas colinas Sabine, a leste de Roma, situadas sobre um vale, as estradas ladeadas por amoreiras, olivais e guirlandas de videiras, os campos cultivados divididos em pequenas propriedades cercadas por muros de pedra. Instalaram-se na Casa Bernadini, onde Heinrich havia se hospedado antes. Era um edifício sólido e sóbrio numa rua lateral em declive.

Com um quarto para cada um, os dois dividiam uma sala sombreada com piso de pedra, mobiliada com cadeiras de vime e sofás de crina, onde instalaram duas escrivaninhas para que pudessem trabalhar, feito dois eremitas ou dois escriturários obedientes, de costas um para o outro.

A senhoria, conhecida por todos como Nella, mandava no andar de cima, sendo a grande cozinha seu quartel-general. Informou aos irmãos que, antes deles, estivera por ali um aristocrata russo que havia sido visitado por espíritos errantes.

"Estou feliz", disse, "por esse senhor ter levado os espíritos com ele. Palestrina tem seus próprios espíritos e não precisamos de visitantes."

No período em Nápoles, Thomas mal dormiu. Seu quarto era quente demais, mas também as sensações, enquanto passeava pela cidade durante o dia, eram muito fortes. Quando, certa manhã, um jovem o seguiu e a seu irmão, ele se deu conta de como se vestiam com exagero e formalidade, do quanto se destacavam na paisagem. O jovem sibilou para eles primeiro em inglês, mas depois, chegando mais perto, mudou para alemão. Estava lhes oferecendo garotas. Como os irmãos o ignoraram e tentaram se afastar dele, ele se aproximou ainda mais, segurou Thomas pelo braço e sussurrou que podia arranjar garotas, mas não só garotas. O tom era confidencial e insinuante. A frase "mas não só garotas" era, claramente, uma cartada que já havia usado antes.

Quando abriram caminho para passar pelo jovem na rua movimentada, Heinrich cutucou Thomas.

"Depois de anoitecer é melhor, e também é melhor ficar sozinho. Ele está apenas sendo jocoso com a gente. Nada acontece durante o dia."

Heinrich parecia espontâneo, mundano, mas Thomas não tinha certeza de que não era mera bravata. Olhou para os prédios degradados nas ruas estreitas e se perguntou se haveria quartos, espaços penumbrosos e vigiados, em algumas daquelas casas, onde transações poderiam ocorrer. Enquanto Thomas estudava rostos, incluindo rostos de jovens, muitos deles exalando frescor e uma beleza requintadamente viva, ele se perguntava se aqueles jovens, ou outros como eles, estariam disponíveis ao cair da noite.

Viu-se saindo sozinho, passando silenciosamente pela porta de Heinrich. Imaginou aquelas ruas à noite, o lixo, o cheiro fétido, os cães vadios, o som de vozes nas janelas e portas, talvez figuras paradas nas esquinas, vigilantes. Fantasiou como poderia revelar a um daqueles rapazes o que ele queria.

"Você parece um homem com alguma coisa em mente", disse Heinrich enquanto caminhavam em direção a uma grande praça com uma igreja de um dos lados.

"Os cheiros são todos novos para mim", respondeu Thomas. "Estava pensando nas palavras que poderia usar para descrevê-los."

A atmosfera que encontraram em Nápoles tomava as vigílias de Thomas e entrava em seus sonhos. Mesmo já trabalhando em novas histórias em Palestrina, mesmo ouvindo a caneta de Heinrich arranhando o papel enquanto ele escrevia na outra escrivaninha, o que poderia ter acontecido em Nápoles numa daquelas noites era o que lhe dava energia. Imaginou-se sendo conduzido a um quarto com o brilho amarelado de uma luminária, alguns móveis quebrados, um tapete desbotado no chão. E então um jovem solene, de terno e gravata, abria a porta para logo fechá-la silenciosamente, seu cabelo preto reluzente, os olhos escuros, uma expressão decidida em seu rosto. Sem dizer nada, sem dar a mínima atenção a Thomas, o jovem começava a se despir.

Tentando afastar esses pensamentos, entrando em acordo consigo mesmo de que, ao terminar um episódio da história, poderia então deixar que sua mente vagasse de volta àquele momento no quarto, recomeçou a escrever, com a vitalidade que sentia indicando o caminho para a própria cena que estava compondo. Quando a caneta de Heinrich se calou, ele viu que precisava continuar escrevendo para que o silêncio na sala não fosse completo. Terminada a cena, levantou-se da cadeira e, ao atravessar a sala sem fazer ruído, percebeu Heinrich enfiando furtivamente algumas folhas de papel debaixo de um caderno.

Mais tarde, quando o irmão saiu para passear, Thomas levantou o caderno e encontrou quatro ou cinco páginas cobertas por desenhos de mulheres nuas com seios enormes. Em alguns deles, Heinrich incluíra braços e pernas, até mesmo mãos e pés. Em outros, a mulher segurava um cigarro ou uma bebida. Mas em todos os seios eram grandes e estavam nus, completos com mamilos cuidadosamente executados.

Que estranho, ele pensou, que ambos, enquanto trabalhavam todos os dias em sua ficção, tivessem algo mais em suas mentes, algo cujo impacto dependia da força de suas imaginações. Ele se perguntava se o pai, ao fazer negócios, ao visitar o banco e ao procurar sócios para investimentos, não andava pensando o tempo todo, na verdade, em assuntos mais particulares que lhe aceleravam a respiração.

Muitas vezes, quando Heinrich estava caminhando, Thomas sentia vontade de se juntar a ele, mas sabia que a necessidade de solidão do irmão era ainda maior do que a dele próprio, ou era o senso de Heinrich do quanto pareceriam peculiares, dois jovens irmãos solteiros saindo para caminhar juntos, que se mostrava mais agudo.

A senhoria hospedava dois irmãos dela, ambos quase enfermos, que viviam juntos. Eles vinham se sentar na cozinha algumas noites, ou apareciam aos domingos depois da missa. Thomas se dava conta de como pareciam estranhos, mesmo em ambiente familiar. Não eram casados nem solteiros. Nutriam um pelo outro uma espécie de leve antipatia. Um deles tinha sido advogado, e havia algum mistério sobre sua aposentadoria dessa profissão. Era com frequência apontado pelo irmão, que imediatamente recebia ordens da irmã, a senhoria, para ficar em silêncio. Um irmão era supersticioso, o que o outro, o advogado, desaprovava. Quando o supersticioso compartilhou maliciosamente com Thomas e Heinrich a informação de que um homem deveria tocar os testículos com a mão direita ao ver um padre, o advogado insistiu que essa obrigação não existia.

"Na verdade", disse ele, "a obrigação é não fazer tal coisa. Assim como temos obrigação de ser racionais. É pra isso que somos dotados de mentes."

Thomas se perguntou se ele e Heinrich eram uma versão mais pálida daquele par. Assim que chegassem à meia-idade, pensou, as semelhanças se tornariam mais aparentes. Permaneciam juntos agora, presumiu ele, porque era mais fácil pedir mais dinheiro à mãe se o pedido viesse de ambos, combinado com anedotas sobre suas viagens e referências sérias ao trabalho.

Apenas uma vez naquela estada na Itália os irmãos Mann tiveram uma discussão. Tudo começou quando Heinrich expressou uma opinião que Thomas nunca tinha ouvido antes: ele insistia que a unificação da Alemanha tinha sido um erro e servira apenas para aumentar o domínio prussiano.

"Eles assumiram o controle", disse, "e tudo em nome do progresso."

Para Thomas, a unificação alemã, que ocorrera no mesmo ano do nascimento de Heinrich e quatro anos antes de ele nascer, era uma questão resolvida. Ninguém poderia contestar seu valor. Foi evoluindo gradativamente como projeto para, mais tarde, tornar oficial algo que já estava claro. A Alemanha era uma só nação. Os alemães falavam uma só língua.

"Você acha que a Baviera e Lübeck fazem parte da mesma nação?", perguntou Heinrich.

"Sim, acho."

"A Alemanha, se é que posso usar essa palavra, continha dois elementos em oposição direta. Um lado era todo emoção, a língua, as pessoas, os contos folclóricos, a floresta, o passado primitivo. Era tudo ridículo. Mas o outro era dinheiro, controle e poder. Usava a linguagem dos sonhos para mascarar a ganância pura e a ambição descarada. Ganância prussiana. Ambição descarada prussiana. Isso vai acabar mal."

"A unificação da Itália também vai acabar mal?"

"Não, só a da Alemanha. A Prússia conquistou sua hegemonia vencendo guerras. É controlada pelos militares. O Exército italiano é uma piada. Tente fazer uma piada sobre o Exército prussiano."

"A Alemanha é uma grande nação moderna."

"Você está falando besteira. Quase sempre fala besteira. Você acredita no que ouve. É um jovem poeta que anseia por um amor perdido. Mas vem de um país interessado em expansão, domínio. Precisa aprender a pensar. Você nunca será um romancista se não aprender a pensar. Tolstói sabia pensar. Assim como Balzac. É lamentável que você não saiba."

Thomas se levantou e saiu da sala. Nos dias que se seguiram, ele tentou formular um argumento que mostrasse a Heinrich que o irmão estava errado. Ocorreu-lhe que Heinrich poderia estar testando um argumento, e que não quisesse, na verdade, dizer o que disse. Talvez estivesse discutindo aquilo por discutir. Thomas nunca tinha ouvido o irmão dizer algo semelhante.

O Palazzo Barberini, com vista para a cidade, era um vasto quartel. Sem contar a Heinrich, Thomas escapuliu para visitar o mosaico do Nilo do século II a.C. ao qual o guia de viagens fazia referência. Havia uma mulher à porta que expressou surpresa quando viu Thomas se materializar; ela o informou numa voz melancólica a que horas o prédio fecharia. E o conduziu até o mosaico, que era vigiado por um jovem de aparência desligada numa farda puída.

O que fascinou Thomas foi a pura opacidade da cor do mosaico, que devia ter desbotado com o tempo, o quanto o cinza e um azul aguado agora prevaleciam, o quanto a cor de ardósia e de lama passara a dominar.

A luz lavada sobre o Nilo o fez pensar nas docas de Lübeck, nas nuvens sopradas pelo vento, em seu pai dizendo que ele podia, se quisesse, correr de um poste de atracação a outro, mas evitando tropeçar nas cordas e sem chegar muito perto da água.

O pai estava com um de seus funcionários; conversavam sobre navios, cargas e horários. Gotas de chuva caíam, e os dois homens inspecionavam o céu e estendiam as mãos para ver se a precipitação de fato pretendia desabar sobre eles.

Algo lhe ocorreu então. Enxergou o romance em que estava pensando na sua totalidade. Naquele livro, recriaria a si próprio como filho único e faria de sua mãe uma delicada e musical herdeira alemã. Transformaria tia Elisabeth numa heroína temperamental. O herói não seria uma pessoa, mas a própria empresa da família. E a atmosfera de otimismo comercial de Lübeck seria o pano de fundo, mas a empresa estaria condenada, assim como o filho único da família.

Da mesma forma como o artista do mosaico havia imaginado um mundo líquido banhado por nuvens e pela luz vinda das águas, ele reconstituiria Lübeck. Adentraria o espírito de seu pai, e os de sua mãe, de sua avó, de sua tia. Veria tudo neles e mapearia a decadência de seus destinos.

Quando voltaram a Munique, Thomas começou a delinear o romance *Os Buddenbrook*. Embora visse Heinrich com regularidade, pouco lhe contou sobre o projeto, permitindo ao irmão, em vez disso, ler os contos nos quais vinha trabalhando e que logo seriam publicados em livro. Mas, quando tentou se concentrar somente no trabalho, achou a própria Munique dispersiva por demais. Ele caminhava muito, lia muitos jornais e revistas literárias e ficava acordado até tarde. Precisava estar num lugar onde o romance pudesse ocupar toda a sua vida e onde não houvesse tentação, naquele estágio inicial, de compartilhar sua produção com mais ninguém.

Partiu para Roma, onde começou a escrever o livro a sério. Não conhecer ninguém na cidade lhe dava liberdade. Devia haver um lugar onde os jovens literatos se reuniam, mas ele não tentou encontrá-lo. Moveu a escrivaninha de seu pequeno quarto para junto da janela. Estabeleceu a regra de que, se escrevesse por meia hora, podia se deitar na cama estreita por dez minutos. Todos os dias começava a trabalhar assim que acordava.

A Lübeck de que ele se lembrava vinha em imagens desconexas, quase fragmentos. Era como algo que tivesse se despedaçado e do qual sua memória guardasse apenas os estilhaços. Ao embarcar em cada cena, criava um mundo que se conectava e se completava. Isso o fazia sentir que era capaz de resgatar o que já tivera um fim. A vida dos Mann em Lübeck logo seria esquecida, mas, se fosse bem-sucedido naquele livro, um livro que ia crescendo mais do que qualquer coisa que ele tivesse planejado, as vidas da família Buddenbrook continuariam a ter importância no futuro.

Quando voltou para Munique, havia concluído os primeiros capítulos.

Como Heinrich e Thomas haviam sido publicados, podiam, se quisessem, juntar-se a seus colegas em qualquer um dos cafés literários da cidade. À medida que seguiam de um café a outro, eram reconhecidos e procurados. Com o tempo, Thomas se viu sentado nas mesmas mesas e nas mesmas companhias que, um ano antes apenas, ele observava de longe.

Logo encontrou um emprego meio período em uma revista que lhe permitiu alugar um pequeno apartamento. Sempre que podia, trabalhava até tarde da noite em seu livro. Numa dessas noites, quando tinha quase vinte e três anos, e com o romance quase na metade, encontrou-se com um grupo numa mesa que incluía dois jovens desconhecidos para ele. Interessou-se pelos dois porque eram irmãos que não pareciam incomodados com a presença um do outro. Conversavam animadamente, como se fossem amigos ou colegas. Eram Paul Ehrenberg e seu irmão Carl, ambos músicos; Carl estudava em Colônia e Paul, que também se dedicava a estudos de pintura, em Munique.

Thomas se divertia com a naturalidade com que assumiam e depois abandonavam uma espécie de modo de falar folclórico. Tudo neles era extravagante. Tinham sido criados em Dresden e falavam um com o outro imitando algum burguês ancestral daquela cidade, ou ainda um fazendeiro da zona rural próxima que viera à cidade com porcos e uma carroça cheia de produtos para vender no mercado. Ele tentou imaginar a si mesmo e a Heinrich imitando a gente de Lübeck, mas não achou que fosse algo que divertiria o irmão.

Ao conhecer Paul, cometeu o erro de apresentá-lo à família, e acabou descobrindo que o amigo cultivava pensamentos amorosos sobre sua irmã Lula, e que sua mãe desejava que Paul fosse um visitante regular.

Às vezes, a conversa entre ele e Thomas podia ser franca, pois concordavam que a sexualidade masculina é complexa e está sujeita a muitas reviravoltas. Havia o reconhecimento tácito de que compartilhavam certos sentimentos. De modo que, quando falavam em evitar mulheres à toa ou das ruas e manifestavam interesse naquelas de classe alta, Thomas entendia que, como estas não eram fáceis de conquistar, aquilo era um código para outra coisa.

Começaram a se encontrar sozinhos nos cafés menos frequentados por seus amigos dos meios literário e artístico, e a procurar uma mesa nos fundos do estabelecimento, em vez de se sentar iluminados pela janela frontal. Não se sentiam compelidos a falar. Cada um podia ficar mirando ao longe, vivendo com seus pensamentos não ditos, e então se encaravam e se deixavam demorar naquele olhar.

Paul foi o único a quem Thomas contou sobre o romance. Tudo começou como uma piada, quando contou quantas páginas já tinha escrito sem ainda ter um fim à vista.

"Ninguém vai ler", concluiu. "Ninguém vai publicar."

"Por que você não encurta a história?", quis saber Paul.

"Cada cena ali é necessária. É a história da decadência. Para torná-la importante, tenho que mostrar a família no seu auge de autoconfiança."

Precisava tentar não ser muito sério sobre o livro, contente por fazer o papel do escritor autoindulgente num sótão, escrevendo seu livro com uma mistura de ambição selvagem e suprema falta de cautela. Entendeu que Paul sabia que ele falava sério, mas Paul, ao mesmo tempo, achava tediosos seus esforços para retornar à discussão da obra em progresso.

Uma noite, ficou claro que o amigo não sabia como reagir às revelações sobre o romance.

"Eu me matei no romance hoje", disse Thomas. "Começou ontem à noite. Vou ler e fazer algumas alterações, mas está resolvido. Encontrei os detalhes num livro de medicina."

"Todo mundo vai saber que é você?"

"Sim. Eu sou o garoto Hanno, e ele morre de febre tifoide."

"Por que você o matou?"

"A família não pode continuar. Ele é o último da linhagem."

"Não sobrou ninguém?"

"Só a mãe dele."

Paul ficou em silêncio e pareceu desconfortável. Thomas percebeu que ele logo se cansaria do assunto.

"Passei a amá-lo", continuou, "a delicadeza dele, o jeito como faz música, sua solidão, seu sofrimento. Todos esses elementos eu conhecia, porque eram meus. Senti um estranho controle sobre ele e não queria deixá-lo viver, como se tivesse encontrado uma maneira de administrar minha própria morte, dirigindo-a frase a frase, vivendo-a como se fosse algo sensual."

"Sensual?"

"Foi isso que senti quando estava escrevendo."

Como sabia quanto esses encontros significavam para Thomas, que agora terminara o romance, Paul passou a provocá-lo mudando os planos de última hora, ou deixando um bilhete no apartamento de Thomas ao cancelar um encontro amoroso. Paul era quem tinha o poder. Por vezes atraía Thomas para perto e então, sem aviso, deixava novamente a corda afrouxar.

No dia em que Thomas recebeu a notícia de que o romance seria publicado em dois volumes, precisou encontrar Paul para lhe contar. Ele tentou primeiro o endereço da casa do amigo e ali deixou um bilhete, depois foi ao estúdio de Paul. Passou por vários cafés, mas era muito cedo. Por fim, depois do jantar, localizou-o. Ele estava cercado por outros artistas. Quando Thomas, tendo se sentado com o grupo, tentou falar com ele, Paul não respondeu, aderindo ao riso dos demais à custa de algum professor que ensinava luz e sombra.

"Para sombrear, você deve misturar o cinza e o marrom, e depois adicionar um pouco de azul", disse Paul, fazendo a imitação de um velho. "Mas precisa ser a mistura certa. A mistura errada resultará no tom errado."

Enquanto a conversa prosseguia, Thomas virou-se para Paul, que estava a dois lugares de distância dele.

"Meu romance foi aceito para publicação", falou.

Paul sorriu com ar remoto para, em seguida, voltar-se para o jovem sentado do outro lado dele. Durante a hora seguinte, Thomas procurou chamar-lhe a atenção de todas as formas, mas Paul prosseguiu fazendo mais imitações de pessoas ou contando anedotas sobre colegas. Fez até sua imitação de um fazendeiro vendendo um pedaço de terra a outro. Não olhava Thomas nos olhos. Quando Thomas enfim decidiu ir embora, imaginou que Paul talvez o seguisse. Mas se viu sozinho na rua, e sozinho voltou para seu apartamento.

Quando seu romance foi lançado, ficou claro para alguns o que ele havia alcançado. Porém, chegavam notícias de Lübeck de que a cidade se sentia insultada. Sua tia Elisabeth expressou desgosto pelo livro num bilhete enviado à mãe de Thomas.

"Sou reconhecida na rua, e não como eu mesma, mas como aquela mulher terrível do livro. E tudo isso feito sem a permissão de ninguém. Seria a morte para minha mãe, se ela ainda estivesse viva. Esse seu filho é um mimado."

Thomas não recebeu reação alguma de Heinrich, que morava em Berlim, e até se perguntou se uma carta dele poderia ter se extraviado. A mãe mostrava *Os Buddenbrook* a todos os visitantes, insistindo que adorava o retrato dela feito pelo filho.

"Sou tão musical no livro. Certo, eu *sou* musical, claro, mas no livro tenho mais talento e dedicação do que na realidade. Vou precisar praticar minhas escalas para conseguir ficar à altura de Gerda. Mas acho que sou mais inteligente do que ela, ou pelo menos foi o que me disseram."

Nos cafés, alguns dos escritores e pintores sugeriram que a última coisa de que Munique precisava era de outro romance de dois volumes sobre uma família decadente. Queixando-se com

Paul, que professava admirar o romance, Thomas insistiu que seria mais celebrado se tivesse escrito um livro pequeno de poemas confusos sobre o lado sombrio de sua alma.

Suas irmãs queriam saber por que haviam sido excluídas.

"As pessoas vão pensar que a gente não existiu", disse Carla.

"E espero que ninguém nos associe àquele horrível Hannozinho", acrescentou Lula. "Mamãe diz que ele é exatamente como você quando tinha essa idade."

Para Thomas, embora fosse baseado nos Mann de Lübeck, o livro também nascera de alguma fonte fora dele, para além de seu controle. Era como algo mágico, que não voltaria a acontecer tão facilmente. Os elogios que recebeu também o fizeram perceber o quanto o sucesso do livro mascarava seu fracasso em outras áreas.

Seguiu com seu segredo. Na verdade, nunca havia confessado a Paul o que de fato queria dele. Mas, enquanto ia permanecendo em Munique, ficou cada vez mais certo de que o que havia entre eles teria de mudar. Se Paul o visitasse, bastaria uma hora, talvez duas, numa daquelas noites de inverno, para que tudo se transformasse.

Uma noite, num acesso de impaciência, perdendo toda a cautela que costumava protegê-lo, escreveu ao amigo dizendo que ansiava por alguém que lhe dissesse sim. Enviar a carta o deixou exultante, mas não durou muito. No encontro seguinte entre eles, Paul não fez menção à carta. Em vez disso, sorriu para Thomas, tocou-lhe a mão, conversou com ele sobre pintura e música. No final da noite, Paul o abraçou e o manteve junto de si, sussurrando algumas palavras carinhosas como se já fossem amantes. Thomas se perguntou se não estaria sendo ridicularizado.

À luz da manhã, ele poderia se perguntar o que queria de Paul. Queria uma noite de amor, cada um dos dois entregue ao outro? Repeliu o pensamento de dormir com outro homem, acordar nos braços dele, sentir suas pernas se tocarem.

O que queria de Paul era que ele surgisse à luz da luminária de seu pequeno apartamento. Queria tocar-lhe as mãos, os lábios; queria que ele o ajudasse a se despir.

Mais do que tudo, desejava viver intensamente os momentos vorazes às vésperas de acontecer, com a certeza de que aconteceria.

Thomas esperou uma visita de Heinrich a Munique. De início, estava determinado a não perguntar à mãe se ela tinha ouvido alguma coisa do irmão mais velho sobre o livro. Quando aquela determinação o abandonou, ele se arrependeu de imediato.

"Recebi várias cartas do Heinrich", disse a mãe, "e ele parece muito ocupado. Não mencionou o livro. Logo vem nos visitar, e aí saberemos tudo da opinião dele."

Thomas presumiu que Heinrich, uma vez que a família tinha se reunido toda para jantar após sua chegada, estava esperando para discutir o romance com ele assim que os outros fossem para a cama. Mais tarde, na sala, enquanto o irmão e Carla conversavam, ficou tentado a puxar o assunto, mas, pelo jeito íntimo como se falavam, foi impossível para Thomas intervir. Por fim, saiu de casa, sentindo-se aliviado por estar na rua, longe da família.

Resignou-se à ideia de que Heinrich não faria nenhum comentário sobre *Os Buddenbrook*. Num domingo de manhã, porém, quando apareceu para uma visita, descobriu que Heinrich estava sozinho no apartamento da família, os demais tendo ido à igreja. Depois de discutirem por um tempo os hábitos de vários editores de revistas, eles ficaram em silêncio. Heinrich começou a folhear uma publicação.

"Me dei conta que você não chegou a receber meu livro", disse Thomas.

"Já li, e vou ler de novo. Talvez a gente possa discuti-lo quando eu ler pela segunda vez?"

"Ou talvez não?"

"O livro muda tudo com relação à família, a como as pessoas veem nossa mãe e nosso pai. A como te veem. Vão achar que nos conhecem aonde quer que a gente vá."

"Você gostaria que um de seus livros fosse capaz disso?"

"Acho que romances não devem lidar tão obsessivamente com a vida privada."

"*Madame Bovary?*"

"Pra mim é um livro sobre mudança de costumes, uma sociedade em mudança."

"E o meu?"

"Pode ser sobre isso. Sim, pode. Mas, para os leitores, é mais como se estivessem espiando por uma janela."

"Essa talvez seja a descrição perfeita do que é um romance."

"Nesse caso, você escreveu uma obra-prima. Não deveria me surpreender que já esteja tão famoso."

O romance teve uma segunda edição, de modo que Thomas estava com mais dinheiro para gastar. À medida que Carla se interessava mais por se tornar atriz, Thomas passou a comprar ingressos para peças de teatro e óperas. Certa noite, quando estavam sentados na primeira fileira de um camarote da ópera, ela chamou a atenção do irmão para uma família que chegava, com muito alvoroço e animação, para ocupar um camarote em frente ao deles.

"São as crianças daquele quadro", disse ela. "Olha lá!"

Thomas não sabia do que ela estava falando.

"Estavam vestidos como Pierrots", continuou Carla, "naquela revista que você recortou e colou na parede do seu quarto em

Lübeck. São os Pringsheim. Ninguém consegue ser convidado à casa deles. Só sendo o Gustav Mahler pra ser convidado."

Thomas se lembrou de uma pintura com várias crianças, inclusive uma única menina, que aparecera reproduzida numa revista trazida para casa por sua mãe. Ele se lembrava dos cabelos pretos, dos olhos grandes e expressivos da garota, e da beleza plácida dos irmãos. Mais do que tudo, lembrava-se do glamour daqueles jovens, e de uma espécie de arrogância e despreocupação juvenis no modo como olhavam para quem os contemplasse na pintura. Ninguém em Lübeck, exceto sua mãe, jamais se parecera com aquilo.

Uma vez que a mãe deixara claro muitas vezes seu desejo, quando o marido ainda era vivo, de visitar Munique e de desfrutar de seus hábitos boêmios e relaxados, Thomas pendurara aquele recorte na parede como uma forma de oferecer sua solidariedade. Aquele era o tipo de pessoa com quem ele queria se relacionar quando fosse mais velho; contudo, mais do que isso, era o tipo de pessoa que queria ser.

Observou a família Pringsheim se acomodar no camarote. A irmã e o irmão se sentaram na frente, os pais, atrás. Isso, por si só, era incomum. A impressão passada pela moça era digna, retraída, quase triste. Quando o irmão lhe sussurrou alguma coisa, ela não respondeu. Seu corte de cabelo era visivelmente curto. Tinha crescido desde que o retrato fora pintado, mas ainda preservava algo de infantil. Quando o irmão lhe sussurrou mais uma vez, rindo desta vez, ela balançou a cabeça, como se dissesse que não o achava divertido. Ao se virar para olhar para os pais, pareceu contida, preocupada. Com as luzes apagadas, Thomas ansiou pelo primeiro intervalo para que pudesse observá-la de novo.

"Eles são incrivelmente ricos", falou Carla. "O pai é professor, mas têm dinheiro de alguma outra fonte."

"São judeus?", quis saber Thomas.

"Não sei", disse a irmã. "Mas devem ser. A casa deles parece um museu. Não que eu já tenha sido convidada."

Nos meses que se seguiram, se houvesse Wagner na programação, os Pringsheim estavam na plateia; também eram vistos em concertos de música moderna ou experimental. Thomas não estava preocupado por ficar olhando para a filha. Uma vez que, pensava, jamais a conheceria de fato, a reação dela a ele pouco importava.

À medida que mais pessoas liam seu livro, ocorreu-lhe que ele próprio vinha sendo observado nos concertos e nas peças de teatro, em cafés e na rua. Além disso, a garota Pringsheim o fez perceber que sabia que ele a estava observando. O olhar dela em resposta ao dele foi de franqueza e destemor. O irmão da moça, Thomas percebeu, também o havia notado.

Certa noite, sentado com alguns jovens literatos à mesa mais próxima da janela de um café, ele se viu conversando com um poeta que não conhecia bem. O sujeito parecia frágil e tímido. Hesitava antes de falar e teve de apertar os olhos para ler o cardápio.

"Tenho amigos que falam o tempo todo sobre você", disse ele.

"Eles leram meu livro?", perguntou Thomas.

"Gostam do fato de que você os observa nos concertos. Eles o chamam de Hanno, em homenagem ao menino que morre no seu romance."

Thomas percebeu que o poeta falava dela, da garota Pringsheim, e de seu irmão.

"Como ela se chama?"

"Katia."

"E o irmão dela?"

"Klaus. São gêmeos. E têm três irmãos mais velhos."

"O que o gêmeo faz?"

"Músico. De grande talento. Ele estudou com Mahler. Mas Katia também é muito talentosa."

"Na música?"

"Ela estuda ciências. O pai é matemático. E um wagneriano fanático. Ela é muito culta."

"Posso conhecê-los?"

"Ela e o irmão admiram seu livro. E acham que você é muito sozinho."

"Por que acham isso?"

"Porque te observam tanto quanto você os observa. Talvez mais. Você é um dos assuntos deles."

"Devo ficar orgulhoso?"

"Eu ficaria."

"Você também é um dos assuntos deles?"

"Não. Sou apenas um poeta. Minha tia frequenta a casa na Arcisstrasse. É esplêndida. É por isso que eu os conheço. Por causa da minha tia, que é pintora. Os Pringsheim compram o trabalho dela."

"Você acha que eu conseguiria conhecê-los?"

"Talvez eles possam convidá-lo para uma de suas soirées na casa. Não frequentam cafés."

"Quando?"

"Em breve. Eles farão uma soirée em breve."

Quando visitava a mãe, era frequente Thomas encontrar, acomodados na pequena sala de estar, cavalheiros que antes seriam considerados inadequados. Heinrich expressou preocupação com a reputação das irmãs, inquietação que Thomas compartilhava. Assim, o rebaixamento dos padrões no apartamento da mãe virou tema de discussão, tema que permitia a ambos se apresentarem como sábios do mundo, preocupados com as aparências, como se o fantasma do pai tivesse vagado no espaço entre eles de modo a encorajá-los a prestar tributo aos deuses da respeitabilidade.

Entre os cavalheiros que visitavam a casa estava um banqueiro chamado Josef Löhr. Thomas, quando lhe foi apresentado, presumiu que viera cortejar a mãe, que se tornava cada vez mais vaga e etérea. Alguns de seus dentes, Thomas percebeu, estavam a ponto de cair. Se ela queria se tornar Frau Löhr, era melhor se apressar.

Ficou surpreso quando se revelou que Löhr vinha ao apartamento pedir a mão não de sua mãe, mas da irmã Lula, quase vinte anos mais nova. Lula não tinha nada em comum com o banqueiro, que era um burguês banal e descarado. Löhr era o tipo de homem, comentou Paul Ehrenberg, que, ainda que estivesse chovendo dinheiro, aconselharia as pessoas ao seu redor a pensar com cuidado antes de gastá-lo. Lula, por outro lado, gostava de gastar dinheiro; apreciava passeios e risadas. Thomas se perguntou sobre o que ela e Löhr poderiam conversar durante as longas noites de um casamento.

Paul desaprovou o noivado quando foi anunciado porque lhe agradava mantê-los todos, até a mãe de Thomas, sob seu feitiço. Gostava de brincar com eles. Mas Heinrich, que havia retornado a Berlim, desaprovava ainda mais aquela união. Escreveu à mãe instando-a a proibir o casamento e insistindo que impedisse a entrada no apartamento de quaisquer cavalheiros, já que não se podia confiar nela para acompanhar as filhas com alguma diligência. Ele não se importava com a posição do banqueiro, continuou. Löhr não servia para Lula. Ele a mataria de tédio caso não a sufocasse com suas exigências. A ideia de sua irmã administrando a casa de Josef Löhr o deixava doente, escreveu ele.

A mãe entregou a carta a Thomas.

"Ele deve pensar que homens adequados crescem em árvores", disse ela.

"Acho que faz isso por amor às irmãs."

"Pode ser, é uma pena que não possa se casar com uma delas — ou mesmo com as duas."

Quando Thomas devolveu a carta à mãe, notou como ela tinha um ar derrotado. Não apenas porque estava usando muita maquiagem e a cor de seu cabelo não era natural. Transparecia em sua voz e em seus olhos. Seu antigo brilho tinha desaparecido, agora completamente extinto pela notícia do noivado da filha.

Calculou que havia mais de cem pessoas no jantar dos Pringsheim, o primeiro a que compareceu, com mesas espalhadas por várias das salas de recepção. A maioria dessas salas tinha tetos esculpidos e pinturas e murais embutidos. Não havia uma superfície que não estivesse decorada. Chegou acompanhado pelo jovem poeta nervoso e pela tia dele, a pintora, que exibia muitas joias reluzentes no pescoço e nos cabelos.

"Os rapazes dos Pringsheim, sobretudo Klaus e Peter, são um exemplo para a juventude de Munique", comentou a tia. "São refinados e civilizados. E já conquistaram muita coisa."

Thomas quis perguntar a ela o que exatamente tinham conquistado, mas, assim que seus casacos foram recolhidos, ela se afastou, deixando os dois jovens ali, nas sombras, observando o entorno.

Conseguiu chamar a atenção de Katia Pringsheim algumas vezes e, embora ela parecesse entretida pela presença dele, não o abordou diretamente. Terminado o jantar, Thomas pediu ao amigo que o apresentasse a Katia e Klaus, que estavam na porta conversando animados. Pôde ver Katia sorrindo ao interromper o irmão, pondo o dedo nos lábios dele para impedi-lo de falar. Embora provavelmente tivessem percebido que Thomas e o poeta se aproximavam, não se viraram. O poeta estendeu a mão e tocou no ombro de Klaus.

Assim que Klaus olhou para ele, Thomas viu o quanto o rapaz era lindo. Quase entendeu por que Klaus não frequentava os cafés. Teria sido notado e encarado. Sua polidez, a moderação no tom de voz, o asseio da roupa teriam se destacado da abrasividade e da mesquinhez então em voga.

Thomas, ciente de que Katia o observava enquanto ele notava o irmão dela, dirigiu toda a atenção à moça. Seus olhos eram da mesma cor escura dos de seu irmão; sua pele, ainda mais macia; seu olhar, desembaraçado.

"Seu livro é muito admirado nesta casa", disse Klaus. "Na verdade, a gente acabou brigando porque alguém da família escondeu o segundo volume."

Katia se alongou preguiçosamente. Thomas reparou na potência um pouco masculina daquele corpo.

"Não vou dizer nada sobre quem era a culpada", continuou Klaus.

"Meu irmão é um chato", retrucou Katia.

"A gente te chama de Hanno", contou Klaus.

"Alguns de nós", corrigiu Katia.

"Todos nós, até minha mãe, que ainda não terminou o livro."

"Ela terminou."

"Até as duas da tarde de hoje não tinha terminado."

"Eu contei pra ela o final", disse Katia.

"Minha irmã estraga tudo para as pessoas. Ela me contou o final de *Die Walküre*."

"Meu pai já tinha nos contado, e eu estava preocupada que ele descobrisse que você não estava escutando."

"Nosso irmão Heinz nos contou o final da Bíblia", falou Klaus. "E estragou tudo."

"Foi o Peter, na verdade", disse Katia. "Ele é horrível. Nosso pai teve que bani-lo dos encontros."

"Minha irmã passa a vida escutando nosso pai", disse Klaus. "Na verdade, ela estuda com ele."

Thomas olhava de um para o outro. A conversa deles, percebeu, era a maneira dissimulada dos dois para rirem dele, ou pelo menos excluí-lo e a seu companheiro. Ele sabia que, ao chegar em casa, se lembraria de cada palavra que haviam dito. Quando recortou o retrato dos jovens Pringsheim daquela revista, era isso que ele imaginara — um mundo cheio de pessoas elegantes e de ambientes requintados, com conversas inteligentes e estranhamente inconsequentes. Não se importava que a decoração fosse talvez rica demais, e que algumas pessoas fossem muito efusivas. Não se importava com nada, desde que aqueles dois jovens continuassem a permitir que ele os ouvisse e os observasse.

"Ah, não!", exclamou Katia. "Minha mãe caiu nas garras daquela mulher cujo marido toca viola."

"Por que ela foi convidada?", quis saber Klaus.

"Porque você ou meu pai ou Mahler ou alguém admira o marido por tocar viola."

"Meu pai não sabe nada sobre viola."

"Minha avó acha que se deveria proibir toda mulher de se casar", falou Katia. "Imagine como essas salas seriam diferentes se as pessoas se dignassem a dar ouvidos a ela."

"Minha avó é Hedwig Dohm", disse Klaus a Thomas, como se lhe fizesse uma confidência. "Ela é muito avançada."

Ao saírem de casa, o jovem poeta contou a Thomas que havia perguntado à tia se os Pringsheim eram judeus.

"O que ela disse?", perguntou Thomas.

"Antes eram. Por ambos os lados. Mas não mais. Eles são protestantes agora, embora pareçam bem judeus. Judeus em grande estilo."

"Eles se converteram?"

"Segundo minha tia, deixaram-se assimilar."

* * *

    Uma noite, quando Thomas chegou à porta de seu prédio, tendo ficado até tarde com Paul e o irmão dele num café, alguém apareceu por trás enquanto ele tentava colocar a chave na fechadura. Ao se virar, viu um homem alto, magro, de meia-idade e óculos. Levou alguns segundos para reconhecer Herr Huhnemann, da seguradora Spinell.
    "Preciso falar com você", disse Herr Huhnemann numa voz baixa e rouca.
    Thomas pensou que Huhnemann estava com algum problema, que tivesse sido atacado ou talvez roubado. Perguntou-se como sabia onde ele morava. A rua estava deserta. Viu que não tinha escolha a não ser convidá-lo a subir. Quando chegaram à porta do apartamento, no entanto, Thomas pensou duas vezes.
    "Você precisa mesmo falar comigo hoje à noite?", perguntou.
    "Sim", disse Herr Huhnemann.
    No apartamento, convidou o visitante a tirar o casaco. Uma vez que se confirmasse que o outro não estava ferido, pensou Thomas, poderia dispensá-lo. Talvez precisasse de dinheiro para um táxi.
    "Demorei um pouco para conseguir seu endereço", falou Herr Huhnemann quando se sentaram frente a frente na pequena sala de estar. "Mas encontrei um amigo seu num café e disse a ele que era urgente."
    Thomas olhava confuso para o ex-colega. O cabelo continuava grisalho e espetado. Mas havia algo mais que se destacava agora, algo em que nunca tinha reparado antes, uma espécie de delicadeza nas feições, que se tornava mais perceptível quando o visitante ficava em silêncio.
    "Quero te pedir perdão", disse Herr Huhnemann.

Thomas estava prestes a dizer que era grato por ter sido descoberto na seguradora, mas Huhnemann o deteve.

"Como eu tinha a chave do prédio, podia acessar o escritório quando estava vazio. Devo confessar a você que ia lá à noite só para tocar na cadeira em que você se sentava. E fazia mais. Enfiava todo o meu rosto naquele assento. E tudo o que eu queria durante o dia era alguma reação da sua parte."

Ocorreu a Thomas que poderia ter sido Paul Ehrenberg quem dera seu endereço àquele homem.

"Não importava o que eu fizesse, não importava quantas vezes eu passasse por ali, não importava quantas vezes eu falasse com você, você me via como apenas mais um funcionário do escritório. E, então, quando percebi que você não estava copiando o livro, me vinguei. Devo pedir seu perdão. Não vou conseguir dormir se não tiver seu perdão."

"Você tem meu perdão", disse Thomas.

"Isso é tudo?"

Quando Huhnemann se levantou, Thomas presumiu que ele estivesse se preparando para partir. Também ficou em pé. Huhnemann se aproximou devagar e o beijou. A princípio, eram apenas os lábios dele pressionados contra os de Thomas, mas em seguida o outro deslizou a língua para dentro de sua boca, ao mesmo tempo que enfiava as mãos em sua camisa para, em seguida, cada vez mais deliberadamente, apalpá-lo mais para baixo. O hálito do homem era doce. Ele esperou por uma reação antes de fazer qualquer outra coisa.

O que aconteceu entre eles pareceu natural, como se nenhuma outra sequência de ações fosse possível. Herr Huhnemann tinha claramente mais experiência do que Thomas. De modo que pôde guiá-lo e encorajá-lo. Nu, era alguém terno e vulnerável, quase suave. Comparado à severidade que exibia durante o dia, aquilo era estranho. Ele chegou ao orgasmo arfando de maneira espantosa, feito um homem subitamente possuído por algum demônio.

Foi só quando Huhnemann foi embora que Thomas passou a acreditar que não queria, na verdade, que aquilo tivesse acontecido. Huhnemann conseguira atraí-lo. Tinha feito acontecer pouco a pouco, encenado tudo com habilidade. Depois de se vestir é que sentiu a profunda repulsa que deveria ter sentido assim que Huhnemann deixara claras suas intenções.

Apanhou o casaco. A rua ainda estava vazia. Huhnemann havia desaparecido na noite. O que quer que acontecesse no futuro, Thomas estava agora determinado a nunca mais deixar aquele homem acessar seu apartamento. Se aparecesse à sua porta, Thomas o faria saber que o que ocorrera entre eles não se repetiria.

Encontrou um café tranquilo que ficava aberto até tarde e se sentou a uma mesa nos fundos. Pediu um café. O que mais o perturbava era sua própria reação. Ele queria ser beijado e tocado, até mesmo por Huhnemann, a quem antes via apenas como um inquieto homem de meia-idade cujas demonstrações de atenção o irritavam, um intrometido que o fizera ser descoberto no trabalho.

Como foi que chegara a sentir um pingo de desejo por ele? Será que, à medida que envelhecesse, ficaria à espera, à noite, na esperança de que Huhnemann ou alguém como ele rondasse seu prédio para o caso de haver uma luz acesa na sala de estar? Teria que observar seu visitante se vestir apressadamente, sem querer nem mesmo chamar sua atenção?

Ou conheceria outras versões de Paul para provocá-lo e povoar seus sonhos? Ficaria conhecido em Munique, ou em qualquer cidade para onde se mudasse, como o sujeito que poderia ser visitado discretamente à noite?

Levantou-se para pagar a conta, certo do que iria fazer.

A certeza permaneceu com ele enquanto caminhava para casa, e estava ainda mais presente quando acordou pela manhã. Pediria Katia Pringsheim em casamento. Se ela recusasse, ele pediria de novo. Assim que o sonho de se casar com ela lhe veio à mente, sentiu um novo tipo de contentamento.

No momento seguinte, as linhas de batalha foram cuidadosamente traçadas quanto à questão de saber se Katia deveria ou não aceitar o pedido de casamento. A avó da moça se opôs de forma veemente à ideia, enquanto a mãe era francamente a favor do enlace. O pai de Katia achava que, se fosse se casar com alguém, ela deveria escolher um professor, e não um escritor.

A mãe de Thomas, por sua vez, achava que Katia era mimada por sua família rica. Desejava que Thomas se unisse a uma pessoa mais doce, menos inclinada a se exibir. Heinrich, que agora estava na Itália, escrevia a Thomas sobretudo a respeito de assuntos literários, ao passo que suas irmãs se declaravam felizes por ter Katia como cunhada.

Na companhia dos gêmeos Katia e Klaus, Thomas percebia a extensão do abismo entre ele e os dois. Eles não sabiam o que era sofrer uma perda. Nunca tinham sido desenraizados de lugar nenhum. Dava-se como certo, desde a infância, que eram talentosos; foram encorajados a seguir para onde quer que seus talentos os levassem. Se alguém da família quisesse ser palhaço, teriam orgulhosamente lhe dado um nariz falso e mandado para o circo. Mas não queriam ser palhaços. Eram músicos e cientistas. Cada qual se destacava em algo. E cada um deles herdaria uma fortuna. Embora o pai de Katia pudesse se comportar como um matemático distraído, administrava a vasta quantia de dinheiro e as valiosas propriedades e ações que herdara do avô da moça. Deixou claro para Thomas várias vezes que a única filha era, em sua opinião, a mais inteligente de sua prole. Poderia, se estivesse disposta a sacrifícios, tornar-se uma cientista de distinção.

Os Pringsheim davam como certo que se tivesse conhecimento de literatura, música e pintura. Algumas vezes, quando Thomas se pegava falando longamente sobre um escritor ou um livro, notava Katia e Klaus se entreolhando com discrição. Deve ter parecido, pensava, que estivesse tentando se exibir pelo que sabia. Era algo que os Pringsheim jamais faziam. Não tinham tempo para aquela seriedade.

Quando, numa carta, ele propôs casamento a Katia pela primeira vez, ela respondeu dizendo que era perfeitamente feliz como estava. Gostava dos estudos, escreveu, bem como da companhia da família e do tempo que passava andando de bicicleta e jogando tênis. Tinha apenas vinte e um anos, enfatizou, era oito anos mais nova que ele. Não desejava um marido ou o papel de administradora na esfera doméstica.

Toda vez que ele a via, sentia-se exposto. Ela costumava falar pouco, deixando a conversa para ele e o irmão, Klaus, que se recusava a falar sério. Desde o início, também, Klaus entendeu o efeito que era capaz de ter sobre Thomas, que era capaz de atrair o olhar de Thomas, desviando-o da irmã para si próprio. O jogo que Klaus jogava com Thomas parecia divertir Katia.

A caligrafia dela era quase infantil, seu estilo epistolar, conciso e simples. Thomas percebeu que a única maneira de chamar a atenção de Katia era escrevendo cartas longas e complexas, do tipo que ele talvez escrevesse para Heinrich. Uma vez que ele não conseguiria prevalecer tentando ser sofisticado ou espontaneamente elegante como os irmãos dela, nem tentaria. Em vez disso, ele a levaria a sério como ninguém jamais fizera, escrevendo a ela com considerável seriedade. Um risco era que as cartas a entediassem. Mas a outra possibilidade era que, vindo de uma família que, apesar de toda a sagacidade e ironia, via os artistas com respeito, Katia o tomaria por um romancista no controle de seus próprios pensamentos, em vez do filho nervoso e por demais empolgado de um comerciante de Lübeck.

Uma noite, sentado num café, ele viu entrar Paul Ehrenberg. Fazia tempo que eles não se falavam.

"Ouvi dizer que você encontrou uma princesa e está tentando despertá-la", disse ele.

Thomas sorriu.

"Casamento não é pra você", continuou Paul. "Deveria saber disso."

Thomas fez sinal para que Paul falasse baixo.

"Todos nesta mesa sabem que o casamento não é pra você. Qualquer um que siga seu olhar consegue ver onde ele pousa."

"Como vai o trabalho?", perguntou Thomas.

Paul deu de ombros, ignorando a pergunta.

"Ela é jovem, essa sua princesa. E rica."

Thomas não respondeu.

Paul esperou uma semana antes de aparecer, sem aviso, à porta do apartamento de Thomas. Tinha chovido e suas roupas estavam molhadas. Thomas lhe arranjou uma toalha para secar o cabelo e um cabide para o sobretudo. Pensou que ele talvez tivesse vindo falar sobre Julia, que havia anunciado sua intenção de deixar Munique para viver na zona rural da Baviera.

"Espero que você a aconselhe a não pensar em fazer essa mudança", disse Thomas.

"Já disse a ela que não sei o que poderia fazer na zona rural da Baviera. A maioria das pessoas faria qualquer coisa para não morar lá."

"Ela acha que meu irmão mais novo se sairá melhor numa escola rural."

Thomas se perguntou quanto tempo podiam continuar com aquela conversa. Foi até as duas janelas e baixou as persianas.

"O que você ia dizer?", perguntou Paul.

"Nada."

"Acho que você não deveria se casar", disse Paul.

"Pois você vai se surpreender comigo", respondeu Thomas.

4. Munique, 1905

Anunciado o noivado, os Pringsheim ofereceram um jantar para Julia Mann, sua filha Lula e seu genro, Josef Löhr. Foi o primeiro jantar formal a que Thomas compareceu na casa deles. Ao entrar no salão principal, Löhr exclamou: "Eu diria que tudo isto custou um bom dinheiro". Katia virou-se e sorriu para Thomas, como se sugerisse que não havia remédio para a banalidade do cunhado. Ele desejou que Carla não estivesse em turnê com uma peça; suas habilidades como atriz poderiam ser úteis na ocasião.

Foram recebidos com simpatia e sem reservas pelos pais de Katia. Com grande solenidade, a mãe cuidava das bebidas, enquanto o pai dirigia seus comentários sobre as notícias do dia a Löhr, que respondia apropriadamente. Quando foram chamados à sala de jantar, a mãe de Thomas se afastara para uma das salas de recepção mais distantes, onde ele a encontrou examinando o tecido de um conjunto de cadeiras. Ele a instou a segui-lo até a sala de jantar. No momento em que a comida era servida, ela permanecia em silêncio, tentando, pensou Thomas, representar o papel de uma viúva discreta e elegante.

Um vaso de vidro com uma orquídea estava próximo de cada lugar na mesa. Os copos e os talheres pareciam antigos, ele pensou, mas não tinha certeza de quão antigos eram. O candelabro tinha um aspecto moderno. Nas paredes ao redor deles, havia quadros contemporâneos. Se estivesse em Lübeck, Thomas imaginou, sua mãe conheceria bem esta casa, seria convidada com frequência. Ela conversaria com o pai de Katia sobre seus vizinhos e seus colegas de trabalho com naturalidade. Elogiaria com ironia suas habilidades decorativas e seu gosto pela arte. Descobriria que tinha amigos em comum com a esposa dele.

Aqui entre os Pringsheim, no entanto, Julia Mann não estava em seu devido lugar. Alfred Pringsheim não era um comerciante. Ele não possuía lojas ou armazéns nem exportava nada. Era apenas um professor de matemática que havia herdado uma fortuna do pai, a qual investira em carvão e ferrovias. Embora soubesse cuidar de seu dinheiro, gostava de declarar que não sabia absolutamente nada sobre como ganhá-lo. E nem tinha certeza de saber como gastá-lo, diria. Construíra a casa porque precisava de abrigo, e comprara as pinturas porque ele e a esposa as admiravam.

"Onde o senhor faz suas operações bancárias, se me permite perguntar?", interveio Löhr.

"Ah, sempre digo que eu mesmo cuido da minha família", disse Alfred, "e os Bethmann cuidam de mim."

"Faz sentido", respondeu Löhr. "Bethmann. Uma boa e velha firma. Judia."

"Não tem nada a ver com isso", falou Alfred. "Eu faria negócios com os católicos bávaros se achasse que eles entendem alguma coisa de dinheiro."

"Bem, se o senhor fosse mudar de banqueiro, eu poderia lhe apresentar às pessoas mais competentes. Quero dizer, banqueiros de investimento que estão por dentro do mercado e sabem para onde o vento sopra."

Katia olhou para Thomas com uma expressão irônica.

"O homem que pensa demais em dinheiro é ele mesmo pobre", disse Alfred. "Esse é meu lema."

Bebeu um gole de vinho, assentiu com a cabeça, bebeu outro gole.

"Eu me pergunto se haverá um dia em que não existirão mais bancos, nem mesmo dinheiro", prosseguiu.

Löhr o encarou com severidade.

"Enquanto isso", completou Pringsheim, "toda manhã sinto um arrepio quando acordo e vejo que minha colcha é de seda. Estranho para um homem que não liga para dinheiro!"

Thomas percebeu que a mãe observava a sala, admirando as pinturas e as esculturas para, em seguida, desviar o olhar para o teto entalhado, esticando o pescoço para ver os desenhos elaborados entre as vigas.

Enquanto Hedwig Pringsheim, a mãe de Katia, se certificava de que todos tivessem o suficiente para comer e beber, algumas vezes sinalizando para o marido que deveria deixar os outros falarem, ela mesma não participava da conversa. Seu silêncio parecia uma forma engenhosa de se afirmar.

A noite foi mais relaxada porque Klaus Pringsheim estava em Viena. Katia não tinha ninguém com quem compartilhar gracinhas. Em vez disso, seu irmão Heinz, um estudante de física extremamente correto, sentou-se à mesa como se fosse um jovem destinado à carreira militar. Com o rosto em repouso, ele parecia a Thomas ainda mais bonito do que Klaus, a pele da face mais lisa, o cabelo mais brilhante, os lábios mais carnudos.

Ao ouvir Katia tentando puxar conversa com a irmã, explicando o amor da família pela música de Wagner e, nos últimos anos, de Mahler, Thomas sentiu ainda mais profundamente a diferença entre sua própria família e aquela à qual estava se unindo.

"E não amamos quase ninguém entre um e outro", disse Katia. "Minha mãe é quase mais meticulosa do que meu pai."

"Ela também gosta de Mahler?", perguntou Lula.

"Gustav Mahler é um velho amigo dela", disse Katia e sorriu inocente. "Ele sempre diz que Viena seria perfeita se minha mãe pudesse morar lá. Ele a admira imensamente. Mas ela não pode morar em Viena porque o trabalho do meu pai é aqui."

"E seu pai não se incomodou de ele dizer isso?"

"Felizmente, meu pai nunca escuta ninguém. Ele escuta música. Talvez isso seja o bastante. Então ele não sabe o que Mahler diz. Pensa em matemática a maior parte do tempo. Tem teoremas batizados em sua homenagem."

Thomas percebeu que Lula não sabia o que era um teorema.

"Deve ser maravilhoso morar nesta linda casa", disse a irmã.

"Tommy contou que a família de vocês tinha uma bela casa em Lübeck", respondeu Katia.

"Mas não como esta!"

"Acho que há casas melhores em Munique", disse Katia. "Mas esta é a que temos, então o que se pode fazer?"

"Aproveitar, imagino", respondeu Lula.

"Bem, vou me casar com seu irmão, então não vou aproveitar por muito mais tempo."

Nas semanas que antecederam o casamento, Thomas conseguiu beijar Katia algumas vezes, mas o irmão gêmeo da noiva os rondava demais para que ele se sentisse confortável, e Katia tinha um jeito de sugerir a Thomas que ele deveria ser discreto, deixando claro também que achava as restrições impostas a ela quase uma piada.

Quando Klaus entrava na sala, depois de deixá-los sozinhos por um breve momento, sorria, insinuante. Era frequente ir direto até a irmã para lhe fazer cócegas, levando-a a se contorcer e dar risada. Thomas gostaria que Klaus dedicasse mais tempo à sua música para, quem sabe, permitir que seu irmão Peter assumisse o posto e representasse a família com mais decoro.

Como Katia passava muito tempo no quarto se aprontando para sair, Klaus se sentava com Thomas e discutia arte e música de um jeito preguiçoso e descontraído, ou questionava o futuro cunhado sobre sua vida.

"Nunca estive em Lübeck", disse ele certo dia, enquanto Katia estava no andar de cima. "E ninguém que eu conheça jamais foi a Hamburgo, muito menos a Lübeck. Munique deve ser estranha para você. Eu me sinto livre aqui. Mais livre do que em Berlim, Frankfurt ou mesmo Viena. Em Munique, por exemplo, se você quisesse beijar um rapaz, ninguém se importaria. Dá pra imaginar a confusão que esse tipo de coisa causaria em Lübeck?"

Thomas sorriu de leve, fingindo que mal prestara atenção ao que Klaus havia dito. Se o outro persistisse, pensou ele, puxaria um novo assunto para garantir que não voltassem àquele.

"Claro, tudo ia depender de o rapaz realmente querer ser beijado ou não", prosseguiu Klaus. "Acho que a maioria quer."

"Mahler ganha muito dinheiro?", perguntou Thomas.

Sabia que o assunto Mahler seria atraente demais para Klaus.

"Ele vive com bastante conforto", respondeu o rapaz. "Mas se preocupa com tudo. É da natureza dele. No meio de uma grande sinfonia, fica se preocupando com as poucas notas que escreveu para um pobre tocador de flautim escondido lá no fundo."

"E a esposa dele?"

"Ela o enfeitiçou. Adorava a fama dele. E se comporta como se ele fosse o único homem no mundo. Ela é bonita. Ela me encanta."

"Quem te encanta?", quis saber Katia ao entrar na sala.

"Você, minha gêmea, meu duplo, meu deleite. Só você."

Katia transformou as mãos em garras para arranhar o rosto dele. Soltou um ruído animal e alto.

"Quem inventou a regra de que gêmeos não podem se casar?", perguntou Klaus. Fazia a pergunta parecer séria.

Thomas, ao examinar o casal de gêmeos, um dos quais a mulher com quem iria se casar, percebeu que nunca seria completamente incluído no mundinho que os dois criaram para si.

Nem ele nem Katia reclamaram quando Alfred Pringsheim começou a mobiliar o apartamento sem consultá-los. No terceiro andar de um prédio na Franz-Joseph-Strasse, o imóvel tinha sete quartos, dois banheiros e vista para o parque do Palácio do príncipe Leopoldo. Alfred instalou um telefone para eles e um piano de meia cauda.

Não ocorreu a Thomas que decidiria também sobre a decoração de seu escritório. Como vinha considerando aquele um domínio privado, ficou surpreso ao descobrir que uma escrivaninha tinha sido escolhida para ele, e estantes construídas, projetadas pelo próprio Alfred. Agradeceu profusamente ao sogro, satisfeito com a ideia de que Alfred não havia detectado sua determinação de nunca mais ficar em dívida com os Pringsheim nem se sentar à mesa deles mais do que o necessário.

Sua mãe ficou horrorizada pelo fato de que o casamento não seria realizado numa igreja.

"O que eles são?", perguntou. "Se são judeus, por que não falam isso abertamente?"

"A família da mãe da Katia se tornou protestante."

"E o pai?"

"Não tem religião."

"E também não tem muito respeito pelo casamento, creio eu. Seu cunhado diz que já recebeu a amante, uma atriz, na própria sala de estar. Tenho fé de que seremos poupados da presença dela no casamento."

A refeição após a cerimônia civil foi, Thomas achou, algo tão sem sentido que teria passado muito melhor com a presença de uma atriz. A família de Katia não escondia a tristeza pela perda da filha. Klaus dedicou atenção demais a Julia, pensou Thomas, dando-lhe a oportunidade de expor seus ressentimentos e suas lembranças dos grandes eventos em Lübeck, e olhando de quando em quando para Katia para ver como a irmã se divertia à custa da nova sogra. Apenas Viktor, o irmão mais novo de Thomas, agora com catorze anos, parecia estar aproveitando.

Katia e Thomas foram de trem para Zurique. Os Pringsheim haviam reservado para eles os melhores aposentos no Hotel Baur au Lac. No salão de jantar, vestido para a ocasião, Thomas teve consciência da imagem que compunham, o famoso escritor com menos de trinta anos e sua jovem noiva de família rica, uma das poucas mulheres a ter alguma vez frequentado a universidade em Munique, seu tom autoconfiante e sardônico, suas roupas discretas e caras.

Durante toda a refeição, imaginou Katia nua, a pele branca, os lábios carnudos, os seios pequenos, as pernas fortes. Enquanto ela falava, com voz baixa, ele viu que ela facilmente passaria por um rapaz.

Naquela noite, ficou excitado assim que Katia se aproximou dele. Não podia acreditar que tinha permissão para tocá-la, que podia colocar a mão onde quisesse em seu corpo. Ela o beijou de língua, abrindo bem a boca. Era destemida. Mas, quando a ouviu passar a respirar com mais intensidade e percebeu o que ela queria dele, Thomas ficou hesitante, quase com medo. E no entanto continuou a explorá-la, dando a deixa para que se virasse de lado e deitasse frente a frente com ele, os mamilos dela tocando seu peito, suas mãos nas nádegas de Katia, a língua na boca dela.

Ele ficou intrigado com o jeito de falar de Katia, com sua reação aos livros que lia, à música que ouvia e às galerias que visitavam. Numa conversa, ela tinha um jeito de encontrar o cerne de uma discussão e seguir uma lógica que estabelecia desde o início. Opiniões não a interessavam. Em vez disso, estava preocupada com a forma de uma discussão e com que base as conclusões foram tiradas.

Colocava sua mente a serviço de pequenas questões, tais como se deveria haver livros de arte na mesa de centro da sala de estar principal do apartamento, ou se uma lâmpada extra era necessária, apresentando razões a favor e contra. Com o mesmo espírito, examinava os contratos de Thomas e suas contas bancárias, de modo a ficar a par das finanças dele. Passou a administrar os negócios do marido, o que parecia fazer sem esforço.

Era diferente das irmãs e da mãe de Thomas em todos os sentidos possíveis. Ele queria que Heinrich voltasse da Itália e pudesse conhecê-la, já que era o único com quem Thomas poderia compartilhar seu fascínio pelo que lhe parecia ser o lado judeu de Katia. Algumas vezes, quando tentou incentivá-la a falar sobre sua ascendência, ela deixou claro que não queria discuti-la.

"Mesmo nas discussões mais selvagens que tivemos em família, nunca conversamos sobre isso", disse ela. "Sabe, é algo que não nos interessa. Meus pais adoram música, livros, pinturas e companhia espirituosa e inteligente, assim como meus irmãos, assim como eu. Não dá para atribuir isso a uma religião que nem ao menos praticamos. É uma ideia absurda."

Quando estavam casados havia alguns meses, foram a Berlim para ficar com a tia de Katia, Else Rosenberg, e o marido. Thomas amou a imponência da casa deles em Tiergarten e ficou lisonjeado porque os Rosenberg conheciam bastante bem *Os Buddenbrook*. O que o surpreendeu foi como falavam despreocupada e casualmente sobre sua condição de judeus, e o fato de

Katia ficar relaxada quando o assunto era mencionado. Os Rosenberg não iam à sinagoga, ele descobriu, tampouco tomavam conhecimento dos Dias de Reverência, mas se referiam a si mesmos, muitas vezes de brincadeira e de modo autodepreciativo, como judeus. Parecia diverti-los.

Como os Pringsheim, os Rosenberg amavam Wagner. Certa noite, quando estavam sentados na grande sala de estar depois do jantar, o tio de Katia encontrou a partitura para piano de algumas árias de *Die Walküre*. Quando Else perguntou se não conseguiria localizar a cena entre Brünnhilde e Siegmund e Sieglinde, ele procurou e achou, depois a estudou por um tempo, mas disse que era muito difícil de tocar. Em vez disso, começou a cantar os versos de Brünnhilde com uma voz suave de tenor para, em seguida, baixando aos graves, passar aos versos de Siegmund quando pergunta a Brünnhilde se a irmã gêmea, a mulher que ele amava, poderia ir para Valhalla com eles.

Hesitou algumas vezes, mas sabia os versos de cor.

Por fim, parou e largou a partitura.

"Existe coisa mais bonita que essa?", perguntou. "Minha interpretação é que é um grave desserviço."

"É um grande amor, o deles", comentou a esposa. "Sempre me traz lágrimas aos olhos."

Por um segundo, Thomas pensou em seus pais, imaginou-os ouvindo a história dos gêmeos, o irmão e a irmã que se dão conta de estarem perdidamente apaixonados. Como sabia que Julia e o senador haviam assistido a apresentações dessas óperas, ele se perguntava sobre a reação de seu pai à imagem de um irmão e de uma irmã apaixonados um pelo outro.

Os Rosenberg e Katia estavam discutindo sobre os vários cantores que haviam interpretado aqueles papéis de Wagner. Enquanto os escutava, Thomas se sentiu como alguém saído de algum lugar nas províncias alemãs que estivesse de visita em uma casa cosmopolita. Não conseguia identificar nenhum dos cantores de quem falavam.

Seu olhar foi atraído para a tapeçaria nas paredes, para suas cores desbotadas. De início, não conseguiu distinguir, mas logo detectou o contorno de Narciso olhando para a água, deliciando-se com o próprio reflexo. À medida que a conversa avançava, ele imaginava o que daria para fazer com uma história de gêmeos que tivessem que se separar porque um deles se casaria. Seria como Narciso sendo separado de seu reflexo no espelho d'água.

Poderia chamá-los de Siegmund e Sieglinde, mas situando-os no mundo contemporâneo. Quando ele e Katia voltaram para Munique, Thomas começou a ver a história com mais clareza e imediatamente compreendeu seus perigos. Queria ambientá-la na casa dos Rosenberg, ou numa casa rica em Berlim como a deles, mas a família sentada ao redor da mesa seria a família de Katia. O intruso, o homem que veio para se casar com Sieglinde, seria uma versão dele mesmo. Seu personagem não seria um escritor, mas algum tipo de burocrata do governo, um sujeito entediante e deslocado na glamorosa companhia da família de Sieglinde.

Deu o título de "O sangue dos Walsung" ao conto. Ficou animado por ter escrito a maior parte com Katia no quarto ao lado. Algumas vezes, se precisava se concentrar, fechava a porta do escritório, mas muitas vezes a mantinha aberta. Gostou de criar uma versão fictícia de Katia, uma moça que sempre andava de mãos dadas com o irmão gêmeo, enquanto a própria circulava ali pelo apartamento. Os irmãos eram, conforme ele os descreveu, muito parecidos, com o mesmo nariz ligeiramente caído, os mesmos lábios carnudos, as mesmas maçãs do rosto proeminentes e olhos negros e brilhantes.

O duplo dele próprio se chamaria Beckerath. Era baixo, com uma barba pontuda e tez amarelada. Suas maneiras eram meticulosas. Iniciava cada frase puxando súbito o ar pela boca, um detalhe que tirou de Josef Löhr.

Frau Aarenhold, a mãe dos gêmeos, era descrita por Thomas como pequena, envelhecida prematuramente. Falava em dialeto. Seu marido ganhara dinheiro com carvão. Ficava claro na história que, enquanto Beckerath, o homem que se casaria com a filha, era protestante, os Aarenhold eram judeus.

O almoço no cerne do conto mostrava como Beckerath vinha se sentindo cada vez mais desconfortável com a família. Quando Siegmund, o filho, zombou de um conhecido que não sabia a diferença entre trajes sociais e paletó, Beckerath percebeu, mortificado, que tampouco ele sabia.

Logo depois, quando a conversa passou a ser sobre arte, Beckerath se sentiu ainda mais inseguro.

Enquanto polvilhavam açúcar em suas fatias de abacaxi, Siegmund anunciou que ele e a irmã queriam pedir permissão a Beckerath para irem a uma produção de *Die Walküre* naquela mesma noite. Concordando, Beckerath acrescentou que também estaria livre e podia ir, ao que foi informado de que não deveria, pois os gêmeos gostariam de estar a sós uma última vez antes do casamento.

Na história, após a ópera, sabendo que a casa estava vazia, Siegmund voltava para seu quarto certo de que a irmã o seguiria. Quando ela entra, ele lhe diz que, como os dois eram exatamente a mesma coisa, as experiências dela com o homem com quem se casaria também seriam dele. Ela o beija nas pálpebras fechadas; ele a beija na garganta. Eles se beijam as mãos. Perdem-se nas carícias, passando ao tumulto da paixão.

Thomas escreveu depressa as últimas páginas do conto, sabendo que, se parasse para pensar, começaria a se preocupar com Katia e sua família. Não havia contado a ela o que estava escrevendo e, ao terminar a última frase, pôs o texto de lado, sem voltar a lê-lo por alguns dias. Ciente de que os Pringsheim não gostavam de ser categorizados, sabia que desaprovariam a descrição sem rodeios da família como judia.

Por fim, tendo feito algumas correções, mostrou-o a Katia, e se surpreendeu com a calma resposta dela.

"Gostei. Amo o jeito como você escreve sobre música."

"Mas e o tema?"

"Caiu bem com Wagner. Quem vai reclamar de você tê-lo usado?"

Ela sorriu. Não era possível, ele pensou, que não tivesse notado as conexões entre a família Aarenhold e a dela! Mas Katia parecia não perceber nada de estranho na história.

Alguns dias depois, ela lhe disse que tinha contado à mãe e a Klaus que ele escrevera uma nova história, e ambos haviam pedido que Thomas fosse até a casa da família e a lesse para eles depois do jantar.

Ele se perguntou se aquele era um jeito de Katia adverti-lo, ou se ela esperava que, diante da perspectiva de ter que fazer a leitura do conto para a sogra e o cunhado, Thomas o deixasse de lado. Porém, como planejava enviá-lo para uma revista, seria melhor ler para eles primeiro.

Enquanto conferia as páginas na sala de estar da casa da Arcisstrasse, Klaus e Katia, que acabavam de chegar ali, juntaram-se a ele e encontraram cadeiras próximas umas das outras, enquanto a mãe se sentava à parte.

Ele pigarreou, tomou um gole d'água e começou. Klaus, ele sentiu, apesar da conversa sobre beijar rapazes, era uma alma inocente. Teria se tornado um pouco menos ao final da leitura, pensou Thomas com certo prazer. No entanto, já via a sogra correndo para fora da sala aos gritos de nojo, chamando pelo marido, ou pela empregada, ou pela própria mãe.

Como todos os três ouvintes estavam familiarizados com

Die Walküre, emitiram sons de satisfação à primeira menção dos nomes dos gêmeos, e outros mais de aprovação quando ficou claro que assistiriam à ópera real.

O fogo crepitava, empregados entravam e saíam da sala, e Thomas caprichava na leitura clara das seções que não causariam tanta ofensa. Apesar de sua determinação anterior, porém, não foi suficientemente corajoso quando chegou às partes com maior probabilidade de perturbá-los. Deixou de fora algumas passagens e passou depressa pela cena no final na qual os gêmeos se tornavam, alegremente, um casal, soltando apenas algumas frases aqui e ali. Quando terminou, acreditou que o sentido da história tinha se perdido para eles.

"Maravilhoso e lindamente contado", disse a mãe de Katia.

"Você tem ensinado ópera a ele?", perguntou Klaus à irmã.

Thomas logo enviou o texto de "O sangue dos Walsung" à revista *Neue Rundschau*, que logo aceitou o conto para que fosse incluído na edição de janeiro. Ele então, com a hora de Katia dar à luz ao primeiro filho do casal se aproximando, esqueceu o assunto.

Ninguém o havia preparado para a longa noite de agonia que Katia passou durante o parto. Quando a criança chegou, Thomas sentiu alívio, mas também soube que Katia ficara marcada de alguma forma. Esse novo conhecimento adquirido por ela, ele pensou, a acompanharia.

Era uma menina, que se chamaria Erika. Thomas queria um menino, mas escreveu a Heinrich que talvez ver uma menina crescer o aproximasse do "outro" sexo, do qual, embora casado agora, ele tinha de admitir que sabia pouco.

Nos primeiros meses de vida da filha, os pais da esposa, que adoravam a criança, estiveram bastante próximos, o suficiente para que Thomas decidisse suspender a publicação da história dos gêmeos, ainda que já no prelo, penando que poderia ofender os sogros quando a lessem impressa e percebessem que era sobre a família deles. Continuou preocupado, porém, ao encontrar um jovem editor que lera o conto e o informou, sem fôlego, que outras pessoas também o haviam lido.

"Que coragem, pensamos, escrever uma história sobre gêmeos quando você é casado com uma!", disse o editor. "Um amigo se perguntou se é você que tem muita imaginação, ou se casou com alguém da família mais peculiar de Munique."

Uma tarde, quando Katia voltou da casa dos pais com a bebê, ela o informou de que seu pai estava furioso. Queria ver Thomas imediatamente.

Ele nunca tinha estado no escritório do sogro. As prateleiras de uma parede continham livros de arte do chão ao teto; na parede oposta, volumes encadernados em couro. Havia escadas para cada uma delas. A parede atrás da escrivaninha estava repleta de peças de maiólica italiana. Enquanto Thomas inspecionava os ladrilhos, o sogro perguntou o que ele podia ter na cabeça quando escreveu aquela história.

"Estão circulando rumores sobre o conteúdo. Me pareceu nojento."

"A publicação foi suspensa", disse Thomas.

"Não é essa a questão. Algumas pessoas leram. Se soubéssemos que você tinha tais opiniões, nunca teria tido permissão para entrar nesta casa."

"Que opiniões?"

"Antissemitas."

"Não tenho opiniões antissemitas."

"Na verdade, não nos importamos se tem ou não. Mas nos preocupamos com a invasão da nossa privacidade por alguém que se faz passar por genro."

"Não estou me fazendo passar."

"Você é uma forma inferior de vida. Klaus vai te acertar um soco assim que te encontrar."

Por um segundo, Thomas pensou em perguntar a Alfred sobre sua amante.

"Você pode me garantir que a história ofensiva nunca será publicada em revista nenhuma?", Alfred Pringsheim lhe perguntou.

Thomas olhou para ele e deu de ombros.

Ele acompanhou Thomas até a sala de estar, onde descobriram que Katia, tendo deixado a bebê com uma empregada, voltara até a casa dos pais. Ela estava em pé, junto do irmão gêmeo, enquanto a mãe, ao lado de Klaus, ocupava uma poltrona. Os olhos de Katia brilhavam. Ela sorriu para o marido.

"O Klaus lamenta bastante que a história não vá ser publicada. Isso lhe daria uma reputação. Ele diz que não tinha uma até agora. Não é mesmo, meu gemeozinho? Pode ser que todo mundo passe a olhar para você de forma estranha."

Klaus começou a fazer cócegas nela.

"Fiquei sabendo que você queria me dar um soco?", disse Thomas a Klaus.

"Era só pra agradar o papai."

"Pobre papai", falou Frau Pringsheim. "Me culpa por não ter contado a ele que história horrível era aquela depois que você a leu para nós. Eu disse que só ouvi a cadência. Era como poesia. Realmente não soube do que se tratava. Na verdade, achei muito encantadora."

"Pois eu ouvi cada palavra", respondeu Klaus. "E era muito encantadora. Que grande imaginação você tem! Ou talvez seja apenas um bom ouvinte?"

Alfred, que estava parado na porta, impotente, agora falava com severidade.

"Meu conselho a você", disse, apontando para Thomas, "é que se atenha a temas históricos, ou escreva sobre a vida comercial de Lübeck."

Pronunciou as palavras "vida comercial de Lübeck" como se estivesse se referindo a uma atividade das mais extravagantes em alguma região distante.

O visitante mais constante no apartamento era Klaus Pringsheim, que se perguntava se Erika de fato precisava dormir à tarde.

"Certamente o único propósito de uma menina é divertir seu pobre tio", dizia ele, "quando aparece para vê-la."

"Deixe ela dormir", respondia Katia.

"Seu marido vai escrever mais histórias sobre nós?", quis saber Klaus, como se Thomas não tivesse acabado de entrar na sala.

Por um momento, Thomas viu Katia hesitar. Desde o nascimento de Erika, ela se tornara quase séria. Klaus tentava fazê-la se somar a ele na frivolidade.

"Talvez um livro inteiro?", continuou. "Para que todos possamos nos tornar mais famosos."

"Meu marido tem coisas mais úteis para fazer", retrucou Katia.

Klaus, recostado, braços cruzados, a estudava.

"Minha princesa ficou triste?", perguntou. "Foi isso que o casamento e a maternidade fizeram com ela?"

Thomas se perguntou se havia uma maneira de intervir para mudar de assunto.

"É sério que vim aqui para brincar com a bebê", falou Klaus.

"Nem tenho certeza se a Erika gosta de você", disse-lhe Katia.

"Por que não?"

"Ela gosta que seus homens sejam menos inconstantes. Acho que admira alguma gravidade."

"Ela gosta do pai?", quis saber Klaus. "Gravidade é com ele mesmo."

"Sim, ela gosta do pai", interveio Thomas.

"É a queridinha dele?", perguntou Klaus.

Thomas achou que era hora de voltar ao escritório.

Sua mãe deixou Munique e se estabeleceu num vilarejo ao sul chamado Polling. Os Schweighardt, que Josef Löhr conhecia de antes do casamento com a irmã de Thomas, eram donos de uma fazenda nos arredores do vilarejo e moravam numa das construções de um antigo mosteiro beneditino. Max e Katharina Schweighardt alugavam quartos para hóspedes no verão. Katharina tinha gostado de Julia e Viktor quando a visitaram e concordou em alugar-lhes uma casa no terreno do mosteiro que poderiam ocupar o ano todo, prometendo apresentar Julia a todos os notáveis que viviam nas proximidades e garantindo que os ares de Polling e a calma atmosfera social de lá combinariam melhor com seu temperamento e o de seu filho do que Munique.

O vilarejo era imperturbável; a maioria dos trens indo para o sul nem parava na estação. Quando Thomas foi visitá-los pela primeira vez, Katharina o puxou de canto.

"Não tenho certeza", disse ela, "se entendo o que você faz. Conheço Herr Löhr e Lula. E encontrei Carla uma vez, e sei que é atriz. Mas não tenho certeza sobre você e seu irmão mais velho. Vocês dois são escritores? É assim que ganham a vida?"

"Correto."

Katharina sorriu satisfeita.

"A ideia de dois irmãos escritores é nova pra mim. Muitas vezes, no verão, temos pintores como hóspedes, mas fico pensando se estão envolvidos totalmente com as coisas sérias da vida."

Parou por um momento.

"Não me refiro a dinheiro ou a como ganhar a vida. Falo do lado sombrio da vida, das dificuldades e dos problemas. Os escritores entendem isso, eu acho, e entender é talvez a coisa mais importante nesta vida. Deve ser uma família notável, a de vocês, para ter gerado dois escritores."

Ela havia falado do lado sombrio da vida como se essa presença fosse tão normal quanto as estações ou as horas do dia.

Para sua modesta casa ali, a mãe de Thomas trouxera seus melhores móveis e tapetes de Munique e algumas peças de Lübeck. Thomas ficou maravilhado ao vê-los em sua nova morada; eram como fantasmas, sinais de que o velho mundo não os havia esquecido.

Em pouco tempo, a mãe se sentiu em casa em Polling. Preparava o próprio almoço, mas ficava feliz em ser servida à noite por Katharina ou pela filha, assim como Viktor se alegrava com a companhia, no campo, de Max Schweighardt e do filho do casal.

Logo Julia passou a receber visitas em casa. Ela se comportava como nos velhos tempos em Lübeck, tratando pessoas das mais comuns como se pertencessem a algum mundo exótico. Se alguém vinha de bicicleta, exigia permissão para inspecioná-la e ficava maravilhada com sua utilidade. Conhecida em Polling como Frau Senador, começou a desencantar naquele vilarejo.

O nascimento do segundo filho de Thomas, Klaus, foi seguido três anos depois pela chegada de Golo. À medida que as duas crianças mais velhas se tornavam mais barulhentas e exigentes, e como Golo desenvolveu o hábito de gritar o mais alto possível, Thomas achava as viagens a Polling para ver sua mãe reconfortantes e relaxantes.

Mas eram a construção em si, e os galpões e celeiros, as árvores frutíferas, os currais para os animais, as colmeias, toda a sensação de um imperturbável manejo da natureza, o que mais interessava a Thomas e o fez desejar conhecer melhor a Baviera para poder, em algum momento no futuro, ambientar um romance num daqueles vilarejos.

Gostava de passear pelos jardins e depois pelos corredores vazios do andar de cima do antigo mosteiro. Isso passou a fazer parte de sua rotina. Havia um quarto no andar de cima que devia ter sido, na verdade, a cela de um monge, ele pensou. Tinha uma janelinha que dava para o olmo, cujos galhos ondulantes faziam sombra às paredes de cor aguada. Thomas gostava de fechar a porta daquele cômodo e de desfrutar do silêncio e das mudanças de luz, saboreando a ideia de que aquele havia sido, um dia, um lugar de oração e meditação, de abnegação, um refúgio do mundo para uma única alma. No andar de baixo, havia um cômodo grande conhecido como Sala do Abade, onde ele apreciava se sentar para ler.

Almoçava com a mãe e discutia os assuntos do dia com ela, incluindo sua preocupação com Carla, que não vinha conseguindo tantos papéis como atriz, e os que conseguia não correspondiam à sua considerável ambição.

"Ela não é atriz", respondeu Julia, "nunca foi, nunca será. Mas tente dizer isso a ela! Quando Lula lhe disse sem rodeios que ela não sabia atuar, Carla deixou de falar com a irmã. Heinrich, claro, a encoraja, mas ela é dependente demais do apoio dele. Acho que deveria arrumar um marido e viver uma vida doméstica normal, mas ela só conhece atores, e um ator dificilmente serviria para isso."

Thomas lembrava de ter visto Carla em alguma comédia menor num pequeno teatro em Düsseldorf. No palco, ela era uma heroína trágica, mesmo em cenas em que era para suas falas soarem engraçadas. No jantar, depois da peça, reparou que a irmã não conseguia sossegar. Ficava perguntando o que ele tinha achado de sua performance. Depois de alguns drinques, passou a lembrá-lo a mãe deles.

Carla mal se preocupara em saber da esposa e dos filhos dele. Quando Thomas os mencionou, ela rapidamente mudou de assunto. Mais tarde, passando a falar de casamentos, ela disse que Lula era muito infeliz no dela, apesar das lindas filhas. Dá para imaginar, ela perguntou, ser casada com Josef Löhr, dormir com ele todas as noites? Thomas teve de responder que não. Riram ambos.

Heinrich escreveu para informá-lo de que Carla tinha um noivo. Seu nome era Arthur Gibo. Era um industrial de Mülhausen. O homem não tinha nada a ver com teatro e queria que Carla abandonasse a carreira e se dedicasse a constituir família. Carla, por sua vez, gostou da ideia de Mülhausen falar francês e disse à mãe que esperava ter filhos que falassem o idioma.

"O que aconteceu com a famosa boemia dela?", quis saber Thomas.

"Dentro de um ano ela vai chegar aos trinta anos", respondeu-lhe a mãe.

"Arthur a viu no teatro?"

"Fiquei tão aliviada com a notícia", disse Julia, "que não fiz perguntas, e instruí Lula a não fazer nenhuma também. Mas, ao que me consta, a família Gibo preferiria que Arthur se casasse com alguém que nao tivesse passado pelos palcos."

Quando Thomas encontrou Carla em Polling, ela parecia mais velha, pensou. Estava irritado com as constantes perguntas dela sobre Heinrich e sobre quando ele poderia vir visitá-los. Sabia tão pouco das intenções do irmão mais velho quanto ela. Quando lhe contou que Katia estava grávida do quarto filho, ela lhe lançou um olhar petulante.

"E é o suficiente, certamente", disse ela.

Thomas deu de ombros.

"Tenho certeza de que Katia está feliz", prosseguiu Carla. "Ela tem sorte. De todos nós, você é o mais estável."

Ele perguntou o que ela queria dizer com aquilo.

"Eu sei", ela continuou, "você imagina que o Heinrich é mais confiável do que você, mas ele não é. Ou talvez pensa que Lula é mais estável, mas não. E eu? Desejo duas coisas que são diametralmente opostas uma à outra. Quero fama nos palcos, as viagens todas, a emoção. E quero uma família e tranquilidade. E não posso ter os dois. Você, por outro lado, só quer o que tem. Nisso, é único entre nós."

Thomas nunca tinha ouvido Carla falar assim, abandonar sua indiferença característica por algo mais sério e sincero. Ele se perguntou se era consequência de seu recém tomado rumo como uma mulher casada.

Durante o almoço, a mãe falou com entusiasmo sobre os planos para o casamento de Carla.

"Sei que Polling não é muito glamorosa, e talvez signifique uma distância e tanto para os Gibo, mas eles devem ser informados de que a mãe da noiva deseja que o casamento aconteça aqui, na linda igreja da vila, com a recepção na Sala do Abade. Não consigo pensar num lugar mais agradável para um casamento. E as pequenas Löhr e Erika podem ser as daminhas de honra."

Thomas viu que Carla se encolhia.

"E serei impiedosa com o Heinrich se ele não vier. Ele foi quase um pai para você, pobre Carla, quando o senador morreu. Todos os seus pequenos problemas e segredos foram compartilhados com ele. Eu nunca soube o que você estava pensando. Lembra que você tinha uma caveira na penteadeira? Que ideia para uma menina! Só o Heinrich te entendia. Todos nós temos que escrever para ele dizendo que o esperamos no dia."

* * *

    Naquele verão, depois que Monika nasceu, Thomas, Katia e as crianças foram passar a estação na casa que haviam construído em Bad Tölz, no Isar, um destino popular entre os cidadãos de Munique na época de calor. Ele apreciava o céu que mudava depressa, projetando diferentes tipos de luz sobre a casa; as crianças pequenas gostavam de ter amigos com quem passear sob o olhar vigilante de uma governanta.
    Um dia, no alto verão, ele e Katia receberam convidados para almoçar e, por algumas horas, o jardim se encheu do ruído das crianças. Os adultos comeram no terraço, bebendo um pouco do vinho branco que ele vinha mantendo reservado. Quando os convidados foram embora, a empregada levou as três crianças mais velhas para a água, enquanto Katia foi cuidar de Monika, que tinha menos de dois meses.
    Thomas estava pensando em tirar uma soneca quando o telefone tocou. Era o pastor em Polling.
    "Preciso que o senhor esteja preparado para más notícias."
    "Aconteceu alguma coisa com a minha mãe?"
    "Não."
    "O quê, então?"
    "Tem alguém com o senhor em casa?"
    "Pode me dizer que notícias são essas?"
    "Sua irmã está morta."
    "Qual irmã?"
    "A atriz."
    "Onde ela morreu?"
    "Aqui em Polling. Esta tarde."
    "Como?"
    "Não estou autorizado a dizer."
    "Ela sofreu um acidente?"

"Não."

"Minha mãe está aí?"

"Ela não está em condições de falar."

"Por favor, diga que irei assim que puder."

Depois de desligar o telefone, Thomas foi para a cozinha. Lembrou-se de que uma das garrafas de vinho estava pela metade e precisava ser tampada. Colocou a rolha de volta com vagar. Depois tomou um gole d'água e ficou olhando para os objetos na cozinha, como se algum deles pudesse lhe dar uma pista de como deveria se sentir.

Perguntou-se se poderia simplesmente deixar um bilhete para Katia dizendo que tinha ido a Polling para ver a mãe. Mas não seria suficiente. Precisaria escrever que sua irmã estava morta, mas colocar essas palavras num bilhete não era algo que pudesse fazer assim, sem mais. Então se deu conta de que Katia estava no andar de cima da casa.

Ela o convenceu a esperar até a manhã seguinte antes de pegar o carro para ir a Polling.

Chegou lá antes do meio-dia. Encontrou a mãe na sala de pé-direito alto dos Schweighardt. Estava sendo consolada por Katharina.

"O corpo foi levado", disse ela. "Eles perguntaram se queríamos vê-la mais uma vez antes de fecharem o caixão, mas eu disse que não. Tinha manchas no rosto todo dela."

"Por que manchas?", ele perguntou.

"Cianeto", respondeu sua mãe. "Ela tomou cianeto. Foi encontrado junto com ela."

Nas horas que se seguiram, Thomas descobriu o que havia acontecido. Sua irmã estava tendo um caso com um médico, o qual viajava para onde ela estivesse se apresentando e se hospedava nos mesmos hotéis. O homem era casado e dizia à esposa que estava atendendo pacientes que tinham se mudado para outras cidades. Ele sofria, dissera Carla à mãe, de um ciúme intenso e irracional. Ao saber que Carla estava noiva, exigiu que ela continuasse a ter relações com ele. Quando ela recusou, ameaçou escrever para Arthur Gibo e sua família, informando-os de que ela não era uma mulher digna de se casar com um homem respeitável. Carla cedeu ao amante, mas, depois de ter tirado dela tudo o que podia, o médico escreveu ao noivo e à família dele mesmo assim.

Carla enviara uma carta a Heinrich na Itália pedindo-lhe que interviesse, de modo que os Gibo soubessem que o médico inventava um monte de mentiras.

Mas, antes que Heinrich pudesse fazer qualquer coisa, Arthur seguiu Carla até Polling, para onde ela havia fugido. Em algum lugar nos jardins, confrontada pelo noivo, ela contou a verdade. De joelhos, ele implorou para que ela nunca mais visse o médico, ou ao menos foi essa a versão de Arthur para a mãe dela dias depois. E Carla concordou. Depois que ele saiu, passou apressada pela mãe e foi para o quarto. Alguns segundos depois, Julia ouviu os gritos da filha chamando, seguidos do ruído de Carla gargarejando, numa tentativa de aliviar a queimação na garganta. A mãe tentou abrir a porta, mas estava trancada.

Julia saiu correndo da casa em busca dos Schweighardt. Max veio rapidamente e, quando não conseguiu destrancar a porta, arrombou-a. Encontrou Carla deitada numa chaise longue com manchas escuras nas mãos e no rosto. Já estava morta.

Thomas escreveu a Heinrich, sabendo que a mãe já havia contado ao irmão mais velho que Carla estava morta.

"Na presença de minha mãe, sou capaz de permanecer plácido", escreveu ele, "mas, sozinho, mal consigo me controlar. Se Carla tivesse nos procurado, poderíamos tê-la ajudado. Já tentei falar com Lula, mas ela está inconsolável."

Alguns dias após o enterro de Carla, Thomas dirigiu com a mãe e Viktor de volta a Bad Tölz.

Heinrich não compareceu ao funeral. Quando veio, encontrou com Thomas em Munique, e os dois viajaram juntos para Polling. Heinrich queria passar um tempo no quarto onde Carla havia morrido.

Entraram no quarto. Algumas coisas tinham sido removidas logo após a morte. Não havia sinal do copo que ela enchera com água para gargarejar. Nenhum sinal de roupas ou joias. A cama estava feita. Na mesinha de cabeceira, um exemplar dos *Trabalhos de amor perdidos*, de Shakespeare. Carla devia estar planejando participar de alguma encenação da peça, pensou Thomas. Ele notou que a mala da irmã estava a um canto do quarto. E, quando Heinrich abriu o guarda-roupa, as roupas de Carla estavam penduradas ali.

Parecia que ela poderia adentrar o cômodo a qualquer momento, pronta para perguntar aos dois irmãos o que faziam.

"Esta chaise longue é do tempo de Lübeck", disse Heinrich, deslizando a mão para cima e para baixo no tecido listrado desbotado.

Thomas não se lembrava daquilo.

"Era onde ela ficava deitada", disse Heinrich, como se falasse consigo mesmo.

Quando ele perguntou a Thomas se tinha ouvido Carla gritar antes de morrer, Thomas teve que explicar que não estava em Polling na hora em que a irmã morrera, estava em Bad Tölz. Achava que Heinrich sabia disso. Na verdade, tinha certeza de ter lhe contado aquilo de novo naquela manhã mesmo.

"Eu sei. Mas você ouviu a Carla gritar?"

"Como poderia ter ouvido?"

"Eu ouvi. Na hora exata em que ela tomou o cianeto. Eu fazia uma caminhada. Parei e olhei em volta. A voz era clara, e era a voz dela. Ela estava sofrendo terrivelmente. Continuou chamando meu nome. Esperei e escutei, até que ficou em silêncio. Soube, ali, que ela estava morta. Esperei pela notícia. Nenhuma coisa desse tipo já tinha me acontecido. Você sabe que não gosto de falar sobre espíritos ou mortos. Mas aconteceu. Não duvide de mim quando digo que aconteceu."

Ele atravessou o quarto e fechou a porta.

"Não duvide de mim quando digo que aconteceu", repetiu Heinrich com um olhar inexpressivo para o irmão, e ali ficou parado, em silêncio, até que Thomas o deixasse e descesse as escadas.

5. Veneza, 1911

Thomas estava sozinho, num assento de corredor de uma das fileiras centrais da sala, em Munique, quando Gustav Mahler começou a conduzir os músicos da orquestra por um trecho quase inaudível, obtendo silêncio total no ambiente, as duas mãos erguidas como se quisesse sustentar e controlar o momento. Mais tarde, ele diria a Thomas, a quem havia convidado para testemunhar o processo de ensaios, que, se conseguisse aquele silêncio logo antes da primeira nota, era capaz de fazer qualquer coisa. Mas raramente conseguia. Sempre havia algum ruído aleatório, ou os próprios músicos não chegavam a prender a respiração pelo tempo que ele gostaria. Não precisava de silêncio apenas, dizia ele, queria momentos nos quais não houvesse absolutamente nada, o puro vazio.

Embora no comando do pódio por completo, o compositor era quase delicado. O que buscava, seus movimentos sugeriam, não seria alcançado por grandes gestos. Em vez disso, tratava-se de elevar a música do nada, tornando os músicos alertas ao que havia ali antes de começarem a tocar. Mahler, enquanto

Thomas o observava, parecia tentar diminuir a intensidade da execução, apontando para músicos um por um, indicando que deveriam fazer menos. E então esticava os braços, como se puxasse a música para si. Passava aos músicos a mensagem de que deviam tocar o mais suave que seus instrumentos permitissem.

Fazia-os tocar os compassos iniciais repetidas vezes, movendo a batuta para marcar o instante exato em que todos deveriam começar. Queria um som único e cortante.

Era, pensou Thomas, como começar um capítulo para, em seguida, apagar frases, recomeçar, acrescentar mais palavras e frases, retirar outras, aperfeiçoando o texto lentamente de modo que, fosse dia ou noite, estivesse cansado ou cheio de energia, nada além daquilo pudesse ser feito.

Tinham contado a Thomas sobre Mahler ser supersticioso e assombrado pela morte; ele não queria ser lembrado de que aquela era sua Oitava Sinfonia, e de que seria seguida pela Nona.

Com aquela sinfonia, o que havia era, ocorreu a Thomas, um choque entre o bombástico e a sutileza. Era um indicador da fama e do poder de Mahler que ele fosse capaz de reunir uma orquestra e um coro daquele tamanho e alcance. Havia algo de misterioso e não resolvido na música, uma busca por efeito e, em seguida, a melodia que exalava uma delicadeza solitária, às vezes triste e hesitante, de um talento que era tátil, espontâneo.

No jantar após o ensaio, Mahler não dava a impressão de estar exausto. Os rumores sobre sua saúde declinante pareciam exagerados. Tinha um jeito seu de se curvar na cadeira e olhar em volta, inquieto, para logo se sentar ereto quando alguém novo se somava ao grupo. O rosto ganhava então uma linda vivacidade. Todos se voltavam para observá-lo. Thomas podia ver uma carga erótica nele, uma força que era mais física do que espiritual. Quando Alma finalmente se juntou a eles, sua demora tendo atrasado o serviço de jantar, Thomas percebeu que o compositor se intrigava com a esposa. Devia fazer parte do jogo deles, pensou ele, que Alma ignorasse o marido, beijando e abraçando membros menos importantes da comitiva de Mahler, enquanto o grande compositor mantinha um assento livre para ela e a esperava como se a noite até ali, e de fato a composição de uma sinfonia intrincadamente longa, fosse apenas uma preparação para ela se sentar ao lado dele.

Não muito depois desse evento, Katia soube por Klaus que Mahler de fato não tinha muito tempo de vida. Seu coração estava fraquejando. Ele teve sorte algumas vezes, mas a sorte não poderia durar. Mahler trabalhava febrilmente em sua Nona Sinfonia, e talvez não vivesse para completá-la.

Fascinava Thomas o fato de estar vivo, ainda compondo, imaginando os sons que viriam da notação, trabalhando com a certeza de que sua devoção obstinada à música logo não seria nada. O momento viria de testemunhar a última nota saída de sua pena em vida. Tal momento não estava determinado pelo espírito, mas apenas pelas batidas daquele coração.

Quando Heinrich veio visitá-los, disse-lhes que a morte de Carla continuava a assombrá-lo. O que havia acontecido com a irmã o tomava desde que acordava e persistia em sua mente até o momento em que ia dormir. Havia algo tão livre no espírito de Carla que mesmo na morte ela não descansaria. Heinrich tinha ido ver a mãe, e ela também sentia a presença da filha nos espaços sombrios da casa em Polling.

Enquanto Heinrich expressava abertamente sua dor, Thomas percebeu que, após a morte da irmã, tinha se ocupado a escrever. Às vezes até conseguia acreditar que o suicídio dela nem havia acontecido. Quase invejava Heinrich por sua disposição imediata de falar sobre Carla.

Heinrich, quando falava da família, era uma companhia mais fácil do que nas conversas sobre atualidades. Ele havia se tornado enfaticamente de esquerda e internacionalista em suas opiniões. Nos jornais, havia relatos de tensões crescentes entre a Alemanha, a Rússia, a França e a Grã-Bretanha. Enquanto Thomas acreditava que os demais países, por motivos nefastos, forçavam a Alemanha a aumentar seus gastos militares, Heinrich via isso como um exemplo do expansionismo prussiano. Parecia seguir um conjunto de princípios, aplicando-os às notícias de cada dia. Thomas achava tediosas as discussões políticas com o irmão.

Mas ele nunca havia testemunhado o sofrimento de Heinrich como agora, ao falar sobre o suicídio de Carla. O irmão deixava longos intervalos entre as palavras, muitas vezes iniciando uma frase que não completava.

Katia sinalizou que ficaria feliz se acompanhassem Heinrich quando ele voltasse a Roma, e Thomas concordou que deveriam passar algumas semanas na Itália com o irmão, para ver se a companhia deles conseguia consolá-lo. Poderiam deixar as crianças em Munique aos cuidados de uma governanta e alguns empregados, com visitas da mãe de Katia. Em vez de Roma ou Nápoles, Thomas sentiu que gostaria de ir para o Adriático. A própria palavra "Adriático" evocava para ele imagens de uma luz solar amena e da água morna do mar, sobretudo porque se preparava para uma turnê de palestras nas congelantes Colônia, Frankfurt e cidades próximas, algo que se tornara um evento anual em sua agenda.

Em maio, reservaram um hotel na ilha de Brioni, na costa da Ístria, pegaram o trem noturno de Munique para Trieste e, dali, um trem local. Thomas gostou dos modos formais da equipe do hotel, da mobília pesada e antiquada, do senso de costume e cerimônia mesmo na pequena praia pedregosa. A comida era preparada no estilo austríaco, e os garçons falavam um alemão razoavelmente fluente.

Todos os três, no entanto, criaram forte antipatia por uma arquiduquesa que estava hospedada no hotel com seus seguidores. Quando ela entrava no salão de jantar, esperava-se que todos os outros convidados se levantassem, e que não voltassem a se sentar até que a tal arquiduquesa estivesse devidamente instalada. E ninguém deveria sair do salão até que ela mesma o fizesse. E eram então obrigados a se levantar novamente quando ela saía.

"Somos mais importantes do que ela", disse Katia, rindo.

"Vou ficar sentado", resistiu Heinrich.

A presença da arquiduquesa os fazia se sentirem confortáveis entre si. Quando Heinrich formulava alguma nova opinião sobre a necessidade de os prussianos se livrarem de suas ansiedades irracionais, podiam discutir a arquiduquesa e a maneira melosa com que o gerente do restaurante a abordava em sua mesa e anotava seu pedido, andando de costas com decoroso cuidado ao levar pessoalmente as ordens à cozinha.

"Gostaria de vê-la na água", falou Katia. "A água tem uma maneira de respingar nos poderosos de modo que não os favorece."

"É assim que os impérios chegam ao fim", disse Heinrich, "com um velho morcego louco sendo tratado obsequiosamente num hotel provinciano. Não vai sobrar nada."

Foi a monotonia da ilha, tanto quanto a autoimportância que se atribuía à arquiduquesa, o que os levou a querer deixar a costa da Dalmácia. Descobriram um navio a vapor em Pola que os levaria a Veneza, onde Thomas reservou quartos no Grand Hotel des Bains, no Lido.

Na véspera da viagem, chegou a notícia de que Mahler havia morrido. Foi manchete em todos os jornais.

"Klaus, meu irmão", disse Katia, "era apaixonado por ele, e muitos de seus amigos também."

"Quer dizer...?", perguntou Heinrich.

"Sim, isso mesmo. Mas tenho certeza de que nada aconteceu. E Alma estava sempre alerta."

"Só encontrei Alma uma vez", falou Heinrich. "Se tivesse me casado com ela, também estaria morto."

"Lembro de como ela ignorou Mahler e isso parecia lhe dar prazer", acrescentou Thomas.

"Aqueles rapazes o amavam", continuou Katia. "Klaus e seus amigos apostaram sobre quem conseguiria beijá-lo primeiro."

"Beijar Mahler?", perguntou Thomas.

"Meu pai, acho, prefere Bruckner", disse Katia. "Mas ele adora as canções de Mahler. E uma das sinfonias. Não consigo imaginar qual."

"Não pode ser a que eu ouvi", disse Heinrich, "porque era tão longa que durava de abril até o Ano-Novo. Deixei crescer uma longa barba enquanto ouvia."

"Na nossa casa, Mahler era muito amado", disse Katia. "Apenas pronunciar o nome dele causava a meu irmão uma espécie de satisfação engraçada. Em todos os outros aspectos, ele é normal."

"Seu irmão Klaus? Normal?", retrucou Thomas.

Thomas nunca havia chegado a Veneza por mar. No instante em que avistou a silhueta da cidade, soube que desta vez escreveria sobre ela. Ao mesmo tempo, ocorreu-lhe que seria um grande consolo se pudesse dar vida a Mahler em uma história. Imaginou-o ali, naquele exato local, buscando uma posição no barco para ter uma visão melhor.

Thomas sabia como descreveria Mahler: estatura abaixo da média, com uma cabeça que parecia grande demais para sua figura quase delicada. O cabelo penteado para trás. E uma sobrancelha alta, encapelada e desgrenhada, o olhar sempre pronto a se voltar para dentro.

Conforme Thomas o via agora, o personagem de sua história era mais um escritor que um compositor, o autor de vários livros que o próprio Thomas pensara em escrever, como um volume sobre Frederico, o Grande. Era uma figura célebre em seu próprio país que buscava um descanso do trabalho e da fama.

"Está pensando em alguma coisa?", quis saber Katia.

"Sim, mas não tenho certeza em quê."

Assim que os motores do barco pararam, chegaram as gôndolas, as escadas de desembarque foram baixadas, os funcionários da alfândega subiram a bordo e as pessoas começaram a desembarcar. Enquanto se sentavam na gôndola, Thomas notou o estilo sombrio e cerimonial da embarcação, como se tivesse sido projetada para transportar caixões em vez de pessoas vivas pelos canais de Veneza.

Quando pararam no saguão do hotel, Thomas comentou como era bom estarem num lugar longe da arquiduquesa. Seus quartos davam para a praia, e o mar, em maré cheia, lançava ondas longas e baixas, em batidas ritmadas, sobre a areia.

No jantar, descobriram-se num mundo cosmopolita. Um grupo de americanos educados e discretos se sentou à mesa mais próxima, e atrás deles algumas damas inglesas, uma família russa, alguns alemães e poloneses.

Thomas observou a mãe polonesa, que estava com as filhas, pedindo ao garçom que voltasse depois porque ainda faltava um membro do grupo. Em seguida a senhora sinalizou para que um menino, que acabara de cruzar as portas duplas do salão, se apressasse a ocupar seu lugar à mesa. Ele estava atrasado.

O menino atravessou o salão exibindo um autocontrole silencioso. Era loiro, com cachos que desciam quase até os ombros. Usava um terno de marinheiro inglês. Caminhou confiante em direção à mesa da família, fazendo uma reverência quase formal para a mãe e as irmãs e tomando assento bem no campo de visão de Thomas.

Katia também havia notado o menino, mas Heinrich, não, imaginou Thomas.

"Gostaria de ir à Piazza San Marco", comentou Heinrich, "mas quem não gostaria? E depois os Frari, e talvez também San Rocco para ver os Tintoretto, e tem uma estranha salinha escura, como uma lojinha, com Carpaccio em exposição. E é tudo o que eu quero ver. No resto do tempo quero nadar, não pensar em nada, olhar o mar e o céu."

Thomas reparou na brancura da pele do menino, no azul de seus olhos, em seu jeito de permanecer imóvel. Quando a mãe se dirigia a ele, o menino assentia educadamente. Falou com o garçom com seriedade e decoro. Não era apenas sua beleza que afetava Thomas agora, era sua maneira de se conter, de ficar quieto sem ser mal-humorado, de se sentar com a família mantendo-a à distância. Thomas estudou aquela compostura, aquela autoconfiança. Quando o menino notou que chamava sua atenção, Thomas baixou a vista, determinado a se preocupar com os planos para o dia seguinte e não pensar mais nele.

Pela manhã, com céu azul, decidiram que aproveitariam ao máximo as amenidades oferecidas pelo hotel na praia. Thomas carregava seu caderno de anotações e um romance que achou que talvez fosse ler, e Katia também tinha um livro com ela. A equipe do hotel os acomodou sob um guarda-sol, arrumando uma mesa e uma cadeira para que Thomas pudesse escrever.

Thomas vira o menino novamente no café da manhã; mais uma vez ele tinha chegado depois dos demais membros de sua família, como se aquele fosse um privilégio que reivindicasse para si. Caminhou com a mesma graça da noite anterior, movendo-se com leveza pelo salão. O menino o encantava ainda mais porque Thomas sabia que não teria uma oportunidade de falar com ele. Tudo o que podia fazer era observá-lo.

Durante a primeira hora, enquanto escrevia, não viu sinal

do menino ou de sua família. Quando ele enfim apareceu, tinha o peito nu, e foi logo anunciando sua chegada a um grupo de alguns outros que brincavam num monte de areia, os quais responderam gritando de volta o nome do menino, duas sílabas cujo som exato Thomas não conseguiu entender.

Os jovens começaram a construir uma ponte entre dois montes de areia usando uma prancha velha de madeira. Thomas observou o menino carregá-la e, com a ajuda de outro mais velho e mais forte, colocá-la no lugar. Então os dois, tendo inspecionado o bom trabalho realizado, se afastaram, abraçados.

Quando chegou um vendedor ambulante com morangos, Katia o mandou embora.

"Não estavam nem lavados", disse.

Thomas havia abandonado a escrita e começado a ler o romance. Presumiu que o menino e seu amigo tivessem escapado para dar uma volta, e que só o veria de novo na hora do almoço.

Cochilou à luz leitosa refletida pelo mar, acordou, leu, cochilou novamente — até ouvir Katia dizer: "Ele voltou".

Ela falara suficientemente baixo, ele pensou, para que Heinrich não ouvisse. Quando se sentou e olhou para Katia, ela estava mergulhada em seu livro, sem lhe dar atenção. Mas tinha razão. O menino estava com a água pelos joelhos e, em seguida, começou a avançar para mais longe. Passou a nadar até que sua mãe e uma mulher, que devia ser uma governanta, insistiram para que voltasse à praia. Thomas o viu emergindo da água, os cachos do cabelo pingando. Quanto mais longa e intensamente o observava, mais concentradamente Katia lia. Quando estivessem a sós, mais tarde, não discutiriam o assunto, ele tinha certeza, já que não havia nada a dizer. Saber que não precisava esconder o interesse pela cena o deixou mais à vontade, e ele mudou a posição de sua cadeira para ver o menino se secar sob a cuidadosa supervisão da mãe e da governanta.

Na manhã seguinte, embora o tempo permanecesse suficientemente firme para irem à praia, Heinrich os convenceu a acompanhá-lo na visita a igrejas e galerias. Assim que o barco zarpou do pequeno píer de desembarque, Thomas lamentou a decisão de ter ido. Estava deixando para trás a vida na praia, tão rica na véspera.

Quando se aproximaram da praça, o melhor de Veneza se mostrou. O ar morno do siroco soprou sobre ele; Thomas se recostou e fechou os olhos. Passariam a manhã a ver quadros, talvez almoçassem para, em seguida, regressar ao Lido e passar a tarde sob um sol mais ameno.

Ele e Katia sorriram quando Heinrich entrou em um paroxismo de êxtase nos Frari diante da Virgem de Ticiano ascendendo ao céu. Romancista nenhum, pensou Thomas, deveria gostar daquela pintura. A imagem central, apesar das cores suntuosas, era por demais sobrenatural, improvável. Depois de estudá-la por um tempo, ele voltou sua atenção aos rostos das figuras estupefatas na parte inferior da imagem, gente enraizada na vida cotidiana que, como ele ali, teve que testemunhar aquela cena.

Estava ciente de que, enquanto caminhavam de volta ao Grande Canal, Heinrich se sentiria inspirado a fazer algum solene comentário sobre a Europa, sobre história ou religião. Não estava com disposição para ouvi-lo, mas não queria perturbar a relação cordial que vinha mantendo com seu irmão naquela manhã.

"Dá pra imaginar o que é ter sido alguém que viveu o momento da crucificação?", perguntou Heinrich.

Thomas olhou sério para o irmão, como se estivesse naquele momento a contemplar a questão.

"Me parece que não tem mais nada pra acontecer no mundo", continuou Heinrich, levantando a voz para se fazer ouvir em meio aos ruídos matinais das ruas estreitas e movimentadas. "Quero dizer, vai haver guerras locais e ameaças de guerra, e depois tratados e acordos. E comércio. Os navios ficarão maiores e mais rápidos. As estradas, melhores. Mais túneis serão abertos nas montanhas e pontes melhores serão construídas. Mas não vão mais acontecer cataclismos nem outras visitas dos deuses. A eternidade será burguesa."

Thomas sorriu e assentiu com a cabeça, e Katia disse que gostava tanto de Ticiano quanto de Tintoretto, embora o guia informasse que os dois não gostavam um do outro.

Adentraram a salinha escura para ver os Carpaccio, e agradou a Thomas que ninguém pudesse observá-lo, ninguém pudesse descobrir qual era sua reação àqueles quadros. Ele se afastou de Katia e Heinrich. Surpreendeu-o como, de repente, e com nitidez, Mahler invadiu sua mente. Por um segundo, ocorreu-lhe que ele próprio poderia ser Mahler naquela galeria mal iluminada. Era uma ideia estranha e fantasiosa: sonhar que Mahler estava presente, passando de quadro em quadro, saboreando as cenas.

No vapor de Pola, quando imaginou uma história na qual Mahler figuraria, o protagonista seria um homem solitário, e não um marido e pai. Thomas brincara com a possibilidade de reduzir todas as grandes ideias com as quais seu protagonista vivia e sobre as quais escrevia a uma só ideia, experiência ou decepção. Era como se pudesse pegar o que Heinrich acabara de expor na rua e testar diante de alguma emoção sombria e premente. Mas até agora não havia conectado essa ideia com a experiência que ele próprio vinha tendo na praia e no restaurante do hotel.

Seu personagem, fosse Mahler, Heinrich ou ele mesmo, viera a Veneza para ser confrontado pela beleza e animado pelo desejo. Thomas considerou colocar como objeto de desejo uma garota, mas pensou, de imediato, que estaria trabalhando no reino do que era natural e não dramático, sobretudo se criasse a personagem de uma moça mais velha. Não, concluiu, teria de ser um menino. E a história teria de sugerir que o desejo era sexual, mas também, claro, distante e impossível. O olhar do homem mais velho seria ainda mais feroz por não haver nenhuma chance de algo mais acontecer. A mudança na vida do protagonista seria ainda maior pelo fato de aquele encontro ser passageiro e não levar a lugar nenhum. Jamais poderia ser tornado público ou aceitável, domesticado para o mundo. Atravessaria os portões de uma alma que um dia se acreditara inexpugnável.

Quando Heinrich foi ao banco trocar dinheiro, o caixa do banco o avisou para nem pensar em ir para o sul, como planejava fazer, pois havia rumores de cólera em Nápoles. No instante em que isso foi dito, Thomas soube que incorporaria aquele detalhe à história. Haveria rumores de cólera na própria Veneza, e no Lido, com os hóspedes do hotel aos poucos escasseando. Ele misturaria o desejo do homem mais velho a uma sensação de doença, de decadência.

Pela manhã, no café, a mesa polonesa estava vazia, como na noite anterior. Quando encontrou uma brecha, Thomas perguntou a um dos rapazes da recepção se a família polonesa havia partido. Ele o informou de que ainda estavam hospedados no hotel.

Na hora do almoço, a mãe e as filhas apareceram no salão. Katia e Heinrich estavam discutindo algo que Heinrich havia lido no jornal matutino, enquanto Thomas mantinha os olhos na porta. Várias vezes ela se abriu apenas para revelar um garçom. E então ele surgiu, o menino, com seu traje de marinheiro, movendo-se sem cerimônia pelo recinto, parando antes de se sentar e de passagem percebendo a presença de Thomas para, por fim, sorrir por um breve momento e dedicar-se a pedir seu almoço.

À tarde, na praia, Thomas repassou a história que agora planejava escrever. Como a bagagem de Heinrich havia sido perdida, ele incorporaria também isso, tornando esse o motivo para que seu protagonista atrasasse a partida, ainda que a verdadeira razão fosse poder passar mais tempo nos mesmos ambientes que o menino. Pensou nos morangos que Katia tinha recusado; aquele momento também poderia ser incluído na história.

A emoção que o personagem sentia ao contemplar tamanha perfeição física se tornaria mais intensa com o passar dos dias. Aschenbach, seu protagonista, via o menino constantemente, inclusive na Piazza San Marco, quando atravessava o canal. Percebendo que a família passara a chegar mais cedo para o café da manhã, de modo que pudessem aproveitar mais tempo na praia, Thomas agora tomava o próprio desjejum mais cedo e tentava chegar à praia antes deles.

Aschenbach, na história, viajava sozinho, um homem que se casara uma vez e ficara viúvo ainda jovem, um homem com uma filha de quem não era próximo. Seu Aschenbach era alguém sem humor, como se esperava de um escritor. Sua ironia era reservada para momentos de filosofia e história; não permitia que se voltasse para dentro. E não tinha defesas contra a visão da beleza avassaladora que surgia diante dele numa roupa de banho azul e branca, todas as manhãs, sob a luz ofuscante do Adriático. O próprio contorno do menino contra o horizonte o cativava. A língua estrangeira que ele falava, da qual Aschenbach não conseguia entender uma só palavra, o excitava. Os momentos pelos quais mais ansiava eram aqueles de calmaria, quando, por exemplo, o menino, sozinho à beira d'água, afastado da família, as mãos cruzadas na nuca e a postura ereta, parava sonhando acordado no espaço azul.

Quando ele, Katia e Heinrich se preparavam para partir, sabendo que havia risco de cólera em Veneza, Thomas já tinha a história esboçada. Ele sabia que, se falasse sobre isso com Katia, ela o olharia interrogativamente, a sugerir que ele estava usando a preocupação com uma história como álibi para o que pensava de fato.

Esperando por ela no saguão, tentou se lembrar de quando percebeu o quanto ela sabia sobre ele. Sentia que tinha sido durante aquele primeiro encontro na casa dos pais dela, quando Katia e o irmão Klaus conversaram com ele. Era como se ela tivesse usado Klaus como chamariz ou isca. Viu que o homem que se tornaria seu marido estava de olho em seu irmão.

Thomas também se dedicara a observar Katia com atenção, mas não havia nada de incomum nisso. Naquela festa, pensou, tinha baixado a guarda por alguns instantes, sob os olhares provocadores de Katia e Klaus, e talvez tivesse feito o mesmo em outras ocasiões. Estranho, pensava, era que aquilo parecesse incomodá-la tão pouco.

Nos anos de casamento, sob cuidadosa supervisão dela, chegaram a um arranjo. Começou de forma espontânea, com leveza, quando Katia descobriu que um determinado Riesling de Domaine Weinbach animava Thomas, tornava-o loquaz e alerta. Depois do vinho, Thomas bebia um conhaque, talvez até dois. E em seguida, tendo lhe desejado boa noite, Katia subia as escadas com a certeza de que ele logo apareceria à porta de seu quarto.

Inscrita no conjunto de acordos tácitos havia uma cláusula afirmando que, assim como Thomas não faria nada para colocar sua felicidade doméstica em risco, Katia reconheceria a natureza de seus desejos sem qualquer reclamação, tomaria conhecimento das figuras a que o olhar dele mais prontamente fosse atraído com bom humor e deixaria clara sua disposição, quando apropriado, de apreciá-lo sob seus variados disfarces.

Terminada a história, entregou-a para Katia ler. Esperou alguns dias por alguma resposta e, no fim, precisou perguntar se ela havia lido.

"Bom, você capturou a coisa toda. Foi como estar lá, só que eu estava dentro da sua mente."

"Você acha que vai haver alguma objeção?"

"Você é o homem mais respeitável que já se conheceu. Mas essa história vai mudar as coisas. Vai mudar a forma como o mundo enxerga Veneza. E, imagino, a forma como o mundo enxerga você."

"Acha que eu deveria deixar na gaveta?"

"Não acho que você escreveu isso para deixar na gaveta."

Quando a história foi publicada em duas edições de uma revista, e mais tarde em livro, Thomas acreditou que seria uma chance para seus inimigos de fechar o cerco sobre ele. Preocupava-se com artigos que sugerissem que o autor parecia saber muito sobre o assunto de sua história, talvez mais do que seria saudável, sobretudo para um pai de quatro filhos.

Na verdade, os críticos interpretaram a relação entre o artista e o menino como a representação, numa época de estranhamento, da atração pela morte e do encanto sedutor da beleza atemporal. A única objeção contundente veio de um tio por casamento de Katia, que ficou indignado com a história, não vendo nela nenhuma metáfora, e escreveu ao sogro de Thomas: "Que história! E de um homem casado e pai de família!".

Por outro lado, a avó de Katia, então com oitenta e poucos anos, fez elogios num jornal de Berlim, e escreveu a ela para dizer que finalmente havia superado todas as suas objeções anteriores ao marido da neta. Em vez de alguém rígido e hostil, agora via Thomas Mann como representando a nova Alemanha, aquela pela qual tinha esperado a vida toda.

Antes de o livro ser publicado, Thomas e Katia tinham um assunto mais temível a tratar. Uma antiga mancha tuberculosa num dos pulmões de Katia voltara a aparecer. Foi decidido que ela deveria ir a Davos, na Suíça, para tratamento.

Thomas achou estranho que os pequenos Erika e Klaus, de seis e cinco anos, parecessem sentir bastante a falta da mãe depois que ela partiu para o sanatório. Embora Elise, a empregada que agora supervisionava as crianças, fosse rígida e desempenhasse seus deveres com diligência, muitas vezes ela tinha de se concentrar nas duas mais novas, cujas necessidades eram mais prementes. Logo Erika e Klaus criaram um conjunto descontraído de regras para si mesmos, que incluía um espetáculo de teatro todas as noites antes de dormir, com os dois vestidos em fantasias absurdas e fazendo barulho suficiente para perturbar a paz de seu pai, que lia junto à lareira num dos cômodos do térreo.

Na ausência de Katia, Thomas instalou sua mãe em Bad Tölz nos meses de verão. Julia não tinha experiência em lidar com crianças indisciplinadas. Sua própria prole fora precoce, mas sempre obediente e fácil de controlar. Erika e Klaus, por outro lado, viam a excentricidade da avó como mais um motivo para fazerem o que bem entendessem. Insistiam que já tinham muita idade para serem obrigados a ficar só no jardim da casa com Golo e Monika. Tinham seus próprios amigos, suas próprias rotinas. A mãe, declararam, sempre os deixava ir ao rio com outras crianças da mesma idade, desde que supervisionados pela empregada dos amigos.

Quando Julia apelou para Thomas, ele deu uma bronca em Erika e Klaus, o que serviu apenas para que, mais tarde, Erika o procurasse para explicar que nunca haviam sido confinados daquele jeito, instando o pai a falar com a avó e apoiar sua demanda por liberdade.

Golo se mudou silenciosamente para um mundo próprio. Não fazia nenhum esforço para seguir os irmãos mais velhos, que, de qualquer maneira, não o teriam recebido bem. Ele não era caloroso com a avó ou com qualquer uma das figuras de autoridade substitutas durante a ausência da mãe. Mal olhava para o pai. Se estava num cômodo, encontrava um canto e ali ficava sozinho. No jardim, sentava-se ao abrigo de uma árvore. Thomas se maravilhava com aquela autonomia.

Monika era ainda um bebê. Ela sempre fora difícil, chorava à noite, ficava irritada com facilidade. Enquanto fazia as refeições com os três mais velhos, insistindo para que Erika e Klaus chegassem a tempo, se sentassem eretos, dissessem por favor e obrigado e não pedissem para sair da mesa até estar claro que a refeição havia terminado, Thomas nunca tinha certeza do que fazer com Monika. Em Bad Tölz, ele a deixou exclusivamente sob os cuidados de Julia. Sempre que passava pelo quarto onde ela estava, podia ouvi-la chorar.

Katia, sobretudo no início, escrevia todos os dias de Davos. As cartas eram alegres e engraçadas, contando sobre seus companheiros de internação e o regime do sanatório. Quando Thomas respondia, tentava pensar em histórias divertidas sobre as crianças. Era fácil fazer as atividades dos dois mais velhos parecerem fascinantes, descrever os sinais do quanto eram inteligentes e originais, e até os hábitos de Golo podiam virar piada. Difícil era saber o que dizer sobre Monika.

Por mais longas e detalhadas que fossem as cartas que trocavam, ele descobriu, pouco depois da partida de Katia, que sentia falta dela. Até que ela tivesse partido, não percebera o quanto haviam se tornado próximos. Na verdade, não acreditava que conversassem tanto. Almoçavam juntos e saíam para passear à tarde. Mas a esposa não entrava em seu escritório quando ele estava trabalhando. E, nos últimos anos, como seu sono era mais leve, passaram a ter quartos separados. Agora, porém, os acontecimentos do dia, as coisas mais comuns, não tinham profundidade nem substância, pois ele não podia discuti-los com ela.

Quando voltaram de Bad Tölz para Munique, no início do ano letivo, ele sabia que o tempo de Katia no sanatório facilmente poderia se prolongar. Enfatizou, em algumas cartas, que todos ansiavam pelo retorno dela. Thomas sabia que a mãe e a avó da esposa acreditavam que ela tivera filhos rápido demais, sendo chamada a assumir muita responsabilidade pela casa e pelos assuntos financeiros do marido. Após as primeiras insinuações de que o culpavam pela doença de Katia, ele cuidadosamente evitava falar de qual havia sido a causa. Como a mãe e a avó da esposa, ao contrário de sua própria mãe, não se ofereciam para ajudar com as crianças, ele não via razão para lhes ser prestativo.

Katia escreveu sobre o quanto estava ansiosa por uma visita dele. Thomas escrevia listas de coisas que queria contar a ela, mas, ao mesmo tempo que incluía histórias sobre os filhos, pequenas coisas que tinham dito ou feito e poderiam entretê-la, percebeu que, naqueles primeiros meses da ausência de Katia, as quatro crianças tinham tomado rumos em seu desenvolvimento que talvez fossem difíceis de mudar. Os dois mais velhos agora eram motivo de queixas tanto da escola quanto de pais de amigos. Quando alguém falava com Golo, isso perturbava o estranho equilíbrio voltado para dentro do menino. E Monika, por mais que tentassem consolá-la, continuava irritada.

Ele sabia que aquilo poderia soar bastante forte e alarmante numa carta. Seria mais suave se fosse tratado no meio de uma longa conversa. Sentiria alívio, pensou, quando finalmente deixasse as crianças para ir a Davos. Tinha se tornado alguém que criava regras para eles, que tentava lhes impor ordem. Nas últimas semanas, sentia, os três mais velhos tinham passado a não gostar dele. Evitavam-no quando podiam e, por mais que o pai os encorajasse a falar, muitas vezes ficavam em silêncio à mesa.

Encarregou a mãe de informá-los de que ele ficaria fora por três semanas. No dia marcado, saiu de casa antes do amanhecer e embarcou num trem matutino para Rorschach, de onde pegou outro, local e menor, para Landquart, nos Alpes. De lá, esperou pelo trem de bitola estreita cuja subida era íngreme e persistente e parecia sem fim. Os trilhos passavam espremidos entre paredes de rocha. Mesmo antes de o trem chegar ao seu destino, Thomas já se sentia distante dos problemas que havia enfrentado com as crianças.

Não era só por estar, agora, muito longe de Munique, mas porque, naquele dia de partida e espera nas estações, e de novos embarques, a própria Munique se movera a segundo plano. Já se encontrava imerso naquele mundo montanhoso, sobre o qual era Katia quem teria o domínio. Um mundo dominado pela doença.

Ela veio encontrá-lo na estação.

"É bom ter alguém com quem conversar de novo", disse a ele enquanto se dirigiam para o sanatório. Ele teria seu próprio quarto, longe do dela, e faria suas refeições na sala de jantar comum, com ela e os outros pacientes.

Katia havia escrito para ele sobre muitos dos internos. Em sua primeira meia hora em Davos, ele conheceu a espanhola que andava gritando *"Tous les deux"*, em referência a seus dois filhos, que sofriam de tuberculose. Também teve um encontro com o homem viciado em chocolates que o tempo todo ameaçava se matar.

Ele e Katia conversaram sem parar naqueles primeiros dias. Thomas soube que vários pacientes morreram durante a estada, algo que ela omitira em suas cartas. Ele ficou surpreso com o tom casual dela quando falou dos mortos. Logo se viu contando a ela sobre as crianças, incluindo detalhes que havia prometido a si mesmo que não lhe revelaria.

"Quer dizer que nada mudou?", disse ela.

"Como assim?"

"Todos os quatro já eram como você descreveu antes de eu partir, os dois primeiros teatrais e difíceis de lidar, Golo, solitário e silencioso e autocentrado, e Monika, um bebê. Não houve nenhum acidente com ninguém?"

"Não."

"Só o que aconteceu então é que você começou a notá-los."

O quarto de Thomas era alegre e sossegado, com móveis brancos práticos. O chão, impecavelmente limpo. A porta da varanda deixava entrar um vislumbre das luzes no vale.

No jantar, foram abordados por um dos médicos, que se divertiu ao ouvir Thomas insistir que ele próprio estava perfeitamente saudável. Estava ali apenas para visitar a esposa.

"Imagine só!", reagiu o médico. "Nunca conheci uma pessoa perfeitamente saudável antes."

Falando baixo, Katia pintou para ele um retrato de todos os que iam adentrando a sala de jantar. Apontou para as duas mesas nas quais os russos estavam sentados.

"Uma é a boa mesa russa. É para os membros superiores daquela nação. A outra mesa é para pessoas não desejadas na boa mesa. É, imagino, a mesa russa ruim."

Embora Katia o tivesse avisado de que o casal no quarto ao lado dele pertencia à segunda mesa, não pensou neles e em seu status inferior até que foi acordado durante a noite pelo som de uma risada abafada. As paredes entre os cômodos individuais, ele percebeu, eram finas. Não precisava saber russo para entender o que estava acontecendo. À medida que os sons que faziam se tornavam desavergonhadamente carnais, Thomas imaginou que conheceria aquelas pessoas nos próximos dias. Com certeza o contato íntimo que ele agora tinha com seus gemidos de amor transpareceria para eles quando fossem apresentados. Naquele momento, não parecia provável que se importassem.

Quando Katia veio buscá-lo para tomar café, decidiu não

contar a ela o que ouvira durante a noite. Mas, apesar de sua determinação anterior, ele se viu descrevendo o acontecido para ela como se fosse uma informação urgente.

Thomas percebeu como o sanatório a envolvia. Interessava-se pelo mundo exterior, pelas histórias dos filhos, pelos relatos da mãe e da sogra, mas sempre ficava mais animada quando a própria Davos estava em discussão. Embora conversassem mais intensamente do que nunca, e ele não tivesse nenhum escritório para onde se retirar, sentia a distância dela. Algumas vezes, tendo mencionado a possibilidade de seu retorno a Munique, viu-a tratar aquilo quase como sonho, ao avisá-lo de que alguns problemas com seus pulmões persistiam. Portanto, no momento, deixar Davos não era uma opção.

Essa foi a grande mudança nela, ele pensou. Ela havia se tornado uma paciente. Depois de um ou dois dias, percebeu que ele próprio estava sendo envolvido pela rotina. Assim como Katia, não tinha preocupações imediatas. Observar os internos e saber sobre eles começou a interessá-lo quase ao ponto da obsessão. Embora tivesse trazido livros com ele, descobriu que ficava exausto demais à noite para ler. Durante os períodos de descanso do dia, a última coisa de que precisava era um livro. Ele queria relaxar, ficar quieto, refletir sobre o que havia aprendido até agora a respeito do sanatório.

Adorava o período de descanso da tarde, quando sabia que logo veria Katia e eles poderiam mergulhar em compartilhar o que sentiram no pouco tempo decorrido desde a última vez que haviam se falado.

Ele disse a ela que sempre soubera que o tempo passava devagar num lugar desconhecido.

"Mas quando olho para trás, agora, parece que já estou aqui há sabe-se lá quanto tempo, que faz uma eternidade desde que cheguei."

O médico responsável parava cada vez que via Thomas e Katia no corredor. Fizera-os saber que, embora tivesse lido os livros de Thomas, Katia era o principal foco de sua atenção. Um dia, porém, tendo assegurado logo a Katia que pensava sobre o caso dela, voltou-se para Thomas, puxando-o para um ponto mais iluminado e observando atentamente o branco de seus olhos.

"Você foi examinado por um dos médicos?", perguntou.

"Não sou paciente", respondeu Thomas.

"Talvez seja sensato aproveitar melhor seu tempo aqui", disse e, encarando Thomas com desconfiança, saiu.

Quando marcou uma consulta para Thomas na clínica, não o alertou, simplesmente mandou dois enfermeiros ao quarto durante o descanso matinal. Suas instruções eram, disseram, para levá-lo à clínica. À resposta de Thomas de que precisaria avisar Katia para onde estava indo, disseram-lhe que o descanso da esposa não poderia ser perturbado.

Na clínica, o médico mandou Thomas tirar o paletó, a camisa e o colete. Ele se sentiu exposto e mais velho do que a idade que tinha. Ficou esperando algum tempo até que o médico voltasse e, sem dizer uma palavra, passasse a lhe examinar as costas, batendo com o punho, ouvindo o som, pousando a outra mão delicadamente na parte inferior das costas. Seguiu voltando a certos pontos, um perto da clavícula esquerda e outro um pouco abaixo dela.

Chamou um colega, e eles pediram a Thomas para respirar profundamente e tossir. Passaram a mover um estetoscópio para cima e para baixo em suas costas, ouvindo as pressões internas. Pela maneira lenta e atenta com que o examinaram, Thomas sabia que teriam muito a dizer quando terminassem.

"Exatamente como pensei", falou um deles.

Thomas desejou estar de volta a seu quarto, tendo convencido os dois enfermeiros de que estava muito ocupado para acompanhá-los.

"Receio que você não seja apenas um visitante aqui", disse o outro. "Intuí isso assim que chegou. Pode ser uma sorte você ter vindo."

Thomas pegou sua camisa. Ele queria se cobrir.

"Você tem um problema num dos pulmões. Se não for tratado agora, posso garantir que estará de volta dentro de alguns meses."

"Que tipo de tratamento?"

"O mesmo dos outros pacientes. Vai levar tempo."

"Quanto tempo?"

"Ah, é isso o que todos perguntam, mas logo se cansam de perguntar porque sabem como é difícil responder."

"Vocês têm certeza do diagnóstico? Não é muita coincidência eu ter sido diagnosticado aqui, e não em outro lugar?"

"O ar aqui em cima", explicou o médico mais velho, "é bom para combater doenças. Mas também é bom para deixar a doença emergir. Faz com que a doença latente entre em erupção. Agora você deve ir para a cama. Em breve vamos fazer uma chapa dos órgãos internos."

Foi o raio X que o acordou do sonho no qual Davos o colocara. Disseram-lhe certa manhã que seria levado ao laboratório no porão naquela tarde. Quando ele perguntou a Katia sobre isso, ela explicou que não era nada, apenas uma maneira de os médicos obterem uma imagem mais clara do tórax e dos pulmões.

Numa pequena sala, enquanto esperava, ele ficou em companhia de um sueco alto. No espaço confinado, viu-se prestando mais atenção ao sueco do que a qualquer outra pessoa desde que chegara ali. Pensou no raio X penetrando na pele do homem, encontrando áreas dentro dele que ninguém jamais tocaria ou veria. Quando um dos assistentes técnicos saiu e instruiu os dois a se despirem até a cintura, Thomas se sentiu constrangido e quase perguntou se não poderia esperar até que o sueco já tivesse entrado na sala de raio X para tirar a roupa. Mas, em vez disso, hesitante, ele obedeceu.

Quando tirou a camisa, o sueco, tendo-lhe dado as costas, já havia tirado a túnica. Sua pele, na penumbra, era lisa e dourada; os músculos das costas, totalmente trabalhados. Ocorreu a Thomas naqueles poucos segundos que seria natural, já que o espaço era tão pequeno, acabar por esbarrar em seu companheiro, deixando o braço se demorar casualmente nas costas nuas do homem. Antes que pudesse descartar a ideia, o sueco se virou e, sem cerimônia, tomou o bíceps do braço direito de Thomas com o polegar e o indicador para lhe medir a força. Sorriu de forma infantil e, encolhendo os ombros, indicou os músculos dos próprios braços para, em seguida, bater de leve com a mão na barriga, deixando claro que tinha engordado demais.

Na sala interna, o médico estava parado em frente a um armário. À medida que seus olhos gradualmente se acostumavam à falta de luz no recinto escuro, Thomas viu uma caixa semelhante a uma câmera sobre um suporte rolante e fileiras de chapas fotográficas de vidro ao longo das paredes. Ele também conseguia distinguir vidros, caixas de interruptores e medidores verticais altos. Ali poderia ser, pensou ele, o estúdio de um fotógrafo, uma câmara escura, a oficina de um inventor ou o laboratório de um feiticeiro.

Logo um médico mais velho apareceu.

"Vocês dois podem reduzir ao mínimo os gritos de dor?", perguntou ele, para riso geral.

"Gostariam de conferir alguns de nossos trabalhos manuais?", perguntou.

O médico acionou um interruptor para iluminar um conjunto de placas que revelavam partes fantasmagóricas de corpos — mãos, pés, joelhos, coxas, braços, pélvis, imagens etéreas e nebulosas. A máquina de raio X tinha retirado a carne e o músculo e, penetrado no que era macio, focado o núcleo, no que ficaria do corpo quando a carne começasse a apodrecer. Enquanto Thomas prendia a respiração, deixando o olhar vagar para cima e para baixo pelas partes internas de alguém com quem devia cruzar regularmente nos corredores, deu-se conta de que estava encostado no sueco, seu ombro tocando o braço do homem.

O médico determinou que o sueco deveria ir primeiro. Ele foi colocado sentado de frente para a câmera, o peito contra uma placa de metal, as pernas bem afastadas. O assistente empurrou os ombros para a frente e massageou as costas em uma série de movimentos de amassamento. O rapaz disse ao sueco para respirar fundo e segurar a respiração. Em seguida, o interruptor apropriado foi acionado. O sueco, Thomas pôde ver, manteve os olhos fechados. Os medidores, acesos em azul, crepitaram, e faíscas acenderam ao longo da parede. Uma luz vermelha piscou. Então tudo se aquietou.

Era a vez de Thomas.

"Abrace o painel", disse o médico. "Imagine que é outra pessoa, alguém de quem você gosta. Pressione o peito contra essa outra pessoa e respire fundo."

Quando acabou, o médico pediu a ele e ao sueco que esperassem. Eles logo poderiam ver o que a câmera havia capturado. Primeiro, olhariam a chapa do sueco.

Na imagem do sueco contra a luz, Thomas viu o esterno fundido com a espinha dorsal, que era uma coluna escura e medonha. E então seus olhos foram atraídos para algo perto do esterno que parecia um saco.

"Está vendo o coração dele?", perguntou o médico.

Quando foi a vez de Thomas ver a si mesmo, sentiu como se adentrasse um santuário interior de um lugar sagrado. Enquanto a tela era iluminada, pensou por um segundo no corpo de seu pai, agora reduzido a um esqueleto no cemitério de

Lübeck. E então viu seu próprio corpo do jeito como ficaria na sepultura. Ele se perguntou se, entre as chapas fotográficas, havia imagens de Katia, imagens que poderiam torná-la mais preciosa para ele ao vê-la como seria na grande eternidade.

Num piscar de olhos, percebeu o impacto que algo assim poderia ter num livro, como seria dramático, a primeira vez que um romancista descrevia um raio X, com todos os seus sons estranhos e luzes meio assustadoras, resultando numa imagem à qual até então ninguém tivera acesso. Ele havia sido atraído para Davos, percebeu, como que por mágica. Assim que ele se libertasse de sua atmosfera, ele sabia, começaria a trabalhar novamente. Ansiava por estar de volta a seu escritório agora, pronto para reclamar se uma das crianças fizesse algum barulho. Ouviu respeitosamente o médico, que lhe disse que o raio X havia confirmado o que já suspeitavam. Ele era tuberculoso e precisava de tratamento. Assentiu com a cabeça, educada e humildemente, sugerindo que estava pronto para se colocar nas mãos do médico. Mas em sua mente já estava no trem, descendo pelos trilhos estreitos que cortavam os Alpes.

Suas conversas com o médico da família em Munique o liberaram da feitiçaria que se apoderara de seus sonhos e de seu tempo de vigília em Davos.

"Minha sugestão", disse o médico, "é que você permaneça na planície. Se começar a tossir sangue, marque para me ver de imediato. Tenho a sensação, no entanto, de que vai levar um tempo para que nos vejamos de novo. E diga à sua esposa, se ela estiver disposta a escutar, que ficar longe da família a deixará ainda mais doente do que está."

Thomas retornou para garantir que seus dois filhos mais velhos se sentassem eretos durante as refeições e não saíssem da mesa até que seus pratos estivessem limpos. Às vezes, a pedido de Erika, ele fazia brincadeiras e truques de mágica para eles que não fizera mais desde a partida de Katia. Uma dessas brincadeiras envolvia fingir que não via Erika, que estava sentada numa das cadeiras, insistindo que ela era uma almofada colocada ali para deixá-lo mais confortável. Embora fizesse Erika e Klaus rir com escândalo, Golo cobria o rosto com as mãos. Quando os dois mais velhos lhe pediam que repetisse aquilo sem parar, desejava que Katia estivesse ali para decidir o momento de a brincadeira acabar.

Começou a planejar seu romance A *montanha mágica*. O protagonista seria quinze anos mais novo que ele e de Hamburgo, com a mente e a inocência de um cientista. Viajaria a Davos apenas para visitar o primo que ali se tratava, quando notaria que o tempo perdera sentido uma vez que ele entrava nas rotinas impostas pelas autoridades. Tais novidades o desconcertavam até que ele se acostumasse com elas.

Os dias ordenados nesta Davos imaginada tomavam o lugar daqueles sem contorno fora dali. O lento declínio dos pacientes refletia uma espécie de doença moral que se infiltrava na vida da planície. Mas isso era por demais simples. Ele teria de deixar a vida, em vez de alguma teoria da vida, conduzir seu livro. Teria de criar cenas cheias de acaso e excentricidade. Exploraria a persistência manhosa do erótico.

Enquanto sonhava com seu livro, percebeu que algo novo estava acontecendo em Munique. Quando os jornalistas iam à sua casa, perguntavam mais sobre política do que sobre livros. Falavam dos Bálcãs e das Grandes Potências, presumindo que ele teria agudas opiniões sobre o papel da Alemanha na Europa e sobre o significado da desintegração do Império Otomano. Às vezes desejava que Katia e Heinrich pudessem testemunhar seus esforços para parecer que vinha pensando seriamente nessas questões políticas. Mas também descobriu que gostava de seu papel de romancista que mantinha um olhar atento sobre um mundo em mudança. Aos poucos, começou a prestar mais atenção aos jornais, que noticiavam o incremento do Exército alemão e a necessidade de o Kaiser estar vigilante, pois tinham inimigos em todos os países que cercavam o seu.

Thomas escreveu a Katia sobre o romance, mas ela não comentou. Em vez disso, escreveu de volta contando que alguém da mesa russa ruim havia morrido e sobre como, na calada da noite e sorrateiramente, tinham removido o cadáver do sanatório.

Embora ele tenha lhe perguntado várias vezes quanto tempo ela achava que ainda permaneceria em Davos, Katia não respondeu. Viu que ela ainda estava enfeitiçada pela vida lá. A visita dele, sua adesão àquela rotina, em vez de despertá-la para a realidade, reforçaram a ilusão.

Para quebrar o feitiço, ele escreveu a ela dizendo que precisariam construir uma casa em Munique. Já estava procurando por um local, disse, e fazendo planos. Ele se lembrava do envolvimento de Katia nos mínimos detalhes da casa que construíram em Bad Tölz. O empreiteiro até a chamava de arquiteta, brincando. Era frequente ela acordar à noite para fazer ajustes nos planos.

Ele escreveu várias cartas sobre o tipo de casa em que estava pensando, desenhando uma planta para mostrar onde seria seu escritório e como seria a cozinha no porão. Esperava que isso pudesse acordá-la de seu sono. Imaginou, no entanto, que levaria tempo, com mais detalhes sobre os planos de construção, para atraí-la de volta para a família. Thomas ficou surpreso quando, tendo recebido várias cartas anódinas dela, chegou uma breve em que Katia afirmava que, como os médicos haviam dito que a estada nas montanhas não tinha como lhe trazer mais benefícios, em breve ela estaria com eles.

Thomas não sabia se contava às crianças de imediato ou se deixava que a chegada dela fosse uma surpresa. Enquanto esperava, entendeu que não demoraria muito para que Katia preenchesse suas vidas como se nunca tivesse ido embora. Ele, por outro lado, passaria a habitar, em sua imaginação, a vida do próprio lugar de onde ela estava partindo.

6. Munique, 1914

Klaus Pringsheim estava ao piano, com Erika, de nove anos, e Klaus Mann, um ano mais novo, um de cada lado dele. Katia, sentada num sofá, usava um vestido preto de brocado. Monika havia encontrado uma colher e, apesar das súplicas de todos, batia com ela numa panela que havia trazido da cozinha. Golo observava a cena com certa aversão.

"Klaus", disse o tio, "quando a Erika fizer a harmonia, não entre junto, mantenha a melodia. E cante alto, se for preciso."

A música era um número de music hall.

Katia, na presença do irmão, ainda era capaz de mudar num instante. Desde seu retorno de Davos, ela tinha gastado certa energia para lidar com as necessidades das crianças e supervisionar a construção num terreno que haviam comprado na Poschingerstrasse, perto do rio. À noite, quando a casa estava silenciosa, Thomas a encontrava sentada à mesa da sala de jantar repassando os planos. Mas, com seu irmão gêmeo em visita, ela voltou a ser a garota que o seduziu numa festa na casa dos pais. Ela e Klaus retomavam sua antiga pose sardônica. Faziam-no sentir que estavam rindo dele.

"O que queremos", disse Klaus, virando-se para Thomas, "é uma Munique independente que ficará do lado da França contra os prussianos. Taí uma guerra que valeria a pena ganhar!"
"Você lutaria nela, meu bichinho?", perguntou Katia.
"Durante o dia, seria o soldado mais temível", disse Klaus. "E, à noite, o mais requisitado para animar as tropas com a minha música."
E tocou a abertura da Marselhesa.
"Temos vizinhos", interveio Thomas, "e são tempos de tensão."
"Alguns dos nossos vizinhos estão ansiosos pela guerra", observou Katia.
Erika e o irmão Klaus começaram a cantar.

Nós odiamos Johnny Rússia com seus fedorentos peidões.
Nós odiamos os franceses porque são uns caras manhosos.
Nós odiamos os ingleses com seus frios corações.
Os hunos lutarão contra eles até que estejam todos mortos.
Mortos mortos mortos. Até que estejam todos mortos.

Marchavam pela sala, seguidos por Monika batendo a colher na panela. Logo Golo se juntou a eles, marchando com solenidade.
"Onde eles aprenderam isso?", perguntou Thomas.
"Tem milhares de canções como essa", respondeu o cunhado. "Você devia sair mais."
"Tommy gosta que o mundo venha até ele", disse Katia.
"Espere até que a Marienplatz mude de nome para Place de Marie", disse Klaus. "Aí é que vamos ouvir canções. Ou quando passar a ter um nome russo."
Thomas notou que alguns dos empregados tinham se reunido na escada. Desejou que ele e Katia tivessem dado ao filho mais

velho um nome diferente de Klaus. Um Klaus já era suficiente. Esperava que Klaus Mann pudesse se espelhar em alguém que não fosse o tio.

Em janeiro, eles se mudaram para a nova casa. Por um tempo, por superstição, Thomas evitou até mesmo passar pelo local. E, quando Katia tentou consultá-lo sobre detalhes, ele disse a ela que tudo o que queria era um escritório onde tivesse paz e uma varanda, senão duas, de onde pudesse contemplar o mundo.
"Gostaria de ter meu próprio banheiro, mas não vou pegar em armas nessa questão."
"Devemos manter meu pai longe até estar tudo terminado. Ele pegaria em armas pelo menor detalhe de mobília."
"Vou querer as estantes de Lübeck, e não as que seu pai projetou, e talvez uma porta que saia do escritório direto para o jardim, para que eu possa desaparecer."
"Te mostrei isso. Está nos planos."
Ele sorriu e ergueu os braços, num gesto de impotência.
"Tudo o que vi quando você me mostrou os planos foi o dinheiro que isso vai custar."
"Meu pai...", começou Katia.
"Prefiro pedir dinheiro emprestado ao banco", interveio Thomas.
A casa era muito imponente. Parecia, pensou ele, a casa de um homem rico, de um homem que tivesse viajado pela Holanda e pela Inglaterra e lá apreciado diferentes estilos, alguém que não se intimidava com sua riqueza sendo tão obviamente exibida. Percebeu que estava orgulhoso de ser dono daquela casa e preocupado com o que os outros poderiam achar, Heinrich, por exemplo. Além disso, preocupava-o que as crianças ficassem isoladas. Embora pudessem encontrar amigos por perto, seriam filhos de pais

que consideravam a riqueza algo dado. Ele não queria que seus filhos tivessem essa atitude de privilégio. Mas não havia quase nada que pudesse fazer a esse respeito agora. Tomou o cuidado de não reclamar com Katia, que adorava mostrar a casa para sua família.

"Como nosso pequeno escritor te tornou grandiosa", disse Klaus à irmã, piscando para Thomas de modo conspiratório. "Da nebulosa Lübeck ao brilho do luxo. Nem me conte quanto é a hipoteca! Nenhum escritor tem tanto dinheiro."

Quando foram para Bad Tölz, Thomas seguiu esperando fervorosamente que ninguém mencionasse a possibilidade de guerra. Uma vez fora da cidade, ele tinha certeza, não haveria piadas sobre patriotismo. Em Munique, não frequentava os cafés desde o casamento e não tinha acesso a fofocas políticas. Achava, no entanto, que a guerra era improvável. Embora a Inglaterra, na sua opinião, desejasse uma Alemanha menos poderosa e confiante, não via como a França e a Rússia tomariam parte numa guerra da qual os ingleses, ainda ávidos por despojos nas colônias, se beneficiariam muito.

Na estrada para Bad Tölz, fizeram várias paradas para se refrescar, mas não tiveram notícias. Chegaram no final da tarde e estavam ocupados demais arrumando a casa para passear. No entanto, permitiram que os filhos mais velhos fossem procurar os amigos, acompanhados de uma empregada, com a ressalva de que deveriam estar de volta às sete.

Thomas estava em seu escritório organizando os livros quando Erika e Klaus entraram correndo.

"Atiraram num arquiduque! Atiraram num arquiduque!"

De início, pensou que cantavam os primeiros versos de uma canção. Ele estava determinado a que, desde o início daquela estadia, seus dois filhos mais velhos não chamassem muita atenção para si mesmos.

Ficou feliz por Katia estar no andar de cima quando agarrou Klaus e apontou ameaçadoramente para Erika.

"Não quero mais saber dessas músicas! Chega dessas músicas!"

"O tio Klaus disse que a gente pode cantar o que quiser", retrucou Erika.

"Ele não é o pai de vocês!"

"Mas isso nem é uma música", disse Erika. "É verdade mesmo."

"Atiraram num arquiduque", disse Klaus. "Você está sendo o último a saber."

"Que arquiduque?", Thomas perguntou.

"Quem aí está falando de um arquiduque?", perguntou Katia quando apareceu.

"Atiraram nele", repetiu Erika.

"E ele está mortinho", acrescentou Klaus. "*Mortos mortos mortos. Até que estejam todos mortos!*"

Na manhã seguinte, não havia jornais disponíveis. Thomas fez um pedido a Hans Gähler, o jornaleiro local, para que vários diários alemães fossem guardados para ele todos os dias nos próximos dois meses. Gähler se orgulhava, assim que os Mann começaram sua temporada de verão, de ter os livros de Thomas em exibição na vitrine.

Ele acompanhou Thomas até a rua, olhando para cima e para baixo com desconfiança, como se algum exército alienígena pudesse se materializar a qualquer momento.

"O homem que assassinou o arquiduque Franz Ferdinand não era apenas um sérvio", Gähler pronunciou, lenta e judiciosamente, "era um nacionalista sérvio, o que significa que estava a serviço dos russos. E, se isso foi feito por ordem dos russos, os ingleses também devem estar envolvidos. E os franceses são fracos e estúpidos demais para conseguir impedir algo assim."

Thomas se perguntou se aquilo era algo que Gähler lera nos jornais ou se ouvira de um de seus clientes.

Todas as manhãs, quando vinha buscar seus diários, Thomas descobria que Gähler combinava as opiniões que lera poucas horas antes com seus próprios preconceitos.

"Uma guerra curta e aguda é a única solução. Temos de ir atrás dos franceses como um ladrão na noite. E a única maneira de pegar os ingleses é atingindo seus navios. Fiquei sabendo que estamos trabalhando duro num novo torpedo. Esse vai fazer nossos inimigos tremerem."

Thomas sorriu ao pensar em Erika e Klaus cantando uma de suas canções para acompanhar os terríveis prognósticos de Gähler.

Quanto mais mergulhava nos jornais, mais claro ficava para ele que a Inglaterra, a França e a Rússia estavam loucas por uma guerra. Sentia-se orgulhoso pelo fato de a Alemanha ter aumentado sua capacidade militar. Aquele era, ele acreditava, o melhor recado a se mandar aos inimigos.

"Não acho que a Alemanha tenha apetite por uma guerra", disse ele a Gähler certa manhã. "Mas penso que os ingleses e os russos acreditam que, se não fizerem um grande esforço agora para nos esmagar, nunca mais serão iguais a nós."

"Tem muito apetite pela guerra por aqui", respondeu Gähler. "Os homens estão todos prontos."

Thomas não contava a Katia sobre suas conversas com Gähler. Sabia que ela não queria nenhuma conversa sobre guerra em casa.

Como um novo banheiro estava sendo construído em Munique na ausência deles, Thomas foi forçado a ir à cidade para pagar os empreiteiros. Estava sozinho na casa de Poschingerstrasse quando a mobilização russa foi anunciada.

O homem que tocava a obra, ao ser pago, apontou para os homens no banheiro.

"Este é o último dia que eles ficam aqui", disse ele. "Estamos trabalhando rápido pra conseguir terminar esta noite. Na próxima semana, o mundo vai ser outro."

"Tem certeza?", perguntou Thomas.

"Semana que vem, vamos estar de uniforme, todos nós. Construindo banheiros num dia e, no dia seguinte, ensinando boas maneiras aos franceses. Sinto muito por eles, são uma raça triste, mas, se um russo aparecer em Munique, posso garantir que vou ensinar a ele uma lição pra não esquecer. Os russos precisam saber que devem ficar longe daqui."

Naquela noite, Thomas jantou cedo e foi para o escritório. Cada palavra em cada livro naquelas prateleiras era, ele se deu conta, uma palavra alemã. Ao contrário de Heinrich, ele nunca havia aprendido francês ou italiano. Conseguia ler coisas simples em inglês, mas sua habilidade de falar o idioma era rudimentar. Apanhou alguns livros de poemas que trazia ainda de Lübeck, de poetas como Goethe, Heine, Hölderlin, Platen, Novalis. Empilhou aqueles finos volumes no chão ao lado de sua poltrona, ciente de que poderia ser a última noite em que teria tal luxo. Buscou poemas que fossem simples na estrutura e melancólicos no tom, poemas sobre amor, paisagens e solidão. Gostava das palavras rimadas em alemão, da adorável sensação de acabamento, de perfeição.

Não seria difícil destruir tudo aquilo. A Alemanha, apesar da força de seus militares, era, pensou ele, frágil. Emergira por causa da língua comum, da língua que compartilhava com aqueles poemas. Em sua música e em sua poesia, valorizava as coisas do espírito, pronta a explorar o que era difícil e doloroso na vida. E agora, isolada e vulnerável, estava cercada por países com os quais nada tinha em comum.

Thomas foi até a sala de estar e olhou os discos. O fonógrafo só o satisfazia quando tocava músicas que ele já tivesse ouvido em apresentações ao vivo. Lembrou-se de, nos primeiros anos de seu casamento, ter sido levado pelos Pringsheim para ver Leo Slezak em *Lohengrin*. Entre os discos, encontrou uma ária da ópera, "In fernem Land", cantada por Slezak. Recordou o sogro aplaudindo muito alto quando Slezak a cantou em Munique, o que fez muitas pessoas ao redor se voltarem para olhá-lo.

A ânsia naquela voz foi o que o fez pensar sobre o que agora poderia ser tão facilmente perdido. E também uma sensação de esforço para chegar à iluminação ou ao conhecimento no que Wagner havia escrito, algo hesitante e incerto, mas também focado, que alcançava o espírito.

Baixou a cabeça. A causa da guerra cuja ameaça era iminente, pensou ele, não era um mal-entendido. Não seria possível que os representantes de todas as partes simplesmente se encontrassem para, com vagar, chegar a um terreno comum. Os demais países odiavam a Alemanha e a queriam derrotada. Essa seria a causa da guerra, pensou. E a Alemanha se tornara poderosa não apenas por sua capacidade militar e por sua indústria, mas também por seu profundo senso da própria alma, pela intensidade de seu sombrio autoescrutínio. Thomas ouviu a ária concluir e percebeu que ninguém de fora da Alemanha jamais entenderia o que significava estar naquela sala agora, e o tamanho da força e do consolo que aquela música dava àqueles sob seu feitiço.

Na manhã seguinte, quando foi ao centro da cidade, leitores de seus livros vinham até ele apertar-lhe a mão como se ele fosse de alguma forma um de seus líderes. Já havia homens de uniforme marchando pelas ruas. Num café, quando alguns soldados entraram, ele notou como eram novos, e joviais e educados com os atendentes. Circulavam com dignidade e tato, certificando-se de que não o perturbavam enquanto ele lia seu jornal.

Tentou escrever algo sobre o que a guerra poderia significar para a Alemanha, mas, à medida que a tarde avançava, viu que deveria retornar a Bad Tölz. Encontrou Katia visivelmente angustiada com a perspectiva da guerra. Durante o jantar, ela lhe perguntou sobre a obra no banheiro. Ele não contou a ela sobre sua noite a sós com a poesia e a música nem que havia começado a escrever um ensaio sobre a guerra.

Pela manhã, ele encontrou Gähler parado de maneira beligerante à porta de sua loja.

"Tenho todos os jornais para você. A Alemanha vai declarar guerra hoje. Isso está claro. É um momento de orgulho para nossa nação."

Falava com tanta certeza que Thomas deu um passo para trás.

"Tem razão em ficar nervoso", continuou Gähler. "A guerra não pode ser encarada de modo leviano, embora alguns pareçam pensar assim."

Ele olhava para Thomas acusadoramente. Thomas se perguntou se havia algo num de seus livros que ofendera o jornaleiro.

"Engano meu ou você é irmão de um certo Heinrich Mann?"

Thomas assentiu, e Gähler entrou na loja e voltou com um jornal de esquerda de Berlim de dois dias antes.

"Esse tipo de coisa tem que começar a ser censurado", disse ele.

O artigo de Heinrich começava insistindo que vitória era coisa que não existia numa guerra. Só havia vítimas, apenas mortos e feridos. Lamentava o aumento dos gastos militares na Alemanha e a falta de investimento em coisas que poderiam melhorar a vida das pessoas. O artigo terminava afirmando que, se o Kaiser não pudesse se retirar da guerra, o povo alemão deveria deixar claras suas prioridades.

"Sedição", sentenciou Gähler. "Uma facada nas costas. Ele deveria ser preso."

"Meu irmão é um internacionalista", respondeu Thomas.

"É um inimigo do povo."

"É, talvez fosse melhor ele permanecer em silêncio até que a guerra seja vencida."

Gähler encarou Thomas com severidade para se certificar de que ele não falava em tom de brincadeira.

"Eu tinha um irmão e tudo isso era para ser dele", contou Gähler.

Apontou para a pequena loja como se fosse uma bela propriedade no campo.

"Era para eu ter ido trabalhar numa fazenda de criação de porcos. Mas aí ele decidiu ir para os Estados Unidos. Ninguém nunca soube por quê. Recebemos um cartão-postal dele. Nada mais. Então é por isso que estou aqui. Todos nós temos irmãos."

Parecia quase natural que Thomas fosse declarado inapto para o serviço ativo, assim como Heinrich, e, na verdade, o próprio Gähler. Mas o irmão de Thomas, Viktor, aos vinte e quatro anos, tinha sido recrutado, assim como o de Katia, Heinz.

Em Bad Tölz, Thomas descobriu que Gähler andava repetindo comentários que ele havia feito em apoio à guerra. Um dia, quando ele e Katia estavam na rua principal, um grupo de homens de meia-idade que passava o cumprimentou. Um deles tomou a frente para lhe dizer que a Alemanha precisava de escritores como ele naquele momento de crise. Quando ouviram isso, os outros aplaudiram.

"O que ele quis dizer?", perguntou Katia.

"Acho que estava expressando sua satisfação por eu não ser Heinrich."

Quando Thomas e Katia retornaram de Bad Tölz a Munique para o casamento de Viktor, que quis realizar a cerimônia antes de ir para o front, Thomas encontrou uma leveza no ar, uma espécie de alegria. No trem, que estava superlotado, os soldados, quando sentados, imediatamente se levantavam se um civil aparecesse. Muitos civis, incluindo o próprio Thomas, insistiam que não, que os soldados é que deveriam ocupar os assentos. Um deles, de pé em um banco, dirigiu-se ao vagão todo.

"Estamos a serviço da Alemanha. É esse o significado do nosso uniforme. Queremos ficar em pé em vez de nos sentar pra mostrar nossa determinação em servir."

Os demais homens de uniforme vibraram, enquanto os civis aplaudiam. Thomas se deu conta que tinha lágrimas nos olhos.

Na discreta cerimônia de casamento, sua mãe lhe contou que Heinrich havia conhecido uma atriz tcheca e também planejava se casar.

"Ela se chama Mimi, um nome que achei adorável."

Thomas não respondeu.

"Não li aquele artigo que ele escreveu", prosseguiu a mãe, "mas meus vizinhos leram. Este é o momento de nos unirmos, todos nós. Estou tão orgulhosa do Viktor."

Lula e o marido beberam demais, Löhr mandando Katia aconselhar o pai a investir em títulos de guerra.

"Seria uma boa maneira de acabar com qualquer suspeita de que ele poderia não apoiar a guerra."

"E por que ele não apoiaria a guerra?", quis saber Katia.

"Ele não é judeu? Ou o pai dele é que era?"

Katia se tornou uma especialista no mercado clandestino. Desenvolveu uma rede de fornecedores e um conhecimento do que estava disponível. Dizia que era capaz de saber como andava a guerra pelo preço dos ovos, mas por fim teve sua teoria derrubada quando passou simplesmente a não conseguir mais comprar ovos, ainda que a preços exorbitantes.

Erika e Klaus tinham ordens estritas de não cantar nenhuma música ou de fazer comentários sobre a guerra, mesmo na privacidade da casa.

"Estão mandando crianças desobedientes para o front", disse Thomas.

"Estão mesmo", completou Katia.

A distância entre o escritório de Thomas e os aposentos da casa ficou maior, pensou ele, nos primeiros meses da guerra. As crianças não tinham permissão para chegar nem mesmo ao corredor do lado de fora. E Klaus Pringsheim fazia suas visitas mais livremente. Tocava piano, divertia as crianças e mantinha a conversa em temas leves, mas sempre dava um jeito de inserir algum comentário mordaz sobre o esforço de guerra ou o discurso de alguma das lideranças militares. Thomas tinha o cuidado de nunca entrar em nenhuma discussão com ele. Não demorou para que abandonasse de vez a companhia dos demais caso o cunhado estivesse em casa.

No escritório, podia se voltar aos livros que amava. Na confusão criada pela guerra, porém, não conseguiu mais trabalhar no romance sobre o sanatório. Em vez disso, debatia-se com o ensaio sobre o significado da guerra para a Alemanha e sua cultura. De tempos em tempos desejava saber mais, já que não tinha leitura nenhuma de filosofia política e seu conhecimento da filosofia alemã era superficial.

Desde o casamento, mantivera-se no círculo familiar, evitando outros escritores e encontros literários. Katia ficava de olho aberto para qualquer um que tentasse ganhar a amizade dele, tratando com desconfiança esse tipo de pessoa. Nada era tão deprimente para Thomas quanto algum escritor querendo discutir planos de carreira.

Algumas vezes, no ano anterior à guerra, ao ser procurado pelo escritor Ernst Bertram, pensou que fosse por causa de *Morte em Veneza*. Talvez Bertram, que era homossexual, achasse que Thomas fosse uma alma gêmea. Daí pensar que Bertram estava buscando intimidade. Mas o interesse ali, Thomas terminou por descobrir, era pela Alemanha e por filosofia. Bertram lera um bocado e tinha muitas opiniões fortes. Não queria nada de Thomas além de atenção.

Na discussão das atualidades, as referências de Bertram eram eruditas. Raramente fazia uma observação sem citar Nietzsche; podia se referir tanto a Bismarck e a Metternich quanto a Platão e a Maquiavel. Era exato ao citar uma fonte; quase capaz de lembrar o número da página na qual encontrar determinada passagem.

Katia não simpatizava com Bertram.

"Ele está bem interessado em você", comentou. "Mais do que o necessário. Às vezes se comporta feito um cachorrão, com a língua de fora, em busca de aprovação. E de vez em quando acho que tem planos de fugir com você."

"Pra onde?"

"Valhala", disse Katia.

"Ele sabe muito."

"É, e sabe como ser educado para, em seguida, desviar o olhar. Mas só desvia do meu. Acho que se interessa por amizades masculinas. É alemão demais!"

"E tem algo de errado nisso?"

"Imagino que sim!"

Aos poucos, Bertram se tornou um visitante assíduo da casa,

passando a ser conhecido das crianças e dos criados. Era o único autorizado a entrar no escritório de Thomas, se por acaso aparecesse pela manhã.

Bertram falava do destino da Alemanha, das raízes profundas da cultura naquele solo, de como a música pátria expressava e elevava o espírito alemão. Com o tempo, em vez de discutirem a obra de Nietzsche, sobre a qual Bertram estava escrevendo um tratado, começaram a discutir a singularidade da Alemanha, como sua potência cultural própria fazia com que seus vizinhos a isolassem. A única solução para isso, acreditava Bertram, era a guerra. Vencida a guerra, a Alemanha poderia exercer sua influência sobre toda a Europa.

Thomas concordava que as óperas de Wagner ou os escritos de Nietzsche, em todo o seu entusiasmo e sentimento nostálgico, eram manifestações do espírito alemão, um espírito que era ainda mais palpável e contundente por ser inquieto, irracional e cheio de conflitos internos. Quando Bertram respondeu insistindo que a crença alemã na alma jamais se contentaria facilmente com a mera democracia, Thomas se pegou concordando.

Bertram não escondia o fato de ter um parceiro masculino; era até capaz de insinuar que compartilhavam a mesma cama. Às vezes, enquanto ele falava, Thomas se pegava imaginando que aparência teria aquele homem desajeitado quando nu. Precisaria acordar de manhã com o homem a seu lado. Imaginou suas pernas finas e peludas entrelaçadas, seus lábios se beijando. A imagem o fascinava, mas também lhe causava repulsa. Não teria muito prazer em dormir com Ernst Bertram.

Thomas teve a ideia de escrever um pequeno livro sobre a Alemanha e a guerra. O volume projetado foi, aos poucos, se tornando mais extenso e ambicioso. Embora sempre tivesse envolvido Katia no processo de escrita de seus romances e contos, fazendo sessões de leitura em voz alta dos capítulos que ia concluindo, Thomas não conseguia discutir com a esposa aquele livro político com tanta facilidade, ou sequer lê-lo para ela.

"Você consegue imaginar se o Klaus ou o Golo tivessem idade para ser convocados e a gente ficasse aqui, o dia todo, esperando notícias deles na guerra?", Katia perguntava. "E tudo por causa de não sei que ideia."

Quando nasceu a quinta filha, Elisabeth, era natural que Ernst Bertram fosse convidado para ser padrinho. Àquela altura, era o único amigo de Thomas.

Enquanto acompanhava o progresso da guerra e publicava uma série de artigos apoiando o esforço alemão, Thomas encontrava conforto no fato de fazer parte de um movimento que incluía tanto trabalhadores quanto empresários e pessoas de todas as partes da Alemanha. Como poderia ter insistido na escrita de um romance quando todos os valores que lhe eram caros estavam ameaçados por países como a Rússia, um estado policial a meio caminho da civilização, e a França, ainda nutrindo-se dos sonhos envenenados de sua revolução do século XVIII?

A guerra, escreveu ele, livraria a Europa da corrupção. A Alemanha era guerreira por moralidade, não por vaidade, ou porque buscasse a glória, ou porque fosse imperialista. A Alemanha emergiria mais livre e melhor do que era. Mas, se saísse derrotada, ele advertia, a Europa nunca teria paz ou descanso. Somente a vitória alemã, escreveu, poderia garantir um futuro pacífico para o continente.

Ficou feliz, uma vez publicado o artigo, de receber cartas de soldados no front nas quais diziam o quanto suas palavras os haviam inspirado. E então, encorajado por Bertram, trabalhou duro para terminar o livro que vinha planejando. Viria a ser intitulado *Reflexões de um homem não político*.

* * *

Antes da guerra, Thomas via o internacionalismo de Heinrich como resultado do longo período que o irmão vivera na Itália e na França. Agora, à medida que crescia o número de fatalidades do lado alemão, presumiu que Heinrich se tornaria menos indiferente às ameaças à Alemanha e deixaria para trás seus ares cosmopolitas.

Quando Thomas foi visitar a mãe em Polling, descobriu que ela escrevera a Heinrich pedindo que ele parasse de falar contra a própria pátria. A guerra, Thomas percebeu, reavivara os olhos da mãe. Ela andava pelo vilarejo e abordava qualquer um que visse para discutir o progresso da Alemanha. Bradava slogans patrióticos.

"Todo mundo me para querendo saber como está meu filho. E é do Viktor que perguntam, do pobre Viktor. Antes era só Heinrich e Thomas. Mas agora é sobre o soldado da família. Saio pra caminhar duas vezes por dia, ou três, ou até mais. E todo mundo me diz para ser forte. Então estou sendo forte."

No final de 1915, Heinrich publicou um ensaio invocando Zola como o romancista que, durante o caso Dreyfus, tentou alertar seus compatriotas para o erro que estava em curso. Claramente se comparava ao romancista francês.

Não foi o argumento central do artigo que ofendeu Thomas. Foi a segunda frase: "Um criador só atinge a masculinidade relativamente tarde na vida — aqueles que parecem naturais e sábios em seus vinte e poucos anos estão fadados a logo ver sua fonte secar".

Thomas mostrou o artigo a Katia.

"Isso é um ataque pessoal contra mim. Eu é que fui famoso aos vinte e poucos anos. Ele está falando de mim."

"Mas sua fonte não secou."

Thomas teve medo de rebater que nem mesmo *Morte em Veneza* tivera o mesmo sucesso de seu primeiro livro, e que Heinrich fazia troça por isso.

Quando Bertram chegou, sentiu-se mais livre para desancar o irmão.

"Nunca me perdooou pela fama que meu primeiro livro me trouxe, ou por ter me casado com uma mulher rica, ou ainda por ter constituído uma família enquanto ele se envolvia numa série de relacionamentos fracassados, sem ter conseguido casar até hoje."

"Heinrich é como todos os chamados socialistas", disse Bertram. "Um poço de amargura."

Certo final de tarde, Thomas foi ver a mãe em Polling, a luz do dia já começava a ir embora. Ela estava sentada na penumbra quando ele entrou na sala.

"Quem é?", perguntou alto.

"Tommy", ele respondeu.

Ao fechar a porta, encontrou-a em plena viagem.

"Ah, o Tommy? Olha, concordo com você que ele está como um generalzinho comandando a guerra. Não demora muito e vai invadir a Bélgica com um clarim! Como é que ele foi se tornar tão belicoso? Já falei para aquela esposa dele que ele precisa se acalmar. E ela ficou só me olhando! Sabe, nunca gostei da Katia Pringsheim. Prefiro muito mais a sua Mimi."

"Mãe, sou *eu*, Tommy."

Ela se voltou e olhou para ele.

"Ah, é mesmo!", disse.

Em Munique, quando Thomas contou a Lula o que havia acontecido, ela riu.

"Sua mãe ama vocês dois. Com o Heinrich, ela é a Rosa

Luxemburgo. Com você, é o Hindenburg. Comigo, conversa sobre almofadas para alfinetes e capas de chita."

Enquanto Katia conseguia manter alguma relação com Mimi, a nova esposa de Heinrich, trocando com ela mensagens e presentes, os irmãos se afastavam. Thomas viu, com desgosto, o artigo de Heinrich sobre Zola lhe render apoiadores, transformando-o numa figura pública corajosa, por assim dizer, uma das poucas com coragem suficiente para falar a verdade sobre a guerra.
A maioria dos primeiros livros de Heinrich estava esgotada. E nenhum deles tinha vendido significativamente. Agora, uma edição em dez volumes da obra de Heinrich Mann, com cada volume saindo também em versão brochura, mais barata, aparecia exposta nas livrarias. A oposição de Heinrich à guerra o tirara da obscuridade para uma espécie de fama literária.
Mesmo quando Mimi deu à luz uma menina, Thomas não entrou em contato com o irmão. O apartamento de Heinrich na Leopoldstrasse, segundo se dizia, era um refúgio para os partidários do pacifismo e de novas ideias políticas. Do outro lado do rio Isar, a vida social de Thomas se restringia às visitas de Ernst Bertram. Ele seguia sem conseguir escrever ficção. Seu livro sobre a guerra se tornava cada vez mais elaborado no tom, com muitas emendas e reformulações.
Aos poucos transpareceu que as diferenças entre os dois irmãos, agora abertamente políticas, tinham ficado mais intensas. Enquanto Heinrich angariava seguidores entre jovens ativistas de esquerda, Thomas se viu objeto de depreciação gratuita mesmo entre aqueles que haviam sido seus ávidos leitores. Como muitas opiniões acabavam censuradas, era difícil escrever abertamente sobre a guerra. Em vez disso, publicar pontos de vista a favor e contra um ou outro dos irmãos Mann passou a ser uma maneira

indireta, mas poderosa, de escritores e jornalistas deixarem clara sua posição sobre a guerra.

Quando estavam sozinhos, Thomas e Katia não discutiam o assunto, mas, na companhia de seus pais e irmãos, ela deixava escapar aqui e ali a Thomas que acreditava que a Alemanha perderia a guerra, e que ela, em todo caso, não devotava nenhuma lealdade à causa alemã. Falava com segurança, mas também com uma espécie de leveza e despreocupação, de modo que ele não pudesse discutir com ela.

"É nosso dever amar a Alemanha, mas também é nosso dever ler o *Fausto* de Goethe, parte um e parte dois", dizia ela. "E toda essa carga de dever é demais pra mim. Amo meu marido e meus filhos. Amo minha família. Isso consome toda a minha energia. O que, acho, me torna uma pessoa muito ruim, alguém que as pessoas deveriam evitar."

Thomas se calava não apenas na casa dos Pringsheim, mas em sua própria casa, à sua própria mesa. As crianças, especialmente Klaus, eram barulhentas e agitadas. Ao contrário dos anos anteriores à guerra, quando Thomas chegava à mesa do almoço satisfeito com o trabalho da manhã, seguro do que estava fazendo, pronto para inventar brincadeiras e dar atenção às crianças, agora achava difícil não passar as refeições insistindo que Klaus, então com dez anos, deveria se comportar como convém a um menino de sua idade, ou decidindo que Golo não ganharia sobremesa por uma semana inteira se não respondesse à mãe quando ela falava com ele.

Muitas vezes, no entanto, seus esforços para ser rigoroso não duravam. Ele continuava fazendo seus truques à mesa, e usou uma fantasia de mágico numa festa à qual levou Erika e Klaus. Alguns dias depois, foi ao quarto de Klaus quando o menino estava assustado com um pesadelo no qual um homem carregava a própria cabeça debaixo do braço. Thomas dissera a Klaus para, sem mirar o homem, lhe dizer sem titubear que seu pai era um mágico famoso, o qual mandara avisar que quarto de criança não era lugar para aquele sujeito, e que ele deveria era se envergonhar de estar ali. Thomas fez Klaus repetir isso várias vezes.

Na manhã seguinte, no café da manhã, o menino disse à mãe que o pai tinha poderes mágicos e que conhecia as palavras certas para espantar um fantasma.

"Papai é um mágico", falou ele.

"Papai é o Mágico", repetiu Erika.

De início uma brincadeira, ou um jeito de tornar a refeição mais animada, o apelido acabou pegando. Erika incitava todos os visitantes a, tal como ela, chamar o pai pelo novo codinome.

À medida que a guerra avançava, Thomas continuou monitorando os artigos de Heinrich. Neles, percebeu, não era frequente seu irmão escrever diretamente sobre o conflito. Em vez disso, compartilhava opiniões sobre o Segundo Império francês, deixando apenas sugerido o suficiente que seus leitores deveriam entender as conexões entre a França de então e a Alemanha de agora. Mas, com o movimento antiguerra crescendo, Thomas observou que o irmão se tornava mais corajoso. Heinrich aceitou, por exemplo, participar de uma reunião de socialistas antiguerra em Munique, insistindo que o confronto não era motivo de entusiasmo, não civilizava, não tornava as coisas mais limpas, nem verdadeiras ou justas, tampouco as pessoas mais fraternas.

Thomas estudou cada frase do artigo no jornal, acreditando que a palavra "fraternas" se referia especificamente a ele. Sabia que qualquer um que lesse o que Heinrich havia escrito reconheceria ali um lance da rixa entre os dois.

Terminada a guerra, as conversas à mesa passaram a girar em torno da busca contínua de Katia por comida e de sua preocupação com os pais.

"Por alguma razão", contou ela, "ovos não faltam, mas não encontro farinha. E o único vegetal fresco que consigo é espinafre."

"E a gente odeia espinafre", disse Erika.

"E eu odeio ovos e farinha", acrescentou Klaus.

Klaus Pringsheim explicou, ao chegar à Poschingerstrasse, que estava tentando formar uma orquestra composta de soldados retornados da guerra.

"Fiz treinamento com alguns deles. Eram músicos talentosos. E agora a maioria tem mãos trêmulas e pulmões destruídos. Não sei como vão viver. Achava que eles tinham tido sorte de sobreviver, mas agora não acho mais isso."

Ele alertou Thomas e Katia para estarem vigilantes nas ruas.

"Um grupo de jovens se instalou na nossa esquina faz uns dois dias. Estavam vestidos como camponeses e tinham um carrinho de maçãs. Quando viram meu pai voltando da universidade para casa, um deles jogou uma maçã e acertou na lateral da cabeça dele."

Erika começou a rir.

"E ele comeu a maçã?", perguntou.

"Não, minha mãe jogou no lixo e depois ligou para a polícia. A essa altura, eu já tinha saído para a rua e descoberto que os atiradores de maçã não eram camponeses, mas socialistas, e que esse é o jeito deles de mostrar que podem fazer o que quiserem."

"Eles jogaram maçãs em você?", perguntou Thomas.

"Não sabem quem eu sou, mas o senhor deveria tomar cuidado", disse Klaus Pringsheim. "E não vai ter ajuda nenhuma da polícia, que disse à minha mãe para chamar segurança particular se estivesse preocupada com segurança. Soube por um dos meus colegas músicos que os atiradores de maçã logo vão estar muito bem armados, e aí as maçãs não vão ser mais necessárias."

"Se eles se armarem", disse Thomas, "vão ter de se haver com a lei."

"Não tem ninguém que mexa com eles", rebateu Klaus. "De uma hora pra outra são capazes de tomar a cidade. É o resultado de termos perdido a guerra. A polícia é inútil."

"O que a gente quer é deixar para trás essa história toda de guerra", falou Katia. "Aquele tal Ernst Bertram apareceu aí faz uns dias. Tinha uma expressão sanguinária no rosto. Botei-o para fora."

Ela lançou um olhar desafiador ao redor da mesa. Thomas tinha se perguntado por que Bertram não entrara mais em contato, e pensado que deveria ele mesmo tentar contatá-lo por telefone ou escrever-lhe.

Planejou, quando a refeição terminasse, protestar com Katia, mas ela foi para a cama cedo, e ele acabou sozinho no escritório procurando nas estantes um livro que pudesse lhe dar conforto.

A guerra tinha sido perdida. Seu livro estava pronto e logo sairia numa Alemanha transformada. Embora apenas seis meses antes ainda houvesse um sentimento de patriotismo e até mesmo de fervor nacional, agora não sobrara nada além das conversas sobre feridos e mortos. Os jornais noticiavam sobre racionamento e estoques. O Kaiser se fora, mas ninguém tinha certeza do que viria substituí-lo. A Alemanha se tornara uma república, o que, pensava Thomas, era uma piada.

Aquela não era uma noite para poesia. Tampouco queria olhar para algum dos livros de filosofia com os quais estivera ocupado nos últimos tempos. Nenhuma palavra escrita por algum alemão ajudaria. Se Bertram aparecesse, Thomas gostaria de lhe perguntar por que aquela guerra fora travada, para ser perdida tão facilmente. E gostaria de saber do amigo do que a Alemanha deveria se orgulhar agora.

Se, por outro lado, Heinrich aparecesse, ele lhe perguntaria se a Alemanha seria agora como outros lugares, vivendo sob o controle das potências vitoriosas. O que significaria agora escrever em alemão, trabalhar num escritório cujas paredes estavam forradas com a grande literatura germânica, sentar-se à noite para escutar a música nacional no fonógrafo?

Pensou nos jovens vestidos de camponeses jogando maçãs em burgueses ricos. Era esse o resultado de tudo? Paródia, futilidade, tolice? Teria sido isso o que restara de significado para o grande projeto que havia sido a Alemanha?

Erika e Klaus continuavam a se interessar pelo noticiário diário. Na primeira eleição pós-guerra, ficaram encantados com a ideia de que as mulheres poderiam votar pela primeira vez, vendo nisso mais uma oportunidade para demonstrações de uma falta geral de respeito pelos mais velhos na hora das refeições. Erika, quando Julia veio de Polling, contou ter ouvido que todas as mulheres casadas votariam igual a seus maridos.

"Podem até prometer isso, minha pequena", disse Katia, "mas o voto é secreto. Menos o da minha avó, que anunciou publicamente como vai votar."

"E como a senhora vai votar?", perguntou Klaus à própria avó.

"Vou votar com sabedoria", respondeu Julia.

"E o Mágico?"

Pela primeira vez em meses, Thomas riu.

"Meu voto vai ser igual ao da mãe de vocês, que também vota com sabedoria."

"E o resultado, qual vai ser?", perguntou Klaus ao pai.

Antes que Thomas tivesse tempo de responder, Katia o atalhou.

"A Alemanha vai se tornar uma democracia", disse ela.

"Mas e os socialistas?", quis saber Klaus.

"Vão fazer parte de uma democracia", retrucou Katia com firmeza.

"Herr Bertram é um socialista?", continuou Klaus.

"Não, não é", respondeu Katia.

"Eu sou socialista", declarou Klaus. "E a Erika também."

"Podem ir para as barricadas, vocês dois, então", rebateu Thomas. "Tem bastante lugar lá."

"Eles são muito jovens para falar de barricadas", ponderou Julia.

"O Golo é anarquista", disse Klaus.

"Não sou!", gritou Golo.

"Klaus, sente-se direito", Thomas chamou-lhe a atenção, "ou saia da mesa."

"Vocês sabem que nunca gostei daquele Kaiser", falou Julia. "Vou gostar mais dessas novas pessoas, tenho certeza, desde que não venham me dizer que todo mundo é igual. Aprendi muito pouco na vida, mas podem confiar em mim quando afirmo que tem muita gente que é inferior, inclusive quem costuma se achar grande coisa."

"A classe trabalhadora vai assumir o poder", opinou Klaus.

"Quem te disse isso?", quis saber Julia.

"Nosso tio Klaus."

"Tenho certeza de que ele está singularmente mal informado", respondeu Julia.

"O Mágico concorda com você", atalhou Erika.

"Erika, fique quieta!", retrucou Katia.

"Que causa você apoia?", Julia perguntou a Thomas. "É tão difícil saber. Encontro as pessoas e elas me perguntam."

"Sou pela Alemanha", respondeu Thomas. "Pela Alemanha inteira."

Ele olhou e viu que Katia estava balançando a cabeça.

* * *

Havia planejado *Reflexões de um homem não político* como uma intervenção num debate. Na altura em que o ensaio foi publicado, no entanto, o debate já era outro. Embora tenha sido alvo de algumas críticas desagradáveis, poucos se preocuparam em entrar em detalhes sobre por que não gostaram do livro. O novo romance de Heinrich, por outro lado, era aclamado.

A mesa de jantar da família se transformara num campo de batalha desde que Erika e Klaus descobriram que seus pais não se entendiam em questões políticas. Erika passou a telefonar a Klaus Pringsheim para saber notícias, além de aparecer na cozinha quando as entregas estavam sendo feitas para perguntar sobre o que realmente acontecia nas ruas de Munique.

"Em Lübeck, quando eu era criança", comentou Thomas, "uma menina de treze anos e seu irmão de doze só abriam a boca se alguém falasse com eles."

"A gente está no século xx", retrucou Klaus.

"E está para acontecer uma revolução em Munique", acrescentou Erika.

Certa noite, quando Thomas estava em seu escritório, Katia veio perguntar se ele se lembrava de um jovem escritor chamado Kurt Eisner.

"É amigo do Heinrich", respondeu Thomas. "Um daqueles sujeitos que costumavam ser presos por distribuir panfletos sediciosos mal impressos."

"Na cozinha", disse Katia, "estão dizendo que ele começou uma revolução."

"Publicou alguma coisa?"

"Tomou o poder na cidade."

Em poucos dias, os criados passaram a faltar ao trabalho e Katia não conseguia mais comida no mercado clandestino. Erika e Klaus foram proibidos até mesmo de se aproximarem do telefone, mas ainda assim conseguiam acompanhar rumores e especulações.

"É o estilo soviético", disse Erika.

"Você sabe o que isso significa?", perguntou Thomas.

"Eles atiram em gente rica", falou Klaus.

"Arrastam as pessoas para fora de casa", acrescentou Golo.

"Mas onde foi que vocês ouviram tudo isso?"

"Todo mundo sabe", rebateu Erika.

Thomas ficou chocado quando Kurt Eisner foi baleado por um extremista de direita. Percebeu que Heinrich devia estar se colocando em perigo ao fazer a elegia de Eisner no funeral.

Katia descobriu que Hans, seu chofer, geralmente tinha as informações mais precisas. Certa manhã, entrou no escritório de Thomas com dois nomes num pedaço de papel.

"Esses dois assumiram", declarou ela. "Comandam tudo agora. Mas não têm suprimentos, porque não consigo farinha e não tem leite. A mulher com quem eu conseguia o leite recebeu recados."

"Quero ver os nomes", pediu Thomas.

Ele riu quando viu que Katia tinha anotado os nomes de Ernst Toller e Erich Mühsam.

"São poetas", disse ele. "Passam o tempo todo em cafés."

"Agora são do Conselho Central", rebateu ela. "Se a gente quiser alguma coisa, tem que ir falar com eles."

Mais tarde naquele dia, Klaus Pringsheim apareceu para uma visita.

"Tive que pegar uns desvios", contou ele, "porque tem poetas fazendo o controle dos bloqueios, e eles são ferozmente assustadores."

"Você devia ter ficado em casa", retrucou Katia.

"Ficar em casa é insuportável. O pai tem sido ameaçado.

Explicaram que em algum momento ele vai ter que entregar a casa e os quadros, mas por ora o que querem são os números das contas dele na Suíça."

"Espero que ele tenha se recusado a dar", falou Thomas.

"O pai está em choque. A mãe reconheceu um dos rapazes e soltou um grito apavorado para cima dele. É de uma família de intelectuais, diz ela, falou que haveria consequências se ele não fosse embora."

"E o que o rapaz fez?", quis saber Katia.

"Apontou uma arma para ela e disse que não queria mais ouvir nenhuma bobagem. Foi quando saí de fininho. Tentei fazer parecer que era um dos empregados. Achei que íamos ser chacinados como os Romanov. Que a gente viraria uma *cause célèbre*."

Desde que começaram a ouvir notícias da revolução em Munique, Thomas não se aventurara a sair. Mas quando descobriu que os pais de Katia conseguiam cruzar livres a cidade até sua porta, perguntou-se se aquela revolução era real. O amor de seu sogro pelo som da própria voz, ele percebeu, tinha sido bastante reforçado com a rebelião.

"Eles pregam a igualdade entre os homens, e isso significa que odeiam qualquer um que não seja como eles", dizia Alfred. "E o que querem é que moremos todos num quarto só e passemos nosso tempo servindo aos nossos empregados. Ora, a gente não quer isso, e nossos empregados também não."

"Bom, a maioria não", interrompeu Klaus Pringsheim.

"Acho que nós devemos é falar baixo, todos aqui", interveio Katia.

"É assim que vai ser em breve", continuou o pai. "Mas, antes que me silenciem, será que posso chamar sua atenção para o tal ministro das Finanças do novo e bravo governo ilegal da

Baviera? Ele anunciou que não acredita em dinheiro. Quer que todo o dinheiro seja abolido! E o dr. Lipp, encarregado das Relações Exteriores, é um lunático declarado. Acho que é motivo para tremermos nas bases pensar nessas pessoas comandando Munique. Estou indignado que esse bando de pragas não tenha sido preso e trancafiado. Graças a Deus pela Suíça, é o que eu digo. Me levem para lá agora mesmo!"

"Talvez devêssemos guardar nossa indignação", disse Katia.

"De fato", falou Thomas. "Podemos precisar dela em breve."

Quando Erika entrou na sala, seus avós se levantaram para abraçá-la, mas ela recuou.

"Disseram que há um toque de recolher e, se vocês não saírem agora, vão ser presos."

Os Pringsheim pareciam surpresos com a solenidade da neta. Ela olhava para eles como se tivesse algum controle sobre o destino deles. Até mesmo Klaus Pringsheim, Thomas percebeu, ficou em silêncio.

Levou um tempo para Thomas aceitar que havia um novo governo instalado em Munique, composto de poetas, sonhadores e amigos de Heinrich. Foi consolado pela notícia de que nenhuma rebelião equivalente havia acontecido com sucesso em outras cidades alemãs. Significava que o exército poderia ver a repressão da revolta local como uma forma de restaurar a própria honra manchada.

Às vezes ele tinha certeza de que tudo o que teriam de fazer era esperar. A Baviera era tanto católica quanto conservadora. Não aceitaria passivamente um grupo de ateus obstinados comandando tudo. Além disso, Thomas acreditava que, embora a Alemanha tivesse perdido a guerra, não tinha desmobilizado sua capacidade de organizar um ataque pontual e estratégico contra qualquer um que assumisse o poder naquele interlúdio estranho e chocado que sobreviera ao conflito. Mas talvez, por outro lado, os alemães tivessem sido fatalmente desmoralizados pela derrota.

Ele desejava que o Estado agisse antes que os poetas e seus amigos tivessem tempo de perceber que logo enfrentariam penas capitais ou longas sentenças de prisão. Como aqueles líderes da revolução ainda eram vistos como absurdos por homens como seu sogro, tal zombaria provavelmente os tornava muito perigosos, pensou Thomas, caso sentissem uma necessidade urgente de serem levados a sério.

Quando, por fim, houve a ameaça de um ataque das tropas estatais, os rebeldes tomaram como reféns famílias proeminentes da classe média alta. Como tinham vendido a casa de veraneio em Bad Tölz, Thomas não teve escolha a não ser permanecer em Poschingerstrasse, mas parou com suas caminhadas vespertinas e não chamava atenção de nenhuma forma.

Katia, ele sabia, tinha conversado com Erika e Klaus para adverti-los a não se relacionarem com os empregados nem telefonarem para o tio Klaus, tampouco espalharem boatos de qualquer tipo. Como as escolas haviam sido fechadas, passariam a ter aulas sob supervisão da mãe.

De algum jeito, porém, acabaram descobrindo que homens como o pai deles vinham sendo presos, e casas como a sua, saqueadas. Enquanto os dois temiam ser abertamente desobedientes, Golo, a quem Katia não pensara ser necessário advertir, foi encontrado andando pela casa aos gritos: "Vão atirar na gente!".

Devia haver alguns dos líderes, pensava Thomas, que sabiam sobre a rixa entre ele e o irmão. Tinha sorte de que quase ninguém lera seu livro, pois homens armados vagavam pela cidade em busca daqueles que voluntariamente tivessem apoiado a classe dominante por palavras ou ações.

Na altura em que as tropas enfim se preparavam para entrar na cidade e acabar com a revolução, surgiram rumores, por meio de Hans, de que os insurgentes estavam fuzilando sumariamente alguns dos reféns. A família Mann e seus empregados mantinham distância das janelas. Thomas passava o máximo de tempo possível em seu escritório. Se a revolução prevalecesse, as previsões de seu sogro seriam confirmadas, e a família teria de pegar o que pudesse e seguir para a fronteira suíça. Teriam sorte se escapassem.

Esteve a ponto de dar um murro raivoso na mesa ao perceber quão pouco de fato se importaria caso a Alemanha se tornasse um centro de descontentamento, revolução e caos. Ele se importava mais, percebeu, consigo mesmo e com suas propriedades. Aquela rebelião o reduzira à burguesia; até então tinha apenas escapado às armadilhas.

Nenhum de seus vizinhos vinha à casa, nem ele visitava os que moravam na redondeza. Era um homem sem pátria. A Alemanha passou a lhe parecer um personagem de romance que gerava muito calor e do qual podia prescindir. Imaginou ser arrastado para fora de casa por poetas armados, míopes, tuberculosos, ainda mais determinados e selvagens porque entusiastas da beleza. Naquele momento, tinha certeza, as celas da prisão estariam cheias e haveria jovens entusiasmados deixados à vontade para lidar com os prisioneiros. Não demoraria muito para que começassem a levar alguns de seus cativos para serem fuzilados. Estremecia à ideia de ser preso, acordando na madrugada ao som da leitura dos nomes dos condenados à execução.

Cada pensamento seu nos anos anteriores não significava nada à luz da sensação de destruição iminente. Ele, que visualizara o fim da guerra como representação da energia imaginativa e da estabilidade social, agora não conseguia dormir de tão preocupado com o próprio destino e o de sua família.

O fim do levante veio devagar, com o som de tiros assustando a todos menos Golo, que se deliciava e batia palmas de alegria. Hans disse a Katia que Thomas deveria se esconder em algum lugar do sótão, pois os revolucionários seriam capazes de qualquer coisa, agora que estavam prestes a ser derrotados. Em vez disso, Thomas permaneceu em seu escritório, onde suas refeições eram servidas, pedindo a Katia que permanecesse com ele o máximo que pudesse.

O único consolo de Thomas após a Revolução de Munique era a bebê Elisabeth, que estava aprendendo a engatinhar. Ele a carregava para seu escritório todas as manhãs, assim que terminava o desjejum. Seguia a menina com os olhos enquanto o olhar dela, plácido e inteligente, percorria a sala, até que, tendo verificado que não havia nada entre os livros e a pesada mobília que pudesse entretê-la, ela saía em direção à porta fechada. Só então dava qualquer sinal de que sabia que o pai estava no recinto. Com um giro de cabeça, indicava a ele que deveria abrir a porta, para que ela pudesse seguir aonde achava que seus irmãos talvez estivessem inventando algo de interessante.

Assim que a revolução foi reprimida, Thomas recebeu a visita de um jovem poeta pálido que disse ter sido enviado por Heinrich. Chamado ao corredor por um dos empregados, Thomas não convidou o visitante a entrar na sala de estar ou no escritório.

"Heinrich não podia vir pessoalmente?", perguntou.

O jovem fez um gesto de impaciência.

"Precisamos de ajuda. Sou amigo de Ernst Toller, que admira o senhor e sua obra. Ele corre o risco de ser executado. Vim para pedir que assine uma petição em favor dele, solicitando que a sentença seja comutada."

"Veio em nome de quem?"

"Seu irmão me disse que eu deveria procurá-lo. Mas Ernst Toller também perguntou se o senhor assinaria."

Thomas se voltou quando Katia veio descendo as escadas.

"Este jovem é amigo do Heinrich", informou-a.

"Então certamente devemos convidá-lo a entrar", respondeu Katia.

O jovem se recusou a se sentar.

"Sendo quem é", prosseguiu, "o senhor tem influência."

"Não apoiei a revolução."

O jovem sorriu.

"Acho que estamos cientes disso."

O tom era quase sarcástico e criou um momento de tensão. Thomas sentiu que seu visitante estava prestes a sair, mas que, em seguida, pensou melhor.

"O senhor constava da lista dos que seriam detidos", disse. "Eu estava na sala quando essa lista foi lida. E dois dos líderes insistiram para que seu nome fosse removido. Um foi Erich Mühsam e o outro, Ernst Toller. Toller falou eloquentemente sobre suas virtudes."

Thomas quase sorriu à menção de suas "virtudes", querendo perguntar quais poderiam ser.

"Isso foi gentil da parte dele."

"Foi corajoso. Havia outras pessoas no recinto que não concordavam. Ele resistiu contra essas pessoas. Posso lhe garantir isso. E também posso garantir ao senhor que o nome de seu irmão foi invocado."

"De que maneira?"

"De uma maneira que lhe salvou."

O que surpreendeu Thomas, uma vez que concordou em escrever a petição, foi o quanto o jovem sabia sobre protocolos, sobre como a carta deveria ser redigida e a quem deveria ser endereçada. Falou que era preciso fazer uma cópia, mas avisou que o pedido de clemência não deveria, por enquanto, ser tornado público. Se Ernst Toller precisasse de mais ajuda, ele voltaria.

Uma tarde, pronto para sair em sua caminhada, Thomas não encontrou Katia em casa ou no jardim. Por fim, ouvindo gritaria no andar de cima, localizou Erika e Klaus.

"Onde está sua mãe?"

"Ela foi visitar Mimi", disse Klaus.

"Qual Mimi?"

"Só tem uma Mimi", retrucou Erika. "Fui eu que atendi a ligação. E, no minuto em que desligou o telefone, minha mãe pegou o chapéu e o casaco e foi visitar Mimi."

Pronunciava o nome "Mimi" como se tivesse sido inventado para diverti-la.

Quando Katia voltou, abriu a porta do escritório de Thomas. Ela ainda estava de chapéu e casaco.

"Preciso que você escreva um bilhete", ela disse. "Posso te ditar o que escrever, ou você mesmo pode decidir o que dizer. É para acompanhar as flores que estão sendo enviadas por você ao seu irmão no hospital. Ele está fora de perigo, mas teve peritonite, e acharam que talvez não fosse sobreviver. Mimi ainda está perturbada. As flores e o bilhete serão uma grande surpresa."

Ela entregou uma caneta a Thomas.

"Tenho caneta", respondeu ele. "Vou escrever o bilhete, mas não é um pedido de desculpas."

Assim que a mensagem foi enviada com as flores, Heinrich, apesar de seu estado frágil, manifestou a satisfação por tê-las recebido.

Quando Heinrich voltou do hospital, Mimi escreveu a Katia para dizer que seu marido adoraria receber a visita do irmão.

Thomas foi à Leopoldstrasse levando flores para Mimi e um livro de poemas de Rilke para Heinrich. Assim que atendeu a porta, Mimi se apresentou.

"Sou uma admiradora sua", disse ela, "então é tempo de a gente se conhecer."

Seu cabelo exibia um penteado num estilo muito atual. Seu sotaque parecia mais francês do que tcheco. O tom que adotou era de flerte, mas leve e elegante. Enquanto o escoltava até a sala de estar e ao encontro do irmão, ela era toda presença, toda sedução.

"Trouxe um velho amigo", disse ela.

O apartamento tinha sido decorado de forma a enfatizar como era compacto. Os tapetes eram turcos. O papel de parede, vermelho. Havia quadros por toda parte, até encostados nas estantes, e nas várias escrivaninhas e mesinhas laterais viam-se estátuas em miniatura e vasos de formatos estranhos. As cortinas azul-escuras eram de seda rústica.

Em meio a todas aquelas estampas e cores, num monte de almofadas com capas que pareciam árabes e trajando terno, gravata e camisa branca de aparência impecáveis, estava sentado Heinrich. Seus sapatos, Thomas achou, eram italianos. Podia bem ser um empresário ou um político conservador.

Mimi logo veio com o café. As xícaras eram delicadas. A cafeteira, moderna. Mimi absorveu a cena entre os dois irmãos, sorrindo de forma cúmplice e satisfeita antes de sair da sala, separada do escritório por uma divisória feita de fieiras de contas de vidro penduradas.

Katia e Thomas haviam combinado que, mesmo se provocado por Heinrich, Thomas não discutiria política. Mas Heinrich, ele percebeu, tinha desenvolvido um duro charme aristocrático. Disse que gostaria de ter se casado anos antes, que não havia nada como a vida familiar. Seus olhos se acenderam, risonhos, enquanto falava.

Discutiram a saúde debilitada da mãe e a queda da renda dela como resultado da inflação. Perguntaram-se quanto tempo ainda teria de vida. Num tom mais leve, eles comentaram sobre o irmão, Viktor, que havia saído ileso da guerra, e sobre o quanto era um sujeito comum, enfadonho e desinteressado de assuntos literários.

"Se ao menos todos conseguíssemos ser como o Viktor!", falou Heinrich. "Ele não teve a mente obscurecida pelos livros."

Enquanto conversavam e tomavam café, uma garotinha entrou na sala. Ela ficou tímida e inquieta quando viu o estranho, e em silêncio foi em direção ao pai e enterrou o rosto em seu colo. Quando finalmente ergueu o olhar, Thomas fez o pequeno truque com as mãos que, ao longo dos anos, sempre fazia em casa, aquele em que parecia que seu polegar tinha desaparecido. Ela enterrou o rosto no colo do pai de novo.

"Esta é a Goschi", disse Heinrich.

A mãe da menina se juntou a eles e encorajou Goschi a cumprimentar o tio. Quando ela levantou a cabeça e olhou para ele, Thomas viu ali duas gerações da família de seu pai nos olhos escuros da garota e em seu queixo quadrado. Sua tia, sua avó, seu pai, todos eles reunidos naquele pequeno rosto.

Ele encarou Heinrich.

"Já sei", falou o irmão.

"Ela é uma princesa hanseática", disse Mimi. "Não é, minha querida?"

Goschi balançou a cabeça.

"Como seu polegar voltou para sua mão?", ela quis saber de Thomas.

"Magia", respondeu ele. "Sou um mágico."

"Pode fazer de novo?", perguntou a menina.

Ele disse a Katia que precisava ver Ernst Bertram, que já fazia tempo demais.

"Foi um erro convidá-lo para ser padrinho da Elisabeth", disse ela. "Se ele perguntar por ela, é melhor dizer que está com os avós."

Assim que se instalaram no escritório, Thomas informou a Bertram do contato com o irmão, acrescentando que não tinha ilusões sobre a fragilidade e a dificuldade de qualquer relação reatada com ele. As opiniões dele próprio não haviam mudado, Thomas assegurou a Bertram, mas acreditava cada vez mais na ideia de humanidade e em desvendar o que essa ideia poderia significar no mundo real, o de uma Alemanha derrotada.

Ficou irritado quando Bertram respondeu a isso com um silêncio frio.

"Estamos vivendo numa Alemanha derrotada", disse Thomas. "As velhas ideias não se sustentam."

"Só parece uma derrota", retrucou Bertram. "Na verdade, é um primeiro passo para a vitória."

"Fomos derrotados", falou Thomas. "Vá à estação ferroviária e veja os feridos de guerra que procuram abrigo. Os que voltaram sem as pernas, os cegos, os que perderam a razão. Pergunte a eles se fomos vitoriosos ou derrotados!"

"Você parece seu irmão falando", respondeu Bertram.

Depois de Katia ter engravidado mais uma vez no ano anterior, sua mãe a aconselhara a fazer um aborto e começar a tomar providências para isso. A visão oficial dos Pringsheim era que Katia estava exausta administrando uma casa, lidando com crianças problemáticas e um marido preso a algum sonho sobre a Alemanha enquanto escrevia um livro ilegível.

Thomas foi com Katia ao consultório médico para discutir o aborto. Ele reparou na calma dela enquanto fazia perguntas detalhadas sobre o procedimento. Depois de marcar uma consulta e sair do prédio, Katia disse baixinho: "Vou ter esse bebê". Ele deu os braços a ela enquanto caminhavam para o carro, sem dizer nem mais uma palavra.

O parto foi difícil. Katia precisou ficar de cama por algumas semanas após o nascimento de Michael. Thomas, supervisionando as crianças durante esse período, observou que tanto Erika quanto Klaus, na ausência da mãe, começaram a se vestir de maneira diferente e a assumir ares de adultos. Erika, ele viu, tinha seios brotando, e a voz de Klaus ficara mais grave. Quando perguntou a Katia se ela tinha visto isso, ela riu e disse que já fazia alguns meses que acontecera.

A família e os empregados fizeram de tudo para que Elisabeth, de um ano, fosse com o pai visitar a mãe e ver o novo irmão. Assim que ela viu o bebê na cama com a mãe, no entanto, recuou e exigiu que a tirassem do quarto. Na ocasião seguinte em que Thomas tentou levá-la ao quarto de Katia, ela balançou a cabeça no alto da escada e apontou imperiosamente para o andar de baixo.

Erika e Klaus, quando crianças, eram felizes na companhia um do outro. E Golo, assim que foi capaz de ler, encontrava Monika e a levava para uma parte sossegada da casa, onde lia para ela. Elisabeth, no entanto, decidiu ignorar Michael. Quando ele chorava, ela se agitava como se seu dia estivesse sendo destruído. Procurava Golo, em quem achava mais fácil mandar, e o fazia ficar com ela e protegê-la do irmãozinho. Nos primeiros anos de vida de Michael, Elisabeth, pelo que Thomas pôde entender, nunca nem olhava para ele, uma vez só que fosse, se pudesse evitar. Enquanto Katia e a mãe, e até mesmo Erika, pensavam que isso mostrava os primeiros sinais de um caráter ruim, Thomas achava impressionante e fascinante a determinação de Elisabeth em não ser equiparada a um bebê.

Assim que aprendeu a andar, Elisabeth ia por conta própria ao escritório do pai pela manhã. No momento em que abria a porta, já colocava um dedo sobre os próprios lábios para deixar claro que, tanto quanto ele, exigia silêncio total. Quando começou a falar, os outros a usavam para enviar mensagens a ele.

Erika e Klaus cresceram na guerra e na revolução, e quase só falavam de política. Corriam para pegar os jornais antes do pai. Ambos ainda gostavam de fazer aflorar as diferenças entre seus pais sobre o futuro da Alemanha.

"O que há de errado com a democracia?", perguntou Klaus um dia.

"Nada", disse Katia.

"Não queremos sistemas impostos de fora", falou Thomas. "Vamos deixar que os alemães decidam o que querem."

"Então você é contra a democracia?", quis saber Erika.

"Eu acredito na humanidade", respondeu ele.

"Todos nós acreditamos", retrucou Klaus. "Mas também acreditamos na democracia. Eu sim, Erika sim, nossos amigos sim, minha mãe sim, tio Klaus sim, tio Heinrich sim."

"Como você sabe o que o tio Heinrich acha?"

"Todo mundo sabe!", interrompeu Golo.

"A democracia virá", disse Thomas. "E minha esperança é que venha de uma crença alemã na humanidade. E tenho certeza de que meu irmão também pensa assim."

Katia olhou para ele, balançando a cabeça.

Alguns meses depois, enquanto passeavam, ela o lembrou do que ele havia dito sobre a democracia.

"Seus leitores adorariam saber sua opinião sobre uma República Alemã", disse Katia.

"Vão ter de esperar pelo romance antes de ouvirem falar de mim novamente. Meu último esforço para me comunicar com eles não foi bem-vindo."

"Acho que você deveria escrever um ensaio ou um artigo, ou dar uma palestra. Você não precisa dizer que mudou de ideia, apenas que seu apoio à República Alemã vem em continuidade direta a seu pensamento, na medida em que avançamos a tempos contemporâneos. Pode dizer que ninguém tem opiniões estáticas, sobretudo hoje em dia, e que as suas sempre foram dinâmicas."

"Dinâmicas?"

"Bem, essa seria uma palavra que você poderia usar. Também pode falar sobre a humanidade alemã, e que sua crença nela sempre foi fundamental para o que pensa."

Ele assentiu, pensando que poderia encontrar uma maneira de fazer o que ela sugeria. Sorriu para si mesmo ao perceber que Katia não diria mais nada sobre o assunto, tendo concluído que era possível que tivesse prevalecido sobre ele. Viraram-se e, a passos lentos, voltaram para casa, aliviados pela calmaria estar de volta a Munique.

7. Munique, 1922

"Quero propor uma nova regra!"

Erika encarou os pais, desafiadora.

"Uma que você mesma é capaz de obedecer?", Katia perguntou a ela.

"Eu aceito", disse Erika, "a regra de que todos devem lavar as mãos antes de vir para a mesa, especialmente a Monika, que costuma ter as mãos muito sujas."

"Eu não tenho as mãos sujas", retrucou Monika.

"E também concordo que devemos chegar para as refeições na hora, principalmente o Golo, que fica ocupado demais lendo para vir comer."

Golo deu de ombros.

"Mas quero uma nova regra dizendo que qualquer pessoa na mesa pode interromper qualquer outra pessoa, e que ninguém tem o direito de terminar o que está dizendo. Se eu não concordo com alguém, quero interromper. E se alguém está dizendo uma coisa chata, quero que pare de falar."

"Teremos o direito de interromper você?", perguntou Katia. "Ou você quer ser a exceção, como sempre?"

"Minha nova regra se aplica a todos."
"Até ao Mágico?", quis saber Monika.
"Especialmente ao Mágico", respondeu Klaus.

Às vezes, os dois filhos mais velhos de Thomas o intrigavam. Eles se comportavam de forma mais turbulenta que os dois mais novos da família. Em outras ocasiões, porém, falavam com seriedade e perspicácia sobre livros e política. Pareciam ter lido muito das literaturas alemã, francesa e inglesa. Concentravam-se em todos os romances mais recentes, Klaus sempre exibindo exemplares das obras de André Gide e dos romances de E. M. Forster. Mas Thomas se perguntava quando de fato se sentavam e liam os livros que diziam admirar tanto, já que dedicavam todo o tempo livre, até onde ele podia ver, a se encontrar com seu círculo social, a estar bem-vestidos antes de sair e a planejar elaborados eventos teatrais com os amigos, incluindo Ricki Hallgarten, um jovem bonito e brilhantemente inteligente que morava nas redondezas, e Pamela Wedekind, filha de um dramaturgo da moda.

Embora Thomas se irritasse com frequência com a gritaria dos dois filhos e amigos, com suas barulhentas chegadas e partidas, também ficava impressionado com eles. Hallgarten sugeriu que pouca coisa na literatura alemã atendia a seus padrões exigentes. Tinha um jeito de descartar obras completas que fazia Klaus ficar grudado a cada palavra dela. Insistia, por exemplo, que as comédias de Shakespeare eram melhores que suas tragédias. Quando Thomas, que achou que o rapaz estava blefando, perguntou-lhe quais comédias tinha em mente, ele as listou.

"*Noite de reis* e *Sonho de uma noite de verão*. Adoro a forma delas, o padrão que constroem", disse ele. "Mas, de todas as peças, a que mais amo é *Conto de inverno*, embora não seja uma comédia, e ainda que, por mim, se cortasse a parte do meio, com todos aqueles pastores."

Thomas não tinha certeza de que ele tivesse lido a obra. Mas

Ricki Hallgarten não percebeu, agora muito ocupado distinguindo entre as peças gregas que amava e aquelas que admirava, mas não amava. Enquanto falava, lembrou a Thomas o irmão de Katia, Klaus Pringsheim, quando tinha a mesma idade e era cheio de opiniões sobre cultura. Tinha também a mesma boa aparência de rapaz moreno.

Como Erika e Klaus não se enquadravam na disciplina de nenhuma escola comum e eram alvo de constantes reclamações, Katia convenceu Thomas a permitir que eles fossem para um centro de educação mais liberal. Uma vez lá instalados, os dois não escondiam as liberdades de que desfrutavam, até que uma ordem teve de ser baixada para impedi-los de discutir à mesa os detalhes de sua vida de liberalidades na frente das crianças mais novas, ou se sua tia Lula ou qualquer um dos avós estivesse presente.

Thomas ficou indignado quando soube que Klaus Pringsheim, numa breve visita à família, encorajou Erika a se confidenciar com ele e descobriu que, na escola, ela regularmente tinha casos amorosos com meninas, e Klaus, seu irmão, com meninos.

"Foi um longo caminho para meu sobrinho e minha sobrinha desde seus ancestrais em Lübeck", disse Klaus Pringsheim a Thomas, pronunciando o nome da cidade como se fosse o de alguma deformidade na natureza. "Com essa falta de inibição e a boa aparência que herdaram da mãe, tenho certeza de que serão muito populares quando crescerem."

"Espero que não cresçam cedo demais", disse Thomas. "E sempre fui da opinião de que boa aparência depende de ambos os pais."

"Quer dizer que eles se parecem com você?"

"Isso te surpreenderia?"

"Tenho certeza de que esses dois ainda guardam muitas surpresas, se o que ouço for verdade", respondeu Klaus Pringsheim.

Thomas se divertiu dizendo a Katia que achava que o irmão dela, com toda a sua pretensão, era uma má influência para Erika e Klaus.

"Começo a acreditar que pode ser o contrário", retrucou Katia.

Erika, apesar de muitos protestos, fez os exames de conclusão do ensino médio, mas Klaus se recusou a levar adiante quaisquer estudos. Quando sua mãe perguntou como o rapaz planejava sobreviver sem nenhuma qualificação formal, ele riu dela.

"Sou um artista", disse.

Thomas quis saber de Katia como aquelas criaturas tinham resultado de uma casa tão comportada como a deles.

"Minha avó era a mulher mais franca de Berlim", respondeu Katia. "E sua mãe dificilmente pode ser descrita como contida. Mas a Erika foi assim desde que nasceu. E influenciou o Klaus. Ela o criou à sua própria imagem. Não fizemos nada para impedir, foi isso. Ou talvez apenas fingíssemos ser comportados."

Lula não contou que Josef Löhr estava morrendo. Vinha visitá-los como se nada de incomum estivesse acontecendo. Tinha se tornado próxima de Monika, então com onze anos, e lhe fazia confidências.

"Ela é a única das crianças com quem posso conversar", dizia. "As outras são muito elevadas e poderosas. E conto à Monika coisas que não contaria a mais ninguém, e ela me abre seus segredos."

"Espero que você não esteja contando coisas demais a ela", falou Thomas.

"Mais do que contaria a você!", respondeu Lula.

Heinrich veio dizer a eles que Löhr não tinha muito tempo de vida.

"A casa anda cheia dessas mulheres peculiares. Mimi diz que eles estão viciados em morfina. Eles certamente estão agindo de forma muito estranha."

Para o funeral, Lula tomou como modelo Julia quando da morte do senador. Assumiu, Thomas reparou, uma aura etérea, com um sorriso sutil, falando em tom suave, usando um pó no rosto que a empalidecia. De véu preto, seguia o caixão mantendo as três filhas por perto, mas sem falar com elas. Parecia estar posando para um pintor ou um fotógrafo.

Quando ele, Katia, Heinrich e Mimi chegaram ao lado dela no túmulo, ela assentiu para eles como se não tivesse certeza de quem eram.

Depois, quando Katia e Mimi se reuniram em torno das filhas de Lula, Thomas e Heinrich ficaram para trás.

"Ela me disse", contou Heinrich, "que o dinheiro que Löhr deixou não vale quase nada."

Thomas acreditava estar vivendo, àquela altura, em três Alemanhas. A primeira era a nova Alemanha que seus dois filhos mais velhos habitavam. Era um país desordeiro e desrespeitoso, projetado para perturbar a paz. Vivia-se nele como se para reinventar o mundo, descartando e refazendo suas leis.

A segunda Alemanha também era nova. Incluía uma massa de pessoas de meia-idade que passavam as noites de inverno lendo romances e poesia; amontoavam-se em salas de conferência e teatros para vê-lo dar palestras ou para fazer leituras de sua obra.

No início da guerra, teve a impressão de ter se tornado, para muitos alemães educados, uma espécie de pária. Seus ensaios e artigos estavam em sintonia com a opinião popular quando o conflito começou, mas foram vistos como perigosos e antiquados com a guerra pelo meio do caminho. Quando o conflito terminou, ninguém queria ouvir pessoas como ele.

Aos poucos, no entanto, o que escrevera sobre a Alemanha e a guerra desapareceu da memória pública para ser substituído por seus romances e contos, que os alemães passaram a ler aos milhares de exemplares. Seu trabalho era visto como representando a liberdade; ele dramatizava a mudança. *Morte em Veneza* era lido como um livro moderno sobre uma sexualidade complexa. *Os Buddenbrook*, como um romance sobre o declínio de uma antiga Alemanha mercantil. A maneira como retratava as mulheres naquele livro aumentou sua popularidade entre as leitoras do país.

Thomas gostava de receber convites, mostrando-os a Katia, verificando a agenda e depois fazendo os arranjos. Apreciava ser recebido no desembarque de trens ou ter um carro enviado para ele. Jantar com o prefeito ou com outras lideranças antes de um evento, ou ainda com editores ou publishers do meio literário, era algo que lhe dava satisfação. Tinha prazer em ser tratado com reverência. Também lhe agradava o dinheiro que recebia por isso.

Aprendeu que o público não se cansava com facilidade. Podia ler por uma hora que ainda assim não ficavam satisfeitos. Por sugestão de Katia, passou a oferecer longas introduções, saboreando o silêncio que baixava sobre a sala assim que começava a falar. Se estivesse difícil ouvi-lo, Katia lhe fazia um sinal e ele levantava a voz. Às vezes, a coisa parecia um culto religioso, com ele no papel de padre e seu conto ou capítulo de romance como texto sagrado.

E sempre havia na plateia jovens nos quais reparava. Alguns vinham acompanhando pais literatos; outros, muitas vezes um pouco mais velhos, estavam sob o efeito da leitura de *Morte em Veneza*. Assim que subia ao púlpito, ele olhava para as primeiras fileiras de assentos e sempre encontrava um deles. Então o escolhia, olhava para ele, depois ao longe, e de novo para o mesmo jovem mais intensamente, a fim de não deixar dúvidas de que o tratava de modo especial. Quando a leitura terminava, Thomas ficava atento ao jovem que observara mais diretamente, mas muitas vezes o objeto de sua atenção já tinha desaparecido na noite. Às vezes, no entanto, um deles se aproximava tímido, educado, com um livro na mão, e podiam conversar por uns momentos antes de Thomas ser solicitado a direcionar sua atenção à multidão que aguardava para encontrá-lo.

A terceira Alemanha era o vilarejo de Polling, onde sua mãe morava. Nada ali mudara. Embora os jovens tivessem lutado na guerra, com muitos mortos ou feridos, a vida, uma vez terminada a guerra, fora retomada como se nada de importante tivesse acontecido. A mesma maquinaria sendo posta para trabalhar nos campos na época da colheita. Os mesmos celeiros sendo usados para os grãos e o feno. A mesma comida sendo consumida. As mesmas orações sendo ditas nas igrejas. Munique parecia mais distante do que nunca. Os horários dos trens não se alteravam.

Max e Katharina Schweighardt, de quem sua mãe alugara seus aposentos, tinham envelhecido, mas seus hábitos seguiam intactos. A preocupação de Katharina com a saúde de Julia era transmitida a Thomas num tom gentil e delicado. Mesmo os filhos dos Schweighardt falavam com o sotaque da aldeia, tendo herdado a inteligência e a astúcia dos pais.

Sair da companhia de Erika e Klaus para o vilarejo de Polling era passar de um lugar de caos, onde nada era tranquilo, para uma Alemanha que parecia atemporal, segura.

Mas nada era atemporal ou seguro. Enquanto Lula e sua mãe reclamavam que seus rendimentos se tornavam irrisórios aos poucos, Thomas percebeu que a inflação era atribuída aos vencedores da guerra, que haviam introduzido uma série de impostos exorbitantes sobre as exportações alemãs. Como todos os alemães, Thomas deplorava aqueles países, considerando-os vingativos. Levou tempo, porém, para entender que a inflação não apenas criaria miséria, mas também fomentaria ressentimentos que não seriam reprimidos facilmente.

Como a receita das vendas dos livros de Thomas no exterior disparavam com a valorização do dólar, ele e Katia não tinham dificuldades para pagar o salário de seus empregados, quitar os débitos de Erika e Klaus e ainda ajudar a mãe e a irmã em Polling. Podiam pagar dois carros e um motorista.

Sua riqueza foi logo notada. Um dia, quando houve várias ligações, ele perguntou a Katia quem era.

"São pessoas vendendo coisas, pessoas que já ouviram falar que temos dinheiro. Estão se desfazendo de quadros, instrumentos musicais e casacos de pele. A última mulher a ligar tinha uma estátua que acha que é valiosa. Eu não sabia o que dizer a ela."

Às vezes, voltando de Polling ou de algum evento público, Thomas via manifestações nas ruas e lia nos jornais sobre a agitação, vinda desta vez de grupos anticomunistas, mas trabalhava todos os dias no romance que havia abandonado antes da guerra, e se sentia grato pela estabilidade em Munique, pela sensação de que tudo tinha se acalmado. Nem prestava atenção às manifestações.

A mãe veio passar um tempo em Poschingerstrasse e via Lula todos os dias, até que a filha se cansou dela.

"Mamãe se repete, depois pensa que sou a Carla, ou finge que pensa só para me irritar. Acho que pode ser bom para ela voltar à casa em Polling."

A mãe devia saber, quando ela lhe entregou algumas notas para cobrir suas despesas, que não tinham valor, pensou Thomas.

"Estou velha demais para saber o que vale e o que não vale. Acho que perdi a capacidade de somar e de subtrair. Então, tenho sorte de ter você e Katia para resolver tudo isso para mim."

Lula é inútil nessas coisas, e o Heinrich, quando lhe mostrei as cédulas, fez um longo discurso. Às vezes ele parece o pai de vocês falando."

Em Polling, ele pagou o aluguel dela e contratou uma governanta que conferia que a casa estivesse aquecida e houvesse comida suficiente. Mas não conseguia comprar roupas para a mãe. Ela usava chinelos, dizia, porque seus pés doíam, mas Thomas sabia que era porque não tinha dinheiro para sapatos. Quando Katia sugeriu que fossem às compras, Julia fingiu cansaço.

Ele percebeu que, por vezes, a mãe de fato se cansava. Depois do almoço, ela com frequência encontrava um lugar na sala de estar e adormecia. Como Lula, era mais calorosa com Monika, e dizia que era sua única neta que tinha saído à velha Lübeck.

"Por que eu saí à velha Lübeck?", quis saber Monika.

"Ela quer dizer que você tem boas maneiras", disse Thomas.

"Ao contrário da Erika?"

"Sim", disse Katia. "Ao contrário da Erika."

Logo depois que Julia voltou para Polling, chegou a notícia de que estava acamada.

Katharina Schweighardt esperava por Thomas quando ele chegou.

"Não acredito que tenha algo de errado com ela", contou, "mas há casos como esse em todas os vilarejos por aqui, sobretudo entre mulheres que vivem das próprias economias. Começou no ano passado. Elas vão para a cama e não comem mais, esperam para morrer. E é isso que sua mãe está fazendo."

"Mas ela é bem cuidada", respondeu Thomas.

"Não consegue se acostumar a não ter dinheiro. Todos nós a amamos aqui. Todos estamos prontos a ajudá-la. Mas ela ficou sem dinheiro. Ninguém acostumado ao dinheiro sobrevive a isso. É assim que o mundo é."

"Algum médico a visitou?"

"Sim, mas não há nada que ele possa fazer. E ela o pagou com uma daquelas notas antigas."

Julia conseguiu atravessar a maior parte do inverno à base de sopa e pão seco. Alguns dias ela queria Carla ou Lula, em outros, chamava pelos filhos. Quando Thomas pernoitou ao lado da cama da mãe, pensando que ela poderia não passar daquela noite, ela achou que ele fosse alguém no Brasil.

"Eu sou seu pai?", ele perguntou.

Ela balançou a cabeça.

"Alguém de quem você se lembra?"

Ela o encarou e começou a sussurrar palavras que, ele achou, eram em português.

"Você amava o Brasil?"

"Era o que eu amava", respondeu ela.

Uma semana depois, continuava viva. Parecia mais magra. Quando ela o viu, pediu para ser colocada sentada. Como Heinrich e Viktor estavam no andar de baixo, ele perguntou se ela queria vê-los também, mas ela recusou com um movimento da cabeça. Ela buscou o olhar dele como se estivesse confusa. Thomas disse a ela quem ele era.

"Sei quem você é", sussurrou a mãe.

Ele segurou a mão dela, mas devagar Julia a recolheu. Algumas vezes tentou falar, mas não havia mais palavras. Bocejou e fechou os olhos. Quando Katharina apareceu, comentou como Julia estava bem, e que logo voltaria a ser como antes, caminhando juntas pelo vilarejo. Julia lhe lançou um sorriso de desânimo.

Do lado de fora, Katharina disse a Thomas que Julia não duraria aquela noite.

"Como você sabe?"

"Cuidei da minha mãe e da minha avó. Ela vai embora durante esta noite. E vai ser de um modo muito suave."

Thomas, Heinrich, Lula e Viktor se sentaram ao lado da cama. Julia várias vezes indicou que queria água. Katharina e sua filha vieram trocar as roupas de cama e deixá-la mais confortável. Passada a meia-noite, a mãe fechou os olhos. Sua respiração se tornou profunda e superficial, depois voltou ao normal.

"Ela consegue nos ouvir?", Thomas perguntou a Katharina.

"Talvez seja capaz de escutar até o fim. Quem saberia dizer?"

À luz das velas, o rosto dela estava vivo. Movia os lábios e seus olhos abriam e fechavam. Quando um deles tentou segurar sua mão, ela deixou claro que não queria aquilo. Uma hora se passou, e depois outra.

"Muitas vezes é a coisa mais difícil de fazer", disse Katharina.

"Que coisa?"

"Morrer."

Thomas estava sentado ao lado da cama quando a morte chegou. Ele nunca havia testemunhado aquilo, a mudança repentina. Num segundo sua mãe estava viva e, no seguinte, não era mais ninguém. Ele não sabia que podia ser daquela forma, tão rápido e decisivo.

Erika foi a única entre os filhos de Thomas que compareceu ao funeral da avó.

"Nunca vi você chorar antes", disse ela a Thomas.

"Vou parar de chorar em breve", ele respondeu.

Heinrich também estava chorando, assim como Viktor, mas Lula, mais pálida do que nunca, olhava fixo para a frente, completamente composta. Só quando chegou a hora de ficarem em pé na igreja, Thomas viu o quanto a irmã estava esgotada e fraca. Suas filhas tiveram de ajudá-la a seguir atrás do caixão.

Após a morte da mãe, tudo o que Thomas podia fazer era escrever. Quando Katia sugeriu que fossem para a Itália, ele disse que iria a qualquer lugar assim que A *montanha mágica* estivesse concluída.

Nesse ínterim, fez algumas leituras e palestras em cidades próximas. As aparições públicas lhe davam energia. Achava proveitosas as horas anteriores e posteriores às leituras, momentos em que lhe surgiam novas ideias, novas cenas para animar o romance.

Avisou Erika sobre o livro, mas teve o cuidado de não falar muito com Katia a respeito. Ela sabia que tratava de um sanatório em Davos, mas era tudo. Ele escrevera alguns episódios pensando exclusivamente nela. Sonhava com Katia como única leitora do livro, ciente de que continha muito do que era privado entre eles, incluindo cenas e personagens que ele adaptara das cartas escritas pela esposa. Às vezes, ao ler as páginas em que estava trabalhando, ele se preocupava que nenhum leitor além de Katia fosse compreender o que ele estava fazendo. Também se preocupava com a quantidade de detalhes, o grande elenco de personagens, as longas discussões sobre filosofia e o futuro da humanidade.

Mas, mais do que tudo, não sabia se seu plano de dramatizar a própria passagem do tempo, ou a desaceleração do tempo, como se o tempo em si fosse um personagem, teria algum sentido para os leitores do livro. Sorria para si mesmo ao pensar que aquele era um livro nascido das mais particulares obsessões, e que talvez prosperasse melhor no âmbito privado.

Quando A *montanha mágica* estava datilografado e pronto, Thomas disse a Katia que havia um pacote para ela. Diante da expressão de surpresa dela, ele lhe revelou uma caixa com as páginas do livro dentro.

Thomas a estudava enquanto faziam as refeições, mas ela apenas sorria para ele de forma enigmática, e sorria de novo ao sair da mesa, dizendo que estava muito ocupada e precisava voltar ao trabalho.

Golo desenvolveu uma curiosidade insaciável sobre seus pais e irmãos mais velhos. Quando ninguém parecia saber onde Erika e Klaus estavam, Golo sempre teria a informação. Thomas com frequência o encontrava orbitando seu escritório. Um dia, o garoto emboscou Thomas para perguntar se sabia o que sua mãe estava lendo.

"Por que você pergunta?"

"Ela não para de rir. Entendi que era seu novo livro que ela estava lendo, mas seus livros nunca são engraçados."

"Algumas pessoas os acham engraçados."

"Não, acho que você se engana nesse ponto em particular", disse Golo, franzindo a testa como um professor.

Como ele e Katia costumavam sair para uma caminhada à tarde, desejou que ela lhe desse algum retorno sobre o livro, mas ela falava dos assuntos habituais que os preocupavam, como a situação financeira de Lula e as travessuras de Erika e Klaus.

Quando Katia apareceu certa manhã à porta de seu escritório, carregando uma bandeja com café e biscoitos, ele entendeu que ela havia concluído a leitura.

"Vou ter muito o que dizer", ela começou. "Amo que você tenha me transformado num homem no livro, e num homem tão doce. Mas isso é coisa pequena. Mais importante é o fato de que você mudou tudo para nós."

"Com o livro?"

"Sua seriedade agora veio à tona. O livro é cheio de seriedade. Será lido por todos os alemães que se importam com livros, e será lido pelo mundo todo."

"Não é nosso livro particular?"

"É também. Mas isso não interessa a ninguém, exceto a mim. Levou anos para você ser capaz de fazer isso. E agora é o momento certo para que todos possam ler. É um livro que encontrou seu momento."

Nas semanas seguintes, repassaram o volume todo juntos. Katia sugeria mudanças e trechos a suprimir, mas passava a maior parte do tempo selecionando aqueles que admirava, lendo-os e se maravilhando com os detalhes.

"O jeito como o tempo é retratado, e como o livro vai se tornando lento! E quando tocam 'Valentin's Prayer' no gramofone e a figura que sou eu volta à sala, retorna dos mortos! E aí tem a boa mesa russa e a mesa russa ruim!"

"O que você e minha mãe estão fazendo?", quis saber Golo.

"Estamos lendo meu romance."

"Qual? O romance engraçado?"

Os editores desconfiaram do tamanho do livro, mas decidiram fazer disso uma virtude. Rapidamente editoras estrangeiras compraram os direitos. Poucos meses após a publicação, quando Thomas e Katia iam à ópera ou ao teatro, as pessoas os procuravam para elogiar o livro. Convites chegavam de toda a Alemanha para Thomas fazer leituras. Numa revista, os leitores foram convidados a enviar sua passagem favorita.

E veio da Suécia um boato de que A montanha mágica estava sendo levado bastante a sério pela Academia, grupo que elegia o prêmio Nobel de Literatura.

Quando Erika tinha dezoito anos e Klaus, dezessete, os dois se mudaram para Berlim, onde Erika começou a trabalhar como atriz e Klaus, a escrever ensaios e narrativas. Logo passaram a ser amplamente abordados pela imprensa, tornando-se famosos por sua extravagância. Eram mencionados como as vozes de uma nova geração, mas também como os filhos de Thomas Mann. Tiravam partido do nome do pai, mas desejavam, diziam aos entrevistadores, criar uma distância entre o mundo do patriarca e o deles; exigiam ser conhecidos por suas próprias realizações.

"É uma pena", disse Katia, "que não estejam sendo pagos por suas próprias realizações. Se tiver que ler mais alguma entrevista com a Erika, vou divulgar para a imprensa as cartas abjetas dela implorando por dinheiro."

Mais e mais piadas apareciam sobre a confiança e a insensibilidade dos filhos mais velhos dos Mann. Publicou-se uma caricatura do jovem Klaus dizendo ao pai: "Papai, me disseram que o filho de um gênio nunca é ele próprio genial. Portanto, você não pode ser um gênio!". E Bertolt Brecht, que não gostava de Thomas, escreveu: "O mundo inteiro conhece Klaus Mann, filho de Thomas Mann. A propósito, quem é Thomas Mann?".

Às vezes, Thomas e Katia não conseguiam entender a confusão que seus dois filhos mais velhos causavam. Quando houve rumores de que Klaus estava noivo de Pamela Wedekind, Katia também soube que a própria Erika estava apaixonada por Pamela.

"Talvez eles a estejam dividindo", disse Thomas.

"Nunca vi Erika dividir nada", respondeu Katia.

Klaus, tendo escrito um romance sobre um personagem homossexual, passou a uma peça sobre quatro jovens, dois rapazes e duas moças, que não ligavam para convenções. Como leituras após o jantar eram costume na família, ficou combinado que Klaus, que estava de visita, poderia compartilhar seu novo trabalho com os familiares, incluindo sua tia Lula.

Quando ele terminou de ler a peça, tia Lula deixou clara sua objeção ao relacionamento íntimo entre as duas moças na obra.

"Que coisa mais doentia", reagiu ela. "Espero que essa peça viva na obscuridade. Thomas e Heinrich escreveram livros tão bons, e agora essas crianças, que deveriam estar na escola, ficam escrevendo o que bem entendem. Estou tentando me certificar de que minhas filhas não vejam nada disso."

"A guerra acabou, Lula", comentou Thomas.

"Bom, e eu não gosto da paz."

A opinião de Lula não era compartilhada pelo conhecido ator Gustaf Gründgens, estrela do Kammerspiele de Hamburgo, que se ofereceu para fazer um dos papéis na peça de Klaus, sugerindo que o outro papel masculino fosse interpretado pelo próprio Klaus, e os das duas jovens, por Erika e Pamela Wedekind.

Gründgens causou perplexidade na casa dos Mann. Até Golo começou a gostar das diferentes versões sobre os rumos afetivos de Gründgens. Um dia, chegou a notícia, por meio de uma carta do próprio Klaus, que não fazia segredo de suas tendências sexuais, de que ele e Gründgens estavam apaixonados. Logo depois, Erika escreveu para dizer que ia se casar com Gründgens. Numa visita pouco depois disso, para espanto de seus pais e Golo, Klaus lhes confidenciou que, embora a irmã estivesse noiva de Gründgens, seguia apaixonada por Pamela Wedekind, e que ele próprio, embora apaixonado por Gründgens, continuava noivo de Pamela.

"É isso que todo mundo faz antes de casar?", perguntou Golo.

"Não, não é", respondeu a mãe. "Só a Erika e o Klaus."

Enquanto a peça escrita por Klaus viajava pela Alemanha, as notícias das relações complicadas entre os quatro atores se espalharam entre os jornalistas, que insinuavam em seus artigos que tudo era baseado na vida dos próprios atores.

"Estamos planejando uma estreia de gala em Munique", disse Erika. "E precisamos de todos lá. Nosso sucesso depende disso."

"Nem dez cavalos vão me arrastar para lá", falou Thomas. "Os jornais podem cobrir as atividades de vocês com todo o fervor do mundo, mas vou ficar no meu escritório e me recolher cedo na noite em questão."

Thomas e Katia entenderam que nada poderiam fazer para impedir que Erika e Klaus se apaixonassem, ficassem noivos e atuassem em peças de teatro. Na maioria das vezes, achavam o comportamento de seus dois filhos cativante, mas começaram a não gostar de Gustaf Gründgens, e queriam poder avisar Erika de sua desaprovação.

Gründgens, quando Erika o levou à casa dos pais, não conseguiu disfarçar o quanto sabia sobre eles; tinha todos os detalhes sobre a rixa entre Thomas e Heinrich durante a guerra, e ainda fez referência à renda em dólares dos Mann. Gründgens foi o primeiro forasteiro a tentar invadir o círculo dourado que Erika e Klaus tinham criado. Enquanto conheciam Pamela Wedekind desde criança e eram vizinhos dos pais de Ricki Hallgarten, Thomas e Katia não sabiam quem era Gustaf Gründgens.

"Vi um sujeito como ele uma vez num trem de Munique para Berlim", comparou Katia. "Era todo sorrisos, não podia ser mais agradável, mas, quando o cobrador apareceu, descobriu-se que não tinha passagem."

Quando Lula veio visitá-los, corada e animada, e de repente raivosa, seguiu comentando indignada sobre o comportamento de Erika e Klaus.

"Li uma entrevista com a Erika. Parece que ela não tem respeito pela autoridade. Foi o que disse na entrevista."

Certa tarde, Klaus Pringsheim estava sentado languidamente tomando seu café com Thomas e Katia quando Lula apareceu. Ao ver que o cunhado saudava a chegada da irmã, ele desejou que os dois pudessem ser mantidos separados.

"É uma alegria estar vivo", disse Klaus. "Num ano a gente tem o Kaiser, no seguinte, essa liberdade toda. Isso se chama história."

"Esse não é bem o nome para isso", retrucou Lula. "É uma indignidade que pessoas de boas famílias estejam desfilando pela Alemanha como palhaços."

"A Erika e o Klaus?", perguntou Klaus Pringsheim. "De boas famílias?"

"Bem, nossa família, pelo menos, é altamente respeitável", respondeu Lula.

"Graças a Deus a nossa não é", falou Klaus. "Então talvez seja uma incompatibilidade o cerne do problema."

"Acho que o Klaus está brincando", interveio Katia.

As bochechas de Lula estavam vermelhas.

"O que exatamente você faz da vida?", perguntou ela a Klaus.

"Estudo música. Às vezes rejo orquestras. Não faço nada da vida."

"Você deveria ter vergonha de si mesmo!"

"A vergonha não existe mais", disse Klaus. "A gente sai à noite em Munique e em Berlim e não existe mais vergonha. Ela abdicou junto com o Kaiser. Desde então, tem sido uma festa do descaramento."

"Isso vai ser o fim da Alemanha", decretou Lula, cada vez mais agitada.

"E não seria uma boa?", provocou Klaus.

Lula anunciou que precisava ir embora. De repente pareceu cansada, quase frágil. Ficou sentada por um tempo olhando fixo para a frente. Por um momento, deu a impressão de que ia cair no sono. Thomas teve de ajudá-la a chegar à porta.

Quando ele voltou à sala, Klaus perguntou se Lula vinha recebendo cuidados.

"O que você quer dizer?", perguntou Thomas.

"Sua irmã me parece uma mulher aliada dos benefícios da morfina."

"Não seja bobo", reagiu Katia.

Não demorou para Erika começar a usar terno e gravata. Ela e o irmão, achava Thomas, se pareciam. Muitas vezes falavam ao mesmo tempo, ambos tentando dizer a mesma coisa, deixando claro para Gründgens, se ele estivesse presente, que era um estranho em seu mundo, que nunca entenderia suas referências obscuras, suas piadas intrincadas ou sua resistência a qualquer que fosse o conjunto de códigos morais. Falavam com nuances, pensou Thomas, que excluíam deliberadamente qualquer recém-chegado. Por que Erika desejava se casar com aquele sujeito era algo que nem Thomas nem Katia conseguiam entender.

"Talvez seja melhor ela não se casar com ninguém", disse Katia.

Thomas ficou tentado a responder que era uma pena que Erika não pudesse se casar com o próprio irmão mais novo, Klaus. Seria uma maneira de manter Klaus sob controle. A princípio, não acreditou que ela levaria adiante o casamento com Gründgens, mesmo quando falava disso como uma tarefa a ser cumprida, nada muito oneroso, uma performance a mais, acrescentada por demanda do público. Mas então chegou um convite com data marcada.

Ele e Katia fizeram questão de comparecer. Thomas não resistia a se tornar mais solene e formal à medida que os jovens ao seu redor se comportavam tola e alegremente, dando nomes de mulheres a homens e de homens a mulheres, fazendo muitas piadas que beiravam a indecência. Cutucado por Katia, ele notou que Klaus estava de olhos fechados, e talvez tivesse dormido, não fosse uma jovem vestida com exagero aparecer e convidá-lo para dançar. A mesma jovem depois veio fazer companhia a Thomas e Katia e os informou de que Pamela Wedekind se afastara por ciúmes.

"A lua de mel vai ser num hotel no lago de Constança, onde Erika e Pamela tiveram recentemente um divino fim de semana de amor", contou a jovem. "Gründgens ficou com tanto ciúme que rasgou em pedaços o que seria o vestido de noiva de Erika. Mas ela não se importou nem um pouco. Deu risada, porque nem tinha gostado do vestido, e isso tornou tudo muito pior. No hotel da lua de mel, Pamela se fez passar por homem, registrando-se como Herr Wedekind, e todos achamos que agora Erika vai assinar o registro como Herr Mann, se Gründgens permitir. Ele muitas vezes consegue ser bem entediante."

Erika começou a vida com o novo marido; Klaus permaneceu com a família em Munique. Durante o dia ficava exausto, mas todas as noites, assim que se sentavam para jantar, enchia o ar de ideias e planos, falando às vezes, notou Thomas, com uma Erika invisível. Trabalhar no teatro com Gründgens, disse ele, havia deprimido os outros três. Na vida, Gründgens era monótono; tinha lido pouquíssimos livros. Não tinha curiosidade nem brilho. Mas, uma vez que subia ao palco, era capaz de fazer qualquer coisa. Enquanto Klaus, Erika e Pamela desejavam que a apresentação terminasse para que pudessem jantar juntos, Gründgens parecia muito diminuído quando as luzes se apagavam. Durante o jantar, tornava-se um sujeito comum. Se ficavam fora até tarde, podia ser muito chato mesmo. Mas, no palco, era mágico. Algo estranho, quase alarmante, contou Klaus.

Enquanto ele falava, ocorreu a Thomas que escrever, para o filho, era um processo monótono, se comparado à emoção de fazer outras coisas. Klaus adorava passeios, festas, gente nova, oportunidades de viajar. Não era naturalmente atraído àquele lugar difícil e oculto onde se dava à luz algum tema, num processo que era como alquimia. Escrever era algo que ele fazia depressa. Apesar de seu talento, Klaus não era, na opinião de Thomas, um artista. Ele se perguntava como seria a vida do filho quando ficasse mais velho, o que ele faria.

* * *

Klaus os avisou de que o casamento de Erika com Gründgens vinha sendo um desastre desde o início. Quando jantou com o casal em Berlim, contou ele, Gründgens apareceu com uma capa de revista com a foto de Klaus, Erika e Pamela Wedekind. Ele então os lembrou de que a foto, quando tirada, o incluía, mas algum editor, indiferente porque lhe faltava fama, o apagara. Estava claro, disse, que ele não era suficientemente importante; os outros três eram os grandes atores, não ele. Ou talvez, insistiu, fossem apenas filhos mimados de pais literatos e famosos, e ele não.

Passara a noite inteira, disse Klaus, a ouvir Gründgens resmungar. Àquela altura, Erika já tinha se cansado dele. Ele queria que ela pedisse ao pai para indicá-lo à administração de vários teatros. Gründgens não queria mais ser apenas um ator, Klaus contou a eles, queria dirigir o próprio teatro.

"Quando Erika voltar para casa", concluiu Klaus, "vai ter a sensação de que fez papel de boba ao se casar com esse sujeito. Todos nós teremos de cuidar dela."

Thomas acompanhava as notícias sobre Adolf Hitler sem muito interesse. Sempre houvera excêntricos e fanáticos em Munique. Pouco importava se eram de esquerda ou de direita. As pessoas falaram de Hitler quando estava na prisão, e depois quando houve especulações sobre libertá-lo e deportá-lo para a Áustria. Nas eleições de dezembro de 1924, seu partido obtivera apenas três por cento dos votos nacionalmente.

Thomas via a derrota alemã na guerra como o fim de algo. Uma vez que ele próprio tinha expressado opiniões sobre o caráter especial da alma alemã, sentiu que era seu dever agora banir expressões do tipo de seu léxico e de sua mente. Quanto mais tempo ele dedicava ao romance, mais tinha certeza de que precisava se tornar irônico e especulativo acerca da própria ancestralidade.

Quando Heinrich e Mimi vieram jantar, Thomas sabia que Heinrich falaria de Hitler como uma ameaça iminente. A fotografia de Hitler incitando uma multidão começava a aparecer em muitos jornais com regularidade.

"Há algo ofensivo na cara dele", disse Thomas.

"Nele todo", respondeu Mimi.

"Dinheiro não vale mais dinheiro", comentou Heinrich. "E isso é inimaginável para a maioria das pessoas. Qualquer um que seja capaz de apontar culpados com uma voz estridente será ouvido."

"Mas ninguém está ouvindo Hitler", respondeu Thomas. "Seu suposto Putsch foi um desastre. É um demagogo fracassado."

"O que você acha dele, Katia?", quis saber Mimi.

"Gostaria que esse tal de Hitler nos deixasse em paz", falou Katia. "A Baviera sem ele já é suficientemente ruim. Não consigo imaginar como seria com ele."

Mimi relatou que agora sabia com certeza que Lula estava tomando morfina.

"Ela continua naquele círculo de mulheres, e o que as une é a droga. Elas cuidam umas das outras para garantir que os estoques não acabem. Tenho uma amiga cuja irmã estava no grupo."

Na visita seguinte de Lula à casa, ela se sentou com os olhos vidrados e balançando a cabeça. Por um tempo, arrastou as palavras, mas em seguida, com um sobressalto, pareceu perceber onde estava e começou a falar animadamente.

Quando acompanhada das filhas, fazia questão de que prestassem tanta atenção às sutilezas sociais quanto ela. Se pegasse uma delas sentada numa pose que lhe parecesse menos do que formal, ela logo repreendia a garota. Era rígida quanto ao que fazer na chegada e na partida, exigindo que os outros a seguissem nas palavras tradicionais de saudação e no número de beijos.

Certo dia, ao ser convidada para almoçar, corrigiu o jeito relaxado de Golo de segurar a faca e o garfo, como se fosse uma madre superiora. A menor falha em como as coisas deveriam ser feitas a fazia balançar a cabeça com tristeza ou levantar a voz para deplorar a queda geral nos padrões.

"Podem culpar a guerra", dizia, "ou a inflação, mas eu culpo as próprias pessoas. São as próprias pessoas que têm maus modos. E às vezes os pais são piores que os filhos."

"Você quer dizer meus pais?", perguntou Golo.

"Este aí um exemplo desse novo tipo de grosseria da qual estou falando."

Quando havia alguma possibilidade de Erika e Klaus estarem presentes, Lula anunciava que proibira as filhas de virem à Poschingerstrasse, de modo a evitar que fossem influenciadas pela falta de seriedade social dos primos.

"Erika não tem qualidades femininas", disse ela. "Como ela vai viver? Parece um homem."

"É a aparência que ela quer ter", disse Katia.

"Ela é um péssimo exemplo para as irmãs, primas e para as moças em geral."

Como Heinrich transitava em vários níveis da sociedade de Munique, foi informado de que, mesmo antes da morte de Löhr, Lula mantinha casos com homens casados. Tinha sido flagrada fazendo uma cena na porta da frente de um conhecido prédio de apartamentos. A princípio, Thomas pensou que fosse o tipo de fofoca que atingiria a irmã viúva de dois escritores famosos. As pessoas não podiam se contentar, acreditava ele, em não dizer nada, não saber de nada sobre Lula. Naquele lugar onde a Munique literária e sua contraparte mais respeitável se encontravam, Lula seria ainda mais notada não apenas por suas opiniões, mas porque seu dinheiro começava a escassear ostensivamente.

Heinrich lhes disse que sabia com certeza que Lula tinha um amante que a estava traindo. O homem era casado, mas podia ser visto em locais públicos com várias mulheres além da esposa e de Lula.

"A esposa há muito deixou de se importar", falou Heinrich, "mas é uma humilhação aberta para Lula."

Não demorou para vir contar a eles que Lula havia sido vista seguindo o sujeito na rua, ou entrando em cafés e restaurantes para verificar se ele estava numa das mesas, e em seguida sentando-se sozinha, em estado de desânimo, enquanto repetia o nome dele e insistia que o esperaria ali.

E então veio a notícia de que Lula tinha tirado a própria vida. Quando Heinrich chegou à casa para contar a Thomas e Katia, Katia e Golo foram imediatamente consolar as filhas de Lula, mas Heinrich e Thomas ficaram para trás, refugiando-se no escritório.

Heinrich o lembrou das noites em que a mãe contava sobre sua infância no Brasil.

"Dá para imaginar se, numa daquelas noites, alguém entrasse no quarto e contasse às nossas duas irmãs como elas viriam a morrer?", perguntou Thomas.

"Quando a Carla se foi", continuou Heinrich, "parte de mim se foi com ela. E agora Lula. Logo todos nós teremos ido embora."

Em 1927 e 1928 havia repórteres do lado de fora de sua casa no dia em que o prêmio Nobel de Literatura era anunciado. No primeiro ano, Katia mandou que os empregados preparassem chá e distribuíssem bolo, mas, no segundo, fechou as persianas e ordenou que todos usassem a entrada dos fundos da casa.

"Detectei um toque de alegria, no ano passado, quando foi anunciado que não era você o escolhido."

Em 1929, Thomas e Katia temiam a possibilidade de ele receber o prêmio. Como o desemprego havia passado de novo dos dois milhões de pessoas e o nome de Hitler estava na boca de todos, seus comícios em Munique reunindo milhares, não queriam se tornar destinatários públicos de uma grande quantia, tampouco chamar ainda mais atenção para si do que já faziam Erika e Klaus, cujas invectivas contra Hitler e seus amigos cresceram proporcionalmente ao aumento da popularidade de Hitler.

Thomas não acreditava totalmente em Erika e Klaus, ou mesmo em seu irmão Heinrich, quando expressavam alarme sobre Hitler e deixavam claro o ódio que tinham de seus seguidores. O irmão e os dois filhos mais velhos, ele sentia, precisavam de um inimigo na Alemanha contra o qual lutar. Pela manhã, quando lia os jornais, muitas vezes se pegava folheando distraído as notícias sobre Hitler, cujo partido declarara triunfo nas eleições locais, estaduais e distritais, tendo conquistado apenas alguns percentuais dos votos.

Golo, no entanto, começou a manter um arquivo de recortes sobre Hitler e a SA. Após o comício de Nuremberg, em agosto de 1929, comprou todos os jornais, alguns dos quais estimavam o número de participantes em quarenta mil, outros em cem mil. Dispôs todos os recortes na mesa da sala de jantar e convidou o pai a dar uma olhada.

"Esse negócio está crescendo", disse, "e é disciplinado. Eles estão disputando eleições ao mesmo tempo que comandam um exército semioficial."

"Mas não têm apoio", respondeu Thomas.

"Isso não é verdade. Consigo te mostrar todos os dias que apoios eles têm. Não está acontecendo em segredo."

Thomas e Katia fizeram um pacto de não mencionar o prêmio Nobel e de silenciar qualquer um que levantasse o assunto. Mas, na noite anterior ao anúncio, ele ficou acordado pensando o quanto desejava aquele prêmio, e o quanto, a seu ver, isso era um defeito de caráter. Não deveria desejá-lo, dizia a si mesmo; talvez lhe trouxesse leitores, mas também lhe traria problemas.

Pela manhã, ouviu o telefone tocar e esperou que Katia ou Golo aparecessem. Quando não apareceram, sorriu com a certeza de que o prêmio era seu. Ao ver Katia chegar com uma bandeja e café para os dois, presumiu que ela se preparava para consolá-lo. A esposa não falou até se sentar, com a porta fechada.

"O telefone vai começar a tocar em cerca de dois minutos, e jornalistas vão aparecer aí na porta. Achei que podíamos ter um momento de tranquilidade até lá. Não vai haver outra oportunidade por um tempo."

Ele já estava contratado para fazer leituras na Renânia; outros eventos foram acrescentados, incluindo um jantar comemorativo em Munique e uma cerimônia na Universidade de Bonn. As multidões que enchiam as salas eram formadas pelas mesmas pessoas que vinham às suas leituras desde a guerra, mas agora numa atmosfera de alta expectativa, como se ele fosse capaz de liberar o público do medo e do fracasso ao redor.

Em suas apresentações, não falava de política, mas sua presença em si, como um alemão que se mantinha acima das disputas e escrevia livros admirados no mundo todo, fazia desses eventos como que encontros de oposição às sombras, nos quais a alma imaculada da Alemanha podia encontrar descanso.

Nos jornais liberais, segundo lhe contava Golo, o prêmio era visto como um reconhecimento não apenas de sua obra, mas também da ideia de que ele representava a vida da mente no próprio país. Aquelas celebrações eram uma resposta, escreveu um dos jornais, contra as forças das trevas que ameaçavam sua terra natal.

Quando Golo lhe mostrou o *Illustrierter Beobachter*, controlado por Hitler, o que leu foi uma versão mais incendiária de algo que já conhecia. O prêmio o tornava ainda mais marcado para os nazistas. A própria cultura que ele representava desde a guerra — burguesa, cosmopolita, equilibrada, desapaixonada — era o que eles estavam mais determinados a destruir. O tom de sua prosa — ponderado, cerimonioso, civilizado — era exatamente o oposto do tom usado pelos seguidores de Hitler.

As batalhas que travavam incluíam a da hegemonia cultural. Um poema lírico escrito por um judeu ou um escritor de esquerda podia ofendê-los tanto quanto uma próspera empresa judia. Um romancista famoso podia entrar na mira tanto quanto um país estrangeiro hostil ou um banqueiro judeu. Eles não queriam apenas controlar ruas e prédios governamentais, bancos e empresas, mas também recriar a Alemanha do futuro. Se não pudessem responsabilizar o poema lírico ou o romance, o futuro da cultura alemã podia facilmente escapar de suas mãos, e era esse futuro que os preocupava tanto quanto o presente.

Essas conclusões o afetavam com mais força quando se sentava sozinho em seu escritório em Munique, à noite. Nem por um momento pensava que os nazistas tomariam o poder. Em certos dias eram apenas um incômodo, representando uma grosseria que se infiltrava por todos os aspectos da vida. Os garçons não eram tão educados nos restaurantes como costumavam ser. Os atendentes de suas livrarias preferidas, não mais tão atenciosos. Katia reclamava com muito mais frequência da dificuldade para encontrar empregados domésticos adequados. O correio, ele tinha certeza, estava mais lento.

Mas esses eram inconvenientes menores. Ele não pensava muito nos bandidos uniformizados nas ruas porque passava pouco tempo nelas. A presença dos nazistas em qualquer arranjo político futuro na Alemanha dificilmente valia a pena ser discutida. Assim como haviam surgido do nada, ele acreditava, logo desapareceriam. Achava que a briga seria entre o socialismo e a social-democracia.

Alguns anos antes, quando Golo se interessara por filosofia política, gostava de debater com ele sobre como conciliar a lacuna entre as tendências. Agora, as discussões com Golo eram todas sobre as diferenças entre os nazistas e os fascistas italianos, sobre a forma lenta e insidiosa como os nacional-socialistas haviam se deslocado para o centro da imaginação pública sem ganhar nenhuma eleição ou apenas suavizando seu tom para tentar angariar mais apoio. Quando tentou despertar o interesse de Golo pelo socialismo e pela social-democracia, o filho deu de ombros e disse:

"Só porque são Heinrich, Erika e Klaus que acham que Hitler ameaça a todos nós, não significa que não seja verdade."

"Eu nunca disse que não é verdade."

"Fico feliz de ouvir isso."

Erika e Klaus, ele percebeu, extraíam energia da vulgaridade e crueldade de seus inimigos. Viajaram para os Estados Unidos, onde foram recebidos por uma horda de jornalistas curiosos que desejavam entrevistá-los. Foram acolhidos por seu amigo Ricki Hallgarten, que morava em Nova York e os apresentou aos prazeres da cidade — alguns dos quais, Erika escreveu numa carta, não podiam ser revelados nem mesmo a seus queridos pais. Atravessaram os Estados Unidos de trem e, em seguida, fizeram uma viagem ao redor do mundo, visitando o Japão, a Coreia e a Rússia, e escrevendo juntos um livro sobre suas experiências — livro que terminava com a triste chegada em casa, numa paisagem prussiana no pálido alvorecer quando, sob o olhar atento da polícia, tiveram de parar de rir e levar a vida a sério.

Na verdade, lembrava Thomas, não tinham sido recebidos

pela polícia na chegada, mas por seus pais e irmãos. E não tinham retornado para Berlim, mas para Munique. Nos primeiros dias em casa, voltaram a ser quase crianças. Embora geralmente ele próprio ou a mãe dos dois tivesse de lembrá-los que se contivessem à mesa da família, desta vez todas as histórias de suas escapadas pelo mundo vieram repletas de aventuras inocentes, como se fossem um casal de irmãos de um conto folclórico, soltos num mundo onde haviam sido cuidados por um monte de estranhos gentis e evitado todo tipo de calamidades por um golpe de sorte.

Logo desapareceram para se tornarem adultos novamente. Quando Ricki Hallgarten voltou dos Estados Unidos, Erika escreveu um livro infantil que ele ilustrou e, Katia informou a Thomas, Klaus e ele se tornaram amantes. Klaus agora publicava uma ou duas obras de ficção por ano. Erika ficou famosa em toda a Alemanha por seus artigos ligeiros sobre o que significava ser uma nova mulher. Adorava posar para fotografias dirigindo um carro, exibindo o cabelo curto e expressando opiniões sobre sexo e política que eram combativas e polêmicas. Ela e Ricki participaram de uma corrida automobilística de dez dias que venceram, Erika mandando seus artigos a cada parada.

Exatamente quando Thomas e Katia se assentavam num sereno final de meia-idade, Erika e Klaus estavam achando a vida mais emocionante. Planejavam uma viagem em dois carros da Alemanha até a Pérsia na companhia de Ricki e Annemarie Schwarzenbach, amiga de Erika.

Para Thomas, a mudança da complacência para o choque foi rápida. No ano seguinte a seu prêmio Nobel, os nazistas obtiveram seis milhões e meio de votos, em comparação com os apenas oitocentos mil de dois anos antes. Mas o apoio a eles, Thomas acreditava, poderia se dissolver tão facilmente quanto surgira. O vazio das promessas nacional-socialistas, em sua opinião, com certeza seria percebido pelas pessoas. Se ao menos Golo pudesse parar de lhe mostrar artigos sinistros e agourentos em publicações obscuras, talvez ele seguisse com seu trabalho em paz.

Alguns meses depois, porém, a transformação ocorrida na Alemanha enquanto ele estava ocupado escrevendo e viajando para dar palestras e leituras sobreveio para ele numa imagem inesquecível. Tinha concordado em dar uma palestra na Beethovensaal, em Berlim, com o título de "Um apelo à razão". Aquele podia não ser um título provocativo em nenhuma outra época, mas agora era. Preparou a palestra com cuidado, ficando mais irritado à medida que escrevia, e também mais certo de que aquelas palavras precisavam ser ditas.

Ele ainda acreditava estar falando com a Alemanha do meio, dentre as três Alemanhas que havia identificado. Esperava que a Beethovensaal estivesse repleta de pessoas conscienciosas que passavam as noites de inverno lendo livros. Presumiu que elas, como ele, lamentavam que se virassem as costas aos princípios que fazem uma sociedade civilizada, os quais eram, conforme ele os enumerou, "liberdade, igualdade, educação, otimismo e crença no progresso". Considerou que seu público desprezasse o que ele chamava de "a onda gigantesca de barbárie excêntrica e latidos primitivos e populistas de feira", e que concordasse com ele que o nacional-socialismo oferecia "uma política do grotesco, repleta de paroxismos de massa reflexivos, de alvoroço de parque de diversões, gritos de aleluia e mantras repetidos como slogans monótonos até que todo mundo estivesse espumando pela boca". Convocou a plateia a apoiar os social-democratas como o partido mais racional e progressista da política alemã.

A casa estava cheia, e a recepção, quando começou a falar, foi positiva. Ele ficou feliz por Erika e Klaus estarem na plateia, assim como Katia. Quando descreveu o estado de espírito na Alemanha, que poderia se tornar "uma ameaça para o mundo", acrescentando que o nazismo era "um colosso com pés de barro", um homem na plateia se levantou e exigiu ser ouvido.

Thomas nunca havia sido interrompido antes. Não sabia o que fazer. Hesitou para, em seguida, apontar para o homem, encorajando-o a falar.

Gritando suficientemente alto para ser ouvido por todo o auditório, o sujeito o chamou de mentiroso e inimigo do povo. Houve murmúrios de desaprovação da plateia. Thomas ficou aliviado por ter um roteiro. Estava determinado a não vacilar. Ele sabia que estavam prestes a emergir sentimentos com os quais o público que admirava seu trabalho concordaria, mas que enfureceriam ainda mais o homem que o interrompera.

Percebeu que havia dissidentes por toda a sala, e eles estavam prontos a gritar insultos e vaias a qualquer oportunidade. Ficou claro que eram organizados e tinham vindo até ali para impedi-lo de falar. Então passaram a gritar para abafá-lo. Vários deles saíram de seus assentos, indo em direção ao púlpito, enquanto a maioria do público permanecia em silêncio. Seus opositores tinham se posicionado estrategicamente. Eram todos jovens. O que ele reparava toda vez que erguia a vista de seu texto era a presença beligerante deles no salão.

Enquanto prosseguia, Thomas recebeu um bilhete, alertando-o para encurtar sua fala e encerrá-la antes que as tensões aumentassem ainda mais. Decidiu que não poderia fazer aquilo. Não era só que tal recuo seria amplamente divulgado como uma capitulação ignominiosa, mas também o fato de ele não conseguir enxergar uma maneira de Katia, ele e os outros saírem dali caso os manifestantes sentissem que o haviam deixado com medo.

Passou a atacar a ideologia nazista com maior veemência à medida que os protestos se tornavam mais difusos pela sala e mais acalorados. Em vez de indivíduos a insultá-lo, grupos deles começaram a cantar canções e lançar-lhe injúrias. Quando chegou ao fim, Thomas mal podia ser ouvido.

Assim que terminou, ficara óbvio que uma saída segura dali não seria fácil. Viu Katia sinalizando para que ele fosse pela lateral. Ali encontrou o maestro Bruno Walter e sua esposa que, conhecendo o elaborado sistema de escadas e corredores do prédio, guiaram Thomas e Katia cuidadosamente até o prédio vizinho, perto do qual Walter deixara seu carro.

Thomas entendeu que, enquanto os nazistas estivessem em ascensão, nunca mais poderia falar na Alemanha sem temer que aquilo se repetisse. Ninguém que desejasse ouvi-lo acharia seguro assistir a um de seus eventos. Concordou em publicar a conferência e ficou satisfeito por ter esgotado três edições, mas sabia que não fazia diferença. Ele estava marcado. Quando Golo se ofereceu para lhe mostrar os relatos do ocorrido no jornal nacional-socialista, ele se recusou a ler. Sabia o que teriam a dizer sobre ele.

Continuou escrevendo, mas tinha consciência de que não passaria despercebido caso se aventurasse nas ruas de Munique. Quando ele e Katia caminhavam à beira do rio, mantinham-se cautelosos. Ele considerava digna a tarefa de se opor aos nazistas e acreditava que seriam derrotados. A inflação tornara o país instável, ele percebeu, e haveria muitas oscilações entre uma facção e outra, de uma ideologia a outra, antes que alguma estabilidade pudesse retornar. Mas aquela noite em Berlim o alertara mais do que qualquer outra coisa para o fato de que sua própria reputação literária, tão exaltada, não lhe garantia uma posição inatacável. Ele não teria permissão para falar o que pensava quando bem desejasse. Sua Alemanha, aquela para a qual dirigia suas leituras, havia perdido seu posto central.

Erika e Klaus foram levados a novas explosões de eloquência pelo perigo que os cercava. Enquanto o fato de terem sido reprimidos em Berlim fez seu pai não querer participar de outros eventos, eles se tornavam ainda mais corajosos à medida que a ameaça nazista se intensificava.

Klaus escreveu uma segunda peça para quatro atores, dois homens e duas mulheres, mas desta vez o tom era mais sombrio, mais ameaçador; parecia haver mais a perder do que o amor como um jogo de prazer. Agora os jovens personagens lutavam por suas vidas. As drogas, para eles, não ofereciam alívio, indicavam sua ruína. O amor era uma tentativa complicada de possuir o outro, a morte, uma espécie de liberdade.

Klaus, Erika e Ricki Hallgarten continuaram a fazer os preparativos finais para a viagem à Pérsia. Thomas e Katia passaram a admirar Ricki, que conversava com eles com a mesma facilidade com que falava com os dois filhos mais velhos. Klaus, na companhia de Ricki, tornou-se mais ponderado, menos propenso a dar opiniões extremas que pudessem irritar o pai.

Naqueles meses, porém, todos nutriam opiniões extremas sobre os nacional-socialistas. Durante as refeições, Thomas ouvia injúrias acaloradas. No entanto, ficou surpreso com o tom de Ricki ao denunciar Hitler.

"Está tudo perdido! Estamos condenados! Todos nós. Eles vão destruir tudo. Livros, fotos, tudo. Ninguém estará seguro."

Ele então fez uma imitação extrema de uma das arengas intermináveis de Hitler.

"Vocês não veem o que está acontecendo?", perguntou com a voz trêmula.

Um dia antes do planejado para a partida, Ricki, Erika, Klaus e Annemarie Schwarzenbach foram a uma empresa de cinejornais da Baviera para fazer um filme sobre a jornada. Klaus e Erika posaram para as câmeras no carro; os outros dois, consertando algum defeito imaginário do veículo. Riram tanto quando Ricki sugeriu que Klaus deveria ser filmado consertando um furo que a sessão precisou ser interrompida.

Ficou combinado que, depois de passarem uma última noite com suas famílias, partiriam às três horas da tarde seguinte. Ao meio-dia, porém, chegou a notícia de que Ricki havia dado um tiro no coração depois de viajar a Utting, às margens do lago Ammer, onde mantinha um pequeno apartamento. Deixara um bilhete endereçado à delegacia de polícia local dando o nome e o telefone de Katia, com a sugestão de que a polícia entrasse em contato com Frau Mann para que ela desse a notícia aos pais dele.

Naquela noite, Erika e Klaus ficaram sem palavras à mesa. Por um tempo tinham vivido em estado de euforia. Klaus temia que a viagem pressionasse seu delicado relacionamento com Ricki, mas Ricki conseguira tranquilizá-lo fazendo amor, contou Erika a Katia, de um jeito novo que excitara os dois. Klaus embarcaria numa jornada com as duas pessoas no mundo que ele mais amava. Nos dias anteriores, não conseguia ficar parado. Sempre que Thomas via Erika, ela tinha o mapa da rota à sua frente, mais uma pilha de guias e dicionários. Dava instruções a uma sala vazia. Já havia pensado nos títulos dos artigos que publicaria, e tinha planos para um livro que os quatro viajantes escreveriam juntos.

Quando foram ao apartamento onde Ricki havia morrido, viram que a parede à cabeceira da cama estava salpicada de sangue. No reconhecimento do cadáver, e vendo o sangue, Erika começou a gritar. Continuava gritando quando Klaus a levou para casa.

Katia encontrou Thomas em seu escritório.

"Não sei por que Ricki deu meu nome à polícia. Assim que a porta foi aberta para mim, eu sabia que destruiria a vida dos Hallgarten. E a Erika precisa parar de gritar. Você tem que sair deste escritório e insistir para que ela pare!"

Nos dias que se seguiram, Thomas tentou conversar com

Erika e Klaus sobre a morte de suas duas irmãs, sobre como aqueles dois suicídios também tinham sido chocantes e inexplicáveis, mas eles pareciam incapazes de entender. Não conseguiam conectar a morte de Ricki com qualquer outra morte. Mesmo quando ele entrou em detalhes sobre onde estava e como se sentiu quando Carla e Lula morreram, nenhum dos dois prestou atenção. Era como se suas próprias vidas tivessem um brilho, uma riqueza, uma vivacidade incomparáveis com as de qualquer outra pessoa. Ricki não podia ser comparado a suas tias, das quais ninguém nunca tinha ouvido falar.

"Você não entende", Erika repetia para ele. "Você não entende."

8. Lugano, 1933

Quando houve o incêndio do Reichstag, em fevereiro de 1933, Thomas e Katia estavam em Arosa, na Suíça, de férias. Todos os dias chegavam notícias de prisões em massa e ataques a pessoas nas ruas. Com as eleições para a Assembleia Nacional, uma semana depois, o primeiro instinto de Thomas foi de voltar a Munique o mais rápido possível para garantir que a casa não fosse saqueada. Se necessário, pensou ele, poderiam fazer planos para alugá-la, ou mesmo vendê-la, e transferir discretamente seus bens para a Suíça.

Ficou chocado ao ouvir Katia dizer a um hóspede do hotel que não poderiam voltar para Munique.

Quando ele sugeriu que decidissem o que fazer só depois de falar com Erika, Katia insistiu que ligar para casa seria perigoso. Não deveriam dizer nem onde estavam. Ele se sentou ao lado dela enquanto fazia a ligação. Ouviu as repostas de Erika. Katia falava em código, perguntando à filha se seria um bom momento para a faxina de primavera.

"Não, não", respondeu Erika, "além disso, o tempo está terrível. Fiquem por aí mais um tempo; vocês não estão perdendo nada."

Erika e Klaus deixaram Munique assim que puderam. Apenas Golo continuava em casa agora. Intrigava-os que as cartas dele tivessem um tom de normalidade, como se a ascensão do regime não fosse mais notícia. Contou-lhes ter ouvido um boato de que Erika havia sido presa e mandada ao campo de concentração de Dachau, mas já sabia que não era verdade. Golo acrescentou ainda ter encontrado seu tio Viktor, que comentara o quanto estava feliz por ter conseguido uma promoção no banco onde trabalhava. Golo se perguntava se o tio talvez não tivesse tomado o posto de um colega judeu.

Katia encontrou uma casa para alugar em Lugano, onde Monika e Elisabeth vieram se juntar a eles. Michael estava num internato suíço. Logo veio também Erika, que fumava mais do que de costume, bebia um bocado à noite e era a primeira a levantar de manhã para pegar os jornais. Sua voz enchia a casa; parecia mais uma parente enviada para lhes passar sermões do que a filha mais velha que, como eles, se tornara uma refugiada. Como Erika sabia os nomes até das mais insignificantes autoridades regionais da Alemanha, ela os guiava pelas mudanças que vinham sendo impiedosamente executadas. Passava o resto da manhã escrevendo a amigos e aliados no mundo todo. Dava muitos telefonemas. O boato de seu encarceramento em Dachau era repassado por ela a todo mundo com um estranho deleite. Ameaçou desafiar as autoridades pegando o carro para voltar a Munique e resgatar os manuscritos dos livros do pai, mas, por insistência da mãe, concordou em não arriscar uma missão tão perigosa. Mais tarde, porém, Thomas se divertiu ao ouvi-la descrever a viagem como se realmente a tivesse feito, enganando os guardas de fronteira nazistas e voltando com um maço de preciosos papéis sob o banco do motorista de seu carro.

Não achou tanta graça quando Erika passou a argumentar que a família teria que se acostumar à ideia de que nunca mais voltariam para casa em Munique e a perderiam, assim como todo o dinheiro que tinham em bancos alemães. Falava como se tivesse decorado aquilo e estivesse recitando como uma forma de obrigá-lo e obrigar a mãe a lidar com uma realidade que vinham evitando.

Erika queria que Thomas soltasse uma declaração rompendo para sempre seus laços com a Alemanha. Quando uma palestra dele sobre Wagner foi denunciada por uma longa lista de figuras eminentes do mundo musical e cultural da Baviera, incluindo Richard Strauss e Hans Pfitzner, de quem se considerava amigo, Thomas achou melhor não responder. Presumiu que eles deviam estar sob pressão do novo regime. Erika, por outro lado, acreditava que ele deveria aproveitar a oportunidade para declarar sua aversão ao novo governo. Deveria convocar seus compatriotas a se oporem a Hitler de todas as formas. Quando Thomas finalmente emitiu uma nota, publicada na imprensa suíça, certificou-se de que Erika não a lesse antes de ser enviada. Não ficou surpreso quando Katia lhe disse que a filha considerara aquela uma declaração puxa-saco e covarde.

No início da Grande Guerra, Thomas tinha uma noção clara de seu público na Alemanha. E, quando de sua palestra em Berlim, acreditou estar falando para as pessoas que compartilhavam de suas opiniões sobre liberdade e democracia, e também sobre o que significava ser alemão. Essas pessoas agora mantinham silêncio. Não havia fórum onde ele pudesse acessá-las. Se denunciasse Hitler de um lugar seguro como a Suíça, seria ele mesmo, por sua vez, denunciado. Seus livros seriam retirados das livrarias e bibliotecas. Ele não teria permissão para voltar a falar.

Suas opiniões sobre os nazistas eram conhecidas. Não achava que valesse a pena repeti-las enquanto Golo e os pais de Katia ainda estavam na Alemanha, num momento em que ainda tinha uma casa em Munique e dinheiro em bancos alemães. Além disso, atacar os nacional-socialistas quando ainda não passavam de um movimento marginal, uma espécie de perturbação, era diferente de atacar o governo alemão, que buscava legitimidade em todo o mundo.

A cada nova carta de Golo, eles se preocupavam com a segurança do filho. Mas ele não parecia assustado; em vez disso, escrevia como se Munique inteira fosse uma espécie de teatro ou espetáculo que era seu dever descrever. Algumas das notícias que enviava eram tristes, sobretudo seus relatos das visitas aos avós, ainda morando em sua bela casa, mas cada vez mais ansiosos com o futuro. O avô, escreveu ele, vivia repetindo: "E tínhamos que viver para ver isso!". No que dizia respeito às autoridades, os Pringsheim eram judeus. Peter, irmão de Katia, havia sido demitido do emprego na Universidade Humboldt de Berlim e, assim como seus irmãos, fazia planos para deixar a Alemanha.

O pai de Katia escreveu a ela, mandando entregar a carta em mãos, para dizer que ela não deveria escrever nem ligar. Katia mostrou a Thomas uma passagem que dizia:

Nunca tenho certeza, minha pequena, se todos sabem que você, minha filha, é mãe de Erika e Klaus Mann e esposa de Thomas Mann. Algo que um dia talvez tenha sido motivo de orgulho em Munique. Agora que você está no exílio, sei que seus filhos e seu marido precisarão se manifestar contra a nova ordem, e entendo isso. Mas vai tornar nossas vidas mais precárias. Sempre tentamos ser alemães leais. Amei a música de Wagner e fiz de tudo para apoiá-lo, inclusive ajudando a criar Bayreuth. O único vislumbre de esperança em toda essa escuridão veio de Winifred Wagner, e da forma mais improvável, pois ela própria é uma fervorosa defensora do homem cujo nome não vou citar. Ela nos disse que nos ajudará, mas não sabemos o que isso significa.

Thomas notou que, embora Elisabeth a tivesse lido, a carta não fora mostrada aos outros. Nas refeições, Katia deixava Erika falar, retirando-se para seus aposentos todas as noites assim que podia, e pareceu finalmente aliviada quando a filha partiu para ficar com Klaus na França.

Michael, que estava com catorze anos, foi se juntar a eles em Lugano. Thomas lembrou de como o filho tinha resistido a frequentar as aulas de violino em Munique, e de que o professor de piano se recusara a continuar com Michael por causa de sua grosseria ao receber instruções. No colégio interno, porém, ele havia encontrado um professor italiano de viola e violino que não rejeitara.

"Mas em que ele era diferente de todos os seus professores anteriores?", quis saber Katia.

"É italiano, e os outros professores riam dele", respondeu Michael.

"E por isso você gostou do professor?"

"O pai e o irmão dele estão na prisão. Se ele voltar para a Itália, vai ser preso também. E ninguém, na verdade, precisa de um professor de violino. Então ele parecia triste."

Michael passava várias horas por dia praticando, especialmente na viola, e conseguiu que seu professor viesse a Lugano dois dias por semana para trabalhar com ele.

Quando Thomas lhe disse que a música que tocava soava linda, Michael fez uma careta.

"Meu professor me disse que tenho talento, só isso."

"E o que mais você quer?", perguntou Katia.

"Genialidade", disse Michael.

Foi Michael quem sugeriu que Thomas tivesse aulas de inglês com seu professor de viola.

"O inglês dele é perfeito e ele precisa do dinheiro."

"Ele é italiano. Não quero falar inglês como um italiano."

"E quer falar inglês como um alemão?", perguntou Michael.

Thomas concordou em ter as aulas e tentar ler um livro fácil em inglês.

Numa das cartas, Golo descrevia um almoço em Munique com Ernst Bertram, que insistia que, embora fosse totalmente a favor da liberdade, ela deveria valer apenas para bons alemães. E, quando Golo disse que seu pai talvez nunca mais retornasse à Alemanha, o outro respondeu: "Por que não? Afinal de contas, ele é alemão, e vivemos num país livre". Bertram, acrescentou Golo, tentou inventar desculpas por não ter ido visitar Thomas quando passara por Lugano. Ele não estava sozinho na ocasião, disse, sugerindo que sentia a pressão para não manter a amizade com Thomas.

Golo contava ainda que tinha dado um jantar em casa para que fossem consumidas as melhores garrafas da adega do pai. Estava aos poucos empacotando livros e separando papéis.

Cada vez que ouvia notícias assim, que sugeriam que ele não voltaria a ver sua antiga casa, Thomas quase se surpreendia. Seguia acompanhando os relatos diários na imprensa, na esperança de que Hitler perdesse poder, ou de que fosse assassinado, ou ainda de que uma rebelião surgisse nas fileiras do exército contra os líderes nazistas.

De início, quando livros que os nazistas achavam ofensivos foram queimados em Berlim, Thomas ficou aliviado porque os seus não estavam entre eles. Mas, quando Erika voltou, fez a observação de que todos os escritores alemães importantes, incluindo Heinrich e Klaus, e Brecht e Hermann Hesse, tinha tido seus livros atirados ao fogo. Não era bem uma medalha de honra, ela insistia, ser excluído da lista. Thomas notou Katia balançando a cabeça em silêncio. Quando Golo escreveu para informá-los de que, embora Ernst Bertram tivesse apoiado totalmente a queima dos livros, providenciara para que a obra de Thomas ficasse de fora, Katia leu a carta primeiro para, em seguida, entregá-la a ele e sair da sala.

Não foi difícil para Golo remover móveis, quadros e livros da casa em Munique e levá-los para a Suíça, fingindo que os estava vendendo. O rapaz também conseguiu sacar grandes somas de dinheiro da conta bancária do pai. Embora houvesse manuscritos e cartas, incluindo todas as enviadas por Katia de Davos, que Thomas gostaria de ter tirado da Alemanha, o conjunto mais importante de papéis, ele sabia, eram seus diários. Estavam num cofre em seu escritório em Poschingerstrasse. Ninguém nunca os tinha visto. Katia, ele achava, sabia da existência dos cadernos, e devia ter percebido, uma vez que estavam sempre trancafiados, que continham material privado. Ela jamais imaginaria, porém, que, entre páginas tratando de banalidades sobre o clima e os lugares onde ele dava suas palestras, havia o tempero de referências a seus sonhos íntimos e sua vida erótica.

Ele precisava tirar os diários de Munique. Precisava de um plano para que, aberto o cofre, os diários lhe fossem enviados sem serem lidos.

Seus sonhos sexuais entravam nos contos e romances, mas na ficção podiam ser facilmente interpretados como jogos literários. Como ele era pai de seis filhos, ninguém jamais o havia acusado abertamente de perversões na vida privada. Se publicados, porém, os diários deixariam claro quem ele era e com o que sonhava. Mostrariam que seu tom distanciado e livresco, sua rigidez no trato pessoal, seu interesse por honrarias e atenção eram máscaras a disfarçar desejos sexuais vis. Enquanto outros escritores, incluindo Ernst Bertram e o poeta Stefan George, não escondiam do mundo sua homossexualidade, Thomas trancafiara seus interesses sexuais dentro de um diário, por sua vez trancafiado dentro de um cofre. Se ele agora fosse descoberto, acreditava, seria ainda mais desprezado por causa de sua duplicidade.

Katia tinha se resignado, pensava ele, à perda da casa e à possibilidade de um longo exílio, mas não à desgraça do marido.

"Como é estranho", disse ela, "que agora sejamos judeus. Meus pais nunca chegaram perto de uma sinagoga. E eu via nossos filhos como puros Mann, mas agora são judeus porque a mãe deles é judia."

Ela temia que Golo estivesse se demorando demais em Munique. Também se preocupava com a forma como Erika e Klaus, agora com quase vinte anos, ganhariam a vida, já que a Alemanha estava fechada para eles. E Katia não fazia ideia, pensou Thomas, de que havia outro perigo. Era algo que ele não podia compartilhar com ela sem revelar, na verdade, o conteúdo dos diários. Ela ficaria chocada por ele ter sido idiota a ponto de se tornar tão refém da sorte.

De todos os filhos, ponderava, Golo, mesmo quando criança, era o melhor em guardar segredos. À mesa, gostava de observar atentamente sem nunca revelar nada. Thomas confiava que, quando lhe enviasse a chave do cofre, pedindo que retirasse os cadernos forrados de oleado sem os ler, colocasse numa mala e enviasse por correio de carga a Lugano, Golo faria o que lhe estava sendo pedido.

Quando o rapaz avisou que estava resolvido, Thomas se sentiu aliviado. Tudo o que tinha de fazer agora era esperar que os cadernos chegassem.

Aos poucos, as coisas ficaram mais difíceis para Golo em Munique. Os bancos se recusavam a permitir que sacasse mais dinheiro. Ele acreditava que estava sendo vigiado e poderia ser detido a qualquer momento. Não conseguira evitar que as autoridades confiscassem os dois carros da família e, durante o confisco, percebeu que Hans, o motorista, era quem havia informado aos nazistas que ele tinha planos de levar um dos veículos para a Suíça.

Ao ser acusado de delator, Hans agiu com arrogância e passou a desfilar pela casa ameaçando a cozinheira e as empregadas de que mandaria prendê-las. Ficou claro, uma vez que Golo estava por perto, que queria que o filho dos Mann soubesse que também poderia ser preso.

Golo, ao chegar a Lugano, contou essa história aos pais e acrescentou casualmente: "E confiei ao Hans aquela mala, que ele prometeu levar ao correio pra mim. Só Deus sabe o que ele fez com ela. Provavelmente entregou aos nazistas".

Quando Katia os deixou sozinhos, Thomas perguntou a Golo se a mala que ele havia confiado a Hans era a que continha os diários.

"Ele se ofereceu a levá-la. Achei que chamaria menos atenção. Eu sentia que estava sendo observado. Parecia a melhor solução. Poderia ter esperado para trazer comigo, mas pensei que você queria antes."

"E ele te deu algum recibo ou um pedaço de papel provando que colocou a valise no correio?"

"Não."

Por um segundo, enquanto Golo o encarava inquieto, Thomas se deu conta de que o filho tinha alguma noção do que estava nos diários. Perguntou-se se ele teria folheado as páginas ou lido algumas passagens. Se tivesse feito isso, não demorara a deduzir por que estavam guardados no cofre e eram aqueles, e não outros papéis, que precisavam ser enviados a Lugano.

Com Golo e ele sentados em poltronas frente a frente, Thomas sentiu que era o mais próximo que jamais estivera do filho. O fato de que talvez fosse melhor não dizer nada parecia deixar

Golo mais confortável. Ao contrário de seus dois irmãos mais velhos, ele tinha essa capacidade de se interessar por uma mente que não fosse a sua própria. Ali, imaginou Thomas, Golo se dava conta do que estava preocupando o pai. Afinal, ele passara anos em casa, observando silenciosamente.

O que também seria estranho para qualquer um que chegasse a ler os diários, Thomas pensou, era o tamanho da diferença entre sua vida doméstica e dos alemães comuns. Enquanto seus concidadãos tinham notas bancárias sem valor, ele ganhava em dólares. Passara aquele tempo vivendo num luxo que considerava garantido. Em política, tornara-se mais liberal, mais internacionalista, ao passo que se isolava cada vez mais no modo de vida.

No início, na década de 1920, ele não gostava dos nazistas porque havia algo de vulgar neles; achava que seriam, no máximo, uma pedra no sapato de uma Alemanha em dificuldades. Imaginou um grupo deles agora lendo seus diários página por página, com irritação crescente pelo quanto ele era autocentrado, e então chegando às passagens que os faria empinar as orelhas. Em vez de continuar a acompanhar o relato de seus dias sem rumo, agora, com fogo nos olhos, encontrariam cenas e frases para marcar e anotar.

Seus dois filhos mais velhos, ele entendia, não corriam o mesmo risco de depredação que ele. A posição daqueles jovens no mundo dependia do fato de rejeitarem abertamente as categorias sexuais fáceis. Qualquer tentativa de minar a reputação deles seria rechaçada por suas próprias risadas descuidadas e pelas risadas de seus amigos. Mas ninguém acharia graça se trechos do diário de Thomas acabassem publicados.

De manhã, ao acordar, imaginava que aquele seria o dia em que a mala chegaria. Não tinha certeza se seria entregue pela van dos correios ou por algum outro veículo oficial. Assim que se vestia, passava a vigiar da janela do andar de cima. Já no andar de baixo, como seu escritório improvisado dava para a frente da casa, ele conseguia ver qualquer pessoa entrando ou saindo. Via o carteiro assim que ele aparecia, mas sempre trazendo apenas cartas e pequenos pacotes.

Como a casa ficava silenciosa, Thomas acreditava que ouviria chegar a van que entregaria a mala. Ficava escutando à espera do ruído de um motor. Quanto mais se informava sobre os nazistas, mais entendia o talento deles para a propaganda. Se Goebbels tivesse acesso aos diários, saberia o tesouro que lhe caíra nas mãos. Selecionaria os detalhes mais prejudiciais e os tornaria notícia no mundo todo. Tornaria a reputação de Thomas Mann de grande escritor alemão em um nome que era sinônimo de escândalo.

Tendo encontrado um livreiro em Zurique, Thomas acrescentou à lista de livros que desejava comprar para sua pequena biblioteca provisória o pedido de qualquer livro que pudessem trazer sobre a vida de Oscar Wilde. Embora não esperasse ir para a prisão como resultado de algumas revelações, como acontecera a Wilde, e ele sabia que o escritor irlandês levara uma vida dissoluta, ao contrário da sua, era a transformação de escritor famoso em figura pública caída em desgraça que lhe interessava. Com que facilidade e rapidez isso sucedera a Wilde, e como a opinião pública estava sempre pronta a acusar!

Mais e mais, ele repassava mentalmente o que havia nos diários. Parte do conteúdo pessoal era inofensivo. Tinha escrito, ele lembrava, sobre seu terno amor por Elisabeth, sentimentos que caberiam a qualquer pai. Ninguém, nem mesmo o nazista mais malévolo, poderia fazer a menor objeção ao tom naquilo que usara ao escrever sobre a filha. O que o fez estremecer, no entanto, foram as lembranças do que havia escrito sobre Klaus. Quando jovem, seu filho mais velho o impressionava por ser notadamente bonito. Certa vez, ao entrar no quarto que Klaus dividia com Golo, encontrou Klaus nu. A imagem permanecera com ele a ponto de ter registrado nos diários que achava o filho estranhamente atraente.

Devia haver, ele pensou, mais algumas passagens sobre seu fascínio com o corpo de Klaus, ou sobre sua excitação com a imagem do filho em traje de banho.

Aqueles eram pensamentos que poucos pais compreenderiam, ele imaginava. Tinha certeza de que não devia ser o único caso assim, mas também consciência de que os poucos outros pais, talvez muito poucos, que achassem os próprios filhos sexualmente atraentes não teriam sido suficientemente tolos a ponto de compartilhar o que estavam sentindo. Ele próprio, claro, não contara aquilo a ninguém, e tinha certeza de que nem Klaus nem qualquer outro membro da família tinham a menor ideia do que se passava em sua mente.

Em vez disso, anotara tudo em seu diário. Agora, em algum lugar da Alemanha, aquelas páginas possivelmente estavam sendo examinadas por pessoas que tinham todos os motivos para querer destruir sua reputação.

Se o telefone tocava, Thomas temia que alguém fosse lhe contar que trechos de seus diários haviam sido publicados em algum jornal. Andou de um lado para o outro na rua em frente de casa, esperando ouvir o ruído de um motor que talvez pertencesse a uma van que talvez tivesse vindo entregar sua mala. Se os diários fossem parar nas mãos dos nazistas, ele se perguntava se poderia negar que eram dele, insistir que se tratava de uma falsificação engenhosa. Mas eram muito detalhados, ele sabia, continham muita informação do dia a dia que ninguém seria capaz de inventar.

E continham relatos de momentos que ele guardava com carinho, mas não podia compartilhar com ninguém. Olhares casuais para jovens que assistiam a suas palestras ou que ele conhecera num concerto. Olhares que às vezes eram recíprocos e depois se tornavam inconfundíveis em sua intensidade. Embora gostasse das homenagens que recebia em público e apreciasse as grandes audiências que atraía, era sempre desses encontros casuais, silenciosos e furtivos, que ele se lembrava. Não ter registrado nos diários a mensagem enviada pela energia secreta daqueles olhares seria impensável. Ele queria que aquilo que tinha sido tão fugaz se tornasse sólido. A única maneira que conhecia de fazer isso era escrevendo. Deveria ter deixado aquilo passar para que se desvanecesse por completo, aquilo, a história de sua vida?

A parte dos diários que mais o preocupava era a que descrevia seus sentimentos por um rapaz chamado Klaus Heuser, que conhecera seis anos antes, no verão de 1927, quando ele e Katia, com os três filhos mais novos, tinham ido a Kampen, na ilha de Sylt, no mar do Norte.

No primeiro dia, quando o tempo estava tempestuoso e ninguém podia ficar na praia, Thomas se sentou na varanda olhando as nuvens brancas a correr pelo céu. Tentou ler, mas, qualquer que fosse o peso no ar, sentia-se muito sonolento. Katia, tendo comprado umas capas de chuva, alugou bicicletas e foi pedalar com as crianças.

Thomas desceu até o saguão, notando como a luz havia diminuído, embora ainda fosse de tarde. Que diferença, pensou, se tivessem ido para a Sicília ou mesmo para Veneza. Ou que emoção não poderia despertar nele uma estadia em Travemünde.

Da varanda da frente do hotel, viu uma mulher idosa lutando contra o vento. Com uma das mãos ela carregava uma pesada sacola de compras e, com a outra, uma bengala. Quando veio uma rajada repentina, seu chapéu voou. Prestes ele próprio a correr para apanhá-lo, Thomas viu que um rapaz alto, magro, de cabelos loiros, o qual caminhava atrás da mulher, tinha se virado depressa e corrido para pegar o chapéu.

Não conseguiu ouvir o que o garoto disse à mulher, mas tinha sido algo suficientemente bem-humorado para fazê-la rir e gritar palavras de agradecimento. O rapaz respondeu oferecendo-se para carregar a sacola de compras, mas a mulher recusou. Seus trajes e seu ar confiante sugeriam que ele não era da ilha. Ao passar por Thomas para entrar no saguão, sorriu.

Na primeira noite, ao final do jantar, um homem se aproximou de sua mesa, dizendo ser um professor de arte de Lübeck; manifestou à família o quanto admirava *Os Buddenbrook*, um romance que ele sentia ter tirado a cidade de sua condição provinciana. Seu nome era Hallen. Como tinha o hábito de beber todas as noites com um amigo, o professor Heuser, de Düsseldorf, que também era artista, tinha pensado se o autor não poderia se juntar a eles naquela ou em outra noite. Apontou para uma mesa, de onde um homem acenou para cumprimentá-los. Era, presumiu Thomas, o professor Heuser. Ao lado dele, assistindo à cena com interesse, estava o rapaz que ele vira antes, obviamente o filho de Heuser. Thomas cumprimentou o professor com um movimento de cabeça para, em seguida, voltar sua atenção ao garoto, que o encarava. Quando todos se levantaram, achou que o garoto devia ter dezessete ou dezoito anos. Ele falou com o pai por um momento antes de conduzir a mãe, uma mulher alta e de ossatura alongada, para fora da sala.

Naquela noite, enquanto tomavam drinques no saguão do hotel, ficou claro para Thomas que os dois professores de arte haviam decidido não interrogá-lo sobre seus livros. Em vez disso, discutiram artistas que conheciam e admiravam, nomes que eram novos para Thomas. Deleitaram-se falando de boates e cenas das vielas alemãs que se tornavam temas dignos de figurar no trabalho de pintores.

"O rosto de um milionário em tempos de inflação", comentou o professor Heuser. "Isso dá um ótimo retrato."

"Ou um filósofo que ainda não começou seu livro", sugeriu o professor de Lübeck.

"Talvez tenha escrito 'eu sou' e agora não saiba ao certo como continuar."

Como Thomas estava de costas para a porta, não viu o filho de Heuser entrar. O que notou primeiro foi o sorriso carinhoso do pai, que apresentou seu filho Klaus a Thomas.

"Meu filho leu *Os Buddenbrook*, *A montanha mágica* e *Morte em Veneza*. Dá para imaginar como se sente ao encontrar seu autor favorito hospedado no mesmo hotel?"

"Tenho certeza de que o escritor tem outras coisas a fazer além de imaginar meus sentimentos", disse Klaus. Entortou o lábio, divertido, e em seguida abriu um largo sorriso.

"Eles estão falando sobre quadros?", perguntou o rapaz a Thomas.

"É o que em geral fazemos à noite", disse o pai. "Somos tremendamente chatos."

Na hora do almoço do dia seguinte, Elisabeth já tinha feito amizade com Klaus Heuser.

"Ele me contou", sussurrou ela aos pais, "que tem um homem na ilha que sempre sabe quando o tempo está prestes a mudar. E o homem diz que logo vai estar sufocante aqui."

"Como esse Klaus conhece o tal homem?", quis saber Katia.

"Ele estava de bicicleta", disse Elisabeth, "e o encontrou."

"E onde você encontrou Klaus?", perguntou Thomas.

"Quando a corrente da minha bicicleta caiu, ele veio e consertou."

"É claramente um rapaz muito atencioso", observou Thomas.

"E sabe os nomes de todos nós", acrescentou Monika.

"Como?", indagou Katia.

"Ele é amigo do recepcionista e verificou no registro do hotel", explicou Monika.

À tarde, quando os outros se aventuraram mais uma vez de bicicleta e o tempo piorou, Thomas ficou na varanda vendo as ondas altas, com sua brancura impetuosa de espuma, quebrarem na praia. Ao ouvir que batiam à porta, pensou que fosse um dos funcionários e gritou "Entre", mas ninguém entrou. As batidas se repetiram, então ele foi até a porta e, ao abri-la, encontrou Klaus Heuser parado ali.

"Sinto muito se estou incomodando. Sua filha me disse que o senhor só trabalha de manhã, então esperava que não estivesse escrevendo agora."

O rapaz conseguia parecer educado sem ser tímido. Havia um tom irônico em seu tom de voz que lembrava a Thomas aquele com o qual seu próprio filho Klaus volta e meia lidava com a mãe. Thomas o convidou a entrar e, quando Klaus Heuser foi direto à janela, Thomas não soube se deveria deixar a porta aberta ou fechá-la. Enquanto Klaus, sem se virar, admirava a vista, Thomas a fechou silenciosamente.

"Vim porque meu pai, no entusiasmo da noite passada, disse ao senhor que eu li A *montanha mágica*. Fiquei muito envergonhado, pois li apenas o começo. Mas li *Os Buddenbrook* e *Morte em Veneza*, e esses dois admiro muito."

Ele soava confiante, mas, assim que parou de falar, começou a corar.

"A *montanha mágica* é um livro muito longo", disse Thomas. "Muitas vezes me pergunto se alguém o leu."

"Adoro o começo, a parte em que Hans conhece o primo."

Com uma rajada de vento sacudindo os caixilhos da janela, Thomas foi se juntar a Klaus olhando para fora.

"O tempo vai mudar", comentou o rapaz. "Conheci um homem que é considerado o especialista da ilha. Ele tem artrite, e é capaz de dizer o que está por vir pelo tipo de dor que está sentindo."

"Você estuda arte?", perguntou Thomas.

"Não, estudo comércio. Não tenho talento para arte."

O menino olhou ao redor do quarto.

"É aqui que o senhor escreve?"

"De manhã, como você disse."

"E à tarde?"

"Eu leio e, se o tempo melhorar, devo ir à praia."

"Preciso ir agora. Não devo incomodá-lo. Amanhã vai ser o primeiro dia de sol. Talvez eu veja o senhor na praia."

Não demorou para o informante artrítico de Klaus Heuser se provar correto. Os dias ficaram quentes e sem vento. Pela manhã, havia tons de cinza entre as nuvens brancas sobre o mar, mas ao meio-dia o céu já estava completamente azul. Assim que foi à praia, Thomas precisou da sombra de um guarda-sol. Enquanto lia ou olhava para a água, Katia tinha de se encarregar de ajudar Michael a fazer castelos de areia ou acompanhá-lo até a água. Klaus Heuser tinha mostrado uma praia mais adiante, na costa, a Monika e Elisabeth.

"Prometemos ser cuidadosos", disse ele quando apareceu.

Elisabeth exigiu que Klaus viesse ficar com eles na hora do almoço. Quando o rapaz disse a ela que sua mãe sentiria falta dele, Katia tentou um arranjo pelo qual a própria família começasse o almoço mais tarde do que os outros convidados, de modo que Klaus pudesse comer primeiro com os pais e depois viesse se juntar aos Mann.

Klaus Heuser passou a visitar Thomas ao meio-dia, quando ele estava terminando sua jornada matinal.

"Meu pai e o professor Hallen estavam conversando sobre

seus livros. Disseram que o senhor escreveu um conto sobre um professor e sua família."

Thomas se divertiu com a seriedade no tom de Klaus.

"Chama-se 'Desordem e sofrimento precoce'", disse ele. "E, sim, na história o pai é professor."

"Como meu pai. Mas seria difícil colocar meu pai num conto."

"Por quê?"

"Porque ele se vê muito claramente como um homem num conto. Seria óbvio demais. Ele é como um artista numa história sobre um artista. É por isso que faz tantos autorretratos."

"Ele já pintou você?"

"Fez retratos meus quando eu era bebê. Mas não quero que ele me pinte agora. De qualquer forma, quando não está pintando a si mesmo, prefere pintar artistas de circo e pessoas que ficam na rua até tarde da noite."

Klaus enfatizava todos os dias que não se demoraria mais do que era bem-vindo, muitas vezes indo até a janela para observar a trilha que levava à praia. Gostava de examinar a caligrafia de Thomas num caderno de anotações sobre a escrivaninha, acompanhando um parágrafo ou uma frase longa, que lia em voz alta. Se vinha fazer companhia aos Mann para almoçar, ou chegava à mesa deles com a refeição terminada, ele nunca aludia às conversas que tinha com Thomas, nem mesmo se referia de forma alguma às visitas ao quarto. Em vez disso, dava atenção exclusivamente a Monika e Elisabeth.

"Vejo que Klaus conquistou alguém", disse Thomas.

"O rapaz já conquistou muita gente", retrucou Katia. "O salão de jantar inteiro, acho até que grande parte da ilha, com exceção do pobre Michael, que não lhe dá nenhuma atenção, e talvez de eu mesma."

"Você não gosta dele?"

"Gosto de qualquer um que possa fazer Monika feliz."

Uma noite, quando o professor Hallen foi para a cama cedo, Thomas ficou para beber até mais tarde com o professor Heuser.

"Vejo que você conquistou meu filho", comentou ele.

Thomas ficou surpreso ao ouvir a mesma frase que ele mesmo havia usado no começo do dia.

"Ele é muito inteligente e bastante maduro para a idade", respondeu Thomas. "E, além disso, nossas filhas e ele brincam bem juntos."

"Todo mundo sempre gostou do Klaus", disse o professor, "sempre quis envolvê-lo nas brincadeiras."

Ele olhou para Thomas, sorrindo. Thomas não viu zombaria ou desaprovação. O professor parecia relaxado, um homem aproveitando a noite.

"Não é estranho", ele perguntou, "que, por mais que pintemos um rosto muito bem, tenhamos dificuldade para pintar as mãos? Se o Diabo aparecesse aqui agora e me perguntasse o que eu quero em troca da eternidade sob seu reinado, pediria a ele que me fizesse pintar mãos que passassem despercebidas, mãos perfeitas. Os romancistas têm algum problema parecido com esse nosso problema com as mãos?"

"Às vezes é difícil escrever sobre o amor", falou Thomas.

"Ah, sim, é por isso que não consigo pintar minha esposa ou meu filho. Que cores usar?"

Uma tarde, na praia, com Michael adormecido à sombra do guarda-sol, Katia interrompeu Thomas enquanto ele lia.

"Elisabeth está insistindo que convidemos Klaus Heuser para ir a Munique. Hoje de manhã, depois do café, ela foi falar com a mãe dele. Levou a Monika a reboque. Ela te consultou sobre isso?"

"De jeito nenhum", disse ele.

"Nem a mim. Elisabeth é obstinada. A Monika, percebi, estava preocupada por elas não terem chegado conosco primeiro.

Mas não a sua querida Elisabeth. Ela não está nem um pouco preocupada."

"O rapaz aceitou?"

"Ele ficou por perto, como costuma fazer, com total controle da situação."

Naquela noite, depois do jantar, foram abordados pela mãe de Klaus Heuser.

"Que garotas mais charmosas são as filhas de vocês", disse ela.

"Seu filho tem sido uma companhia encantadora", respondeu Katia.

"Os três me pediram para deixar que Klaus os visite em Munique, mas eu disse a ele que o que acontece nas férias não dura até o inverno."

Thomas viu a expressão no rosto de Katia ensombrecer com a sugestão de que suas filhas pudessem ser moças volúveis.

"Seu filho seria muito bem-vindo em Munique", falou.

"É melhor eu discutir o assunto com meu marido", disse a mãe de Klaus. "Klaus tem tempo livre, mas eu odiaria se percebesse que está impondo suas vontades a vocês."

"Mas ele não está", retrucou Katia.

Monika e Elisabeth prometeram que cuidariam de Klaus Heuser se ele viesse para uma estadia.

"Tem bastante espaço na casa", disse Elisabeth.

"Será tudo perfeito", falou Monika. "Por favor, deixem ele vir!"

"Mas não é muito comum", disse Katia, "um menino se hospedando com duas meninas."

"Eu tenho dezessete anos", lembrou Monika. "Quando a Erika e o Klaus tinham essa idade, você os deixou ir para Berlim. E tudo o que queremos é que uma pessoa agradável venha se hospedar conosco."

Logo ficou combinado que Klaus Heuser viria no outono. Embora Thomas tenha prestado atenção para saber quanto tempo Klaus planejava ficar com eles, reparou que isso não foi mencionado.

Um dia, terminado o almoço, ouviu Monika e Elisabeth apelando a Katia em voz baixa sobre algum assunto, com Katia balançando a cabeça enquanto Monika insistia.
"Por que os sussurros?", ele quis saber.
"Elas querem que Klaus fique aqui quando os pais partirem, daqui a dois dias."
"Certamente é uma coisa para os pais dele decidirem, não? Ou o próprio Klaus."
"O Klaus quer ficar. Os pais concordaram. Mas disseram que, como ele vai ficar sob nossa responsabilidade, devemos concordar também."
"Eu concordo", apressou-se Monika, "e a Elisabeth também."
"Já não está resolvido então?", perguntou Thomas.
"Se vocês dizem", cedeu Katia.
Thomas percebeu que se beneficiava da rotina ali estabelecida. Seu trabalho pelas manhãs progredia de forma satisfatória. Nas refeições, gostava de observar as filhas interagindo com Klaus, e na praia, à tarde, Michael, agora com oito anos, uma vez deixado sozinho com os pais, estava muito mais calmo e receptivo do que o normal. Havia se acostumado com a água, querendo sempre que o pai e a mãe, um de cada lado segurando uma de suas mãos, o levantassem acima das ondas que quebravam. Embora Thomas tivesse carregado Klaus e Golo de cavalinho algumas vezes, nunca brincara com eles como fazia com Michael, que soltava gritinhos de excitação todos os dias ao ver o pai aparecer na praia depois do almoço.

No dia em que os pais partiram, e tendo-os acompanhado até a balsa, Klaus voltou ao hotel e bateu à porta de Thomas. Deve ser estranho, pensou Thomas, ter dezessete anos e ser deixado sozinho pelos pais num hotel. Ele e Katia agora teriam de substituir o professor e a esposa. Quando seu próprio filho Klaus tinha dezessete anos, ele se lembrava, já vivia sem adultos por perto e não escondia as vantagens de que desfrutava pela falta de supervisão dos pais. Mas aquele garoto, aquele outro Klaus, não tinha o interesse de Klaus Mann por ideias ou temas da atualidade. Não queria escrever romances ou subir a um palco. Ele podia falar com Thomas e questioná-lo, como se fossem iguais. Thomas supôs que era daquela mesma maneira que se comportava com Monika e Elisabeth. Com ele, simplesmente adequava o tom.

"Não me sinto diferente agora que meus pais se foram", disse o rapaz. "Tive toda liberdade também enquanto eles estavam aqui. Como meu pai esteve na guerra, ele odeia ordens. Então nunca me dá ordem nenhuma. Meus pais nunca na minha vida me disseram o que fazer."

"Tento dizer aos meus filhos o que fazer, mas eles me ignoram, sobretudo os dois mais velhos", comentou Thomas.

"Klaus e Erika", respondeu Klaus.

"Como você sabe os nomes deles?"

"Meus pais os viram no teatro em Düsseldorf, naquela peça sobre quatro jovens, e me contaram sobre eles. Mas todo mundo sabe quem são."

Klaus olhava para um parágrafo que Thomas estava escrevendo. Enquanto seguia com os dedos as linhas da caligrafia, Thomas parou ao lado dele. Quando Thomas colocou o dedo sobre uma palavra riscada, Klaus, frustrado, pôs sua mão na de Thomas para afastá-la de sobre a linha e poder ele próprio ver a palavra excluída.

Instantaneamente, Thomas pôde sentir o calor da mão de Klaus tocando os nós de seus dedos. Permaneceu imóvel e não disse nada, permitindo que Klaus mantivesse a mão no mesmo lugar por alguns segundos a mais do que o necessário.

Nenhum dos dois falou. Thomas percebeu que tinha margem para tentar se virar e abraçar Klaus. Mas também compreendia que era improvável que tal abordagem fosse bem-vinda. Klaus tinha ido a seu quarto, ele achava, na maior inocência. Estava acostumado a estar com adultos e a ser tratado como igual. Mas aquele menino, que havia pouco brincava e se divertia na praia com Monika e Elisabeth, dificilmente esperaria ser abraçado pelo pai delas, um homem com o triplo da sua idade.

Thomas tentou pensar em algo para dizer que diminuísse a tensão no recinto, uma tensão que Klaus, ele imaginava, também devia estar sentindo. O rapaz olhou para ele, depois para o chão. Corando, parecia mais jovem do que era. Thomas teria dado qualquer coisa agora para tirar o menino daquele quarto. Tinha certeza de que Katia ou as crianças chegariam, ou alguém do hotel bateria de repente na porta. Mesmo que Klaus fosse embora, pensou, era certo que encontraria Katia no corredor.

"O senhor se importa que eu vá a Munique?", perguntou Klaus.

"Não, e minhas filhas estão especialmente animadas com sua ida."

"Espero não atrapalhar a rotina. A Monika disse que ninguém pode falar quando passa perto do seu escritório."

"Ela exagera", falou Thomas.

"Espero ler sua obra toda", completou Klaus. "Mas devo deixá-lo em paz."

Levou um dedo aos lábios, sugerindo que estava ali envolvido em alguma ação furtiva. E então cruzou o quarto e saiu, fechando a porta sem fazer ruído.

* * *

Quando Klaus Heuser veio a Munique no outono, conseguiu em nenhum momento ser um incômodo. Se ninguém solicitasse sua companhia, seria encontrado sozinho numa das salas de estar lendo um livro. Se Monika estivesse livre, ficava um tempo com ela. Da mesma forma com Elisabeth. Não demorou para que Golo passasse a lhe dar atenção; os dois costumavam ser vistos em profundas discussões.

Klaus Mann, quando chegou, não escondeu sua admiração pelo Klaus mais jovem, flertando com ele abertamente e afirmando que acreditava que os dois tinham muito em comum. Thomas observou que Klaus Heuser tentava manter certa distância de Klaus Mann.

Assim que Thomas voltava de sua caminhada vespertina com Katia e tirava uma soneca, ele geralmente era visitado em seu escritório por Klaus Heuser, que ouvia atento enquanto Thomas lhe contava sobre o que escrevera naquela manhã. Klaus sempre queria ver sua caligrafia e ficava fascinado com as rasuras. Cada vez que Thomas colocava o dedo sobre uma palavra, repetia o que havia feito da primeira vez no quarto do hotel, pousando a mão sobre a de Thomas e a deixando ali, até tirá-la do caminho para que pudesse ver a palavra excluída.

Erika chegou e, repetindo o quanto estava feliz por estar em casa, disse que não reclamaria nem mesmo se fosse obrigada a sair para caminhar diariamente com Monika e ouvir todas as angústias da irmã.

"A Monika não tem problemas", disse seu irmão Klaus. "Ninguém nesta casa tem. Até o Golo sorri. E o Mágico começou a usar gravatas de cores vivas. Isso tudo porque naquela ilha do mar do Norte encontraram um anjinho de Düsseldorf, que foi embalado e entregue fresquinho em nossa porta. Ele mora no sótão. Minha mãe também o ama. Só o Michael faz cara feia quando ele aparece."

"E tenho certeza de que seus sentimentos por esse menino são simplesmente indescritíveis?"

"Sim, é um bom resumo dos meus sentimentos", respondeu Klaus.

Durante o jantar, Erika ignorava Klaus Heuser, discutindo vários espetáculos de teatro que tinha visto e falando sobre a necessidade de um cabaré antinazista que atraísse multidões.

"Eu mesma deveria fazer isso, mas primeiro quero sair numa turnê pelo mundo. Quero ver todos os lugares antes que a civilização desmorone!"

"Erika", interveio a mãe, "você é tão bom exemplo para os mais jovens que acho que vamos mandar pintar um retrato seu e colocá-lo no corredor."

"O pai do Klaus Heuser podia pintar", sugeriu Monika.

Klaus sorriu tímido.

"Ah, é você o garoto dourado", disse Erika, virando-se para Klaus Heuser. "Nem tinha notado você aí! Ora, vejam só o garoto dourado!"

"É, é isso que eu sou", falou Klaus, e ergueu a cabeça para encarar Erika, como se estivesse pronto a derrotá-la se ela continuasse sendo provocativa. Thomas nunca o vira tão bonito.

Klaus Heuser, numa de suas visitas à tarde, perguntou a Thomas sobre sua juventude. Enquanto o rapaz ouvia com muita atenção, Thomas se pegou relatando a ele a morte do pai. Contou a Klaus sobre os anos de rancor entre ele e Heinrich. Quando Klaus perguntou a ele sobre sua mãe, Thomas ficou emocionado e não conseguiu responder. Ele se levantou e foi até as estantes, e lá permaneceu, de costas para Klaus. Esperava, sabendo que

Klaus teria de decidir se deveria se aproximar. Thomas resolveu não se virar, não falar. Prendeu a respiração para poder ouvir se Klaus cruzava o recinto.

Ele o sentiu se mover, e então deve ter parado. Imaginou Klaus se perguntando o que deveria fazer. Bastava que tossisse, pensou, ou sussurrasse alguma coisa, ou mesmo que mudasse o peso de um pé para o outro, para salvar Klaus de ter que correr riscos.

Mais tarde, ele se perguntou se estava sendo manipulado como Paul Ehrenberg o havia manipulado um dia, mas tinha certeza de que Klaus Heuser não brincava com ele. Em vez disso, presumia que o rapaz o admirasse e não fizesse ideia de que os dias, e também às noites, daquele escritor idoso eram preenchidos com pensamentos sobre ele. Acreditava que Klaus não soubesse que um olhar carinhoso, ou um roçar da mão do menino contra a sua, ou mesmo o som de sua voz, excitava Thomas de uma forma que, pensava, nunca mais voltaria a lhe acontecer.

Erika propôs que convidassem o tio Klaus Pringsheim para jantar, para que pudessem comemorar a presença de três Klaus entre eles. Aquilo foi tomado como uma piada, até que, levado adiante por Monika e Elisabeth, o jantar acabou marcado para alguns dias depois.

Quando Klaus Pringsheim chegou, Katia pediu que ele se sentasse ao lado dela à mesa. Erika, por sua vez, insistiu para ficar ao lado do irmão Klaus. Monika e Elisabeth queriam Klaus Heuser entre elas. Thomas sorriu ao observar que, da mesma forma como ele, Golo e Michael não expressavam preferência, ninguém, ao que parecia, fazia qualquer apelo especial para ser colocado ao lado de qualquer um dos três.

À medida que a comida era servida e a conversa se tornava

animada, Thomas foi deixado de fora da discussão. Monika e Elisabeth, ele percebeu, ficaram irritadas com a atenção toda que Erika e Klaus Mann estavam prestando a Klaus Heuser, fazendo-lhe perguntas, contando piadas, provocando o rapaz. Katia e seu irmão Klaus conversaram baixinho o tempo todo. Divertiam-se um com o outro, Katia balançando a cabeça maravilhada com alguma coisa que Klaus dizia. E em seguida a conversa entre eles podia ficar séria, Klaus Pringsheim ouvindo atentamente algo que Katia lhe contava.

Ao observá-los, Thomas via suas ficções ganharem vida. Klaus e Katia estavam de volta ao cenário que ele havia imaginado para eles em "O sangue dos Walsung"; eram os gêmeos escravos um do outro. Ele, o intruso idiota tornado mágico, aquele que dera substância a sua família amorfa.

Seus olhos cruzaram com os de Klaus Heuser, e Thomas se deu conta de que ele próprio havia, por sua vez, se transformado no Gustav von Aschenbach de *Morte em Veneza*, e Klaus, no menino tão intensamente observado na praia.

Tudo o que Thomas conseguia fazer era contemplar. Se abandonasse a mesa, ninguém, exceto Klaus Heuser, o veria partir. Até Golo e Michael falavam animados. Ao alternar o olhar de um rosto a outro, notou que Klaus Heuser, enquanto fingia ouvir Monika, na verdade olhava de quando em quando em sua direção. Com todos tão ocupados, ele aproveitou a chance para encarar Klaus diretamente. Enquanto o rapaz se voltava a Monika, depois a Elisabeth, e respondia a algo que Klaus Mann havia lhe dito, algumas vezes erguia a vista para Thomas e silenciosamente reconhecia que estava atento a ele de todo, que tudo o mais que acontecia àquela mesa passava quase despercebido à sua consciência.

A família sabia que ele jamais podia ser perturbado pela manhã, mas entendia-se que essa regra não se aplicava à tarde. Apesar disso, ninguém nunca passava perto de seu escritório nos momentos em que Klaus Heuser estava com ele.

Em algum ponto da conversa, Thomas se levantava e ia até as estantes. Não pegava um livro nem mudava de posição. Em vez disso, esperava pelo som de Klaus se aproximando.

Numa tarde de sua segunda semana com eles, Klaus lhe contou que tivera uma conversa com Katia.

"Foi estranho", disse ele. "Começou com ela dizendo que eu deveria ficar aqui o tempo que quisesse. Não soube como responder, então agradeci. Eu ia dizer que não tenho nenhuma necessidade urgente de ir para casa, mas ela repetiu que eu seria bem-vindo se ficasse. Penso que sua esposa é uma pessoa muito sutil."

"O que você quer dizer?"

"Quero dizer que, ao fim da conversa, sem eu saber com certeza como aconteceu, foi combinado que eu partiria no fim da semana."

Thomas teve que engolir em seco. Eles ficaram em silêncio por um tempo até que ele falou.

"Você gostaria que eu fosse a Düsseldorf para vê-lo?"

"Sim."

Thomas se levantou e foi até as estantes. Antes que tivesse tempo de se recompor e ouvir a respiração de Klaus, o rapaz cruzara o recinto a passos rápidos e, segurando as mãos de Thomas por um momento, fizera-o se voltar para que se encarassem e começassem a se beijar.

Como Erika e Klaus estavam de partida, tiveram um último jantar com a família e Klaus Heuser. Foi Klaus Mann quem se sentou ao lado dele à mesa. Thomas observou-os fazendo planos de se encontrar em Düsseldorf quando Klaus Mann estivesse de passagem por lá. Logo ficou decidido que Erika iria também, e os três poderiam seguir juntos para Berlim. Com Monika e Elisabeth claramente se sentindo excluídas daqueles arranjos, Klaus Heuser se afastou de Klaus e Erika e conversou com as duas moças mais novas pelo resto da noite.

Thomas escreveu sobre Klaus Heuser em seus diários, descrevendo em detalhes precisos o ponto culminante de seus momentos juntos. Ele não via perigo em fazer isso. O perigo estaria em não anotar, em deixar aquilo desaparecer.

Um dia, uma semana após a partida de Klaus Heuser, quando Thomas e Katia caminhavam por entre as folhas de outono à beira do rio, Katia falou sobre o visitante.

"Acho que vivemos uma vida tão protegida", disse ela. "Me agrada ter tido seis filhos, porque pensei que seriam companhia uns para os outros. Mas muitas vezes me pergunto se isso não significa que nos tornamos ainda mais voltados para dentro, menos abertos ao mundo exterior. O jovem Klaus iluminou nossas vidas, de todos nós, inclusive a minha. Nossos filhos, exceto Golo, só pensam em si mesmos, e talvez nós também, mas Klaus parecia levar cada um de nós em consideração. É um dom notável."

Thomas ouviu com atenção em busca de uma pitada de ironia, mas não detectou nenhuma.

"O que seu irmão achou dele?", quis saber de Katia.

"O terceiro Klaus? Meu irmão só repara em mim", respondeu ela.

"A Monika amou Klaus Heuser."

"Todos nós o amávamos. Tivemos sorte de decidir ir para Sylt. Caso contrário, nunca o teríamos conhecido."

Nos diários, ele lembrou, não apenas tinha registrado o que acontecera entre ele e Klaus Heuser. Todos os dias, anotara quais haviam sido seus sonhos, o que significava para ele ter o rapaz em seu escritório, o que pensava pela manhã ao acordar, sabendo que Klaus estava na cama num dos quartos superiores. Em alguma repartição, pensou, homens de uniforme talvez estivessem cutucando uns aos outros e rindo ao lerem sobre seu relacionamento com alguém mais jovem do que seus dois filhos mais velhos. Imaginou o momento em que entregariam aquelas páginas a seus superiores. E, entre esses superiores, haveria alguém que saberia usar os diários. Viu-se andando pelas ruas de Lugano com Katia, vestido com sua formalidade habitual, apenas para descobrir que as pessoas vinham às portas das lojas para observá-lo enquanto passava.

Quando ele, Katia e Golo se reuniram com Heins, seu advogado, que havia viajado de Munique para a Suíça, a principal preocupação era que os nazistas pudessem tomar a casa de Poschingerstrasse. Ficou combinado que Heins faria o que pudesse para evitar isso e levaria de lá todos os papéis que estivessem no escritório, incluindo cartas e os manuscritos dos romances, e os manteria em seu próprio escritório.

Por fim, Thomas levantou a questão da mala. Tendo questionado Golo detalhadamente sobre o papel do motorista na história, Heins disse que investigaria.

Certa manhã, uma semana depois, ele ouviu o telefone tocar. Era Heins.

"Estou com a mala. Está aqui. O que eu devo fazer com ela?"

"Como você conseguiu?"

"Não foi difícil. Algumas coisas continuam funcionando como sempre em Munique. Funcionários ainda são funcionários. Simplesmente reclamei com os correios sobre o atraso. E, quando encontraram a valise, ficaram bastante constrangidos e sem saber explicar por que não tinha sido enviada."

"Você pode mandar me entregar imediatamente?"

"Fique tranquilo que vai chegar a você, a menos que queira manter o conteúdo com os outros papéis no meu escritório."

"Não, não. Nela estão anotações para um romance no qual estou trabalhando."

Enquanto esperava pela entrega, ele ansiou por voltar a ler o que havia escrito sobre Klaus Heuser.

E então, numa noite em que estivesse sozinho naquela casa alugada, lançaria aquelas páginas, e talvez algumas outras, ao fogo. Ao receber os diários, soube que tivera sorte. Ele se perguntava agora, no primeiro ano de seu exílio, se algum dia precisaria de tamanha sorte de novo.

9. Küsnacht, 1934

Nada o havia preparado para a fuga de seu próprio país. Ele não conseguira ler os sinais. Havia entendido mal a Alemanha, o lugar que deveria estar inscrito em sua alma. A ideia de que, se pusesse os pés em Munique, logo seria arrastado de casa e levado para um lugar de onde nunca mais voltaria parecia algo que só acontecia em algum sonho.

Todas as manhãs, enquanto liam os jornais durante o café, um deles compartilhava alguma história, um novo absurdo cometido pelos nazistas, uma prisão ou confisco de propriedade, uma ameaça à paz da Europa, uma reclamação bizarra contra a população judia, ou contra escritores e artistas, ou contra comunistas, e então suspiravam ou ficavam em silêncio. Certos dias, ao ler uma notícia, Katia diria que aquela era a pior de todas, no que seria refutada por Erika, que teria encontrado algo ainda mais escandaloso.

De início, ele achou a pobreza e a carência das aulas de inglês de seu professor italiano tão evidentes que não conseguia se concentrar nas lições. O estudo da gramática e as repetições constantes também eram tediosos. O professor de óculos, claramente irritado, trouxe uma tradução para o inglês do *Inferno*, de Dante, e se ofereceu para guiar Thomas pelo poema linha a linha, fazendo-o anotar todas as novas palavras e lembrar seu significado para a aula seguinte. Quando Thomas mencionou no jantar que estava estudando Dante no original em inglês, Erika e Michael se apressaram a corrigi-lo.

"Ganhei o prêmio Nobel de literatura", retrucou Thomas. "Eu sei em que língua Dante escreveu!"

Katia decidiu se juntar a ele nas aulas; mas era mais professora do que aluna, pensava Thomas. Ela já havia estudado todo um livro de gramática inglesa e exigia repassar lenta e metodicamente as regras, começando com o tempo presente. Pela manhã, entregava a Thomas uma lista de vinte palavras em inglês com o significado em alemão ao lado, dizendo a ele que precisaria tê-las aprendido até a noite. Na aula, tentava ser melhor que o professor, muitas vezes se exasperando e começando a falar alemão, língua que o italiano desconhecia.

Depois de alguns meses, Katia encontrou um jovem poeta inglês morando nas proximidades e o convidou para aulas de conversação, sem gramática, anunciando que se sentia mais à vontade com verbos no passado e que gostaria de conversar sobre história.

"A história está toda no pretérito", disse, "e isso vai nos ajudar. Ele era. Aquilo era. Ela era. Eles eram. Houve. Havia."

Do lugar seguro onde se encontrava, fora do país, Thomas sabia que, em algum momento, teria de denunciar o que estava acontecendo na Alemanha. Mas, por enquanto, apesar da pressão sobre ele, não queria colocar os pais de Katia em mais perigo nem queria que seus livros fossem retirados das estantes. Além disso, seu editor, Gottfried Bermann, permanecia na Alemanha. Se os livros de Thomas não pudessem ser distribuídos lá, Bermann fecharia as portas, e todo o esforço que fizera para que a obra de Thomas continuasse a ser impressa teria servido apenas para tornar sua posição mais precária. Ignorando os argumentos de Katia e Erika em contrário, Thomas ainda acreditava que Hitler seria removido por seus generais ou que haveria uma revolta massiva contra ele. Todas as manhãs, ao abrir os jornais, esperava que surgisse alguma notícia de que o poder dos nazistas estava diminuindo.

Ao ver que seu passaporte e o de Katia estavam prestes a expirar, os esforços que fez para renová-los foram inicialmente rejeitados, depois ignorados pelas autoridades alemãs. Tinha sido tolice, percebeu, acreditar que os suíços iriam intervir e conceder a ele e a sua família a cidadania do país, que, mesmo os acolhendo, ele entendia, era tanto uma fortaleza quanto um santuário. No fim, a Suíça lhes ofereceu uma permissão de residência e documentos provisórios com os quais ele poderia viajar.

A essa altura, os jornais suíços chamavam Hitler de Führer sem nenhuma ironia. Thomas começou a perder a esperança de que o regime pudesse fracassar na Alemanha. Os nazistas, ele se deu conta, não eram como os poetas da Revolução de Munique. Eram arruaceiros que tomaram o poder sem perder o domínio das ruas. Conseguiam ser ao mesmo tempo governo e oposição. Prosperavam sobre a ideia de inimigos, incluindo os inimigos internos. Não temiam a má publicidade — ao contrário, queriam de fato que o pior de suas ações se tornasse amplamente conhecido, para deixar a todos, mesmo aqueles leais a eles, com mais medo.

A princípio, ficara tão surpreso ao ser arrancado da casa senhorial que construíra em Munique, com seu ar de solidez e permanência, que acreditou precisar encontrar apenas um lugar seguro para ali permanecer. Mas, assim que seus documentos suíços chegaram, ficou inquieto, como se Lugano tivesse sido apenas uma primeira parada, um refúgio provisório. Estar longe de casa o assustava. Havia dias em que, pensando num de seus livros, conseguia visualizar onde encontrá-lo em seu escritório. Não poder apanhá-lo e abri-lo vinha com um sentimento de tristeza, mas às vezes também de pânico. Por outro lado, viver na Suíça, ouvir o divertido dialeto que os nativos usavam, ler jornais locais, dava-lhe uma leveza, a sensação de que embarcara numa aventura.

Assim, a decisão de se estabelecer no sul da França foi tomada com base no que parecia um capricho. Uma vez decididos pela mudança, porém, nem ele nem Katia tentaram justificá-la listando os motivos. Não havia motivos. Ele sorriu ao pensar que, como sentiam que precisavam fazer alguma coisa, era aquilo que tinham decidido fazer. A quem lhe perguntava dizia que acreditava poder se sentir mais confortável no sul da França, onde estavam muitos outros exilados alemães. A família seguiu primeiro para Bandol e depois, a exemplo de outros escritores, para Sanary-sur-Mer, onde os Mann alugaram uma casa grande.

Em Lugano e Arosa, Thomas tinha acesso aos jornais alemães. Em Sanary, tudo era boato e havia muitas facções e rixas. A maioria dos exilados alemães ia aos cafés pelas manhãs. Os judeus, percebeu, estavam interessados no destino da população judia que permanecera na Alemanha e estava sob ameaça mais intensa a cada dia. Os social-democratas se ocupavam com odiar os comunistas que, por sua vez, odiavam os social-democratas. Bertolt Brecht, ele viu, era um grande encrenqueiro, indo de um café a outro para espalhar dissidência. Surpreendeu-o que Ernst Toller também tivesse ido parar em Sanary e fosse ouvido, como se sua opinião importasse. Outros iam e vinham, inclusive Heinrich, que morava na maior parte das vezes em Nice e escrevia regularmente uma coluna em francês para um dos jornais locais, na qual criticava Hitler e seu regime.

Era fácil para Thomas seguir sua rotina matinal habitual, mas à tarde ficava tentado a dar um passeio pelo centro da cidade, verificar na banca de jornais quais títulos estrangeiros haviam chegado e tomar uma xícara tardia num dos cafés. Thomas ficava muito feliz quando encontrava uma mesa judia ou social-democrata, mas tendia a evitar mesas comunistas.

Certa tarde, sentado sozinho, percebeu que estava sendo observado de perto por vários jovens que falavam alemão. Quando um deles se aproximou e o convidou a se juntar a eles, Thomas sorriu, levantou-se e começou a cumprimentar cada jovem da mesa. Sua chegada, ele percebeu, foi vista com suspeita por um par de sujeitos de caras afiladas entre eles. O que quer que fosse o assunto sobre o qual falavam, sua aproximação pôs fim à conversa. Ele notou que o rapaz que o havia convidado para vir à mesa estava prestes a dizer algo e, em seguida, hesitou.

"Você é um poeta?", Thomas quis saber dele.

"Não. Às vezes escrevo uma ou duas linhas que rabisco. Nem guardo o papel."

"O que você faz da vida, então?"

Ele percebeu que a pergunta soara como uma crítica.

"Sinto pena de mim mesmo", disse o jovem.

Um dos demais começou a rir.

"Ele não gosta da Alemanha", falou, "mas odeia ainda mais a França."

"O senhor ainda tem sua grande casa em Munique?", perguntou um dos jovens de rosto afilado.

"Acredito que será confiscada", respondeu Thomas.

"Fiquei encarregado de vigiar o senhor durante a Revolução de Munique."

Thomas pareceu confuso.

"Não fique tão surpreso. Eu tinha dezesseis anos na época e aquilo parecia inocente. Observava todas as suas idas e vindas e fazia relatórios."

"Por quê?"

"Por escrever aqueles livros todos", outro disse e riu.

"O senhor podia ter levado um tiro", continuou o jovem.

"Teria feito maravilhas pela minha reputação", retrucou Thomas.

"Toller foi quem impediu."

"Sei disso", disse Thomas.

"E agora ele está aqui sem um tostão, e o senhor e sua família, numa casa enorme. Um dia desses, tudo isso vai mudar."

"Você quer dizer sob Hitler?", perguntou Thomas.

"O senhor sabe o que quero dizer", respondeu o jovem.

Thomas jurou evitar completamente os cafés, mas não podia recusar todos os convites de outros emigrados. O mais estranho, pensava, era que mesmo os mais políticos entre eles ficavam mais exaltados quando discutiam sua própria situação, como a perda de propriedades ou problemas com vistos. Observando-os, Thomas acreditava ver ali um grupo já derrotado, sofrendo de enfermidades, reais e imaginárias, esperando por notícias ou dinheiro, com as roupas cada vez mais surradas.

Parte da razão pela qual desejava evitá-los era que via neles aquilo em que ele próprio estava lentamente se transformando. Assim como eles, esperava todos os dias por notícias, sabendo que uma manchete num dos jornais ou uma matéria publicada podia ditar se dormiria bem ou se teria sonhos sombrios.

Todos os outros, de uma forma ou de outra, tinham denunciado o regime. Ele era o único que não o fizera. Sabia que, liderados por Brecht, eles o observavam, o mais conhecido entre todos ali. Ele e Katia tinham de ter cuidado quando decidiam sair em suas caminhadas vespertinas para não vestir roupas que pudessem parecer novas ou caras.

Uma noite, ao final de um jantar de emigrantes ao qual comparecera sozinho, pois Katia estava indisposta, ele se viu cara a cara com Ernst Toller.

Nunca tinha entendido como aquele jovem imaturo conseguira se tornar o líder de uma revolução, terminando por ocupar o posto de, como o chamaram, presidente da República Soviética da Baviera, mesmo que por apenas seis dias. Ele não tinha ideia do que havia levado Ernst Toller a querer virar Munique de cabeça para baixo.

Quando Toller apertou sua mão com entusiasmo nervoso e perguntou se ele tinha tempo para um café ou uma bebida, ocorreu a Thomas que o poeta precisava de dinheiro. Tinha algum com ele e pensou que poderia oferecê-lo ao outro assim que tivessem se sentado, e talvez sugerir que, se ele estivesse devendo dinheiro no hotel onde se hospedava, sua conta poderia ser paga.

Em vez de mencionar dinheiro, porém, Toller lhe perguntou o que achava do trabalho que Klaus vinha fazendo para mobilizar a oposição a Hitler fora da Alemanha.

"É constrangedor na comparação conosco", falou Toller.

Thomas disse que não tinha contato com o filho fazia algum tempo.

"Ele é brilhante", disse Toller. "Trabalha incansavelmente. Talvez só seja reconhecido no futuro."

Thomas estava acostumado a ouvir comentários do tipo sobre Heinrich, mas era a primeira vez que escutava alguém falar daquela maneira sobre Klaus.

"Há uma razão para eu querer vê-lo a sós", prosseguiu Toller.

Ele estava ainda mais nervoso do que antes. Thomas se perguntou se ele pediria uma grande soma em dinheiro.

"Erich Mühsam está nas mãos dos nazistas. Eles o prenderam após o incêndio do Reichstag. Fiquei sabendo que foi torturado. Ele não é como o resto de nós. Como você sabe, é dramaturgo e poeta, mas também um anarquista da velha guarda. Não vai mudar na prisão."

Thomas lembrou que Mühsam havia sido outro dos improváveis líderes da Revolução de Munique.

"Quer dizer que ele diria o que fosse perguntado?"

"Sim."

Quando as bebidas chegaram, eles ficaram ali, em silêncio.

"Ele sempre falou de você calorosamente", disse Toller por fim. "Posso perguntar se poderia ajudá-lo?"

"De que forma?"

"Você é um dos mais influentes alemães vivos."

"Não mais."

"Mas ainda deve ter amigos e aliados?"

"Entre os nazistas?"

"Entre aqueles que têm influência."

"Se eu tivesse, o que estaria fazendo aqui?"

"Pergunto porque estou desesperado. Não consigo dormir pensando nele. Deve haver alguém com quem você possa entrar em contato."

"Não tenho amigos entre os nazistas."

Toller assentiu tristemente.

"Ele está condenado, então. Não consigo pensar em mais nada."

Caminhando para casa, Thomas se perguntou se os emigrados realmente acreditavam que ele tinha influência suficiente para libertar um homem da prisão. O pedido de Toller, refletiu, não fora casual. O outro tinha pensado a respeito. O único nazista que Thomas conhecia era Ernst Bertram, e ele podia imaginar a surpresa de Bertram ao receber uma carta de Thomas Mann pedindo-lhe que exercesse sua influência para que um anarquista envolvido na Revolução de Munique fosse libertado da prisão.

Ainda que de fato não pudesse fazer nada, sua própria impotência o deixava inquieto. Sentado sozinho em seu escritório, ocorreu-lhe que poderia chamar atenção para o caso de Mühsam em todo o mundo, talvez até nos Estados Unidos, mas isso poderia piorar as coisas para o velho anarquista. Talvez fosse melhor não fazer nada. Quando foi para a cama, estava certo disso. Mas não sabia se seus próprios motivos eram puros ou não, se decidira não agir para evitar problemas para si mesmo ou por razões mais elevadas.

Cada vez mais escritores e artistas alemães e suas famílias estavam deixando o país, incluindo a nova namorada de Heinrich, Nelly Kröger. Heinrich e Mimi haviam se separado alguns anos antes. Mimi e Goschi agora moravam em Praga. Heinrich costumava escrever a Thomas sobre sua culpa por deixá-las e sua preocupação com o destino delas. Não podia trazê-las para Nice, pois mal conseguia sobreviver sozinho. Quando Nelly chegasse, seria ainda mais difícil.

Heinrich também enviava recortes de jornais franceses para Thomas, com passagens sublinhadas. Thomas e Katia planejaram retribuir, mas depois se esqueceram. Thomas decidiu que deveria escrever ao irmão todos os sábados, mesmo que não houvesse notícias. Poderia informar a Heinrich dos romances e da poesia que estava lendo, sabendo que o irmão tinha mais interesse nos desenvolvimentos políticos.

Quando Heinrich veio de Nice para ficar com eles, intrigou-o o número de exilados que viviam em Sanary. Costumava acordar cedo e ir ao centro pegar os jornais e ver quem estava nos cafés. Quando Thomas e Katia desciam para o café da manhã, o irmão já sabia de todas as novidades. Enquanto Thomas achava que a maioria dos alemães em Sanary, incluindo Brecht, Walter

Benjamin e Stefan Zweig, se reuniam apenas para resmungar em companhia agradável, Heinrich contou que discutia arte e política com eles.

"Não importa quem esteja no poder na Alemanha", disse Thomas, "esses sujeitos vão se sentir excluídos."

"Você deveria passar mais tempo com eles", retrucou Heinrich. "São homens que enxergam além da guerra, e até mesmo além da paz. Eles se reúnem para discutir ideias. Livros importantes sairão dali."

"Eles querem construir um novo mundo", respondeu Thomas. "E eu gostava bastante do antigo. Então dificilmente seria útil para eles."

Heinrich se serviu de mais café e se recostou na cadeira.

À noite, saíam para caminhar e Heinrich já ficava num dos cafés, Thomas e Katia aliviados por voltar para casa sem ele.

Quando estava com o irmão, ele escutava, sorria e fazia questão de pagar a conta, se estivessem num restaurante. Perguntava por Mimi e Goschi, e também por Nelly Kröger.

Ficou combinado que, assim que ela chegasse a Nice, Nelly e Heinrich visitariam Sanary e se hospedariam num dos pequenos hotéis do lugar. Thomas e Katia levariam Heinrich e ela para um jantar comemorativo.

No saguão do hotel, quando foram buscá-los, Thomas viu uma jovem loira sentada ao lado do irmão. Acreditou por alguns segundos que fosse alguém do hotel ou do bar. Reparou na formalidade assumida por Katia quando Nelly se levantou, bateu palmas e soltou um grito agudo, o que levou as pessoas ao redor a ficarem olhando para ela.

"Ah, um grande e adorável jantar, com espumante e depois vinho, e sopa, depois lagosta, ou teremos pato? Você acha que vão servir pato hoje, meu patinho?"

Ela acariciou uma das orelhas de Heinrich.

"Para você, vão servir tudo", respondeu Heinrich.

Nelly olhou para Katia enquanto caminhavam em direção ao restaurante.

"Quando está calor, sinto frio, e quando está frio fico com calor. Não sei o que isso diz sobre mim! Espero não ter esfriado depois da minha longa viagem. Mas o chacoalho do trem, dizem, é um tremendo aquecimento."

Katia mirou friamente ao longe.

À mesa, quando Heinrich procurou informar Thomas sobre algo que lera no jornal vespertino, Nelly interrompeu.

"Sem política, e nada de falar sobre livros."

"Sobre o que você gostaria de conversar?", quis saber Thomas. "Você é a convidada."

"Ah, comida e amor! O que mais pode haver? Talvez dinheiro, talvez a chance de que nós, senhoras, ainda possamos conseguir casacos de pele antes do inverno. E chapéus de pele e meias de seda."

Havia, no restaurante, uma mesa comprida ocupada por um grupo de franceses sérios, de meia-idade. Eles conversavam baixinho e pareceram surpresos quando Nelly, depois de pedir conhaque ao final da refeição, exigiu que a noite não terminasse antes que pudesse brindar à França e a todos os franceses.

Como fez isso em alemão, Thomas percebeu que não agradou ao pessoal da mesa comprida.

Ela insistiu, mesmo quando Heinrich sugeriu que se sentasse, mesmo quando os garçons passaram a circular por ali parecendo preocupados.

"À França", disse ela. "Eu brindo à França. Vocês não querem brindar à França?"

Quando finalmente ela se sentou, voltou sua atenção para Heinrich.

"Querido, quero sair pra uma noitada na cidade. Gostaria

de começar num bar chique e terminar com um mergulho nas águas do porto. Vamos?"

"É por isso que eu queria tanto te ver", respondeu Heinrich.

"Katia", Nelly perguntou, "você conhece os melhores lugares aqui para cairmos na noite de verdade?"

"Nunca caí na noite na minha vida", disse Katia.

"Ah, então você devia vir conosco. Pode deixar o Bismarck aí em casa. Tenho certeza de que ele tem outro livro para escrever."

Quanto mais emigrantes vinham para Sanary, mais os nativos pareciam ressentir-se deles. Thomas não gostava de ser apontado como alemão quando caminhava pelas ruas, tampouco Katia se comprazia em entrar numa loja e ser encarada assim que transparecia qual era sua nacionalidade. Elisabeth e Michael, de dezesseis e quinze anos, que ainda frequentavam a escola, desejavam poder viver num lugar onde a língua que falavam não os diferenciasse.

Thomas decidiu que voltariam para a Suíça, onde Elisabeth e Michael poderiam frequentar escolas de língua alemã assim que o período letivo começasse. Esperavam que Monika, que ficara deprimida em Sanary, pudesse encontrar algo útil para fazer lá.

Logo que voltaram, Katia tratou de encontrar outro professor de inglês para complementar o trabalho feito antes pelo italiano.

"Sim, eu sei, Dante", ela disse a Thomas, "no meio do caminho desta vida e a selva escura e tudo mais, mas não vai me ajudar na hora de comprar cenouras numa mercearia ou explicar a um encanador sobre um vazamento. Precisamos aprender um inglês americano decente."

Quando o primeiro número de *Die Sammlung*, uma revista literária editada por Klaus, chegou de Amsterdam, onde ele morava, Thomas viu seu nome na lista de futuros colaboradores. Embora não tivesse dado permissão específica para que aparecesse ali, supôs que havia concordado em escrever para a revista em algum momento. Mas ninguém lhe dissera, muito menos Klaus, que a orientação política da publicação seria tão estridente. Tanto Heinrich, num artigo, quanto Klaus, num editorial, atacavam veementemente o regime nazista, Klaus escrevendo que, embora a revista não fosse exclusivamente política, tinha uma missão política inequívoca.

Desde sua palestra em Berlim, em 1930, Thomas não fizera mais nada para provocar as autoridades. Na França e na Suíça, naqueles primeiros anos de exílio, teve o cuidado de não dar entrevistas. Sua reticência, ouviu de Bermann, seu editor, era notada em Berlim. Os nazistas podiam estar querendo confiscar suas propriedades e se recusando a renovar seu passaporte e os de sua família, mas continuavam a permitir que seus livros fossem vendidos.

Contemplava a ideia de que algum dia, num futuro próximo, eles fossem retirados de circulação na Alemanha, e isso o assustava. Pensou em *Os Buddenbrook* e *A montanha mágica*, aqueles pelos quais era mais conhecido, e percebeu que teriam sido livros mais pálidos, menos confiantes, menos intensos, caso ele soubesse, na altura em que os escreveu, que nenhum alemão teria permissão para lê-los. Na época, não precisava pensar neles como intervenções imaginativas na tensa vida pública de seu país. Reflexões como essas não eram necessárias. A relação entre seus textos e o leitor alemão era tranquila e espontânea. Chegaria um momento, ele sabia, em que tal relação teria de ser rompida, mas ele queria adiá-lo o máximo que pudesse.

E agora Klaus, ao publicar seu nome como futuro colaborador da revista, o havia jogado na rede de desafetos emigrados, colocando tudo em risco.

"Sim", disse Katia, "concordo que foi um erro de julgamento. Ele talvez devesse ter incluído um capítulo do romance em que Heinrich está trabalhando, em vez de um ataque a Hitler. E o editorial é, você tem razão, muito estridente, embora ninguém possa discordar do que diz ali. E poderia ter sido melhor deixar de fora os nomes de futuros colaboradores."

"O Klaus procurou deliberadamente me incluir em seu panteão de dissidentes."

"Ele é cabeça-quente e imprudente", disse Katia, "mas não é desonesto ou malicioso. Sugiro uma carta gentil, mas que enfatize que isso não deve voltar a acontecer."

Poderia ter ficado assim, pensou Thomas, se uma revista especializada na Alemanha não tivesse publicado um aviso aos livreiros do Escritório para o Fomento da Escrita Alemã de que não deveriam distribuir a revista de Klaus. Quando Bermann, alarmado com isso, contatou Thomas para dizer que terem sido associados àquela publicação encrenqueira poderia implicar a retirada de seus livros de circulação, Thomas, sem consultar Katia, enviou um telegrama à revista especializada para confirmar que o caráter do primeiro número de *Die Sammlung* não correspondia aos objetivos originais da publicação.

Seu telegrama, por sua vez, foi atacado em jornais de língua alemã em Praga e Viena. Ele soube, porque Golo lhe contou, que Klaus estava bastante chateado e que passara a ligar a cobrar para a mãe, tarde da noite, para dizer que sua vida estava arruinada, pois o pai não tinha respeito pelo que ele fazia. Klaus não podia acreditar, disse Golo, que Thomas o trairia daquela forma.

"Ele gosta de usar meu nome quando lhe convém", disse Thomas. "E não tem nenhum problema em me comprometer ao mesmo tempo."

"Denunciar Hitler dificilmente é algo que vá te comprometer", retrucou Golo.

"A decisão sobre denunciar Hitler será tomada por mim e por mais ninguém."

Golo se levantou e saiu da sala.

Logo Katia apareceu.

"Nada de telegramas sem me consultar daqui pra frente", falou, severa. "Mas foi de grande ajuda você ter mandado esse."

"Não acho que..."

"Ah, foi sim, porque me permitiu dizer a Klaus que o pai é tão cabeça-quente quanto ele, e isso pareceu agradá-lo."

Thomas esperava uma avalanche de críticas de Erika, e estava preparado para pedir a ela que o poupasse tanto quanto possível. Ele e Katia estavam ocupados se mudando para uma casa de três andares em Küsnacht, no lago perto de Zurique. Quando Erika veio passar um tempo, foi com a mãe comprar móveis novos e supervisionou a chegada de livros e quadros que conseguiram resgatar de Munique. Parecia que, no momento, isso a preocupava mais do que a situação de seu irmão, que permanecera em Amsterdam.

Tendo recebido permissão das autoridades suíças para reencenar *Die Pfeffermühle*, o cabaré antinazista que ela havia produzido na Alemanha antes de sua partida, começou a reescrever as canções para adaptá-las aos eventos mais recentes. O telefone ficava ocupado o dia todo, com ela fazendo reservas e contratando novos artistas.

"Quero que eles me odeiem", disse ela quando a data de estreia se aproximava.

"Bem, isso não vai ser difícil", falou Monika.

"Quero que os suíços me odeiem, mas mesmo assim fiquem até o fim do espetáculo. Quero que os nazistas saibam que continuo na ativa. E, se todos fizessem o que estou fazendo, logo só restaria a Hitler pintar nossos corredores por um preço abaixo do mercado."

"Se Hitler não existisse, o que você faria?", perguntou Golo.

"Eu não penso nesses termos, 'se isso, se aquilo'", respondeu Erika.

"Mas você acabou de dizer 'se todos fizessem o que estou fazendo'", observou Golo.

"Golo, estou muito ocupada para ser coerente. Tenho muito o que fazer."

Die Pfeffermühle foi encenada para casas lotadas. Thomas achou graça quando Katia lhe contou que, em turnê, Erika e uma amiga viajavam de primeira classe e se hospedavam nos melhores hotéis, enquanto o restante do elenco ia de segunda classe e ficava em hotéis mais baratos.

"Ela nunca foi socialista", comentou Thomas. "Desde quando era bebê já acreditava no livre mercado."

Em Amsterdam, Erika encontrou Klaus, que havia sido oficialmente declarado apátrida por Goebbels, o que fez Thomas se dar conta de que sua própria condição de semiapátrida não continuaria por muito mais tempo. Pensou em solicitar a cidadania tcheca, como Heinrich havia feito. Thomas conhecera Edvard Beneš, o ministro das Relações Exteriores do país, numa conferência, e por ele tivera a informação de que seu pedido seria recebido calorosamente. Como também o passaporte alemão dela logo expiraria, explicou Erika aos pais ao voltar, decidira se virar por conta própria e procurar um marido estrangeiro.

"No minuto em que vi um homem chamado Christopher Isherwood", disse ela, "sabia que ele era para mim. Um homem baixo, inglês, escritor e homossexual. Eu o atraí para um canto em algum bar que Klaus frequenta em Amsterdam e logo fui direto ao ponto. E presumi que ele simplesmente diria 'sim'. Mas, para meu horror, Isherwood disse 'não', e mencionou seu namorado, ou sua mãe, ou ambos como impedimento. Então se ofereceu para entrar em contato com seu amigo, que é ainda mais famoso, mais inglês e mais homossexual. Ele se chama Auden. E esse Auden disse que ficaria encantado em se casar comigo. Aí coloquei meu melhor terno e voei para a Inglaterra, e ele foi tão querido, embora um pouco difícil de entender. Então não só estou casada como sou inglesa agora, de modo que todos devem prestar ainda mais atenção em mim."

"Vamos conhecer esse seu marido?", quis saber Katia.

"Não tenho certeza se ele se desenvolve em solo que não seja inglês", respondeu Erika.

Quando Erika informou à família que Christopher Isherwood adorava que o chamassem de "o cafetão", por seus serviços prestados a ela, avisaram a Monika que, como ela também estava prestes a se tornar apátrida, teria, como a irmã, de encontrar um marido de persuasão inglesa.

"Eles não se lavam", comentou Elisabeth. "Não existe uma palavra em inglês para sabão."

"Você vai ter que se casar com Isherwood", Michael disse a ela, "isso se ele te quiser. A Erika ele não quis."

"Ele estava louco por mim", retrucou Erika. "Mas não eram as circunstâncias certas."

"O Mágico", disse Monika, "vai é transformar todos nós em tchecos."

"Acho que prefiro ser dinamarquesa", falou Elisabeth.

"Ou brasileira, como minha avó", acrescentou Monika.

"Pela vontade do tio Heinrich, seremos todos russos", disse Michael.

"Por que não podemos ser suíços?", perguntou Monika.

"Porque os suíços não dão cidadania a qualquer um", respondeu Thomas. "Na verdade, não dão cidadania a ninguém, muito menos a alemães que fogem de Hitler."

"É isso que nós somos?", perguntou Michael.

"Acorde, meu menino", falou Erika. "Enquanto a gente conversa, Hitler está examinando os registros sobre você. E o que vê é um jovem desagradável, espinhento e petulante."

Ela fez uma careta teatral e estendeu os braços para Michael, como se fosse atacá-lo. E passou a correr atrás dele ao redor da mesa.

Tentaram fazer com que a casa alugada com vista para o lago em Küsnacht parecesse a casa deles. Não era simplesmente que os candelabros que punham sobre a mesa da sala de jantar vinham da casa da avó em Lübeck, ou que a edição Weimarer Sophienausgabe com 143 volumes das obras de Goethe repousava nas estantes. Além disso, Katia dava um jeito de criar cantos íntimos e confortáveis, ao lado de espaços maiores e mais impressionantes. Ela fizera isso em todos os lugares onde haviam parado, em Sanary tanto quanto em Munique.

Thomas começou a ter sonhos com as outras casas onde tinha morado. Aparecia sempre como ele mesmo atualmente. Algum arranjo misterioso lhe permitia voltar por um breve período a vagar pelos cômodos vazios. Em Lübeck, viu o espaço onde ficava o piano, e o canto onde antes estivera a penteadeira da mãe, o local na parede em que ficava a pintura a óleo da mulher na escadaria e que, tendo sido removida, deixara marcado o papel de parede.

Caminhou pela casa da avó, na Mengstrasse, com a certeza de que um dia seria dele.

Mas na outra casa, a de Poschingerstrasse, em Munique, em outro sonho frequente, não havia ninguém nos quartos, e nenhum móvel, nenhum livro, nenhum quadro. Ele voltava para encontrar algo que tinha sido deixado para trás. Era fundamental que fosse recuperado. Estava de noite, e precisava se guiar pelo tato. Ficava ainda mais angustiado por não conseguir se lembrar o que deveria levar consigo. E, quando começava a temer ser flagrado ali, ouvia passos na escada e gritos, e assim, impotente, era preso, levado para fora da casa e posto num carro militar que avançava em alta velocidade pelas ruas da cidade.

Na primavera de 1935, quando ele e Einstein foram agraciados com doutorados honorários de Harvard, achou de início que Katia estaria preocupada demais com o destino de seus pais, em Munique, para querer viajar para longe. Nos dias em que o pai estava determinado a fazer as malas e partir, sua mãe ficava insegura. Quando a mãe ligava, era para dizer que o marido, por sua vez, havia mudado de ideia. Como não administravam um negócio judeu, não receberam ordens de fechar. Eram pessoas reservadas, dizia ela, e seguiam recebendo garantias de Winifred Wagner de que seriam protegidos. Jamais gostaram da Suíça, acrescentava. Por que alguém iria querer se mudar para a Suíça?

Mas, apesar da preocupação com os pais, Katia insistiu que ele deveria aceitar o título de Harvard.

"Num momento como este, precisamos de aliados", argumentou. "E vai me ajudar a dormir melhor saber que Harvard está do nosso lado."

O navio era mais confortável do que ele esperava, e a viagem foi tranquila. Thomas se divertia assistindo a filmes americanos no pequeno cinema, e evitava os outros passageiros.

Alfred Knopf, seu editor americano, fez um enorme alvoroço quando o navio atracou, exigindo, para surpresa dos demais passageiros, que jornalistas pudessem subir a bordo para fazer entrevistas com o grande homem, e que Thomas e Katia recebessem tratamento especial das autoridades.

No evento de Harvard havia seis mil pessoas presentes. Einstein pareceu encantado com o fato de que os aplausos para o escritor, aos seus ouvidos, tinham sido mais ruidosos do que aqueles dirigidos ao cientista.

"É assim que deve ser", disse ele. "Se fosse de outra forma, haveria caos."

Thomas se perguntou o que ele quisera dizer, mas estava distraído demais com os admiradores que queriam livros autografados para poder pensar mais detidamente a respeito. Durante o almoço e mais tarde, nos drinques antes do jantar, percebeu que Einstein tentava fazer Katia rir.

"Ele é mais engraçado do que Charlie Chaplin", falou ela. "Eu estava tão preocupada que quisesse falar sobre ciência. Meu pai tem alguma teoria sobre sua teoria, mas acho que esqueci qual é. Ele nunca vai me perdoar."

"Quem?"

"Meu pai. Dizia que, se Einstein o escutasse, as coisas seriam diferentes."

Thomas estava pronto para retrucar que aquilo era típico dos Pringsheim, mas não quis estragar a ocasião.

Receberam muitos convites para ficar em casas importantes entre Boston e Nova York, mas os planos todos tiveram de mudar quando foram chamados para jantar na Casa Branca. Como se encontraria com Roosevelt, Thomas precisava decidir que visão da Alemanha compartilharia com o presidente. Talvez, pensou, pudesse ter mais influência se falasse sobre o que os judeus vinham enfrentando na Alemanha e quantos deles não tinham escolha a não ser buscar refúgio em outro lugar. Perguntava-se se os Estados Unidos ainda poderiam se tornar um porto seguro para eles. Mas precisava ter cuidado para não dar ao presidente a impressão de que representava algum grupo em particular, ou de que estava ali para fazer lobby ou intimidar.

Um dia, em Nova York, Katia atendeu o telefone no quarto e descobriu que alguém do *Washington Post* estava procurando por Thomas. Ele sabia que a embaixada alemã monitorava seus movimentos. Nas poucas entrevistas que dera, dissera o mínimo possível, insistindo que queria falar apenas de literatura. Não gostaria de ser pego de surpresa, de modo que balançou a cabeça quando Katia lhe estendeu o aparelho.

"Sinto muito, mas ele não está aceitando dar entrevistas", falou Katia em seu melhor inglês.

Ele a viu franzindo a testa para, em seguida, escutá-la responder em alemão a quem estava na linha. Katia se desculpava profusamente.

"É a dona do *Washington Post*", explicou, cobrindo o bocal com a mão. "Diz que está tentando entrar em contato com você. O nome dela é Agnes Meyer. Ela fala alemão."

Ele se lembrava de ter recebido um bilhete em Harvard de alguém com esse nome, mas não tinha respondido a ninguém.

"O que devo fazer?", perguntou Katia.

"O que ela quer?"

Antes que ele pudesse aconselhá-la a não fazer isso, Katia perguntou à mulher na linha o que queria. De onde estava sentado, Thomas podia ouvir a voz de Agnes rugindo do outro lado.

"Ou eu desligo ou você fala com ela", disse Katia, mais uma vez com a mão no bocal.

Quando Thomas atendeu a ligação, a mulher estava insultando Katia, que pensava ser uma secretária de Thomas.

"A senhora falava com a minha esposa", disse Thomas.

Após um momento de silêncio, Agnes Meyer deu-lhe as boas-vindas aos Estados Unidos, informando imediatamente que o convite para a Casa Branca havia sido ideia dela.

"Ele precisa entender o meio-termo", disse ela. "Até agora só enxergou nazistas, de quem não gosta, e descontentes, de quem gosta menos ainda. Assegurei a ele que o senhor adotaria uma nova linha sobre o assunto. Nós temos sido muito difamados em Washington."

"Nós?"

"Nós, os alemães."

"Com razão, talvez", disse Thomas.

"Não é isso que o presidente vai querer ouvir", retrucou Agnes.

Ele não gostou do tom dela.

"Quem é a senhora?", perguntou.

"Sou Agnes Meyer, esposa de Eugene Meyer, o dono do *Washington Post*."

"E qual é o motivo da sua ligação?"

"Não fale comigo desse jeito", disse ela.

"Pode ser, se a senhora responder à minha pergunta."

"Estou ligando para dizer que devemos nos encontrar em Washington, onde estou agora. Não estarei no jantar, que será íntimo. Estou ligando porque há duas coisas que o senhor precisa saber. Primeiro, Roosevelt ficará no poder por muito tempo. Segundo, serei muito útil ao senhor."

"Obrigado."

"Quando souber da sua agenda, vou arranjar um encontro seu comigo em nossa casa em Crescent Place. Será uma ocasião privada. Agora preciso ir. Obrigada pelo seu tempo, e estenda meus cumprimentos à senhora sua esposa."

A Casa Branca era menor do que ele imaginara. A entrada lateral para a qual se dirigiram não era imponente. Em uma das salas de estar, com papel de parede que ele julgou muito colorido e cortinas que pareciam de teatro, deparou-se com a sra. Roosevelt e alguns outros convidados, todos desejando perguntar a ele e a Katia sobre a viagem e os planos de voltar para a Europa.

Arriscou no inglês, mas ficou mais à vontade quando o intérprete assumiu a função.

Na sala de jantar, trazido por um assistente, o presidente se juntou a eles. Usava um paletó de veludo e pareceu satisfeito em vê-los.

"Os europeus me acham estranho", disse ele. "Sou presidente e primeiro-ministro ao mesmo tempo. Mas não falo por mal."

Durante um jantar bastante comum, o presidente, mesmo sem fazer perguntas, soltou muitos comentários irônicos. Ele se divertiu tanto quanto a esposa com a notícia de que os Mann haviam recebido um telefonema de Agnes Meyer.

"Pessoalmente, ela é assustadora", falou. "Mas, ao telefone, é uma cantora de ópera."

"Tivemos de assistir a uma ópera recentemente", comentou a sra. Roosevelt, "então o presidente ainda está assombrado pelo terror de tudo aquilo."

Depois do jantar, foram levados para assistir a um filme e, em seguida, a esposa do presidente os levou para conhecer o escritório dele, enquanto o próprio alegava questões urgentes como desculpa para se retirar.

Thomas havia presumido que teria um momento de conversa individual com Roosevelt, no qual poderiam falar sobre a Alemanha, mas obviamente não era algo que o presidente desejasse.

No dia seguinte, Agnes Meyer lhe assegurou que aquela era a forma de os Roosevelt serem receptivos.

"Eles fazem isso para pouquíssimas pessoas", contou. "Quanto menos falam e quanto mais simples a comida, maior o apreço pelo convidado. E o fato de não terem chamado ninguém importante é um sinal de que confiam em vocês. Veja, eu disse a eles para confiar. A primeira-dama queria ter uma avaliação sua e, pelo que entendi, gostou mesmo de seu jeito reservado. Em Harvard as pessoas o acharam enfadonho, mas os Roosevelt são mais perspicazes. Sabe, ambos aprovaram sua esposa, e isso significa muito para eles. São, mais do que tudo, pessoas de família."

Thomas mal soube o que dizer em resposta.

"A qualquer momento, pode me sinalizar", continuou ela, "que abrirei portas nos Estados Unidos para vocês. Os Knopf conhecem só um pedaço de Nova York. Trabalham com livros. Não têm nenhuma influência real. Se não receber um sinal seu, saberei quando for a hora certa e farei um aceno."

"Um aceno para dizer o quê?"

"Que vocês devem se estabelecer nos Estados Unidos. Enquanto isso, será preciso tomar uma providência urgente quanto ao seu domínio do inglês."

Thomas voltou dos Estados Unidos ainda sem ter feito uma declaração pública contra o regime. Quando Erika percebeu que ele seguia com sua determinação de não denunciar Hitler para não tornar indevidamente mais complicada a vida de seu editor alemão, escreveu ao pai sugerindo que era hora de ele deixar sua posição clara e enfatizando que pouco se importava com Bermann.

"Ela não entende a situação precária dos seus pais", disse Thomas a Katia.

"Com Klaus, Erika e Heinrich em plena fuga", disse Katia, "qualquer estrago que poderia ser feito já foi. Sua fala dificilmente faria diferença pra eles. Mas é hora de saírem da Alemanha."

"Minha opinião faria diferença pra Erika, ao que parece."

"Faria diferença para todos nós."

Quando Thomas emitiu uma declaração de apoio a Bermann, que estava sendo criticado pelos emigrados por continuar como editor na Alemanha, Erika lhe escreveu num tom de raiva contida.

Provavelmente você ficará muito zangado comigo por causa desta carta. Estou preparada para isso e sei o que estou fazendo. Esta nossa época amigável está predestinada a separar as pessoas. Sua relação com o dr. Bermann e a editora dele é indestrutível — você parece pronto a sacrificar tudo por isso. Nesse caso, se de seu ponto de vista é também um sacrifício que eu, lenta mas seguramente, acabe perdida para você — então simplesmente já não importa. O que, para mim, é triste e terrível.

Ao mostrar a carta a Katia, Thomas presumiu que ela teria muito a dizer sobre as várias maneiras pelas quais Erika, desde o dia em que nascera, tentava controlar suas vidas. Mas Katia não disse nada.

Ele sabia que era bem provável que aquilo que Erika ameaçava se tornasse amplamente conhecido. Sabia também, por Alfred Knopf, que o público leitor nos Estados Unidos estava começando a vê-lo como o mais importante escritor alemão vivo e alguém que estava no exílio por causa de sua oposição a Hitler. Não seria fácil explicar a eles o seu silêncio.

Até agora, ele se considerara excepcional, e por isso não quisera se juntar aos dissidentes. Mais do que qualquer outra coisa, porém, tinha medo. Isso era algo que Katia entendia, mas Erika, não, nem Klaus, tampouco Heinrich. Não entendiam sua timidez. Para eles, havia uma só coisa bastante clara. Mas aquele, acreditava Thomas, era um momento de clareza apenas para alguns poucos corajosos; para o restante das pessoas, era uma época de confusão. E ele pertencia a esse restante de um modo que, agora, não o orgulhava. Apresentava-se ao mundo como um homem de princípios, mas, ao contrário, pensou, era fraco. Quando chegou um telegrama de Klaus pondo lenha na fogueira de Erika, Thomas foi caminhar sozinho à beira do lago. Era tão típico de Klaus esperar até que Erika tivesse enviado a própria carta!

Estava inclinado a escrever a ambos sugerindo, se eles eram tão espertos, que fizessem o cálculo da quantia que tinham recebido dele naquele tempo todo de exílio.

O que mais o irritava era saber que Erika e Klaus tinham razão.

Trabalhava todos os dias no próximo volume de seu longo romance baseado na história de José no Antigo Testamento; ainda sentia que haveria leitores para tal livro, mesmo com o ruído da guerra se tornando mais estridente na Alemanha. Uma vez que falasse contra o regime, no entanto, perderia seus leitores alemães. As palavras que estava escrevendo seriam letra morta na página. Dependeriam de tradutores. E ele estaria para sempre na lista negra nazista, com os pais de Katia sendo ainda mais perseguidos. Contudo, ao voltar para casa, disse a si mesmo que aquilo estava acontecendo com todos os outros escritores e com muitas outras pessoas.

Tinha sido leal a seu editor; queria manter seus leitores alemães. Tinha prevaricado e procrastinado. Tentava não pensar no que deveria fazer. Vivia com medo de enfrentar o fato de que a Alemanha já estava perdida para ele. Se falasse, não teria escolha.

Claro que ele denunciaria Hitler! Mas fazê-lo a mando de sua filha, com a família toda vigiando-o, dava-lhe uma sensação de impotência. Se ao menos Erika conseguisse ficar quieta, ele agiria.

Katia escreveu à filha expressando tristeza por seu tom; teve o cuidado de não se distanciar de Thomas ao enfatizar o quanto os dois estavam magoados por Erika escrever ao pai daquela maneira. O próprio Thomas redigiu uma carta gentil e apaziguadora para a filha alguns dias depois, dizendo que talvez chegasse o dia em que ele falaria.

As duas cartas serviram apenas para exasperar ainda mais Erika.

Algumas manhãs depois, ele observou da janela de seu escritório quando Katia, parada na entrada, recebeu a correspondência. Ao vê-la abrindo uma carta e lendo-a com o cenho franzido, soube que era de Erika. Ficou surpreso por Katia não ter ido imediatamente ao seu escritório para mostrá-la. No almoço, discutiram os acontecimentos do dia sem qualquer referência a Erika. Só mais tarde, quando ele procurou Katia, perguntando se ela o acompanharia em sua caminhada vespertina, foi que a esposa, abrupta, sacou não apenas a carta, mas um rascunho de declaração que ela mesma, em sua caligrafia antiquada, tinha preparado para ele: uma declaração denunciando os nazistas.

"Vocês todos se voltaram contra mim?", perguntou Thomas.

"Não tem pressa", respondeu ela. "E é apenas um esboço. Tenho certeza de que você mesmo vai fazer algo melhor. Não há nada aqui diferente do que você já pensa."

"E a Erika é quem decide por mim?"

"Não, eu decido", retrucou Katia.

"Você concorda com a carta dela?"

"Não tenho interesse na carta dela. Li depressa esta manhã. Já esqueci o que dizia."

A declaração, publicada alguns dias depois no *Neue Zürcher Zeitung*, ao mesmo tempo que inequivocamente denunciava o regime, carecia de qualquer real agudeza. Tinha sido escrita com Katia vigiando por sobre o ombro dele.

A princípio, foi quase ignorada. Thomas recebeu um bilhete caloroso de Heinrich parabenizando-o por sua postura, mas ninguém mais entrou em contato, tampouco ele foi ameaçado de nenhuma forma pelo regime. Os nazistas, ele supôs, tinham coisas mais importantes a fazer. A única consequência real de sua carta foi que a Universidade de Bonn retirou seu doutorado honorário.

Quanto mais ele refletia sobre aquela notícia, mais lhe vinha a ideia de uma carta mais longa e apaixonada, que pudesse ser reimpressa em jornais do mundo todo. Se Erika podia ficar com raiva, então ele mostraria a ela que cara tinha a verdadeira raiva. Se ela podia ser eloquente, ele a superaria. Não contou a Katia o que estava preparando. Faria aquilo sozinho.

Era frequente que os leitores reclamassem da extensão de suas frases, do tom elevado de seu estilo. Desta vez estava determinado a que soasse ainda mais exaltado. Falaria aos nazistas usando todos os sistemas sob seu comando; falaria a eles de um lugar dominante do alemão, usando tons que tinham servido aos escritores antes de sequer se poder imaginar que haveria nazistas. Derramaria orações e mais orações subordinadas sobre eles, sobre aqueles que eram encarados com medo e fria aversão por qualquer um que acreditasse em liberdade e progresso. Perguntaria, como se tivesse direito a uma resposta, como o estado a que aqueles chamados líderes haviam reduzido a Alemanha, em menos de quatro anos, poderia ser descrito com precisão. Perguntaria, como se nenhuma resposta fosse suficientemente boa, como um escritor, alguém acostumado a uma responsabilidade com a palavra, poderia ficar calado diante do perigo terrível para todo o continente representado por aquele regime destruidor de almas.

E sublinharia, porque sabia que sua carta seria lida em Paris, Londres e Washington, que a única razão para a repressão e a eliminação de todo movimento de oposição era preparar o povo alemão para a guerra.

Estava bem ciente, enquanto trabalhava, de que aquela representação era encenada tarde demais, e seu próprio tom, tão altivo e seguro de si, parecia sair de uma pena que houvesse escrito muitas outras denúncias contra Hitler. Thomas percebeu que estava passando muito rápido do silêncio à fala, mas aquelas frases lhe deram confiança, e ler a peça acabada, alívio. Deveria ter escrito aquilo na noite em que Hitler chegara ao poder.

Embora a resposta de Heinrich à primeira carta de Thomas

tivesse sido educada, tinha sido morna também. Desta vez, escreveu com entusiasmo patente, deliciando-se com a forma como o irmão dissera tudo o que havia para dizer de uma só vez e para o maior impacto possível. Assegurou-lhe que o mundo nada tinha perdido com o longo silêncio de Thomas, porque ele agora dera a última palavra.

Erika escreveu à mãe para expressar sua alegria. O Mágico tinha consertado tudo, disse ela. Klaus também escreveu para elogiar a orgulhosa provocação do pai aos nazistas.

"Podia ajudar", disse Katia, "se você escrevesse de volta pra ele."

"Para dizer o quê?"

"Tenho certeza de que você vai saber o que dizer. Talvez possa escrever que está ansioso para ler o próximo livro dele. A Erika contou que é uma versão moderna da história do Fausto."

A visita aos Estados Unidos os deixara conscientes do quanto ainda precisavam fazer para se tornarem falantes fluentes do inglês. Katia encontrou uma senhora que poderia ajudá-la a traduzir frases e expressões do alemão para o inglês, que ela decorava. Já conhecia todos os tempos verbais e todas as regras, e havia aprendido quinhentas palavras, mas ainda não se sentia confiante para falar. O poeta inglês fazia uma hora de conversação com eles todos os dias e depois, tendo anotado os erros que cometiam, dava mais uma hora de gramática.

"Esse *did*", comentou Thomas, "ainda acaba comigo. É sério que se pode dizer *he did do*, e aí o contrário disso ser *he didn't do*? Não é de admirar que os ingleses sejam tão afeitos à guerra."

"E quanto a *does*?", perguntou Katia.

"Mas não é *do*?"

"São os dois. E ainda tem os *phrasal verbs*", disse Katia. "Encomendei um livro sobre eles."

* * *

    Thomas notou que menos pessoas caminhavam à beira do lago. Se os nazistas realmente quisessem repatriá-lo, pensou, não seria preciso muito para arrancá-lo daquela pastoral silvestre. Assim que o pensamento lhe ocorreu, ficou preocupado. A fronteira entre a Suíça e a Alemanha era porosa. Seria fácil arrastá-lo até um carro, enfiá-lo no porta-malas e injetar nele algum sonífero. Enquanto se perguntava se deveria compartilhar essas preocupações com Katia, ocorreu-lhe que ela também já devia ter pensado coisa semelhante. Teriam de começar a levar mais a sério os convites que recebiam dos Estados Unidos.
    Ao se aproximar da casa no final da tarde, avistaram um sujeito parado ao lado de um carro que estava quase bloqueando a entrada da garagem. Thomas fez sinal para Katia que deveriam voltar.
    "Tenho um mau pressentimento sobre ele", disse.
    "Tenho essa sensação toda vez que alguém vem entregar alguma coisa, ou mesmo quando chega o carteiro", respondeu ela.
    Tomaram um caminho mais tortuoso para casa. Quando já a avistavam, viram que o homem tinha ido embora.
    Na manhã seguinte, Katia apareceu no escritório.
    "Ele está aí em frente de novo", relatou.
    Thomas foi até uma das janelas superiores e olhou para baixo. Era um sujeito na casa dos trinta anos. Estava parado casualmente, com as mãos nos bolsos, bem diante da saída da garagem.
    "Se a gente ligar para a polícia", disse Katia, "vai ser difícil saber o que dizer. E dessa forma chamaremos a atenção para nós."
    Se Erika estivesse aqui, pensou Thomas, seria capaz de expulsar aquele forasteiro, fosse ele quem fosse.
    Depois do almoço, ele resolveu sair para ver quem era, com Katia olhando pela janela, pronta para chamar a polícia se fosse preciso.

Quando o confrontou, o homem tirou as mãos dos bolsos e sorriu.

"Tenho ordens para não incomodá-lo, então pensei que era melhor esperá-lo entrar ou sair de casa."

"Quem é você?"

"Sou amigo de Ernst Toller. Nos encontramos uma vez num café em Sanary. Sou colega do sujeito que lhe disse que costumava vigiar sua casa. Mas foi Toller quem me enviou."

"O que ele quer?"

O homem pareceu surpreso com seu tom. Thomas tentou sorrir para suavizar a tensão.

"Ele me pediu para passar uma mensagem a você."

"Você gostaria de entrar?"

Em casa, apresentou-se a Katia, dizendo que a tinha visto no ano anterior numa rua de Sanary.

"Você é um dos exilados?", ela perguntou.

"Sim", ele disse, "é uma descrição possível. Costumava ser comunista e até anarquista, mas agora sou um dos exilados."

"Você parece jovem para ter sido tudo isso", comentou Katia.

"Servi sob o comando de Ernst Toller na Revolução de Munique, mas não peguei pena de prisão. Trabalhei para Toller enquanto ele estava preso."

"Você devia ser uma criança na época da revolução", disse Katia.

"Eu era."

No escritório de Thomas, depois de servirem o café, ele notou uma dureza na expressão do homem que antes não aparentara. Divertiu-se com a ideia de que aquele sujeito, apesar da gentileza inicial, já havia sido um revolucionário. Talvez, pensou ele, Lênin tivesse sido daquele jeito também.

"Preciso lhe contar como Erich Mühsam morreu", o homem começou abruptamente. "Foi isso que Ernst Toller me pediu para fazer. Sei que você enviou dinheiro à viúva de Erich após sua morte. Agora reunimos todos os detalhes do que aconteceu."

"Ele era de Lübeck", disse Thomas. "Não admirava suas posições políticas, mas fiquei chocado ao saber de sua morte."

"Você precisa saber como ele morreu, os fatos, porque o que aconteceu com ele está acontecendo com muitos outros agora, com anarquistas e comunistas, mas também com judeus. Com qualquer um em quem os nazistas estejam de olho. As pessoas ficam detidas em campos. Mühsam foi mantido em três campos diferentes. Foi torturado quase continuamente. Temos evidências claras disso. Dizia-se que Hitler o odiava por causa de seu envolvimento na Revolução de Munique. Mas eles poderiam tê-lo acusado. Ou até executado. Só que não fizeram nada disso. Toller me pediu para lhe informar que isso agora está generalizado, essa nova brutalidade. Nesses campos, os guardas se comportam sem nenhum freio, mas, no caso de Mühsam, havia algo como um plano. Quebraram seus dentes, e isso pode ter acontecido no calor do momento. Mas também estamparam uma suástica em seu couro cabeludo, uma marca em brasa, o que deve ter sido planejado. Fizeram-no cavar a própria cova e simularam uma execução. Por fim, eles o convidaram a se enforcar nas latrinas e, ao se recusar, ele foi morto e seu corpo, arrastado pela praça de armas até o crânio despedaçar, depois dependurado nas latrinas. Temos testemunhas disso. Durante o encarceramento de Erich, temos evidências de que ele era espancado todos os dias. Tudo isso aconteceu durante um período de quase dezoito meses."

"Por que você veio me contar essas coisas?"

"Toller acha que você não entende o que está acontecendo. Falou com você sobre Erich daquela vez. Mas ninguém poderia salvá-lo. Agora, existem outros."

"O que posso fazer?"

"Tenha muito cuidado. Esse negócio não é como nada do

que vimos antes. Todos nós que estivemos envolvidos em Munique naquela época estamos numa lista."

"Não apoiei a Revolução de Munique."

"Eu sei. Estava na sala quando Mühsam e Toller impediram a gente de te prender e de tomar sua casa. Mühsam disse que você seria necessário ao novo mundo que estávamos prontos para construir. Mas não vai ter mundo novo nenhum, só aquele que está sendo criado nos campos."

Ao se levantar, Thomas detectou no jovem um porte quase militar.

"Para onde você vai agora?", quis saber Thomas.

"Toller planeja ir para os Estados Unidos, e eu o seguirei se puder. Ele acredita que podemos estar seguros lá, ou às vezes acredita nisso. O desespero é grande. Não importa o que aconteça, todos teremos de sair, não há lugar seguro para nenhum de nós. E isso inclui você."

Thomas o acompanhou até a saída e ficou parado na porta enquanto o jovem descia pela rua.

"Quem é ele?", perguntou Katia.

"Ernst Toller o enviou para conversar comigo", disse Thomas. "É um homem do passado, ou talvez do futuro. Não sei."

10. Nova Jersey, 1938

No banco de trás do carro, deixando Nova York, Katia estava silenciosa e parecia distante de Thomas. Quando o motorista parou no semáforo, ele a ouviu abafar um suspiro. O que devia estar na cabeça dela, pensou Thomas, assim como na dele, era que, embora estivessem agora se dirigindo para casa, seu destino era um imóvel alugado em Princeton.

O escritório de Thomas, ali, ainda que contivesse seus livros e a velha escrivaninha da casa em Munique, além de alguns itens que eram símbolos de sua vida anterior, não passava de uma pálida réplica de seu verdadeiro escritório. De manhã, quando trabalhava, podia representar aquele papel de si mesmo, escrever como se nunca tivesse saído da Alemanha. Como levava consigo o idioma e o estado de espírito, podia, em teoria, escrever em qualquer lugar. Mas, do lado de fora do escritório, havia um país estrangeiro. Os Estados Unidos não eram dele nem de Katia; estavam velhos demais para fazer a mudança. Em vez de se adaptarem à novidade ou de aprenderem a apreciar as virtudes do novo país, viviam um momento de perda.

Pelo menos estavam seguros, pensou ele, e deveria ser grato por isso. Respiraria mais aliviado, no entanto, uma vez que todos os filhos, mais Heinrich e os pais de Katia, também estivessem fora de perigo.

Ele se chegou para perto dela por um momento. A esposa apertou a mão dele para tranquilizá-lo, mas depois a afastou e abraçou a si própria, como se estivesse com frio.

A noite era escura e havia pouco trânsito. A princípio, Thomas não conseguiu ver nada, exceto as luzes perdidas dos raros carros que se aproximavam. Estava cansado. O jantar da noite anterior fora exaustivo. Seu discurso, proferido em inglês, sobre a catástrofe iminente, foi recebido com respeito, mas o tom, ele sentiu, às vezes vacilava. Não era apenas falta de fluência no idioma; também mascarava suas incertezas com seriedade excessiva na fala.

Todas as tardes, a jovem esposa de um aluno de pós-graduação do Departamento de Alemão de Princeton vinha passar duas horas com ele e Katia dando-lhes aulas de inglês. À noite, eles revisavam o que aprendiam, tentando somar vinte novas palavras a cada dia a seu vocabulário de inglês. Liam histórias infantis na língua local, que Katia considerava mais instrutivas do que o *Inferno*, de Dante.

Fechou os olhos e pensou que poderia dormir.

Quando acordou, pôde ver as luzes das casas na encosta de uma colina. Talvez fosse um vilarejo ou uma pequena cidade. Tentou imaginar o interior daquelas casas, a vida americana que se desenrolava entre suas paredes, que palavras eram ditas, que pensamentos eram pensados. Em vez de pessoas, no entanto, viu um vazio bem polido, o silêncio quebrado apenas pelo zumbido de aparelhos elétricos. Simplesmente não sabia como as pessoas viviam ali, ou o que pensavam, o que faziam à noite.

Se fosse a Alemanha, haveria uma igreja e uma praça, algumas ruas estreitas e outras alargadas. Casas com janelas no sótão.

Haveria fogões velhos nas cozinhas e lareiras nas salas. E livros em algumas das casas, e a sensação de que esses livros faziam diferença, assim como também faziam lendas e canções, poemas e peças de teatro. Talvez até romances.

O passado seria evocado pelos nomes das ruas, ou pelos nomes das famílias, e o senso de continuidade, pelos sinos que tocavam baixinho, como faziam durante séculos, para marcar a passagem de cada quarto de hora.

Ele daria tudo para que o carro pudesse virar e entrar silenciosamente numa daquelas praças, um espaço enriquecido pela obra de Gutenberg, ou pelos escritos de Lutero, ou ainda pelas imagens feitas por Dürer. Enriquecido por mil anos de comércio, uma estabilidade quebrada às vezes por pragas ou por guerras, pelo matraquear dos cavalos da cavalaria e pelo estrondo dos canhões, até que viesse o tempo dos tratados, em que a paz fosse restabelecida.

Ele quase ficaria satisfeito se aquela jornada durasse a noite toda, se ele e Katia pudessem ser conduzidos em silêncio através dos Estados Unidos e não tivessem de enfrentar a estranheza e a fragilidade que encontrariam ao chegar a Princeton, onde a casa deles, Thomas acreditava, tão rapidamente quanto fora construída, poderia ser posta abaixo com facilidade, apesar de sua ostensiva opulência.

Ocorreu-lhe então — e o pensamento o fez estremecer — que aquele novo espaço alienígena em que viviam era, na verdade, inocente do ar que naquele momento envenenava os vilarejos alemães. Estremeceu ao pensar no que estava por vir; e então desejou, na verdade, chegar logo a Princeton, para que pudesse, percorrendo os cômodos iluminados de sua nova casa até o escritório, encontrar conforto lá, sentir-se resguardado e seguro, e depois descer para um jantar tranquilo com Katia e Elisabeth, que estariam à sua espera.

Na vida estável que ele tinha vivido, mudanças repentinas de humor como aquela teriam sido incomuns. Mas era assim que sua mente funcionava agora, mesmo durante o dia, embora com mais frequência à noite.

Enxergou luzes de outras casas numa elevação da paisagem à frente e pensou que devia perguntar sobre elas.

"Com licença", ele se inclinou à frente no carro, "como se chama este lugar onde estamos agora?"

"Se chama Nova Jersey, senhor", disse o motorista secamente. "Nova Jersey. É como se chama."

O motorista ficou em silêncio por um momento e, em seguida, voltou a falar.

"NOVA. JERSEY." Entoou as palavras como se estivesse fazendo um anúncio importante.

Thomas ouviu Katia arfar baixinho. Ao se virar, viu que ela estava tentando controlar o riso. A pergunta dele e a resposta do motorista seriam uma história que Katia contaria a Elisabeth, que obrigaria o pai a fazer a pergunta novamente e a mãe, a repetir o que o motorista havia dito com a maior precisão possível. Elisabeth ou Katia provavelmente escreveriam para Erika, que logo chegaria a Nova York com Klaus. E Erika sairia para jantar de posse da história, oferecendo-a a quem quisesse ouvir como um exemplo típico do que era seu pai, o mágico perplexo e sua incapacidade de encontrar o tom certo nos Estados Unidos, apesar de seus esforços constantes.

Nova Jersey. Sim, era ali que eles estavam.

O único consolo, pensou Thomas, era Monika não estar também; estava na Itália, com planos de se casar com um historiador da arte húngaro. Quando Monika ouvia qualquer anedota sobre o pai que o colocasse sob luz cômica, ela a repetia ad nauseam. A ponto de, em algum momento, Katia ter de lhe dar uma bronca. Mas a única pessoa capaz de exercer controle real sobre Monika era sua irmã mais nova, Elisabeth, a calma, paciente, vigilante Elisabeth, aquela cuja inteligência parecia abarcar tudo, sua filha mais preparada a tratar o mundo em seus próprios e adequados termos.

Elisabeth o lembrava do Velho Mundo. Tinha uma aura que vinha de três gerações antes dela. Thomas ansiava por vê-la agora, pois o carro se aproximava de Princeton.

Ocorreu-lhe que logo seriam visitados em Princeton por Erika e Klaus. Klaus sempre dava a entender que se preocupava mais profundamente com política do que qualquer um ao seu redor, incluindo o pai. Todo empolgado, muitas vezes com a ajuda de alguma substância ilegal, ele falava descontroladamente sobre alguma notícia, mais algum ato de crueldade cometido na Alemanha ou na Itália, antes de perguntar como os romancistas podiam escrever histórias numa época como aquela. Não tinham consciência da tragédia que estava acontecendo? Que importância poderiam ter os romances? Klaus enunciava tudo isso mesmo na frente de convidados, pessoas eminentes em Princeton, os quais, naturalmente, passavam a história adiante.

Ao chegarem à rua principal de Princeton, Thomas decidiu que não teriam convidados para jantar durante a próxima visita de Klaus. Klaus teria a audiência para suas opiniões sobre atualidades e a natureza periférica da ficção limitada ao círculo familiar imediato.

Precisava mencionar isso a Katia, mas deveria escolher o momento certo para que ela não se ofendesse por ele achar o filho mais velho, que por acaso era também o favorito dela, tão exasperante e irritante.

Elisabeth tinha posto a mesa de forma simples a um canto da sala de estar. Contou-lhes que permitira à cozinheira sair mais cedo e que ela mesma preparara para eles um jantar frio, com queijos, carnes defumadas, salada e picles de pepino e cebola.

"Espero que vocês não estejam esperando por uma grande ceia. Se for esse o caso, cometi um erro."

"Minha querida, você sempre sabe o que queremos", disse Thomas enquanto a beijava e deixava que o ajudasse a tirar o casaco e o cachecol.

"Pelo menos está quente aqui", falou Katia, agitando-se no corredor. "Vou demorar um pouco até me colocar em ordem."

"Assim que eu lavar as mãos, talvez você possa me fazer companhia numa taça de vinho enquanto sua mãe se apronta", Thomas cochichou para Elisabeth.

"A garrafa já está aberta", ela sussurrou em resposta.

"Posso ouvir vocês", disse Katia, e riu. "Quanto mais velha fico, acredito realmente que escuto com mais clareza cochichos do que gritos. Então bebam, vocês dois, que venho acompanhá-los assim que estiver pronta."

Thomas se sentou no sofá com a filha enquanto ela lhe pedia detalhes sobre a ida a Nova York. Estava pronta a se divertir com qualquer pormenor.

Depois do jantar, enquanto Katia servia mais vinho para ele, Thomas notou que ela olhava para Elisabeth com ar malicioso, sentindo certa tensão ou desconforto entre elas. Por um segundo, ocorreu-lhe que poderia haver notícias sobre Golo, ou Monika, ou Michael, ou mesmo Klaus e Erika.

Levantou a vista mais uma vez e viu Katia sinalizando para Elisabeth. As duas, ao que parecia, estavam envolvidas em algum tipo de comunicação privada.

Ele tomou um gole de vinho e empurrou a cadeira para trás.

"Posso participar?", perguntou.

"O plano era que você fosse para o escritório e eu o chamasse quando quiséssemos dar a notícia", contou Elisabeth. "Mas minha mãe parece ter esquecido o que combinamos."

"Minha preocupação é que seu pai não vá para o escritório esta noite", disse Katia. "Que vá direto para a cama."

"Então tem novidades?", perguntou Thomas.

"Bem, a Elisabeth tem novidades."

Se as novidades eram somente sobre Elisabeth, pensou ele, não havia nada de significativo com que se preocupar.

"Notícias sobre minha filha favorita?", ele perguntou.

Quando Elisabeth ergueu a vista, olhando matreiramente para a mãe, foi, por uma fração de segundo, como se sua própria irmã Carla, morta havia muito tempo àquela altura, estivesse sentada ali à mesa.

"Talvez sua mãe possa me contar, se você não quiser", continuou ele com severidade fingida.

"A Elisabeth vai se casar", disse Katia.

"Com o reitor da Universidade de Princeton?", retrucou Thomas. "Ou com o presidente Roosevelt?"

"Pelo que sei, ambos já têm esposas", respondeu Elisabeth.

Seu tom se tornara, de repente, muito digno, quase triste. Ela colocou a mão sobre a boca e mirou ao longe. Parecia mais velha do que seus vinte anos.

Thomas tentou se lembrar se algum jovem visitara a casa, mas tudo o que lhe veio à mente foi o encontro a que Elisabeth tinha ido na casa de um colega com alguns alunos de Princeton, os quais nao apreciaram nem sua timidez, nem seu suposto senso de superioridade. Um jovem lhe perguntou se seria seguro para ele e a família fazer turismo de caminhadas na Alemanha durante o verão, como haviam planejado. Quando ela lhe disse que seria perfeitamente seguro, a menos que ele e a família fossem judeus, o rapaz respondeu: "Claro que não, não somos judeus!". A atmosfera não melhorou quando Elisabeth perguntou ao jovem se ele e a família por acaso eram comunistas. Quando ele negou veementemente, ela sugeriu que então poderiam, sim, ter uma estadia muito agradável na Alemanha, mas que se certificassem de ficar longe de lugares onde as pessoas estavam sendo arrastadas de suas casas e espancadas na rua por bandidos em uniformes.

Elisabeth insistiu que havia dito tudo aquilo num tom tranquilo, mas teve de concordar que a conversa com o jovem podia ter sido a causa do encerramento precoce da noitada. Não voltou a receber convites para passatempos com os alunos de Princeton.

Como nem Katia nem Elisabeth falavam, e ambas permaneciam com ar grave à mesa, Thomas perguntou à filha se ela havia mudado de ideia e se afeiçoara àquele mesmo aluno, o que desejava visitar a Alemanha com a família, o tal rapaz do "Claro que não".

"Ela vai se casar com Borgese", disse Katia.

Thomas cruzou o olhar com o de Katia e soube imediatamente que não era uma piada. Giuseppe Borgese, um professor de línguas românicas em Chicago, um importante antifascista, tinha vindo recentemente à casa para discutir política, além de ter visitado os Mann uma primeira vez assim que se mudaram para Princeton.

"Borgese? Onde ela o conheceu?"

"Aqui. Onde todos nós o conhecemos."

"Ele só esteve aqui duas vezes."

"Ela só o encontrou essas duas vezes."

"'Ela' está sentada à mesa, se os dois não se importam", interveio Elisabeth.

"Isso está sendo feito com muita pressa", Thomas se dirigiu à filha.

"E com muito decoro", respondeu ela.

"De quem foi a ideia?"

"Acho que essa é uma questão privada."

"É por isso que Borgese veio aqui de novo? Para te ver?"

"Tenho certeza de que deve ter sido parte do motivo."

Ela sorriu tímida, zombeteiramente.

"Achei que ele tinha vindo *me* ver!"

"E conseguiu ver nós dois", ela retrucou.

Thomas estava prestes a dizer que, embora Giuseppe Borgese fosse um pouco mais jovem do que ele, parecia muito mais velho, mas então se conteve, comentando em vez disso: "Achei que ele se dedicasse inteiramente à literatura e à causa do antifascismo".

"E se dedica."

"Talvez não de modo tão obstinado quanto gostaria que todos pensássemos!"

"Estou noiva dele. E, se o que você quer é dedicação total, pode acreditar que sou eu aqui quem tenho precisamente essa qualidade."

O tom mordaz de Elisabeth, muitas vezes mantido em reserva, aflorava agora num piscar de olhos.

"Você tem escrito para ele?", quis saber Thomas.

"Estamos em comunicação regular."

"Então Erika se casou com Auden, e você vai se casar com Borgese."

"Sim", disse Elisabeth, "e Monika vai se casar com seu húngaro, e Michael, que é ainda mais jovem que eu, vai se casar com Gret. Isso é o que as pessoas costumam fazer, elas crescem e se casam."

"Você tem vinte anos e ele… quanto?"

"Cinquenta e seis", interveio Katia.

"Só sete anos mais novo que seu pobre pai", prosseguiu Thomas.

"Você vai deixar todo mundo mais feliz", disse Elisabeth, "se recusar o papel do pobre e velho pai chateado."

"Não estava pensando nisso", ele respondeu. Por um segundo, ficou prestes a cair no choro.

"Então, o que é?"

"Estava preocupado por perder você. Estava pensando somente em mim e na sua mãe aqui. Agora não vamos ter com quem conversar."

"Vocês têm outros cinco filhos."

"É o que eu quero dizer. Você é a única que…"

Queria dizer que era ela quem tinha tanto bom senso e bom humor, e mantinha tamanha distância sardônica das coisas, que ele nunca imaginara vê-la encontrar um par, que permaneceria com eles por toda a vida.

"Minha mãe e eu decidimos que você vai se comportar impecavelmente quando meu noivo vier nos visitar", disse Elisabeth.

Ele quase riu.

"Vocês duas demoraram muito para decidir isso?"

"Caminhamos até Witherspoon Street e voltamos, enquanto você estava ocupado escrevendo."

"Você pretende mesmo se casar com ele?"

"Sim, aqui em Princeton, na igreja da universidade, e em breve."

"Gostaria que minha mãe estivesse viva", falou Thomas.

"Sua mãe?"

"Ela adorava casamentos. Sempre adorou. Acho que foi o único prazer que teve ao se casar com meu pai."

Elisabeth ignorou o que ele acabara de dizer.

"Perguntei a Borgese se ele estava nervoso de nos visitar agora", disse ela. "E ele respondeu que, estranhamente, não estava nem um pouco."

"Então é simples. Está tudo resolvido."

"Ainda não temos a data."

"Quem mais sabe?"

"Michael sabe", disse Katia. "Mandamos uma carta para ele, e contaremos a Klaus e Erika quando chegarem, e depois escreveremos a Golo e a Monika."

"Me diga uma coisa", pediu Thomas. "Borgese já foi casado antes? Ou esta vai ser a primeira aventura dele no sagrado matrimônio?"

"Não me parece", disse Elisabeth, arqueando as sobrancelhas, "que haja aí uma nota de sarcasmo. Embora alguma criatura menor pudesse usar esse tom. Isso me agrada. Mas Giuseppe vai me perguntar se você me parabenizou quando ouviu a boa notícia. E vou dizer que sim. Como ainda não falei a ele nada que não fosse a verdade, então..."

"Ofereço a você, minha filha amada, meus mais sinceros parabéns."

"Eu também", completou Katia.

"Vocês duas planejaram tudo isso", disse Thomas. "Planejaram só me contar agora, e não antes."

"Claro que sim", disse Katia. "Você já tinha muito em que pensar em Nova York."

"E este é geralmente aquele momento", falou Elisabeth, "no qual você se levanta da mesa com uma expressão preocupada e vai para o seu escritório."

"Sim, minha filha", respondeu Thomas.

"Então vou tirar a mesa e podemos discutir mais o assunto pela manhã."

"Mas que novo tipo de filha você está se tornando agora que ficou noiva", comentou Thomas, sorrindo. "Achei que Erika fosse a mandona."

"Todos nós temos nossos momentos. Tenho certeza de que a Monika também terá os dela quando a encontrarmos."

"Esperava que você me protegesse de todos eles", disse Thomas, e suspirou.

Elisabeth se levantou, fazendo uma reverência irônica para ele.

"Era essa minha missão na vida?", perguntou, afastando-se da mesa e saindo da sala antes que ele pudesse responder.

"Que bode velho!", disse Thomas quando teve certeza de que os ouvidos da filha estavam fora do alcance de sua voz.

"Quando eu saía para caminhar com os dois, Borgese mal falava", respondeu Katia.

"Isso geralmente é um sinal."

"Ele não deu sinal nenhum. Só resmungava e reclamava do frio."

"Também costuma ser um sinal."

Katia sorriu.

"Pretendo olhar feio para ele, mesmo que bem rápido, quando vier nos ver novamente", disse ela.

"Ele vai me encontrar no meu escritório, se estiver procurando por mim", acrescentou Thomas.

Ficou de pé.

"Tem sido difícil para Elisabeth", comentou Katia. "Nós nos mudamos tanto. Ela perdeu esses anos."

"Não se casaria com um velho se as coisas tivessem sido diferentes e tivéssemos ficado em Munique", respondeu Thomas. "Teria encontrado alguém da idade dela."

Quase esperava que Katia questionasse sua descrição de Borgese como um velho, mas ela aceitou aquilo como um fato melancólico.

"Não há o que possamos fazer, imagino?", perguntou ele.

"Nada."

* * *

Enquanto ele se preparava para dormir, Katia entrou no quarto.

"Tem uma coisa que eu não disse", ela começou.

"Mais coisa?"

"Não. É só que acredito, de verdade, que a Elisabeth vai ficar contente com sua nova vida."

"Talvez a gente devesse ter dito a ela que estaria de braços abertos, caso mudasse de ideia a qualquer momento e quisesse voltar para nós."

"Ela não vai voltar", disse Katia.

Ele sorriu para ela e suspirou.

"E recebi uma carta do Klaus", continuou Katia.

"De onde?"

"Acho que foi enviada antes de ele zarpar. Era confusa. Mesmo a caligrafia, num trecho, estava difícil de ler. Deve ter sido escrita às pressas. Mas estou preocupada com ele."

"Quando eu tinha a idade dele, escrevia quatro horas pela manhã, depois almoçava algo leve e fazia uma caminhada."

"Ele perdeu seu país."

"Todos nós perdemos nosso país."

"Devemos ser cuidadosos com ele quando vier."

"Erika também escreveu?"

"Não, apenas enviou lembranças."

"Ela vai cuidar dele."

Katia fechou a boca e cerrou o maxilar com força. Era uma expressão que aprendera, ele sabia, com o pai.

"Devemos ser cuidadosos com ele quando vier", repetiu Katia.

Então ela o beijou ternamente, desejou-lhe boa-noite e voltou para o próprio quarto.

* * *

Na manhã seguinte, durante o café, repassaram os *phrasal verbs* do inglês. Katia havia escrito cada um deles num pedaço de papel, com uma frase de exemplo no verso. Passou a testar Thomas pegando aleatoriamente os papeizinhos, um por um.

"*Put up with*", disse ela.

"*I cannot put up with*, não consigo *suportar* a Agnes Meyer."

"*Put on.*"

"*I will put on*, vou *colocar* meu casaco novo."

"*Go over.*"

"*I will go over*, vou *repassar* meu novo romance mais uma vez."

"*Get over.*"

"*I cannot get over*, não consigo *superar* a notícia de que a Elisabeth vai se casar com o Borgese."

"*Give up.*"

"*I will soon give up to be pleasant*, logo vou *desistir* de ser agradável com qualquer pessoa em Princeton."

"*Give up being*, e não *give up to be!*"

"Tem certeza?"

Como Thomas precisava se apresentar no escritório em Princeton que tratava de vistos e estrangeiros, Katia tinha desenhado um mapa para que ele pudesse localizar o prédio. Ela se ofereceu para ir junto, mas ele lhe assegurou que poderia lidar melhor com aqueles assuntos sozinho. Tinha a impressão de que um escritor alemão vindo com a esposa, ambos falando inglês com forte sotaque, seria tratado com menos simpatia do que o mesmo escritor sozinho, um escritor que apenas uma década antes recebera o prêmio Nobel de literatura. Além disso, os valentes esforços de Katia para compreender os regulamentos podiam deixar contrariadas as autoridades de Princeton, que, segundo ele, seriam mais solidárias com alguém que não soubesse absolutamente nada daquelas regras.

Embora estivesse certo de ter seguido as instruções de Katia, ao se ver bem no meio do campus, caminhando em direção à Nassau Street, percebeu que deveria, na verdade, andar na direção oposta. Ele agora estava atrasado para o seu compromisso. Pediu ajuda a um aluno e foi instruído a descer por um caminho inclinado que passava ao lado do ginásio e da piscina da universidade.

Ao ouvir, por uma janela aberta, um grito súbito de satisfação ecoado no ginásio quando alguém mergulhou na água, lembrou-se de que certa vez Klaus lhe dissera que os alunos nadavam nus naquela piscina. E ali, enquanto avançava apressado, pensou na cena, jovens reunidos em grupos, cada um deles adotando uma postura ereta, levantando os braços, abrindo ligeiramente as pernas e se aprontando para mergulhar. E outros saindo da água, os músculos todos das pernas e as nádegas à mostra.

Não seria bom que um velho professor alemão fosse visto entre eles, ou mesmo que pensasse muito naquela cena. Enquanto seguia, no entanto, ele se viu na água, fazendo uma virada para, em seguida, dar de cara com um grupo de alunos recém-despidos se preparando para o mergulho.

Em seu escritório, tinha o quadro *Die Quelle*, de Hofmann, exposto diante da escrivaninha, depois de ter sido resgatado da casa em Munique, levado para a Suíça e agora trazido para os Estados Unidos. A imagem pintada dos três jovens nus nas rochas, dois dos quais curvados, de modo que toda a curvatura retesada da parte inferior de seus corpos pudesse ser vista, a beleza esbelta das pernas, dava-lhe energia pela manhã, ainda mais do que o café, e lhe oferecia algum estímulo enquanto ele tentava preencher as páginas com frases.

Se achasse irritante a entrevista sobre a situação de seu visto, resolveu que evocaria a imagem daquela pintura para se acalmar, e depois, caso isso não bastasse, imaginaria os próprios alunos que cruzavam seu caminho agora — jovens americanos altos e vestidos formalmente — e os faria aparecer nus saindo pela porta do vestiário para o espaço fechado da piscina.

Encontrou o escritório de vistos e abriu a porta. Não havia ninguém na recepção. Passado algum tempo, ele se sentou. Quando, mais algum tempo depois, uma mulher apareceu, ela o olhou por um momento para, em seguida, fazer uma ligação. Assim que terminou de falar ao telefone, ele se levantou e se aproximou da mesa.

"Tenho uma entrevista marcada com a sra. Finley", disse ele.
"A que horas?"
"Receio estar uns quinze minutos atrasado. Eu me perdi."
"Vou ver se ela ainda está disponível."

A mulher o deixou em pé junto à escrivaninha enquanto se dirigia a uma sala interna. Tendo retornado, ela o conduziu a outra sala de espera e fez sinal para que se sentasse.

Ele observava as pessoas indo e vindo, nenhuma delas prestando atenção nele, até que uma mulher de meia-idade apareceu com uma pasta na mão e chamou seu nome em voz alta, mesmo sendo ele o único à espera. Quando Thomas se identificou, ela indicou que ele deveria segui-la até um escritório, onde examinou o conteúdo da pasta. Então, sem dizer uma palavra, levantou-se e saiu da sala, deixando-o sozinho.

Pela porta aberta, ele podia ver essa mulher, que supôs ser a sra. Finley, conversando com uma colega. Perguntou-se se Katia não deveria tê-lo acompanhado. Katia teria uma maneira de fazer com que a sra. Finley soubesse que ela deveria cuidar do seu trabalho, em vez de se envolver em conversa fiada. A ele restava olhar ao longe, verificando de vez em quando se a sra. Finley ainda estava ali, do lado de fora, rindo e conversando.

Por um segundo, pensou que poderia simplesmente escapar, voltar para casa sem ser notado e esperar para ver o que as autoridades de Princeton fariam em resposta. Mas, como tinham ligado do gabinete do reitor várias vezes insistindo que ele teria que lidar com a situação do visto ou não poderia mais ser pago, e que sua própria posição nos Estados Unidos estaria em perigo, tal atitude seria petulante e imprudente, nada mais. Ele teria de esperar enquanto a sra. Finley desfrutava de sua manhã.

Por fim, ela voltou e se sentou à escrivaninha diante dele. Começou a examinar a pasta de arquivo bruscamente.

"Não, não", disse. "Isso não faz sentido. Tenho aqui que você é um cidadão alemão, mas aí, olhando os detalhes do passaporte, mostram que é um cidadão tcheco. O problema é que ambos os formulários estão assinados por você, e isso pode ter sérias implicações legais. Terei que enviar este arquivo para outro departamento."

"Tenho um passaporte tcheco", disse ele.

"É o que diz aqui."

"Mas nasci na Alemanha."

"Mas ninguém perguntou onde você nasceu. É apenas sua cidadania que importa."

"Perdi minha cidadania alemã."

"Temos tantas pessoas", prosseguiu ela, examinando de novo a pasta, "vindas desses países, e tudo que me fazem é confusão."

Ele a encarou friamente.

"E, sim, está aqui, sua esposa, ela fez a mesma confusão. Imagino que seja tcheca também."

"Como eu..."

"Já sei", ela o interrompeu, "você não precisa explicar sobre a coisa alemã. E não tenho certeza de quais são os regulamentos para os cidadãos tchecos. Esta carta diz que você e sua esposa são alemães."

Ela puxou uma carta do arquivo.

"Como eu disse, éramos alemães até..."

"Até não serem mais", disse ela.

Ele se levantou.

"Vamos ter que marcar outra entrevista", disse ela. "Você vai continuar no mesmo endereço?"

"Sim."

"Mesmo número de telefone?"

"Sim."

"Não sei quanto tempo isso vai demorar. Certifique-se de não mudar de endereço ou de número de telefone. Podemos precisar vê-lo sem muito aviso prévio."

Ele tentou parecer distante e orgulhoso, mas também triste e ofendido, enquanto esperava que ela o avisasse se poderia ir embora.

"Você passará a ser tcheco", disse ela. "Tcheco. Tcheco. Tcheco. E sua esposa a mesma coisa. Você não escreve mais a palavra 'alemão' em lugar nenhum. O melhor a fazer talvez seja começar do começo e simplesmente jogar esses formulários no lixo. Deixa eu ver se temos a segunda via desses formulários."

Ela saiu da sala mais uma vez.

Ele percebeu que estava tremendo de raiva.

"Não, claro que não temos", ela disse ao retornar. "Claro que não! Vou ter que fazer um pedido. Então entro em contato com você. Mas devo avisar que, se preencher os formulários incorretamente outra vez e assiná-los, vai ser um problema muito sério. O pessoal da imigração não é nada bonzinho com essas coisas. Você pode acabar no próximo barco de volta à Tchecoslováquia."

Ele estava prestes a dizer a ela que a Tchecoslováquia, na verdade, era um país sem litoral, até que se deu conta da grande história que tinha ali para contar a Katia e Elisabeth, e mesmo para um ou dois de seus colegas. Teve de se concentrar para não rir.

"Suponho que perceba a gravidade disso?"
Ele assentiu.
Ela voltou a examinar a pasta.
Ele não tinha certeza se deveria ir ou ficar. Permaneceu ali parado, sem jeito. Quando ela olhou para ele, franziu a testa.
Ele fez uma reverência e saiu, pensando que deveria andar mais devagar ao passar pela piscina a caminho de casa. Mesmo um único som de um dos nadadores, ou um respingo d'água, já seria o suficiente para lhe oferecer consolo.

Na manhã em que Klaus e Erika chegariam, ele perguntou a Katia em que trem eles estavam vindo.
"Acho que estão vindo de carro", disse ela.
"Dirigindo?"
"Com um motorista."
Ele sorriu da extravagância dos filhos. Apesar de não terem dinheiro, não achavam que o transporte público fosse para eles. Erika era pior que Klaus, pensou.
Quando ouviu um carro entrando na garagem, foi à janela da frente a tempo de ver Katia pagando o motorista em dinheiro. Observou Klaus saindo do carro devagar, como quem sentisse dores. Enquanto Katia e Erika se ocupavam com a bagagem, ficou de braços cruzados.
Thomas se afastou da janela e voltou ao escritório.
Não demorou para Erika vir bater à porta. Como se habituara à presença tímida e discreta de Elisabeth, o jeito decidido de Erika entrar, fechar a porta e se sentir em casa em sua poltrona foi divertido, quase revigorante.
Ela imediatamente quis saber sobre o livro que ele estava escrevendo e pediu para ver o capítulo inicial. Enquanto ele vasculhava seus papéis, levantou o assunto do noivado de Elisabeth com Borgese.

"Perguntei à Elisabeth sobre isso agora e ela simplesmente virou as costas e saiu da sala."

"Ela já se decidiu", disse ele.

Entregou um maço de papéis a ela, que deu uma olhada nas páginas.

"Sua caligrafia não melhorou. Sou a única que consegue ler o que você escreve."

"Os Knopf encontraram uma datilógrafa para mim", disse ele, "mas ela comete erros terríveis."

Erika já estava lendo a primeira página.

"Você é um magnífico velho mágico. Mas sabe o que vou dizer agora?"

"Sim, minha querida, sei."

"Você vai ter que escrever um romance ambientado no presente, só para poder nos contar sobre o futuro."

"Não consigo entender o presente. É tudo uma confusão. Não sei nada sobre o futuro."

"Escreva sobre a confusão."

"Depois desse, tenho outro dos livros do Antigo Testamento para escrever."

"Comece a fazer anotações para um romance sobre os anos em Munique, quando tudo conduzia à ascensão dele, mas poucos de nós notamos. Você estava lá."

"Estava ocupado vendo meus filhos crescerem."

"Meu querido pai, nenhum de nós o via muito, exceto durante as refeições. Então você devia estar fazendo outras coisas. Por que não escreve um romance sobre a família da minha mãe?"

"Não sei nada sobre eles."

"Não, mas você os observou."

No jantar, quando ele perguntou onde estava Klaus, Katia e Erika trocaram olhares inquietos.

"Ele não está bem", disse Katia.

"Talvez porque caiu na noite em Nova York?", perguntou Thomas.

"Estávamos com velhos amigos", contou Erika, "e já se fala de uma nova revista. Mas ele não está bem."

"Vai ficar melhor quando vierem o jornalista e o fotógrafo da revista *Life*", falou Katia. "Ele sabe que precisa estar melhor até lá. Então está descansando."

"É, para se preparar para o artigo sobre nossa família feliz e unida", comentou Elisabeth, seca.

"Vamos todos sorrir", disse Thomas. "É o mínimo que podemos fazer."

"Borgese é cidadão americano?", perguntou Erika a Elisabeth.

"Sim", respondeu Elisabeth.

"Maravilhoso. Eu o conheci numa conferência anos atrás. Se tivesse pensado nisso antes, eu mesma me casaria com ele", disse Erika, "e aí você poderia ter se casado com Auden."

"Eu não queria me casar com Auden", retrucou Elisabeth com ar grave.

"Nem eu", continuou Erika, "mas ele estará aqui para tirar uma foto como membro da nossa feliz família. Senhor, se eles soubessem!"

"Tenho certeza de que somos tão felizes quanto qualquer outra família", disse Katia.

Erika olhou para Thomas, e os dois conseguiram dar uma risada disfarçada.

Thomas estava feliz por Erika estar em casa, mas, por sua inquietação à mesa e depois na sala de estar, ele sabia que a filha não ficaria com eles por muito tempo. Viera, supunha ele, para vê-los, mas também para conseguir dinheiro para alguma viagem ou projeto, e para fazê-lo se sentir culpado por não ter se envolvido mais intensamente com o movimento antifascista.

Uma vez que tudo aquilo estivesse terminado, ela partiria de novo. Ocorreu-lhe por um momento que gostaria de ir com ela, deixar Katia e Elisabeth ali, na calmaria de Princeton. Adoraria viajar com a filha, aproveitar o brilho de sua energia, ficar acordado até tarde com ela e estar com pessoas novas.

Mas ele sabia que esse desejo passaria. Logo ele estaria ansiando pela hora final do dia, sozinho no escritório, e depois por sua cama solitária.

À noite, Klaus acordou a todos derrubando um móvel de seu quarto no sótão e descendo as escadas aos tropeços, desajeitadamente. Thomas escutou que Katia reclamava com ele. Só saiu da cama quando Klaus começou a gritar com a mãe e depois com Erika, que interveio.

"Só estou descendo para pegar um sanduíche porque estou com fome", disse ele. "Não entendo por que tanto alarido."

"O alarido é que, com esses pisos finos, você acordou a casa inteira", respondeu Katia.

"É minha culpa que esta casa é mal construída? É alguma coisa que eu tenha feito também?"

"Klaus, pegue seu sanduíche", disse Erika severamente, "e depois suba em silêncio para a cama."

"Eu não queria vir para cá de jeito nenhum", retrucou ele. "Não sou uma criança, você sabe."

"Você é uma criança, meu amor", respondeu Erika, num tom quase desagradável. "É um jovem indisciplinado. Então faça silêncio e nos deixe dormir."

Thomas voltou para a cama, mas não dormiu. Ele se perguntou o que poderia ter acontecido com Klaus e Erika se Hitler não tivesse chegado ao poder. Houve um momento, ele lembrou, quando andavam pelo final da adolescência e a guerra acabou, em que ambos pareciam combinar com a época em que viviam, com sua bissexualidade declarada, seu talento para a publicidade e a notoriedade, seu incansável entusiasmo pela fama.

Voltavam regularmente para a casa em Munique, tanto quanto agora, exaustos e animados, cheios de opiniões fortes e uma empolgação pela próxima aventura que o deixavam com inveja.

Se a Alemanha tivesse permanecido estável e receptiva a tanta diferença e inquietação, será que teriam prosperado, ele se perguntava. Já no final da adolescência não tinha mais controle sobre ambos. Klaus mal reconhecia a existência do pai naqueles anos em que publicara seus primeiros livros e artigos, e Erika o tratava como antiquado e sóbrio, conservador e pessimista demais. Klaus passava mais tempo com seu tio Heinrich, a quem admirava muito.

Os dois filhos mais velhos só haviam retornado à sua órbita agora, pensou Thomas, porque estavam com pouco dinheiro, mas talvez também precisassem daquela reafirmação de que teriam um refúgio caso tudo desmoronasse em seu próprio mundo.

Viviam apartados da própria língua, fora de seu país. Em Amsterdam e Paris, tinha sido fácil, mas, uma vez que se esgotasse a novidade que representavam nos Estados Unidos, o país não os acolheria mais, Thomas tinha certeza disso. As liberdades que apoiavam, a veemência de suas posições políticas, seriam desaprovadas.

Estavam na casa dos trinta agora. Não podiam mais ser descritos como os talentosos jovens Mann, eram pessoas que não conseguiram deixar uma marca substancial no mundo, que queriam que o mundo lhes prestasse um tributo que não mereciam. À medida que o perigo de Hitler se tornava mais aparente, mais Klaus e Erika soavam entediantes, pois carregavam uma faixa dizendo "Eu avisei". Em breve, Thomas dava como certo, ninguém teria muito interesse no que aqueles dois ex-*wunderkinder* tivessem a dizer.

* * *

No dia em que o repórter e o fotógrafo chegariam, ficou combinado que Auden e seu amigo Isherwood viriam almoçar em Princeton com a família antes da entrevista e das fotos. Klaus e Erika pegariam os dois escritores de carro na estação de Princeton Junction.

Quando Erika voltou sozinha, o pai estava no corredor.

"Onde estão nossos visitantes?", quis saber.

"Foram nadar", disse ela.

"Onde?"

"Na piscina de Princeton. Auden diz que, de vez em quando, pega o trem para usar a piscina aqui, e Klaus também sabe disso. Quando perguntei se estavam com seus trajes de banho, eles me garantiram que sim. Mas tenho certeza de que Klaus não está com o dele."

"Talvez peçam emprestado", disse Thomas.

"Isso não é muito higiênico."

"Entendo que a higiene não está entre as prioridades de seu marido. Sei que ele tem muitas outras boas qualidades, mas acho que não essa."

Quando o almoço ficou pronto, os três ainda não haviam chegado. Por um tempo, Thomas, Katia e suas duas filhas se sentaram à mesa, esperando, mas não demoraram a se mudar para a sala de estar com janelões.

"O pessoal da *Life* vai estar aqui logo após o almoço", disse Katia. "Uma mulher do gabinete ficou me ligando duas vezes por dia para combinar tudo. Não vai ser boa coisa mesmo se Klaus e Auden se atrasarem."

"Você falou com alguém do gabinete de Roosevelt?", perguntou Erika. "Que emoção!"

"Não, não seja boba", respondeu Katia. "Do gabinete do reitor de Princeton. Ele é muito mais importante do que um mero presidente dos Estados Unidos. Parece que a universidade quer ganhar o máximo de publicidade possível com a nossa presença aqui."

"Antes de nos devolverem à Tchecoslováquia", interveio Thomas.

"De barco", acrescentou Erika.

Quando Klaus finalmente apareceu com os dois convidados, os três estavam sem fôlego e quase tontos.

Thomas agora escrutinava o poeta, notando o quanto ele se parecia com um daqueles cães magros que se viam no interior da Baviera, de cor avermelhada, vigilantes, sempre prestes a implorar por comida ou latir baixinho como forma de chamar a atenção para si.

Sorriu para Auden e apertou-lhe a mão para, em seguida, dirigir uma reverência ao amigo do poeta, Isherwood.

"Desculpem pelo atraso", falou Klaus. "Precisávamos de um pouco de exercício."

"Sou um novo homem depois de nadar", comentou Isherwood. "Pronto pra conquistar o mundo."

Auden olhava ao redor da sala, como se alguns dos objetos nela logo fossem lhe pertencer.

"É sempre maravilhoso contemplar diferentes tipos de rapazes", disse ele.

"Esse seria um bom primeiro verso para um poema", respondeu Isherwood.

"Não, 'maravilhoso' não soa bem", retrucou Auden.

O que Thomas notou durante o almoço foi como os dois ingleses estavam relaxados. Deviam sair para almoçar com bastante frequência, pensou ele, ou talvez acreditassem que ali estavam de volta a uma de suas famosas escolas de elite. Klaus, por outro lado, agitado e nervoso, saiu da mesa várias vezes e, ao voltar, tentava contar a Auden sobre seus planos para uma nova revista literária internacional que teria uma linha antifascista.

Queria saber se Auden conhecia Virginia Woolf suficientemente bem para pedir a ela que colaborasse no primeiro número.

"Se a conheço? Se conheço a Rainha Virgem?", Auden perguntou.

"Eu queria escritores de primeira linha para o número inaugural."

"Nesse caso", interveio Isherwood, "basta escrever uma carta endereçada a Virginia Woolf, Inglaterra. Quero dizer, não tem como haver duas."

"Dá para imaginar", perguntou Auden, "como seriam versões da escrita dela para periódicos? Onde é que isso ia parar?"

"Você não a admira?", quis saber Erika.

"Ah, pelo contrário, admiro muito!", respondeu Auden, e então passou a imitar o sotaque inglês num tom agudo feminino: "Ela mesma compraria as flores, a sra. Walloway, porque sua criada Letitia teria muito trabalho ela própria. Ah, sim, como teria! Que dia, fresco feito a ondulação das ondas, todas aquelas ondas, fluindo desordenadas, tão desordenadas, feito repolhos, com todas as suas folhas desnecessárias, jazendo cruas e intocadas nos campos, campos estranhamente silenciosos, no estranho zumbido de toda sua verticalidade, sombria, doce, arrebatadora e vertiginosa verticalidade, ou, pensou a sra. Walloway, toda verde, melhor seria dizer horizontalidade? Pois sim, eu a admiro de verdade."

"Foi você quem escreveu isso, ou ela?", perguntou Elisabeth.

"Estou sendo injusto", respondeu Auden. "A sra. Woolf seria perfeita para uma revista antifascista. Na verdade, não consigo pensar em ninguém mais adequado. Sabe, eu a admiro de verdade."

Klaus tinha largado a faca e o garfo e estava ocupado mais uma vez tentando fazer Auden escutá-lo. Ficou claro para Thomas que Auden não levava o filho a sério.

"Digo, um ensaio dela seria esplêndido. E deve haver alguns jovens escritores ingleses a quem poderíamos perguntar. E depois alguns estrangeiros."

"Sim, estrangeiros", disse Auden.

"Poderíamos lançar a publicação em Nova York e Londres ao mesmo tempo."

"Seria tudo em inglês?", perguntou Katia.

"Também poderíamos fazer uma edição francesa", disse Klaus. "E talvez uma edição em holandês. Tenho amigos em Amsterdam."

"Ah, não seja tão idiota", atalhou Auden.

Thomas achou que era hora de mudar de assunto.

"Você conhece Princeton?", perguntou a Auden.

"Só a piscina", o poeta respondeu. "Gosto da piscina."

Thomas não pretendia ser ridicularizado à sua própria mesa.

"Talvez seja melhor você não contar ao jornalista da *Life* sobre a piscina. Em breve ele vai estar aqui. Discrição pode ser aconselhável."

Encarou Auden, fulminante.

"Tem algo errado com a piscina?", quis saber Elisabeth.

"É uma piscina normal", disse Thomas, "da qual as autoridades de Princeton se orgulham."

Ele olhou para Auden, desafiando-o a contradizê-lo.

"Muhammad aqui e eu", falou Auden, apontando para Isherwood, "estávamos discutindo algo no trem sobre o qual queria perguntar a vocês. Achamos que existem três romancistas alemães importantes, Musil, Döblin e nosso anfitrião. Eles são amigos entre si?"

"Não", disse Erika. "São diferentes entre si."

"Inimigos, então?", Auden perguntou.

Thomas tinha certeza de que estava sendo ridicularizado. Deixou seu olhar vagar até um ponto no jardim.

"Só estávamos nos perguntando", acrescentou Isherwood.

"A partir do momento em que meu marido fica com essa cara, pode se perguntar o quanto quiser", disse Katia.

"Encontramos Michael em Londres", interrompeu Klaus. "Ele desenvolveu uma antipatia intensa por Hitler. Uma antipatia real e pessoal."

"Então ele não é a favor de Hitler?", perguntou Auden.

"Algum motivo especial?", emendou Isherwood, olhando para Auden, buscando sua aprovação.

"Sim", disse Klaus. "Ele nos disse que, na infância, prometeu a si mesmo que viria para os Estados Unidos na primeira oportunidade, para ficar o mais longe possível do pai, e agora, por causa de Hitler, quando finalmente chegar aos Estados Unidos, nosso pai já vai estar aqui. E esperando por ele no cais."

Klaus começou a gaguejar e rir.

Thomas estava prestes a informar à mesa que era ele quem pagaria não apenas a passagem de Michael, mas também a da noiva do caçula, e ainda providenciaria seus vistos, mas em vez disso olhou impassível para a esposa, que ergueu a vista aos céus em exasperação quando Klaus começou a contar alguma outra história.

Depois do almoço, enquanto esperavam pelo repórter e pelo fotógrafo, Isherwood se aproximou dele falando alemão. Thomas o escutou por um tempo, concluindo que o alemão de Isherwood seria perfeito para alguém que estivesse tentando aprender inglês. Ele simplesmente pegava todas as estruturas de frase do inglês e preenchia com palavras alemãs, em vez das inglesas, pronunciando essas palavras num tom pesaroso. Apesar de sua baixa estatura, o sujeito não carecia de autoconfiança.

Ocorreu a Thomas que desde 1933 não se sentia à vontade para ser mal-educado com uma pessoa. Parte da rotina diária do exílio envolvia a necessidade de sorrir muito e falar pouco. Ele não via nenhuma razão, no entanto, para não ser rude agora. Estava em sua própria casa, e havia algo de tão insolente naquele pequeno inglês que, pensou, aquilo exigia uma resposta.

"Acho que não estou conseguindo escutá-lo de jeito nenhum", disse em alemão.

"Ah, você tem problemas de audição?", perguntou Isherwood.

"Nenhum. Absolutamente nenhum."

Falou devagar, para que Isherwood pudesse assimilar cada palavra.

"Agora será que você e seu amigo, meu genro, seja lá como se chama, poderiam se comportar bem quando o jornalista e o fotógrafo chegarem aqui? Será que poderiam se esforçar para se comportar como pessoas normais?"

Isherwood pareceu confuso.

"Entende o que quero dizer?", perguntou Thomas em inglês. E cutucou Isherwood de leve no peito.

A expressão no rosto de Isherwood ensombreceu; ele se afastou rapidamente para conversar com Elisabeth.

Thomas ficou fascinado com a mudança de Isherwood e Auden quando o jornalista e o fotógrafo chegaram. Não houve mais piadas ou olhares maliciosos. Os dois adotaram uma postura ereta. Até seus ternos pareceram menos amassados e suas gravatas, menos excêntricas. Ele pôde ver, com todos reunidos para uma foto de grupo, que os dois estavam acostumados a ser fotografados e apreciavam a experiência. A publicidade parecia torná-los mais agradáveis, mais estáveis, menos travessos.

A revista queria uma foto formal da família. Todos posaram de acordo, Auden e Erika como marido e mulher, Klaus e Elisabeth como filho e filha dedicados e contentes, e Thomas e Katia como pais-modelo.

O fotógrafo pediu que rissem de uma piada, o que diligentemente fizeram. E então sugeriu a Thomas que se levantasse e se colocasse no centro, o páter-famílias, de modo que, com Isherwood incluído, ficassem três no sofá à sua direita e três em banquinhos à sua esquerda. Muitas fotos foram tiradas, com todos sendo incentivados a parecer relaxados.

Quando o repórter perguntou a eles qual era a relação de Isherwood com a família, Erika respondeu baixinho que era o cafetão.

No escritório, fotografaram a escrivaninha de Thomas, e, embora tenham olhado para a pintura de Hofmann dos jovens nus pendurada na parede, não perguntaram sobre ela. Um quadro como aquele não ajudaria muito a compor a imagem de estabilidade e de harmonia que desejavam exibir. Em vez disso, foram tiradas fotos da coleção de discos de Thomas, de suas bengalas e das medalhas e dos prêmios que recebera.

Thomas informou ao repórter, enquanto o fotógrafo escutava e tirava mais fotos, que estava pleiteando a cidadania americana. Comentou sobre o quanto achava Princeton agradável e com que frequência ia a Nova York com a esposa e com a filha para assistir a concertos de música clássica. Falou com entusiasmo das noites literárias organizadas em Princeton, mas enfatizou a própria disciplina pessoal e a necessidade, que havia muito cultivava, de passar a manhã inteira trabalhando sozinho em seu escritório.

Não hesitou quando o jornalista sugeriu que, naquele momento, ele era o mais importante escritor e orador antifascista do mundo, mas insistiu que buscava nos Estados Unidos a paz para poder escrever mais romances e contos, mesmo sabendo que também tinha outros deveres, agora que vários de seus compatriotas corriam perigo e havia tanto em jogo. Mas não se envolveria em política partidária, enfatizou. Seu desafio era se manter à parte das muitas discussões para poder apresentar o argumento mais importante de todos, aquele que simplesmente propunha a liberdade e insistia firmemente na democracia. Esse seria, para ele, o único debate que valeria a pena ganhar, disse.

Ficou feliz, quando acabou, por ter mantido a porta do escritório fechada. Não queria que Klaus ou seus dois convidados ouvissem declarações que até para ele mesmo soavam pomposas e cheias de autoimportância. Mas sabia que aquele artigo seria lido em Washington, DC, bem como em Princeton e Nova York, e tinha motivos para ser levado a sério em Washington.

Gostou da seriedade do repórter. Sentiu-se aliviado por estar na presença de alguém que não salpicava cada comentário com ironia ou zombaria, como fazia Auden, instigado por seu amigo Isherwood, e não exalava uma aura permanente de petulância nervosa, como seu filho. Era como se estivesse falando a estudantes de Princeton, muitos dos quais também eram sérios e atenciosos, todos bastante respeitosos. Tampouco, com aquele repórter, precisou estar em guarda. As perguntas eram fáceis; não houve armadilhas. Assim, não foi difícil se apresentar judiciosamente para consumo dos americanos.

Quando voltaram à sala de estar, Katia e Elisabeth não estavam mais lá. Klaus, Erika, Auden e Isherwood travavam uma discussão animada sobre algo, mas, ao vê-lo com o fotógrafo e o repórter, começaram a rir ruidosamente. Ele ficaria feliz, pensou, quando os dois ingleses partissem para Nova York.

Tiveram de esperar até que o repórter e o fotógrafo fossem embora, já que os dois homens da revista haviam sido informados de que Auden, como um marido obediente, se hospedava em Princeton com a esposa, enquanto Isherwood era um convidado da casa. Insistiram que a feliz família estendida mal podia esperar pelo jantar, que seria seguido, talvez, por algumas leituras literárias.

Os dois, portanto, permaneceriam até que fosse totalmente seguro irem embora, Auden sussurrou, enquanto o jornalista e o fotógrafo partiam.

Thomas dirigiu-se ao escritório, dizendo a Katia, com quem se encontrou no corredor, que não precisaria vê-los partir. Quando ouviu os convidados se despedindo, porém, foi até a janela da frente e os observou embarcando no carro. Erika os levaria até a estação. Mesmo já batendo as portas e gritando palavras de despedida, ele pôde ver que riam de alguma coisa. Não era exagero, pensou, acreditar que o motivo das risadas não fosse apenas toda a farsa da vida familiar que acabavam de encenar, mas ele próprio, seu anfitrião. Thomas também talvez se achasse cômico, imaginou, se visitasse a si mesmo. Em vez disso, resignou-se a voltar a seu escritório para encontrar ali um silêncio mais tranquilizante do que de costume, agora que seus convidados haviam partido.

Passado um mês, e sem mais notícias do escritório de vistos e imigração, disse a Katia que estava preocupado.

"Estou lidando com isso", disse ela.

"Com a mulher que pensa que a Tchecoslováquia fica no litoral?"

"Não tem nada a ver com ela. Fui encontrar o próprio reitor. Juntei munição antes de ir. Liguei para reavivar meu antigo relacionamento com Einstein. E descobri que ele também foi enrolado por aquela mulher. Com a bênção de Einstein, cheguei ao gabinete do reitor sem aviso e pedi para ver o dr. Dodds. Quando me perguntaram por que eu queria vê-lo, disse que era uma questão urgente e que estava representando Albert Einstein e Thomas Mann."

"Ele te recebeu?"

"Insistiram que ele estava fora. Então eu disse que esperaria até que voltasse. Disseram que ele estaria ausente por alguns dias, disse a eles para contatá-lo por telefone. E eles me deixaram esperando por cerca de uma hora até que eu os informasse das mais graves consequências para o reitor e, na verdade, para a própria Universidade de Princeton, caso o dr. Dodds não fosse comunicado imediatamente de que eu estava esperando para falar com ele. Depois de muita correria, um dos assistentes dele chegou ao local. Um jovem de terno que se apresentou como sr. Lawrence Stewart. Ele me levou a um escritório e expliquei o que queria.

"'Acho', me disse o sr. Stewart, 'que Princeton precisa seguir as regras'."

Katia, que estava sentada à mesa da sala de jantar, levantou-se e, apontando para Thomas como se ele fosse o próprio sr. Lawrence Stewart e ela uma versão ainda mais formidável de si mesma, acrescentou drama à sua história,

"'Sr. Stewart', eu disse, 'estou aqui representando Albert Einstein e Thomas Mann. Você sabe quem são?'

"'Sim, Frau Mann.'

"'Certo, você tem um terno melhor do que este que está usando?'

"'Não tenho certeza do que a senhora quer dizer.'

"'E tem um bom barbeiro?'

"'Frau Mann, não consigo entender por que a senhora está me perguntando isso.'

"'Bem, vou explicar. Você deveria ir para casa, vestir seu melhor terno e também cortar o cabelo direito, porque um jornalista e um fotógrafo da revista *Life* virão em breve a Princeton para escrever sobre você e fotografá-lo como o homem que está tornando miserável a vida de Albert Einstein e de Thomas Mann nos Estados Unidos. Você tem mulher e filhos?'

"'Sim, tenho.'

"'Não vão ficar muito orgulhosos de você quando virem o artigo. O fotógrafo e o repórter estiveram conosco recentemente, e bastaria uma ligação minha para que voltassem e atacassem você. Uma ligação apenas!'"

"Você falou mesmo 'atacassem'?", Thomas perguntou.

"Sim, pratiquei meu discurso com a secretária de Einstein, uma certa srta. Bruce."

"E o que aconteceu depois?"

"Esse sr. Lawrence Stewart me pediu para voltar no dia seguinte, quando um de seus colegas estaria lá. E eu concordei. Então voltei, e eles não poderiam ter sido mais educados. De agora em diante, todas as perguntas sobre vistos são enviadas a mim e à srta. Bruce. A gente trata direto com a reitoria e mais ninguém, e daqui a pouco vão chegar os formulários de requerimento de cidadania, tudo o que você vai ter que fazer é assinar. A srta. Bruce e eu verificamos cada detalhe minuciosamente. Na semana passada, fui até convidada ao gabinete do reitor para conhecê-lo."

"Então está tudo resolvido?"

"Exceto por uma coisa", disse ela. "Einstein não dormia mais à noite por causa do negócio todo e agora está muito aliviado. Ele me abraçou. E então disse que, se estivesse pensando em me divorciar, deveria vê-lo como opção."

"Ele te pediu em casamento?"

"Bem, quase. A srta. Bruce estava na sala nessa hora, de modo que ele mais deu a entender do que disse tudo em voz alta. Mas, quando ela saiu, ele se aproximou e sussurrou no meu ouvido que, como eu havia resolvido aquele problema com tanta eficiência, talvez pudéssemos fazer outro arranjo, que fosse bom para nós dois, se é que eu entendia o que estava querendo dizer. E aí olhou nos meus olhos. E piscou para mim. Acho que ele é um verdadeiro gênio."

"E igual ao bode velho", reagiu Thomas.

"Sim, foi o que pensei também no caminho para casa."

"Precisamos convidá-lo pra jantar. Tenho certeza de que eu gostaria da companhia dele de novo. E, como vamos ter esse bode velho do Borgese na família, seria bom conhecer outro, para estarmos preparados."

"Sim, acho que Einstein é solitário. E teremos que chamar a srta. Bruce também. Ela é apaixonada por literatura. Leu *Os Buddenbrook* três vezes, ela disse, e está ansiosa para te conhecer. Só seria melhor, penso eu, não me deixar sozinha com Einstein por muito tempo. Ele é um doce. Mas a família já tem problemas suficientes."

"Sem que você precise fugir com um cientista?"

"Para onde iríamos?", perguntou Katia, como se já vislumbrasse um futuro no mundo lá fora. "Talvez não devêssemos pensar nessas questões até que todos os nossos documentos estejam em ordem. Gostei bastante do bigode e dos olhos dele, embora, para o meu gosto, o cabelo seja muito desalinhado. A primeira coisa que eu faria é mandá-lo arrumar aquele cabelo."

Ela atravessou o recinto e beijou Thomas carinhosamente na bochecha antes de sair da sala.

11. Suécia, 1939

Nas semanas anteriores ao estopim da guerra, Thomas, acompanhado de Katia e Erika, deu palestras e entrevistas na Holanda e depois na Suécia. O público, os jornalistas e até os garçons dos restaurantes e os funcionários dos hotéis estavam de bom humor, quase alegres. O nome de Hitler aparecia nas manchetes, mas tinha sido assim na última década inteira. Apesar de suas dúvidas iniciais, Thomas estava feliz por eles terem voltado à Europa para esta curta viagem.

Em sua cabeça, repassou onde cada membro da família estava. Elisabeth segura em Princeton, esperando o casamento; Klaus ainda em Nova York, tentando arrecadar fundos para sua revista. Os outros também estavam seguros: Michael e Gret, sua noiva, já tinham vistos para os Estados Unidos; e Thomas também esperava obter vistos para Monika e seu marido. Quando voltasse, começaria a trabalhar para conseguir os documentos de Golo e de Heinrich e Nelly, com quem Heinrich havia se casado, para que pudessem deixar a França. Os pais de Katia, tendo perdido sua casa e suas pinturas, suas preciosas cerâmicas e todo o seu dinheiro, estavam finalmente seguros em Zurique. Seus irmãos haviam deixado a Alemanha, Klaus estava no Japão como regente da Orquestra Imperial. Klaus Heuser, que escrevia regularmente para Thomas, estava na Índia holandesa, trabalhando para uma empresa comercial, e não tinha intenção de retornar à Alemanha enquanto os nazistas estivessem no poder.

Entre os eventos, Thomas havia aproveitado o sol de agosto na praia de Noordwijk, na Holanda, saboreando a água rasa e as marés altas, trabalhando na parte introdutória de uma nova tradução de Anna Kariênina. Agora, no hotel de luxo em que estava, em Saltsjöbaden, na Suécia, o único sinal que parecia remotamente ameaçador para Thomas era um vento frio sazonal vindo do mar enquanto o sol se punha.

Na noite anterior, durante o jantar, Thomas e Katia discutiram com Erika a possibilidade de se mudarem de Princeton para Los Angeles. Achavam o inverno rigoroso em Princeton e se sentiam isolados lá.

"Com certeza Los Angeles é o lugar mais isolado do mundo!", disse Erika.

"Nós gostamos quando estivemos lá", disse Katia. "Eu sonho em acordar de manhã e observar a luz do sol. E vimos tantos estrangeiros quando estivemos lá, parece que não nos destacaríamos tanto. Em Princeton, as pessoas respondem a mim como se eu estivesse pessoalmente ameaçando minar o modo de vida americano."

"Você quer mesmo ir para o local onde vivem os escritores e compositores alemães?", perguntou Erika. "Brecht está lá. Você odeia Brecht."

"Espero ter uma casa com paredes altas o suficiente para mantê-lo do lado de fora", respondeu Thomas. "Mas não me importaria de ouvir vozes falando alemão."

Com o final de agosto se aproximando, não acreditavam que

a guerra fosse iminente; no entanto, acompanhavam as notícias de perto. Depois do café da manhã, que cada um tomou em seu quarto, desceram as escadas para esperar a chegada dos jornais estrangeiros. Embora tivessem que se esforçar para ler os jornais franceses, conseguiam entender o que as manchetes diziam. Os jornais ingleses tendiam a estar alguns dias desatualizados, mas não havia nada em nenhum deles que sugerisse uma guerra imediata.

"Mas há uma crise", disse Erika. "Olhe os jornais. Há uma crise."

"Há uma crise desde 1933", disse Katia.

Thomas, como sempre, escrevia pela manhã, desfrutava de um longo almoço com Katia e Erika e depois fazia uma caminhada na praia.

Quando Katia entrou em seu quarto para lhe dizer que a guerra havia começado, Thomas tinha certeza de que não era verdade. Telefonou para Bermann, seu editor, que estava em Estocolmo. Bermann confirmou o que Katia dissera. A essa altura, Erika havia chegado no quarto de Thomas.

"Temos que voltar para os Estados Unidos", disse ela.

Thomas percebeu que a qualquer momento poderiam se descobrir presos na Suécia.

No papel timbrado do hotel, Thomas escreveu um telegrama a ser enviado a Agnes Meyer em Washington, DC, pedindo-lhe que telefonasse para ele. Também preparou outro para os Knopf em Nova York, solicitando ajuda. Quando ligou para a recepção para enviar os telegramas, não houve resposta. Erika se ofereceu para entregá-los pessoalmente na recepção e esperar até que fossem despachados.

Thomas ligou para Bermann mais uma vez e sugeriu que ele contatasse o governo sueco pedindo assistência urgente a Thomas para retornar aos Estados Unidos.

O pânico só começou a tomar conta de fato quando o hotel informou a Thomas, algumas horas depois, que seus telegramas ainda estavam em um lote, aguardando para serem enviados. Os funcionários haviam garantido a Erika que eles tinham sido enviados. Quando tentou telefonar para Washington, o hotel informou que as linhas internacionais estavam desligadas.

Thomas foi várias vezes à recepção para insistir que seus telegramas fossem tratados como urgentes. Porém, o saguão do hotel não tardou a se encher de pessoas exigindo atenção na recepção. O gerente do hotel se afastou, dando instruções severas, levantando a mão para sinalizar que ninguém poderia abordá-lo, exceto os funcionários do hotel. Thomas observou os carregadores, com ar preocupado, carregando malas e baús para os carros que esperavam do lado de fora.

À medida que o dia passava, o ar de frenesi permanecia no saguão, embora o restante do hotel estivesse funcionando como se nada tivesse mudado. As refeições eram servidas no horário de costume. À noite, a orquestra tocava algumas valsas leves e música cigana antes do jantar e depois melodias românticas.

O café da manhã do dia seguinte foi servido no quarto na hora marcada, os ovos cozidos exatamente como havia pedido, o café fresco, o guardanapo bem dobrado, o garçom colocando a bandeja com cuidado na mesa perto da janela para que ele tivesse uma vista das salinas e, em seguida, curvando-se educadamente, seu uniforme perfeito e seu comportamento tranquilo, seus cabelos loiros quase brilhando na rica luz da manhã.

À espera de notícias, continuaram almoçando e jantando juntos na mesma mesa perto das janelas e longe da orquestra. No quarto de Thomas, antes de descerem para a sala de jantar, Katia e ele repassaram quais outras ligações poderiam tentar fazer ou quais novos telegramas tentariam enviar. Katia havia encontrado um porteiro do hotel que falava alemão e traduzira os jornais suecos para ela.

"Será uma guerra total", disse ela. "Nenhum lugar na Europa estará seguro."

Thomas se perguntou se Katia e Erika o culpavam por tê-las trazido nessa viagem. Fora enganado pela superfície da vida, que lhe parecera, naquele momento, estável. Vinha alertando os outros sobre as intenções de Hitler, mas não imaginava que a guerra viria tão cedo, apesar de todos os indicativos. Enquanto Thomas passava o tempo caminhando ou lendo, ou tomando um drinque antes de jantar com Katia e Erika, homens fardados com mapas nas mãos e sangue nos olhos planejavam invasões. Não havia nada de secreto sobre o que pretendiam fazer; tinham deixado claro o que queriam, tão claro que ele próprio conseguiu fingir que nada ia acontecer.

Uma vez de volta a Princeton, se é que conseguiriam voltar, usaria todas as conexões que havia feito para levar os membros de sua família que ainda estavam na Europa para o outro lado do Atlântico. Como viveriam, ou onde, ou o que fariam, era assunto para quando estivessem em segurança em casa.

Bermann localizou um diplomata em Estocolmo e Thomas falou com ele pelo telefone. Garantiram-lhe que teria toda ajuda possível para deixar a Suécia. Mas teria de estar pronto para partir a qualquer momento.

Katia ficou com Erika em seu quarto para esperar alguma ligação. Já tinham seus vistos para os Estados Unidos; tudo o que precisavam era de um voo que os tirasse de Malmö e depois de um porto, talvez de Southampton, na Inglaterra.

Thomas ficou parado no saguão do hotel, fingindo tranquilidade, tentando se manter perto da recepção para conseguir ouvir caso chegasse uma ligação ou um telegrama, ciente também de que era essencial que ninguém pressentisse seu pânico.

Durante as refeições, notou que Erika estava animada, cheia de planos e possibilidades. Enquanto ele e Katia guardavam silêncio, Erika, que já tinha cidadania britânica, falava sobre o que poderia fazer quando estivessem em Londres, como poderia ingressar em alguma unidade de propaganda ou trabalhar como repórter.

"Posso até me juntar ao Exército britânico."

"Não tenho certeza se você pode simplesmente entrar para o Exército britânico", disse Katia.

"Agora que a guerra foi declarada, tenho certeza de que posso."

"O que você faria no Exército britânico?", perguntou Thomas.

"Eu trabalharia em alguma área relacionada com informação e desinformação", disse Erika.

Ocorreu a Thomas que, até esse momento, Erika não tinha muita certeza do que podia fazer no futuro. Seus dias como atriz estavam terminados; ela não era uma escritora de fato. Embora tivesse publicado livros sobre os males do sistema nazista, eles não haviam vendido bem e fizeram com que algumas pessoas suspeitassem que ela fosse comunista. Seu tempo como oradora pública nos Estados Unidos tinha se exaurido. Agora, porém, com a guerra declarada, haveria necessidade de jovens inteligentes. Todas as habilidades que Erika tinha — sua energia, seu conhecimento de alemão, seu domínio do inglês, seu compromisso com a democracia e o fato de ser solteira e não ter nenhuma ligação real com Auden — significavam que ela agora estava por cima. A percepção disso deixava seus olhos mais brilhantes e sua voz mais alta.

Foi apenas no final da noite que Thomas se deu realmente conta do que aconteceria se ficassem presos na Suécia. Se Hitler podia tomar a Tchecoslováquia e invadir a Polônia, não demoraria muito para que ele e seus generais olhassem para a Escandinávia. Se a invadissem, Thomas Mann estaria no topo da lista dos detidos e repatriados para a Alemanha. Ninguém seria capaz de intervir. Quando vissem seu nome nos jornais americanos, imaginou, os alemães apelariam para qualquer pessoa que pudesse fornecer informações sobre seu paradeiro. Já podia imaginar escritores assinando uma petição para sua libertação. Ele mesmo havia assinado documentos assim. Sabia quanto as intenções eram valiosas nesse caso, e quanto tinham se provado ineficazes na maior parte dos casos.

Era essencial deixarem a Suécia. Mas todos os voos estavam lotados, ou presos nos pátios ou sem informação sobre assentos disponíveis. O diplomata não retornava suas ligações. Um apelo à Academia Sueca, tendo sido vencedor do prêmio Nobel, foi recebido com silêncio. Não sabia sequer se seu telegrama diário para Agnes Meyer estava saindo do hotel. Não havia resposta dos Knopf. A equipe da recepção mal erguia os olhos quando ele se aproximava.

Um dia, quando o telefone tocou em seu quarto antes do almoço, ele presumiu que fosse Katia ou Erika, para avisar que logo seria hora de comer. Quando ouviu a voz de uma mulher falando em inglês com forte sotaque e perguntando por ele pelo nome, presumiu que fosse alguém do hotel, cujos funcionários costumavam ligar para perguntar se ele queria que limpassem o quarto ou arrumassem a cama.

Demorou um momento até perceber que era Agnes Meyer quem estava falando em uma linha direta de Washington.

"Não sei por que você não respondeu aos meus telegramas", disse ela, passando para o alemão, ao descobrir que estava falando com ele.

"Não recebi nenhum telegrama."

"Fui informada do contrário pelo hotel."

"O hotel não me entregou nenhum telegrama."

"Isso tem sido muito difícil. Muito difícil. Tive de lidar com as autoridades suecas, tanto aqui na embaixada como em Estocolmo, e depois tive de esgotar contatos valiosos entre os escalões superiores do serviço diplomático britânico. Meu marido está exasperado e se pergunta o que você está fazendo na Europa."

"Precisamos ir embora."

"Ir embora? Você precisa estar pronto para fugir a qualquer momento. Assim que receber uma ligação, haverá um carro para levá-lo ao aeroporto de Malmö, onde você vai pegar um voo para Londres, depois deverá seguir por conta própria até Southampton. Vou reservar uma vaga para você no SS *Washington*. Já entrei em contato com a direção da transportadora. Você terá que pagar quando chegar em Southampton. A reserva é para primeira classe. Mas não espere nenhum conforto."

"Sou muito grato."

"E venha me ver assim que chegar aos Estados Unidos. Não continue me ignorando."

"Posso assegurar-lhe de que não a tenho ignorado. Receberemos uma ligação das autoridades suecas sobre o voo para Londres? Você sabe o nome da pessoa que vai ligar?"

"Encontrei um diplomata. E ele me garante que você receberá uma ligação. Não o incomodei perguntando sobre detalhes de quem de fato fará a ligação."

"Então devo esperar no meu quarto?"

"Você deve estar pronto para partir a qualquer momento. Como eu disse, isso foi muito complicado."

"Estamos muito gratos."

"E devem estar mesmo."

"Você tem um número ou um nome para o qual eu possa ligar se não tivermos notícias de ninguém?"

"Está duvidando de mim?"

"Como disse, sou grato."

"Faça as malas então, e diga à sua esposa e filha para fazerem as malas também. Não pense que alguém vai esperar pacientemente por vocês. Esses dias acabaram. Eu disse a eles que seus vistos estão em ordem. Sua filha ainda está casada com aquele inglês, o poeta?"

"Sim."

"Aconselhe-a a continuar casada com ele. Pelo menos até chegar em segurança aos Estados Unidos."

Ele não respondeu. O tom dela o fez lembrar por que vinha evitando Agnes Meyer.

"Não perca este voo", disse ela.

"Não vamos. Avisarei minha esposa imediatamente."

"E venha me ver, como eu disse."

"Farei isso."

Cedo na manhã seguinte, esperaram com suas bagagens no saguão, como haviam sido instruídos a fazer por um telefonema do Ministério de Relações Exteriores da Suécia. Quando um jovem se aproximou e viu todas aquelas malas, balançou a cabeça.

"Estas terão de ser enviadas depois", disse ele. "Podemos permitir apenas o mínimo necessário."

Quando Katia protestou, o funcionário se afastou dela e falou com Erika.

"Se vocês quiserem embarcar neste avião para Londres, devem guardar esta bagagem. Não posso deixar o carro esperando. Vocês têm dez minutos para organizar isso ou perderão o voo."

Eles vasculharam suas malas, retirando itens considerados absolutamente necessários para a viagem. Thomas já tinha um livro de cartas de Hugo Wolf e uma biografia de Nietzsche e todos os seus cadernos em uma pasta grande. Katia arrumou algumas camisas e roupas de baixo dele em uma mala com algumas de suas próprias roupas e sapatos. Várias vezes, sob o olhar do jovem,

Erika teve que reabrir as malas para encontrar algum item que insistia ser indispensável. Só quando seu pai lhe assegurou que seu editor certamente lhes enviaria a bagagem mais tarde, ela fechou as malas e se levantou com uma bolsa pequena na mão.

Thomas e Katia foram até a recepção para guardar as bagagens e foram informados de que teriam de esperar o gerente ver o que poderia ser feito, já que o depósito estava lotado de malas de hóspedes que partiram na semana anterior. Quando Thomas apresentou uma grande nota de dinheiro, foi friamente informado pelo funcionário sueco que trabalhava na recepção de que não aceitavam esse tipo de oferta e de que Herr Mann deveria esperar pelo gerente, como fora informado anteriormente.

O jovem estava ficando cada vez mais impaciente.

"Preciso que vocês entrem no carro", disse. "Precisamos ir para o aeroporto."

Thomas foi informado de que a bagagem não poderia simplesmente ser deixada no saguão. Tinham que fazer algum acordo com o gerente, pois a equipe não tinha nenhuma autoridade para aceitar bagagem para armazenamento de hóspedes que partem.

Katia insistiu para que Thomas, Erika e o jovem fossem até o carro, que já estava com o motor ligado. Deviam levar consigo toda a bagagem de mão. Katia iria encontrar o gerente.

Eles ficaram sentados em silêncio no carro enquanto o jovem repetia que, se Frau Mann não se juntasse a eles logo, ela ficaria para trás. E não seria fácil conseguir um assento para ela em outro voo.

"Minha mãe está procurando o gerente", disse Erika.

"Sua mãe está colocando a viagem em risco", disse o rapaz.

Quando Katia apareceu, entrou no carro explodindo de raiva.

"O gerente, que obviamente estava lá o tempo todo, disse: 'Há muitas pessoas como você hospedadas neste hotel'. E, quando eu lhe informei que meu marido havia ganhado o prêmio Nobel de literatura, ele deu de ombros. Não sabia que havia pessoas assim na Suécia. Deixei nosso endereço e o nome de Bermann e disse a ele que o rei da Suécia o responsabilizaria pessoalmente se um único item de nossa bagagem desaparecesse."

A essa altura o carro já estava em movimento. Thomas cutucou Erika à menção do rei da Suécia, mas não olhou para ela nem riu.

Do banco da frente, o motorista se dirigiu aos três que se sentavam atrás.

"Disseram-me para informar que, como o avião sobrevoará o território alemão durante parte da viagem, será forçado a voar baixo. Isso traz perigos e riscos."

"Por que ele vai voar baixo?", perguntou Erika.

"É uma condição que os alemães impuseram. Ontem, um avião alemão voou ao lado deste mesmo voo."

"Temos escolha?", perguntou Katia. "Quero dizer, o avião pode pegar outra rota?"

"Acho que não. Não se você quiser deixar a Suécia agora. O avião vai pousar em Amsterdam para reabastecimento, mas ninguém vai embarcar ou desembarcar."

Uma vez a bordo do avião, Katia insistiu em se sentar na poltrona da janela e disse que Thomas e Erika deveriam ocupar os assentos do corredor.

"Sou uma senhora de meia-idade de aparência comum e não interesso a ninguém", disse ela. "Vocês dois podem enterrar suas cabeças em livros, de um jeito que não faça vocês parecerem diferentes dos outros."

O avião estava lotado, com passageiros tentando guardar seus pertences nos compartimentos superiores. Quando uma mulher gritou que sua mala não cabia, foi informada de que teria que abandoná-la. A passageira então começou a discutir com a comissária de bordo, mas outros passageiros a avisaram que ela estava atrasando a decolagem.

Por fim, com um movimento decidido, ela abriu a maleta, tirou um par de sapatos, um frasco de perfume e algumas roupas e jogou-as no assento.

"Pegue todo o resto e faça o que quiser com isso", disse de forma dramática. "Vou viajar apenas com as roupas íntimas que estou usando, se é isso que você quer."

"Espero que aquela senhora não vá atravessar o Atlântico conosco", disse Katia.

As hélices começaram a girar antes mesmo de as portas serem fechadas. Thomas acreditava que, se mais um dia tivesse passado, teria sido tarde demais. Eles não perguntaram se os alemães tinham uma lista de passageiros, mas tal lista não seria difícil de obter, tampouco seria difícil que alguém com simpatias nazistas do lado sueco alertasse os alemães sobre sua presença no avião. Um bom número de funcionários devia saber que ele estava naquele voo.

Enquanto o avião decolava de Malmö, ocorreu a Thomas que, se algum dia tinha pensado em rezar, agora seria o melhor momento para fazê-lo. Mas, como não sabia rezar, leu seu livro. E continuaria lendo com grande concentração, pensou, até chegarem a Londres.

Apenas uma vez, quando o avião mergulhou repentinamente por um momento, ele se permitiu sentir medo. Estendeu o braço em direção a Erika, que segurou sua mão. Quando encontrou o olhar de Katia, ela fez sinal para que ele mantivesse a cabeça baixa e voltasse à leitura.

A ansiedade pela qual estava passando, Thomas reconhecia, era compartilhada por muitos outros. Outros que não tinham a sorte de poderem ser levados por um funcionário do governo de um hotel de luxo para um avião a caminho do oeste. Não tinham a quem recorrer. O que Thomas estava sentindo era apenas uma pálida sombra de terror dessas pessoas.

O avião começou a descer, e Erika foi em direção à cabine. Thomas a observou questionando a atendente. Logo voltou para assegurar-lhes que estavam perto de Amsterdam e fora do espaço aéreo alemão. O avião ficaria na pista de Amsterdam por menos de uma hora.

O controle de passaportes em Londres correu bem, mas, quando chegaram à alfândega, o funcionário pediu a Thomas que abrisse sua pasta, chamando dois de seus colegas. Erika e Katia começaram a falar, mas foram instruídas a ficar em silêncio. Os homens estudaram primeiro seus dois livros, folheando as páginas, e depois começaram a examinar os cadernos e as páginas escritas à mão.

"Meu marido é escritor", disse Katia.

Ignorando-a, os funcionários sussurraram entre si e levaram o conteúdo da pasta e o passaporte de Thomas para uma sala interna. Enquanto esperavam, o salão se esvaziou.

"Espero que aquela senhora com só um conjunto de roupas íntimas acabe por encontrar a felicidade", Katia comentou.

Thomas olhou para Erika e os dois riram, fazendo Katia ficar ainda mais séria.

"Não é coisa pouca", disse ela. "Acho que a experiência de ser privada dessa forma pode tê-la marcado para o resto da vida."

Quando os três funcionários saíram do escritório interno, Katia já havia se juntado à risada, que Thomas agora tentava controlar.

"Devemos perguntar-lhe, senhor, o que está escrito nestes cadernos e páginas."

"É um romance que estou tentando concluir."

"Em alemão?"

"Sim, eu escrevo em alemão."

Um dos funcionários abriu uma página do caderno e pediu que ele traduzisse.

"Minha filha é uma tradutora melhor do que eu."

"Mas você escreveu isso, senhor?"

"Sim."

"Então precisamos que você traduza."

Thomas lentamente começou a traduzir.

"O que isso significa, senhor?"

"É de um romance que estou escrevendo sobre o poeta alemão Goethe."

"E quando foi a última vez que você esteve na Alemanha?"

"1933."

"E para onde está indo agora?"

"Southampton", disse Katia, "e depois para os Estados Unidos. Temos nossos vistos aqui e perderemos o barco se tivermos mais atrasos."

Quando os funcionários da alfândega encontraram um desenho que Thomas havia feito de uma sala, com uma mesa no centro e nomes rabiscados apressadamente em torno do contorno oblongo da mesa, ficaram preocupados.

"É para o meu romance", disse Thomas. "É um esboço da sala de jantar da casa de Goethe. Veja, este é o nome dele aqui, e estas são as outras pessoas em sua mesa. Isso foi no início do século XIX."

"Como você sabe quem estava na mesa dele?", perguntou um deles.

"Eu não sei. Estou imaginando onde eles se sentaram para que eu possa imaginar a conversa deles."

Um dos funcionários olhou o desenho, preocupado, virando-o como se pudesse ter alguma importância estratégica.

"Ele é um romancista", disse o colega.

"Um romancista que desenha", o outro interveio e depois sorriu.

"Há um ônibus para Waterloo", disse o funcionário que parecia estar no comando. "E então depois é só pegar o trem para Southampton."

"E vocês têm tempo suficiente para a viagem", acrescentou o outro enquanto sorria e os encaminhava para a saída.

Thomas ficou surpreso com a sensação de paz e fartura que observou do ônibus enquanto serpenteavam pelo interior da Inglaterra. O país era mais verde do que ele esperava, as estradas mais estreitas, o céu mais azul, o calor do final da tarde mais intenso. À distância, viu uma casa de fazenda. Até as modestas habitações à beira da estrada, ou nas poucas vilas por onde passaram, exalavam conforto e novidade. Nada parecia muito velho ou desgastado. Quando se aproximaram da própria Londres, porém, ele se maravilhou com a extensão dos subúrbios, as fileiras sombrias de casas, as pequenas lojas. Tudo parecia ainda mais estranho do que Princeton ou Nova York. Estava feliz por não ter que se estabelecer aqui. Talvez fosse diferente nas grandes praças e nas grandes ruas comerciais, pensou ele, mas não teriam tempo de descobrir, tinham de pegar o trem para Southampton assim que chegassem à estação de Waterloo.

Era estranho viajar sem bagagem. Havia uma liberdade em descer do ônibus sem ter que supervisionar o deslocamento de todas as malas para o trem. Também sentiu uma leveza em si mesmo, como se tivesse sido liberado da escola para o verão, e só não sorriu e fez piadas ao entrarem na estação por conta das expressões de determinação nos rostos de Katia e Erika.

Enquanto esperava que Katia e Erika comprassem as passagens de trem, Thomas viu que as pessoas carregavam máscaras de gás, muitas exibindo-as de forma evidente por cima do ombro. A Inglaterra estava em guerra. Ele estudou cada pessoa que passava, tentando ver se conseguia encontrar em seu rosto algum sinal de que a liberdade e a democracia de fato importavam. Essas pessoas aqui haviam decidido, praticamente sem discordância, resistir a Hitler, viver em perigo permanente.

Logo, ele pensou, conheceriam o verdadeiro medo. Suas cidades seriam bombardeadas; seus filhos morreriam de uniforme. Tudo o que podia fazer era observá-los. Não havia nada que pudesse dizer sobre a Alemanha que eles já não soubessem ou sentissem. Era duplamente estranho: era um exilado alemão em seu caminho de volta para os Estados Unidos.

Ao chegarem ao escritório no porto de Southampton, foram informados de que o SS *Washington* chegaria com alguns dias em atraso. Deveriam encontrar um hotel, disseram-lhes. Enquanto caminhavam pela noite quente, com as gaivotas gritando como se estivessem em pânico com sua presença, Katia disse que agora eles poderiam fazer contato com Michael e sua noiva e incentivá-los a cruzar o Atlântico o mais rápido possível, e talvez pudessem falar com Monika e seu marido para que soubessem que deveriam seguir o exemplo assim que seus vistos fossem emitidos.

Pela manhã, tendo convencido o hotel a instalar uma mesa no quarto de Thomas para que ele pudesse trabalhar, Katia e Erika se aventuraram a visitar as lojas de Southampton, na esperança de comprar malas novas e pelo menos roupas suficientes para a viagem. Quando voltaram, Thomas ouviu suas risadas enquanto subiam as escadas estreitas.

Compraram malas, algumas roupas, roupas de baixo e sapatos. Em cada loja, haviam explicado que estavam fugindo da

Alemanha, e não apenas os lojistas, mas outros clientes, tinham sido muito gentis. Trouxeram consigo jornais e disseram a Thomas que Göring havia feito uma oferta de paz que o governo britânico rejeitara sumariamente. Todos que encontraram na rua, disse Katia, apoiavam o governo.

"Uma mulher até se aproximou de nós na rua dizendo que os ingleses libertariam a Alemanha assim como fizeram na última guerra. Eu mal sabia o que responder, então disse que me sentia muito grata."

No quarto de Erika, ao abrirem os embrulhos, começaram a rir de novo.

"Lembramos da pobre mulher que perdeu todas as roupas", disse Katia, "e agora está andando pelo mundo sem poder trocar de roupa de baixo. Lembrar disso nos fez rir tanto que uma mulher muito séria que vendia lenços atrás de um balcão pensou que estávamos rindo dela."

"Eu não ficaria surpresa", disse Erika, "se ela nos denunciasse à polícia como estrangeiras indesejáveis."

Erika apanhou um pendurador de panos de prato feito de madeira que tinha uma imagem da família real gravada nele.

"Comprei para o Auden", disse. "Para que ele veja o que está perdendo."

"Mas olha o que mais nós compramos!", disse Katia.

Ela levantou um colete de lã e um par de ceroulas. A lã era quase amarela.

"Nunca vimos nada assim", disse Erika. "E começamos a rir de novo quando eu disse que seria perfeito para o Klaus."

"Ah, e as roupas íntimas femininas inglesas!", disse Katia.

"São ainda piores do que as alemãs", acrescentou Erika. "Algumas são convites abertos aos piolhos. Não sei como as inglesas toleram isso!"

Depois do almoço, os três desceram até o porto para saber se havia alguma notícia do SS *Washington*. Foram informados de que o navio chegaria em dois dias, mas que estava muito lotado. A empresa tentaria acomodar todo mundo, mas não haveria camarotes privativos, e homens e mulheres teriam de ser separados. Quando Katia perguntou se pagando mais podiam conseguir duas camas de primeira classe, uma para o marido e outra para ela e Erika, foi informada de que tais pedidos não seriam sequer considerados.

"Haveria um tumulto no navio. Isto é uma evacuação, senhora. Tentaremos trazer a bordo todas as pessoas que tenham passagem para os Estados Unidos. Não vai levar mais que cinco ou seis dias. Você pode conseguir todas as acomodações de primeira classe que desejar assim que chegar a Nova York."

No dia marcado para a partida do barco, havia uma longa fila e muita confusão, com passageiros se empurrando e rumores de que o barco poderia nem zarpar naquele dia e de que nem todos na fila teriam permissão para embarcar. As pessoas olhavam para eles quando falavam alemão, então os três tentaram falar inglês entre si, mas isso só durou até Thomas questionar se seus sotaques estrangeiros e erros de gramática não podiam levantar ainda mais suspeitas. A manhã estava quente e não havia lugar para se sentar. Quando Erika, exasperada, abriu caminho no meio da multidão, na esperança de encontrar alguém das autoridades que ajudasse seus pais a furar a fila, Thomas voltou-se para Katia.

"Não era bem o que tínhamos imaginado da vida, é?"

"Nós somos os sortudos", disse ela. "Isso é pura sorte."

Erika voltou agitada com dois tripulantes uniformizados.

"Este é meu pai. Ele está doente", disse ela. "E ele está de pé há duas horas. Isso pode matá-lo."

Os dois homens examinaram Thomas, que tentou parecer

frágil. Por toda parte havia murmúrios na multidão de que também estavam acompanhando idosos ao navio.

"Minha mãe e eu podemos esperar", disse Erika em voz alta. "Mas, se você puder, leve meu pai para o navio agora."

Thomas parecia distraído, como se não conseguisse entender o que estava acontecendo. Percebeu que os dois tripulantes esperavam alguém muito mais velho. E estavam hesitantes.

"Venha conosco, senhor", um deles enfim disse, e os dois gentilmente o conduziram no meio da multidão. Então o fizeram esperar por um barco piloto. Thomas carregava sua maleta na mão.

"Ele tem problema de coração, foi o que a filha disse", gritou um deles. E deram instruções para que Thomas fosse transportado para o navio. Depois de muita dificuldade e empurrado por gritos, conselhos e incentivos, Thomas enfim passou do barco para o navio. Com toda a dignidade que conseguiu reunir, sentou-se no primeiro espaço público que encontrou, reparando que muitas outras pessoas já tinham embarcado.

Vasculhou sua pasta e encontrou um caderno. Lentamente, enquanto esperava, pegou a caneta e começou a avançar alguns parágrafos no seu romance sobre Goethe, deixando a mente se afastar de onde estava, retomando o ritmo das frases nas quais havia trabalhado no dia anterior, imaginando que um romance sobre o amor de um poeta na velhice por uma jovem confortasse um leitor quando seus livros pudessem voltar a ser lidos na Alemanha.

Seguiu trabalhando mesmo quando os anúncios nos alto-falantes eram feitos, mesmo quando toda a multidão que estava na fila finalmente entrou no navio. Pensou que, se ficasse onde estava, Katia e Erika sem dúvida acabariam por encontrá-lo.

Deram a ele uma vaga de primeira classe, que Thomas teve que dividir com outros quatro homens. Como ficou com a cama, e os outros apenas com catres e colchões, havia uma animosidade abafada contra ele, exacerbada quando descobriram que era alemão. Dois dos homens eram ingleses e falavam como se ele não pudesse entendê-los.

"Vai saber quem são esses alemães?", perguntou um.

"Fugido de Hitler", disse seu companheiro, "ganhou uma cama. E antes que saibamos de qualquer coisa ele enviará mensagens em código para casa."

"Essa onda vai mudar logo. Eu estava lá quando eles se renderam da última vez, e foi um espetáculo bonito de ver. Falei a um deles que estava livre para chutar o Kaiser e repeti isso várias vezes, mas estava desperdiçando saliva. Ele não entendia uma palavra em inglês, ou assim fez parecer. Você nunca sabe com esses tipos."

Tudo o que Thomas queria fazer era trabalhar. Todas as manhãs, Katia e Erika caminhavam pelo convés para encontrar um lugar onde ele pudesse se sentar. Quando, numa ensolarada tarde, ele ofereceu seu assento a Katia, ela praticamente se indignou, dizendo que havia investido energia para conseguir um assento onde ele pudesse escrever, não um lugar para ela tomar sol.

A ideia de sua vida fundir-se com a vida de Goethe não lhe ocorrera conscientemente, mas estivera ali o tempo todo, correndo subterrânea. Talvez por isso o livro estivesse ficando tão longo e ele estivesse se dedicando tanto. Era uma história de amor impossível, de desejo na velhice. Quando Thomas ergueu a cabeça e olhou para a vasta extensão de água, vários nomes vieram à sua mente, e então os rostos — Armin Martens corando, Willri Timpe nu, Paul Ehrenberg inclinando-se para ele com seriedade, os lábios macios de Klaus Heuser.

Se Paul aparecesse em sua frente agora, ou se Klaus Heuser estivesse neste barco como passageiro, o que ele lhes diria? Se estivessem lá, na escuridão do convés após o jantar, como tantos outros passageiros ao seu redor, qual mensagem passaria por seus olhos? Ele suspirou e pensou em abraçar Klaus Heuser, sentindo seu coração bater e sua respiração acelerar.

Katia e Erika se aproximaram; Katia perguntou no que ele estava pensando.

"No livro", disse. "Queria acertar essa parte do livro."

Nos últimos dias de viagem, o congestionamento do navio foi se tornando cada vez mais insuportável e a água para se lavar escasseou. Os dois ingleses em seu beliche tornaram-se mais loquazes.

"Você viu como o alemão é mimado por aquela esposa e filha?"

"Nem saberia dizer se aquela garota é um homem ou uma mulher. Vou ficar surpreso se deixarem ela entrar nos Estados Unidos."

Thomas escreveu a palavra *"mollycoddled"* em seu caderno, mas nem Erika nem Katia sabiam dizer o que significava.

Erika exigiu que tivessem prioridade quando o barco atracou. Enquanto caminhavam do navio para o galpão da alfândega, observados por passageiros exaustos que estavam sendo retidos até que Thomas, sua esposa e sua filha pudessem avançar, Thomas sentiu os olhares hostis. Isso o lembrou das noites em Munique nos anos após a revolução, quando ele e Katia desciam as escadas da ópera para encontrar o motorista esperando logo ali embaixo, Katia com sua estola de *vison*, e Thomas com o sobretudo no braço. Quando emergiam, a multidão do lado de fora, empobrecida pela inflação galopante, observava-os com um ressentimento latente.

Pensou ainda uma vez que Adolf Hitler poderia facilmente ter sido uma das pessoas naquela multidão de Munique. Não tinha condições de comprar um ingresso para a ópera, mas talvez estivesse esperando do lado de fora alguém desistir. No inverno de Munique, teria passado frio na rua. E então, imaginava Thomas, teria visto os Mann chegando com seu motorista, ambos majestosos, distantes, dignos, atentos à sua posição na cidade, acenando para alguns, cumprimentando outros, conforme ditavam suas posições. Nas noites em que a ópera era de Wagner, Hitler deve ter ficado desesperado para ouvir *Lohengrin*, *Die Meistersinger* ou *Parsifal*. Mas só podia ficar observando as pessoas que haviam comprado seus ingressos com bastante antecedência, ou que tinham seu próprio camarote no teatro, descendo de seus carros vestidas perfeitamente para a ocasião, enquanto ele sumia noite adentro.

Enquanto pensava nisso, Thomas seguiu Katia e Erika até o controle de passaportes, sua bagagem tendo ficado a cargo de um carregador. Depois que seus passaportes e vistos foram verificados, suas malas nem chegaram a ser inspecionadas. Um carro os esperava, conforme combinado com os Knopf. Depois de colocarem a bagagem no porta-malas, Erika disse que ficaria em Nova York. Precisava ver Klaus, explicou. Agora que a Grã-Bretanha estava em guerra com a Alemanha, tinham planos a fazer.

"Você sabe onde Klaus está?", perguntou Katia.

"Auden está no Brooklyn. Ele deve saber onde o Klaus está."

Erika já havia feito uma pequena mala para sua estada em Nova York; o resto da bagagem poderia ir com eles para Princeton. Thomas imaginou que Erika sentiria falta de lutar por ele. Em vez de Erika, era Elisabeth, sempre tão ocupada e frágil, quem estaria em casa calmamente esperando por eles. As lágrimas vieram aos olhos de Thomas ao pensar que esta seria a última vez que encontrariam Elisabeth em casa.

"Não chore", disse Erika. "Chegamos em segurança. E não gostei nada de sobrevoar a Alemanha."

"Você pode dizer a Klaus para ele ligar?", pediu Katia. "Ou melhor, para ele nos visitar. Se tiver tempo."

"Eu tenho aquela roupa amarela engraçada para ele. Direi que é um presente de todos nós."

Alguns dias depois, Thomas pegou o trem lento para Trenton, a fim de apanhar depois o expresso que saía de Boston para Washington. O carro que Agnes Meyer enviara estava esperando do lado de fora da estação. No dia anterior, a sra. Meyer havia hesitado entre exigir que ele e Katia viessem até sua casa de campo para uma estadia prolongada e insistir que Thomas viesse sozinho para Washington e se hospedasse com ela e seu marido por uma noite. No fim, decidiu pela última opção.

"Agnes Meyer é o tipo de pessoa que emerge quando há uma guerra ou ameaça de guerra", disse Katia. "Mas que geralmente trabalha como matrona ou atiradora de elite."

Thomas sabia que, nessa visita, precisava perguntar a Agnes como os vistos para Golo, Heinrich e sua esposa poderiam ser obtidos, e se os vistos para Monika e seu marido podiam ser agilizados. Também desejava conversar com Agnes sobre sua própria posição em relação à cidadania americana. Thomas tinha no bolso uma lista de nomes de escritores na Europa que precisavam desesperadamente de ajuda, às vezes apenas financeira, em outros casos, para chegar aos Estados Unidos se a Alemanha invadisse a Holanda ou a França. Quando voltou para Princeton, encontrou muitas cartas de partir o coração vindas de frenéticos artistas alemães, muitos deles judeus, todos pedindo ajuda. Algumas tinham sido enviadas a ele diretamente em Princeton, outras redirecionadas por Knopf. Essas pessoas acreditavam que Thomas tinha o poder de resgatá-las.

Ninguém sabia que ele era, na verdade, praticamente impotente. Sua vaga associação com Roosevelt e seu trabalho em Princeton não podiam ser usados para obter vistos para ninguém. Sua amizade com Agnes Meyer, porém, talvez fizesse a diferença. Para Agnes, ele podia pelo menos pedir ajuda, o que não era o caso com Roosevelt. Se fosse preciso bajulá-la, ele o faria, passaria tempo com ela de bom grado, permitiria que traduzisse seus discursos, ouviria quando fizesse insinuações sobre o que deveria escrever. Até consideraria deixar que ela escrevesse um livro sobre sua obra.

Mas, em troca, tinha determinado que hoje Agnes teria de ouvi-lo e que deveria fornecer a assistência necessária. Só que, como Agnes nunca ouvia ninguém, fazê-la prestar atenção não era uma tarefa simples.

Agnes esperava por Thomas em sua grande sala de estar. Assim que começou a falar, ficou claro que havia passado a manhã preparando o que dizer. Thomas tinha sido chamado para esse encontro mais para servir de público do que de visitante.

"Nesse momento, você precisa ter cuidado para não falar sobre a entrada dos Estados Unidos na guerra. Ninguém quer ouvir a respeito, muito menos vindo de um estrangeiro. Espero que você transmita esse recado também à sua filha mais velha e ao seu filho mais velho. Os Estados Unidos decidem por si mesmos o curso de ação a seguir. Por enquanto, o país decidiu vigiar e esperar e, portanto, é isso que todos devemos fazer. Nesse ínterim, acho que um romance sobre Goethe será bem-vindo aqui. Não por todos, claro. Eu pessoalmente adoraria ler esse livro, e espero que a tradução não o prejudique, como acontece sempre, por causa daquela mulher, aquela sra. Lowe-Porter, sua suposta tradutora. Eu gostaria que ela se dedicasse a algum escritor menor, Hermann Broch, por exemplo, ou Hermann Hesse, ou Hermann Brecht."

"Não acho que Brecht se chame Hermann."

"Nem eu. Foi uma piada."

"Minha esposa, eu e Erika somos muito gratos por você ter nos trazido de volta aos Estados Unidos."

"Não coma muito ainda, porque logo vamos almoçar. Sei que você gosta de marzipã. Bom, e quem não gosta? Mas não antes do almoço. Talvez apenas um com um pouco de chá."

"Você deve estar cansada que eu te peça favores", ele começou.

"A arrecadação de fundos agora é a nova indústria americana", disse ela. "Eu disse isso ao meu marido na semana passada. Este museu, aquele museu, este comitê, aquele comitê, este refugiado, aquele refugiado. Todos dignos do dinheiro, é claro."

Thomas teria preferido que o marido de Agnes estivesse presente. Apesar de obtuso, Eugene Meyer distraía Agnes, tornando um pouco mais difícil para ela interromper os outros tão depressa ou mudar de assunto tão precipitadamente.

Ficou, portanto, desapontado quando Agnes lhe disse que o marido estava fora da cidade e que eles jantariam sozinhos, além de almoçar *à deux*.

Não suportaria passar a tarde toda com Agnes, sequer estar perto dela. Então disse que precisava trabalhar várias horas em seu quarto, pois seu romance estava quase pronto.

"Bem, esta casa é perfeita para você. Ninguém vai incomodá-lo. Darei instruções estritas a todos e o silêncio será uma obrigação. Os criados já sabem que um escritor famoso está hospedado aqui. Eu os reuni todos esta manhã e avisei. Você pode sempre vir aqui quando precisar trabalhar. Vou avisar sua esposa, para que ela também saiba disso. Temos todos os luxos mais modernos por aqui, como pode ver, e você estará em total reclusão. Meu marido costuma trabalhar até tarde."

Durante o almoço, Thomas não fez nenhum progresso. Agnes queria falar sobre o livro que pensava em escrever, colocando a obra de Thomas no contexto da história e cultura alemãs.

"Tão poucas pessoas aqui sabem alguma coisa sobre a cultura europeia em geral, imagine sobre Fausto ou Goethe, ou mesmo sobre a Liga Hanseática."

Tudo o que podia fazer era acenar com a cabeça, concordar e fazer interjeições enérgicas e solenes. Começou a ansiar pela solidão que Agnes lhe prometera. Levantou-se enquanto Agnes ainda estava no meio de uma frase, esperando que ela não se ofendesse, mas não aguentava mais. E decidiu que, da mesma forma que ela tinha preparado o que queria dizer no almoço, ele faria o mesmo no jantar.

Descendo a grande escadaria para o jantar, percebeu que apreciava bastante a opulência da casa, os ricos tecidos e a pesada mobília, as pinturas americanas antigas que Agnes colecionava com tanto cuidado, os tapetes, a madeira polida. E ocorreu-lhe por um momento que quase gostava de Agnes. Em sua prepotência, ela o lembrava de uma velha Alemanha, de sua tia e avó, das reuniões em Lübeck na casa onde seu pai havia sido criado. Como quase não tinham voz, as mulheres exerciam um controle feroz sobre o que estava ao seu alcance. Os criados viviam com medo e elas vivam também de olho no cozinheiro.

No futuro, pensou, talvez quando esta guerra acabar, mulheres como Agnes teriam mais poder. Erika seria uma boa companheira de Agnes para alguma tarefa nobre. E sorriu com a ideia de ter Agnes e sua filha uma na órbita da outra. Juntas, poderiam governar o mundo.

Durante o jantar, Thomas percebeu mais uma vez o quanto Agnes Meyer era formidável em dirigir a conversa para tópicos que interessavam a ela e somente a ela, sem permitir nenhum desvio. Falou sobre os pais, que tinham emigrado da Alemanha, sobre como seu pai era conservador e como a vida tinha sido difícil para eles em um apartamento apertado no Bronx, com o alemão como a única língua falada entre eles. Seu pai achava, segundo Agnes, que ela deveria ficar em casa aprimorando suas habilidades domésticas até se casar. E se opôs a que ela fosse estudar no Barnard College. Então, Agnes se candidatou a uma bolsa de estudos e conseguiu empregos de meio período para custear a própria educação. Nunca pediu nenhuma ajuda ao pai.

"Não devia nada a eles", disse, "e isso significava que eu podia fazer o que quisesse. Podia ir a Paris. Podia trabalhar para um jornal. Podia me casar sem consultá-los. Qualquer coisa que eu quisesse."

Thomas entendeu que interromper Agnes, tentando mudar o assunto para a questão dos vistos, simplesmente não funcionaria. Então ficou se questionando se deveria escrever um bilhete, entregá-lo em seu quarto quando ela estivesse pronta para dormir, e só tentar falar com ela pela manhã antes de partir para Princeton.

Terminada a refeição, Agnes declarou que talvez já tivesse falado o suficiente.

"Não costumo ter a companhia do homem de letras mais distinto do mundo", disse ela. "Geralmente, são os amigos de Eugene, e eles são homens chatos com esposas ainda mais chatas. Recentemente, quando fiquei com um grupo de esposas, quis pedir aos criados que mandassem buscar gás mostarda."

Thomas sorriu.

Agnes se levantou e foi até uma escrivaninha no canto da sala e voltou com uma caneta e uma pasta.

"Você acha que eu não escuto. Mas eu escuto. Hoje, quando você veio, mencionou favores."

Thomas assentiu.

"Seu filho Michael está em Londres com a noiva, e eles têm vistos para os Estados Unidos. Ele é músico, toca viola e provavelmente posso ajudá-lo a encontrar trabalho em alguma orquestra americana. Sua filha e o marido húngaro estão em Londres, e posso lhe garantir que os vistos deles sairão muito em breve. Seu filho Golo está na Suíça, e seu irmão Heinrich e a segunda esposa estão na França, e eles não têm visto? É isso?"

"Isso mesmo. Você tem uma memória maravilhosa."

"Posso conseguir um visto para Golo sem dificuldade. Você só terá que assinar formulários para declarar que será o responsável financeiro dele. Só isso. Contanto que ele permaneça solteiro."

"Vou transmitir esse recado a ele."

"Com seu irmão, podemos conseguir um contrato com a Warner Brothers. Depois de assinado, podemos lidar com a questão do visto."

"A Warner Brothers concordou em oferecer um contrato a ele?"

"Seu irmão não escreveu O anjo azul?"

"Ele escreveu o romance no qual o filme foi baseado."

"Nesse caso, a Warner Brothers o verá com bons olhos. Consigo um contrato de um ano, pelo menos."

"Tem certeza de que isso pode ser arranjado?"

"Já falhei com você?"

Ela cruzou os braços e sorriu satisfeita.

"Agora, junte-se a mim na sala de estar onde serviremos o café."

Na sala de estar, ela se sentou perto de Thomas no sofá. A pasta estava em seu colo.

"Eu sei que você vai querer um cheque. Todo mundo que vem aqui quer um cheque. Para quem é?"

"Muitos escritores que precisam de ajuda."

"Posso passar um cheque para ajudá-los. Vou fazer o cheque em seu nome e você pode encaminhar para os mais necessitados."

"Alguns deles estão em perigo real."

"Por favor, não peça mais nada nesta visita. O cheque será enviado para o seu quarto mais tarde."

"Estou realmente muito grato."

"No Ano-Novo, acho que você deveria iniciar uma turnê de palestras. Posso conseguir os contatos, mas o essencial é que você não provoque o governo para que declare guerra à Alemanha. Não faça isso. Os Estados Unidos não estão em guerra. Você pode falar sobre o que quiser, mas o presidente não quer que você incomode as pessoas com esse assunto. Ele tem uma eleição para vencer no ano que vem. Então você precisa ficar em silêncio sobre a participação dos Estados Unidos na guerra."

"O presidente? Como você sabe disso?"

"Eugene e eu o conhecemos. E é isso que ele pensa. E, mais uma vez, posso pedir que avise sua filha sobre isso também? As pessoas por aqui me associam a você, e sou culpada por cada palavra que ela pronuncia. E como ela fala! É uma tremenda oradora."

"Ela tem suas próprias opiniões."

"Ela tem encontrado aquele marido dela?"

"Ela está em Nova York."

"Nova York é a fonte de todos os problemas. Meu marido costuma dizer isso. As pessoas aqui desaprovam sua filha, ainda mais do que o irmão dela."

"São, ambos, pessoas comprometidas."

Agnes suspirou exasperada.

"Acho que eles já deixaram isso claro."

Ela tomou um gole de café.

"Está tudo combinado?", perguntou.

Thomas se comportou impecavelmente no casamento de Elisabeth em novembro. Apertou a mão de Borgese e beijou a noiva à vista de todos que compareceram ao culto na igreja do campus de Princeton.

O único inconveniente foi Auden, que havia escrito um poema para a ocasião que Thomas mal havia compreendido. Além disso, depois da cerimônia, enquanto caminhavam juntos de volta para a casa na Stockton Street, Auden comentou, quando avistaram Klaus adiante: "Para um autor, filhos são um constrangimento. Deve ser como se um personagem de um de seus romances tivesse ganhado vida. Sabe, eu até gosto do Klaus, mas algumas pessoas o chamam de Subordinado Klaus, isso é muito, muito cruel".

Thomas não tinha certeza do que Auden queria dizer com isso, mas evitou falar com ele pelo resto do dia.

Katia havia alertado Erika para que fosse gentil com Elisabeth e para que não dissesse nada que pudesse causar a menor ofensa. Erika contou aos pais que uma amiga tinha visto Elisabeth em Nova York jantando com um homem que presumira ser o noivo com quem ela logo se casaria.

"Era um esquema com velas, sussurros e romance", disse Erika. "Até que minha amiga foi parabenizá-los e descobriu que o homem era ninguém menos que Hermann Broch. Eles ficaram muito chateados por serem vistos juntos. Elisabeth obviamente gosta de escritores emigrados idosos. Se tivesse ficado em casa com o pai, que é o principal entre eles, poderia ter-nos poupado muitos problemas."

"Ela está apaixonada por Borgese", disse Katia. "Tenho certeza de que sua amiga está totalmente equivocada."

Para o Natal, Thomas pediu que Elisabeth e seu marido fossem colocados no sótão da casa, para não ter como esbarrar com Borgese no corredor perto de seu quarto.

Na primeira manhã, deitado na cama, ouviu Borgese pigarrear ruidosamente e tossir no quarto de cima, depois abrir uma torneira. Percebeu então que o banheiro designado ao casal recém-casado ficava logo acima de seu quarto. A princípio, foi apenas o barulho da torneira, mas em seguida o som inconfundível de um homem urinando em um vaso sanitário, fazendo isso com alguma veemência e por algum tempo, chegou até ele através das tábuas do assoalho.

A imagem de Borgese se sentindo à vontade em sua casa o enojava. Mesmo quando ouviu a descarga do vaso sanitário, não conseguiu tirar da cabeça a imagem de Borgese urinando de pijama. Seus próprios filhos, pensou, sempre foram discretos no banheiro. Este italiano, ao que parecia, estava muito à vontade para fazer sua presença ser notada.

Na segunda manhã da estada deles, quando Thomas estava em seu escritório, Borgese bateu à porta e entrou para, conforme disse, bater um papo, acrescentando que estava perdido na casa porque as mulheres haviam saído para fazer compras. Borgese perguntou a Thomas se gostaria de tomar chá. Thomas não sabia o que fazer.

As quatro horas que antecediam o almoço, nos últimos trinta e cinco anos, tinham sido seu momento de permanecer totalmente imperturbável em seu escritório. Agora este homem sentava-se na cadeira à sua frente, perguntando mais uma vez se queria chá e depois indagando num tom casual se seu trabalho estava progredindo como planejado, como se a escrita de Thomas pudesse se beneficiar de tal consulta. Como Thomas não respondeu a nenhuma das perguntas, Borgese pegou um livro da mesa e começou a folhear as páginas.

"O que você acha que vai acontecer na França?", perguntou o italiano.

"Não faço ideia", disse Thomas, mal erguendo os olhos.

"Acho que os alemães vão esperar até a primavera ou o início do verão para invadir. Mas vão invadir. Marque minhas palavras. Eles vão invadir. E vão passar."

Thomas olhou para ele emburrado.

"Quem lhe disse isso?", perguntou.

"É só uma sensação", disse Borgese. "Mas tenho certeza de que estou certo."

Ao observar Borgese, ocorreu-lhe que Elisabeth já deveria estar mesmo cansada dele. Thomas só queria que ela, a mãe e Erika voltassem das compras para que aquele velho fosse imediatamente expulso de seu escritório e instruído a nunca mais voltar.

Na véspera de Natal, enquanto a mesa era preparada para o jantar, Thomas ouviu Erika falando alto com Klaus ao telefone no corredor.

"Vá para a Penn Station agora e pegue o próximo trem. Estarei em Princeton Junction esperando. Não, o próximo trem! Eu não me importo com quem você está. Você pode perder o jantar, mas tem que estar aqui para a abertura dos presentes. Eu comprei seus presentes para você. Tinha dito que faria isso. Estão todos embrulhados. Você não precisa se preocupar. Klaus, eu disse agora!"

Quando o telefone tocou de novo, alguns momentos depois, ele ouviu Erika dizer a Klaus mais uma vez que iria encontrá-lo e que ele não deveria se preocupar com perder o jantar.

À medida que se aproximava a hora do jantar e a família se preparava, a casa estava silenciosa e os cheiros da cozinha se espalhavam pelos cômodos. Aproximando-se da sala de estar, Thomas ouviu o som de alguém se movendo. Katia estava de costas para ele diante da árvore de Natal. Ela rearranjava delicadamente as decorações e depois se abaixou para deixar as pilhas de presentes reunidos sob a árvore mais organizadas. Katia não percebeu que ele a observava. Mas Thomas sabia que a notícia de que Klaus viria, ainda que depois do jantar, e que ficaria no dia seguinte, tinha sido um alívio para ela.

Pensou em pigarrear ou emitir algum som, mas preferiu retirar-se, ir para o escritório até ser chamado à mesa. Katia, pensou ele, ficaria mais satisfeita sozinha. Falaria com ela mais tarde, quando a noite chegasse ao fim. Aí tomariam o bom champanhe que estava guardando na geladeira. Os dois iriam, esperava Thomas, erguer seus copos um para o outro no fim da noite, quando todos os outros enfim tivessem ido para a cama.

12. Princeton, 1940

Quando o telefone tocou, ninguém atendeu. Katia e Gret haviam levado Frido, de apenas seis semanas, para passear. Michael conhecera três jovens músicos em Princeton e havia saído com sua viola para encontrá-los. E a mulher que vinha cozinhar e limpar ainda não tinha chegado. O telefone seguia tocando, mas ficou mudo antes que Thomas tivesse a chance de atendê-lo.

Os telefonemas em geral vinham da universidade e se destinavam a convidá-lo para jantares ou recepções. Katia sabia bem como lidar com tais pedidos. Entre seus conhecidos, apenas Klaus em Nova York, Elisabeth em Chicago, Agnes Meyer em Washington e os Knopf em Nova York tinham o número de telefone de Princeton. E, se fossem eles, ligariam de novo.

Pouco antes do almoço, estava no andar de cima trocando os sapatos quando o telefone tocou mais uma vez, e ele ouviu Katia atender. Ficou escutando enquanto ela desempenhava seu papel num inglês com um sotaque esforçado. Katia ficou em silêncio por um tempo. De repente, Thomas a ouviu emitir um suspiro alto antes de repetir várias vezes: "Quem é você? Como sabe disso?".

Quando enfim conseguiu se aproximar, Michael e Gret já estavam ao lado dela. Thomas quis perguntar o que era, mas Katia dispensou suas palavras com um gesto.

"De onde você está falando?", ela perguntou ao interlocutor.

"Nunca ouvi falar desse jornal", disse. "Nunca estive em Toronto. Sou alemã e moro em Princeton."

Quando Michael tentou pegar o telefone, a mãe o ignorou.

"Sim, minha filha é a senhora Lányi, sim, a sra. Monika Lányi. Sim, o marido dela é o sr. Jenö Lányi. Você pode falar mais devagar?"

Ela gaguejou um pouco.

"O *City of Benares*? Sim, esse é o navio. Mas temos notícias de que partiu em segurança. Está indo para Quebec."

Impaciente, ela gesticulou para que os outros se afastassem.

"Mas não tivemos notícias de nada disso. Alguém teria nos contatado se algo tivesse acontecido."

Ela ouviu atentamente a resposta.

"Posso pedir que me diga uma coisa?", ela disse, subindo o tom. "Se você sabe a resposta, me diga claramente. Minha filha está viva?"

Ela ouviu o que foi dito com cuidado, balançando a cabeça. Então olhou gravemente para Thomas.

"O marido dela está vivo?"

Thomas observou a expressão no rosto de Katia endurecer.

"Tem certeza?", perguntou.

Ela parecia irritada com o interlocutor.

"O que você está dizendo? Se tenho algum comentário? Você está me perguntando se eu tenho algum comentário? Não, não vou comentar a respeito, e não, meu marido também não vai dizer nada. Não, ele não está aqui."

Thomas ainda podia ouvir a voz do interlocutor quando Katia desligou o telefone.

"Um homem de um jornal de Toronto", disse ela. "Monika está viva. O barco foi atingido por um torpedo. Monika ficou muito tempo na água. Jenö está morto, o marido dela está morto."

"O navio afundou?", perguntou Michael.

"O que você acha? O navio foi atingido por um torpedo dos alemães. Devíamos ter insistido que ela fizesse essa viagem mais cedo, quando teria sido mais seguro."

"Mas ela está segura", disse Gret.

"Isso é o que o homem diz", respondeu Katia. "Mas Jenö se afogou. No meio do Atlântico. O homem disse que tinha certeza disso. Ele sabia os nomes deles."

"Por que ninguém mais ligou?", perguntou Michael.

"Porque a notícia é recente. Logo todo mundo vai saber e o telefone não vai parar de tocar."

Ela se aproximou de Thomas e ficou ao seu lado.

"É estranho não estarmos preparados para isso", disse ela. "É estranho estarmos surpresos."

Tinham de telefonar para Elisabeth imediatamente, acrescentou Katia, para avisá-la antes que outra pessoa o fizesse. E deviam mandar um telegrama para Erika em Londres, pedindo-lhe que ajudasse a irmã no que fosse preciso, embora sequer soubessem com certeza se Monika havia sido levada para o Canadá ou devolvida à Inglaterra. Ao ser questionada sobre o que fazer com Klaus, Katia suspirou. Não tinham notícias dele havia algum tempo. Telefonou ao hotel onde Klaus estava hospedado em Nova York, mas lhe informaram que ele já não estava mais lá. Thomas sugeriu que tentassem contatá-lo usando o endereço de Auden.

Quando Michael saiu para enviar os telegramas, Thomas e Katia resolveram tomar um pouco de ar. Ligariam para Elisabeth mais tarde.

Caminharam pelos gramados da universidade no clima ameno de outono.

"Imagine ficar no meio do oceano", disse Katia, "segurando-se em uma prancha por doze horas. Imagine ver seu marido afundar na sua frente e não voltar mais à tona."

"Foi isso que o canadense disse?"

"Foi o que ele disse. Nunca mais vou conseguir esquecer essas palavras. Como Monika vai se recuperar disso?"

"Devíamos ter levado ela conosco quando partimos de Southampton."

"Ela não tinha visto para os Estados Unidos."

"Quando o navio zarpou, presumi que ela estaria segura. Na verdade, me senti aliviado."

Katia parou por um momento e baixou a cabeça.

"Eu também. Que tolice!"

De manhã chegou uma resposta de Erika dizendo que Monika seria levada para a Escócia e que Erika tentaria localizá-la para se assegurar de que estivesse sendo bem atendida. O telegrama acrescentava que Erika não sabia onde encontrar Klaus. Antes do almoço, chegou um telegrama de Auden dizendo que tentaria entrar em contato com Klaus.

Elisabeth fez vários telefonemas ao longo do dia e falou com a mãe e o pai.

Cada vez que o telefone tocava, todos ficavam alertas para a possibilidade de outras notícias e escutavam atentamente de onde estivessem na casa. Embora a notícia de que Monika estava no navio tivesse aparecido nos jornais, ninguém de Princeton ligou para eles ou foi até a casa. Era como se tivessem trazido a guerra com eles para essa pacífica cidade universitária.

Antes do jantar, enquanto se reuniam na sala de estar, Michael perguntou se podia tocar alguma coisa. E apresentou a parte da viola de um movimento lento de um quarteto de Arnold Schönberg. Quando começou a tocar, Thomas pensou que aquilo soava como um conjunto de gritos contrapostos a um som muito mais implacável, um som que ele mal conseguia ouvir de tão intenso.

Dias depois, chegou um telegrama de Erika, de Londres: "Monika se recuperando. Ficará na Escócia. Fraca. Klaus seguro em Nova York. Triste".

"Suponho que ela quis dizer que Monika está fraca e Klaus está triste", disse Michael.

Uma hora depois, outro telegrama chegou, desta vez de Golo.

"Navegando no *Nea Hellas* de Lisboa para Nova York no dia 3 de outubro. Com Heinrich e Nelly e os Werfel. Varian é uma estrela."

"Quem são os Werfel?", perguntou Michael.

"Alma Mahler é casada com Franz Werfel. Ele é o terceiro marido dela", disse Thomas.

"Ela será uma companhia maravilhosa", disse Katia. "Melhor, imagino, do que Nelly. Melhor seria se Nelly encontrasse algum outro refúgio."

"Imagino que os Werfel terão para onde ir assim que chegarem", disse Thomas.

"Eu também", falou Katia.

"Quem é Varian, a estrela?", perguntou Michael.

"O nome dele é Varian Fry, do Comitê de Resgate de Emergência", disse Thomas. "Foi ele quem fez todo o trabalho para tirá-los de lá. Ele é um jovem extraordinário. Até Agnes Meyer elogia sua eficiência e astúcia."

Thomas olhou para Katia e percebeu que ela pensava a mesma coisa. Se os alemães estavam atacando navios transatlânticos, também podiam direcionar suas armas a qualquer navio em que Golo, Heinrich e Nelly viajassem. Se bem que o *City of Benares* estava a caminho do Canadá. Os alemães não se sentiriam tão seguros, ele pensava, de atacar um navio a caminho de Nova York. Ainda assim, o naufrágio do navio de Monika fazia o Atlântico parecer mais perigoso. O suspiro de alívio por Golo e os outros estarem seguros teria que esperar até que realmente atracassem no porto de Nova York e desembarcassem. Esperava que Golo não soubesse que Monika estivera no *City of Benares*.

Decidiram ir a Nova York e se hospedar no Bedford por uma noite antes de encontrar Golo, Heinrich e Nelly saindo do navio e levá-los para Princeton.

Quando Thomas disse que queria chegar na hora do almoço, Katia se mostrou surpresa de ele estar disposto a interromper seu horário de trabalho matinal.

"Quero comprar alguns discos", explicou.

"Então aproveita e compra algo para me surpreender", disse ela.

"Me dê uma pista."

"Haydn, talvez", respondeu. "Alguns quartetos ou sua música para piano. Isso seria bom, não há de fazer mal."

"É por isso que você quer esse disco?"

Ela sorriu.

"É uma música que me lembra o verão."

"O vento está gelado hoje", disse Thomas, "pensei que talvez fosse bom viver em um lugar mais quente."

"Michael, Gret e o bebê estão se mudando para a Costa Oeste. E Heinrich estará em Los Angeles."

"E Nelly?", perguntou Thomas.

"Nem fale nela. Tenho medo só de pensar em dividirmos o mesmo teto que ela."

Depois do almoço no Bedford, Thomas pegou um táxi e foi

sozinho ao centro da cidade, instruindo o motorista a deixá-lo na Sexta Avenida para que pudesse caminhar algumas quadras até a loja. Em Princeton, geralmente tinha de ficar em guarda, ciente de que seria notado e reconhecido aonde quer que fosse. Aqui, por outro lado, nessas ruas estreitas que o lembravam alguma cidade europeia, podia deixar seu olhar se demorar livremente em qualquer um. A maioria das pessoas por quem passava estava preocupada e distante, porém sabia que eventualmente apareceria algum jovem que, captando seu olhar por um segundo, não teria medo de olhá-lo direta e profundamente, sem disfarçar seu interesse.

A fervilhante vida comercial da rua tinha sua própria sensualidade. Ali podia ficar parado nas vitrines ou mesclar-se à agitação geral, afastando-se quando as mercadorias eram entregues de um caminhão para uma loja. A maioria das pessoas nessas ruas eram homens. Thomas sentiu tanto prazer em observá-los que quase passou pela loja de discos sem perceber.

Lembrou-se de que, em sua visita anterior à loja, parecia uma criança cercada de coisas que desejava muito, uma riqueza quase inimaginável. E lembrou-se também da atenção que o proprietário e seu ajudante, ambos ingleses, lhe dispensaram.

A palpitação de prazer que ele sentira havia pouco na rua se tocou, então, nos milhares de registros musicais que ele podia escolher.

Embora um sino tenha tocado quando abriu a porta, ninguém apareceu por um tempo. Thomas notou que a grande sala quadrada estava bagunçada, com caixas de discos empilhadas por toda parte. Quando o dono, enfim, saiu de um cômodo interno vestindo, recordou-se Thomas, o mesmo terno cinza folgado que usara na primeira vez que visitara a loja, ambos se entreolharam e não disseram nada. O homem devia ter metade de sua idade, mas isso não diminuía a conexão. Ao olhar em volta novamente,

Thomas teve certeza de que havia muito mais discos do que em sua passagem anterior.

"Por que tudo isso?", perguntou, indicando a quantidade de mercadorias em exibição.

"Nunca os negócios estiveram tão bons. Isso significa que os Estados Unidos logo estarão em guerra. As pessoas estão estocando música para a guerra."

"Música alegre?"

"Não, querem tudo. Da ópera bufa aos réquiens."

Thomas olhou para os lábios vermelhos do homem em contraste com a brancura de seu rosto. Ele parecia se divertir com a guerra. Thomas se perguntou onde estaria o assistente.

Então virou-se e começou a examinar uma estante de discos.

"Esses não são para você", disse o homem. "A menos que você de repente tenha desenvolvido um interesse por swing."

"Swing?"

"Eles me ajudavam a pagar as contas, mas agora só estão atravancando. Tenho todas as missas de Bach, música para violoncelo e canções de Schubert. Tenho um homem que está fazendo uma coleção de todas as gravações de Hugo Wolf. Um ano atrás, tinha um disco do Wolf aqui que passou cinco anos juntando poeira."

"Nunca gostei de Wolf."

"Pelo menos ele teve uma vida interessante. Os compositores têm sempre vidas mais interessantes do que os escritores. Não sei por quê. A menos que a sua seja interessante."

Era uma dica de que ele sabia exatamente quem Thomas era.

"Buxtehude?", perguntou Thomas.

"Nada de novo aí. Só a música chata do órgão. Ninguém fez uma gravação da parte vocal. Eu esperava que *Membra Jesu Nostri* aparecesse, mas nada até agora. Eu cantei ela, sabia?"

"Onde?"

"Na Catedral de Durham."

Seu assistente agora apareceu.

"Tenho um amigo que foi a uma de suas palestras em Princeton", disse o assistente sem cumprimentá-lo.

Thomas observou suas bochechas rosadas e seu cabelo loiro.

"Acho que não fomos formalmente apresentados", disse Thomas.

"Henry", disseram o proprietário e o próprio Henry ao mesmo tempo.

"Vocês dois se chamam Henry?"

"Ele é Adrian", disse Henry, apontando para o proprietário.

O olhar do proprietário era ainda mais irônico e penetrante agora que ele havia sido nomeado.

"Schönberg?", perguntou Thomas.

"É a última moda," Adrian respondeu. "Na semana passada, um velho casal de episcopais veio aqui e comprou *Pelleas und Melisande*."

"Temos uma nova caixa de discos do *lieder*, como é mesmo o nome?", perguntou Henry.

"*Gurrelieder*. Catorze registros."

"O que mais você tem dele?"

"Bastante coisa. Ele é popular."

"Você pode entregar qualquer disco que eu comprar no meu hotel?"

"Quando?"

"Minha esposa e eu estaremos no Bedford até amanhã de manhã."

"Posso entregá-los até o fim do dia."

"Há uma ária de contralto de *Sansão e Dalila*."

"*Mon cœur*", disse Henry com um sotaque francês perfeito.

"Isso."

"Só a ária ou a ópera inteira?", perguntou Adrian.

"Apenas a ária."

"Vamos encontrar alguma boa."

"Tenho uma gravação de Beethoven Opus 132, mas está arranhada. Eu gostaria de comprar um outro disco."

"Também gosto do Opus 131", disse Adrian.

"Tenho um motivo para querer o 132."

"Tenho várias gravações diferentes. Posso separar as que me parecem ser as melhores?"

"Sim, vou deixar um cheque. Acho que também gostaria dos últimos quartetos de Haydn e da *Flauta mágica* de Mozart. Presumo que vocês vão me dar um desconto no preço por comprar em quantidade."

"'Compra em quantidade' é um conceito alemão?", perguntou Adrian.

Quando a quantia devida foi acertada e o cheque preenchido, Adrian acompanhou Thomas até a porta.

"Sua esposa sempre vem junto quando o senhor está em Nova York?", perguntou ele.

"Nem sempre", respondeu Thomas.

Ao apertar a mão de Adrian, Thomas percebeu que o vendedor de discos corou. Ocorreu-lhe que ele próprio era velho demais para que seus rubores fossem aparentes, mas se sentia também muito emocionado.

No dia seguinte, contrataram dois carros para esperar por eles no cais. Era um dia quente de outubro e Thomas e Katia caminhavam por entre a multidão. Thomas ficou aliviado por não haver um grande grupo de jornalistas para receber Alma Mahler e Franz Werfel. Estava lendo um volume das cartas entre Gustav Mahler e sua esposa e percebeu que o estilo epistolar de Alma não era afetado por qualquer tipo de reserva. Seria melhor, sentiu, se a imprensa de Nova York fosse poupada dessa amostra do tom de Alma.

"Minha mãe a amava", disse Katia, "mas minha mãe amava qualquer um que fosse famoso. Não consigo imaginar Alma Mahler viajando com aquela Nelly. Talvez Heinrich e Golo tenham feito as pazes entre eles. Ainda não entendo como os cinco acabaram viajando juntos."

"Nem eu", disse Thomas. "Devem ter conhecido Alma e Werfel na França e decidiram seguir juntos."

Perguntaram a vários passageiros pelo *Nea Hellas* e ficaram sabendo que o navio havia atracado uma hora antes.

"É a bagagem que a está atrasando", disse Thomas. "Alma Mahler com certeza tem bagagem."

"Deve ter sido Nelly, sua cunhada", disse Katia, "que disse alguma coisa desagradável a um funcionário da alfândega."

Quando a multidão diminuiu, eles se aproximaram da porta por onde saíam os passageiros. Liderados por Golo, enfim, todos os cinco apareceram, e Thomas ficou chocado com o quanto Heinrich parecia envelhecido e cansado, e com o quanto Franz Werfel parecia descontente. Nelly, por outro lado, parecia a filha jovem e volúvel de algum deles.

Alma Mahler se aproximou para abraçar Thomas e Katia. Enquanto os outros também ficaram mais perto para abraços, beijos ou apertos de mão, Golo ficou de lado.

"Tudo o que eu quero é um banho quente, um gim rosa e um bom afinador de piano esperando ao lado de um piano de cauda", disse Alma, dirigindo-se à própria cidade de Nova York tanto quanto a Thomas e Katia. "Mas vamos começar com o banho quente. A empregada do hotel já está enchendo a banheira?"

"Gostaria de me juntar a você", disse Nelly, tocando o ombro de Alma. "Sim, um banho quente!"

"Bem, você não vai se juntar a mim. Posso garantir: de todas as coisas improváveis que podem ocorrer em Nova York durante nossa estada, essa não será uma delas."

Nelly tentou sorrir.

"Já estou farta de você", continuou Alma. "Todos nós já nos cansamos de você."

Ela se virou para Heinrich.

"Diga a essa tal de Nelly que se vire. Com certeza alguém como ela vai ter muito o que fazer em Nova York."

Thomas notou que Golo o observava atentamente enquanto Alma se aproximava de Werfel e aninhava a cabeça contra ele, colocando uma mão em volta de seu pescoço enquanto segurava uma velha maleta de couro com firmeza na outra mão. Ela começou a ronronar de satisfação enquanto se aconchegava no marido.

"É tão bom estar sã e salva", disse ela.

"Acho que é hora de irmos para os carros", disse Katia. "Temos dois carros esperando. A bagagem de vocês pode vir mais tarde. Pedimos a um dos motoristas para providenciar isso com o escritório de expedição."

"Não temos bagagem", disse Heinrich. "O que temos é exatamente o que você vê aqui."

Ele apontou para algumas pequenas maletas de aparência surrada.

"Perdemos tudo", disse Nelly.

Depois de examinar as malas, Thomas percebeu que as meias de Nelly pareciam rasgadas e um de seus sapatos estava com o salto solto. Os sapatos de Werfel estavam se desfazendo. Quando ergueu os olhos novamente, Golo ainda o encarava. Thomas deu um passo em sua direção e o abraçou.

"Um homem da Filarmônica de Nova York", disse Alma, "prometeu nos encontrar. Ele reservou um hotel para nós. E, se não se materializar nos próximos trinta segundos, sua orquestra pode desistir para sempre de tocar a música de Gustav."

Indo em direção aos carros, viram um homem com uma placa escrita "Mahler".

"Sou eu", disse Alma ao homem. "E também teria sido eu, um eu mais bem-humorado, se você tivesse se posicionado em um local mais conveniente. Por isso que acho melhor os Estados Unidos ficarem de fora da guerra. Acabariam sendo mais um obstáculo do que uma ajuda."

Katia indicou a Thomas que eles deveriam se apressar.

Alma caminhava ao lado de Thomas.

"Não ligue para a rigidez e o jeito antissocial desse seu filho. Ele simplesmente não acreditava que conseguiríamos. E foi uma aventura."

Ela enlaçou o braço de Thomas.

"Todo mundo gosta do Golo", continuou Alma. "Mesmo que ele não faça por merecer. Ele não fala nada nem sorri. Mas ninguém parece se importar. Os garçons do navio gostavam dele. Os guardas de fronteira gostavam dele. Estranhos completos gostavam dele. Até aquela Nelly horrorosa gosta dele. Agora espero ter me livrado dela. Eu levaria uma semana para descrever todos os horrores dessa mulher. E Heinrich, por outro lado, tão sensato. Mas todos nós temos nossos momentos de loucura. E, assim, Heinrich se casou com a Nelly. E veja eu, casando com todos esses judeus."

Katia, que caminhava na frente, ao ouvir o último comentário, olhou para trás assustada.

Alma soltou uma gargalhada.

Assim que chegaram aos carros, Alma e Werfel prometeram visitá-los em breve em Princeton. Antes de se despedir de todos os outros, Alma beijou Thomas na boca.

Quando o carro de Alma, com o desconsolado motorista da filarmônica na frente, partiu, Heinrich disse que gostaria de viajar a Princeton no carro de Thomas e Katia, e que talvez Nelly e Golo pudessem seguir no outro carro.

Assim que passaram pelo Holland Tunnel, ficou claro para Thomas porque Heinrich queria ficar sozinho com eles.

"Quero resgatar Mimi e Goschi", disse. A filha de Heinrich, Goschi, devia ter vinte e poucos anos agora, pensou Thomas.

"Onde elas estão?", perguntou Thomas.

"Ainda estão em Praga."

"Quais são as circunstâncias?"

"O círculo está se fechando para pessoas como elas. Mimi é judia e, além disso, pode ser perseguida por minha causa. Recebi mensagens desesperadas de Mimi, mensagens que Nelly desconhece. Expliquei a Varian Fry a situação e ele me disse que eu deveria falar com você. Em sua opinião, você tem grande influência."

Thomas sabia que não seria fácil ajudar a ex-esposa de seu irmão e sua filha.

"Se você me der todos os detalhes, posso tentar escrever uma representação. Mas não sei…"

"Às vezes", interrompeu Katia, "as coisas demoram a se resolver, outras vezes se resolvem rápido. Então você não deve se preocupar."

Thomas desejou que ela não tivesse dito isso. Porque sugeria que algo realmente podia ser feito por Mimi e Goschi.

"Desde quando você não vê a Mimi?", perguntou Thomas.

"Faz um tempo", disse Heinrich. "Eu devia saber que tudo isso poderia acontecer dez anos atrás. Devia ter avisado todo mundo."

"Temos sorte de estar aqui", disse Katia.

"Estou velho demais para mudar de país", disse Heinrich. "Estava velho demais para ficar na França. Ficamos sabendo que eles vieram nos procurar um dia depois que deixamos o hotel. Escapamos por um dia."

"Da polícia francesa?"

"Não, dos alemães. Teríamos sido levados direto de volta para nosso país. É só escrever uns livros, romances e fazer alguns discursos que você se torna um prêmio para os fascistas. O pior é que arrastei Nelly para isso junto comigo e abandonei Mimi e Goschi."

Eles contaram a Golo sobre Monika assim que chegaram. Golo não podia tirar da cabeça a imagem de Monika vendo seu marido se afogar diante dela.

"Você acabou de passar por essa viagem", disse Katia. "Talvez seja a melhor pessoa para escrever para ela. Todos nós escrevemos, mas Erika nos disse que nossa pobre criança não consegue dormir ou se aquietar e que grita o tempo todo."

"Eu também choraria o tempo todo", disse Golo. "A ideia de ser bombardeado! É inimaginável."

Antes do jantar, Golo encontrou Thomas em seu escritório.

"Os Estados Unidos vão declarar guerra?", perguntou.

"Há uma forte oposição à guerra aqui", disse Thomas. "Talvez o bombardeio de Londres mude isso, mas não tenho certeza."

"Eles têm que aderir. Você deixou sua posição clara?"

Thomas olhou para ele interrogativamente.

"Você ficou calado de novo?", perguntou Golo.

"Estou esperando a hora certa."

Estava a ponto de dizer que não quis criticar o governo americano para não pôr em risco a viagem de Golo, Heinrich e Nelly, mas presumiu que Golo soubesse disso.

"Por que ninguém mencionou Klaus?"

"Ele está em Nova York."

"Por que não veio nos encontrar?"

"Não temos contato com ele há algum tempo. Ele pula de hotel em hotel. Tentamos localizá-lo, mas não conseguimos."

* * *

Thomas havia se esquecido de como Michael, agora com vinte e um anos, era próximo de Golo, apenas dez anos mais velho. Assim que Golo chegou, os dois passavam o tempo todo juntos, ignorando os demais. Quando Gret e o bebê se juntaram a eles, Golo passou o braço em volta dos ombros da cunhada e examinou o bebê com orgulho e bom humor. Pediu permissão para segurar a criança e, com o pequeno Frido nos braços, passou a embalá-lo para a frente e para trás.

Durante o jantar, com o bebê dormindo profundamente no outro quarto, Thomas reparou que Golo se dedicava a conversar atentamente com Gret, de modo a se certificar de que ela não se sentisse deixada de lado. Golo era, pensou Thomas, o atencioso, o filho obediente, aquele que tinha cuidado de Monika quando a mãe se recuperava no sanatório, quando o pai, preocupado com a guerra, escrevia um livro, quando Erika e Klaus seguiam fazendo o que bem entendiam.

"A melhor coisa sobre Princeton", disse Michael, "é que nosso pai tem acesso à biblioteca. Ele pode pegar qualquer livro. Eles têm uma boa coleção alemã."

Katia incentivou Michael e Gret a saírem para almoçar no dia seguinte, prometendo se encarregar de Frido. E proibiu Golo de tirar o bebê do berço.

"Como vou conhecer a criança se não puder pegar ela no colo?"

"Seu pai gosta de ficar olhando para o bebê. É isso que ele faz quando conseguimos tirar Michael e Gret de casa".

"Isso não assusta a pobre criança?", perguntou Golo.

"Ao contrário de outros membros da família", disse Thomas, "Frido tem uma natureza doce."

"Mais uma razão para eu querer pegá-lo no colo", respondeu Golo.

Ele se abaixou e sussurrou no berço.

"Sou seu tio que foi resgatado dos nazistas."

"Não diga essa palavra na frente do bebê!", disse Katia.

"Eu sou seu tio que está de volta ao seio de sua família."

Thomas esperou que Michael, Gret e o bebê partissem para Nova York antes de desempacotar os novos discos. Quando colocou Schönberg para tocar, sentiu-se ainda mais comovido do que quando Michael tocou a música na viola. Gostaria de ter a partitura para poder acompanhar o aspecto técnico do que estava acontecendo. Normalmente, quando comprava algo novo, Katia ficava na sala para ouvir, mas dessa vez ela chegou até a porta e instantes depois voltou para a cozinha.

Nos próximos dias, choveu e a casa ficou barulhenta. Nelly, em vez de ficar em seu quarto, procurava alguém para conversar. Thomas se divertia de notar com que habilidade Katia se desvencilhava de qualquer conversa prolongada com ela. E o próprio Thomas, quando ouvia os saltos de Nelly nas tábuas do assoalho, não se permitia sair de seu escritório; Nelly fora avisada por Katia para não perturbá-lo em hipótese alguma. Nelly tentou se aproximar de Golo várias vezes, folheando a pilha de livros que ele mantinha por perto, mas Golo logo se mudou com seus livros para o sótão.

Depois de um tempo, a única opção que sobrou a Nelly era conversar com os criados.

Então Franz Werfel telefonou, e Thomas convidou ele e Alma para jantar. A notícia de que o convite fora aceito foi recebida com um gemido por Heinrich, Nelly e Golo.

"A vida estava tão pacífica", disse Golo.

"Seria bom que todos nós tentássemos nos comportar bem", disse Katia.

Alma chegou vestida toda de branco, com um rico colar de pérolas no pescoço. Werfel vinha logo atrás dela. Para Thomas, ele se comportava como um homem que achava que seria deportado.

Alma começou a falar antes mesmo de encherem os copos.

"A vida em Nova York tem sido agitada. Sempre um programa de noite. Sempre um almoço com alguém. Sempre alguma coisa na agenda. Em Viena, como vocês sabem, sou famosa por causa do meu primeiro marido, mas em Nova York eles conhecem meu próprio trabalho, sobretudo minha música. Não é todo mundo, mas algumas pessoas realmente me conhecem. Elas se aglomeram em nosso hotel. Meu docinho aqui está esgotado."

Ela apontou para Werfel.

Quando as bebidas chegaram, Alma se levantou.

"Agora preciso ver seu escritório", disse a Thomas. "Eu sempre gosto de ver onde meus homens trabalham."

Ao passar por Katia a caminho do escritório, Thomas sentiu que a esposa lhe lançava um olhar que parecia demonstrar o quanto estava impressionada com a qualidade dos amigos que ele tinha.

"Oh, isso é maravilhoso", disse Alma. "E a porta parece forte. As portas americanas costumam ser feitas da madeira mais barata. Boas portas são importantes, ainda mais com essa Nelly em casa."

Thomas sentiu que devia mudar de assunto.

"Conheci você e Mahler pouco antes de ele morrer", disse Thomas. "Não sei se você se lembra. Assisti aos ensaios da Oitava Sinfonia em Munique."

"Eu lembro de você na época. Pelo menos de vista. Você e sua esposa eram figuras importantes na ópera em Munique. Todo mundo reparava quando estavam lá. Ele ficou feliz com sua presença. Eu sempre chamo a Oitava Sinfonia de Sinfonia da

Maçã, porque ela é cheia de flores de macieira e tortas de maçã. E tem muita canela e açúcar em todos aqueles coros. Não tive paz durante aquele tempo."

"Era uma obra notável."

Ela se aproximou dele e pegou sua mão, recostando as costas na porta. Parecia animada.

"Me ocorreu", continuou ela, "que poderíamos ter formado um belo casal, você e eu. Eu teria adorado um casamento com um alemão tradicional, um homem com uma visão de futuro, como você, e não um homem em profunda introspecção sombria, como Gustav e Werfel. E até Gropius, embora ele não fosse judeu. Anos e anos de tristeza acabam por desgastar uma pessoa."

Thomas pensou que talvez devesse avisá-la para não repetir essas opiniões em público, aonde quer que fosse em Nova York.

"E eu adoraria cuidar da casa para você", continuou ela. "Sempre te achei mais bonito que seu irmão. Agora que estou perto de você, tenho ainda mais certeza disso."

A atitude mais galante seria dizer algo em troca. Em vez disso, Thomas apenas tentou se certificar de lembrar de cada palavra de Alma para contar tudo mais tarde a Katia.

À mesa, Alma falava livremente, pulando de um assunto para outro.

"Acho que as pessoas que se declaram doentes têm o dever de realmente estarem doentes", disse ela. "Gustav, se tivesse uma espinha no nariz, tinha certeza de que era o fim. Suponho que ele teve a coragem de viver por suas convicções, já que de fato morreu jovem. E estava, de fato, doente. Mas ainda assim foi um choque, porque ele achou que ia morrer tantas vezes antes de ficar mesmo doente."

Thomas pensou como era estranho que ela falasse de Mahler dessa maneira. Trinta anos após sua morte, ele já figurava no panteão dos grandes compositores. Alma falava dele de uma maneira casual, como uma criatura indefesa com quem havia se casado. Thomas observou a luz nos olhos de Alma. Ela devia ter alegrado a vida de Mahler com sua fala rápida e melodiosa.

"Gustav costumava cair em silêncios, como o que se abateu sobre você agora. Era um silêncio energético. Quando eu perguntava em que ele estava pensando, respondia: 'Notas, colcheias'. E você, Thomas, no que está pensando?"

"Palavras, frases", disse Thomas.

"Meu docinho e eu gostaríamos que você e Katia viessem morar em Los Angeles. Decidimos nos instalar lá. Ele vai escrever roteiros, ou pelo menos essa é a ideia. Já repassou a lista de conhecidos por lá e, exceto os Schönberg, não há ninguém com quem conversar."

"Como são os Schönberg?", perguntou Thomas, tentando tirar o peso do fato de que Heinrich e Nelly também planejavam morar em Los Angeles e não figuravam na lista de pessoas com quem Alma considerava conversar.

"Eles são Viena pura."

"O que você quer dizer com isso?"

"Ele se preocupa apenas com sua música. Nada mais importa. Oh, exceto a posteridade. Ele se preocupa muito com isso, e ela também. São pessoas de uma mente única e tudo o que dizem é interessante. Isso é Viena."

Do outro lado da mesa, Thomas notou que uma das alças do vestido de Nelly havia escorregado de seu ombro, tornando visível parte de seu sutiã. Assim como descobriu que o tom provocativo de Alma Mahler o lembrava de uma Alemanha que havia perdido, ficou intrigado com a ousadia de Nelly. Enquanto Alma era como as jovens boêmias daqueles cafés de Munique, Nelly havia levado consigo pelo Atlântico o jeito das alemãs que trabalhavam em lojas ou bares, um jeito que era sedutor, mas também tinha uma ponta de desleixo, um jeito que sugeria que a pessoa podia ver através de tanta pretensão.

Ele saboreava os sotaques das duas mulheres da mesma forma como saborearia diferentes tipos de comida que viessem direto de sua infância.

"Estou ansiosa por um pouco de sol da Califórnia", disse Nelly. "Acho que todos nós, não? Los Angeles estará cheia de carros, e eu adoro carros. As pessoas dizem que os Estados Unidos são um país emocionante. Bem, eles não estiveram em Princeton, é tudo o que tenho a dizer! Na semana passada, eu realmente queria uma bebida. Não queria apenas beber, mas queria beber em um bar. Então segui pela estrada. E o que encontrei? Nada. Perguntei a um homem, e ele me informou que não havia bares em Princeton. Dá para acreditar nisso?"

"Você saiu sozinha procurando um bar?", perguntou Alma.

"Sim."

"Em Viena, temos um nome para uma mulher que faz isso."

Nelly levantou-se e saiu lentamente da sala, deixando a comida pela metade.

"De todos os compositores da Segunda Escola de Viena", disse Alma, dirigindo-se diretamente a Thomas, "o mais talentoso e original é Webern. Mas, é claro, ele não é judeu, então recebe menos atenção."

"Mas ele não escreveu nenhuma ópera", disse Golo.

"Porque ninguém pediu. E por que não pediram? Porque ele não é judeu!"

Katia apoiou as duas mãos sobre a mesa e suspirou alto. Tanto Heinrich quanto Werfel pareciam desconfortáveis.

"Minha esposa", disse Werfel, "quando bebe, gosta de falar mal da raça judaica. Esperava que ela não fizesse isso aqui nos Estados Unidos."

Da outra sala veio um barulho incômodo. A agulha do toca-discos havia pousado em um pedaço de metal e, como o volume estava alto, o barulho era insuportável. Logo se ouviu um ruído irregular da agulha sendo posta descuidadamente em um disco, e o som de uma melodia de jazz percorreu a casa.

Katia gritou: "Desligue isso!" quando Nelly entrou na sala de jantar com uma bebida na mão.

"Decidi dar uma animada nesse encontro", disse ela.

Caminhou cambaleante até o encosto da cadeira de Heinrich e pôs os braços em volta do pescoço dele.

"Eu amo meu Heinri", disse.

Katia foi para a outra sala e desligou a vitrola.

"Acho que está na hora de minha esposa ir para a cama", disse Heinrich.

Ele se levantou com alguma dificuldade, como se estivesse com dor, e pegou a bebida de Nelly, deixando-a sobre a mesa. Então deu a mão para a esposa e a beijou no rosto antes de ambos saírem da sala sem dizer boa-noite a ninguém.

Seus passos podiam ser ouvidos na escada enquanto se dirigiam para o andar de cima.

"Como eu estava dizendo", retomou Alma, como se tivesse sido interrompida, "simplesmente nunca gostei de Schumann. Eu não gosto das sinfonias. Não gosto de suas composições para piano. Não gosto dos quartetos. E, enfim, não gosto das músicas dele. E acredito que você sempre pode julgar um compositor por suas músicas. As do meu marido eram excelentes, assim como as de Schubert. E eu amo alguns compositores franceses. E ingleses. E algumas músicas russas. Mas nada de Schumann."

"Meus pais adoravam o *Dichterliebe* dele", disse Katia. "Muitas vezes era tocado em nossa casa. Adoraria ouvi-lo novamente."

Golo começou a recitar:

Das lágrimas de meus olhos
Muitas flores desabrocham,
E meus suspiros logo se tornam
Um coro de rouxinóis.

"Ah, Heine", Alma disse, "ele era um poeta maravilhoso, e como Schumann foi esperto ao usá-lo. Mas essa música não fala aos meus ouvidos, com ou sem suspiros. Se puder ignorar Schumann em Los Angeles, como acho provável, então serei uma mulher feliz."

Não houve menção ao disco que Nelly pôs para tocar. Alma e Werfel partiram assim que o carro encomendado por Thomas veio buscá-los. Fizeram os Mann prometerem que considerariam se mudar para a Califórnia e morar perto deles.

"Mas sem Schumann, veja bem!", gritou Alma. "Sem Schumann."

Ela cantou a abertura de uma de suas músicas enquanto entrava no carro.

Quando Golo começou a se preparar para se recolher, Katia pediu a ele e a Thomas que a seguissem até a sala de jantar, onde poderiam fechar a porta e não serem facilmente ouvidos.

"Tenho três palavras para ela", disse Katia. "Não consigo imaginar a vergonha que ela trará a esta casa quando vazar a notícia, e isso vai acontecer, de que a sra. Heinrich Mann foi vista vagando sozinha pelas ruas de Princeton à procura de um bar. Ela é uma prostituta, uma desleixada, uma garçonete. E, para piorar as coisas, deu um show hoje na frente de Alma Mahler. Não sei o que Alma vai pensar de nós."

"Alma também teve seus momentos", disse Golo.

"Ela sempre foi um pouco exagerada", disse Katia. "Mas já passou por muita coisa nessa vida."

"Você quer dizer por perder os dois maridos?", perguntou Golo.

"Ela era devotada a Mahler, até onde eu sei", disse Thomas.

"Bem, vai demorar um pouco até concordar em nos visitar novamente", disse Katia. "Estávamos ansiosos para recebê-los. Você sabe como é solitário por aqui, Golo!"

* * *

Na manhã seguinte, Thomas estava em seu escritório quando Katia abriu a porta e a fechou. Parecia preocupada. Tinha acabado de deixar Heinrich e Nelly na estação para que fossem a Nova York comprar roupas. Thomas presumiu que Katia vinha lhe contar algo que Nelly havia feito.

"Não é a Nelly, é o Golo. Tomamos um chá juntos agora há pouco e ele me disse coisas que achei que você deveria ouvir. Pedi a ele que esperasse na sala matinal."

Golo, que estava lendo um livro, não ergueu os olhos quando seus pais entraram no cômodo, embora Thomas tivesse certeza de que os ouvira.

"Não precisava fazer tanto drama", disse Golo. "A mãe me perguntou o que eu achei de ontem à noite e decidi dizer a verdade a ela."

Seu tom, notou Thomas, era o de uma pessoa muito mais velha, talvez até de um clérigo. Ele se sentou em uma poltrona com as pernas cruzadas e olhou para os dois severamente.

"Vocês não sabem os detalhes de como saímos da França porque nenhum de nós quer repassá-los", disse Golo. "Mas acho que deviam ouvir algumas coisas. Quando encontramos Werfel e Alma, ela tinha vinte e três malas. Vinte e três! Ela, Werfel e as malas estavam em Lourdes. A única preocupação dela parecia ser o destino daquelas malas. Quando Varian Fry comunicou a ela que provavelmente teriam que caminhar sobre os Pirineus e tentar ficar o mais invisíveis possível, ela perguntou a ele quem levaria suas malas."

Ele olhou para longe antes de recomeçar.

"Numa maleta, a mesma que trazia quando desembarcou, Frau Mahler trazia a partitura original da terceira sinfonia de Bruckner e uma mecha do cabelo de Beethoven com a qual seu antigo marido tinha sido presenteado. Não sei o que ela pretendia fazer com o cabelo, mas sei quais eram os planos para o Bruckner. Ela queria vendê-lo para Hitler. E Hitler queria comprá-lo. Quando digo Hitler, quero dizer Adolf Hitler. Eles até haviam fixado um preço. A questão era que ela queria em dinheiro e a Embaixada da Alemanha em Paris não tinha dinheiro suficiente para satisfazê-la. Mas ela estava pronta para vendê-lo a Hitler, que continua preocupado, aparentemente, com o destino das partituras de Bruckner."

"Certamente isso foi apenas uma história que ela contou", disse Thomas.

"Pergunte a ela. Ela lhe mostrará a correspondência", respondeu Golo. "Ela não tem vergonha. E não sente vergonha de seu comportamento na viagem da França para a Espanha, que foi a mais árdua que qualquer um de nós já viveu. Tínhamos que escalar rochas íngremes. Nossos guias estavam nervosos. Nunca tínhamos certeza de que eles não estavam nos levando por uma rota tortuosa só para que pudéssemos ser presos sem ninguém ficar sabendo. Estávamos todos com roupas inapropriadas, mas Alma parecia ir a um baile. Seu vestido branco parecia uma bandeira de rendição a ser vista ondulando por quilômetros. Assim que partimos, ela começou a gritar que queria voltar. Xingou Werfel. E os nomes que usou para se referir ao povo judeu eram dignos de um austríaco."

Golo parou e olhou para os dois. Thomas pensou por um momento que ele segurava a emoção, mas logo percebeu que o filho estava totalmente controlado.

"É terrível", disse Golo, "termos aceitado a companhia de Alma ontem à noite. Naquela viagem pelos Pireneus, Nelly não poderia ter sido mais gentil e cuidadosa. Ela ama Heinrich, realmente ama, e deixou isso claro o tempo todo. Ela até me ajudou a levantá-lo e às vezes carregá-lo quando ele estava fraco demais para continuar. Ela foi muito doce com ele. Quando descansávamos, ela o tranquilizava. É uma pessoa muito graciosa e terna. Na viagem de navio, enquanto meu tio ficava na cabine fazendo desenhos de mulheres, Nelly me contou que ele a deixou para trás quando fugiu de Berlim para a França. E ela ficou lá para tirar o dinheiro da conta bancária dele e resolver seus negócios, o que a pôs em grave perigo. Ela foi até presa em determinado ponto e teve sorte de escapar. Já a Alma só estava preocupada com sua bagagem. O Varian Fry cruzou a fronteira com parte das malas, que ela então enviou separadamente de Barcelona para Nova York. Varian foi infinitamente paciente com ela na questão da bagagem, e foi muito inteligente na forma como nos salvou. No futuro, o mundo precisa saber o que ele fez, o quanto foi corajoso. Mas agora, aqui nesta casa, insisto que o que a Nelly fez também deve ser reconhecido e que seu coração caloroso seja devidamente apreciado. Não quero ouvi-la sendo chamada de prostituta, desleixada ou qualquer outra palavra. Ela é uma boa mulher. Eu quero que isso seja reconhecido. Sim, ela era de fato uma garçonete e acredito que, como estamos no exílio agora, não trouxemos conosco o esnobismo que tanto mutilava nossas vidas quando morávamos em Munique."

Thomas decidiu deixar que Katia respondesse, mas, quando ela se calou, viu que precisava falar.

"Tenho certeza de que Nelly está muito bem. E ela é um membro da família", disse ele.

"Isso precisa ser totalmente reconhecido", disse Golo. "Insisto que ela seja tratada com respeito."

Thomas ficou tentado a perguntar a Golo quem o estava acolhendo agora? Quem havia providenciado sua segurança? Quem o estava apoiando para que pudesse ler os livros da biblioteca? E queria perguntar-lhe também de que forma sua vida em Munique havia sido mutilada?

Mas, em vez disso, olhou friamente para o filho e forçou um sorriso. Voltou com Katia para o escritório. Os dois fecharam a porta e ficaram sentados em silêncio até que Katia enfim saiu, deixando Thomas sozinho para continuar seu trabalho matinal.

13. Pacific Palisades, 1941

Quando Monika chegou da Inglaterra a Princeton, nem Thomas nem Katia sabiam como consolá-la. Ao vê-la pela primeira vez, Thomas esperava uma mulher machucada, chocada, em sofrimento. Ele a puxou para perto de si e a abraçou. Estava pronto para dizer o terror inimaginável que devia ter sido a provação da filha e o quanto sua perda fora trágica. Mas, quando se preparava para falar, ela gritou: "Esta casa é grande demais. É bem a cara da nossa família. Eu queria que tivéssemos uma casa menor. Uma casa como as outras pessoas têm. Mãe, podemos, por favor, ter uma casa menor?".

"A seu tempo, minha querida", disse Katia. "A seu tempo."

"Suponho que haja criados?", perguntou Monika. "Enquanto o mundo está em guerra, os Mann têm criados."

Katia não respondeu.

"Venho sonhando com uma cozinha. Uma geladeira cheia de comida."

"Tenho certeza de que há comida", disse Katia.

"Você não está cansada?", Thomas perguntou-lhe. Ele queria tanto que Elisabeth estivesse aqui, ou mesmo Michael e Gret. Era típico de Michael, pensou, não estar onde poderia ser útil.

Quando Golo apareceu na porta, sua irmã recuou.

"Não se aproxime. Não me abrace", disse. "Meu pai acabou de fazer isso. E foi como ser abraçada por uma truta morta. Levarei anos para me recuperar."

"Pior do que ser bombardeada no Atlântico?", perguntou Golo.

"Muito pior!", Monika disse e começou a gritar de tanto rir. "Eu preciso ser resgatada. Me ajude. Mande chamar os bombeiros. Mãe, eles têm bombeiros aqui nos Estados Unidos?"

"Sim, eles têm", Katia respondeu calmamente.

Enquanto Thomas se preparava para deixar Princeton e abandonar aquele mundo de árvores nuas e de luz solar escassa, a perspectiva de mudar de casa de novo, talvez pela última vez, o animava.

Depois de anunciar sua decisão de deixar a universidade, os convites para almoços e jantares diminuíram bastante. A recusa de Thomas em aceitar a hospitalidade de Princeton foi vista por seus colegas como uma espécie de traição. Eles já não o queriam em suas casas como antes — embora recebê-lo demonstrasse sua preocupação com o que estava acontecendo na Alemanha. Katia disse a Thomas que sentiu o mesmo por parte das esposas.

Ele se divertia com a ideia que as pessoas tinham de que estavam se mudando para um fim de mundo. Em suas visitas a Los Angeles, ele e Katia notaram como era barato comprar ou alugar uma casa perto do mar, como os jardins eram espaçosos e como o clima era maravilhoso.

Todos os relatórios que recebiam sobre a cidade eram bons. Heinrich e Nelly tinham conseguido com facilidade alugar uma casa e um carro. Mesmo tendo problemas com a Warner Brothers, que não se interessava por nenhuma de suas ideias para filmes, Heinrich sempre escrevia contando que havia chegado ao paraíso.

"A presença de tantos exilados alemães vai ser uma dádiva e um incômodo", disse Katia, "mas eu posso lidar com os incômodos."

"Todos vão ser incômodos", disse Thomas.

"Não tanto quanto nossos vizinhos em Munique!"

Thomas ficou surpreso ao receber um breve comunicado de Eugene Meyer, pedindo que se encontrassem no Knickerbocker Club em Nova York em um horário a ser combinado por telefone com a secretária de Meyer. Thomas e Katia já tinham estado com os Meyer, e Eugene havia ficado em segundo plano enquanto Agnes dominava a mesa. Quando foram deixados a sós, Eugene e Thomas conversaram sobre a inconveniência dos horários dos trens entre Nova York e Princeton e entre Washington, DC e Nova York. Mesmo nesses assuntos mundanos, Thomas havia notado, Eugene não tinha nada de interessante a dizer.

Thomas chegou ao Knickerbocker Club na hora marcada e foi direcionado para uma sala grande e iluminada com muitos sofás e poltronas. A princípio, pensou que a sala estava vazia, mas então viu Eugene Meyer sentado sozinho, discretamente, em um canto. Eugene levantou-se e falou em voz baixa.

"Talvez eu devesse ter visto você em Princeton. Mas achei que poderíamos ser logo notados lá."

Thomas assentiu. E não pontuou o fato de que, embora ele pudesse realmente ser notado, Eugene Meyer jamais seria.

"Me pediram para falar com você", Eugene começou, e então fez uma pausa como alguém esperando por uma resposta.

"Quem pediu?", perguntou Thomas.

"Não estou autorizado a dizer."

Por um momento, Thomas desejou que Agnes Meyer estivesse ali para encorajar o marido a ser menos cauteloso.

"Acho que você entende que estou me referindo a pessoas muito poderosas", acrescentou.

Ficaram sentados em silêncio enquanto um garçom chegava com o chá.

"Querem que você saiba que os Estados Unidos acabarão entrando na guerra. Mas a opinião pública é contra e o Congresso é contra. As vozes mais importantes defendem que devemos ficar fora da guerra. Isso significa que a opinião pública não pode ser provocada, e que o Congresso não deve desconfiar. O plano de fechar o país, em sua maior parte, aos refugiados não é apenas uma resposta a uma crise. Esse movimento faz parte de uma estratégia maior. Essa estratégia é entrar na guerra na hora certa e conquistar a opinião pública, que vai endurecer se o país se encher de refugiados. A expectativa é que os Estados Unidos, em algum momento, sejam provocados a entrar na guerra. Pode não funcionar assim, mas esse é o plano. O que não queremos, entretanto, é qualquer protesto sério contra a política de refugiados ou apelos estridentes para nos juntarmos à guerra."

Enquanto Eugene falava, Thomas percebia que o jornalista usava uma linguagem simples e direta, sem timidez ou reserva. Ele se perguntou se Eugene ditava os editoriais do *Washington Post* no mesmo tom monótono que usava agora.

"Você quer que eu fique em silêncio enquanto os acontecimentos se desenrolam?", perguntou Thomas.

"Eles querem que você se torne parte da estratégia."

"Por que devo fazer isso?"

"Eles levam você a sério. Você fala em público e dá entrevistas, e as pessoas prestam atenção. Eu não assisti a nenhum de seus discursos públicos, mas minha esposa diz que você está deixando duas coisas bem claras. Um, que temos que derrotar

Hitler. E dois, que a democracia alemã terá de ser restaurada. Você tem inspirado o público americano. É por isso que precisamos que você saiba qual é a nossa estratégia."

"Obrigado por me dizer."

"Você poderia ser o chefe de Estado em uma nova Alemanha. Tenho certeza de que não sou o primeiro a dizer isso."

"Eu sou apenas um pobre escritor."

"Não é verdade. Você se tornou uma figura pública. Deve estar ciente disso. Você representa o futuro como ninguém. Não poderíamos considerar Brecht ou o seu irmão para este papel. E também não acho que seu filho possa ser considerado."

Thomas sorriu.

"Não, acho que não."

"Seu silêncio não é necessário, queremos apenas que você esteja alerta para o plano mais amplo. Ninguém está pedindo que você não se oponha à política e ninguém quer que você não fale a favor da entrada americana na guerra. Tudo o que se pede é que você saiba que existe uma estratégia."

"Esta mensagem vem do presidente?"

"O sr. Roosevelt gostaria de ver você e sua esposa novamente. Uma visita à Casa Branca está sendo discutida. Ele saberá que você foi avisado para não precisar repetir o que eu disse. Nesse ínterim, como sabe, todos os pedidos pessoais que você fez a minha esposa serão considerados e, se possível, atendidos."

"Os emigrados alemães, incluindo meu irmão, estão tendo problemas em Hollywood. Fala-se em contratos não renovados. Algo poderia ser feito a esse respeito?"

"Já temos dificuldade suficiente em manejar Washington. Temos pouca influência em Hollywood."

"Nenhuma?"

"Pouca. Minha esposa conseguiu garantir o contrato de seu irmão com a Warner Brothers, o trabalho dele tinha uma espécie de valor por ser uma novidade e era patriótico, mas ela não pode exigir que o contrato seja renovado. Ela teve que exercer uma pressão extraordinária da primeira vez. Não pode voltar um ano depois e fazer o mesmo. São negócios, afinal."

"Você poderia mencioná-lo? Talvez só..."

"Não, eu não posso. E não serviria para nada."

Pela primeira vez, Thomas observou uma qualidade de resistência em Eugene Meyer que havia sido mantida cuidadosamente escondida até agora. E quase gostou da aparência de controle mundano e astúcia que aparecia no rosto do dono do jornal. Thomas se perguntou se teria sido mais sensato não ter mencionado a Warner Brothers e, em vez disso, perguntado a ele sobre como ajudar Mimi e Goschi. Mas era tarde demais.

Quando se levantaram para se despedir, Eugene aproximou-se dele.

"Blanche Knopf esteve em Washington, DC recentemente e nós a convidamos para jantar. Ela nos disse que seus livros estão vendendo muito bem, gerando uma boa renda. E há uma turnê de palestras planejada, diz ela, que renderá um ano de salário. Ficamos satisfeitos em saber que você está indo tão bem."

Thomas não respondeu.

Ele se separou de Eugene cada vez mais certo de que a mudança para a Califórnia era essencial. Se o poder estava em Washington, então quanto mais longe dele e de todas as maquinações e coisas ditas por baixo dos panos, melhor para ele e sua família.

Sem dizer dessa maneira, Eugene Meyer deixou claro que Thomas estava sendo observado, seus discursos, ouvidos, suas entrevistas, estudadas. Thomas gostava de Roosevelt, do que conhecia dele, mas passou a gostar um pouco menos ao pensar que ele havia pedido a Eugene Meyer que falasse com Thomas sem usar seu nome.

A ideia de vir a ser um chefe de Estado temporário era apenas como uma boa história para contar a Erika quando a visse; talvez seu velho pai não fosse tão pouco confiável e tão sonhador quanto parecia, pelo menos não aos olhos de algumas pessoas. Ele sorriu ao pensar que qualquer um que acreditasse que ele daria um bom chefe de Estado devia ter outras ideias também; e não muito sábias.

Thomas ficou surpreso com a rapidez com que os homens da mudança tiraram os móveis, com o cuidado com que manusearam cada objeto e com a maneira como elaboraram um sistema para embalar seus livros de modo que estivessem em ordem quando chegasse à Califórnia. Enquanto tiravam sua escrivaninha do escritório, sentiu-se tentado a dizer-lhes que ela viera de sua casa em Munique. E, quando embrulharam os candelabros, poderia ter acrescentado a história de como haviam sido trazidos de Lübeck. Mas os homens da mudança não estavam interessados em ouvir histórias. A mobília seria transportada para o outro lado dos Estados Unidos. Em poucas horas, a casa estaria vazia, como se eles nunca tivessem morado ali.

Uma vez instalados em Los Angeles, ele e Katia concordaram em dar uma olhada em um terreno que estava à venda em Pacific Palisades, perto de Santa Monica. Já estavam alugando uma casa, mas decidiram que seria melhor construir uma. Escolheram Julius Davidson para ser o arquiteto, porque haviam visto uma transformação que ele havia feito de uma casa em Bel Air, porém, mais do que isso, porque gostaram de sua aura de competência fria. Ele tinha o hábito de desviar o olhar quando eles falavam, como se o que haviam dito exigisse consideração, depois olhava com emoção para longe enquanto seus interlocutores esperavam por uma resposta.

"Nosso arquiteto tem uma vida interior misteriosa", disse Katia, "e isso só pode ser bom."

Thomas e Katia andavam pelos alicerces da casa com Davidson, imaginando o que logo se ergueria aqui. Thomas sonhava com seu escritório, sua escrivaninha e as estantes.

Notou que Davidson andava bem-vestido e ficou tentado a pedir a Katia que perguntasse onde ele havia comprado seus ternos. Em vez disso, apenas lembrou ao arquiteto que não queria janelas do chão ao teto em seu escritório.

"Quero sombras", disse. "Não quero olhar para fora."

Ele imitou um homem escrevendo em uma mesa.

"Preciso falar com você também sobre aquele toca-discos embutido que você mencionou", disse Thomas. "No alto verão, eu gostaria de ter música de câmara triste em alto e bom som, evocando o inverno."

Embora tratassem dos negócios com o arquiteto em alemão, Davidson era bastante americano. Mesmo sua maneira de andar pelo local não tinha nada da hesitação e da cautela alemãs. Ele se comportava como um homem que passara a infância naquele local. Havia se tornado um americano. Davidson conhecia as leis pertinentes e aqueles que as implementavam, como se Los Angeles fosse uma espécie de vilarejo. Também tinha uma maneira de falar sobre dinheiro com uma tranquilidade e desenvoltura que nenhum alemão jamais se arriscaria a usar.

Ocorreu a Thomas que talvez um de seus próprios filhos pudesse mergulhar na cultura americana dessa forma, embora, ao imaginá-los um a um, todos parecessem ter teimosamente um espírito teutônico e virtudes teutônicas, se é que essas ainda existiam.

"Tudo parece muito pequeno até que eu meça com meus passos", disse Katia. "Daí tudo parece grande."

"Será uma casa modesta", disse Davidson. "Mas confortável e iluminada. Grande o suficiente para a família."

Enquanto caminhavam pelo local, que tinha vista tanto para a serra quanto para Santa Catalina, Thomas notou uma pequena árvore sem folhas em um canto com frutas escuras e podres penduradas nos galhos superiores. Ele perguntou a Davidson o que era.

"É uma árvore de romã. O que você pode ver é a fruta oca que os pássaros escavaram. A árvore florescerá no final da primavera com a ajuda de beija-flores e, no início do inverno, você terá romãs."

Thomas afastou-se de Davidson e Katia e fez menção de inspecionar os fundos da casa. Em Lübeck, as romãs vinham em cargueiros que normalmente transportavam açúcar; ficavam em caixas de madeira, embrulhadas individualmente em papel de arroz. Durante meses a fio, a mãe arranjava um meio de incorporar a fruta em todas as refeições, em saladas ou em molhos ou como sobremesa. Até que elas desapareceram. Ela pediu ao pai que perguntasse o que tinha acontecido, mas ninguém sabia prever quando as romãs voltariam a Lübeck.

Ele sabia como abrir uma romã e encher uma tigela com as ricas sementes vermelhas. Se isso fosse tudo o que aprendera com a mãe, já seria o suficiente, pensou. A mãe, por sua vez, tinha aprendido o truque com cozinheiras em Paraty, no Brasil. O truque era não escavar as sementes, mas cutucar a casca para trás e empurrá-las para cima com cuidado, mas com firmeza, removendo a massa branca e carnuda que as envolvia.

Ele adorava a borda seca que se misturava com o sabor doce da romã e adorava a cor. Mas, nesse momento, o que ele mais lembrava era da alegria de sua mãe, sua voz, seu prazer com a notícia de que uma nova remessa da fruta chegara do Brasil, o sentimento de que um pequeno pedaço de sua casa, talvez o melhor pedaço, havia chegado até ela do outro lado do oceano para deleitar seus dias.

Ao se mudar para a Califórnia, Thomas estava escolhendo involuntariamente viver perto do clima que formara Julia Mann. Thomas imaginou por um segundo que poderia contar a Heinrich sobre a árvore e ver se ele também se lembrava das tigelas cheias de sementes vermelhas. O problema é que decidira se abster de falar muito sobre a nova casa que estava construindo, com medo de deprimir ainda mais o irmão, que acabara de ser informado que seu contrato como roteirista não seria renovado.

Caminhando pelo gramado até onde Davidson e Katia estavam, ao lado de uma única palmeira alta, ele lembrou que em alguma parte da mitologia grega a romã aparecia com um significado. Tinha a ver com a morte, pensou Thomas, o submundo, mas não tinha certeza. Assim que seus livros fossem desempacotados e organizados nas prateleiras de seu escritório, encontraria um volume que trouxera de Munique, um dicionário de mitologia grega. Esperaria até que a casa estivesse construída e eles estivessem morando lá, para, no final do ano, comer a fruta que quase havia esquecido que existia.

Um dia, depois do almoço, ele tirou sua soneca habitual e então leu um pouco. Às quatro da tarde, Katia estava pronta no carro. Dirigiram até Santa Monica e caminharam na trilha de onde se podia ver a praia e depois desceram até o píer.

"Acho estranho", disse Katia, "que nosso filho mais novo, que ainda é um menino para mim, seja o primeiro a ter um filho. Por outro lado, eu tinha mais ou menos a idade de Michael quando tive Erika, então acho que é normal. Mas não consigo me convencer disso. Será que Michael será o único a ter filhos?"

"Elisabeth vai ter também", disse Thomas.

"Borgese está velho demais para ter filhos", disse Katia.

Eles pararam e ficaram olhando as ondas altas e onduladas e, mais adiante, a água azul sob o céu claro. Os olhos de Thomas foram capturados por uma cena próxima. Dois jovens de shorts faziam ginástica na praia. Estavam voltados para a água, e por isso Thomas conseguia observar suas costas e pernas musculosas. Teria ficado lá até que a noite caísse.

Então um deles se virou, parecia sensível, sério. Thomas ficou ainda um tempo observando, Katia silenciosa ao lado dele, até que o jovem começou a olhar regularmente em sua direção. Thomas notou no jovem o peito liso, os pelos claros nas pernas, o cabelo loiro curto, os olhos azuis. Mas também notou um senso de consideração, talvez até de alguém cuja sensibilidade não era muito aguçada ou fora apagada pela Califórnia.

Nos dias e noites que se seguiram, ele imaginou o jovem entrando em seu escritório como Klaus Heuser havia feito, talvez para falar sobre livros, ou sobre conflitos, ou sobre a herança alemã. Ele contaria o que pudesse, tentaria explicar sobre como seu próprio começo como escritor havia sido hesitante e sobre quanto tempo havia levado para terminar alguns de seus livros. Thomas emprestaria ao visitante alguns volumes, um de cada vez, sabendo que isso garantiria o retorno do menino. Ele o acompanharia até a porta e o observaria se afastar, descendo a trilha do jardim.

A vida na casa alugada ficou mais tranquila depois que Monika partiu para o norte da Califórnia para ficar com Michael e Gret, que estava grávida de novo. Porém, Michael escreveu para Katia explicando que Monika era um fardo grande demais. As menores coisas a tiravam do sério e ela não conseguia se controlar. Nunca falava sobre a provação que passara no mar, escreveu ele, mas estava sempre disposta e reclamar da coisa mais inconsequente, de um entregador que tinha deixado cair alguns mantimentos ou de um cachorro que tinha invadido o gramado. Esperava que sua mãe entendesse e recebesse Monika de volta na casa da família.

Um dia, quando passava do escritório para a sala, Thomas encontrou Katia, Monika e Golo vendo um conjunto de fotos que Monika havia tirado de Frido, agora com um ano de idade. Katia, ele sabia, estava chateada por não ter sido convidada para passar um tempo com Michael, Gret e Frido.

Quando lhe passaram as fotos recém-reveladas, Thomas esperava ver imagens indefinidas do bebê de Princeton de que se lembrava. Em vez disso, a criança emergiu completamente viva, divertindo-se com a atenção da câmera, sem medo, quase desafiadora. Thomas viu o mesmo queixo quadrado que Elisabeth, Golo e Goschi tinham, o mesmo rosto forte que ele associava à família de seu pai, bem como um olhar irônico e inquisitivo que era apenas de Katia. O que o surpreendeu foi o quanto Frido estava formado, pronto para o mundo, exigindo toda atenção.

"Por que não os convidamos a vir aqui?", perguntou.

"Esta casa não tem espaço suficiente", disse Katia.

"Por que não escrevemos para dizer que gostaríamos que o jovem Frido fosse o primeiro hóspede na nova casa? Ou poderíamos usar nosso charme para ver se eles nos convidam para ficar com eles?"

"Minha mãe já tentou usar o dela", disse Monika, "mas não funcionou. Nenhum convite para visitar Frido foi feito."

"Isso, receio, é verdade", disse Katia. "Embora também seja verdade que pedi a Monika para não compartilhar o fato com ninguém."

"Não gosto de segredos nem de mentiras", disse Monika.

"Talvez quanto menos você os revelar, mais você passe a gostar deles", respondeu Thomas.

"Quer que fiquemos quietos enquanto você escreve seus livros?", perguntou Golo. Seu tom era sarcástico, quase agressivo.

"A fome não está melhorando a atmosfera", disse Thomas. "Acho que todos podemos nos beneficiar de um almoço."

Os pintores trabalhavam na nova casa e os móveis começavam a chegar, incluindo um elaborado Thermador Range para a cozinha. Erika, que tinha vindo de Londres a Nova York, viajou de trem para visitá-los na casa que estavam alugando. E ignorou qualquer conversa sobre persianas e combinação de cores da nova casa para, em vez disso, contar entusiasmada sobre a guerra.

"Sei que estou sendo preconceituosa, mas é que as mulheres inglesas se mostraram tão esplêndidas, tão eficientes. Com os homens indo lutar, formou-se uma sociedade ideal. Visitar uma fábrica de munições, com as jovens concentradas em seu trabalho, é uma grande inspiração. Eu gostaria que os americanos pudessem testemunhar isso."

Quando Katia perguntou se Erika tinha visto Klaus durante os poucos dias que passou em Nova York, ela deu de ombros. "Ele está planejando uma visita", disse.

"Por quanto tempo?", perguntou Katia.

"Ele não tem para onde ir e não tem dinheiro."

"Eu mandei dinheiro para ele."

"Ele gastou."

Thomas reparou que Katia indicou a Erika que ela não deveria discutir o assunto na frente de Thomas, de Golo e de Monika.

Mais tarde, quando estava lendo em seu escritório, Katia e Erika apareceram, entraram e fecharam a porta.

"Klaus foi visitado pela polícia", disse Katia.

"Preso?", perguntou Thomas.

"Não exatamente", interrompeu Erika. "Ele quer se juntar ao Exército dos Estados Unidos e, para isso, teve que ser investigado por ter nascido na Alemanha. Aí, claro, descobriram que ele é viciado em morfina e homossexual. Ele negou tudo. Mas vai pedir que você interceda por ele."

"Interceder com quem?"

"Não me pergunte. E também tem uma coisa que não te contei, mãe. Outra coisa que perguntaram a ele foi sobre incesto."

"Incesto?", perguntou Katia e começou a rir. "E quem eles acham que é ou foi seu parceiro de sorte?"

"Klaus disse a eles que estão confundindo sua vida com personagens da ficção do pai."

"Sim, eu me lembro da história do seu pai sobre incesto", disse Katia.

"E eles pensam", acrescentou Erika, "que Klaus e eu somos gêmeos."

"Certamente ele pode explicar a eles que não é o caso", disse Katia.

"Sabe", disse Erika, levantando-se e olhando diretamente para o pai, "Klaus está falido. Mal podia esperar para me livrar dele."

"Mas ele quer vir para cá?", perguntou Katia.

"Há outras questões que devemos ter em mente quando ele vier", disse Erika. "Seria melhor não mencionar a possibilidade de sua próxima visita à Casa Branca."

"Por que não?", perguntou Thomas.

"Porque ele acha que deveria ser incluído em qualquer grupo que possa aconselhar o presidente sobre a Alemanha. E também é sensível, para dizer o mínimo, à ideia de que você está planejando um romance sobre Fausto."

"Quem disse a ele que eu estava planejando um romance sobre Fausto?"

"Eu", disse Erika.

"Talvez a tranquilidade daqui faça bem a ele", disse Katia. "E Golo é tão equilibrado que pode ser uma boa influência sobre Klaus."

"Golo? Equilibrado?", Erika perguntou e riu.

"Oh, céus. Ele também está tomando morfina?", perguntou Katia. "Ou é incesto?"

"Ele está apaixonado por alguém que conheceu quando estava em Princeton", disse Erika.

"Isso não é bom?", perguntou Katia. "É a bibliotecária? Elas sempre foram muito gentis, as bibliotecárias de Princeton. Já a conhecemos?"

"Bibliotecário", disse Erika.

"Ele?", perguntou Katia.

"Ele", repetiu Erika.

"Perguntei a Golo sobre as cartas que vinham de Princeton", disse Katia. "Mas ele me disse que eram sobre livros da biblioteca que estavam atrasados."

Thomas notou que as bochechas de Erika tinham ficado coradas. Ela estava gostando de contar a eles todas essas novidades. Ficou tentado a revelar que sabia que Erika não estava em Los Angeles apenas para ver os pais, mas também porque estava tendo um caso com Bruno Walter, um homem casado apenas um ano mais novo que ele.

Esta informação chegou a Thomas por cortesia de Elisabeth em Chicago. Ele tinha o hábito de telefonar para a filha mais nova, que estava grávida do primeiro filho, nas noites de sábado. A regra era que eles só podiam ficar quinze minutos na linha. Ele percebeu que Elisabeth também mantinha contato regular com o resto da família, até mesmo com Klaus, embora, pelo que Thomas soubesse, ela não estivesse a par da entrevista com a polícia.

Elisabeth e ele falavam com uma franqueza adquirida, ao

que parecia, graças à distância entre Los Angeles e Chicago. No entanto, ela lhe contava a maioria das coisas com a condição de que não fossem compartilhadas com Katia. Elisabeth também confiava na mãe, a quem escrevia regularmente. Katia descobriu, assim, algumas coisas sobre seus filhos que Thomas, até então, presumia serem segredos.

Quando Elisabeth lhe contou sobre Erika e Bruno Walter, Thomas pensou a princípio que ela estava enganada e que talvez Erika estivesse tendo um caso com uma das filhas de Walter, que eram amigas dela.

"Não, é o pai", disse Elisabeth.

"Achei que ela não gostava de homens", respondeu Thomas.

"Ela gosta de Bruno Walter. Ela é a segunda de suas filhas a gostar de um homem próximo a você em idade. Fique lisonjeado!"

"E Monika?"

"Gerontofilia parece ter escapado dela até agora."

"E como vai seu casamento?"

"Perfeito."

"Você me diria se não estivesse?"

"Eu te conto tudo, mas você não deve contar nada para minha mãe sobre Erika. Ela pensará que foi um fracasso como mãe. Três homossexuais, ou dois homossexuais e uma bissexual. Duas filhas que gostam da companhia de velhos. E ainda tem a Monika."

"E Michael", disse Thomas.

"Sim, o normal."

"Ele é ressentido."

"Com razão. Você nunca foi gentil com ele."

"Nem você. Com que frequência Erika vê Bruno Walter?"

"Sempre que pode."

"A esposa dele sabe?"

"Sim. E ninguém mais."

"Tem certeza de que isso é verdade? Eu realmente pensei que Erika preferia mulheres."

"E é verdade. Mas ela abriu uma exceção para o famoso maestro."

Thomas observou Erika agora, posando como a voz da sanidade dentro da família, e sentiu-se ainda mais tentado a perguntar-lhe se havia alguma notícia de sua própria vida amorosa. Mas não podia trair Elisabeth. Naquela noite, sorriu ao ver Erika pedindo as chaves do carro à mãe, dizendo que precisava ver amigos que moravam na zona leste da cidade. Thomas observou como ela parecia estilosa e como tinha prendido o cabelo em um coque elegante.

Ele teve que se levantar e sair rapidamente da sala para não acabar dizendo: "Pense em mim enquanto estiver nos braços dele". Quando chegou ao escritório, não conseguiu controlar o riso.

À medida que 1941 avançava, Thomas começou a trabalhar em um novo discurso para uma turnê de palestras, um discurso que incluía um tom de alto idealismo que já vinha usando em outras palestras que proferia, mas que também poderia se tornar mais incisivo, mais pessoal e mais político. Gostava da ideia de que era sua tarefa espalhar um tipo superior de propaganda, porém, conforme a discussão sobre o possível envolvimento americano na guerra aumentava, Erika começou a insistir que ele precisava ser mais direto, e essa opinião era compartilhada, com menos veemência, por Golo e Katia.

Em setembro, após o naufrágio de navios americanos no Atlântico por submarinos alemães, Roosevelt esteve perto de declarar uma guerra naval contra a Alemanha, porém, foi rigorosamente atacado por Charles Lindbergh, que falou sobre o belicismo dos ingleses, dos judeus e de Roosevelt. Thomas decidiu que nunca mencionaria Lindbergh pelo nome, nem Roosevelt. Porém, deixaria o público entender que, como alemão, como democrata, como amigo da América e admirador de suas liberdades, acreditava que o mundo agora contava com os Estados Unidos.

Thomas escreveu o discurso em alemão e o traduziu para, em seguida, com a ajuda de uma jovem que Katia havia conhecido, começar a trabalhar na fluência em inglês, falando devagar, tentando pronunciar as palavras com clareza.

Após as primeiras cidades, teve de definir regras. Não queria ser recebido com alarde na estação ferroviária, mas sim levado discretamente por um carro, seu nome não deveria estar visível em nenhum lugar. No início, ele se perguntou quem seriam as pessoas que teriam interesse em um ganhador do prêmio Nobel, mas aos poucos entendeu que seu público era político e bem informado. Eles liam os jornais todos os dias; liam livros. E entendiam que precisavam saber mais sobre a crise na Europa.

No início de novembro, quando falou em Chicago, Thomas já conseguia cometer menos erros de pronúncia. Além disso, à medida que o público crescia, percebera que o que estava em jogo, além da própria democracia, eram ele e os outros exilados alemães. Se os Estados Unidos entrassem na guerra, haveria um movimento para prender todos os alemães. Ele precisava deixar claro que representava uma significativa oposição alemã a Hitler, um grande grupo na América cuja lealdade em qualquer guerra seria de todo o coração unicamente aos Estados Unidos.

Em Chicago, eles ficaram em um hotel, tendo concordado em almoçar no centro da cidade no dia de seu discurso com Elisabeth e Borgese, para depois seguir até em casa com eles para ver Angelica, a filhinha de Elisabeth.

Durante o almoço, Borgese informou a Thomas que ele precisava ser cauteloso em Chicago, pois havia um forte sentimento antialemão.

"As pessoas não querem nem sequer ouvir ataques a Hitler. Simplesmente não querem ouvir o nome dele. Portanto, se você o denunciar, não ganhará amigos e, é claro, se não o denunciar, fará as pessoas sentirem que todos os alemães estão juntos nisso."

"Tenho certeza de que o Mágico saberá exatamente o que dizer", interrompeu Elisabeth.

"Antes você do que eu", disse Borgese.

Angelica, em seu berço, não demonstrou grande interesse pelos visitantes até Katia mostrar a ela uma grande caixa e sinalizar que a menina poderia ajudar a abri-la. Angelica então respondeu com uma afobação que fez todos rirem.

"Ela tem a falta de paciência da família", disse Thomas.

"Da sua família, não da minha!", respondeu Katia.

"E nem da minha", disse Borgese.

Thomas olhou para Borgese, imaginando por um momento o que a família dele teria a ver com isso.

No carro de volta ao hotel, Thomas virou-se para Katia.

"Você acha que a criança vai continuar se parecendo mais com a mãe do que com o pai?"

"Tenho certeza de que sim", disse Katia. "Vamos todos rezar para que assim seja."

Uma hora antes de os organizadores virem buscá-lo, Thomas repassou o discurso. Havia marcado as palavras difíceis de pronunciar com uma grafia fonética. À medida que a hora se aproximava, Katia foi ao quarto dele para se certificar de que sua gravata estava reta e os sapatos devidamente engraxados.

Ele foi avisado de que o público era muito maior do que o planejado. E que estavam tentando encontrar espaço para todos.

Do lado de fora estava um caos, com longas filas e pessoas se empurrando e gritando. Quando alguns o reconheceram, começaram a aplaudir, e a alegria foi então retomada por todas as pessoas do lado de fora. Ele levantou o chapéu e acenou e depois entrou.

Thomas sabia o efeito que sua abertura poderia ter sobre o público. Já a havia testado primeiro em Iowa e depois em Indianápolis. No início, em parte por causa do dinheiro que recebia, sentiu-se uma fraude. Ele não representava nenhum grupo. Não havia nada que pudesse prometer ao público. Porém, à medida que a turnê avançava, Thomas percebeu que a multidão se tornava receptiva, às vezes silenciosa, outras vezes emocionada, se ele usasse certas palavras ou expressasse opiniões fortes sobre os nazistas.

Como sempre, a pessoa que o apresentou fez uma introdução longa demais e efusiva demais. O homem ao microfone berrou que o maior homem das letras vivo estava prestes a se dirigir à multidão. E então repetiu o nome de Thomas, gesticulando ao público para que aplaudissem em aprovação. Finalmente o microfone era dele.

"Dizem que somos muito diferentes, mas há uma coisa que nos une. Nos Estados Unidos, neste momento, há uma palavra que representa muitas outras palavras. E ela está no cerne da conquista americana; está no cerne da influência que os Estados Unidos podem ter no mundo. Essa palavra é 'Liberdade'! Liberdade! Neste momento, na Alemanha, a liberdade foi substituída por assassinato, por ameaças, por prisões em grande escala, por ataques à população judaica. Mas, como todas as tempestades, esta também passará e, pela manhã, quando o vento diminuir, os alemães mais uma vez gritarão a palavra, a palavra que não conhece fronteiras nem limites. E essa palavra será Liberdade. Clamamos por liberdade agora, e chegará um momento em que nosso grito será ouvido, e a liberdade mais uma vez prevalecerá."

Ele parou e observou a multidão, que havia caído em completo silêncio.

"Eu sou um dos muitos alemães que conheceram o medo e buscaram a liberdade nos Estados Unidos. Assim como os alemães aprenderam a temer Hitler e seus capangas, o mundo inteiro, o mundo livre, também tem motivos para temer os nazistas. O medo é uma resposta natural à violência e ao terror. Mas logo nosso medo se tornará nosso desafio, e será substituído por nossa coragem, por nossa determinação. Porque há uma segunda palavra que importa para nós agora, uma palavra pela qual vale a pena lutar, uma palavra que une americanos a pessoas livres do mundo todo. Essa palavra é 'Democracia'! Democracia!"

Ele gritou a palavra e sabia que a resposta seria de vivas e aplausos instantâneos.

"Não estou aqui para falar dos tempos sombrios que estão por vir, da luta. Estou aqui para falar da próxima vitória da democracia. Estou aqui para representar o espírito humano, e estou orgulhosamente em Chicago para invocar a santidade do espírito humano, para invocar a liberdade, invocar a democracia, e dizer a vocês que a democracia retornará à Alemanha como um rio corre para o mar, porque a democracia está no nosso espírito. Não é um presente, algo que pode ser dado ou tirado. É tão essencial para o nosso bem-estar quanto comida ou água.

"Estou aqui, diante de vocês, não apenas como um escritor, ou como um refugiado da ditadura mais implacável que a história já conheceu, estou aqui como um homem, e falo aos homens e mulheres que aqui estão sobre a dignidade que compartilhamos, a luz interior que brilha em cada um de nós e os direitos que temos, e os direitos pelos quais nós, como humanos, lutamos; direitos que merecemos ter. Estou aqui porque acredito que esses direitos serão devolvidos à Alemanha. Os nazistas não podem durar. Eles não podem durar. Eles não devem durar. Eles não vão durar."

Na última frase, a multidão já estava de pé.

Em Nova York, Thomas teve uma reunião em uma sala privada em seu hotel com Agnes Meyer, que havia viajado de Washington até lá para vê-lo. Sabia que ela ainda pretendia escrever um livro sobre sua vida e seu trabalho e não estava ansioso para discutir o assunto. Também não queria discutir suas palestras com Agnes. Como suas palestras e o tamanho do seu público haviam sido amplamente divulgados, Thomas presumiu que ela teria opiniões sobre o que deveria incluir em suas apresentações futuras e o que deveria deixar de fora. Mas ele estava determinado a não permitir que Agnes lhe ditasse o que deveria ou não dizer.

"Agora, vou precisar de sua aceitação por escrito", disse ela assim que se sentaram.

"Minha aceitação?"

"Será oferecido a você o cargo de Consultor em Literatura Germânica na Biblioteca do Congresso, com um salário de quatro mil e oitocentos dólares por ano, mais mil dólares para uma palestra anual. Você será obrigado a morar em Washington por duas semanas por ano."

"Como isso aconteceu?"

"Tenho trabalhado discretamente para garantir que, quando a guerra for declarada, não haja apoio para ações contra os alemães nos Estados Unidos. É essencial que essa nomeação aconteça antes que a guerra seja declarada. Ninguém pode prender um consultor da Biblioteca do Congresso ou tratá-lo como um estrangeiro inimigo. Também não podem prender outras pessoas por serem alemãs, ou teriam de prendê-lo junto. É uma coisa pequena em comparação ao que suas palestras, que são vistas como a essência do bom senso em lugares muito poderosos, nos trazem. 'Inteligente e prestativo' foram as palavras que ele usou."

"Quem disse isso?"

"Foi dito em sigilo, mas eu não o relataria se o orador não estivesse no cargo mais importante."

"Então devo esperar uma carta?"

"Sim, mas eu preciso da sua aceitação agora, então deixe-me ir de uma vez e preparar isso. A guerra pode estourar a qualquer momento e quero tudo pronto já."

Thomas estava em seu quarto, na casa alugada em Los Angeles, de onde eles em breve partiriam, quando recebeu a notícia dos ataques a Pearl Harbor. Como Golo normalmente não ia até a porta de seu quarto, soube logo que algo sério havia acontecido. No andar de baixo, encontrou Katia e Monika sentadas ao lado do rádio. Nos três dias seguintes, todos esperaram que a guerra fosse declarada contra a Alemanha.

Na segunda noite, quando se preparavam para deixar a mesa do jantar, Monika disse algo de passagem sobre o marido morto. Até aquele momento, não tinha conseguido falar sobre o assunto sem chorar, porém, desta vez, quando pronunciou seu nome, ela sorriu.

"Como ele era?", perguntou Golo. "Queria te perguntar isso há tanto tempo, mas nenhum de nós queria te magoar."

"Jenö era um estudioso", disse Monika. "Eu o vi uma manhã em Florença, tanto na Uffizi quanto no Pitti. E então, à tarde, quando fui à capela Brancacci, ele também estava lá. E todas as vezes ele me notou, foi assim que nos conhecemos."

"Ele escrevia sobre arte italiana?", perguntou Golo.

"Era o assunto dele", respondeu Monika. "Jenö conseguia se lembrar do menor detalhe em uma pintura ou uma peça de escultura. E tudo está perdido agora. Nada disso importa mais."

"Gostaria de tê-lo conhecido", disse Erika.

"Se ele tivesse sobrevivido", Monika continuou, "poderia

estar aqui agora. Seu livro sobre escultura italiana poderia estar terminado. Todos vocês o admirariam."

Monika olhou ao redor da mesa, para seus pais e para Erika e Golo.

"Quando vejo você saindo para passear, Golo", ela continuou, "muitas vezes penso que Jenö poderia acompanhá-lo, porque vocês poderiam conversar sobre livros. Até o Mágico teria gostado de Jenö."

"Só posso lamentar não tê-lo conhecido", disse Thomas.

Por um segundo, Thomas pensou que Monika fosse chorar, mas ela respirou fundo e baixou a voz.

"Não consigo pensar em como foi para ele morrer assim. Sei que ele adoraria ter sobrevivido. Que adoraria estar aqui agora, sabendo que os Estados Unidos vão entrar na guerra."

Katia e Erika abraçaram Monika, enquanto Thomas e Golo observavam.

"Não sei por que ele se afogou e eu fui salva. Ninguém jamais será capaz de explicar isso para mim."

Dois meses depois, quando se mudaram para Pacific Palisades, Klaus veio de Nova York visitá-los. Thomas e Katia o encontraram na Union Station e o levaram até a nova casa, que ele mal pareceu notar. Mesmo quando Katia disse que aquele seria seu último refúgio, ele não respondeu. Como sua irmã, Klaus estava na casa dos trinta agora. Mas, ao contrário dela, parecia acabado. Seu cabelo estava ralo. Todo o brilho havia deixado seus olhos.

A verdadeira mudança, no entanto, estava em como Erika reagia a ele. Ela mal conseguia olhar para o irmão. À mesa, Erika falou sobre ter se candidatado para trabalhar na BBC e seus planos de cobrir a guerra. Algumas vezes, quando Klaus começava a opinar sobre a guerra, ela se voltava para ele, interrompendo: "Pergunte pra gente, Klaus. Não nos diga como é. Monika perdeu o marido na guerra. Eu estive em Londres. Seu pai é mantido bem informado pela administração. Nós sabemos sobre a guerra. Alguém como você, morando com artistas e escritores e Deus sabe quem mais em Nova York, não pode saber o que sabemos. Então, por favor, não venha querer nos ensinar sobre a guerra!".

Thomas lembrava que, quando ambos estavam no final da adolescência e no começo dos vinte anos, voando alto, Erika e Klaus dominavam a mesa da família em suas visitas. Agora, Golo e Monika observavam em silêncio enquanto Erika dominava sozinha a cena. Thomas notou Klaus cedendo, tentando oferecer opiniões que pudessem ganhar sua aprovação. Porém, quando Klaus começou a explicar por que acreditava que agora, mais do que nunca, a cultura, especialmente a literatura, era uma arma essencial na batalha contra o fascismo, Erika o interrompeu.

"Já ouvimos isso antes, Klaus."

"Porque tem que ser repetido."

"As melhores armas contra o fascismo são as armas", disse ela. "Armas de verdade."

Erika olhou para o pai, buscando sua concordância. Thomas não queria incentivá-la a continuar, mas também não queria se envolver em uma discussão com a filha.

Erika declarou que ia sair, acrescentando que ficaria com as amigas até bem tarde. Quando Klaus perguntou se ela poderia deixá-lo em um endereço próximo, Thomas viu a expressão no rosto de Katia escurecer.

"Posso te deixar em algum lugar", disse Erika. "Mas você vai ter que voltar sozinho."

"Aonde você vai?", perguntou Klaus.

"Ver meus amigos."

"Que amigos?"

"Pessoas que você não conheceria."

Ela disse isso em um tom completamente desdenhoso. Thomas pôde ver a expressão magoada no rosto de Klaus.

Mais tarde, Katia entrou no quarto.

"Como se Klaus já não estivesse no chão", disse, "Erika parece determinada a fazer pouco dele na frente de todos nós."

"Para onde os dois estão indo?", perguntou.

"Klaus tem um amigo que está em algum hotel próximo."

Thomas entendeu que o amigo era de alguma forma inapropriado. E pensou que, a menos que Katia tivesse medo de compartilhar a notícia sobre Bruno Walter consigo, ela havia acreditado em Erika. Ela estava saindo com amigos. Por um segundo, teve uma visão de Bruno Walter, recém-saído de um concerto, tirando as calças e dobrando-as sobre uma cadeira em algum quarto de hotel de luxo no centro de Los Angeles enquanto Erika o observava, fumando. Ele se lembrou de Davidson explicando que não poderia trabalhar para Walter, pois o maestro não parava de se gabar de sua própria grandeza. Nenhuma casa seria boa o suficiente para um homem assim, dissera Davidson.

No sábado, quando Thomas ligou para Elisabeth, ela confirmou que Klaus de fato tinha um amante inadequado instalado em um hotel, e que tanto Klaus quanto o amante representavam uma despesa considerável, já que ambos precisavam de um suprimento constante de morfina e outras drogas.

Quando Thomas mencionou a visão que tivera de Bruno Walter e Erika juntos, Elisabeth contou que, na verdade, eles gostavam de se encontrar na própria casa dos Walter em Beverly Hills. Presumia que Katia soubesse ainda mais detalhes, mas, como cometeu o erro de parecer muito interessada, a mãe não os revelou.

"Katia sabe sobre Erika e Walter?"

"Nada escapa à minha mãe."

"Ela sabe sobre Klaus e as drogas?"
"Foi ela quem me contou."

Nos primeiros meses da guerra, Thomas esperava ansiosamente pelos telefonemas de Agnes Meyer. Ela, por sua vez, parecia apreciar falar com ele, nem que fosse apenas para informá-lo de algo antes que saísse nos jornais. Quando chegou a notícia de que os japoneses da Costa Oeste seriam removidos de suas casas, ela ligou para dizer que o havia prevenido quando se conheceram em Nova York de que isso aconteceria.

"Mas há muitas coisas que não posso dizer", acrescentou.

"Existe alguma discussão sobre tomar medidas contra os alemães nos Estados Unidos?"

"Foi abafada", ela respondeu.

Certa manhã, enquanto Thomas trabalhava em seu escritório, Klaus veio vê-lo. Desde a semana anterior, vinha parecendo cada vez mais desgrenhado. Seu rosto estava mais magro e seus dentes estavam manchados. Tinha um jeito de se mover nervoso e inquieto. Começou admirando o escritório do pai.

"Isso é tudo que eu sempre quis", disse. "Um escritório como este."

Thomas se perguntou se estava sendo ridicularizado. Se qualquer outro de seus filhos falasse com ele nesses termos, suas palavras seriam de ironia, para dizer o mínimo. Mas talvez não Klaus. Ele era sincero.

"Acho que você gosta da sua liberdade", disse Thomas.

"Tomo isso como uma repreensão", respondeu Klaus.

"Você é muito admirado como escritor. Se houver uma nova Alemanha, será necessário lá."

"Pretendo entrar para o Exército dos Estados Unidos", disse Klaus. "No momento, existem alguns obstáculos para que eu seja aceito. A vida não tem sido simples em Nova York. Existem muitos espiões e boatos."

"Também não tenho certeza se a vida é simples no Exército."

"Estou falando sério", disse Klaus. "Minha mãe não acredita em mim. Erika não acredita em mim. Mas, da próxima vez, virei aqui com um uniforme do Exército."

"Você está me pedindo para ajudá-lo?"

"Estou pedindo para você acreditar em mim."

"Posso imaginar quais são os obstáculos."

"Eles vão precisar de homens como eu."

Thomas ficou tentado a perguntar se ele se referia a viciados em drogas, homossexuais e homens que pedem dinheiro às mães, mas viu que Klaus estava à beira das lágrimas. Então imaginou que deveria dizer algo para apoiá-lo.

"Eu ficaria orgulhoso e feliz em vê-lo em um uniforme do Exército dos Estados Unidos. Não consigo pensar em nada que me deixasse mais feliz. Este é o nosso país agora."

Thomas olhou para Klaus como se estivesse em um filme.

"Você acredita que posso fazer isso?", perguntou Klaus.

"Entrar para o Exército?"

"Sim."

"Eu acho que você teria que fazer ajustes significativos em sua vida. Mas não consigo ver nenhuma razão..."

Thomas hesitou, enquanto Klaus o observava de perto. Súbito, notou como o filho estava pálido.

"Como disse, ajustes significativos", disse Thomas, olhando diretamente para Klaus.

"Você também tem ouvido todas as fofocas", disse Klaus.

"Você vive como quer", respondeu Thomas.

"Como você, em sua grande casa nova."

"De fato. Uma casa na qual você é bem-vindo a qualquer momento."

"Não tenho para onde ir quando sair daqui."

"O que você quer?"

"Minha mãe disse que não pode continuar me dando dinheiro."

"Vou falar com ela. Foi para isso que você veio me ver?

"Eu vim aqui para pedir que você acredite em mim."

"É inconcebível que o Exército o aceite em seu estado atual."

"Qual é o meu estado atual?"

"Me diga você."

"Eu prometo que da próxima vez que nos virmos estarei de uniforme."

"O Exército não fará concessões, mas não quero discutir sobre isso. Acho que já fui claro o suficiente."

"Então, suponho que estou sendo dispensado", disse Klaus.

Thomas não respondeu. Klaus levantou-se e saiu bruscamente da sala.

Depois que Klaus voltou a Nova York, e Erika partiu para a Inglaterra, Michael e Gret vieram para ficar, trazendo com eles Frido e seu novo bebê, um menino. Michael passaria sua estada em Pacific Palisades praticando com três outros músicos que planejavam formar um quarteto.

Havia mais charme natural em Frido, Thomas percebeu, do que as fotos sugeriam. Assim que o menino via novas pessoas, ele se iluminava e sorria.

Frido olhava para o avô, primeiramente intrigado com seus óculos, depois com intenso interesse, e Thomas o olhava de volta, fazendo truques com as mãos, tentando fazer Frido rir.

Vendo que Michael e Golo haviam saído para passear no

jardim, Thomas os seguiu. Eles perceberam sua aproximação e olharam em volta com desconfiança. Pararam, mas nenhum deles sorriu.

"Golo estava explicando que Heinrich está em uma situação terrível", disse Michael.

"Como assim?"

"Ficou sem dinheiro. O aluguel já está atrasado há dois meses e estão ameaçando despejar ele e a Nelly."

"O carro quebrou", acrescentou Golo, "e a oficina se recusa a começar os reparos até serem pagos."

"E Nelly tem alguns problemas de saúde, mas não pode pagar para ir ao médico."

"Quando fui lá ontem", continuou Golo, "os dois estavam desesperados. Heinrich mal conseguia falar."

"Sua mãe sabe?"

"Eu contei a ela ontem à noite."

Instantaneamente, Thomas entendeu por que Katia não havia dito nada. A única solução para os problemas financeiros de Heinrich seria uma mesada regular e isso representaria um grande compromisso.

"Vou falar com ela", disse Thomas.

"Acho que a situação precisa de uma solução de longo prazo", disse Golo.

"Eu sei do que ele precisa", respondeu Thomas.

E se virou para Michael.

"Gret me disse que você e seus amigos estiveram ensaiando o quarteto Opus 132 de Beethoven. Eu adoraria se você pudesse tocá-lo aqui o quanto antes. Vamos convidar Heinrich. Eu sei que ele gostaria de ouvi-lo também."

"É o mais difícil dos quartetos", disse Michael. "Ainda estamos começando."

"Eu sei que ele é difícil. Mas tem um significado especial para mim e para sua mãe."

"Poupe-me do exagero. Ele não tem significado especial para minha mãe", disse Michael.

Thomas imediatamente se arrependeu de ter invocado Katia, que nunca havia opinado sobre nenhum quarteto de Beethoven. Agora teria que alcançá-la antes de Michael e pedir-lhe que insistisse que tinha uma reverência especial pelo Opus 132.

"Você pode tentar fazer isso dar certo?", perguntou Thomas.

"O segundo violinista com quem estou trabalhando não fala inglês. Ele é romeno."

"Mas ele pode ler música?"

Michael olhou para o pai com desdém.

"Em um ensaio para um quarteto, há muita discussão."

"Faça o que for possível", disse Thomas.

Enquanto Thomas se afastava de seus dois filhos, sabia que, se virasse para trás, pegaria os dois olhando para ele com frieza. Queria dizer a Golo, agora com trinta e dois anos, que Elisabeth havia declarado que depois dos trinta ninguém tinha o direito de culpar os pais por nada. E então poderia se voltar para Michael, que tinha vinte e dois anos, e dizer-lhe que tinha oito anos restantes e deveria usá-los com sabedoria.

Ao encontrar Katia, Thomas a fez jurar que diria ter fortes motivos pessoais para ouvir aquele quarteto de Beethoven tocado em sua própria casa, com Michael na viola.

Heinrich e Nelly chegaram cedo, conforme combinado, no dia em que o quarteto ia se apresentar. Thomas enviara um cheque ao irmão. E notou como o casal estava impecavelmente vestido. Embora Heinrich estivesse frágil e andasse devagar, seu terno estava perfeitamente passado e seus sapatos brilhavam. Nelly usava um vestido vermelho e sapatos vermelhos e um cardigã branco, com a bolsa e o chapéu combinando. Ninguém teria imaginado, ele pensou, o quanto eles tinham estado apertados de dinheiro apenas alguns dias antes.

Na noite anterior, no jantar, quando o assunto Nelly surgiu, Katia enfatizou que, embora Nelly fosse bem-vinda em sua casa, preferia não ficar sozinha com ela.

"Se eu descobrir que meu marido e meus dois filhos, para não falar da minha filha, estão deixando as duas Frau Mann juntas por imaginar tolamente que as duas devem ter muito o que conversar, vou soltar ratos nos quartos de todos vocês."

"E quanto a mim?", perguntou Gret. "Eu também sou uma Frau Mann."

"Você está isenta de críticas", disse Katia. "Não vou ficar sozinha com a Nelly. Do momento em que ela puser os pés nesta casa até o momento em que sair, conto com todos vocês para garantir que assim seja."

Enquanto Golo se sentava com Nelly à mesa do jardim, Thomas e Heinrich deram um passeio pela propriedade. Junto com o cheque, Thomas incluiu um bilhete amigável no qual dizia que eles precisavam discutir as finanças de Heinrich o mais rápido possível. Ia ser mais fácil, ele pensou, fazer isso agora. Lentamente, porém, à medida que Heinrich falava de um romance cujo primeiro capítulo estava escrevendo, era como se estivessem novamente em Munique, ou na Itália enquanto jovens escritores, Heinrich sempre confiante, pronto para afirmar seu maior conhecimento do mundo e dos livros. Se Thomas lhe dissesse agora que estava planejando um romance baseado na história de Fausto, Heinrich diria que isso já havia sido feito muitas vezes. Se Thomas acrescentasse que seu protagonista seria um compositor moderno, Heinrich insistiria que era impossível escrever sobre música. Thomas recordou que não havia se aberto muito com Heinrich sobre *Os Buddenbrook* enquanto trabalhava, com medo de que um único comentário fulminante pudesse ser suficiente para fazê-lo duvidar de seu valor.

Deixou Heinrich falar a respeito de seu romance sobre Henrique IV da França e como ele acreditava que daria um bom filme.

Os dois voltaram para a entrada principal da casa e Gret apareceu com Frido, que concentrou todas as suas atenções em Heinrich.

"É maravilhoso conhecer um Mann que não olha com desconfiança para os outros", disse Heinrich.

Como ninguém mais estava presente, Thomas interpretou a fala como dirigida inteiramente a si. O tom vinha, supôs, do cheque enviado ao irmão. Ocorreu-lhe que seria ainda mais difícil cuidar de seu irmão no futuro.

Quando Gret levou Nelly para ver o bebê, Heinrich sugeriu que ele e Thomas dessem outro passeio pelos jardins. Dessa vez, pensou Thomas, poderiam falar sobre o dinheiro.

"Acordo todas as noites", disse Heinrich, "pensando em Mimi e Goschi. Talvez Mimi esteja segura, mas não posso ter certeza. Ela pode ter sido marcada por minha causa. E Goschi também. Ela tem vinte e cinco anos, uma época que deveria ser a mais feliz de sua vida. Eu a abandonei em um buraco de merda, como fiz com a mãe dela."

"Você tem uma ideia precisa do que está acontecendo com elas?"

"Estão em Praga e, se os alemães conseguirem entrar, serão presas. Nós caminhamos em gramados bem cuidados sob um céu azul. Construímos novas casas. Vivemos em um lugar de abundância. Mas eu as deixei para trás e elas me chamam à noite. Não consigo nem começar a compartilhar com Nelly o quanto estou preocupado."

Thomas percebeu que também os últimos comentários tinham sido dirigidos a ele; os gramados bem cuidados eram os mesmos sobre os quais os dois caminhavam, sua casa era o lugar da fartura. Mas decidiu que deveria ignorar o empenho de seu irmão para fazê-lo se sentir culpado. Em vez disso, era preciso se oferecer para intensificar os esforços anteriores de localizar a ex-esposa de Heinrich e sua filha e concordar em usar sua influência para trazê-los para os Estados Unidos. Por um segundo, porém, ele quis dizer a Heinrich que, na realidade, seria quase impossível resgatar alguém da Europa Central e conseguir vistos para os Estados Unidos. Ele sabia como era errado aumentar as esperanças de Heinrich, mas não podia contar a verdade ao irmão.

"Eu perguntei e perguntarei de novo. Se souber de alguma coisa, vou te dizer. E vou manter a pressão."

"Você pode perguntar diretamente ao presidente?"

"Não", disse Thomas. "Isso não é possível."

Mesmo sem falar, seu irmão deixou claro que via isso como uma traição.

"Carla e Lula tiveram sorte de terem saído deste mundo", disse Heinrich.

Jantaram com os colegas de Michael, os músicos, três jovens bonitos, e Thomas fez o que podia para disfarçar seu interesse por eles. Todos usavam o mesmo tipo de terno largo e tinham cortes de cabelo combinados, até o romeno, que falava francês. Com Gret de um lado e o violinista principal do outro, Thomas teve que se esforçar para ser suficientemente educado com a nora. Conversaram sobre Frido e seu irmãozinho por um tempo, mas logo não havia mais assunto. Thomas se voltou para o violinista, que lhe perguntou por que ele queria especialmente o Opus 132.

"Pelo terceiro movimento", disse ele. "Gosto da ideia de *Neue Kraft fühlend*."

"Você sente uma nova força?"

"Quando penso no livro que devo escrever, sim. Ou espero que sim."

Depois do jantar, eles se mudaram para a sala principal, Gret pediu licença para alimentar o bebê e Nelly voltou à sala de jantar para encher sua taça de vinho até a borda.

"Heinrich me avisou que a noite vai ser longa e tediosa", sussurrou para Monika, que soltou uma gargalhada.

Os quatro jovens estavam ajeitando suas estantes de partitura. Já sentados, começaram a afinar os instrumentos, seguindo o romeno, cujo instrumento dava o tom. Thomas gostou do romeno, que olhava para o pequeno público presente com calma admiração, mas foram os dois americanos que realmente prenderam sua atenção. O violoncelista tinha um rosto mais suave do que o violinista principal e olhos castanhos. Sua beleza delicada desapareceria em alguns anos, pensou Thomas. O violinista principal não tinha uma beleza tão óbvia, o rosto era muito magro, ele já estava ficando calvo, porém seu corpo era o mais forte dos quatro, seus ombros, os mais largos.

Quando a música começou, Thomas observou impressionado o quanto ela soava ousada, a liberação silenciosa de uma espécie de angústia, seguida de um tom que sugeria luta, e havia indícios de que a luta trazia ao mesmo tempo dor e alegria, imensa alegria. Precisava parar de pensar, desistir de tentar encontrar um significado simples na música, e apenas deixá-la entrar em seu espírito, ouvi-la como se nunca mais pudesse ter outra chance.

Era difícil não olhar para os músicos, porém, não observar a seriedade e a concentração. Thomas observou como iam recebendo as dicas do violinista principal. O violinista principal e Michael, na viola, pareciam duelar, tirando energia um do outro; a música se aproximava da resolução soando um pouco mais contida, para então se elevar novamente.

Thomas olhou para Katia, que sorriu de volta. Este era o mundo dos pais dela, que haviam sido anfitriões de muitos desses concertos de câmara em Munique. Do velho mundo, do qual foram forçados a fugir, Michael emergiu como o membro da família premiado com talento musical. Thomas observou o filho tocando com cautela, lentamente, sem emoção, belo e senhor de si, deixando que o som sombrio da viola se chocasse ao som mais doce dos dois violinos.

À medida que a música seguia, o violinista principal e o violoncelista foram se desprendendo um pouco de sua americanidade. A masculinidade escancarada, amigável e saliente que os americanos apresentavam antes foi substituída por uma vulnerabilidade e uma sensibilidade tão grandes que os dois podiam passar por alemães ou húngaros de décadas passadas. Talvez fosse apenas imaginação, um fenômeno causado pela força dos quatro instrumentos tocando juntos em pura conexão, e por vezes ficando em silêncio para permitir um solo, mas Thomas não conseguia deixar de alimentar a ideia de que fantasmas de uma época anterior, que outrora tinham andado pelas ruas das cidades europeias carregando seus instrumentos a caminho do ensaio, estavam presentes nesta nova casa com vista para o oceano Pacífico no sul da Califórnia.

O segundo movimento terminou e Thomas jurou que, de agora em diante, ouviria a música com mais atenção, que pararia de permitir que sua mente divagasse em especulações ociosas. Fez que não notou quando Nelly deixou a sala. Lembrava-se desse quarteto de Beethoven como sendo triste, às vezes melancólico. E o surpreendente era que, agora, o tom seguia melancólico, mas a maneira como os instrumentos pausavam, recomeçavam e se moviam na melodia tinha o tornado inspirador. O sofrimento da música ia sendo enterrado em cada nota, porque havia algo mais forte, uma sensação de uma beleza inflexível que depois de alguns minutos se elevou ainda mais, como que surpreendida por seu próprio vigor, em um som que fez Thomas parar de pensar, parar de tentar encontrar significado em tudo e simplesmente ouvir, deixar seu espírito absorver o que estava sendo tocado.

Katia tinha os olhos fechados, assim como Heinrich. E tanto Golo quanto Monika observavam os músicos com intensa concentração, Monika reclinada para a frente em seu assento. A transição do estilo bombástico das sinfonias para a solidão sobrenatural dos quartetos, pensou Thomas, deve ter sido uma jornada que nem mesmo o próprio Beethoven poderia compreender facilmente. Devia ser como se um conhecimento estranho, hesitante e trêmulo emergisse de repente com total clareza.

Thomas queria ter sido capaz de fazer isso como escritor, encontrar um tom ou um contexto que se abrisse para além de si mesmo, que tivesse como base uma essência que brilhava e precisava ser vista, que pairava acima do mundo dos fatos, no lugar em que espírito e substância podem se fundir e se separar e se fundir novamente.

Havia feito a grande concessão. Sentado ali, perfeitamente vestido e barbeado, em sua grande casa, de terno e gravata, sua família por toda parte, seus livros arrumados nas prateleiras de seu escritório com o mesmo respeito pela ordem que seus pensamentos e sua resposta à vida, poderia ser um empresário.

Thomas baixou a cabeça. Por um momento, os músicos hesitaram — Michael tinha entrado adiantado no compasso. Ergueu os olhos exatamente quando Michael parou de tocar e esperou por um sinal do violinista principal para, em seguida, gentilmente reintroduzir seu instrumento, deixando o som entrar por baixo do violino, como um pano de fundo para o drama todo. Então notou que Gret estava na sala e havia se sentado no lugar de Nelly.

Quando os quatro músicos se preparavam para tocar as notas que tirariam o quarteto de seu devaneio melancólico para voltar ao motivo principal, Michael olhou para Golo, que acenou em agradecimento. O *timing* não poderia ter sido mais perfeito.

Refletiu então sobre algumas ocasiões, em seus próprios livros, em que a obra conseguira se elevar acima do mundo ordinário. A morte de Hanno em *Os Buddenbrook*, por exemplo, ou a descrição do tipo de desejo presente em *Morte em Veneza*, ou as cenas de sessões espíritas em *A montanha mágica*. Talvez em outras partes de outros livros também. Mas provavelmente não. Tinha deixado o humor seco e os cenários sociais dominarem sua escrita; tivera medo do que poderia acontecer se não exercesse a cautela e o controle.

Podia ter imaginado a decência, mas ela não era exatamente uma virtude em uma época que se tornara tão sinistra. Podia imaginar o humanismo, mas também ele não fazia muita diferença numa época que exaltava a vontade da multidão. Podia imaginar uma inteligência delicada, mas isso significava pouco em uma época que honrava a força bruta. Quando o movimento mais lento da música terminou solenemente, Thomas percebeu que, se pudesse reunir coragem, teria de entreter o mal em um livro, teria de abrir a porta para o que estava obscuramente fora de sua própria compreensão.

Havia dois homens que ele poderia ter sido, e talvez pudesse fazer um livro sobre eles se conseguisse conjurar seus espíritos adequadamente. Um era ele mesmo sem talento, sem ambição, mas com a mesma sensibilidade. Alguém bem à vontade na democracia alemã. Um homem que apreciava música de câmara, poesia lírica, sossego doméstico, reforma gradual. Um homem totalmente consciente, que teria permanecido na Alemanha mesmo quando a Alemanha se tornou bárbara, vivendo uma vida terrível como um exilado em seu próprio corpo.

O outro homem era alguém que não conhecia cautela, cuja imaginação era tão ardente e intransigente quanto seu apetite sexual, um homem que destruía aqueles que o amavam, que buscava fazer uma arte austera e desdenhosa de toda tradição, uma arte tão perigosa quanto o mundo que se formava agora. Um homem que havia sido cultivado por demônios, cujo talento era resultado de um pacto com eles.

O que aconteceria se esses dois homens se encontrassem? Que energia então emergiria? Que tipo de livro seria esse? Que tipo de música surgiria disso?

Era necessário parar de pensar nos livros que podia escrever e nos personagens que podia inventar. Sabia por experiência que ouvir música com alguma intensidade trazia emoções que ele não conseguia controlar, intenções que acabavam por não se realizar. Frequentemente, desde que se mudaram para a nova casa, ideias para romances e contos lhe surgiam enquanto ouvia Schubert ou Brahms. Porém, era se levantar para ir ao escritório, com a certeza de que a ideia poderia se transformar em algo sólido, para ela se dissolver tão logo ele se sentasse à escrivaninha com uma caneta à mão.

A música o tornava instável. Mas, enquanto acompanhava o movimento curto com seus adoráveis compassos de marcha e compassos de dança, e em seguida a parte final, com sua falta de hesitação, sua elegância fluida, sentiu que os dois homens que havia imaginado, as duas versões sombrias de quem era, não o deixariam, como outras vezes havia acontecido. Eles se encaixariam no que já havia sonhado, seu livro sobre um compositor que, como Fausto, fez um pacto com o Diabo.

Como o quarteto estava chegando ao fim, Thomas se obrigou a ouvir e não fazer mais nada. Sem reflexões sobre personagens ou romances! Apenas o som, seus ritmos sustentados pela viola e pelo violoncelo e depois interrompidos pelos dois violinistas, que entravam e saíam das órbitas um do outro como se os outros dois músicos não existissem. Michael agora tocava a viola cada vez com mais confiança, determinado, ao que parecia, que seu som não fosse apenas um subtom, mesmo que não pudesse suplantar a alta emoção vinda dos violinos, que tocavam com ferocidade e zelo.

Se a música podia evocar sentimentos que permitiam tanto o caos quanto a ordem ou a resolução, pensou Thomas — assim como o quarteto de Beethoven dava espaço para a alma romântica desmaiar ou abaixar a cabeça em tristeza —, então como soaria a música que levou à catástrofe alemã? Como seria? Certamente não uma música de guerra ou uma composição marcial. Não seriam necessários tambores. Ela poderia ser mais doce, mais astuta e sedosa. O que aconteceu na Alemanha precisaria de uma música que não fosse apenas sombria, mas escorregadia e ambígua, uma paródia de algo sério, que deixasse claro que o desejo de território ou riqueza não foram as únicas coisas que tinham dado origem à zombaria que se tornara a cultura alemã atual. Era a própria cultura, pensou, a cultura que havia formado pessoas como ele mesmo, que continha as sementes de sua própria destruição. A cultura se mostrou indefesa e inútil contra a pressão. E a música, a música romântica, com toda a emoção intensa que desencadeava, ajudara a alimentar a crua irracionalidade que se tornara brutalidade.

O estado de confusão em que ele próprio entrava quando ouvia música era uma espécie de pânico; a música era uma forma de permitir que não permanecesse racional. Ao criar confusão, ela criava inspiração. Seu som não confiável criava as condições nas quais ele conseguia trabalhar. Para outros, incluindo alguns que agora governavam a Alemanha, ela despertava emoções selvagens.

Ouviu os músicos começarem a acelerar o andamento, sob a direção do primeiro violinista, que sorria, incitando os outros a segui-lo, a tocar mais alto, a suavizar e depois voltar com mais força.

À medida que os músicos se aproximavam da reta final, Thomas foi sentindo a emoção de ter estado suspenso no tempo e também a determinação de que, dessa vez, os pensamentos e as ideias que lhe tinham ocorrido teriam significado, preencheriam um espaço que ele vinha criando em silêncio. Por uma fração de segundo, assim que a execução terminou, teve certeza de que a tinha, chegou a ver a cena, seu compositor em uma casa em Polling, o lugar onde sua mãe havia morrido, mas tudo desapareceu quando ele se levantou junto com os outros para aplaudir o quarteto, que se curvou em uníssono, deixando claro que esse gesto final, assim como a execução, havia sido ensaiado.

14. Washington, 1942

Eleanor Roosevelt conduziu-os rapidamente por um corredor.

"Não gosto de algumas partes da decoração, mas não tenho permissão para gastar dinheiro para redecorar coisas desnecessárias."

Thomas notou que ela se dirigia mais diretamente a Katia. Havia sido informado de que o presidente gostaria de vê-lo, mas, como a sra. Roosevelt não mencionara nada, deduziu que a reunião tinha sido cancelada ou adiada. Naquela manhã, houvera notícias da contraofensiva russa em Stalingrado contra o Sexto Exército alemão. E Thomas se perguntava se Roosevelt não estava dedicando toda sua atenção ao resultado desse combate.

Iam tomar chá com a sra. Roosevelt, embora tivessem acabado de tomar o café da manhã na casa de Agnes e Eugene Meyer, onde estavam hospedados.

"Gostaria", disse Eleanor, quando eles estavam sentados em uma pequena sala lateral, "que todos nós tivéssemos ouvido quando você nos avisou que a força teria que ser enfrentada com força."

Thomas não quis interrompê-la para dizer que nunca emitira tal advertência. Ocorreu-lhe que ela estava tentando bajulá-lo, fingindo que ele havia sido presciente sobre a ameaça que Hitler representava.

"Nós realmente queremos que você", continuou a sra. Roosevelt, "prossiga fazendo essas transmissões que são retransmitidas na Alemanha. Você tem sido um farol de esperança. Quando estive em Londres, falava-se disso. Eles estão muito felizes em você ter se envolvido, e nós também. Ficaram mais do que impressionados por você ter concordado em falar mesmo quando Hitler estava em ascensão."

Katia perguntou à sra. Roosevelt sobre o envolvimento dela no esforço de guerra.

"Devo ter cuidado", disse ela. "Em tempos de guerra, ninguém pode criticar um presidente em exercício, mas sempre se pode atacar sua esposa. Tive que recuar. Achei que minha viagem para a Inglaterra seria útil. Gostei do rei e da rainha, eles são dedicados, mas achei muito difícil conversar com Churchill. Meu principal interesse era conhecer o maior número possível de pessoas comuns e nossas tropas."

"Você é muito admirada", disse Katia.

"Muitos de nossos jovens estão pisando na Inglaterra pela primeira vez. Isso ficará, espero, com eles por toda a vida."

Eleanor balançou a cabeça com tristeza. Thomas percebeu que ela se absteve de acrescentar que esse seria o caso apenas para os que sobrevivessem à guerra.

"Vamos vencer a guerra", continuou ela. "Tenho certeza de que venceremos a guerra, custe o que custar. Logo devemos começar a nos concentrar em conquistar a paz."

Ela olhou para Katia, que respondeu sorrindo em assentimento. Thomas se perguntou se algo importante estava acontecendo naquele exato momento no Salão Oval, algo que tinha impedido que o presidente pudesse vê-los.

"Quando nos encontramos antes", disse Eleanor, "ficamos tão impressionados com seu marido, por sua grande humanidade e seus livros, que receio não ter prestado atenção suficiente a você."

Ela se dirigiu a Katia como se ela fosse uma professora lidando com um aluno.

"E agora descubro que você é uma maravilha, uma verdadeira maravilha. E estou ansiosa para ouvir tudo o que você disse ontem à noite, mas quero ouvir de você pessoalmente, em vez de ouvir de Agnes Meyer pelo telefone."

"Ela telefonou para você?", perguntou Katia.

"Ela liga uma vez por dia e eu atendo uma vez por semana", respondeu a sra. Roosevelt.

"Sim, ela liga para o meu marido também."

Ocorreu a Thomas por um momento que agora talvez fosse sua chance de perguntar à primeira-dama se ela poderia fazer alguma coisa em favor de Mimi e Goschi. Mesmo acreditando que era tarde demais, o próprio ato de perguntar poderia resultar em novas informações ou mesmo em alguma garantia que consolaria Heinrich.

Quando contou à sra. Roosevelt a respeito, ela pareceu preocupada.

"São judias?", perguntou. Thomas assentiu.

"As notícias não são boas", disse ela. "Para ninguém. É por isso que devemos..."

E fez uma pausa. A voz levemente embargada.

"Não há nada que eu possa fazer. Sinto muito. Fiz o que pude antes do início da guerra, mas não posso fazer mais nada agora. Temos que ter esperança."

Em silêncio, Thomas pensou que talvez fosse melhor esconder de Heinrich a notícia de que Eleanor Roosevelt não podia fazer nada por Mimi e Goschi. Baixou a cabeça.

* * *

A visita deles aos Meyer não havia começado bem na noite anterior. Embora a casa em Crescent Place fosse grande e imponente, algumas das paredes eram realmente muito finas. Antes do jantar, Thomas e Katia tinham ouvido a maior parte da discussão acalorada entre Agnes e o marido. O assunto era uma carta que não havia sido publicada no *Washington Post*, apesar de o marido ter assegurado que seria publicada na edição daquele dia.

"Um dia eu vou te abandonar e você vai se arrepender!", Agnes rugiu várias vezes. "Então você vai entender que tolo você é!"

"Ela parece estar falando um inglês traduzindo literalmente do alemão", disse Katia.

"Ela faz isso quando está nervosa", respondeu Thomas.

"Ela está nervosa agora", disse Katia.

No jantar, um senador convidado afirmou categoricamente, assim que foi apresentado a Thomas e Katia, que não apoiava o envolvimento dos Estados Unidos na guerra. Quando Thomas sorriu friamente e deu de ombros, deixando claro que não se incomodaria em se envolver em uma discussão, o homem fez cara feia. Thomas não podia entender por que esse político havia sido convidado ou por que tinha vindo, mas presumiu que Washington devia ser um lugar solitário, especialmente para senadores com habilidades sociais limitadas e visões políticas obsoletas.

Então Agnes apresentou a eles um homem chamado Alan Bird. Ele trabalhava, segundo ela, no escritório alemão do Departamento de Estado. Seus olhos azul-claros e o queixo quadrado, a elegância de sua roupa que beirava militar, interessaram a Thomas. Quando percebeu que estava olhando demais para o homem, mudou seu foco para a esposa, que parecia assustada com a atenção e declarava que gostaria de ter tido mais tempo para ler, mas era difícil com crianças pequenas.

Os outros convidados incluíam uma senhora idosa de aparência muito glamorosa e confiante que escrevia uma coluna assinada e era, de acordo com Agnes, uma das maiores apoiadoras de Eleanor Roosevelt. Logo se juntou a eles um poeta, de modos mansos, que estava traduzindo a poesia de Brecht para uma pequena editora. A esposa do poeta era uma mulher alta e de aparência formidável, cujos antecedentes eram obviamente escandinavos. Ela contou a Thomas que havia lido todos os romances dele e conhecia seus discursos.

"Você vai salvar a Europa", disse ela. "Sim, vai ser você."

Eugene Meyer sentou-se taciturno em uma ponta da mesa enquanto Agnes tomava conta imperiosamente da outra ponta. A briga com o marido parecia ter deixado Agnes ansiosa por mais discussões e, mesmo antes do primeiro prato ser servido, ela começou a provocar seus convidados.

"Vocês não concordam", perguntou, "que as pessoas que se opuseram a Hitler muito cedo podem ter perdido a chance de ter uma influência real e constante na Alemanha?"

Thomas olhou para Katia, que estava de cabeça baixa. Ele decidiu fingir que não tinha ouvido Agnes e ficou aliviado quando ninguém respondeu.

Thomas desejou que Agnes o tivesse informado sobre Alan Bird. Ela parecia tê-lo colocado estrategicamente em frente a ele, essa era a impressão. Bird observava Thomas de perto, desconfiado. Ocorreu a Thomas que seria sensato esta noite não permitir que Agnes o incitasse a expressar qualquer opinião. E se esforçou para permanecer em silêncio ou reagir com leveza e desconfiança a tudo o que Agnes tinha a dizer.

"Muitas vezes me pergunto se a guerra não poderia ter sido evitada", disse ela. "E não estou sozinha nisso. O que quero dizer é que quem tivesse uma visão apurada poderia ter previsto as nuvens que mostravam sinais de escurecimento."

O senador fez sinal ao garçom de que gostaria de uma segunda porção da sopa. Com o guardanapo enfiado na gola da camisa, fez um som único e alto, um aviso claro de que tinha algo enfático a dizer, e então levou uma colherada de sopa à boca. Tendo engolido, olhou para cima, todos à mesa esperando que ele falasse.

"Não nos fez bem nos meter na última guerra", disse ele. "E não nos fará bem nos metermos nessa. Essa briga não é nossa. Temos nossa própria luta a travar, especialmente contra aquela mulher terrível. Ela vai derrubar o país."

O homem do Departamento de Estado olhou para Thomas, que tentou fingir não ter entendido que o senador estava se referindo a Eleanor Roosevelt.

"Ela só nos faz bem", disse a colunista.

Enquanto o segundo prato era servido, Agnes tentou encontrar outros assuntos que pudessem gerar polêmica na mesa, mas até o senador e a colunista, que pareciam se conhecer bem, estavam cansados de brigar. Eugene não falou nada. O poeta também ficou em silêncio. Sua esposa, várias vezes, quando havia um intervalo na conversa, mencionava o nome de um dos livros de Thomas e dizia algum devaneio.

"Eles não apenas mudaram minha vida", disse ela. "Eles me ensinaram a viver."

"Depois da guerra, é claro", disse Agnes, "vai ter de haver um grande investimento na Alemanha. É quando os Estados Unidos terão que gastar dinheiro, dinheiro de verdade."

"Não acho que isso seja desejável ou possível", interrompeu Katia.

"Bem, certamente será possível e acredito que também será desejável", respondeu Agnes.

"Sim, concordo", disse a colunista. "Dos escombros, algo emergirá, e tudo, espero, com a ajuda dos Estados Unidos."

"Já ouvi o suficiente", disse o senador. "Onde eu moro, ninguém quer dar um centavo para os alemães em paz ou em guerra. Não é nossa guerra. E não há garantia de que venceremos."

"Mas é claro que uma nova Alemanha terá que ser criada", disse Agnes, ignorando o senador. "E é possível até que o primeiro presidente de uma nova Alemanha esteja em nossa companhia."

"Não queremos que a Alemanha seja construída de novo", disse Katia.

"Por que não, minha querida?", perguntou Agnes.

"O povo alemão votou em Hitler", disse Katia, "e nos bandidos ao seu redor. Eles estão apoiando os nazistas. Eles supervisionam a crueldade. Não se trata simplesmente de haver um grupo de bárbaros no topo. Todo o país, e também a Áustria, é bárbaro. E a barbárie não é nova. O antissemitismo não é novo. Faz parte da Alemanha."

"Mas e Goethe, Schiller, Bach, Beethoven?", perguntou Agnes.

"Isso é o que me enoja", disse Katia. "Os líderes nazistas ouvem a mesma música que nós, olham para as mesmas pinturas, leem a mesma poesia. Mas isso os faz sentir que representam uma civilização superior. E isso significa que ninguém está a salvo deles, muito menos os judeus."

"Mas certamente os judeus...", o poeta começou a dizer.

"Não me fale dos judeus, se não se importa", interrompeu Katia.

"Eu não sabia que você...", começou Agnes.

"Não sabia, sra. Meyer?", Katia interrompeu novamente.

Thomas nunca tinha visto Katia tão alterada na companhia de estranhos. E também nunca a ouvira reivindicar seu próprio judaísmo em público de maneira tão aberta e desafiadora. Seu inglês estava mais fluente do que o normal; seu domínio da língua sugeria que ela havia realmente preparado o que dizer.

Notou que Alan Bird fixou sua atenção em Katia quando Agnes perguntou o que poderia ser feito com uma Alemanha derrotada, no caso de uma vitória dos Aliados.

"Não quero pensar nisso", disse Katia. "Só pensar nisso me faz estremecer."

"Mas você e seu marido não vão voltar para lá se a Alemanha for derrotada?", perguntou Alan Bird.

"A guerra jamais vai acabar para nós. Nunca mais viveremos na Alemanha. A ideia de se misturar com os alemães que obedeceram, que ficaram quietos ou que participaram do que está acontecendo é horrível."

"Mas vocês não são tão alemães quanto eles?"

"Pensar que posso ter sido alemã em algum momento me enche de vergonha."

"Mas você não sente...?", começou Agnes.

"Tenho pena dos meus pais. Isso é o que eu sinto. Tudo o que tinham foi roubado deles. Foram reduzidos a indigentes. Todos os seus filhos fugiram. Meu pai foi despido na fronteira suíça. E ainda assim eles foram os que tiveram sorte. Tinham velhos amigos que os ajudaram, incluindo uma rica família suíça que os resgatou, e também velhos amigos cujos nomes estão agora entre os alemães mais desonrados."

"Quem os ajudou a escapar?", perguntou Agnes.

"Winifred Wagner", disse Katia. "Meu pai adorava a música de Wagner. Ele e seus pais foram os primeiros patronos de Bayreuth. Isso pode parecer uma fantasia agora — judeus pagando por Wagner —, mas era assim que vivíamos. E Winifred, a nora de Wagner, se lembrou disso. Meu pai aceitou a ajuda dela. Não teve escolha. Não creio que eu vá agradecê-la se alguma vez surgir a chance. Muita coisa aconteceu. Eu a desprezo."

Katia soava grandiosa e todos na mesa ficaram impressionados com seu tom. Ele e Katia estavam acostumados a ser alemães nos Estados Unidos, sempre cientes da suspeita que isso gerava. Agora, Katia havia deixado de lado qualquer noção de humildade ou cautela. E ela fez a mesa ficar em silêncio. Até mesmo o senador a mirou com um olhar de admiração suave do Meio-Oeste.

Ao voltar para a Califórnia, encontraram Klaus lá, esperando ser convocado. Tinha sido, para surpresa de ambos, finalmente aceito no Exército. Os dias de inverno estavam quentes e eles ficaram animados ao ver o filho se levantar cedo, ler os jornais no jardim. À noite, Klaus parecia relaxado, pronto para discutir com Golo e seu pai sobre o andamento da guerra sem ficar mal-humorado.

No início do ano, cento e cinquenta toneladas de bombas incendiárias foram lançadas em Lübeck, resultando em muitas baixas civis. O centro medieval da cidade foi em grande parte destruído, incluindo a catedral e a Marienkirche, e também a casa da família Mann na Mengstrasse.

"Precisa haver um movimento mais forte", disse Klaus, na mesa de jantar, "para denunciar esses bombardeios de alvos civis."

"O povo de Lübeck", Thomas respondeu calmamente, "está entre os nazistas mais devotos."

Era mais fácil argumentar do que tentar descrever o que significava para ele ter as ruas reais por onde caminharam seus pais e avós, ruas que ficaram gravadas em sua memória e que frequentemente vinham a ele em sonhos, obliteradas em uma noite.

"E então você simplesmente os incinera? Queima seus filhos?", perguntou Klaus. "Você luta na guerra como fazem os nazistas?"

Thomas imaginou Mengstrasse à noite, calma e próspera. Ele gostaria que Katia interviesse para impedir Klaus de falar.

"Se usamos a tática deles, qual é a diferença entre nós e eles?", perguntou Klaus.

Thomas largou a faca e o garfo.

"A diferença está em mim", disse ele. "Eu sou de lá. São as minhas ruas. Mas elas se tornaram bárbaras e eu fugi de lá. E não sei o que dizer, e não sei o que sentir. Eu gostaria de ter sua certeza."

"Eu também gostaria disso", respondeu Klaus.

A casa em Pacific Palisades, Thomas pensava frequentemente, tinha sido um erro. Mesmo antes que o visitante se aproximasse da casa, ficava evidente que muito dinheiro havia sido gasto nos jardins.

E a casa parecia saída de uma revista, uma vitrine. Ele se sentia ainda mais envergonhado quando considerava a propriedade da perspectiva de seu irmão. Heinrich e Nelly moravam em um apartamento sujo. Haviam comprado um carro de segunda mão, moravam de aluguel e frequentemente atrasavam os pagamentos. Embora Thomas desse uma mesada ao irmão, sabia que não era o suficiente. Algumas vezes, enquanto estavam sentados no jardim, notava Heinrich erguer a vista para a grande construção e olhar ao redor. Não precisava falar. A distância entre o conspícuo conforto do irmão e a própria miséria era muito aparente.

Thomas culpou o poeta, aquele que mal havia pronunciado uma palavra na casa de Agnes Meyer em Washington, o homem da esposa escandinava, por espalhar o que Katia havia dito na mesa de jantar dos Meyer. Muito exagerada, a conversa chegara a Thomas como uma discussão ocorrida durante um jantar na própria Casa Branca, com os dois Roosevelt à mesa. Katia teria dito que a Alemanha deveria ser abandonada e reduzida à produção de vegetais. Poderia se tornar a fazenda da Europa, ela teria dito, com todas as suas zonas industriais cimentadas.

Até Heinrich, quando ouviu a história, achou que era verdade.

Agnes Meyer continuava a se corresponder com Thomas e, em uma das cartas, chegou a dizer que os três filhos dele deveriam lutar em nome dos Aliados. Estava perplexa por Klaus ainda não estar em combate. E, quanto a Golo, ela tinha sido informada de que ele estava trabalhando com propaganda. Era o mínimo que os Mann podiam fazer, disse ela, para se envolverem mais ativamente, considerando o quanto os Estados Unidos haviam sido generosos com a família. Quando Thomas respondeu com rispidez, Agnes retorquiu como se tivesse acabado de receber uma de suas cartas regulares de admiração, acrescentando sua satisfação com a derrota das forças alemãs em Stalingrado e o anúncio de Churchill e Roosevelt de que só aceitariam a rendição incondicional.

Logo depois, Agnes ligou e pediu que Thomas recebesse um jovem que logo entraria em contato. Quando Thomas perguntou o nome do jovem, ela disse que não podia revelar, mas que ele entraria em contato com os Mann, sendo necessário que falasse com Thomas e Katia juntos, e mais ninguém. Ele daria o nome de Agnes quando entrasse em contato.

Provavelmente era só mais uma maneira de Agnes tentar ser interessante, presumiu Thomas, e não pensou mais a respeito nem preveniu Katia.

Uma semana depois, quando estava cochilando, Monika chamou o pai. Depois de se vestir e descer, Thomas encontrou Katia na porta de seu escritório.

"Tem um menino aqui. Ele diz que conhece Agnes Meyer. E que concordamos em vê-lo."

O menino, que devia estar no final da adolescência, usava

um Kipá. Parecia extraordinariamente autocontrolado, parado no corredor. Quando Katia o convidou para a sala principal, ele a seguiu e apontou para Monika.

"Preciso falar com o sr. e a sra. Mann a sós."

Por um segundo, Thomas pensou que ele devia estar vendendo alguma coisa, mas esse pensamento foi rapidamente dissipado pela seriedade do menino.

Quando Monika saiu da sala, Katia perguntou se ele queria água, chá ou café, mas o menino balançou a cabeça.

"A política é não aceitar bebidas."

O jovem era tão correto e sério que Thomas se perguntou se ele não viera por algum motivo religioso. Falava alemão como um nativo.

"Meu trabalho é visitar pessoas importantes para que saibam o que está acontecendo conosco na Europa."

"Fiz alguns discursos sobre o assunto", disse Thomas. "E transmissões."

"Lemos seus discursos."

"O que está acontecendo?", perguntou Katia. "Alguma coisa que não sabemos?"

"Sim. É por isso que vim falar com vocês. Nesse momento está totalmente evidente para nós que existe uma agenda política, acordada nos mais altos níveis, para organizar a destruição completa dos judeus na Europa."

"Nos campos de concentração?", perguntou Thomas.

"É para isso que eles servem. Não são campos de trabalho forçado ou prisões. Foram criados para aniquilação. Assassinato em escala industrial. Eles estão usando gás. É rápido, eficiente e silencioso. O plano é que cada pessoa de herança judaica na Europa seja assassinada. Eles querem crianças e adultos. O plano é não ter judeus na Europa."

Havia um ar de súbita irrealidade na sala, assim que essas

palavras foram pronunciadas. O espaço amplo, alto e confortável, com paredes de vidro laminado, divisórias revestidas de madeira envernizada, móveis escolhidos para combinar com o desenho, pareciam abafar o significado das palavras.

"Você sabe em que posição difícil o presidente está?", perguntou Thomas. "Há uma forte oposição ao acolhimento de refugiados."

Nem bem terminara de dizer isso, e Thomas já sabia o quão impiedoso e tolo tinha soado.

"Não tenho interesse no presidente ou em sua posição", disse o jovem. "De qualquer forma, é tarde demais para os refugiados. As pessoas morreram."

"O que você quer de nós?", perguntou Thomas. E agora tentava falar num tom suave, preocupado, gentil.

"Queremos que vocês saibam, quando o futuro chegar. Queremos que vocês não possam dizer que não sabiam."

"Quem mais você vai encontrar em Los Angeles?", perguntou Thomas.

"Isso não é da sua conta, senhor."

Seu tom, pensou Thomas, tornara-se abertamente grosseiro.

Ele parecia muito jovem para trazer notícias de tal importância.

"Você foi criada na fé?", o jovem perguntou gentilmente a Katia.

"Não. Eu nem sabia que éramos judeus quando era pequena."

"Você gostaria de ter sido criado na fé?"

"Às vezes sim. Mas meu pai não queria que vivêssemos separados daqueles ao nosso redor."

"Eles não estão fazendo distinção entre os que vão à sinagoga e os que não vão."

"Eu sei."

"No futuro, se houver algum futuro, não haverá judeus na Europa. Ao caminhar pelas cidades no sábado só haverá fantasmas."

"Não vamos voltar", disse Katia.

O menino indicou a Katia que ela deveria acompanhá-lo ao jardim para que ele pudesse se despedir deles.

Na manhã seguinte, Thomas ligou para o gabinete do presidente, deixando claro que, embora não precisasse falar com Roosevelt pessoalmente, queria falar com alguém do alto escalão sobre um assunto de certa importância.

Quando recebeu uma ligação de retorno, retransmitiu ao funcionário da Casa Branca o que o jovem visitante havia contado sobre os campos.

"Gostaria de saber se a informação que recebi procede."

O funcionário disse que ligaria de volta.

No dia seguinte, Thomas recebeu um telefonema de Adolf Berle, secretário de Estado adjunto, que começou falando de forma amigável sobre os pedidos de cidadania americana de Thomas e Katia. Então respondeu a uma pergunta sobre a saúde do presidente sem dizer nada muito informativo. Quando o interlocutor começou a perguntar sobre sua família, Thomas o interrompeu. Queria saber sobre a questão dos campos.

"As coisas estão piores do que imaginávamos", disse Berle. "Muito pior. O cenário que você descreveu ao meu colega durante sua ligação é o que agora sabemos ser o caso."

"Quantas pessoas sabem disso?"

"É um fato conhecido. Em breve será amplamente conhecido."

As transmissões de Thomas para a Alemanha foram organizadas pela BBC. No início, ele foi convidado a escrever um discurso e gravá-lo por um locutor que falava alemão em Londres, mas dessa vez ele mesmo tinha gravado um discurso em Los Angeles; o disco foi enviado para Nova York e transferido por telefone para outro disco em Londres e depois tocado no microfone.

"Parece mágica", disse ele a Katia, "mas não é. É o resultado dessas adoráveis palavras inglesas: 'organization', organização; 'determination', determinação."

Thomas tentou imaginar alguém na Alemanha isolado e com medo. Em algum lugar em uma casa escura ou em um apartamento escuro, ouvindo com o volume baixo para que os vizinhos não pudessem escutar. Já se dirigira aos americanos em seu inglês vacilante, mas agora falava em alemão para o seu público. Usando a linguagem da razão, do humanismo, poderia apelar para um senso de decência.

"Aqui fala um escritor alemão", disse ele, "cuja obra e pessoa foram proibidas por seus governantes. Fico feliz em aproveitar a oportunidade que o serviço de rádio inglês me oferece para relatar a você de tempos em tempos tudo o que vejo aqui nos Estados Unidos, esse país grande e livre no qual encontrei um lar."

Houve ocasiões em que não conseguiu controlar sua raiva contra a obediência dos alemães comuns, que se tornava, para Thomas, mais imperdoável a cada dia.

"O que meus compatriotas estão infligindo à humanidade é tão atroz, tão marcante", declarou, "que não consigo conceber como serão capazes de viver no futuro em meio a povos irmãos da terra como iguais entre iguais."

Thomas se perguntava se as pessoas ouvindo se lembravam do tom que havia adotado durante a guerra anterior, e se questionavam se tratava-se do mesmo homem de outrora, já que ele agora insistia que a Alemanha era uma nação como qualquer outra, com vantagens comuns e defeitos comuns, sem exceção.

"É assim que deve ser", disse ele. "A Alemanha não é, por natureza, especial. Ela está cercada por inimigos apenas porque fez inimigos. E seus atos bárbaros contra a população judaica a colocaram além da redenção. Para ser resgatada, terá de ser derrotada."

Se ele próprio tinha conseguido mudar suas opiniões de forma tão radical, isso talvez pudesse encorajar alguns de seus compatriotas a também repensar sua política. Se ele caiu em si, então os outros também talvez conseguissem.

No estúdio de gravação, tentava manter o tom comedido e calmo. E esperava que o tremor ocasional em sua voz fosse suficiente para que os ouvintes conhecessem a profundidade de seus sentimentos.

Ao final do ano, quando Erika voltou, havia uma carta do FBI a sua espera, desejavam entrevistá-la, queriam nomes de quaisquer pessoas atualmente nos Estados Unidos que tivessem estado envolvidas no movimento antifascista na Alemanha antes de 1933.

Katia disse a Thomas que Erika devia ter deixado os dois homens que vieram entrevistá-la bem abalados, pois os observou da varanda saindo da entrevista. Ambos pareciam felizes por aquilo ter acabado, disse Katia.

Erika, por alguns dias, oscilou de furiosa — querendo escrever artigos ou dar palestras ou entrevistas sobre sua provação — a irritada com a menor das coisas.

"As perguntas que me fizeram! Como são mal informados! E que persistentes e carentes de qualquer delicadeza."

Pela última frase, Thomas adivinhou que perguntaram a ela sobre suas relações com as mulheres.

Ficou, portanto, quase aliviado quando uma carta chegou no papel timbrado do FBI pedindo-lhe que se colocasse à disposição para uma entrevista, e que seria melhor se fosse realizada em seu próprio domicílio. A presença dele na lista de entrevistados poderia diminuir a sensação de Erika de estar sendo acusada.

"Se eles me fizerem alguma pergunta sobre você", disse ele a Erika, "direi que sou seu pobre pai inocente e que ninguém nunca me conta nada nesta casa."

"Eles vão acusá-lo de comunismo", disse ela.

"Brecht ficará muito feliz."

Quando o encontro foi marcado, e os dois homens, um de rosto jovem e ansioso e o outro mais velho e sisudo, chegaram à casa, ele decidiu recebê-los em seu escritório. A sala principal parecia absurdamente californiana para uma entrevista com o FBI sobre antifascismo. A atmosfera em seu escritório poderia incentivá-los a serem respeitosos.

Assim que os três se sentaram, o mais velho explicou seus direitos com uma voz impassível. Thomas explicou que eles teriam que falar devagar e perdoá-lo por sua dificuldade com a língua, que não era sua nativa.

"Conseguimos entendê-lo perfeitamente", disse o homem mais velho.

"E eu consigo entendê-los também."

Eles deixaram claro que seu papel ali era descobrir qualquer coisa sobre Bertolt Brecht e seus associados, e Thomas percebeu que estaria em uma posição difícil, não importava o que dissesse. Brecht certamente era uma figura difícil de evitar no círculo de exilados alemães na Costa Oeste, mas seu desprezo por Thomas e seu trabalho também era amplamente conhecido. Embora os homens do FBI prometessem total confidencialidade, suspeitava que a notícia desse encontro acabaria vazando. Pensou em entrar em contato com Brecht antes do final do dia para informá-lo de que o encontro havia ocorrido, ou fazê-lo por meio de Heinrich, que mantinha contato regular com Brecht.

"Você sabe se o sr. Brecht é comunista?", perguntou o homem mais velho.

"Não sei sobre as simpatias políticas das pessoas, a menos que me informem sobre elas, e o sr. Brecht nunca discutiu essas coisas comigo."

Ele descobriu que a raiva que sentia com as perguntas fazia com que seu inglês se tornasse mais confiante e preciso.

"Você conhece a primeira-dama?"

"E o presidente também."

"Você pode afirmar que eles não são comunistas?"

"Seria surpreendente, não é?"

"Então, você pode afirmar que Bertolt Brecht não é comunista?"

"Seria surpreendente."

"Por que seria surpreendente?", perguntou o mais novo.

"Se ele fosse comunista, certamente teria ido para a União Soviética, onde os comunistas são bem-vindos, em vez de vir para os Estados Unidos, onde não são bem-vindos. Acho que isso fala por si só."

"Você leu os escritos dele?"

Thomas hesitou por um momento. Ele não queria menosprezar o trabalho de Brecht diante desses dois homens. Isso abriria muitas outras questões.

"Em Munique, suas peças foram apresentadas algumas vezes, mas ele não era muito popular na Baviera."

"Sabemos que o sr. Brecht é um visitante regular desta casa."

"Ele nunca esteve nesta casa. Ele conhece meu irmão, mas não faz parte do nosso círculo."

"Sim, sabemos que ele é próximo de seu irmão. Você e seu irmão têm as mesmas opiniões políticas?"

"Não há duas pessoas que compartilhem das mesmas opiniões políticas."

"Nos Estados Unidos, algumas pessoas são democratas, outras republicanas."

"Sim, mas elas não terão a mesma opinião sobre todos os assuntos."

"Seu irmão é comunista?"

"Não."

"Sua filha?"

"Qual delas?"

"Erika."

"Ela não é comunista."

"Estou perguntando novamente se você conhece o trabalho do sr. Brecht."

"Não."

"Por que não?"

"Eu sou um romancista. Ele é dramaturgo e poeta."

"Os romancistas não leem peças e poemas?"

"Suas peças e poemas não são do meu agrado."

"Por que não?"

"Não são para mim. Outros o admiram muito. Não há nenhuma razão específica. Da mesma forma que algumas pessoas gostam de filmes e outras de beisebol."

Ele os viu olharem um para o outro e percebeu que pensavam que os estava tratando com condescendência.

"Pedimos que leve esse assunto muito a sério", disse o mais jovem.

Ele assentiu e sorriu. Se isso estivesse acontecendo em qualquer país da Europa agora, ele teria motivos para temer. Tudo o que ele tinha que fazer aqui, no entanto, era jogar com esses dois homens, certificando-se de não dizer nada que fosse patentemente falso e não insultar sua inteligência, mas também não dizer nada que pudesse prejudicar Brecht ou abrir a questão da hostilidade entre os dois.

"Quantas vezes no ano passado você se encontrou com o sr. Brecht?"

"Eu o vejo às vezes em reuniões da comunidade cultural alemã, mas não temos conversas longas."

"Por que não?"

"Eu sou um homem privado. Minha atenção está voltada para o meu trabalho e minha família. Como qualquer um pode atestar, não sou sociável."

"Você pode nos contar o conteúdo das conversas curtas que teve com o sr. Brecht?"

"Pode parecer estranho, mas nem sequer falamos de literatura, muito menos de política. Falamos sobre o clima. De verdade. Nossas conversas são casuais e educadas. Nós somos alemães. Não é da nossa natureza sermos tagarelas. Somos escritores. É da nossa natureza sermos reservados."

"Você está sendo reservado agora?"

"Qualquer pessoa sendo entrevistada pelo FBI é reservada."

O interrogatório continuou por mais uma hora, mencionando o relacionamento de Thomas com os Roosevelt e os Meyer, como se isso causasse suspeitas, girando em torno do número de vezes em que Thomas encontrou Brecht e sua opinião sobre Brecht como dramaturgo. As últimas perguntas eram, pensou ele, as mais estranhas de todas.

"Se eu usar a frase 'a classe trabalhadora', o que isso significa para você?", perguntou o mais novo.

"Eu morava em Munique em 1918, quando houve uma revolução soviética na cidade. Era o tempo antes da inflação. Vivíamos muito bem na cidade naquela época. Temíamos essa revolução, assim como mais tarde temeríamos o fascismo. A revolução não deu em nada, mas foi feita em nome da classe trabalhadora."

"Onde está essa classe trabalhadora agora?"

"Com os nazistas."

"O sr. Brecht concordaria com você?"
"Você terá que perguntar a ele."
"Estamos perguntando a você."
"Acho que ele pode ter opiniões a esse respeito que são mais sutis do que as minhas."

Certa noite, numa reunião de alemães em Santa Monica, a maioria deles compositores ou músicos, Thomas encontrou o compositor Arnold Schoenberg, a quem conhecera brevemente um tempo antes. Eles tiveram uma conversa curta e amigável.

Thomas começou a frequentar eventos sociais onde achava que Schoenberg poderia estar. Para ele, de todos os artistas de língua alemã, Schoenberg era o mais importante.

Em sua invenção do sistema de doze tons, Schoenberg estabeleceu a teoria da atonalidade na composição clássica de forma mais clara. A música alemã foi fundamentalmente alterada por ele.

Thomas não tinha intenção de se aproximar de Schoenberg ou discutir música com ele. Em vez disso, queria observá-lo, obter uma impressão. Desde o início, desde o primeiro encontro, Thomas sabia o que estava fazendo.

Para seu romance, estava imaginando um compositor vivendo na Alemanha na década de 1920, um homem que havia assinado um pacto com alguma força obscura para que sua grande ambição pudesse ser realizada. Sabia como seria o livro que escreveria sobre esse compositor. Seu narrador se chamaria Zeitblom; seria um humanista alemão e amigo de um famoso compositor. Zeitblom, no romance, seria aquele que observava, notava e peneirava. O outro protagonista, o genial compositor, seria uma figura obscura, incognoscível, assombrada. Ele traria destruição consigo, incluindo, eventualmente, a destruição de si mesmo. Conhecê-lo murcharia as almas daqueles ao seu redor. Thomas sorriu ao pensar que os doces céus da Califórnia, as belas manhãs suaves quando ele tomava o café da manhã no jardim, a abundância, a beleza irrepreensível, não conspiraram para mudar sua mente. Em vez disso, os céus cinzentos, as primaveras chuvosas, os longos invernos, a luz rajada do rio Isar ou o clima recalcitrante de Lübeck forjaram uma sensibilidade tão sólida que não poderia ser transformada ou mesmo afetada por esse prolongado período no paraíso. Assim, seu romance não daria nenhum sinal de que ele tivesse saído da Alemanha.

Thomas e Katia acompanhavam as notícias todos os dias, lendo os jornais da manhã e ouvindo rádio na hora do almoço e à noite; o humor deles podia ser rapidamente transformado por um revés ou uma vitória. Quando as forças do Eixo foram brevemente bem-sucedidas na Frente Oriental, ficaram desanimados, mas, quando chegaram as notícias dos bombardeios aliados bem-sucedidos em Ruhr, em Berlim e Hamburgo, começaram a imaginar que a guerra logo terminaria.

As cartas e os telefonemas que vinham dos filhos também tinham o poder de deprimi-los ou deixá-los de bom humor. Elisabeth acompanhava a guerra, especialmente na frente italiana, com muita atenção. Já os telefonemas de Monika, que tinha ido para Nova York, eram quase engraçados, cheios de suas desventuras e desentendimentos com proprietários e taxistas. Às vezes era um alívio que ela não mencionasse a guerra.

"Ela está travando sua própria guerra pessoal", disse Katia.

Como Michael não se esforçava para manter contato, Katia passou a ligar para Gret, que chamava Frido para falar com o avô. Golo estava em Londres, trabalhando com a divisão de língua alemã do American Broadcasting Service. Suas cartas eram tão meticulosamente escritas quanto as de Erika eram desleixadas, com a caligrafia subindo nas margens. Klaus escrevia com menos frequência do que os outros. Às vezes parecia que suas cartas eram escritas tarde da noite, com muitas frases deletadas pelo censor do Exército.

Em seus telefonemas, Agnes Meyer disse a Thomas para ter cuidado com cada palavra que dissesse, mesmo em particular. Havia em Washington agora quem planejasse a destruição completa da Alemanha, garantindo que todas as suas indústrias fossem inutilizadas para sempre e que seu povo fosse governado pelos vencedores aliados. Em breve, disse Agnes, seria necessário ele falar contra isso.

Em dezembro de 1944, Nelly tomou uma overdose de comprimidos. Heinrich a encontrou inconsciente. Ela morreu na ambulância a caminho do hospital. Quando a viu, disse Heinrich, ela estava em paz e bonita.

Os escritores alemães que ainda viviam em Los Angeles compareceram ao funeral, incluindo Brecht e Döblin. Houve uma breve cerimônia religiosa, com Heinrich enxugando as lágrimas. Quando saiu sozinho após o funeral, Thomas fez um sinal a Katia, que o seguiu e o levou para Pacific Palisades em seu carro. Heinrich se deitou no sofá depois do almoço e mais tarde o levaram para casa.

Após a morte da esposa, Heinrich falava sobre ela incessantemente; descrevia sua bondade, como ela cuidara dele como ninguém jamais tinha feito.

"Ela não aguentou aqui nos Estados Unidos", disse ele. "Ela não aguentou os Estados Unidos."

Heinrich obteve conforto, segundo contou, tocando e cheirando as roupas da esposa, mantendo todos os seus pertences.

De manhã trabalhava, em seguida passava o resto do dia pensando nela. Tudo depois da morte dela era diferente.

Heinrich disse a Thomas e Katia que havia recebido uma carta de um amigo, dizendo que, neste momento terrível para o mundo, desejava apenas um túmulo bem ventilado, um caixão macio com uma lâmpada de cabeceira para leitura e, mais enfaticamente, nenhuma lembrança. Ele sentia o mesmo. Exceto sobre a parte das lembranças. Não queria abrir mão de suas memórias.

Thomas tinha de dar uma palestra, no final de maio de 1945, intitulada "Alemanha e os alemães", como parte de sua função na Biblioteca do Congresso. Embora não esperasse a presença do presidente ou da primeira-dama, presumia que leriam a palestra, pois ela seria impressa com antecedência. Escreveu tudo com Roosevelt em mente, sabendo por Agnes Meyer que o presidente estava mais preocupado em derrotar o Japão e não tinha ainda pensado nos detalhes sobre o futuro da Europa.

A Alemanha teria de ser derrotada, pensou Thomas, e forçada a reconhecer seus próprios crimes. Todos os que ocupavam cargos teriam que ser levados a julgamento. O próprio país já estava em ruínas.

"Os nazistas garantiram", escreveu ele, "que o corpo do Reich não possa ser resgatado com vida; que só possa desmoronar, pedaço por pedaço. Não há duas Alemanhas, uma ruim e uma boa, mas apenas uma, na qual as melhores qualidades foram corrompidas com astúcia diabólica e maldade. A má Alemanha foi boa no infortúnio e na culpa, a boa Alemanha foi pervertida e derrubada."

Mesmo quando passeava com Katia à beira-mar, mantinha um diálogo silencioso com Roosevelt, pensando no que diria a ele caso se encontrassem em Washington. Assim, em abril, quando chegou a notícia da morte de Roosevelt, Thomas ficou desanimado. Ninguém mais, acreditava, seria capaz de orientar os Aliados no sentido de manter uma abordagem equilibrada para a Alemanha. Sem Roosevelt, Stálin e Churchill fariam o pior. Não atribuía a Truman nenhum dos talentos de Roosevelt.

Por um tempo, perguntou a si mesmo se sua palestra em Washington não deveria ser um panegírico pelo presidente morto, mas Agnes Meyer o advertiu de que isso serviria apenas para criar inimizades no campo de Truman.

O que ele queria dizer talvez fosse muito complexo para este tempo de polaridades. Insistia que todos os alemães eram culpados; queria argumentar que a cultura alemã e a língua alemã continham as sementes do nazismo, mas também continham as sementes de uma nova democracia que poderia ser criada, uma democracia totalmente alemã. Como exemplo, ele recorreria a Martinho Lutero como uma encarnação do espírito alemão, um expoente da liberdade que também tinha em si opostos, em que cada elemento continha sua própria ruína. Lutero era racional, mas seu discurso podia ser intempestivo. Era um reformador, mas sua resposta à Revolta dos Camponeses de 1524 foi insana. Tinha toda a fúria e tolice que inspiraram os nazistas, mas também tinha uma vontade de mudar, de ver a razão, de querer o tipo de progresso que poderia inspirar uma nova Alemanha.

Lutero continha extremos, escreveu ele, mas também curava dualidades; o povo alemão foi feito à sua imagem. Quem pensasse o contrário não sabia nada sobre o país e sua história.

Ele suspirou enquanto lia a palestra. A influência que tivera em Washington provinha do fato de que Roosevelt o aprovava, via-o como um homem racional que seria mais útil agora, quando as disputas entre o bem e o mal deveriam ser substituídas por discussões mais pragmáticas. Com a morte de Roosevelt, o tipo de argumento que Thomas desejava oferecer, invocando o passado em todas as suas complexidades, tentando fazer afirmações sutis sobre o presente, seria visto como obscuro e irrelevante por aqueles que o substituíram.

Thomas resolveu que iria a Washington e se esforçaria para falar como se isso importasse, mas sabia que não seria o único a ver o evento como um espetáculo vazio.

No momento em que chegou a notícia de que Hitler estava morto e que a Alemanha finalmente havia se rendido, Thomas ligou para Heinrich com a intenção de convidá-lo para jantar e passar a noite. Naqueles dias, ao telefone, Heinrich parecia exausto, sua voz fraca. Desta vez, porém, queria uma discussão.

"Agora vamos ver os ingleses e os americanos pelo que são", disse ele.

"Talvez os alemães também", disse Thomas. "Haverá julgamentos."

"Eles farão do país uma grande América. A ideia das tropas dando doces para as crianças me deixa doente."

"Se eu tivesse uma escolha...", Thomas começou e então parou.

"Entre?", perguntou Heinrich. "Uma escolha entre?"

"Entre ter meu país libertado pelos americanos ou pelos russos..."

"Você ficaria com o doce", interrompeu Heinrich.

Quando Thomas disse a Katia que Heinrich não queria se juntar a eles, ela disse que iria vê-lo nos próximos dias.

"Temos champanhe", disse ela, "mas pensei em esperar que alguns de nossos filhos cheguem. Muitas vezes sonhei em comemorar a queda de Hitler tendo uma noite comum. Poderíamos ter uma das noites que Hitler nunca quis que tivéssemos."

"Comum?", perguntou Thomas. "Depois de tudo o que aconteceu?"

"Só uma noite", disse Katia. "Vamos fingir. Enquanto isso, tenho o Riesling do Domaine Weinbach de que tanto gostamos. Está resfriando neste exato momento."

15. Los Angeles, 1945

A estrutura do romance estava agora clara em sua mente. A história seria narrada pelo modesto humanista alemão Serenus Zeitblom, amigo de infância do compositor Adrian Leverkühn. Permitir que Zeitblom contasse a história significava, para Thomas, que a narrativa poderia, às vezes, ser pessoal e emocional, bem como tendenciosa. Embora Zeitblom fosse sincero e confiável, sua visão era limitada, seus poderes de análise, restritos.

Zeitblom, escrevendo de uma Alemanha condenada, começaria os últimos capítulos com um relato do progresso real da guerra. Ele seria o espelho de Thomas, mais brando que o autor, mas vivendo na mesma época, nos anos de Hitler, ouvindo as mesmas notícias. Tanto o autor quanto o narrador ficcional estavam alertas para um tempo no futuro, um tempo em que a Alemanha seria destruída e pronta para ser refeita, quando um livro como o que estava sendo composto poderia ter um lugar no mundo. Enquanto Zeitblom temia uma derrota alemã, temia ainda mais uma vitória alemã.

Ele se oporia ao triunfo das armas alemãs, porque o que

tinha dado origem a Hitler acabara por repelir tudo o que mais havia em seu próprio espírito decente. Se o fascismo sobrevivesse, a obra de seu amigo compositor seria enterrada, uma proibição recairia sobre essa nova música por talvez cem anos; a música perderia a sua idade e só mais tarde receberia a honra que lhe era devida.

Todos os dias, no tempo que antecedeu a queda de Hitler, enquanto Thomas anotava as notícias, sentia a presença de Zeitblom. Imaginou Zeitblom se dando conta, como ele próprio o fez, de que o reinado de Hitler estava chegando ao fim. E fez com que Zeitblom registrasse, em sua narrativa, "nossas cidades destruídas e maltratadas caindo como ameixas maduras".

Enquanto escrevia, tinha leitores dos sonhos, entre os quais seu próprio narrador. Eram os alemães secretos, os do exílio interno, ou os alemães do futuro, em um país emergindo das cinzas da conflagração. Depois que cada livro que tinha escrito após 1936 foi proibido na Alemanha, não tinha certeza se alguém leria sua nova obra na língua em que fora escrita. Estava escrevendo para um público que não conseguia imaginar. Ao trabalhar para leitores que viviam nas sombras ou que poderiam emergir à luz do dia no futuro, podia usar um tom ferido e abafado e criar uma atmosfera como se alguém iluminasse um espaço abobadado com velas.

Quando a guerra acabou, Klaus e Erika estavam na Alemanha, Klaus de uniforme trabalhava para a *Stars and Stripes*, revista do Exército, escrevendo sobre as cidades alemãs após a rendição, e Erika relatava a derrota da Alemanha para a BBC. Golo também estava na Alemanha, encarregado de montar uma estação de rádio em Frankfurt. De Munique, Klaus escreveu aos pais contando que a cidade havia se transformado em um gigantesco cemitério. Com grande dificuldade, disse ele, tinha conseguido encontrar o caminho pelas ruas outrora familiares. Grandes áreas da cidade tinham sido arrasadas ou reduzidas a escombros. Sonhava em se aproximar da velha casa da família na Poschingerstrasse, expulsar qualquer oficial nazista que estivesse morando lá e voltar para seu antigo quarto. Mas não havia sequer uma porta onde bater. A casa era uma casca. Havia sido usada como uma espécie de bordel durante a guerra, projetada para produzir bebês arianos.

Erika foi uma das poucas autorizadas a ver os prisioneiros de Nuremberg em suas celas. Quando a identidade da visitante foi posteriormente revelada aos nazistas cativos, alguns deles, ela soube depois, lamentaram não terem tido uma conversa séria com ela. "Eu teria explicado tudo para ela", Goering havia gritado. "O caso Mann foi tratado de uma forma totalmente errada. Eu teria lidado com isso de maneira diferente." Erika, ao informar o pai sobre isso, acrescentou que ele havia perdido a chance de morar em um castelo e fazer sua esposa usar diamantes, ao som de Wagner.

Klaus, usando seu passe do Exército, foi a Praga para ver se conseguia encontrar Mimi e Goschi. Depois de uma longa busca, localizou-as e escreveu uma carta detalhada a seu tio sobre a condição das duas. Heinrich veio ver Thomas e Katia para mostrar-lhes a carta. Goschi, escreveu Klaus, quase morreu de fome durante a guerra, mas não foi detida. Sua mãe, por outro lado, passou vários anos em Terezín e teve sorte de sobreviver. Klaus mal reconheceu a bela Mimi, escreveu. Ela havia sofrido um AVC. A maior parte de seu cabelo e muitos de seus dentes haviam caído. Ela mal conseguia falar e sua audição também tinha sido afetada. O fato de ainda estar viva parecia milagroso. Ela e a filha estavam completamente desamparadas.

Klaus escreveu à mãe pedindo-lhe que lhes enviasse pacotes de comida, roupas e dinheiro, mas não escrevesse em alemão, pois não era uma língua popular em Praga.

Thomas sabia que Heinrich ainda tinha preocupações constantes com dinheiro. Ocorreu-lhe que seu irmão poderia voltar para a Alemanha, especialmente se a parte oriental do país estivesse sob controle russo. Pensou em oferecer-lhe dinheiro para a passagem. Porém, tendo mostrado a carta de Klaus, observou o irmão se afastar, com os ombros curvados de dor. Heinrich se culpava pelo que havia acontecido com Mimi.

Thomas notou como o tom das cartas de Klaus foi se tornando acalorado. Seu relato dos encontros com Franz Lehár e Richard Strauss, nenhum dos quais sofria de qualquer culpa por ter vivido confortavelmente na Alemanha durante a guerra, fez Klaus parecer quase desequilibrado. Quando perguntou a Strauss se ele havia pensado em partir, Strauss perguntou por que deixaria um país que abrigava oitenta teatros para montagens de óperas. Klaus transmitiu isso a seus pais em letras maiúsculas com muitos pontos de exclamação.

Klaus fez uma entrevista com uma impenitente Winifred Wagner para a revista do Exército. Ela falou sobre o charme austríaco de Hitler, sua generosidade e seu maravilhoso senso de humor. Klaus escreveu para casa para dizer que acreditara que as opiniões citadas em seu artigo causariam indignação, mas que ninguém parecia ter notado.

Ele enviou recortes de seus artigos na *Stars and Stripes*: "Eu me senti um estranho em minha antiga pátria. Há um abismo que me separa daqueles que foram meus conterrâneos. Aonde quer que eu fosse na Alemanha, a melodia melancólica e os *Leitmotivs* nostálgicos me seguiam: você não pode voltar para casa".

Klaus conseguiu descobrir o que havia acontecido com seus

amigos: muitos foram torturados, outros foram assassinados. E viu como algumas pessoas que haviam colaborado com o regime começavam lentamente a adquirir posições de influência. Klaus escreveu a seus pais para enfatizar que o povo alemão não compreendia que sua atual calamidade era a consequência direta e inevitável do que eles, como um corpo coletivo, haviam feito ao mundo.

"Quando tudo isso acabar, não sei como Klaus vai viver", disse Katia. "Ninguém precisa de um alemão que não consegue parar de dizer a verdade."

Nas semanas após a guerra, Thomas pensou em Ernst Bertram. Bertram estava agora em algum lugar da Alemanha. Se não sentia vergonha, pelo menos devia saber fingir que sim. Como ele seria, como apoiador nazista, sumariamente afastado de sua posição acadêmica, seu conhecimento de Nietzsche e de seu mundo não teria mais utilidade. Seria difícil para ele se defender, já que havia se vangloriado quando os nazistas queimaram livros de escritores famosos.

Hitler ainda teria se levantado e todos os assassinatos e caos ainda teriam acontecido sem Bertram, mas, para Thomas, seu apoio e o apoio de alguns de seus amigos ofereceram lastro intelectual para o movimento. O fascismo tornou-se menos sobre ganância, ódio ou poder quando Bertram pôde convocar o apoio de vários filósofos mortos e usar frases bonitas sobre a Alemanha, sua herança, sua cultura, seu destino.

Nos anos em que as janelas foram quebradas, as sinagogas incendiadas, quando os judeus foram arrastados de suas casas, quando não havia dúvidas sobre o que estava para acontecer, Thomas se perguntou como esse homem erudito conseguia desviar os olhos ou acalmar a consciência. E que estratégias ele teria usado para cair nas boas graças das autoridades que estavam prendendo outros homossexuais? Alguma vez imaginou como tudo terminaria: as cidades em escombros, pessoas morrendo de fome, comitês criados para garantir que ninguém como Ernst Bertram jamais tivesse permissão para falar novamente?

Quando, alguns meses depois, Michael e Gret anunciaram que iriam a Pacific Palisades para ficar durante um mês com seus dois filhos, Katia disse o quanto estava ansiosa pela visita deles, pois isso aliviaria o clima na casa, que estava sombria pelo trabalho dedicado de Thomas em seu romance, pelas notícias de uma Alemanha derrotada e pelos apelos, cada vez mais estridentes, para que Thomas Mann e sua família retornassem à sua terra natal e participassem de sua reconstrução agora que o fascismo tinha sido derrotado.

Assim que Michael e sua família chegaram, Thomas começou a encontrar maneiras de divertir Frido. Várias vezes, nos primeiros dias, deixou o escritório para procurar o menino nas horas que normalmente dedicava ao trabalho. E até encorajou Frido a visitá-lo enquanto escrevia, parando de escrever para levantá-lo no ar, realizando para ele os mesmos truques de mágica que encantavam seus próprios filhos quando a mãe estava ausente, desenhando para ele.

Michael fez comentários fulminantes sobre o livro que seu pai estava escrevendo. O que ele sabia sobre a mente de um compositor? Pelo bem da paz, Thomas tolerava as reflexões do filho sobre a natureza da música que eram dirigidas a ele com um tom de ressentimento. Michael parecia se opor ao fato de que seu pai estava se apropriando da mesma disciplina que Michael tinha estudado durante toda a sua vida. Thomas tentou distraí-lo com uma carranca ameaçadora para Frido, que caiu na gargalhada, tendo que ser avisado por sua mãe de que ele deveria se comportar adequadamente à mesa.

"Como ele pode se comportar se o avô está bancando o palhaço?", perguntou Michael.

Como seu neto não tinha amigos que falassem alemão, a língua vinha do convívio com os pais. E o menino usava uma mistura de linguagem de bebê e fala de adulto, o que infalivelmente divertia Thomas.

Sua própria mente, pensou o escritor, estava pesada de tanto alemão, já que lutava com os tons empolados de seu narrador e as paródias dos estilos germânicos. Ouvir a tagarelice inocente e confiante de seu neto o encantava. Isso não o lembrava da própria infância, quando as crianças não eram encorajadas a falar, nem de seu próprio tempo como pai de crianças pequenas, quando sua ninhada estava mais interessada em interromper uns aos outros do que em falar com ele. Esse fluxo de palavras que vinha de Frido era novo e revigorante. Quando Thomas acordava pela manhã, sorria ao pensar que poderia ouvir essa criança falar e encontrar maneiras de entretê-la ao longo do dia até a hora de Frido ir para a cama.

"Quando Erika estiver aqui", Michael disse, "ela vai fazer você ficar em seu escritório o dia todo."

Enquanto esperavam a chegada de Erika, Katia ouviu falar de seu próprio irmão Klaus Pringsheim, que viera do Japão para os Estados Unidos com o filho e desejava visitá-la enquanto Erika e Michael estivessem lá.

Katia se esmerou em se preparar para as visitas, pendurando quadros, movendo as caixas que estavam debaixo das camas desde que a casa fora construída. Tinha vivido por mais de quarenta anos longe de sua família. Seus pais morreram na Suíça durante a guerra, seu pai inconformado com seu destino de exilado. Seus irmãos estavam espalhados. A casa da família em Munique havia sido demolida para dar lugar a um prédio do Partido Nazista. A perspectiva de uma visita de Klaus fazia Katia se comportar como se, em sua cabeça, ela nunca tivesse deixado sua infância em Munique ser consignada ao passado.

Thomas se arrependeu de ter ido até a frente da casa quando ouviu o carro de Klaus. Klaus havia perdido sua beleza, mas mantinha o ar sardônico. Thomas observou enquanto Klaus perscrutava a propriedade reluzente e imaculada, os jardins cuidadosamente administrados, a vista primorosa, estendendo os braços em uma apreciação zombeteira e depois encolhendo os ombros para sugerir que, para alguém como ele, era tudo fingimento, nada demais.

"Então o pássaro encontrou sua gaiola dourada", disse ele enquanto abraçava a irmã.

O filho de Klaus estava ao lado dele, mais alto que o pai. Enquanto olhava ao redor, permanecia sereno, distante. Curvou-se formalmente quando foi apresentado, antes de apertar as mãos.

Klaus se dirigiu apenas à irmã, mas, quando Erika entrou na conversa com veemência, ele a incluiu. Nem sequer olhou para Thomas.

Logo mais, já à mesa, zombou das rotinas diárias de Thomas. E Thomas ainda permanecia em seu escritório a manhã inteira, passeava e cochilava à tarde e lia à noite, evitando Klaus Pringsheim tanto quanto era possível. Depois de alguns dias, na hora do almoço, Klaus mencionou que havia sido informado sobre o que Thomas estava trabalhando.

"Um romance sobre um compositor? Sim, conheci um bom número deles e, claro, estudei com Mahler. Você sabe, ele era uma figura muito menos assombrada do que sua música pode sugerir. Ele era possuído pela ambição e assustado por sua esposa, mas não havia realmente demônios."

Thomas não viu razão para responder. Quando olhou para

Katia, percebeu que ela olhava com admiração para o irmão gêmeo.

No dia seguinte, Klaus levantou o assunto de *Morte em Veneza*.

"Minha avó adorava e não parava de admirá-lo, até que minha mãe ordenou que ela parasse de ler e desistisse de elogiá-lo excessivamente. Meu pai sempre disse que, assim que o livro apareceu, as pessoas começaram a olhá-lo com desdém quando ele ia à ópera. Fiz muitos amigos por causa do livro, todos pederastas. Não precisei pagar meu próprio champanhe por cerca de um ano."

Thomas observou Erika enrijecer na cadeira.

"É uma história muito admirada", disse Erika. "Todo o trabalho do meu pai é muito admirado."

A seriedade e a simplicidade do tom de Erika pareceram pegar Klaus Pringsheim desprevenido. Ele ouviu pacientemente o relato de Erika sobre os julgamentos de Nuremberg e como o promotor inglês acreditou que estava citando Goethe quando as citações eram, na verdade, do romance de seu pai sobre Goethe. Klaus não falou mais durante o resto da refeição.

"Disseram-me que você lê cada capítulo em voz alta quando termina", disse Klaus durante o jantar no dia seguinte. "Eu adoraria fazer parte do seu público."

Ele parecia honesto, parecia estar falando sério. Mas então se virou para a irmã.

"Agora que minha aparência se foi, para impressionar as pessoas preciso falar sobre os hábitos domésticos de meu cunhado."

Quando Thomas e Erika se entreolharam, ele sentiu que ela estava tão inclinada quanto ele a jogar uma taça de vinho em Klaus.

"Talvez possamos falar sobre o Japão", disse Katia. "Eu acredito que o Imperador pensa que é Deus. Ele já foi a um de seus concertos?"

* * *

Na sexta-feira daquela semana, ficou combinado que Thomas leria seu romance. Seriam dois capítulos, o primeiro sobre a chegada de um menininho, o pequeno Echo, para alegrar a vida de seu tio, o compositor solitário, e o segundo sobre a morte do mesmo garotinho.

À medida que a hora se aproximava, Thomas ia ficando mais tenso com a leitura. Seria fácil ler a abertura, que era mais factual, e não devia ser tão difícil ler as descrições sobre o garotinho e a forma como ele, com todo o seu charme e beleza, fora bem recebido. Katia, pensou Thomas, entenderia instantaneamente que ele havia usado Frido para esta criação. Quase desejou ter escolhido algo mais obscuro, cujas origens não pudessem ser reconhecidas por seus ouvintes.

Todos se reuniram, inclusive Golo, recém-chegado, como se fosse para uma feliz ocasião familiar. Ao trabalhar nessas cenas, Thomas percebera como elas eram sombrias e pessoais. Ele havia dado ao seu compositor alemão exatamente o que amava: um menino jovem e inocente. Mas como Leverkühn, seu compositor, sempre prejudicava aqueles que se aproximavam dele, o menino estava destinado à morte. Essa seria a parte mais humana do livro, o registro da dor dessa perda. Ele mostraria o custo que Leverkühn teve que pagar por sua ambição desenfreada. O pacto que havia feito com o Diabo passaria dos reinos do conto popular e da fantasia para um espaço que era nitidamente real.

Thomas começou olhando para Katia algumas vezes; ela sorria em aprovação. Quando chegou à morte do menino, leu devagar, sem erguer os olhos para nenhum de seus ouvintes. Será que tinha incluído detalhes demais de cada fase da doença em todo o seu drama arrepiante e assustador? O menino, com dor, gritava: "Echo vai ficar bom, Echo vai ficar bom". Seu rosto terno assumiu uma forma irreconhecível, horrível, e, quando o ranger de dentes começou, o pequeno Echo parecia estar possuído.

Com a morte do menino, Thomas fizera o que devia fazer. Colocou as páginas de lado. Ninguém na sala falou uma palavra. Por fim, Golo acendeu um abajur próximo a ele e se espreguiçou, emitindo um gemido baixo. Klaus Pringsheim tinha as mãos entrelaçadas e os olhos fixos no chão. Seu filho estava sentado pálido ao lado dele. Erika olhou para longe. Katia manteve-se em silêncio.

Enfim, Erika se levantou para acender a luz principal. Thomas levantou-se. Fingiu estar estudando as páginas que tinha acabado de ler; sabia que Katia estava se aproximando dele.

"É por isso que você fez amizade com o garoto?", ela perguntou.

"Frido?"

"Sim, quem mais?"

"Eu amo Frido."

"O suficiente para usá-lo em um livro?", ela perguntou e atravessou a sala silenciosamente para se juntar ao irmão e ao filho dele.

16. Los Angeles, 1948

Elisabeth lançou um olhar curioso ao pai.
"Minhas filhas não gostam de ser ridicularizadas, nenhuma delas."
"Pensei que fosse só Angelica", disse Katia.
"Dominica também", disse Elisabeth. "Então, por favor, não as perturbem."
Como Dominica tinha apenas quatro anos, Thomas achou estranho que sua neta estivesse sendo discutida como se fosse uma adulta.
Elisabeth, com suas duas filhas sérias, tinha vindo para ficar um tempo, enquanto seu marido Borgese estava na Itália devido a alguma missão considerada delicada demais para ser compartilhada. Durante o almoço do primeiro dia, Thomas, ao descobrir que Angelica não queria gelo na água, disse que todas as boas meninas que ele conhecia geralmente ansiavam por gelo.
"Garotinhas que não gostam de gelo geralmente não são muito legais", disse ele em inglês.
Angelica, que tinha oito anos, ficou instantaneamente cha-

teada e voltou-se para a mãe para expressar sua infelicidade. Elisabeth sugeriu que a filha fosse até a cozinha e pedisse que lhe servissem o almoço no jardim ou em um local de sua escolha.

"Vou daqui a pouco para me certificar de que você está bem."

Elisabeth olhou friamente para o pai.

"Foi uma piada", disse Thomas.

"Ela não gosta de ser chamada de garotinha", disse Elisabeth. "E de 'não muito legal'."

"Que esperto da parte dela", disse Erika. "Também nunca gostei disso."

"Tenho certeza de que nunca te chamei de garotinha", disse Thomas.

"Ou de 'não muito legal'", acrescentou Katia.

Mais tarde, Thomas e Katia, em voz baixa em seu escritório, se perguntaram o que haveria acontecido com Elisabeth em sua década longe deles. O relacionamento de Thomas com seus dois netos era inteiramente baseado em piadas e brincadeiras, em pensar em novos nomes para chamá-los ou pregar-lhes peças, e ele não conseguia imaginar por que suas netas também não podiam desfrutar de uma atenção tão despreocupada. Elas devem ter herdado a falta de humor e sensibilidade de uma longa linhagem de enfadonhos Borgeses. Angelica chegou na hora do almoço do dia seguinte pálida e magoada, como uma princesa cuja dignidade foi ameaçada. Thomas notou que Erika se mudou para o lugar ao lado dela.

"O que você está lendo no momento?", perguntou Erika.

"Na nossa família é difícil", respondeu a criança, "já que falamos italiano com nosso pai e alemão com nossa mãe e minha irmã e eu falamos inglês uma com a outra. Portanto, temos uma variedade de livros para escolher. Mas no momento estou lendo Lewis Carroll. Ele está exercendo uma grande influência sobre mim."

Em sua caminhada, Thomas e Katia concordaram que, na infância, esse tom teria sido recebido com escárnio por seus pais e irmãos.

"Você acha", perguntou Katia, "que é assim que as outras crianças americanas se comportam? Ou é algo que foi especialmente criado em Chicago por Elisabeth e Borgese?"

Na manhã seguinte, na sala de estar, Erika dispôs um mapa da Europa no chão e mostrou a Angelica todos os lugares por onde tinha passado, enquanto Angelica fazia perguntas cautelosas. No canto, Dominica brincava de boneca e Elisabeth lia.

"Tia Erika vai nos levar ao píer de Marina del Rey", disse Angelica em um alemão que Thomas pensou ter traços de sotaque italiano.

"Vocês duas?", perguntou Katia.

"Sim, para tomar sorvete e comer cachorro-quente."

"Mas, atenção, nada de mostarda no sorvete", disse Thomas, para só então perceber que o comentário poderia ser visto como uma zombaria do passeio, sugerindo que elas não sabiam como comer. E recuou. "Eles fazem excelentes cachorros-quentes em Santa Monica", disse.

"Foi o que ouvimos", disse Angelica, erguendo os olhos do mapa.

Durante o almoço, na ausência de Erika e das duas meninas, Thomas surpreendeu-se com a veemência de Elisabeth contra a Alemanha.

"Não terei nada a ver com aquele país", disse ela. "Não tenho interesse no que acontece ou deixa de acontecer por lá. Não quero pisar nesse país e nem pensar nisso."

Thomas se perguntou se Elisabeth se arrependia de ter se casado com Borgese e tentou encontrar uma pergunta que pudesse trazer alguma pista a respeito.

"Você culpa a Alemanha por destruir sua juventude?", perguntou.

"Não culpo meus pais e não culpo meu antigo país. Não culpo ninguém."

"Culpar seus pais pelo quê?", perguntou.

"Em primeiro, por não terem me dado uma educação adequada. Em segundo, porque o amor sempre me foi concedido como uma espécie de recompensa."

"Recompensa pelo quê?", perguntou Katia.

"Por ser quieta, por ser charmosa, por ser uma boa menina."

"Você não foi nada encantadora com seu irmão mais novo", disse Katia.

"Michael sempre foi chato!", disse Elisabeth. E começou a rir.

"Você teve muitos casos desde o seu casamento?", perguntou Thomas.

Thomas ouviu Katia prendendo a respiração. Ele mesmo ficou quase chocado por ter ousado fazer a pergunta.

"Um ou dois", respondeu Elisabeth e riu novamente.

"Você teve um caso com Hermann Broch?", perguntou.

"Ficamos juntos uma vez, talvez duas. Eu não chamaria isso de um caso. Mas foi antes do meu casamento. Ele era muito engraçado quando o conheci."

"E era conhecido por ser muito grosseiro", disse Thomas.

"Não comigo", respondeu.

Ela havia se tornado, pensou Thomas, uma mulher formidável e ousada. Queria que ela pudesse ficar mais tempo.

Thomas não tinha notado um caderno coberto de anotações ao lado de Elisabeth até que ela o abriu.

"Tenho algumas perguntas anotadas aqui para vocês dois", disse ela.

"Já imaginava", respondeu Katia.

"Primeira pergunta. Por que Erika está aqui?"

"Ela não tem para onde ir", disse Katia. "Lugar nenhum.

Antes, podia dar palestras. Mas agora ninguém quer ouvir sobre a Alemanha e a guerra."

"E o marido dela?"

"Auden? Ele nunca foi realmente marido dela. Ela não o vê há anos."

"Por que ela não está com Bruno Walter? Achei que ela iria se casar com ele assim que a esposa morresse."

"Ele tem outros planos", disse Katia.

"O que ela está fazendo aqui?"

"Ela vai trabalhar como secretária do seu pai. E, tanto quanto eu permitir, ela vai ajudar a administrar a casa e tomar todas as decisões."

"Por que você não a encoraja a encontrar uma vida própria?"

"Seu pai precisa dela."

"Ela pretende ficar aqui com vocês para sempre?"

"Parece que sim", disse Katia.

"E onde está Monika?"

"Ela está em Nova York", disse Katia. "Você não teve notícias dela? Às vezes, recebo uma carta por dia."

Thomas olhou para ela, surpreso. Ele não sabia disso.

"Ela me contou que seu sonho seria encontrar um lugar onde não houvesse livros", disse Katia. "Então não está ansiosa para nos visitar agora. Mas tenho certeza de que isso vai mudar. Sempre muda."

Elisabeth passou o dedo pela lista de perguntas.

"Por que você se casou com ele?", ela perguntou à mãe, apontando casualmente para o pai.

Katia nem hesitou. Respondeu como se tivesse se preparado previamente.

"De todas as possibilidades presentes, passadas e futuras, seu pai era a menos absurda", disse ela.

"Esse foi o único motivo?"

"Bem, houve outro, mas esses são assuntos delicados e privados."

"Não vou perguntar de novo."

Katia tomou um gole de café e parecia estar organizando seus pensamentos.

"Meu pai era um namorador. Ele não conseguia se conter. Ele queria qualquer mulher que passasse diante de seus olhos. Não tive esse problema com seu pai."

"Você gostaria que eu saísse da sala para que você pudesse falar mais?", perguntou Thomas, sorrindo.

"Não, meu amor. Não tenho nada a acrescentar."

"Por que você ainda vê Alma Mahler?", perguntou Elisabeth.

"Ah, essa é uma pergunta interessante", disse Katia. "Ela é atroz. E, desde a morte de Werfel, se tornou ainda mais. Ela bebe e fala o que pensa. Não tenho nada de bom a dizer sobre ela."

"E ainda assim você a vê?"

"Sim. Ela tem algo da velha Viena. Não me refiro à velha e culta Viena e tudo mais. É uma espécie de alegria que se acabou desde então. Adoro quando vejo essa alegria. E sei que não vai voltar. Talvez Alma seja a última."

"Finalmente, Klaus me escreveu para dizer que você foi dura com ele."

"Ele não sabe para onde ir", disse Katia.

"Você não o quer aqui?"

"Não podemos financiá-lo indefinidamente", disse Katia.

"Mas a Erika vocês podem?"

"Erika vai trabalhar para o seu pai. Você pode imaginar Klaus fazendo o mesmo?"

"Então esse é o critério?"

"Pare!", disse Katia. "Não sei o que fazer com Klaus. Podemos deixar isso pra lá?"

"Não quero aborrecê-la", disse Elisabeth.
"Podemos deixar isso pra lá?", repetiu a mãe.

Quando Klaus voltou para Pacific Palisades, estava, no início, tão magro e abatido, tão retraído, tão alquebrado, que até mesmo Erika achou imprudente discutir com o irmão. Quando Thomas perguntou se o filho estava tomando morfina, ela deu de ombros como se dissesse que era óbvio. Talvez, pensou Thomas, algo na vida pessoal de Klaus o tivesse desestabilizado ainda mais. Mas Klaus tinha um jeito de deixar as feridas pessoais passarem, ao mesmo tempo em que se preocupava com sua reputação literária ou ficava furioso com eventos públicos. Ele era obcecado por Gustaf Gründgens, o primeiro marido de Erika, que havia se tornado o ator favorito de Goering durante a guerra. Gründgens, tendo sido libertado do cativeiro pelos russos, logo voltou aos palcos, em triunfo. Sua aparição em sua primeira noite de estreia após a guerra foi aplaudida de pé. Quando Klaus compareceu, Gründgens foi saudado com aplausos por uma casa lotada.

Diversas vezes, Thomas ouviu o filho recontar a cena para quem quisesse ouvir. Embora seus compatriotas alemães, disse ele, não oferecessem apoio aberto aos condenados líderes nazistas e seus slogans, mostravam sua real falta de arrependimento elogiando um ator que havia sido o favorito dos líderes nazistas.

"O que não pode ser feito à luz do dia", disse Klaus, "pode ser feito no escuro."

Klaus ficava indignado com a simples ideia de ele próprio voltar a viver na Alemanha.

"Saí em 1933 não por algo que fiz, mas por algo que eles fizeram, e minha falta de vontade de voltar a morar lá não é por causa de quem eu sou, mas por causa de quem eles são."

Ele teria sido um excelente redator de discursos, pensou Thomas, ou ministro da Cultura.

Dois meses antes, Klaus, que não sabia dirigir, havia escrito para Katia para dizer que desejava morar em Los Angeles, talvez em um chalé perto da casa dos pais. Pediu à mãe que procurasse nos arredores e perguntasse o preço. Além disso, acrescentou, gostaria de contratar um jovem motorista que soubesse cozinhar e também fosse bonito. Tinha intenção de ficar seis meses e, às vezes, fazer as refeições com os pais.

Katia ficou indignada. Thomas não sabia dizer com o que ela estava mais ofendida, se era a opinião casual e segura de Klaus de que seus pais pagariam o aluguel, ou a menção ao motorista jovem e bonito, ou a ideia de que ele ficaria apenas seis meses. Katia respondeu a Klaus, informando-o de que não seria apoiado e que sua proposta era bastante escandalosa. Era, pensou Thomas, a primeira vez em que ela lhe escrevia com tanta severidade.

Agora, enquanto Klaus permanecia com eles, Katia e Thomas podiam ouvi-lo se movimentando durante a noite e perceberam, conforme ele passava de sonolento e silencioso a falador à mesa, que estava consumindo uma variedade de drogas. Na maioria dos dias, Klaus não se preocupava em fazer a barba e, apesar da insistência de sua mãe de que havia muitas peças em seu guarda-roupa, não trocava de roupas com frequência.

Klaus estava agora com quarenta e poucos anos. A cada dia vinha com uma ideia diferente para um livro que poderia escrever ou um artigo que uma revista poderia comprar. Uma hora era uma biografia de Baudelaire, na próxima um romance a ser publicado sob um pseudônimo sobre a vida homossexual na Nova York pré-guerra, e então um artigo sobre sua própria experiência na Alemanha após a guerra e, enfim, um longo artigo sobre viajar de trem pelos Estados Unidos. Ele nunca se juntava a eles para o café da manhã e às vezes tinha que ser acordado quando o almoço estava pronto. Evitava a luz do sol no jardim.

"Se pudesse se levantar cedo", disse Katia, "você escreveria um livro que o mundo inteiro gostaria de ler."

Quando Thomas viu Klaus barbeado, com o cabelo arrumado, vestindo um terno recém-passado, camisa branca e sapatos novos, sua mala ao lado enquanto esperava um carro para levá-lo à Union Station, percebeu pelo olhar culpado de Katia que ela tinha lhe dado dinheiro para voltar para Nova York.

Thomas ficou sozinho por um tempo com a esposa e a filha. Enquanto Erika se ocupava com seus papéis, dando sugestões sobre o trabalho de cada dia e mantendo sua correspondência em dia, Katia foi se distanciando dele. Havia um cantinho no jardim onde ela se sentava em uma espreguiçadeira com um livro ou se envolvia ajudando o jardineiro.

Como Erika cuidava da correspondência e controlava sua agenda, algumas vezes, à mesa, toda a conversa era entre os dois, com Katia sentada em silêncio. Raramente havia conflito aberto entre as duas mulheres. No entanto, um dia, quando Golo estava presente, Erika ficou aborrecida porque a salada não estava bem temperada e insistiu que mais uma vez os legumes haviam passado do ponto.

"É como se estivéssemos de volta a Munique com aquela comida horrível", disse ela.

"Que comida horrível?", perguntou Katia.

"Ah, molho grosso mascarando qualquer outro sabor e tudo cozido demais. Indigesto! Intragável! Baviera!"

"Você era grata por isso na época."

"Eu não sabia de nada."

"Acho que tem razão. Você não sabia ter boas maneiras e ainda não sabe", disse a mãe. "Muitas vezes me pergunto de onde você veio."

"De uma noite de paixão, tenho certeza", disse Erika.

"Como uma das suas com Bruno Walter!"

Katia empalideceu assim que terminou a frase e olhou para Golo. Thomas percebeu como Golo indicou à mãe que não deveria dizer mais nada. O objetivo de Thomas era terminar sua refeição o mais rápido possível e se retirar para o escritório. Ele não ficou surpreso quando Katia não bateu em sua porta mais tarde perguntando se ele estava pronto para a caminhada diária. Ela tinha saído para dar uma volta com Golo.

Klaus voltou de Nova York parecendo ainda mais desbotado e desgrenhado do que antes. Thomas sabia que Katia e Erika haviam decidido adiar o relato do motivo da volta de Klaus.

Nos primeiros dias, Klaus permaneceu em seu quarto, com as refeições entregues a ele em uma bandeja.

"Eu o fiz prometer não perambular pela casa à noite", disse Katia. "Todos nós precisamos dormir."

"O que há de errado com ele?", perguntou Thomas.

"Erika sabe melhor do que eu. Ele foi a uma festa estúpida em Nova York e houve uma batida policial, mas não antes que ele tomasse alguma coisa. Não me pergunte como é chamado, mas causa altos e baixos. Ele está em uma versão estendida dos baixos."

Quando Klaus começou a se juntar a eles para jantar à noite, ficava loquaz e agitado, às vezes incapaz de terminar suas frases, mas sem vontade de deixar ninguém falar. Ele ficou animado quando falaram de Monika, que encontrara em Nova York.

"Ela foi despejada de vários hotéis por acumular comida em seu quarto e por não pagar suas contas", disse ele. "Aqui estamos vivendo no luxo enquanto Monika, que sofreu mais do que qualquer um de nós, anda pelas ruas como uma vagabunda. Algo deveria ser feito. Eu lhe disse que ela precisava manter contato com todos nós."

Enquanto olhava de um para o outro na mesa, ele passou da fase maníaca para uma quase calma.

Logo alguém começou a ligar incessantemente para Klaus de São Francisco.

"É o Harold", disse Katia.

"Não me importa se é Winston Churchill", respondeu Thomas.

Harold, ao que parecia, era um amante de Klaus de Nova York que veio para o oeste e, para coincidir com a chegada de Klaus, conseguiu perder o emprego em San Francisco. Estava a caminho de Los Angeles. Os telefonemas eram o devido aviso.

Durante as refeições, falava-se de Harold estar bêbado, de Harold ter atraído uma terceira pessoa, um jovem de má reputação, para um quarto de hotel no centro de Los Angeles junto com Klaus. E então, Harold foi preso e Klaus teve que pagar a fiança.

Enquanto Erika e sua mãe discutiam a respeito, Thomas notou que cada um de seus filhos parecia gostar dos problemas e defeitos dos outros. Klaus se tornava sensato assim que se via à vontade para falar de Monika. Elisabeth ficava contente com o fato de Michael agir com petulância e quase ronronava de satisfação quando Erika se comportava mal, assim como Golo. Erika agora estava unida à mãe preocupada com Klaus e Harold. O fato de Klaus não voltar para casa todas as noites fazia com que as duas mulheres, que se evitavam, unissem forças. A princípio, elas lamentaram que Klaus estivesse se comportando tão mal. Depois, começaram a se preocupar sobre como tudo isso acabaria. Por fim, começaram a propor soluções para a crise, incluindo a possibilidade de Erika e Klaus colaborarem em um roteiro de A *montanha mágica*.

Ao ouvir isso, Thomas chamou Katia de lado.

"Devemos deixá-los ter suas fantasias, mas não devemos alimentá-las nós mesmos."

"Erika está otimista com a ideia."

"Deixe-a ser otimista."

Isso era, ele sabia, o mais perto que chegaria de criticar Erika para Katia.

Quando Harold foi libertado de uma prisão, foi encarcerado em outra por um crime diferente. Erika teve que levar Klaus para visitá-lo.

"Esse Harold parece ser uma pessoa muito interessante", Thomas disse a Katia. "Acho que o prefiro a todos os meus outros genros e noras, incluindo Bruno Walter e a querida Gret e aquele italiano barulhento com quem Elisabeth se casou e até mesmo o bibliotecário em Princeton que por um breve período Golo apreciou."

"Klaus me disse que ele é muito bonito", respondeu Katia.

Eles riram de um jeito que não riam havia algum tempo.

"Tudo o que precisamos agora é a Monika", disse Thomas.

"Eu mandei dinheiro para ela ir à Itália", disse Katia. "É para lá que ela quer ir."

"Para trabalhar?"

"Não me pergunte. Quando ela chegar lá em segurança, eu o manterei informado. E tenho pensado em Klaus. Ele realmente deveria ter seu próprio apartamento. Me disse que encontrou um lugar e o preço é razoável. E ele também quer comprar um carro e fazer aulas de direção. Todas as coisas que disse que não pagaríamos, concordei em dar a ele. No minuto em que o vejo, meu coração se desarma. Suponho que ele saiba disso. Eu me tornei o tipo de mãe que desprezo."

No início, tendo sido libertado da prisão, Harold juntou-se a Klaus em seus novos aposentos, mas logo, tendo causado mais estragos, desapareceu, deixando Klaus sozinho. Quando Katia e Erika mais uma vez expressaram sua simpatia por Klaus, Thomas ficou intrigado.

"Isso é o que ele queria. Um apartamento perto daqui e um carro. A única coisa que falta é o motorista que ele exigiu. Ele está sozinho. É o sonho de todo escritor ficar sozinho, não?"

O telefone tocou à uma da manhã; Thomas ouviu Katia atender. Ela foi imediatamente para o quarto do marido.

"Klaus cortou os pulsos. Está no hospital de Santa Monica. Os médicos dizem que não está em perigo imediato. Vou de carro até o hospital. Erika ainda está dormindo. Deixe-a dormir até de manhã."

Pouco depois de Katia ter saído, Erika bateu na porta dele.

"O carro sumiu", disse ela. "Onde está minha mãe?"

Erika então insistiu em seguir Katia até o hospital em seu próprio carro.

Thomas foi para seu escritório. Por um segundo, pensou que deveria ligar para Golo ou talvez para Elisabeth. Daria a ele algum conforto contar a alguém sobre isso, não ficar sozinho em casa esperando por notícias. Mas seria mais fácil esperar, ficar ali sozinho e tentar fingir que Klaus estava dormindo no andar de cima, ou ainda em Nova York.

Se Klaus se parecia com alguém da família, pensou, era com sua tia Lula. Lula tinha a mesma imaginação arrebatadora e incapacidade de se contentar. Não lhe interessava o dia comum, mas, sim, um dia no futuro, quando o casamento resolveria seus problemas. Depois de casada, ansiava por um tempo quando os filhos a fariam feliz. Quando as filhas nasceram, planejava um apartamento maior, uma redecoração completa dos cômodos principais ou férias. Quando criança, lembrou ele, Lula pulava o meio de um romance para poder viver a emoção do final.

Da mesma forma, Klaus desejava mais a publicação do que o entadonho processo de escrever. A excitação de se injetar provou ser irresistível para Klaus, assim como para Lula. E, quando a emoção não pôde ser mantida, não havia muitas outras opções.

Thomas esperou em seu escritório, deixando os pensamentos sobre o filho entrarem e saírem de sua mente, esperando ouvir o barulho dos carros estacionando e Katia e Erika chegarem em casa. Pensou em ligar para o hospital, mas sabia que alguém certamente ligaria para ele se houvesse alguma notícia.

Quando elas apareceram, Thomas estava no quarto. Disseram-lhe que os cortes nos pulsos de Klaus não eram profundos e que ele sobreviveria.

Alguém no hospital contatou um jornal local relatando que Klaus tentara se matar. Isso, por sua vez, foi replicado pela imprensa nacional e internacional, de modo que o telefone tocava regularmente com velhos amigos e conhecidos, todos curiosos em busca de notícias do bem-estar de Klaus.

Quando Golo veio para ficar, sua mãe e sua irmã o repreenderam por bater o telefone no gancho toda vez que tocava. Mesmo quando chegaram notícias da melhora do estado de Klaus, Golo não levantou a cabeça do livro que estava lendo. Quando, contudo, Thomas tentou lamentar a tentativa de suicídio de Klaus com Golo, para que os dois pudessem formar uma aliança na casa, Golo respondeu com frieza.

"Minha mãe está preocupada."

Thomas voltou para seu escritório. Erika logo bateu na porta e lhe disse que Klaus receberia alta do hospital naquele dia e havia manifestado o desejo de nadar antes de ser levado para casa.

"Ele ligou o gás, sabendo que os vizinhos, cuja janela da cozinha fica ao lado da dele, sentiriam o cheiro, principalmente porque ele havia deixado a janela da cozinha aberta. E então, quando eles bateram na porta, ele raspou os pulsos com uma faca cega. E tanto barulho por nada!"

Klaus mudou-se para um hotel em Santa Monica para poder passar mais tempo com um Harold ressurgido, que Katia havia proibido de vir a Pacific Palisades. Thomas soube que Christopher Isherwood estava no mesmo hotel.

"Será que esse é o mesmo Christopher Isherwood que uma vez arranjou um marido para você?", perguntou ele.

Erika assentiu.

"Que sujeitinho atrevido ele era! Muitas vezes pensei que um uniforme poderia fazer bem a ele. Podemos considerar que a libertação do mundo da tirania foi alcançada sem a ajuda dele?"

"Ele não lutou na guerra", disse Erika.

"Podemos bani-lo assim como Harold?"

Alma Mahler ligou.

"Sei o quanto você deve estar preocupado. Quando o suicídio está presente numa família, é como a beleza ou os olhos azuis. Passa de geração em geração. Suas duas irmãs! Alguém da geração anterior também se matou?"

Thomas disse a ela que não.

"Mas, é claro, ninguém falava sobre isso na época. Como seu pai morreu?"

Thomas garantiu a ela que o senador havia morrido de causas naturais. E tentou pensar em como poderia mudar de assunto.

"Meu padrasto, minha meia-irmã e o marido dela tomaram veneno quando souberam que o Exército Vermelho estava chegando a Viena", disse Alma.

Thomas sabia que alguns membros da família dela eram nazistas, mas pensou que Alma já devia ter aprendido a não se referir a eles.

Agora que era uma viúva e a guerra havia terminado, Alma começara a viajar, primeiro para Nova York e depois para a Europa. Quando estava em Los Angeles, mantinha contato até mesmo com as figuras mais insignificantes entre os exilados. Se alguém publicasse um novo poema ou escrevesse um quarteto de cordas ou se envolvesse em um acidente ou briga, ela espalhava a notícia ou aparecia para uma visita.

Como Alma tendia a responder com entusiasmo ao seu trabalho, Thomas não conseguiu entender por que ela procurou causar problemas quando seu romance *Doutor Fausto* foi publicado. Thomas havia contado a ela sobre o livro enquanto ainda trabalhava nele, sentindo que Alma, talvez mais do que qualquer um dos exilados, podia entender as pressões sobre os compositores alemães nos anos após a morte de seu marido. Embora muitas vezes fosse tola e tivesse opiniões ridículas, Alma sabia muito sobre música. Ela tinha adorado a ideia de acordes e sons proibidos que podiam atrair o Diabo para dentro da sala. E era fascinada pelo falecido Beethoven. Às vezes, quando havia um piano disponível, bastava Thomas mencionar alguma composição para que ela tocasse a melodia de memória.

Ele não fez segredo do livro, até mesmo realizando leituras dos capítulos à medida que eram concluídos para os convidados que vinham à casa. Mas não tocou no assunto com Arnold Schoenberg porque o achava muito culto e distante, muito intimidador. Sentia que Schoenberg deixaria claro que Thomas não sabia o suficiente sobre música para escrever um livro desse tipo.

Como o mundo dos emigrados era tão insular, Thomas previu que alguém iria passar a notícia a Schoenberg de que ele estava escrevendo um livro sobre um compositor moderno. Quando o livro foi publicado, no entanto, era óbvio que ninguém o havia feito.

Em retrospecto, sabia que tinha sido imprudente enviar uma cópia do romance para Schoenberg com uma dedicatória que dizia: "Para Arnold Schoenberg, o verdadeiro, com os melhores votos". A frase "o verdadeiro" podia ser tomada como um elogio, sugerindo que, embora o personagem de Mann fosse fictício, o próprio Schoenberg não o era, ele era real. Mas também podia significar que Schoenberg era o verdadeiro e que Mann criara uma versão dele no compositor que fez um pacto com o Diabo.

Quando o livro foi lançado, a visão de Schoenberg havia se deteriorado o suficiente para que ele não pudesse lê-lo. Assim, o músico só pode se fiar no autógrafo e no que ouviu sobre o livro. A princípio, Thomas não entendeu por que Schoenberg começou a acreditar que as pessoas em Los Angeles pensavam que ele próprio tinha sífilis, como o compositor fictício. Tudo o que sabia era que Schoenberg, enquanto vagava pelos corredores do Brentwood Country Mart, tinha conhecido uma emigrante alemã e a informou, do nada, que não tinha nenhuma doença venérea.

Quando a mulher expressou surpresa com a ideia de que fosse sequer uma possibilidade, Schoenberg explicou por que pensou que precisava tranquilizá-la. Por causa do livro daquele Thomas Mann, disse ele. A mulher dirigiu direto para Pacific Palisades e contou a Katia o que o compositor havia dito.

Ocorreu a Thomas que Alma Mahler poderia ser a pessoa certa para acalmar Schoenberg, fazê-lo entender que o romance era uma criação complexa e tranquilizá-lo de que nenhum leitor jamais poderia acreditar que ele próprio tinha sífilis só porque o compositor foi baseado nele.

Alma concordou que Schoenberg havia se comportado de maneira absurda no mercado; disse que falaria com ele e talvez os Mann pudessem jantar com ele e sua esposa, uma ocasião em que todos poderiam brindar pela publicação de um romance maravilhoso.

O que ela não contou a Thomas foi que ela já havia visitado a casa dos Schoenberg várias vezes desde a aparição do *Doutor Fausto* e dera ao compositor e à esposa um relato alarmante sobre o conteúdo do livro. Isso Thomas ficou sabendo por um amigo dos Schoenberg.

Era simples, disse ela a Schoenberg: o compositor de Thomas Mann havia inventado o sistema dodecafônico, e Schoenberg também; o compositor de Mann tinha sífilis e estava aliado ao Diabo, portanto, as pessoas podiam pensar que ele também compartilhava essas características com Schoenberg.

Thomas temia que, se Schoenberg fosse a um advogado, ele próprio seria forçado pelos Knopf a desvendar todos os fios do livro, delineando o que era verdade e o que era inventado. Estremeceu só de pensar no quanto seria difícil mostrar de que estranhas profundezas este livro havia vindo.

Doutor Fausto, apesar de seu conteúdo recôndito, foi um best-seller nos Estados Unidos. Qualquer advogado que os Schoenberg abordassem levaria isso em consideração. Se o compositor entrasse com um processo, iria, ou assim acreditava Thomas, exigir para si uma parte dos royalties, ou poderia até requerer, além dos royalties, uma compensação por danos morais. Por causa da densa quantidade de argumento textual que se seguiria, os custos de defender um caso como esse seriam ruinosos.

De manhã cedo, deitado na cama, Thomas imaginava uma cena em que receberia a ordem de entregar todos os rendimentos do livro a Arnold Schoenberg.

A briga entre Thomas e Schoenberg deixou Alma, quando foi vê-los, ainda mais excitada do que de costume.

"Acho que você não entende Arnold Schoenberg, não é? Seu trabalho com a atonalidade não é um truque ou apenas técnica. Para ele é algo espiritual."

Ela parou por um momento porque Thomas parecia confuso.

"Schoenberg é um homem profundamente religioso. Tornou-se sinceramente luterano, e da mesma maneira voltou às suas raízes judaicas, com absoluta humildade e seriedade. Ele não é indecente o bastante para ver sua música como devocional, mas a vê como um baluarte contra o materialismo. Então, testemunhar sua técnica usada como suporte em um romance, adotada por um homem, por mais fictício que seja, que tem associações com o Diabo e cujo impulso criativo é estimulado pela sífilis, não é algo que o deixa satisfeito."

"Sim", disse Thomas, "escrever romances é um negócio sujo. Os compositores podem pensar em Deus e no inefável. Já nós temos que imaginar os botões de um casaco."

"E dar doenças venéreas a compositores alemães", acrescentou Alma.

Às vezes, à noite, quando Katia já tinha ido para a cama e Erika não estava em casa, Thomas tocava a *Noite transfigurada* de Schoenberg na vitrola e lamentava ter prejudicado o compositor com seu romance. A peça era tensa e contida, mas camadas de emoções cuidadosamente moduladas surgiam. Thomas sabia que a composição tinha sido feita antes de Schoenberg inventar seu sistema de doze tons, mas apontava para um estilo que, no futuro, se tornaria mais destilado. Gostaria de poder falar com Schoenberg sobre isso e esperava fazê-lo se conseguissem se reconciliar.

Para o compositor, ele devia parecer venal. Precisava de material para seu romance como um navio precisa de um lastro. A sua arte jamais conseguiria ser pura. Ao ouvir as cordas se movendo mais rápido e o tom de súplica subindo e descendo, desejou ser um tipo diferente de escritor, menos preocupado com os detalhes do mundo e mais com questões maiores e mais eternas. Agora era tarde demais; seu trabalho estava feito, ou a maior parte dele.

Como era curioso que nessa cidade americana vivesse o homem que, quando jovem, tinha composto esta música tão exuberante! Thomas imaginou que Schoenberg ainda devia estar acordado na impassível noite californiana. Alguns desses anseios iniciais ainda deviam viver nele, e ele devia sentir tristeza por não ser mais possível expressar tal ternura. Thomas esperava que algumas das emoções que a música evocava tivessem sido capturadas em seu romance, mas as palavras não eram notas e as frases não eram acordes.

Erika agora era sua motorista, assim como sua editora e executora. Ela atendia telefonemas, depositava cheques e respondia a convites. Foi Erika quem tratou com os Knopf em Nova York, deixando claro para Blanche Knopf que qualquer coisa relacionada à publicação, mesmo o menor assunto, deveria agora passar por ela.

E Erika gostava de enfurecer Agnes Meyer ao recusar deixá-la falar diretamente com o pai.

Certa tarde, quando o telefone tocou, Thomas estava quase atendendo quando Erika tirou o fone do gancho.

"Não, não vai dar", ele a ouviu dizer. "Meu pai está em seu escritório. Ele está concentrado em seu trabalho."

Thomas perguntou sussurrando quem era, e Erika, colocando a mão sobre o bocal, informou que se tratava de sua amiga de Washington, DC. Quando ele indicou que queria falar com ela, Erika balançou a cabeça.

"Posso passar o recado", disse à sra. Meyer, "mas não posso interrompê-lo."

Ao se aproximar, ouviu Agnes ainda interpelando Erika, que, depois de se despedir, desligou.

"Eu sou a luz elétrica", disse ela, "e Agnes Meyer é um morcego. Eu acendo e ela sai voando."

Quando o FBI entrou em contato para conduzir mais algumas entrevistas com Erika, ela insistiu que a sra. Meyer os tinha encorajado.

"Eles me deixaram em paz por dois anos. Por que estão de

volta? Aquela miserável da Agnes está travando sua própria guerra com as pessoas que amam a paz."

"Pessoas que amam a paz?", perguntou Katia. "Você?"

Thomas esperava que Erika demonstrasse em relação ao FBI o mesmo tipo de fúria que reservava a muitos outros assuntos, mas ela balançou a cabeça, preocupada, como se estivesse genuinamente assustada.

"Fiz besteira com o negócio da cidadania", disse ela. "Fiquei ocupada demais com a guerra para seguir com meu pedido. Eles podem me deportar a qualquer momento."

Se Erika tivesse que deixar os Estados Unidos, pensou Thomas, não teria para onde ir. Ela tinha passaporte britânico, mas não conhecia ninguém na Inglaterra. Não haveria espaço para sua franqueza na nova Alemanha, leste ou oeste. E Klaus havia se mudado para a França, onde estava definhando em Cannes. Thomas entendeu que, embora Erika estivesse disposta a escrever para o irmão e apoiá-lo, ela não queria se encontrar na mesma situação que ele. Não queria ficar sozinha e apátrida, alguém que havia servido a seu propósito na luta contra o fascismo e não tinha mais utilidade.

O FBI foi à casa duas vezes; a segunda entrevista durou, notou Thomas, quase um dia inteiro, com uma pausa para o almoço. Naquela noite, durante o jantar, Erika explicou o que havia acontecido.

"Sexo, sexo, sexo. Isso é tudo. Gostaria de ter feito tanto de sexo quanto eles acham que eu fiz. E quando falei: 'Vocês nunca fizeram sexo?', um deles respondeu: 'Não fora do matrimônio, senhora'. E ele teve sorte de eu não o arrastar por aquelas orelhas salientes para fora desta casa e deixá-lo em estado de matrimônio na rua lá fora!"

O FBI insistia, mais uma vez, que Erika tinha tido relações com seu irmão Klaus que não eram nada saudáveis e, ainda mais complicado, insinuavam que tinham provas indiscutíveis de que o casamento de Erika com Auden acontecera apenas para que ela tirasse a cidadania britânica, que o casamento nunca tinha sido consumado e nunca seria, por causa das predileções dela e dele.

Os visitantes pareciam não saber do longo caso de amor de sua filha com Bruno Walter, mas não era o momento de mencioná-lo, pensou Thomas.

"Eles confundem tudo. Acham que você escreveu os livros de Klaus e acham que somos todos comunistas."

"Espero que não pensem que sou comunista", disse Katia.

"Eles nem sabem que você existe!", disse Erika.

E aquilo soou como uma acusação.

Conforme a briga com Schoenberg foi se diluindo, Thomas começou a desejar que ele e Katia pudessem aproveitar seus anos de declínio em Pacific Palisades em paz. Muitos dos emigrados haviam voltado para a Alemanha, mas os Mann não tinham planos de fazê-lo. Thomas estava lentamente se conscientizando, no entanto, de que seus esforços para não se envolver com a Alemanha causavam ressentimento em sua terra natal.

"Ninguém se opôs quando parti em 1933", disse ele, "mas agora acham que tenho o dever de retornar. E o que é estranho é que recebo cartas ofensivas de pessoas que nunca conheci, mas não tenho notícias de ninguém que conheço."

"Eles precisam de bodes expiatórios", respondeu Erika. "E você é um alvo fácil. Nenhuma coluna ou editorial parece completo a menos que ataque você."

"E acho que a imprensa americana está me confundindo com você e seu irmão. Eles acham que sou algum tipo de agitador de esquerda. Aparentemente, estou em uma lista."

O ducentésimo aniversário do nascimento de Goethe seria naquele verão e Thomas, em um ensaio, tentou conectar o pensamento de Goethe com as necessidades do mundo contemporâneo. Podia, pensou Thomas, pregar, usando o exemplo de Goethe, que tanto em público quanto em particular o mundo deveria recuar da simplificação de ver o mundo de uma única forma para ver as coisas como uma miríade de possibilidades. O paradigma de Goethe podia alimentar um mundo ameaçado por um choque selvagem de ideologias. A mente do escritor era multiforme, sua imaginação estava aberta a mudanças. Humor e ironia eram ferramentas essenciais.

Tanto Erika quanto Golo, que leram o primeiro rascunho do ensaio, acharam que ele estava sendo idealista demais, não estava sendo suficientemente cético, que fazia de Goethe um porta-voz das Nações Unidas, mas Thomas perseverou, deixando Erika se envolver de fato apenas quando o ensaio precisou ser radicalmente cortado para que pudesse se tornar uma palestra. Ele seria lido primeiro em Chicago e depois em Washington, DC. Em seguida, Thomas faria seu primeiro voo transatlântico para Londres e daria a palestra em Oxford. De lá, iria para Estocolmo, via Göteborg, e faria a palestra mais uma vez.

Quando chegou um convite para visitar a Alemanha, Erika o aconselhou a recusar.

"Você não vai querer viajar para lá agora", disse ela. "É muito cedo. É melhor recusar todos os convites da Alemanha."

"Gostaria de homenagear Goethe em sua terra natal durante seu bicentenário", disse Thomas. "Mas não é simples. Eu sei que não é simples."

"A pátria de Goethe está na mente de seus leitores", disse Erika. "Nem sequer dá para dizer que é a Alemanha. O campo de concentração de Buchenwald é a pátria de Goethe? Você não gostaria de ir lá homenagear Goethe!"

Thomas e Katia decidiram, porém, depois de muita discussão, que, se fossem para Estocolmo, iriam também para a Alemanha e para a Suíça, quem sabe visitar Zurique primeiro e depois Frankfurt, onde Goethe nasceu. Thomas havia recebido o prêmio Goethe da cidade de Frankfurt. Se aceitasse, poderia então pensar em ir para outras cidades, talvez até para Munique. A ideia de ver sua casa arruinada fez Katia ficar em silêncio. Thomas não quis sequer discutir com sua esposa ou filha a perspectiva de viajar para a Alemanha Oriental.

A questão era como informar a Erika que eles haviam decidido, apesar de sua vontade contrária, voltar para a Alemanha, mesmo que apenas para uma breve visita.

Erika não deixava passar um dia sem denunciar ainda mais a Alemanha. Seus ataques ficaram ainda mais intensos do que os de Elisabeth e um jornal semanal de Munique chegou a chamá-la de agente de Stálin. Isso foi reimpresso por outros jornais na Alemanha Ocidental. Se tivesse acontecido vinte anos antes, Erika conheceria pessoalmente os editores desses jornais e facilmente limparia seu nome. Agora, não conhecia ninguém. O que a surpreendeu foi que nenhum jornal a apoiou ou escreveu que não havia nenhuma evidência para sustentar a afirmação de que ela era uma agente de Stálin.

Quando Katia, durante o jantar, enfim deu a Erika a notícia de que eles realmente pretendiam incluir a Alemanha em sua visita à Europa, ela deu de ombros.

"Vocês dois podem ir aonde quiserem. Eu irei até a Suíça. Se perder sua mala, ou seus óculos, ou esquecer o nome do hotel, ou precisar ser guiado com segurança por vereadores sebosos, não estarei com você."

Ainda bem, pensou Thomas, que Erika olhou rapidamente ao redor da sala e não olhou para a mãe ao dizer isso. Katia, ele percebeu, estava a ponto de expressar satisfação ao pensar que eles poderiam passar um tempo sob uma proteção diferente da de sua filha.

"Eu ficaria grato", disse ele, dirigindo o olhar para Erika, "se você não dissesse a Heinrich que estamos indo para a Alemanha. Ele mantém contato regular com as autoridades do Oriente, algumas das quais são velhos amigos. Não quero discutir com ele."

"Mas ele vai descobrir e vai querer saber o que você pretende dizer na Alemanha", disse Erika.

"Sobre o quê?"

"O que você acha? Sobre a divisão de seu próprio país!"

"Não é nosso país", disse Katia. "Não mais."

"Então por que estão voltando para lá?", perguntou Erika.

Thomas gostou dos preparativos para a partida, de explicar ao carteiro que demorariam alguns meses para voltar, de observar as malas enfileiradas no corredor. Uma vez no trem, gostou de esperar a noite chegar, e o pessoal encarregado vir arrumar as camas no compartimento para o trecho da viagem que os levaria até Chicago.

Em Chicago, ele se lembrou de não fazer piadas na frente de Angelica e esperava que Borgese não falasse muito sobre as minúcias da política italiana do pós-guerra.

Katia, claramente, havia pedido a Erika e Elisabeth que fossem civilizadas uma com a outra. Na sala de estar, enquanto tomavam chá, ela monitorava o progresso. Erika falou da viagem e da beleza da paisagem.

"Minha mãe dormiu assim que partimos", disse Erika, "e então ela leu um livro em inglês."

"Não era um livro muito bom", disse Katia. "Mas seu pai também o leu. O título era *A cidade e o pilar*, e falava sobre um jovem."

"E eu gostei", disse Thomas.

"O público de Goethe vai precisar de algo mais exaltado", disse Erika.

"O Mágico assume muitas formas", disse Elisabeth.

Apesar de Katia ter pedido a Erika que não mencionasse a possibilidade de a Alemanha ser incluída no roteiro, viu que a filha não resistiu.

"Alemanha!", disse Erika. "Imagine!"

"Vocês vão voltar para Munique?", Elisabeth perguntou.

"Não sabemos", respondeu Thomas. "Nada foi decidido."

"Se você for, pode pedir a eles que nos devolvam nossa casa?", perguntou Elisabeth. "A guerra acabou há quatro anos. É o mínimo que eles podem fazer."

"Já vivo há tanto tempo com a ideia de que perdemos tudo", disse Katia, "que não quero pensar em recuperar nada. A maioria das pessoas perdeu muito mais do que nós."

"O que aconteceu com os manuscritos dos livros de meu pai e todas as cartas?", perguntou Elisabeth.

"Estão perdidos", disse Katia. "Nós os entregamos a Heins, nosso advogado, para guardá-los em segurança. Sua casa foi saqueada, ou bombardeada, ou eles foram roubados. Eles podem aparecer, mas desisti de pensar nisso."

"Com a Alemanha de joelhos", disse Erika, olhando incisivamente para Elisabeth, "nossa propriedade é talvez a última coisa em que todos deveríamos estar pensando."

17. Estocolmo, 1949

A guerra tinha acabado; e Thomas não tinha sentido isso na pele. Não sabia o que isso significava. Teria que se acostumar. Estava pronto para se instalar no Grand Hôtel em Estocolmo, com Katia e Erika em quartos próximos ao dele, e se preparar para ser festejado pelos suecos. Sua palestra sobre Goethe seria dada também em Uppsala e depois em Copenhague e Lund. Depois, seguiriam para a Suíça e ouviriam a língua alemã falada na rua pela primeira vez em mais de uma década.

Em seu primeiro dia em Estocolmo, Thomas concordou em fazer um tour com Edgar von Uexküll, que conhecia desde a década de 1920 e que havia sido preso por envolvimento na conspiração contra Hitler um ano antes do fim da guerra. Embora falassem livremente, havia uma lacuna entre eles causada pelo que cada um havia feito durante a guerra.

Thomas podia sentir uma pontada de inquietação por parte do amigo, um olhar preocupado que parecia ainda mais forte quando Thomas expressava uma crença que era definitiva. Uexküll era um argumentador obstinado, loquaz e convivial quando Thomas o tinha conhecido, um homem que gostava de discussões e conversas animadas. Mas agora expressava opiniões banais que pareciam emprestadas dos jornais.

Thomas tinha dificuldade de imaginar como devia ter sido quando o golpe contra Hitler falhou, como Uexküll devia ter ficado com medo. Mesmo que suas conexões profundas dentro do regime o tivessem salvado, devia ter sido por muito pouco.

Tendo feito um tour pela cidade, Thomas se separou de Uexküll e foi se encontrar com Katia em um café.

"Estou velha demais para esta viagem", disse Katia. "Acordei às três, me vesti e vim dar uma caminhada. A equipe que nos acompanha deve pensar que estou louca."

Quando ele e Katia entraram no hotel, Erika os esperava no saguão. A expressão em seu rosto era sombria. Ela nem mesmo os cumprimentou, apenas se aproximou deles rapidamente e depois se afastou, acenando para que a seguissem. A princípio, Thomas achou que não tinha ouvido direito, pediu que ela repetisse o que havia dito, ela balançou a cabeça.

"Não posso falar sobre isso aqui. Mas ele está morto. Klaus está morto. Ele tomou uma overdose."

Eles caminharam lentamente, sem falar, do saguão até o quarto de Katia.

"Por acaso eu estava deitada na cama", disse Erika. "Eu poderia estar caminhando lá fora."

"O telefonema era para você?", perguntou Katia.

"Não sei para quem foi. Foi transferido para o meu quarto."

"Você tem certeza? Eles tinham certeza?", perguntou Katia.

"Sim. Queriam saber o que fazer."

Enquanto ouvia, Thomas se perguntou se era possível que ela tivesse entendido mal.

"O que fazer?", perguntou ele.

"O funeral", disse Erika.

"Acabamos de saber da notícia", disse Katia. "Eles realmente querem que decidamos sobre o funeral?"

"Eles querem saber o que fazer", disse Erika.

Katia continuou mexendo nos anéis em seus dedos. Então começou a ter dificuldade de tirar um deles e suas mãos começaram a tremer.

"Por que você precisa tirar esse anel?", perguntou Thomas.

"Que anel?", ela perguntou.

Thomas olhou para Erika. Essa era a notícia que eles temiam, mas, agora que ela havia chegado, parecia falsa.

"Eles lhe deram um número para ligar?", perguntou Thomas.

"Sim", disse Erika, "está aqui."

"Podemos ligar de volta e garantir que é Klaus, que ele foi identificado?"

Katia falou como se não tivesse escutado.

"Não quero ver o caixão dele enterrado", disse ela. "Eu não quero testemunhar isso."

"Perguntei várias vezes se tinham certeza", disse Erika.

"E eles perguntaram sobre o que fazer?"

"Posso ir sozinha", disse Erika. "E então posso organizar tudo para que o funeral ocorra quando vocês chegarem."

"Você não pode ir sozinha", respondeu Katia.

Quando Thomas procurou confortar Katia, ela se afastou.

"Klaus está nos deixando há muito tempo", disse ela. "Já nos despedimos dele. Ou pensei que tínhamos nos despedido. Mas não consigo acreditar que isso aconteceu."

"A orquestra de Michael está por perto", disse Erika. "Acho que ele está em Nice."

"Ligue para ele", disse Katia. "Avise Golo e tentaremos encontrar uma maneira de entrar em contato com Monika. Vou ligar para Elisabeth. Por um segundo, estava pensando em qual de nós entraria em contato com Klaus, mas é ele que está morto. É difícil pensar que nunca mais o veremos. Mesmo agora, sua voz, para mim, está viva. Ele está vivo."

Ela parou por um momento.

"Ele ainda está vivo para mim. Estou velha demais para isso. Nunca vou acreditar."

"Estamos a apenas algumas horas de Cannes", disse Erika. "Podemos facilmente mudar nossos planos."

Ela olhou para Thomas, indicando que ele deveria dizer alguma coisa.

"Sua mãe é que deve decidir", disse Thomas.

"Mas o que você acha?", perguntou Erika.

"Acho que ele não deveria ter feito isso com Katia ou com você."

Nenhuma das duas respondeu e ele podia sentir sua desaprovação pelo que acabara de dizer. No silêncio que se seguiu, Thomas tentou conduzir a conversa de volta para assuntos práticos. E percebeu que ninguém havia mencionado Heinrich.

"Devemos ligar para Heinrich?"

"Não quero ligar para ninguém", disse Katia, "e não quero falar sobre os preparativos e não quero ouvir o que Klaus deveria ou não ter feito."

Durante a hora seguinte, eles esperaram na sala. Erika acendia cigarro atrás de cigarro, indo para a varanda quando o ar estava muito carregado de fumaça. Katia pediu chá, mas ignorou a bandeja quando chegou. Quando o telefone tocou, era Golo. Katia fez sinal para Erika falar com ele.

"Eles acham que foi uma overdose, mas como podem saber? Ele sempre tomava remédios para dormir. Sim, ontem. Ele morreu ontem. Eles estão tentando nos encontrar. Sim, deixou um bilhete com o nome da minha mãe e o meu nome e, não, nada mais. Ele foi levado às pressas de ambulância para o hospital, mas era tarde demais. Sempre soube que um dia seria tarde demais. Estamos todos chocados, mas nenhum de nós deveria estar surpreso..."

"Erika, não diga isso!", Katia interrompeu.

"O Mágico deve falar em dois ou três dias", disse Erika a Golo, ignorando a mãe. "Não sei se vamos ou não."

Thomas ouviu um "O quê?" muito alto vindo de Golo.

Erika passou o telefone para a mãe. Katia escutou por um tempo.

"Não me diga como me sinto, Golo!", disse ela por fim. "Ninguém deve me dizer como me sinto."

Ela devolveu o fone para Erika, que gesticulou para Thomas, perguntando se ele queria falar com Golo. Thomas balançou a cabeça.

"Ligarei de volta assim que tivermos mais notícias", disse Erika.

Thomas sabia que precisava dizer algo. Tudo o que precisava fazer era pedir a Erika que avisasse os organizadores na Suécia e na Dinamarca que ele partiria para a França assim que conseguissem um voo. E, nos próximos dias, ela poderia cancelar a viagem para a Alemanha. Iriam a Cannes ver onde Klaus morreu e depois seguiriam o caixão até o local do enterro. E então iriam para algum lugar tranquilo na Suíça ou voltariam para a Califórnia.

Trocou um olhar com Katia. Era óbvio que ela não ia dizer nada.

Tudo o que Thomas conseguia pensar era que Klaus poderia ter sido resgatado mais uma vez.

Quando se encontraram mais tarde, Erika insistiu que ele tomasse uma decisão. Thomas queria que Katia deixasse mais claro o que desejava fazer. Não tinha ideia de como falar com ela e nenhuma ideia do que ela queria. Era estranho, pensou, estar com alguém por quase meio século e não ser capaz de ler sua mente.

Durante o jantar, Erika comunicou a eles que havia verificado e que havia voos para Paris pela manhã. Katia, que não havia tocado na comida, deu um gole no copo d'água e fingiu não ter ouvido.

No saguão, Katia disse: "Não quero ser incomodada até de manhã".

"E os preparativos para o funeral?", perguntou Erika.

"Os preparativos para o funeral o trarão de volta?", perguntou Katia.

Erika ligou de manhã cedo para o quarto de Thomas para dizer que a mãe já estava tomando café. Ao se juntar a eles, viu que Katia estava com suas melhores roupas.

"Alguma coisa foi combinada?", perguntou ele.

"Nada", disse Erika. "Estamos esperando você resolver."

Um porteiro trouxe um bilhete para Erika; ela saiu da mesa. Thomas e Katia não se falaram enquanto Erika esteve fora. Quando a filha voltou, sentou-se na cadeira entre eles.

"Era o Michael. Ele está indo para Cannes."

"A tempo para o funeral?", perguntou Thomas.

"Não marcamos uma data para o funeral", respondeu ela.

Mais tarde, quando não encontrou Erika em seu quarto, Thomas desceu para o saguão. Sentado em uma das velhas poltronas, observando os hóspedes, lembrou-se do saguão do hotel em Saltsjöbaden anos antes, quando teve de importunar o gerente por causa de suas bagagens, do desespero para sair da Suécia antes que fossem apanhados pela guerra. Ele já havia se assegurado, àquela altura, de que Erika e Klaus estavam protegidos. E, quando chegou em Princeton, começou a resgatar os outros filhos, um a um. Mas tinha falhado em resgatar Klaus. Daria qualquer coisa para voltar no tempo e estar naquela viagem para os Estados Unidos. Queria estar em qualquer lugar do passado, para poder impedir o que acabara de acontecer; queria poder ter insistido para que Klaus viajasse para a Suécia e os acompanhasse até a Alemanha. Se sua mãe tivesse implorado, certamente ele teria aceitado.

Nesse momento, viu Katia sair do elevador e atravessar o saguão em direção ao pequeno café. Ela caminhava devagar, como alguém com dor. Katia se aproximou dele, mas não o viu. Ocorreu-lhe que talvez ele fosse a última pessoa no mundo que ela desejava ver agora.

Quando Carla se matou, ele teve que consolar a mãe. Quando Lula morreu, estava com toda sua família. Agora, apesar da presença de Katia e Erika, sentia-se sozinho. Não havia ninguém a quem pudesse recorrer. Katia e Erika também estavam sozinhas. Nenhum deles queria falar um com o outro, e nem ele nem Katia queriam fazer os preparativos para o funeral de Klaus, nem queriam que Erika assumisse essa tarefa.

De volta ao quarto, Thomas olhou para o maço de papéis que tinha sobre a mesa. Releu a última frase que havia escrito. Pareceu natural para ele acrescentar o que deveria ser adicionado. Então começou a trabalhar.

Erika não bateu. Já estava no meio do quarto quando ele se deu conta de sua presença. Ela suspirou quando o viu trabalhando.

"Providenciei para que ele seja enterrado em três dias", disse ela. "O funeral será na sexta-feira."

"Você informou sua mãe?"

"Sim, mas ela não fez menção de ter ouvido."

Ainda dava tempo, Thomas sabia, de pedir a Erika que organizasse voos para eles.

"O que você acha que devemos fazer?", perguntou ele.

"Minha mãe não está em condições de viajar."

Ele queria dizer a Erika que não acreditava nela, que esse era o tipo de coisa que ela começara a dizer sobre a mãe para poder exercer cada vez mais controle.

"Vou falar com ela."

Devia ser fim da manhã em Chicago. Quando Erika o deixou, Thomas ligou para Elisabeth, sabendo que sua mãe já havia lhe dado a notícia da morte de Klaus.

Ele disse a Elisabeth que eles não iriam para Cannes.

"Foi uma decisão de Erika?"

"Não."

"Minha mãe não quer ir?"

"Não tenho certeza."

"Então, você decidiu?"

"Não decidi nada."

"Alguém decidiu."

Quando a ligação terminou, Thomas desejou ter dito a Elisabeth que não conseguiria ver o caixão e segui-lo pelas ruas de Cannes, sabendo que Klaus jazia sem vida lá dentro. Mais do que isso, não conseguia encarar a perspectiva de Katia fazer aquela viagem, saindo do cemitério com Klaus enterrado, quando nenhum deles poderia lhe oferecer qualquer conforto. Sabia que era errado não ir. Se tivesse ficado falando por mais tempo, Elisabeth poderia tê-lo dito enfaticamente. Ele quase desejou que ela o tivesse feito. Desejou que outra coisa tivesse sido decidida, e então se percebeu desejando que nada disso tivesse acontecido, que nenhuma mensagem tivesse chegado avisando que Klaus estava morto.

À noite, Erika lhe disse que havia falado com Monika e de novo com Michael.

"O que Monika disse?"

"Você não precisa saber. Ela está em Nápoles e vem a Zurique para nos encontrar. Ela acha que não podemos viver sem ela."

"E Michael?"

"Ele estará no funeral."

"Sinto muito por ter titubeado tanto", disse ele.

"Você quer cancelar as palestras? Posso explicar o que aconteceu."

"Não, eu vou em frente. Se não der as palestras, não sei o que mais posso fazer."

"Ir para casa, talvez?"

"Essa é uma possibilidade."

"Devo falar com os organizadores?"

"Não, seguirei em frente conforme combinado."

Naquela noite, enquanto Thomas se preparava para dormir, Katia entrou em seu quarto e parou na porta.

"Alguém mandou a ligação de Heinrich para o meu quarto", disse ela. "Ele recebeu uma mensagem para ligar, mas não sabia por quê, então eu falei com ele."

"Sinto muito. Era eu quem deveria ter falado."

"Ele me disse que passou a ver a morte como uma coisa suave. Os mortos estão em paz, disse ele. E ficou na linha por um tempo e não falamos muito mais. Não precisávamos. Então nos despedimos. Pude ouvi-lo chorar enquanto desligava o telefone."

Uma semana depois, em Copenhagen, Thomas recebeu uma carta de Michael. Foi entregue em seu quarto. Ele ficou aliviado por não ter sido entregue a ele na sala de jantar. Ele não queria que Katia e Erika vissem.

"Meu caro pai", escreveu Michael, "eu estava lá quando baixaram o caixão de Klaus e toquei uma música para sua alma generosa enquanto o cobriam com terra. A beleza do local onde ele está enterrado tornou sua morte insuportável. Nada era reconfortante, nem o céu azul, nem o brilho do mar, nem a música. Nada.

"Você pode nunca ter notado isso, mas Klaus, mesmo sendo muito mais velho do que eu, não tentou ser um pai substituto para mim; em vez disso, sempre conseguiu ser meu irmão mais velho, um irmão que me ouviu e cuidou de mim quando ninguém mais o fez. Ele viveu a maior parte do tempo despercebido em sua própria casa. Lembro-me de como as opiniões dele eram bruscamente rejeitadas por você na mesa e lembro-me da mágoa do meu irmão ao ver que você não achava que as opiniões dele eram importantes.

"Tenho certeza de que o mundo é grato a você pela atenção total que deu aos seus livros, mas nós, seus filhos, não sentimos nenhuma gratidão, nem mesmo por nossa mãe, que se sentou ao seu lado. É difícil acreditar que vocês dois ficaram em seu hotel de luxo enquanto meu irmão estava sendo enterrado. Não contei a ninguém em Cannes que vocês estavam na Europa. Ninguém teria acreditado.

"Você é um grande homem. Sua humanidade é amplamente apreciada e aplaudida. Tenho certeza de que está desfrutando de elogios na Escandinávia. É bem provável que dificilmente lhe incomode o fato de esses sentimentos de adulação não serem compartilhados por nenhum de seus filhos. Enquanto me afastava do túmulo de meu irmão, gostaria que você soubesse como me senti profundamente triste por ele."

Thomas colocou a carta sob um livro em sua mesa de cabeceira. Mais tarde, a leria ainda uma vez e a destruiria. Se Katia e Erika descobrissem que uma carta havia sido enviada e perguntassem a ele a respeito, diria que não havia recebido.

No aeroporto de Zurique, eles foram recebidos por Michael, que sorriu amarelo para o pai e abraçou a mãe e a irmã. Enquanto se dirigiam para um carro, viram que Monika estivera parada nas sombras o tempo todo. Ignorando Erika e a mãe, Monika foi até o pai e o abraçou às lágrimas.

"Não é hora de chorar, Monika", disse a mãe.

"E quando é?", perguntou Monika. "E quem decide?"

"Eu decido", disse Erika.

Naquela noite, no hotel, Erika e Michael haviam reunido para Thomas uma seleção de recortes da imprensa alemã sobre sua iminente visita ao país e sua possível visita à parte Oriental. A maioria dos artigos destilavam ódio. Thomas ficou particularmente intrigado com aqueles que o criticavam por não ter permanecido na Alemanha, como outros haviam feito, em seu tempo de dificuldade.

"Eu não estaria vivo se tivesse ficado na Alemanha", disse ele.

Logo Katia se juntou a eles, com uma expressão estoica e resignada, e em seguida chegou Monika, ainda chorando.

"Monika", disse Katia, "falei que não quero choro."

Katia anunciou que todos deveriam se comportar bem porque Georges Motschan estava para chegar. Thomas conheceu Motschan brevemente antes da guerra, quando ele veio, seguindo as instruções de seu pai rico, oferecer ajuda aos pais de Katia para que buscassem refúgio na Suíça. Depois que os pais de Katia deixaram a Alemanha, ele se tornou correspondente regular de Katia, sempre deixando claro que estaria pronto para cuidar dos Mann caso decidissem morar na Suíça.

"Ele é uma pessoa muito civilizada", disse Katia. "Meus pais o adoravam."

Quando Georges chegou, a atmosfera mudou. Os garçons ficaram ainda mais atentos e o gerente do hotel se apresentou à mesa para garantir o conforto de todos os convidados.

Georges Motschan tinha trinta e poucos anos, era alto e se vestia muito bem. Thomas se perguntou se seria correto descrevê-lo como polido, como uma elegante peça de prata com elaborados entalhes e filigranas. Porém, quando Georges falava, não parecia mais uma peça de decoração; a voz era profunda, autoritária e viril. Era evidente por sua postura que Georges era rico, mas ele exalava algo além, algo que Thomas quase havia esquecido. Edgar von Uexküll também tinha um pouco disso, mas nele o encanto havia se quebrado, enquanto em Motschan brilhava com força. Motschan, e isso era óbvio para Thomas, tinha vivido em meio a livros, pinturas e música, eram para ele coisas naturais, da mesma forma que tinha sido cuidado por criados e tinha suas refeições preparadas por outros. Era diferenciado, e tinha um leve sopro de arrogância. Até a maneira como se sentava à mesa e tomava seu chá, observou Thomas, vinha de gerações forjadas no conforto suíço. Thomas quase riu alto quando percebeu o quanto Monika parecia estar impressionada com o jovem. E então percebeu que Katia e Erika também estavam olhando para Georges Motschan.

Quando Georges viu os recortes de jornal sobre a mesa, examinou-os e deu de ombros.

"Não devemos prestar atenção", disse ele. "A malícia dos alemães não deve ser considerada."

Ele então deixou claro que não vinha para uma visita social, mas para oferecer seus serviços.

"O problema na Alemanha Ocidental e Oriental é como chegar e partir. Você não pode ficar aguardando nas estações de trem. Na parte Oriental, não pode ser visto em um carro oficial. Meu Buick, que serve bem ao meu propósito pelo menos nas estradas suíças, pode ser a melhor maneira de viajar, e estou à disposição para ser seu motorista. Estou até pronto para usar um uniforme, caso seja necessário."

"Acho que você está muito bem do jeito que está", disse Katia.

Thomas percebeu que ela estava flertando abertamente com o jovem.

Ficou combinado que Motschan levaria Thomas e Katia a Vulpera, para que descansassem no Eglantine, e depois os recolheria e os levaria de carro a Frankfurt, Munique e, se decidissem, Weimar. Erika iria para Amsterdam, Monika voltaria para a Itália e Michael continuaria a turnê com sua orquestra.

Quando Motschan dirigiu até o Schweizer Hof, em Vulpera, Thomas quase se sentiu tentado a perguntar se ele não ficaria com eles pelo menos por um dia. Queria lhe falar sobre a visita à Alemanha.

"Não sei que tipo de recepção terei. Nem sei por que estou indo."

"O que você deve ter em mente é que não pode vencer", disse Motschan. "Se ficar na Califórnia, vão te odiar. Se voltar, vão te odiar por ter estado na Califórnia. Se você visitar apenas cidades no lado Ocidental, será chamado de fantoche americano. Se for no lado Oriental, eles o chamarão de camarada. E todos vão querer que você visite algum santuário, alguma prisão, algum local onde aconteceu uma atrocidade. Ninguém ficará satisfeito, exceto você, e você só ficará satisfeito porque, em pouco tempo, vai retornar à Califórnia. A guerra acabou, mas ela lançou uma longa sombra e há muitos ressentimentos, e, durante sua visita, o ressentimento será direcionado a você."

Uma vez no hotel, Georges chamou discretamente o gerente. Thomas o notou entregando uma grande nota ao porteiro. Tendo apresentado o gerente aos Mann e trocado uma palavra discreta com ele, Georges preparou-se para partir.

"Seu nome não está no registro do hotel. Os quartos estão em meu nome. É importante que ninguém possa encontrá-lo.

Se alguém vier procurar por você, provavelmente um repórter, não vai encontrá-lo."

Enquanto subiam pelo elevador, Thomas pensou que não seria surpresa se Katia insistisse que estava cansada e que preferia jantar sozinha. Em vez disso, porém, ao se aproximarem de sua porta, ela disse que seria bom se jantassem só os dois.

Ao observar o vale da sacada de seu quarto, ocorreu a Thomas que teria interessado a Klaus a primeira viagem de seu pai de volta à Alemanha. E que teria sido bom ao final de cada noite tomar um drinque no hotel com Katia e Klaus, com Klaus comentando os discursos e os representantes do governo e o tom da multidão. Essa nova Alemanha, surgindo em duas zonas distintas, era um experimento que daria um bom assunto para o tipo de livro que Klaus poderia ter escrito.

De certa forma, pensou Thomas, já estava muito velho para toda essa mudança. Queria mesmo era estar em seu escritório, já estava até pensando num romance novo que poderia escrever e esperava viver o suficiente para completá-lo. Já vira o suficiente da Alemanha para uma única vida. Essa nova Alemanha teria que nascer sem sua presença ou a presença de seu filho.

Durante o jantar, Katia lembrou-lhe que Georges havia nascido na Rússia e falava russo tão bem quanto alemão, francês e inglês.

"A família vale uma fortuna."

"Nunca soube de onde vinha o dinheiro."

"Começou com roupas de pele", disse ela. "Por isso moravam na Rússia. Agora eles têm, como Georges explicou para minha mãe certa vez, dinheiro que dá dinheiro. E, como muitos suíços, seu pai se saiu bem durante a guerra."

Uma semana depois, Thomas e Katia foram de trem de Zurique a Frankfurt enquanto Motschan viajava de carro com a bagagem.

Cartas com ameaças haviam sido enviadas a jornais alemães e, por isso, a polícia suíça os acompanhou até o vagão, tornando-os altamente visíveis. Em Frankfurt, enquanto eram levados rapidamente por uma escolta policial para a casa de hóspedes oficial da cidade em Kronberg, puderam ver os escombros amontoados entre os prédios. Ruas inteiras pareciam estar faltando. O próprio céu era de um cinza mortiço e sombrio, como se também tivesse sido bombardeado e desprovido de todas as suas cores. Os quarteirões pelos quais passavam estavam totalmente destruídos; havia apenas poças e lama seca onde antes havia prédios comerciais. E mesmo as figuras solitárias tentando andar nas superfícies não pavimentadas pareciam abandonadas e desamparadas.

Thomas segurou a mão de Katia quando chegaram a um cruzamento onde havia prédios arruinados. De alguma forma, essa visão era mais direta e gráfica do que a cena da destruição total. O que havia sobrevivido, mesmo com as janelas quebradas e os telhados caídos, dava a eles uma noção do que um dia tinha existido ali. Thomas observou um prédio cuja parede frontal inteira havia sido destruída, deixando cada andar visível como se fosse uma apresentação teatral elaboradamente estratificada. Podia ver os aquecedores ainda presos à parede no primeiro andar, como uma paródia de seu propósito pré-guerra.

Quando Motschan apareceu, combinaram com todos os jornalistas reunidos que Thomas não daria entrevistas até o dia seguinte.

Naquela noite, na grande recepção, Thomas se movia como se estivesse numa espécie de sonho. As pessoas perguntavam se ele se lembrava delas de leituras, jantares e conferências de muito tempo atrás. Tudo o que ele conseguia fazer era sorrir e certificar-se de que Katia estava a seu lado. Thomas perguntou algumas vezes a Motschan se Ernst Bertram, a quem ele havia contatado, estava presente. Não tinha interesse em reencontrar Bertram, mas, nessa confusão, com homens e mulheres tentando tocá-lo ou chamar sua atenção, até que gostaria de ver Bertram vindo em sua direção.

Pela manhã, ao falar com a imprensa, todas as perguntas giraram em torno da possibilidade de ele visitar o lado Oriental, que estava sob controle soviético. Ninguém ficou satisfeito quando respondeu que não havia se decidido. Quando ficou acertado que haveria uma última pergunta, uma voz do fundo do grupo perguntou-lhe se pretendia voltar de vez à pátria, agora que estava livre.

"Sou um cidadão americano", disse ele, "e voltarei para minha casa nos Estados Unidos. Mas espero que esta não seja minha última visita aqui."

Naquela noite, na Paulskirche, ao receber o prêmio Goethe, ele notou uma delegação da Alemanha Oriental na primeira fila. Ao final de seu discurso, houve uma ovação de pé. Se não era bem-vindo aqui, pensou, então as autoridades haviam descoberto uma maneira perfeita de disfarçar.

Quando, depois de um jantar, finalmente chegaram à casa de hóspedes, Motschan o informou que um amigo também estava hospedado lá e desejava falar com ele antes que se retirasse para o quarto. Por um momento, Thomas presumiu que o amigo fosse Bertram. Ao ouvir o nome, Katia disse que preferia não ter que encontrar mais ninguém naquela noite. E foi para o quarto dela.

Thomas preparou o que diria a Bertram, como começaria a conversa, mas quando Motschan o conduziu a uma pequena sala de recepção, quase um escritório, a princípio não reconheceu o homem que o esperava e se apresentou com um sotaque americano. Tinha um corte militar e queixo quadrado.

"Faz anos desde que nos conhecemos", disse o homem. "Sou Alan Bird. Nos conhecemos em Washington em um jantar oferecido por Eugene e Agnes Meyer. Acho que discutimos assuntos bastante acalorados. Para mim, foi lendário. Trabalho para o Departamento de Estado."

Thomas lembrou-se de seu nome e lembrou-se de ter suspeitado dele naquela época.

Bird indicou a Thomas que ele deveria se sentar; e fez um sinal para Motschan de que deveria fechar a porta atrás de si ao sair. Thomas ficou intrigado com seu ar de quem tinha uma intenção clara. Bird era, pensou, como um cão faminto. Resolveu falar o menos possível.

"Minha missão é simples", disse Bird. "Represento o governo dos Estados Unidos e estou aqui para dizer que não queremos que você viaje para a Alemanha Oriental."

Thomas assentiu e sorriu.

Bird abriu a porta rapidamente, verificando se não havia ninguém do outro lado antes de fechá-la. Quando voltou a falar com Thomas, passou do inglês para o alemão fluente, impecável exceto por alguns pequenos erros de pronúncia. Começou a falar como se lesse um roteiro.

"As relações entre nós e os soviéticos estão se deteriorando. Eventos como esta noite e sua visita a Munique são úteis para nós. Um passo além da fronteira, no entanto, será um golpe de propaganda para eles. Será noticiado no mundo todo."

Thomas assentiu novamente.

"Posso considerar que está entendido?", perguntou Bird.

Thomas não respondeu.

"Eu vi a delegação da Alemanha Oriental lá esta noite", continuou Bird. "Um grupo obscuro. Da nossa parte, o melhor seria você dar uma coletiva de imprensa pela manhã dizendo que não irá para a Alemanha Oriental até que ela seja livre, com eleições livres, imprensa livre, liberdade de movimento e sem presos políticos."

Thomas prosseguia em silêncio.

"Preciso do seu consentimento", disse Bird.

"Sou um cidadão americano", disse Thomas. "Acredito em muitas liberdades, incluindo minha própria liberdade de visitar meu próprio país."

"A Alemanha Oriental não é o seu país."

Thomas cruzou os braços e sorriu.

"Enquanto cidadão americano, continuo sendo um escritor alemão, fiel à língua alemã, que é meu verdadeiro lar."

"Há muitas palavras nessa língua que as pessoas não conseguem pronunciar na Alemanha Oriental."

"Se eu visitar, direi o que quiser. Não há restrições."

"Não seja ingênuo. Se você atravessar a fronteira, tudo o que fizer será restrito."

"Você está tentando me restringir?"

"Estou tentando trazê-lo à razão. Eu represento um país que resgatou você e sua família do fascismo."

"Goethe nasceu aqui em Frankfurt, mas viveu toda sua vida em Weimar. Não me interessa se Weimar ficou na Alemanha Ocidental ou Oriental."

"Weimar é Buchenwald. Isso é o que Weimar é."

"E Munique é Dachau? Todas as cidades alemãs estarão contaminadas? Não posso reclamar a palavra 'Weimar', devolvê-la à língua como pertencente a Goethe?"

"Buchenwald não está vazio. É onde os comunistas agora têm seus prisioneiros, milhares deles. Vai fingir não ver quando passar por lá? É isso que Goethe teria feito?"

"O que você sabe sobre Goethe?"

"Eu sei que ele não gostaria de ser associado a Buchenwald."

Thomas não respondeu.

"Não queremos que você vá", continuou Bird. "Se você for, os Estados Unidos serão um lugar mais frio em seu retorno."

"Você está me ameaçando?", perguntou Thomas.

Eles se entreolharam com aberta hostilidade.

"Estarei em Munique para seu discurso", disse Bird ao se virar para sair. "Espero que tenha caído em si até lá."

"Você está me vigiando, então?"

"Depois de Einstein, você é o alemão mais importante vivo. Seria negligente da nossa parte não saber o que você está fazendo."

Georges Motschan os conduziu com autoridade principesca de Frankfurt a Munique. Sua voz era poderosa o suficiente para ser ouvida claramente no banco de trás.

"Não gostei do tipo daqueles homens da Alemanha Oriental ontem à noite. Não gostaria de tê-los como guardas."

"Seu sotaque me lembra Davos", disse Katia. "Você quase me faz sentir falta do sanatório."

"Claro, como sabemos por A *montanha mágica*", respondeu Georges, "aquelas clínicas eram pequenas fábricas de matar pessoas com grandes despesas. Como vocês dois foram sábios em partir!"

O que era estranho, pensou Thomas, era que, apesar da constante bajulação dirigida ao seu trabalho, era em Katia que Georges estava interessado; era ela que Motschan procurava impressionar. Ele havia ajustado o retrovisor do carro para poder ver o rosto dela enquanto falava.

Georges, pensou Thomas, tinha um jeito de cativar os outros sem ser minimamente obsequioso. Suas boas maneiras eram perfeitas. Ele parecia saber o quanto deveria falar e que assuntos deveria abranger e que tom adotar. Estar com ele lembrava a

Thomas aqueles primeiros dias em Munique, quando estivera na companhia de jovens artistas arrogantes, sabendo que ele próprio era um tímido provinciano. Georges Motschan, com todo seu tato cuidadosamente calibrado, fazia com que ele se sentisse não apenas provinciano, mas também velho e fora de moda.

Ele se consolava no banco de trás do carro sonhando com a aparência de Georges em algum quarto bem decorado quando estivesse nu, com a luz da neve, azul e branca, entrando pela janela.

Pela manhã, quando Georges lhes perguntou se, ao chegarem a Munique, desejavam visitar a casa na Poschingerstrasse, ambos responderam imediatamente que não. Quando, sorrindo, perguntou-lhes se havia alguma coisa que desejavam ver em Munique, ambos também disseram que não.

"Queremos ir para o hotel", disse Katia, "ficar lá, participar do evento e do jantar e depois sair de manhã."

No centro da cidade, havia crateras nas estradas, então tiveram que seguir muito devagar. Passaram por ruas fantasmagóricas. Nenhum prédio estava intacto, alguns estavam em total ruína, um ou dois estavam de pé, mas com buracos e janelas quebradas e portas lacradas com tábuas.

Thomas apontou para um prédio meio arruinado, com vigas enferrujadas aparecendo por entre montes de cascalho. Pensou reconhecê-lo, e declarou que estavam dirigindo pela Schellingstrasse; Katia insistiu que não poderia ser a Schellingstrasse.

"Eu andava aqui todos os dias. Conheço todas essas ruas."

Quando o carro avançou, viram uma placa em um prédio de esquina meio demolido com canos de água espirais saindo dele como tripas, que dizia Türkenstrasse.

"Devia ter reconhecido esse prédio", disse Katia, "mas pensei que fosse em alguma outra esquina. Estou confusa agora."

Thomas percebeu que eles estavam se aproximando da Arcisstrasse. Sabia os nomes de cada rua que levava até ela, mas não conseguia identificar claramente nenhuma. Foi só quando passaram pela Alte Pinakothek que ele conseguiu se orientar com mais segurança. Quando chegaram à esquina da Arcisstrasse, Thomas viu o prédio nazista que havia substituído a casa dos pais de Katia.

"É onde ficava a nossa casa", disse Katia. "Eu não teria vindo aqui de bom grado, mas estou feliz por ter visto isso."

Thomas pensou nas noites de ópera, no glamour, na opulência. Onde estavam todas aquelas pessoas agora? Onde viviam as que tinham sobrevivido à guerra? Munique seria reconstruída e, conforme Georges dirigia, dava para ver sinais da reconstrução. Mas quanto tempo será que levaria. Tudo o que sabia era que não viveria para testemunhar isso. Essa era a cidade que Klaus tinha visto no fim da guerra. Thomas quase chorou ao pensar na alegria que Klaus teria sentido ao saber que Munique voltava à vida.

Quando pensou a respeito de ir à Alemanha Oriental, a imagem de Heinrich veio à sua mente. Sabia que os líderes comunistas ainda estavam interessados que seu irmão voltasse para a Alemanha e vivesse permanentemente no lado Oriental. Assim como a Alemanha estava dividida, ao que parecia, os irmãos Mann também o estavam.

Thomas prestava homenagem ao poder dos Estados Unidos e tinha se beneficiado da generosidade do país. Naturalmente seria considerado leal ao Ocidente. Heinrich, cujas credenciais de esquerda eram impecáveis, não se tornara famoso nos Estados Unidos e não se sentia pressionado a fazer favores ao país.

Thomas decidiu que não receberia ordens americanas de onde não ir na Alemanha. Considerou o pedido de Alan Bird de que desse uma entrevista coletiva para anunciar que não entraria no lado Oriental. Mesmo que se recusasse a fazer isso e mantivesse silêncio sobre sua decisão, os americanos certamente vazariam. Então, seria espalhada a notícia de que Thomas Mann era comandado por seus mestres ianques.

Se recusasse o convite para ir ao lado Oriental, sabia que seria desprezado por seus colegas escritores alemães, inclusive por seu próprio irmão. Seria denunciado como um fantoche americano, como Georges havia avisado. Tinha que escolher entre ser difamado como um escritor que havia trocado sua honra por influência em Washington e conforto na Califórnia ou ser visto pelos americanos como profundamente ingrato e desleal. Ocorreu-lhe claramente que ficaria mais contente em ser ingrato e desleal. Viajaria para o lado Oriental se quisesse.

Na manhã seguinte, mais uma vez, a coletiva de imprensa se concentrou em sua proposta de visita ao lado Oriental. Ele notou Alan Bird sozinho, sentado em uma pose relaxada em uma das fileiras de trás, os cotovelos apoiados nas cadeiras de cada lado. Thomas sorriu e fez uma reverência. Se fosse a Weimar, disse aos jornalistas, seria para enfatizar a unidade essencial da Alemanha. Como a língua alemã não era separada em zonas, ele não via razão para não visitar todas as partes da Alemanha.

Ao final da coletiva de imprensa, quando lhe foi feita uma pergunta precisa sobre suas intenções, ele deu a entender que havia, de fato, decidido o que fazer. Visitaria Weimar. Olhou para Alan Bird e fez uma reverência antes de ser acompanhado para fora da sala por Georges Motschan, que estava nos bastidores como seu protetor.

Katia e ele sentaram-se para almoçar, comentando sobre o que tinha também lhes chamado a atenção em Frankfurt: o cardápio suntuoso. Mesmo no Savoy, em Londres, onde haviam se hospedado, o cardápio era restrito por causa do racionamento do pós-guerra. Isso não parecia estar acontecendo na Alemanha. Thomas achou estranho que as ruas estivessem tão vazias e, ainda assim, o suprimento de comida tivesse sido restaurado. Talvez fosse apenas em hotéis.

"Seremos forçados", Thomas sussurrou para Georges quando entraram no salão de banquetes naquela noite, "a apertar mãos carnudas que não muito tempo atrás estavam pegajosas de sangue."
Enquanto em Frankfurt a aura de conforto e bom humor lhe parecera meramente desagradável, aqui, por se tratar de sua própria cidade, isso o perturbava profundamente. Em seus sonhos, esperava o surgimento de uma Alemanha em que um jantar como aquele fosse frequentado por uma nova geração ansiosa e pronta para recriar a democracia. Mas todos no salão de banquetes pareciam de meia-idade e bem alimentados demais, assim como alegres e à vontade. Quanto mais vinho e cerveja eram consumidos, mais altas as vozes se tornavam e mais febris eram os risos. Foi servido um prato de sopa, seguido de algum tipo de peixe, depois vieram vários pratos de carne, incluindo travessas de porco e rosbife. Thomas observava enquanto os homens ao seu redor, figuras que agora detinham o poder em Munique, aproveitavam cada prato, o sujeito sentado diante de Thomas pedindo avidamente que mais molho fosse derramado sobre sua carne.
Podia, em sua mente, ouvir Klaus no hotel falando com fervor sobre o livro que escreveria chamado *A nova Alemanha*, no qual faria justiça à atmosfera deste salão. Katia, à sua direita, estava sendo entretida por Georges Motschan. Nenhum deles parecia prestar atenção em mais ninguém. Uma vez que o homem à sua esquerda, uma espécie de funcionário de alto escalão, não falou nada interessante quando conversaram pela primeira vez, Thomas não viu razão para continuar a entretê-lo. Então simplesmente ficou sentado em seu lugar, mexendo em sua comida, enquanto mais e mais pratos chegavam.

Pensou na Munique que conhecera, a cidade dos jovens artistas e escritores, dos debates apaixonados nos cafés noturnos, a cidade dos pais de Katia, tão aberta à alta excentricidade quanto à alta cultura. Nesse velho mundo todos eram famosos, tanto o poeta que publicava em uma revista vagabunda era famoso por seus versos, quanto o artista que havia feito algumas xilogravuras era reconhecido na rua. Munique era uma cidade em que corriam boatos sobre todos; era uma metrópole mais engajada socialmente, sexualmente descuidada, um local onde a inflação só aumentava e até o dinheiro deixava de ser sólido.

O dinheiro, ele pensou, era sólido aqui neste salão. Enquanto a sobremesa era servida, com garçons carregando enormes tonéis de creme para cobrir tortas e mais tortas, ele de repente se deu conta de onde estava. Em vez da Munique de almas delicadas e texturas sociais exaltadas, o que se tinha era a grosseria do vilarejo bávaro vindo para a cidade. As pessoas ali presentes estavam tão à vontade que, depois de um tempo, ninguém mais deu muita atenção a ele, o convidado de honra. Thomas observou suas bocas se abrindo em uma risada crua, a arrogância em seus gestos, a maneira grosseira e rude com que lidavam uns com os outros. Eles e sua espécie iriam prevalecer, pensou. Poderia falar sobre Goethe o quanto quisesse, mas este era o futuro.

Thomas não viu razão para formalizar sua partida. Indicou a Motschan que ele e Katia escapariam de fininho. Quando se levantaram para partir, no entanto, viu Alan Bird, flanqueado por dois outros homens em ternos de estilo americano, movendo-se como se fosse emboscá-los.

"Não quero ver aquele homem de novo", disse a Motschan.

"Dê meia-volta", Motschan sussurrou, "Caminhe rapidamente em direção àquela porta que leva ao banheiro. Há uma saída lateral lá. Não pare."

Conforme os americanos se aproximavam, Thomas se afastou. Tentou dar a impressão de que era um homem indo ao banheiro. Assim que saiu do salão, Katia e Motschan o seguiram, e Motschan os conduziu para fora.

"Será mais fácil se caminharmos até o hotel. Eles estão muito conscientes da má publicidade para assediá-lo ainda mais."

Ficou combinado pela manhã que suas bagagens seriam levadas sem cerimônia para o Buick, que então daria a volta até os fundos e as recolheria lá. Eles passariam a noite em Bayreuth e depois seguiriam para a Alemanha Oriental.

Em Bayreuth, no Bayerischer Hof, Motschan exigiu que os amigos fossem tratados com toda a devida deferência, assim, o gerente não os deixou em paz, vindo repetidamente à mesa para perguntar se desejavam mais alguma coisa. De manhã, Thomas esperava que pudessem sair antes que o gerente reaparecesse, mas ele já os aguardava ao final da escada, e os acompanhou até a sala de café da manhã e depois ficou no saguão enquanto a bagagem era retirada.

"Tenho um pedido", disse. "Significaria muito para nós se você assinasse o Golden Guest Book. Seria um grande privilégio."

O homem guardava o livro em um estande no saguão.

"Não costumamos exibi-lo", disse ele. "Mas este é um dia muito especial para nós."

O gerente segurou a página aberta e deu uma caneta a Thomas. Ele assinou seu nome e colocou a data, mas, ao folhear as páginas anteriores, descobriu que estavam em branco.

"Deixamos dezesseis páginas em branco", disse o gerente, "uma para cada ano de seu exílio."

Thomas voltou mais páginas até chegar aos nomes das pessoas que já haviam assinado o livro, cada uma com sua própria página. E viu páginas assinadas por Himmler, Göring e também Goebbels.

"Empresa ilustre", disse ao gerente, que, esfregando as mãos, conseguia parecer ao mesmo tempo satisfeito e preocupado.

No carro, Georges ficou indignado.

"Deveriam ser obrigados a queimar esse livro. É uma de suas habilidades. Eles sabem como queimar livros."

"Por favor, tire-me deste país o mais rápido possível", disse Thomas.

Motschan explicou que tinha recebido instruções sobre por qual acesso da fronteira deveriam seguir.

"Se eu recebi essas instruções, a imprensa também recebeu", disse ele. "Mas há outro caminho para atravessar, onde não seremos notados."

"Você acha que deveríamos vir morar na Suíça?", Thomas perguntou a Motschan.

"Por que acha que estou cuidando de vocês dois com tanto cuidado?", perguntou Motschan, rindo. "Esta é uma amostra do que a Suíça faria por vocês se voltassem. Eu represento a nação, mas melhor não colocar nesses termos. Represento o espírito suíço, o que também não é o mais acertado a dizer. Talvez seja mais apropriado dizer que represento um cantão literário da Suíça que ficaria honrado em tê-los entre nós."

Na fronteira, foram detidos por um grupo de jovens soldados russos que pareciam estar alarmados com o aparecimento do Buick. Enquanto alguns deles bloqueavam a passagem do carro, outros correram até um galpão próximo. Um soldado russo grande e mais velho espiou para fora do galpão e depois veio em direção ao carro. Motschan saiu. Thomas baixou a janela para que pudesse ouvir o amigo falando russo.

Ele o fez com uma confiança suprema. O oficial russo estava aparentemente exigindo que Georges voltasse e cruzasse a fronteira mais ao norte. Motschan balançava a cabeça e apontava para a frente, indicando que pretendia atravessar a fronteira em direção a Weimar por aquela passagem.

"É assim que a Rússia devia ter sido quando eles tinham

servos", disse Thomas quando alguns dos soldados mais jovens, meros meninos, começaram a examiná-los sem cerimônia pela outra janela.

"É por isso que eles atiraram em todos os aristocratas", respondeu Katia enquanto Motschan fazia um sinal conciso para os soldados indicando que deveriam sair do caminho. Quando um dos soldados se aproximou dele e falou agressivamente, Georges o cutucou no peito com o dedo. E então voltou para o carro e ligou o motor.

Depois de terem percorrido certa distância, foram novamente detidos por soldados, mas desta vez para avisá-los de que cinco minutos adiante haveria uma recepção oficial, e dali seriam acompanhados por uma cavalgada até o seu destino.

Ocorreu a Thomas que, se tivessem decidido não viajar para a Europa, Klaus poderia não ter tentado o suicídio. Talvez fosse a própria perspectiva dos pais se aproximarem dele que o tinha deixado desesperado. Thomas tinha certeza de que Katia já havia pensado nisso, e talvez Erika também, e talvez até os outros. Não entendia por que havia demorado tanto para enxergar esse ponto.

Ouviu aplausos e, então, viu que as pessoas, inclusive crianças, haviam se alinhado nas ruas e acenavam para o carro.

Em Weimar, um andar inteiro do hotel foi reservado para eles; e eles eram guardados por policiais uniformizados e alguns corpulentos homens de terno. No primeiro almoço, Thomas se viu sentado ao lado do general Tiulpanov, comandante de Berlim Oriental. O general era fluente em alemão. Em seu rosto, Thomas percebeu, mil anos de história russa haviam sido despejados. Foi inteligente da parte do general, pensou, limitar a conversa à literatura russa e alemã, falando com ele sobre Púchkin e Goethe.

Quanto mais se mantivessem no passado, acreditava Thomas, mais seguros estariam.

Queria perguntar ao general se ele sabia da presença de Goethe na cidade e como era estranho que o poeta tivesse se inspirado na própria paisagem onde foi criado o campo de concentração de Buchenwald.

Mas a mente do general estava em outro lugar. Ele sorriu de súbito, olhando ao redor da sala e exalando um charme surpreendente, como um homem que desejava apenas alegria para seus companheiros mortais, o general se levantou e a sala ficou silenciosa. Ele fechou os olhos e começou a recitar:

Pelas doutrinas por nós ensinadas
Não nos censure indevidamente:
Se aí dentro as respostas forem buscadas
Você as entenderá verdadeiramente.

Quando parou, Thomas, sem se levantar, empostou a voz e assumiu a declamação:

Ali encontrará a mensagem já tão lida:
O homem, espanto de autocomplacência,
Busca sempre a própria permanência
Seja aqui na terra ou além desta vida.

Eles se revezaram até que o poema de Goethe terminasse. Houve aplausos entusiasmados. Até os garçons, Thomas percebeu, se juntaram à ovação.

Naquela noite, quando falou de Goethe e da liberdade humana, Thomas não tinha certeza do que significavam os aplausos e a ovação. Por alguns momentos, se perguntou se isso significava que o público estava feliz por alguém de fora ter vindo para o lado Oriental, diminuindo assim sua sensação de isolamento iminente. Ou, continuava a questionar, tinham recebido instruções para aplaudir? Então, Thomas foi tomado pela força dos aplausos, os rostos sorridentes, os altos elogios.

Mais tarde, no hotel, percebeu que Katia e Motschan não compartilhavam de sua euforia.

"Aquele general", disse Motschan, "governará o mundo ou será chamado de volta e fuzilado."

No dia seguinte, enquanto Georges e Katia seguiam no Buick o carro oficial em que estava Thomas, com a multidão aplaudindo mais uma vez ao longo do percurso, ele quase sentiu prazer em imaginar a ironia da resposta de seus companheiros a todo esse calor. E supôs que Georges e Katia o consideravam tolo por acenar com tanto entusiasmo para as pessoas que ladeavam as ruas e por aceitar a oferta de um carro oficial para esta etapa da viagem.

Sabia, como eles sabiam, que Weimer era Buchenwald agora e que o general, tão amigável e culto, estava, como Alan Bird lhe dissera, mantendo prisioneiros no mesmo campo onde os nazistas haviam matado tanta gente. Eles sabiam que Goethe havia sonhado com muitas coisas, mas nunca poderia ter imaginado Buchenwald. Nenhum poema sobre amor, natureza ou homem jamais serviria para resgatar este lugar da maldição que recaíra sobre ele.

18. Los Angeles, 1950

Nos escritórios do FBI, havia arquivos sobre ele, seu irmão, sobre Erika e Klaus. Esses arquivos, repletos de suspeitas, rumores e insinuações, seriam o registro de seu tempo nos Estados Unidos. Talvez houvesse um arquivo sobre Golo também, se ler muitos livros pudesse ser visto como antiamericano. Talvez até Monika o tivesse, se gritar bem alto do lado de fora do escritório de um escritor pudesse ser considerado uma possível ofensa federal.

Na Europa, acreditava, assim como arquivos, eles tinham memórias. Lembravam da postura que Heinrich havia assumido durante a Primeira Guerra Mundial e durante a Revolução de Munique, de seus discursos e artigos que buscavam impedir a ascensão de Hitler, e do trabalho que ele fez pelas causas da esquerda no exílio.

Durante seu curto período na Alemanha Oriental, Thomas notou coisas que poderia contar a Heinrich em seu retorno, como a sensação de que a multidão agitando bandeiras nas ruas poderia estar lá sob coação. Mas Heinrich não queria saber da viagem do irmão à Alemanha. Se Thomas mencionava isso, Heinrich mudava de assunto.

Os alemães orientais concederam a Heinrich o Prêmio Nacional Alemão de Arte e Literatura e o convidaram mais de uma vez para morar em Berlim Oriental. Ele receberia uma secretária, um motorista e um apartamento confortável, além de um generoso estipêndio. Seus livros já estavam vendendo bem no novo Estado.

Nos Estados Unidos, os livros de Heinrich estavam esgotados. Se ainda era conhecido, era como o autor do romance que havia sido adaptado às telas como O *anjo azul*, e também como irmão de Thomas Mann. Em seu apartamento, havia um balcão em vez de uma sala de jantar. Heinrich se referia a isso regularmente como um sinal de como as coisas estavam ruins. Apesar de suas opiniões de esquerda, nunca deixara de ser filho de um senador em Lübeck.

Heinrich decidiu que aceitaria o convite da Alemanha Oriental e deixaria a Califórnia para sempre, lembrando a Thomas que ele não teria muita bagagem, pois muitas das suas coisas haviam sido penhoradas por Nelly e ele não tinha nenhuma preocupação em recuperá-las.

Naqueles últimos dias de inverno, enquanto planejava sua partida, Heinrich falou sobre a possibilidade de escrever uma peça sobre Frederico, o Grande, mas se preocupava com o fato de que, com quase setenta anos, já estivesse velho demais para o intento. Parte da antiga empolgação voltou, entretanto, quando Heinrich releu os escritores de quem mais gostava — Flaubert, Stendhal, Goethe, Fontane. Quando falava com Thomas sobre as cenas dos livros desses escritores, parecia tão entusiasmado quanto quando eram jovens e estavam em Palestrina.

"Você pode pedir a esses comunistas que tragam Effi Briest e Emma Bovary para mim quando eu chegar a Berlim?", perguntou a Thomas. "Vou precisar de boa companhia."

Mimi morrera em Praga depois da guerra. Ela nunca tinha conseguido se recuperar de seu encarceramento em Terezín. Às vezes, Heinrich repassava seus anos de felicidade com ela e remoía o fato de que, ao vir para os Estados Unidos, a havia decepcionado. Katia sabia como aliviar a melancolia que invadia o espírito de Heinrich ao pensar na pobre Mimi, perguntando-lhe algo sobre Nelly. Era só ouvir o nome de Nelly que ele ficava mais animado.

Heinrich também ficava animado com a menção de seu irmão Viktor, que havia morrido no ano anterior. A esposa de Viktor era uma nazista de baixo escalão e Viktor seguia a linha partidária. Heinrich não conseguia conter seu desprezo.

"Isso prova algo que eu sempre soube em minha vida", disse ele. "Onde há claridade, também há idiotas. Quando você tem dois escritores como nós e duas irmãs esplêndidas, ambas cheias de vida, você sempre terá um nanico e ele sempre se casará com uma nazista."

Como sempre, Heinrich estava finamente vestido quando foi ver Thomas e Katia. Movia-se mais devagar agora e muitas vezes ficava em silêncio, inclinando a cabeça como se tivesse adormecido e fazendo algum comentário irônico ou astuto.

"Tenho a sensação", disse ele, "de que quem voltar para a Alemanha não será tão bem-vindo quanto imaginamos. Será um lugar difícil para todos nós. Eles acham que estávamos tomando banho de sol enquanto as bombas choviam por lá. Eles vão gostar mais de nós quando estivermos mortos."

Ao abrir os olhos, olhou para Thomas e sorriu.

Apesar da pobreza e da necessidade de apoio, Heinrich nunca perdera sua capacidade de ser arrogante, insistindo na importância de seu próprio trabalho e no valor das causas que defendia. Falava como se suas próprias opiniões fossem indiscutíveis. Parecia gostar de citar as cartas que recebera de Klaus Mann ao longo dos anos, comentando o quanto sentia falta do sobrinho e que figura robusta ele havia sido na batalha pela democracia. Não importava quanto Thomas se esforçasse para aceitar essas palavras gentilmente, ele sempre interpretava a fala do irmão como uma repreensão.

Em sua casa em Santa Monica, na noite anterior à sua morte, Heinrich estava ouvindo uma ópera de Puccini. A hemorragia cerebral que sofreu durante o sono fez com que não acordasse mais.

Heinrich foi sepultado ao lado de Nelly no cemitério de Santa Monica, com a presença de uma pequena multidão de familiares e amigos. Um quarteto de cordas tocava o movimento lento de Debussy em sol menor.

Enquanto se afastavam do túmulo, Thomas, com a música ainda em sua cabeça, percebeu que agora era o último; os outros quatro tinham ido embora. Com Heinrich morto, ele tinha apenas fantasmas contra os quais se comparar.

Havia anos que vinha vivendo em uma estranha oposição a Klaus e Heinrich. Klaus estava sempre inquieto, sem saber onde morar; Thomas, por outro lado, permaneceu em Pacific Palisades. Enquanto Heinrich vivia na pobreza, Thomas continuou a ganhar dinheiro. Enquanto os outros dois tinham opiniões fortes, Thomas vacilava politicamente. Eles eram ardentes, ele era circunspecto. Mas, agora que ambos tinham partido, não havia ninguém com quem discutir, exceto Erika. Mas ele a achava tão irascível que não valia a pena discordar.

Nos passeios vespertinos com Katia na praia de Santa Monica, continuava atento aos rapazes de calção de banho. No entanto, em vez de fingir cansaço para poder parar e estudar um deles, parava porque estava genuinamente cansado. Ainda assim, carregava as imagens deles para casa e cuidava delas ao cair da noite. Thomas ficou fascinado quando Katia descobriu, entre os papéis de Heinrich, muitas folhas de papel com desenhos de mulheres gordas e nuas, exatamente como aquelas que Thomas havia encontrado mais de meio século antes em Palestrina, quando examinava furtivamente os papéis na mesa de seu irmão.

Era mais fácil se concentrar em ensaios do que em romances ou contos, escrever alguns parágrafos por dia e ler para refrescar a memória. Mas sabia que logo teria de encontrar um tema para um romance que o intrigasse o suficiente para fazê-lo querer levantar de manhã.

Após sua visita a Weimar, Thomas começou a receber petições de cidadãos da Alemanha Oriental pedindo-lhe que intercedesse junto às autoridades. Normalmente, encaminhava essas cartas ao escritor Johannes R. Becher, que conhecera na década de 1920 e estava mais próximo do poder na Alemanha Oriental. Thomas se perguntava o que Heinrich teria feito se ainda estivesse vivo e sendo pago pelo governo da Alemanha Oriental. Gostava de imaginar que a postura intransigente de seu irmão teria continuado na Alemanha Oriental.

Uma revista anticomunista, num artigo intitulado "O eclipse moral de Thomas Mann", se referia a ele como "o companheiro de jornada número 1 nos Estados Unidos", e Agnes Meyer foi quem chamou sua atenção para isso.

"Todos nós que estamos associados a você temos sido solicitados a defendê-lo", disse ela.

"Não sou um companheiro de jornada. Não apoio o comunismo."

"Dizer isso não basta. Este não é um momento para prevaricação nos Estados Unidos. Há uma nova guerra e é contra o comunismo."

"Sou contra o comunismo."

"É por isso que você foi para a Alemanha Oriental ser festejado lá?"

Quando foi tachado de comunista por um hotel de Beverly Hills, que se recusou a sediar um evento no qual ele talvez falasse, Thomas não pôde culpar Heinrich ou Klaus por manchar sua reputação de homem de razão imperturbável. Tampouco pôde culpar Brecht, que vivia em Berlim Oriental. Estava abaixo de sua dignidade, pensou, escrever aos jornais para anunciar que não era comunista. E o que era ainda mais perturbador em tudo isso era a percepção de que não apenas sua autoridade moral como também seu status de grande homem havia se dissolvido nos Estados Unidos.

Estava livre. Se Klaus e Heinrich estivessem vivos, teriam atacado o infantilismo que se espalhava na vida americana. Agora, ele próprio poderia fazê-lo, tornando-se mais corajoso à medida que os ataques a ele se tornavam mais estridentes, participando de um jantar de aniversário para W.E.B. Du Bois, por exemplo, e, posteriormente, juntando-se ao apelo em apoio aos Rosenberg. Também, se quisesse, poderia enviar cumprimentos de aniversário a Johannes R. Becher, e poderia ser denunciado por sua ação na Câmara dos Representantes, sendo informado de que os ingratos raramente eram convidados para jantar.

Katia insistia que sempre sabia, pelo som estridente do toque, quando a pessoa que estava ligando era Agnes Meyer. E, se achava que era a sra. Meyer na linha, então exigia que Erika atendesse o telefone. Erika atendeu imitando a voz do pai, deixando Agnes reclamar longamente sobre alguma postura política que Thomas havia adotado ou deixado de adotar, e então, com uma risada, dizendo que ela estava, na verdade, falando com Erika Mann, uma pessoa que a sra. Meyer desprezava abertamente.

A última vez que isso aconteceu, Agnes disse a ela: "Por que você não volta para a Alemanha?".

Naquela noite, Erika apresentou um monólogo muito grosseiro, na voz de Agnes Meyer, misturando suas opiniões políticas e seus sonhos sexuais, enfatizando o quanto Agnes desejava ser segurada firmemente nos braços do Mágico e o quanto ficaria satisfeita com sua varinha.

Mas a ideia de voltar para a Alemanha tinha de ser levada a sério. Quando o FBI voltou a entrevistar Erika, ela perdeu a paciência com os interrogadores.

"Sim, eu disse a eles que sou lésbica. Claro, eu sou lésbica! O que eles pensam que eu sou? E a rainha Vitória era lésbica, informei a eles, e Eleanor Roosevelt também, assim como Mae West e Doris Day. Eles ouviram calmamente até que eu disse Doris Day e um deles disse: 'Ei, senhora, acho que a srta. Day é uma mulher americana normal', e eu ri tanto que o sujeito que pensa que Doris Day é normal teve que ir pegar água para mim. Enquanto ele estava fora, o outro colega me disse que não iriam me recomendar para a cidadania americana e, se eu deixasse o país, talvez não me deixassem voltar."

Se fosse um ano antes, Thomas teria tido o cuidado de não alimentar sua raiva, mas pela primeira vez em sua vida não tinha nada a perder. Ele era velho e não tinha ninguém para impressionar e ninguém com quem competir. Quando escreveu uma carta a um amigo que havia voltado a viver na Alemanha, afirmou que não desejava descansar seus ossos neste solo sem alma dos Estados Unidos, ao qual nada devia e que nada sabia a seu respeito, e não se importava se esta carta fosse mostrada a um jornal alemão. Era verdade. Ele sorriu com a ideia de que tinha demorado sete décadas e meia de vida antes que pudesse se sentir livre para dizer a verdade.

E a verdade era que ele não era mais bem-vindo nos Estados Unidos e não havia nenhuma causa que os Estados Unidos defendessem que ele apoiasse. Falar contra a forma paranoica com que os Estados Unidos só olhavam para o próprio umbigo poderia, pensou ele, fazê-lo sentir-se moralmente digno, mas era uma postura tão importante quanto qualquer uma das outras que ele assumira na vida. Thomas se perguntou se falar o que se pensava tinha alguma vez feito Klaus ou Heinrich acordarem no meio da noite sentindo-se uma fraude, alguém que logo seria descoberto, que era como ele se sentia.

Thomas havia conseguido explorar essa ideia de espelho de forma mais proveitosa em "Felix Krull", escrito quarenta anos antes. Enquanto procurava um tema agora, sua mente voltou para a figura de Krull de sua história, um trapaceiro, um vigarista, alguém com uma disposição extravagante e licenciosa.

Se lhe oferecessem a chance de dizer uma palavra final sobre o espírito humano, gostaria de fazê-lo, pensou comicamente; dramatizaria a ideia de que nunca se podia confiar nos humanos, que tinham o hábito de reverter sua própria história conforme o vento mudasse, que suas vidas eram um esforço contínuo, enervante e divertido para parecer plausível. E era nesse solo que jazia, em sua opinião, o puro gênio e todo o páthos da humanidade.

Ficou decidido que ele, Katia e Erika deixariam os Estados Unidos e se estabeleceriam mais uma vez na Suíça.

Houve um tempo em que essa decisão teria sido notícia de primeira página nos Estados Unidos, com repórteres lotando a casa para que ele pudesse pontificar sobre seus motivos. Podia até haver apelos para que ele ficasse, ou artigos descrevendo sua contribuição para o esforço de guerra. Antes, sabia Thomas, ele possuía gravidade. Sua proeminência durara uma década e depois passou.

O candelabro que viera de Lübeck para Munique, para a

Suíça, para Princeton, para a Califórnia, seria mais uma vez colocado em uma caixa e enviado de volta para a Suíça, com Katia tendo escrito para Georges Motschan para avisá-lo de que eles estavam em busca de uma casa perto de Zurique, de preferência com vista para um lago.

Erika estava tão aliviada com a determinação dos pais de partir que nem mesmo respondeu quando Katia sugeriu que seu fracasso em satisfazer o FBI poderia ter sido responsável por essa última reviravolta.

"Estamos fazendo isso por você", disse Katia. "Mas não vejo nenhuma gratidão."

"Ah, então fique aqui", respondeu Erika, "mas o FBI virá atrás de você em seguida. Fazendo perguntas sobre seu casamento, como me fizeram."

"Eu não me casei com Auden", disse Katia.

Katia olhou para Thomas, aparentemente sem medo de onde essa conversa poderia levar.

"Será maravilhoso ter você conosco na Suíça", disse ele a Erika.

Como Golo decidiu que também queria sair dos Estados Unidos, apenas Elisabeth e Michael ficariam no país. Quando Katia escreveu a Elisabeth para informá-la de seus planos, Elisabeth respondeu dizendo que faria uma última visita com suas filhas a Pacific Palisades.

No final do jantar em sua primeira noite na casa, Elisabeth disse aos pais que Borgese estava na Itália porque estava morrendo. Logo ela e as meninas viajariam para vê-lo. Borgese não queria morrer nos Estados Unidos.

"E o que você vai fazer?", perguntou Katia quando as meninas foram para a cama.

"Vou começar minha vida", disse ela. "É o que diz Borgese. Só não sei como vou viver."

"Você vai ficar em Chicago?", perguntou Thomas.

"Talvez eu fique na Itália. As meninas são americanas, mas também são italianas."

"E o que você vai fazer lá?", Katia perguntou de novo.

"Eu realmente não consigo imaginar a vida sem Borgese. Estou em choque. Todas nós estamos. O diagnóstico é muito claro. Ele tem sido corajoso. Não tenho certeza se serei corajosa quando tiver que criar as meninas sem ele."

Katia se moveu para abraçá-la. Até Erika tinha lágrimas nos olhos.

"E os nossos telefonemas?", perguntou Thomas.

"Eu nunca poderia passar a semana sem eles", ela respondeu, sorrindo. "Eles vão ter que continuar. Quem mais vai te contar sobre minha irmã Erika e seus feitos?"

Ela olhou para Erika, desafiando-a a comentar.

A casa e o jardim pareciam mais bonitos agora que ele iria perdê-los. Quando Thomas e Katia viram Elisabeth e suas filhas na Union Station, Thomas percebeu que cada detalhe da estação, desde a sinalização até as mercadorias expostas nas lojas, até as maneiras abertas e descontraídas dos funcionários, até as ondas de calor que os atingiram quando voltaram para o carro, iam se tornar um passado que não poderia ser recuperado.

Por vezes, esteve a ponto de sugerir que Erika e Golo voltassem sozinhos para a Europa e vivessem suas vidas, que ele e Katia ficariam nos Estados Unidos até o fim, sob um céu azul, enquanto sua romãzeira florescia e depois dava frutos.

Ele passou de cômodo por cômodo, até que sua própria escada parecesse uma escada fantasma, e seu próprio escritório, a sala onde um fantasma havia trabalhado. *Doutor Fausto* se tornaria um texto que sempre assombraria esta casa, quem quer que morasse ali. E o som da música tocada na sala de estar tão cheia de luz se aproximaria do puro silêncio ano a ano, até que o tempo acabasse.

Não importava se Thomas se lembraria desses cômodos, do gramado, da única palmeira alta nos fundos da casa, da hortênsia americana na entrada da garagem. Nunca mais os veria. O calor intenso do verão ou os entardeceres dramáticos ou as manhãs luminosas seriam vistos no futuro por outros, mas não por ele. Thomas havia perdido Lübeck e Munique. E agora perderia Pacific Palisades. Tinha vindo apenas porque os nazistas o expulsaram da Alemanha, mas a atmosfera não tinha sido contaminada por isso, assim como não fora contaminada pelo lapso na hospitalidade americana que agora o levava a partir.

A Suíça, para Thomas, sobrevivia com base no mito da alta moral protestante, embora mantivesse o dinheiro seguro para os canalhas. Assim como suas portas estavam sempre abertas aos opulentos, suas fronteiras geralmente eram fechadas aos necessitados. O país tinha montanhas e lagos, algumas cidades e um grande número de aldeias de contos de fadas, mas isso não era suficiente para ser tomada a sério. Seus cidadãos, acreditava Thomas, passavam a maior parte do tempo se mantendo limpos. E faziam isso com tanto zelo que, em sua ânsia de higiene, espalhavam-na para seus lagos e montanhas, seus vagões de trem e quartos de hotel, seu chocolate e seu queijo e até mesmo seu dinheiro.

Ele admitiu para Katia que sentia prazer em contemplar a Suíça. Esse novo país de exílio se tornaria, insistia, um lugar perfeito para escrever um romance sobre um homem em quem não se podia confiar e que, após cada escapada, vivia para ver outro dia, como a própria Suíça. Assim como só poderia ter escrito *Doutor Fausto* nos Estados Unidos, país que não tinha a barganha faustiana como um de seus mitos de fundação, agora criaria Felix Krull na Suíça, país que pregava sermões, com muitas referências a Calvino e Zwingli, precisamente contra vigaristas e aproveitadores como Krull.

Quando chegaram ao saguão do Dolder Grand Hotel, nos arredores de Zurique, tendo se separado de Golo, que seguiria para Munique, Georges Motschan mais uma vez os esperava. Ele reuniu toda a equipe e destacou o gerente, que se adiantou para cumprimentar Thomas, Katia e Erika.

Enquanto serviam chá à maneira inglesa, Thomas viu sua esposa e filha sussurrando com Motschan até que Erika começou a rir.

"Então ele foi embora? Ele não está aqui?

"Eu perguntei", disse Motschan. "Liguei há uma semana e perguntei novamente hoje."

"Ele fugiu", disse Katia.

"Do que estão falando?", perguntou Thomas.

"Franzl Westermeier", disse Erika. Agora estava séria.

"Ele não está mais aqui", disse Motschan.

Thomas desejou que os três parassem de observá-lo. Não sabia o que dizer. Não sabia sequer se podia dizer a eles que vinha pensando em Franzl nos últimos dois anos e que conseguira interceptar as cartas irregulares que vinham dele antes que Katia as visse. Thomas sabia que Franzl estava em Genebra. Thomas tinha escrito a Franzl para dizer que, desde que tinha voltado para o hotel onde se conheceram, estava pensando em Franzl ainda mais do que de costume.

"Ele foi muito gentil", disse Thomas. "Sentiremos sua falta nesta viagem."

Tentou então mudar de assunto. Mas, nos dias que se seguiram, a imagem de Franzl permaneceu em sua mente.

A primeira vez que Thomas viu Franzl ele atravessava o saguão com uma bandeja. Ao passar pelo escritor, Franzl cumprimentou Thomas com seu charme fácil. Mais tarde, pediu um autógrafo quando Thomas estava tomando chá à tarde. Franzl era bem constituído, com cabelos castanhos ondulados, olhos azuis suaves e dentes impecavelmente brancos. Depois de assinar o livro, Thomas deixou sua mão demorar alguns segundos na mão do garçom, que pareceu satisfeito com isso.

No dia seguinte, quando Thomas encontrou o garçom no saguão, ele o deteve e perguntou seu nome. Ele se apresentou como Franzl Westermeier e disse que era de Tegernsee, perto de Munique.

"Eu sabia que você era bávaro", disse Thomas, e perguntou se ele pretendia ficar na Suíça. O garçom tinha uma doçura em seu sorriso combinada com uma franqueza em seu olhar. Ele ficou sério quando disse a Thomas que gostaria de se mudar para a América do Sul, mas que antes planejava conseguir um emprego em Genebra. Quando Erika apareceu e puxou sua manga, Thomas fez uma mesura para o garçom, que continuou seu caminho.

"Você não pode flertar com um garçom no saguão de um hotel com o mundo inteiro assistindo", disse ela.

"Eu mal falei com ele", respondeu.

"Tenho certeza de que não sou só eu que penso diferente."

Mais tarde, quando Katia foi ao quarto do pai, perguntou se algo havia acontecido. Ele disse que não fora nada, apenas havia reparado num garçom que o lembrava da velha Baviera.

"Sim, eu também o vi. Georges comentou que você não parecia bem quando chegamos. Mas agora você parece muito melhor."

Naquela noite, enquanto jantavam com Motschan, não havia sinal de Franzl. Thomas ficou imaginando o que o garçom faria em sua noite de folga, que roupa usaria, que companhia teria.

No encontro seguinte, Thomas deteve o garçom por ainda mais tempo, tendo-o emboscado rapidamente enquanto ele atravessava o saguão. Erika não estava lá para ver, tampouco Katia, mas alguns outros membros da equipe, que haviam sido instruídos por Motschan a cuidar do famoso escritor, certamente observaram. Naquela mesma tarde, Thomas ficou magoado ao entrar no elevador e encontrar Franzl, porque o garçom apenas o cumprimentou bruscamente e depois o ignorou.

Thomas se perguntou se faria sentido chamar o serviço de quarto na esperança de que Franzl fosse o único a atendê-lo. Quando pediu o chá, porém, outro garçom apareceu. Ele tentou ser educado, mas era difícil não se sentir azarado por não ter sido Franzl.

Todas as manhãs, ele acordava com uma ereção.

Havia um lugar sombreado no final do jardim do hotel com uma única mesa e algumas cadeiras. Katia e ele frequentemente almoçavam ali. Na véspera da partida, ela sugeriu que ele comesse ali sozinho, insistindo que tinha hora marcada com uma costureira e Erika com o dentista.

Sentado à mesa, o silêncio era interrompido apenas pelo chilrear agudo dos pássaros. Ocorreu a Thomas que aquele seria um bom momento para ser encontrado caído morto. Sorriu quando percebeu que, em seu melhor terno e gravata e seus sapatos mais novos, estaria perfeitamente vestido para a ocasião, e parecería distinto se tivesse que ser levado de maca.

Thomas fechou os olhos por um momento, mas logo os abriu quando ouviu alguém se aproximando. Ao ver que era Franzl, exibindo seu sorriso mais radiante e carregando um cardápio, percebeu o que Katia e Erika haviam feito. Motschan devia ter ajudado. Ele se perguntou quem havia sido pago, e esperava que o garçom que estava à sua frente tivesse sido o beneficiado da munificência de Motschan.

"Senti sua falta", disse Thomas.

Mantinha a voz baixa, esperando que sua ternura fosse aparente.

"Gostaria de manter contato com você", acrescentou.

"Isso me deixaria feliz", disse o garçom. "Espero não ter sido uma imposição."

"Conhecer você foi a melhor parte da minha estada aqui."

"Você foi um convidado muito bem-vindo."

Por um momento, eles se olharam com ternura.

"Tenho certeza de que você está com fome", disse Franzl, corando. "Temos excelentes massas hoje. São feitas aqui mesmo no hotel por um chef italiano. E tem um vinho branco, um Riesling especial do Domaine Weinbach. Sua esposa me disse que o senhor gosta. E talvez uma sopa fria para começar?"

"Eu quero o que você recomendar", disse Thomas.

Nas duas horas seguintes, o garçom entrou e saiu, ficando um pouco a cada vez, falando sobre seus pais e tremendo com a menção do inverno nos Alpes da Baviera.

"Sinto falta de esquiar", disse ele. "Mas não sinto falta do frio. Aqui também é frio, mas não como em casa."

Thomas contou a ele sobre a Califórnia.

"Eu adoraria ver o mar", disse Franzl. "E caminhar na praia. Talvez um dia eu conheça a Califórnia."

Thomas, naquele momento, sentiu uma súbita pontada de tristeza por estar prestes a deixar o hotel.

"Há mais alguma coisa que você queira, senhor?"

O escritor olhou para ele. Embora a pergunta soasse como se tivesse sido feita com toda a inocência, Franzl certamente tinha alguma noção do que Thomas estava sentindo. Thomas hesitou, não por ter pensado que eles poderiam ir para seu quarto juntos, mas por saber que isso seria tudo o que conseguiria, essa intimidade curta e fabricada.

Era apenas um velho sendo servido. Por dias ele repassaria a aparência do corpo de Franzl quando estava de costas, imaginando a pele lisa e branca das costas musculosas, as nádegas carnudas, as pernas fortes e macias.

"Não, não preciso de mais nada, mas agradeço a você por toda a sua atenção", disse, assumindo um tom elaboradamente formal.

"Lembre-se de que estou à sua disposição", disse Franzl, repetindo o tom de Thomas.

Ele fez uma reverência e saiu daquele lugar isolado enquanto Thomas o observava na luz fraca da tarde. Ficaria ali por um tempo, pensou, sabendo que a cena que acabara de se desenrolar era algo que, em sua vida, poderia não acontecer mais.

Agora, dois anos depois, ainda gastava mais energia pensando naquele encontro do que trabalhando em seu romance sobre o trapaceiro Felix Krull. Ainda saboreava cada momento, pensando em cada palavra que havia sido dita, tentando reconstruir a conexão que surgira entre eles naquele curto período. Era quase mágico, pensou, que um homem de sua idade pudesse ter desejos tão intensos. Folheou as páginas de seu diário novamente e leu uma anotação de sua visita anterior. "Na hora do almoço, o encantador estava por perto. Dei-lhe cinco francos porque ontem nos serviu muito bem. Indescritível o encanto do sorriso em seu olhar ao agradecer. A amabilidade de K. para com ele por minha causa é de uma enorme dignidade."

Não teria muitas chances no futuro de fazer anotações como essa no diário. Suas manhãs seriam gastas, como haviam sido por mais de meio século, trabalhando em seu romance, com Franzl a muitos quilômetros de distância, a lembrança dele já começando a desmoronar, mesmo que o ato de evocar sua maneira de atravessar o saguão do hotel, sua graça, seu sorriso ainda dessem prazer a Thomas.

Assim que viu a casa que Motschan havia encontrado para eles em Kilchberg, ao sul de Zurique, Thomas soube que seria sua última residência. Se eles a conseguissem, suas andanças chegariam ao fim. Havia algum tempo Thomas estava preocupado sobre onde Katia poderia viver após sua morte. Agora, o problema estava resolvido. A casa ficava acima da estrada, com vista para um lago e para as montanhas.

Na casa nova, a rotina era a mesma de sempre. Thomas agora lamentava os pensamentos desagradáveis que nutrira sobre a Suíça, porque sentia prazer com o senso de ordem e civilidade na aldeia, e com a maneira como a luz mudava no lago, e como o crepúsculo que se aproximava e parecia nadar suavemente na direção deles vindo das montanhas.

Thomas passou a amar seu protagonista Felix Krull da mesma forma que amara Adrian Leverkühn, e como também amara Tony Buddenbrook e o jovem Hanno. Embora os leitores imaginassem que Hanno era um autorretrato, e vissem elementos em comum entre o autor e o compositor em *Doutor Fausto*, ninguém imaginaria quanto ele se sentia próximo de Felix Krull. Os truques elaborados que Krull pregava não tinham sido tirados apenas de romances sobre trapaceiros, mas tinham sido criados a partir de suas próprias experiências e invenções, transformadas em uma piada. Krull era um trapaceiro, aquele que se safa das coisas, aquele que está sempre pronto para a ação, roubando os bolsos dos desatentos.

Ao comprar a casa em Kilchberg, enquanto ele e Katia caminhavam do carro até o escritório do advogado em Zurique, Thomas estava plenamente ciente de seu próprio status. Qualquer um que o observasse teria visto um homem na casa dos setenta anos, impecavelmente vestido, caminhando de maneira decidida e digna. Tinha consigo uma ordem de pagamento que equivalia ao preço da casa. Era pai de seis filhos, casado com uma mulher que se mostrara formidável nas minuciosas negociações com os proprietários a respeito dos equipamentos que estavam sendo deixados e sobre a garagem; era o autor de muitos livros escritos em um estilo elaborado, sem medo de longas frases e muitos apartes, à vontade para evocar nomes famosos do panteão alemão. Por qualquer padrão, era um grande homem. Seu próprio pai teria se sentido intimidado por ele.

Ninguém, no entanto, teria se intimidado ao vê-lo se deparar com seu próprio rosto envelhecido, sozinho no banheiro do escritório do advogado. Teriam ficado intrigados com os olhares zombeteiros que lançava a si mesmo no espelho, o sorriso breve, astuto e matreiro que exibia no rosto como se estivesse feliz por, mais uma vez, como seu próprio Felix Krull, não ter sido descoberto.

Conforme passava seus dias melancolicamente consciente de que morar em uma casa diminuía enormemente a chance de encontros casuais com garçons bonitos, Thomas recorria a suas próprias experiências para dar vida ao seu personagem. Em um dos muitos episódios de sua carreira picaresca, Felix Krull, garçom de um grande hotel, orgulhoso de sua aparência e de seu uniforme, não perdia a oportunidade de cumprimentar os hóspedes que entravam com todo tipo de bajulação, puxava a cadeira para as damas, entregava-lhes os cardápios e enchia seus copos. Thomas chegou mesmo a permitir que seu belo herói tivesse um encontro amoroso com um lorde escocês que se fascinara pelo jovem, tanto quanto Thomas com Franzl.

Assim como Arnold Schoenberg acreditava que morreria no décimo terceiro dia do mês, o que de fato aconteceu, Thomas acreditava que morreria aos setenta e cinco anos. Quando isso não se realizou, o escritor passou a encarar o tempo que ganhara a mais como um presente, uma chance de viver meio fora do tempo. Em seu escritório, quando se virava para procurar um livro, poderia facilmente estar na Poschingerstrasse, em Princeton ou em Pacific Palisades.

Nas tardes em que a calmaria do vento escurecia a água do lago e refrescava a luz azul acinzentada das montanhas, ele se perguntava se não teria morrido na Califórnia e se tudo isso não era um interlúdio após a morte, uma espécie de barganha na qual ele ganhara o direito de ver a Europa mais uma vez, e ter mais uma casa, antes de murchar e deixar de ter sonhos.

Nunca pensou que viveria até os oitenta anos. Heinrich morrera pouco antes de completar setenta e nove anos; Viktor tinha cinquenta e nove quando morreu, seu pai cinquenta e um, sua mãe setenta e um. Mas os anos passaram. Erika, durante os doze meses antes do aniversário de oitenta anos do pai, estava empolgada com a forma como as comemorações seriam conduzidas.

Havia outros escritores, Thomas bem sabia, que desdenhavam as comemorações públicas de aniversário, deixando essas coisas para as estrelas de cinema, porém, desde que fora brutalmente expulso da Alemanha e educadamente conduzido para fora dos Estados Unidos, Thomas tinha passado a apreciar a perspectiva de ser homenageado publicamente em seu último lugar de exílio.

Quando chegou o dia, ficou feliz ao receber mensagens de parabéns, inclusive uma dos Correios de Kilchberg, que tinha que lidar com as montanhas para fazer suas entregas. Quando seu editor americano, Alfred Knopf, resolveu cruzar o Atlântico para comemorar seu aniversário, isso lhe pareceu razoável.

Também ficou feliz porque Bruno Walter, apenas um ano mais novo, decidiu reger *Eine Kleine Nachtmusik* no Schauspielhaus, em Zurique, em sua homenagem. Ao ler um elogio de François Mauriac que dizia "Sua vida ilustra sua obra", pensou em Felix Krull e sorriu ao se dar conta do pouco que Mauriac sabia de sua vida.

Como recebeu saudações do presidente da França e do presidente da Confederação Suíça, Thomas esperava o mesmo tratamento do governo da Alemanha Ocidental, mas Adenauer deixou isso para um ministro subalterno.

Estava novamente na ribalta, pensou, como tinha estado durante grande parte de sua vida — mais como um embaixador de si mesmo do que como pessoa.

Nos dias que se seguiram às comemorações, porém, quando seus filhos sobreviventes estavam hospedados em Kilchberg, incluindo Monika, cuja pele havia ficado bronzeada em Capri, todos estavam tão ocupados consigo mesmos que às vezes nem o notavam. Uma noite, foi só quando anunciou que iria para a cama cedo que eles prestaram atenção e exigiram que Thomas ficasse mais tempo.

Embora Erika tivesse sido avisada por sua mãe para não insultar as duas irmãs mais novas e deixá-las terminar o que quisessem falar, não pôde evitar dizer a Monika que incessantes banhos de mar e de sol só poderiam levar à superficialidade, além de insistir com Elisabeth que manter as filhas americanas em Fiesole, como vinha fazendo desde a morte de Borgese, as tornariam cidadãs de lugar nenhum. E que tinha que levá-las de volta para os Estados Unidos.

"Elas têm que ser de algum lugar", insistiu.

"Diferente de nós?", perguntou Elisabeth.

"Pelo menos sabemos que somos alemães", disse ela, "embora isso não nos sirva de nada."

Golo e Michael conversaram baixinho sobre livros e música, como sempre faziam. Quando Thomas se juntou aos dois, notou que qualquer opinião que emitisse encontrava uma ansiosa e firme oposição por parte dos dois filhos.

Seus quatro netos, por outro lado, tinham encontrado terreno comum. Thomas adorava como falavam inglês um com o outro, com um sotaque americano corajoso e mudavam instantaneamente para o alemão assim que um dos adultos perguntava alguma coisa. Frido, agora adolescente, era tão charmoso e sedutor quanto quando bebê.

Em algumas dessas noites, tudo o que a família precisava, pensou Thomas, era de Klaus, o Klaus desgrenhado, esgotado de alguma rodada de festas literárias, precisando dormir e depois sentindo vontade de começar uma discussão sobre o que estava acontecendo na Europa, sobre a Cortina de Ferro, sobre a Guerra Fria substituindo o fascismo para mantê-lo animado.

Thomas sabia que estava morrendo. Quando as dores nas pernas começaram, primeiro foi ao médico da aldeia para que lhe fossem prescritos analgésicos. Enquanto o médico escrevia a receita, Thomas perguntou-lhe se poderia ser algo mais sério do que uma artrite normal da idade. Viu o médico erguer os olhos para ele e hesitar. O olhar era sombrio e ameaçador.

As dores persistiam e Motschan providenciou para que Thomas fosse a médicos mais renomados. Embora ninguém tenha dito que sua situação podia ser fatal, as maneiras tranquilizadoras não o convenceram. Quando Katia e Erika uniram forças para tentar fazer com que Thomas recusasse novos convites que envolvessem viagens, ele soube que algo devia estar errado.

As comemorações de seu aniversário e o tempo que se seguiu com a família foram ofuscados por um evento ocorrido em Lübeck um mês antes. Esse evento o tinha afetado de tal forma que, mesmo depois de tantas comemorações, ainda não conseguia compreendê-lo completamente. Estava se sentindo abalado por sua viagem a Lübeck para receber uma honraria oficial da cidade.

Ao receber o convite, imaginou que aceitar poderia ser um acerto de contas particular com a cidade e com o legado de seu pai. Mesmo agora, depois de tantos anos, sua mente ainda vagava pelo testamento de seu pai e a insinuação de que Heinrich e Thomas haviam decepcionado o senador e continuariam, no futuro, a decepcionar sua mãe. Duas guerras mundiais foram travadas desde que o testamento fora feito, mas a injustiça ainda o incomodava. Olhou para as prateleiras em que guardava os livros que havia publicado, no original em alemão e traduzidos, e se perguntou quanto do esforço colocado neles veio de um impulso de impressionar o pai.

Queria ver a cidade, embora ela tivesse sido desfigurada por bombardeios. E insinuou a Katia que preferia que Erika não os acompanhasse dessa vez, que talvez a filha tivesse mais batalhas a travar em seu nome ficando em casa.

Erika informou que o prefeito de Lübeck havia sugerido que ele e Katia ficassem primeiro no Kurhof, em Travemünde, com um carro à disposição. Thomas sorriu à menção de Travemünde. Seria em maio, antes do início da temporada. Mas o tempo já estaria quente o suficiente para caminhar na praia.

Não lembrava mais do nome da mulher que tinha acompanhado sua mãe ao hotel tantos anos atrás, mas recordava o piano mal afinado do hotel e a orquestra que tocava à noite. O que lhe ocorria ao evocar essas coisas era uma mudança no ar, como se estivesse acordando em uma daquelas mesmas manhãs, os dias à frente parecendo infinitamente longos, cada momento ainda esperando para ser saboreado e vivido sem nenhuma preocupação ou hesitação, uma umidade na sala e até mesmo o frio da primeira luz da manhã, e a respiração do mar a apenas uma curta caminhada de distância.

"O Mágico adormeceu", disse Erika.

"Diga a eles que quero ir para Travemünde", disse Thomas.

Na viagem entre Zurique e Lübeck, fizeram paradas para que ele pudesse se exercitar, mas o embarque e desembarque dos trens, dos carros e depois dos quartos de hotel o deixaram mais exausto do que gostaria de admitir para Katia.

O prefeito ficou quase envergonhado por não ter feito mais para restaurar as igrejas e os prédios cívicos que haviam sido bombardeados. Enquanto Thomas e Katia caminhavam em direção à Mengstrasse, ele viu que as ervas daninhas cresciam em um terreno baldio onde antes havia casas. Naquele momento, teve uma sensação repentina de como devia ter sido o bombardeio, o terror naquele lugar. E então, com total clareza, lembrou-se de uma discussão com Klaus sobre o bombardeio de Lübeck. Se Klaus estivesse vivo, poderia ter vindo com eles e testemunhado o centro da cidade ainda em ruínas.

Na cerimônia, Thomas olhava para a multidão como se figuras do passado tivessem vindo para estar ali com ele — seu pai, sua avó, sua tia, sua mãe, Heinrich, suas irmãs, Viktor, Willri Timpe e Armin Martens, o professor de matemática Herr Immerthal.

Em seu discurso, falou sobre fechar um ciclo, mencionando a desaprovação da cidade por seu primeiro romance, perguntando-se como seus professores no Katharineum se sentiriam se o vissem agora. Deviam estar se questionando como o menino estúpido podia ter aprendido tanto. Enquanto falava, o público parecia distante, como ele devia parecer também para eles. Estava com dor, mas fazia de tudo para não demonstrar. Quando os aplausos prolongados chegaram, já mal conseguia ficar de pé.

Mais tarde, de volta ao hotel em Travemünde, Thomas estava quase desapontado, deprimido. Queria sentir mais do que estava sentindo. Não havia fechado um ciclo, tinha andado aos trambolhões. Era feito da madeira retorcida da metáfora kantiana aprendida na escola. Que tolo havia sido ao pensar que essa nova honraria lhe daria algo mais do que um motivo para se arrepender de não ter ficado na Suíça, de não ter se contentado em imaginar Lübeck do conforto de Kilchberg!

Seu pai estava morto. Não havia mais propósito em tentar encontrá-lo para dizer que mais uma honraria havia cruzado seu caminho. Ninguém tinha perguntado se Thomas gostaria de visitar os túmulos da família e isso o deixara aliviado. Porém, alguém mencionara que as bombas haviam penetrado tão profundamente nas entranhas de Lübeck, que tinham chegado a abrir o túmulo do compositor Buxtehude, que fora organista da Marienkirche por quarenta anos.

Após calcularem os danos, concluíram que nada restara do túmulo do compositor. Thomas perguntou várias vezes se isso havia acontecido com muitos túmulos da cidade velha e foi informado de que sim, partes da cidade tinham sido incineradas.

O dia seguinte à cerimônia foi domingo. Thomas acordou cedo e, ao descobrir que o carro e o motorista o estavam esperando do lado de fora, deixou um bilhete para Katia dizendo que ia dar um passeio em Lübeck. A manhã estava quente, mas Thomas vestia seu terno mais pesado, caso decidisse mesmo ir à primeira missa da catedral de Lübeck, seria melhor não estar vestido casualmente.

Quando chegou, o órgão tocava as primeiras notas. A igreja havia sido restaurada, reparou, ou talvez não tivesse sofrido tanto com os bombardeios quanto a Marienkirche. Achegou-se a um banco e uma senhora idosa abriu espaço, sorrindo solene e graciosamente de um jeito que as mulheres de Lübeck costumavam fazer desde que conseguia se lembrar. Esse era o sorriso, pensou, que sua mãe nunca tinha conseguido aprender completamente. Ela exibia sorrisos largos demais, e as mulheres em Lübeck percebiam e desaprovavam.

Pelo folheto fornecido na igreja, Thomas percebeu que toda a música era de Buxtehude — tanto a música do órgão quanto a do coral. Por um segundo, lembrou-se daquela loja em Nova York onde comprava discos, lamentando que apenas a música para órgão de Buxtehude estivesse disponível, sem versões para coral.

O pastor, um jovem careca vestindo uma espécie de gola ao estilo tudor, ficava em um púlpito durante os intervalos do culto. Em seu sermão, para aparente satisfação geral, lembrou a todos que virariam pó. Thomas desejou que Katia estivesse com ele para que pudessem conversar mais tarde sobre que tipo de almoço de domingo a congregação pensaria comer, um assunto que talvez fosse mais agradável a ela do que a perspectiva de virar pó. Quando o pároco terminou, uma jovem, acompanhada por um modesto grupo de instrumentos de cordas, cantou uma ária de uma cantata de Buxtehude. Sua voz era aguda e ela parecia nervosa no começo, mas, à medida que a melodia em si ficava mais forte, sua voz crescia até as notas parecerem se demorar e ecoar nas partes mais altas do antigo prédio abobadado.

Pediu ao motorista que o esperasse enquanto tomava um chocolate quente e comia uma torta de marzipã em um dos cafés próximos.

Era estranho, pensou, as coisas que lhe vinham à mente. Willri Time. Herr Immerthal. E todos os outros nomes que lhe escapavam, não importando o quanto tentasse lembrar. Não havia tocado nenhum disco de Buxtehude desde Princeton, nem ouvira ninguém mencionar seu nome.

Estava satisfeito por ter ocupado uma mesa no canto, já que o café começava a encher, e também por ninguém da multidão daquela manhã de domingo tê-lo reconhecido. Lembrou-se de uma história que era contada por sua mãe muitas vezes quando eles eram crianças. Nunca mais tinha ouvido falar no assunto, certamente não em Munique. Era uma história sobre a filha de Buxtehude. A cada ano, dizia a história, quando jovens organistas, incluindo o próprio Handel, vinham para aprender os segredos de seu ofício com Buxtehude, Buxtehude prometia que ensinaria um segredo que os tornaria os maiores compositores do mundo, se concordassem em casar com sua filha mais nova, Anna Margareta.

Mas, apesar de a filha em questão ser bonita e prendada, todos os visitantes haviam recusado, pois tinham compromissos românticos em casa e, assim, todos partiram sem saber o segredo.

Por fim, quando encontrou um pretendente para a filha, este não tinha nenhum interesse por música, e Buxtehude temeu que seu segredo morresse com ele. Mal sabia que um compositor muito jovem, em Arnstadt, tinha ouvido falar da história e decidira vir caminhando até Lübeck para ver se conseguia descobrir o tal segredo.

Thomas pagou a conta e caminhou até a casa da avó. Conseguia ver suas duas irmãs agora, esperando pelo resto da história, ambas em trajes de dormir, e via também Heinrich sentado longe delas. Sempre que contava a história, bem nessa parte, a mãe suspirava e dizia que tinha trabalho a fazer e continuaria no dia seguinte. Eles apelavam, imploravam para que ela terminasse a história. E ela assim o fazia.

O nome do jovem compositor era Johann Sebastian Bach, e ele caminhara até Lübeck em meio ao vento e à chuva. Muitas vezes não teve onde dormir e se aninhava em montes de feno ou em campos. Muitas vezes passou fome. Muitas vezes sentiu frio.

Mas sempre tinha certeza de seu propósito. Se pudesse chegar a Lübeck, conheceria um homem que o ajudaria a se tornar um grande compositor.

Buxtehude estava quase em desespero. Havia dias em que realmente acreditava que seu conhecimento sagrado seria enterrado consigo. Outras vezes, em seu coração, sentia que alguém viria e sonhou que reconheceria o homem imediatamente e o levaria à igreja e compartilharia seus segredos.

"Como ele reconheceria o homem?", perguntava Carla.

"O homem teria uma luz em seus olhos, ou algo especial em sua voz", dizia a mãe.

"Como ele vai ter certeza?", perguntava Heinrich.

"Espere! Ele ainda está em sua jornada e está preocupado", continuava ela. "Todos os dias, a caminhada parece mais longa. Ele avisou o homem para quem trabalha que ficaria ausente por pouco tempo. Só que não sabia que Lübeck era tão longe. Mas não volta atrás. Caminha sem parar, perguntando o tempo todo a que distância fica Lübeck. Mas é tão longe que algumas pessoas nem sequer ouviram falar de Lübeck e o aconselham a voltar. Ele está determinado a não fazê-lo e, eventualmente, quando chega a Lüneberg, é informado de que não está mais tão longe de Lübeck. A fama de Buxtehude já havia se espalhado por lá. Mas, por causa de tanto tempo na estrada, o pobre Bach, normalmente tão bonito, parece um vagabundo. Ele sabe que Buxtehude nunca receberá um homem tão malvestido. Mas tem sorte. Uma mulher em Lüneberg, ao saber da situação de Bach, se oferece para emprestar-lhe algumas roupas. Ela também viu a luz nele.

"E assim Bach chega a Lübeck. E, quando pergunta por Buxtehude, é informado de que está na Marienkirche praticando o órgão. Assim que Bach entra na igreja, Buxtehude sente que não está mais sozinho. Para de tocar e olha para baixo da galeria, onde vê Bach e, atrás dele, a luz, a luz que Bach carregou consigo por todo o caminho, a luz que brilhava em seu espírito. E ele sabe que este é o homem a quem pode contar o segredo."

"Mas qual é o segredo?", perguntou Thomas.

"Se eu te contar, você promete ir para a cama?"

"Sim."

"Chama-se Beleza", disse a mãe. "O segredo chama-se Beleza. Ele disse a ele para não ter medo de colocar beleza em sua música. E então, por semanas e semanas e semanas, Buxtehude mostrou a ele como fazer isso."

"Bach alguma vez devolveu as roupas à mulher?", perguntou Thomas.

"Sim. A caminho de casa. E no piano dela tocou uma música que parecia vinda do céu."

Thomas percebeu que algumas janelas da velha casa da família, a casa de *Os Buddenbrook*, estavam fechadas com tábuas. O prefeito havia prometido que a construção em breve seria toda restaurada. Lübeck, ao que parecia, estava orgulhosa dela, a casa que dera vida a um livro. Thomas, parado diante da casa, desejou poder perguntar a algum dos outros — Heinrich, Lula, Carla, Viktor — se eles também se lembravam daquela história sobre Buxtehude e Bach. Havia anos não pensava nessa história.

Talvez houvesse outras histórias das quais ele se lembraria, muito das quais esquecidas, histórias que tinha ouvido na companhia de outros que também viveram nesta casa e que agora haviam se deslocado no tempo em direção a um reino cujos limites ainda não estavam claros para ele.

Olhou novamente para a casa e caminhou pela cidade em direção ao carro que o levaria de volta a Travemünde, onde Katia estaria esperando por ele.

Agradecimentos

Este romance se inspira na escrita de Thomas Mann e sua família. Vários outros livros também foram úteis. São eles: *Thomas Mann: Eros and Literature*, de Anthony Heilbut; *Thomas Mann: A Biography*, de Ronald Hayman; *Thomas Mann: Life as a Work of Art*, de Hermann Kurzke; *Thomas Mann: A Life*, de Donald Prater; *Thomas Mann: The Making of an Artist, 1875-1911*, de Richard Winston; *The Brothers Mann*, de Nigel Hamilton; *Thomas Mann and His Family*, de Marcel Reich Ranicki; *In the Shadow of the Magic Mountain: The Erika and Klaus Mann Story*, de Andrea Weiss; *Cursed Legacy: The Tragic Life of Klaus Mann*, de Frederic Spotts; *House of Exile: The Lives and Times of Heinrich Mann and Nelly Kroeger-Mann*, de Evelyn Juers; *Thomas Mann's War: Literature, Politics, and the World Republic of Letters*, de Tobias Boes; *Arnold Schoenberg: The Composer as Jew*, de Alexander L. Ringer; *The Doctor Faustus Dossier: Arnold Schoenberg, Thomas Mann, and Their Contemporaries, 1930-1951*, E. Randol Schoenberg (org.); *Hitler's Exiles: Personal Stories of the Flight from Nazi Germany to America*, Mark M. Anderson (org.); *Franklin D. Roosevelt: A Political Life*, de Robert Dallek; *Malevolent Muse: The Life of Alma Mahler*, de Oliver Hilmes; *Alma Mahler: Muse to Genius*, de Karen Monson; *Passionate Spirit: The Life of Alma Mahler*, de Cate Haste; *Dreamers: When the Writers Took Power, Germany 1918*, de Volker Weidermann; *Munich 1919: Diary of a Revolution*, de Victor Klemperer; *Exiled in Paradise*, de Anthony Heilbut; *The Second Generation*, de Esther McCoy; *Bluebeard's Chamber: Guilt and Confession in Thomas Mann*, de Michael Maar; *Bruno Walter: A World Elsewhere*, de Erik Ryding e Rebecca Pechefsky; *The Bitter Taste of Victory: Life, Love, and Art in the Ruins of the Reich*, de Lara Feigel; *The Sun and Her Stars: Salka Viertel and Hitler's Exiles in the Golden Age of Hollywood*, de Donna Rifkind; *Seven Palms: The Thomas Mann House in Pacific Palisades*, de Francis Nenik; *Down a Path of Wonder: Memoirs of Stravinsky, Schoenberg and Other Cultural Figures*, de Robert Craft; *Adorno in America*, de David Jenemann; *Dieterich Buxtehude: Organist in Lübeck*, de Kerala J. Snyder; *German Autumn*, de Stig Dagerman; *Thomas Mann's Doctor Faustus: The Sources and Structure of the Novel*, de Gunilla Bergsten; *Weimar in Exile: The Antifascist Emigration in Europe and America*, de Jean-Michel Palmier; e *A Hero of Our Time: The Story of Varian Fry*, de Sheila Isenberg.

Sou grato a Mary Mount, da Penguin UK; a Nan Graham, da Scribner, em Nova York; a meu agente Peter Straus, por sua atenção escrupulosa ao meu livro; e a Holger Pils, pela generosa partilha de seu profundo conhecimento sobre a vida e a obra de Thomas Mann. E também, como sempre, a Angela Rohan, bem como a Catriona Crowe, Hedi El Kholti e Ed Mulhall, e a Piero Salabè, da Hanser Verlag na Alemanha.

ESTA OBRA FOI COMPOSTA POR ACOMTE EM ELECTRA E IMPRESSA EM OFSETE
PELA LIS GRÁFICA SOBRE PAPEL PÓLEN NATURAL DA SUZANO S.A.
PARA A EDITORA SCHWARCZ EM OUTUBRO DE 2023

A marca FSC® é a garantia de que a madeira utilizada na fabricação do papel deste livro provém de florestas que foram gerenciadas de maneira ambientalmente correta, socialmente justa e economicamente viável, além de outras fontes de origem controlada.